S. C. STEPHENS

Dangerous Rush
Gefährliche Liebe

S. C. Stephens

DANGEROUS RUSH
Gefährliche Liebe

Roman

Aus dem Amerikanischen
von Babette Schröder

GOLDMANN

Die amerikanische Originalausgabe erschien 2017 unter dem Titel
»Dangerous Rush«.

Sollte diese Publikation Links auf Webseiten Dritter enthalten, so
übernehmen wir für deren Inhalte keine Haftung, da wir uns diese
nicht zu eigen machen, sondern lediglich auf deren Stand zum
Zeitpunkt der Erstveröffentlichung verweisen.

Dieses Buch ist auch als E-Book erhältlich.

Verlagsgruppe Random House FSC® N001967

1. Auflage
Deutsche Erstveröffentlichung Mai 2018
Copyright © der Originalausgabe 2017 by S. C. Stephens
Copyright © der deutschsprachigen Ausgabe 2017
by Wilhelm Goldmann Verlag, München,
in der Verlagsgruppe Random House GmbH,
Neumarkter Str. 28, 81673 München
Umschlaggestaltung: UNO Werbeagentur, München
Umschlagmotiv: Getty Images / ArtMarie
Redaktion: Antje Steinhäuser
MR · Herstellung: kw
Satz: Vornehm Mediengestaltung GmbH, München
Druck und Bindung: CPI books GmbH, Leck
ISBN 978-3-442-48775-2
www.goldmann-verlag.de

Besuchen Sie den Goldmann Verlag im Netz

Für Addy.
Halt die Ohren steif.

Kapitel 1

Hayden
Vier Jahre zuvor

»Hier, Hayden ... dieser Klunker ist das Beste, was du für dein Geld bekommen kannst.« Aufreißer reichte mir einen Umschlag, den ich mit nervösen Fingern entgegennahm. Darin befand sich ein Verlobungsring und zwar nicht irgendein Ring, sondern ein Ring für eine Königin. Für *meine* Königin.

Doch als ich den Umschlag in Händen hielt, zögerte ich hineinzusehen. Was Herzensangelegenheiten anging, war Aufreißer nicht gerade ein Experte – er interessierte sich mehr fürs Geldverdienen –, darum wusste ich nicht recht, was mich erwartete. Bei dieser Sache konnte er einiges verkehrt machen, und ich konnte es mir nicht leisten, einen solchen Ring zweimal zu kaufen. Doch als ich Aufreißer erzählt hatte, dass ich meiner Freundin Felicia einen Antrag machen wollte, hatte er mir versichert, er kenne einen Typen, der einen Typen kenne, der mir etwas besorgen würde, was ich mir sonst niemals leisten könnte. Ich war mir ziemlich sicher, dass ich heiße Ware in der Hand hielt.

Ich holte tief Luft, öffnete die Lasche des Umschlags und

linste auf den Ring hinunter, der in der Bodenfalte steckte. Als ich sah, was für einen Stein Aufreißer aufgetrieben hatte, machte ich große Augen. Er war so riesig, dass er schon fast kitschig wirkte. Ich holte das glitzernde Schmuckstück aus seinem Versteck, um den Stein auf irgendwelche offensichtlichen Fehler zu untersuchen, die ihn als billige Kopie entlarvten, fand jedoch nichts. »Mensch, Aufreißer, ich will lieber gar nicht wissen, wo du den herhast. Der ist super. Danke, Mann.«

Ich fasste ihn an der Schulter und umarmte ihn flüchtig. Meine Wangen brannten, so heftig grinste ich. »Kein Problem, Kumpel. Denk nur dran, wenn du Felicia endlich schwängerst, bekommt ihr einen Jungen und nennt ihn Tony. Nach mir. Izzy hat mit Antonia schon dafür gesorgt, dass ein Mädchen nach mir benannt ist. Apropos, wir sollten uns auf den Weg machen. Wenn wir zu spät kommen, bringt Iz uns um.«

Ich nickte und verstaute den Ring in meiner Jackentasche. »Ja, fahren wir.«

Als wir zu unseren Maschinen gingen – einer schwarzen, aufgemotzten Acura für Aufreißer und einer superschnellen Suzuki für mich –, zeigte Aufreißer auf meine Tasche. »Willst du den Felicia heute geben?«

Allein von der Frage wurde mir schwindelig vor Aufregung. Ich hatte überlegt, es heute zu tun, doch bei dem Gedanken überkam mich jedes Mal das Gefühl, mich übergeben zu müssen. Im Grunde war heute der perfekte Tag, um Felicia zu bitten, mich zu heiraten. Es war nicht nur Antonias dritter, sondern auch mein neunzehnter Geburtstag. Jeder, der mir etwas bedeutete, würde bei unserer gemeinsamen Geburtstagsfeier dabei sein. Und in einem Monat wurde

Felicia achtzehn, was die Sache noch besser machte. Dann waren wir beide endlich frei.

Ich spürte den Ring in meiner Tasche und sagte zu Aufreißer: »Ja ... ja, ich glaub schon.« Erneut zog sich mein Magen zusammen, aber ich achtete nicht darauf. Der Diamant in meiner Jackentasche war das perfekte Symbol für meine Beziehung zu Felicia, und er gehörte an ihren Finger. Wir kannten uns schon ewig, seit meinem vierzehnten Lebensjahr waren wir zusammen. Klar, neunzehn war vielleicht ein bisschen jung, um sich für den Rest seines Lebens auf eine Frau festzulegen, aber sie war kein normales Mädchen, und wir zwei hatten nie ein normales Leben gehabt.

Als wir ungefähr in Antonias Alter gewesen waren, hatte man uns unseren leiblichen Eltern weggenommen. Anschließend waren wir im System umhergeschubst worden und hatten verzweifelt nach einem Ersatz für das gesucht, was wir verloren hatten. Anstatt dass man uns mit dem Wichtigsten versorgte, mussten wir beide wie die Löwen um jedes Stück kämpfen. Wir waren ein Team, wir passten aufeinander auf, und ich wollte niemand anders an meiner Seite haben. Warum noch zehn Jahre warten, wenn ich schon jetzt wusste, dass ich den Rest meines Lebens mit ihr verbringen wollte? Ich hatte nie etwas anderes gewollt, und daran würde sich auch nichts ändern. Sie war mein Schicksal.

Wenige Minuten später hielten Aufreißer und ich auf dem Parkplatz vor Izzys Wohnblock. Alleinerziehende Mutter zu sein war nicht leicht für Izzy, mit fünfzehn ein Baby zu bekommen war allerdings auch schon hart gewesen. Der Mistkerl, der sie geschwängert hatte, ließ sie sofort sitzen, als er begriff, dass sie nicht nur einfach zunahm, sondern ein Kind erwartete. Dass der Typ sich aus dem Staub gemacht hatte, war allerdings ein Spaziergang verglichen mit dem, was es bedeutete, Mutter zu werden, wenn man selbst noch ein Kind war. Aufreißer, Felicia und ich fühlten uns jedoch genauso für Antonia verantwortlich und unterstützten Izzy, wo wir nur konnten. Dieses Kind war etwas ganz Besonderes. Ich würde alles für Antonia tun und auf keinen Fall zulassen, dass sie eine Kindheit erleben musste, wie ich sie gehabt hatte. Und wenn es meine letzte Tat auf dieser Erde war, sie sollte wissen, wie es sich anfühlte, einen Vater zu haben. Ich war an dem Tag ihrer Geburt da gewesen. Ich hatte bergeweise Windeln gewechselt und sie mit Gallonen von Muttermilchersatz gefüttert. Ich hatte ihr das Laufen beigebracht, und ihr erstes Wort war »Hayden« gewesen. Nun ja, eigentlich »Hay«, aber ich nahm es für mich in Anspruch. Dieses Kind bedeutete mir alles, weshalb ich mir ernsthaft Sorgen um die Kleine machte. In der letzten Zeit war sie oft krank gewesen – sie war schlapp und müde und litt unter Übelkeit –, als hätte sie sich irgendetwas eingefangen, das sie nicht mehr loswurde. Izzy war verrückt vor Sorge, weshalb wir ihr alle abwechselnd versicherten, dass Antonia wieder in Ordnung käme. Das konnte gar nicht anders sein, sie war doch schließlich noch ein kleines Kind. Wie schlimm konnte es schon sein?

Auf dem Rücken hatte ich eine riesige Tasche voller Spielzeug für Antonia dabei, darunter als Hauptgeschenk eine dieser American-Girl-Puppen. Ich schwöre, das Ding hatte beinahe genauso viel gekostet wie der Ring für Felicia. Zum Glück verdiente ich ganz gut, indem ich für Aufreißer Straßenrennen fuhr. Er hatte Felicia und mich schon dort hineingezogen, als wir offiziell noch gar nicht fahren durften. Doch das hatte mich nie geschert. Da die ganze Sache ohnehin illegal war, schien mir der Umstand, dass ich zu jung war, unbedeutend zu sein.

Gott, ich liebte es, Rennen zu fahren, und ich war gut – verdammt gut. Ich hatte noch nie verloren. Jemanden zu besiegen, weckte etwas Gefährliches in mir. Hoffnung. Hoffnung und Träume. Und je mehr Rennen ich fuhr, desto stärker glaubte ich daran, dass ich vielleicht eines Tages mit Motorradrennen mein Geld verdienen könnte – ganz legal. Ich konnte mir kein besseres Leben für mich vorstellen, und es gab nichts, was ich lieber wollte. Felicia könnte vermutlich ebenfalls professionell Rennen fahren, denn sie war richtig gut. Ja, wir zwei bei demselben Rennstall … das klang perfekt.

Aufreißer holte mich an Izzys Tür ein. Ich klopfte an, dann drehte ich den Knauf und trat ein. Wärme und Lachen empfingen uns, doch als Erstes fiel mein Blick auf mein Mädchen, das im Sonnenlicht am Fenster stand und mich anlächelte. Gott, sie war hinreißend. Lange dunkelbraune Locken fielen über ihren Rücken. In ihren großen braunen Augen blitzte der Schalk, und an ihren vollen Schmolllippen könnte ich tagelang saugen. Allein der Gedanke, sie zu küssen, erregte mich. Wie lange mussten wir heute hierbleiben, bevor wir uns für die Nacht davonstehlen konnten? Denn zum Abschluss meines Geburtstags wünschte ich mir, dass sie ihre Arme und Beine um meinen Körper schlang.

»Hey, Süße«, sagte ich und glitt neben sie.

»Hey, Hayden«, erwiderte sie schnurrend. »Herzlichen Glückwunsch.« Das Funkeln in ihren Augen verriet mir, dass sie den Abend auf dieselbe Weise beenden wollte wie ich. Das Verlangen, das in den dunklen Tiefen glomm, deutete daraufhin, dass sie einiges mit mir vorhatte. Vermutlich würde ich morgen einen etwas seltsamen Gang haben. Lieber Gott. Nach der Torte mussten wir gehen.

Als ich mich gerade für ihre Glückwünsche bedankte, schlangen sich winzige Arme um meine Taille. »Ontel Haydi!« Felicia lachte amüsiert. »Haydi ... das gefällt mir. Das übernehme ich.«

Ich warf ihr einen missbilligenden Blick zu, bevor ich mich hinunterbeugte, um Antonia hochzuheben. Sie lag weich in meinen Armen, fast schwerelos. Antonia sah genau wie ihre Mutter und wie Aufreißer aus, ihr leiblicher Onkel. Sie hatte ihren hispanischen Teint geerbt, ihre zarte Statur und ihre dunklen Augen und Haare, doch momentan war Antonia blass und unter ihren Augen lagen dunkle Schatten. Sie sah aus, als würde sie vor Erschöpfung jeden Augenblick zusammenbrechen. Ich drückte sie fest und küsste sie auf das dichte Haar. »Hey, Kleine. Herzlichen Glückwunsch!«

Sie seufzte zufrieden, kuschelte sich in meine Arme und rührte sich nicht mehr. Erst nach einem Moment begriff ich, dass sie eingeschlafen war. Eiskalte Angst umschloss mein Herz, doch ich verdrängte sie. Izzy war heute Morgen mit ihr im Park gewesen, wahrscheinlich war sie nach dem langen Tag einfach nur müde. Es war bestimmt ohnehin bald Zeit für die Kleine, schlafen zu gehen. Nichts, worüber man sich Sorgen machen musste.

Ich sah mich nach Izzy um und entdeckte sie mit Aufreißer neben dem Kuchentisch. Sie wirkte verärgert, und ich fragte mich, ob Aufreißer ihr von dem Ring erzählt hatte. Ich wusste, dass sie sich freute, wenn Felicia und ich heiraten würden, das war nicht das Problem, doch Izzy hatte etwas gegen Aufreißers illegale Machenschaften. Wahrscheinlich regte sie sich darüber auf, dass es sich bei dem Ring um heiße Ware handelte. Doch sie würde darüber hinwegkommen. Izzy verzieh Aufreißer vieles.

»Hey, Iz«, sagte ich und ging zu ihr. »Da ist wohl jemand erledigt.«

Izzy drehte sich zu mir um, und zum millionsten Mal war ich verblüfft, wie jung sie aussah. Egal, wie sehr ich mich bemühte, sie anders zu sehen, auf mich wirkte sie immer wie zwölf. Wahrscheinlich würde sich das nie ändern. Was meinen Beschützerinstinkt noch deutlich verstärkte. Ob verwandt oder nicht, Izzy war meine Schwester.

Besorgt blickte sie auf ihre schlafende Tochter. »Ich versteh das nicht. Sie dürfte eigentlich nicht so müde sein. Sie ist noch nicht mal auf den Spielplatz gegangen, sie wollte nur kuscheln ...«

Vor lauter Sorge schimmerten Tränen in ihren Augen, und ich schenkte ihr ein sorgloses Lächeln, von dem ich hoffte, dass es überzeugend wirkte. »Sie ist okay, Iz. Nur müde.«

Izzy schien ein wenig beruhigt zu sein und streckte die Hände aus. »Dann bringe ich sie wohl mal ins Bett.«

Mit skeptischer Miene verfolgte Aufreißer, wie ich Antonia ihrer Mom übergab. »Nein, weck sie auf, Iz. Sie soll sehen, was ich ihr mitgebracht habe.« Er rieb sich die Hände und grinste, als würde er einen Preis für das beste Geschenk bekommen.

Izzy bedachte ihn mit einem vorwurfsvollen Blick und schüttelte den Kopf. »Sie macht es besser später auf, Tony. Jetzt braucht sie Ruhe.«

Aufreißer brummte gereizt, sagte jedoch nichts weiter. Während sie Izzy und ihrer Tochter hinterhersah, verschränkte Felicia ihre Finger mit meinen. »Hoffentlich ist alles in Ordnung«, flüsterte sie mir zu und lehnte sich an mich. Sie roch nach Jasmin, ihrem Lieblingsparfum, was normalerweise meine Sinne erregte, doch ihre Worte dämpften mein Verlangen.

»Ja, hoffentlich.«

Aufreißer wedelte gereizt mit der Hand. »Sie ist okay. Kinder werden nun mal krank, das ist doch nichts Besonderes.«

Wortlos blickten Felicia und ich uns im selben Augenblick an. Sie hob eine Braue, und ich verdrehte die Augen, dann mussten wir beide lachen. Es machte unsere Freunde verrückt, dass wir uns ohne Worte verstanden.

Aufreißer musterte uns, dann richtete er seine Aufmerksamkeit wieder auf den Kuchentisch. Er starrte ganze zehn Sekunden auf die beiden Torten, dann sagte er schließlich: »Oh Mist! Du hast ja auch Geburtstag, Hayden! Ich vergesse immer, dass du und Antonia Zwillinge seid. Also, wo feiern wir heute Abend?«

Ich deutete auf das Zimmer, das von Ballons, Luftschlangen und großem, kleinkindertauglichem Konfetti nur so überquoll. »Wir feiern doch schon.«

Aufreißer warf mir einen missbilligenden, verständnislosen Blick zu. »Ich meinte anschließend, du Trottel. Gehen wir in einen Stripclub, fahren wir nach Mexiko, wozu hast du Lust?«

»Ich will mit Felicia zusammen sein, und da sie nichts von alldem machen kann ...«

»Oder nichts von alldem machen *will*«, warf Felicia gelassen ein.

Ich lächelte ihr zu und führte meinen Satz zu Ende: »... bleiben wir hier. Und außerdem habe ich doch nachher noch diese *Sache* vor.« Ich betonte das Wort »Sache«, so gut ich konnte. Ob Aufreißer den Hinweis verstand? Es überstieg meinen Horizont, wie er in so kurzer Zeit meinen Plan vergessen konnte, Felicia einen Antrag zu machen.

»Ja, okay, gut. Ich wollte mich nachher sowieso mit Grunz treffen. Er hat einen Tipp für einen geheimen Fight Club. Wollt ihr zwei eine Wette platzieren, falls wir ihn finden?«

Wie aus einem Mund sagten Felicia und ich Nein. Mit Aufreißer Wetten abzuschließen war im Allgemeinen keine gute Idee. Wenn er zufällig gewann, behielt er einen ziemlich großen Anteil des Gewinns für sich und nannte das Kommission.

Aufreißer schürzte die Lippen und schüttelte den Kopf, als seien wir Idioten, weil wir uns diese Chance entgehen ließen. »Egal. Ich rufe Grunz an und finde heraus, wann dieser Quatsch stattfindet.« Mit einer Hand holte er sein Telefon heraus und strich mit einem Finger über den Rand der Torte. Lächelnd schob er sich im Weggehen ein Stückchen Glasur in den Mund.

Als ich mit Felicia allein war, den Verlobungsring in der Tasche, begann mein Herz zu hämmern. War jetzt ein guter Zeitpunkt? Während Antonia schlief und Aufreißer telefonierte? Sollte ich warten, bis alle wieder zusammen waren? Oder vielleicht sollte ich es heute Abend machen, wenn wir beide wirklich allein waren. Mist, ich wusste es nicht, und ich mochte es nicht, wenn ich nicht wusste, was ich tun sollte.

Vielleicht spürte Felicia meine innere Unruhe, denn sie legte die Arme um meinen Hals. »Du wirkst nervös. Hat das was mit dieser *Sache* zu tun, die du heute Abend vorhast?« Ihre Lippen zuckten, als verkniffe sie sich ein Lächeln. Wusste sie, was ich in den letzten zwei Wochen geplant hatte? Sie kannte mich besser als jeder andere.

Ich setzte ein lässiges Lächeln auf und erklärte: »Keine Ahnung, wovon du sprichst.«

Sie beugte sich vor und küsste mich sanft auf die Lippen, sie schmeckte nach Schokolade. Hatte sie etwa auch schon von der Glasur genascht? Na toll, jetzt wollte ich sie in Schokolade tauchen und anschließend sauber lecken. »Bist du dir da sicher?«, murmelte sie, und ihre Lippen näherten sich mir erneut. Diesmal sog sie meine Unterlippe in ihren Mund, und mir entfuhr ein leises Stöhnen. Vielleicht würden wir uns die Torte auch sparen.

»Äh ... ziemlich sicher ... Ich hab nichts Besonderes vor ... nur mit dir zusammen sein ...«

Mit einem leisen, verführerischen Lachen ließ sie ihren Mund zu meinem Ohrläppchen gleiten. Sie strich mit der Zunge über den Rand und raunte mir zu: »Wirklich? Du wolltest Aufreißer also nicht an etwas ... Wichtiges erinnern?«

Die sinnliche Bewegung trieb pulsierende Lust durch meinen Körper. Gott, was wollte sie wissen? »Ja ... also ...« Ich war kurz davor, ihr jedes Geheimnis zu verraten, als das schrille Klingeln des Telefons die Stille durchschnitt. Ich gewann die Kontrolle über meine Sinne zurück und rückte einen Schritt von ihr ab. *Netter Versuch.*

Felicia wirkte amüsiert und zugleich ungehalten, dass ich so schnell die Fassung wiederfand. Ich löste ihre Arme von meinem Hals. Solange wir uns nicht berührten, fiel es mir leichter, meine Pläne für mich zu behalten. Es war peinlich, wie leicht mich diese Frau aus der Fassung bringen konnte.

Izzy stürzte aus Antonias Zimmer herein, um das Telefon abzunehmen. »Hallo? Ja, hier ist Isabel. Haben Sie Antonias Testergebnisse? Wissen Sie, was ihr fehlt?«

Ich warf Felicia einen Blick zu und hörte, dass Aufreißer sein Gespräch mit Grunz beendete. Izzy hatte erwähnt, dass der Arzt einige Tests durchgeführt hatte, als sie das letzte

Mal mit Antonia bei ihm in der Praxis gewesen war. Vielleicht würde es Izzy beruhigen, wenn sie mehr Informationen erhielt.

Alle drei drehten wir uns zu Izzy um und beobachteten, wie sie nervös an ihrer Lippe nagte, während sie zuhörte. Sie zog die Brauen zusammen. »Wie meinen Sie das, Sie können es mir nicht am Telefon erklären?« Sie schwieg einen Moment, dann sagte sie: »Nein, ich will nicht morgen vorbeikommen und mit dem Doktor sprechen. Ich will auf der Stelle wissen, was zum Teufel mit meiner Tochter los ist!« In ruhigerem Ton fügte sie hinzu: »Wenn Sie irgendetwas wissen, sagen Sie es mir bitte. Ich will nicht warten. Ich *kann* nicht warten.«

Mit großen Augen sah sich Izzy im Zimmer um. Weil ich das Gefühl hatte, dass sie mich brauchte, wich ich von Felicias Seite und legte Izzy eine Hand auf die Schulter. Sie umfasste sie mit eisernem Griff, der sich mit jeder Sekunde noch verstärkte. »Nein ... das kann nicht sein ... Sie ist doch erst drei Jahre alt ... und heute ist ihr Geburtstag ... und das ist einfach unmöglich ...« Sie schluckte, dann nickte sie. Als sie wieder sprach, klang ihre Stimme tonlos, wie tot. »Natürlich kommen wir morgen vorbei. Um wie viel Uhr?«

Sie hörte zu, dann legte sie auf, ohne sich zu verabschieden. Mein Herz pochte heftig. Ihre Miene war leer, wie versteinert, doch ich wusste, das würde nicht so bleiben. »Izzy? Was ist los? Was stimmt nicht mit ihr?«

Izzy blickte auf und sah mich entsetzt an, dann füllten sich ihre Augen mit Tränen. »Sie müssen noch weitere Tests durchführen, aber sie sind sich ziemlich sicher ... sie glauben, dass sie Leukämie ...« Ihre Stimme verhallte, doch das Wort, das sie gerade ausgesprochen hatte, donnerte mit der

Kraft eines tosenden Unwetters durch meinen Kopf. Tränen strömten aus Izzys Augen, und die Verzweiflung verzerrte ihre Gesichtszüge. »Hayden ... mein Baby hat Krebs ...« Dann brach sie zusammen und sackte so schwer in meine Arme, dass ich sie kaum halten konnte. Schluchzer, zu heftig für ihren schmalen Körper, erschütterten sie, und auch in meinen Augen brannten Tränen und liefen mir heiß über die Wangen. Hinter mir hörte ich Felicia ebenfalls weinen, während sie die Arme um Izzy und mich schlang. Aufreißer fluchte, dann schniefte er, fiel auf die Knie und vergrub den Kopf in seinen Händen.

Nein, das konnte nicht sein. Es musste etwas anderes sein – *irgendetwas* anderes. Sie war doch erst drei!

Die Wochen vergingen und ließen die Hoffnung, die ich mir zu bewahren versuchte, zu einem Nichts zusammenschmelzen. Antonia war krank. Richtig, tatsächlich, schrecklich krank. Izzy war verrückt vor Angst, sie zu verlieren. Verdammt. *Ich* war verrückt vor Angst, sie zu verlieren. Sie gehörte erst seit drei Jahren zu unserem Leben, aber sie hatte mich verändert, mich berührt. Jetzt konnte ich mir ein Leben ohne sie nicht mehr vorstellen. Ich wollte es mir gar nicht vorstellen.

Seltsamerweise kam Antonia von uns allen am besten mit der Situation zurecht. Klar, sie war zu jung, um die Lage vollends zu verstehen. Alles, was sie wusste, war, dass die Schwestern im Kinderkrankenhaus von San Diego nett waren und sie mit Liebe und Spielzeug überhäuften – mit allem, was ihr den Aufenthalt dort erträglicher machte. Wann immer sie Angst hatte – normalerweise, wenn Nadeln im Spiel waren –, beruhigten sie sie mit Humor und freundlichen Worten.

Sie waren wunderbar. Ich wünschte, sie würden auch mich mit ihren albernen Geschichten trösten und beruhigen, das hätte ich gut brauchen können.

Nach der Diagnose sah Izzy Aufreißer nicht oft. Er verschwand und vertrieb sich die Zeit mit Glücksspiel, Frauen und Alkohol – was immer ihm half, den Schmerz zu betäuben. Ich betäubte meinen mit Felicia. Meinen Heiratsantrag hatte ich verschoben – jetzt war eindeutig nicht der richtige Zeitpunkt –, doch ich verbrachte jede freie Minute mit ihr, für gewöhnlich im Bett. Sex eignete sich gut als Ablenkung und abgesehen von gelegentlichen Straßenrennen für Aufreißer war es alles, womit ich mich beschäftigte.

Atemlos und ermattet rollte ich mich von Felicia und starrte zu der rissigen Decke unserer Wohnung hinauf. Noch strömten Endorphine durch meinen Körper, und für einen Augenblick schien die Welt in Ordnung zu sein.

Neben mir ließ Felicia ein zufriedenes Stöhnen ertönen. »Gott, Hayden, das war einfach ... Gott ...«

Ich wusste genau, was sie meinte. Vielleicht lag es an den intensiven Gefühlen, die uns alle umtrieben. Jedenfalls war der Sex zwischen uns in letzter Zeit unfassbar scharf, leidenschaftlich und überwältigend – wir waren zwei lodernde Fackeln, die das Bett niederbrannten. Vermutlich würden sich die Dinge wieder beruhigen, aber momentan genoss ich diese lustvolle Phase.

Doch schon während ich das dachte, breitete sich eine bedrückende Stimmung im Zimmer aus. Ich wusste, dass Felicia es auch spürte. Wenn die Leidenschaft verebbte, wenn unser Atem sich normalisierte, erfasste ein beklemmendes Gefühl mein Herz. Die Welt war nicht in Ordnung. Sie war alles andere als das.

»Willst du noch mitkommen? Antonia ist endlich wieder zu Hause. Ich will sehen, wie es ihr geht und Iz mal in den Arm nehmen. Das kann sie sicher brauchen.«

Ich dachte, Felicia würde sofort Ja sagen, doch sie zögerte. Als ich zu ihr hinüberblickte, nagte sie an ihrer Lippe, hörte jedoch sofort auf, als sie bemerkte, dass ich sie beobachtete.

»Ja, wann wolltest du denn fahren?«

Ich schlug die Decke zurück und erwiderte: »Jetzt.«

Sie zitterte, als die kühle Luft sie umfing, eine Gänsehaut überlief ihre Haut, und ihre Nippel versteiften sich. Einen Moment zögerte ich zu gehen. Was schadete es, wenn wir noch eine Runde einlegten? Wenn wir das Unausweichliche noch ein bisschen hinauszögerten ...

Doch mir war klar, dass ein Verschieben die Lage auch nicht verbesserte, also schlug ich mir die vage sinnliche Idee aus dem Kopf und stand auf. Ich zog mich eilig an, doch Felicia blieb im Bett liegen, nackt und ungeschützt, und starrte an die Decke, als wäre sie tief in Gedanken versunken. Als ich ihr Gesicht betrachtete, verstärkte sich der Knoten in meinem Magen. »Hey, ist alles in Ordnung bei dir?«

Sofort setzte sie ein Lächeln auf, und ihr Blick sprang zu mir. »Natürlich. Ich bin nur träge.« Sie strich sich lasziv über den Körper, doch mir war klar, dass es nicht nur Trägheit war, die sie zurückhielt. Wie ich wollte sie der Realität noch ein wenig länger ausweichen. Es wäre so leicht einzuknicken und zu bleiben ... doch Izzy und Antonia brauchten mich. Es war Zeit, erwachsen zu werden, für uns beide.

Ich ließ mich nicht von dem zarten, sinnlichen Lächeln auf Felicias Gesicht umgarnen, griff ihre Hand und zog sie hoch. »Komm schon, Faulpelz, wir haben Verpflichtungen.«

Sie seufzte, stand jedoch auf.

Auf dem Weg zu unseren Motorrädern lag eine Schwere in der Luft, und ich wurde das Gefühl nicht los, dass etwas nicht stimmte ... mehr als nur Antonia. Als wir die Helme aufsetzten, fragte ich noch einmal: »Ist wirklich alles in Ordnung?«

Wieder lächelte sie und nickte. »Ja, alles okay.«

Ich wollte ihr glauben, aber in ihren Augen lag ein gehetzter Ausdruck. Felicia mochte es nicht, wenn man sie bedrängte – ich im Übrigen auch nicht –, darum beließ ich es dabei und stieg auf mein Motorrad. Sie würde es mir schon erzählen, wenn sie so weit war. Ich hoffte nur, dass sie nicht vorher ausrastete. Felicia hatte die Angewohnheit davonzulaufen, wenn es schwierig wurde. Dann verschwand sie, ohne jemandem ein Wort zu sagen. Ganz plötzlich löste sie sich in nichts auf. Ihre Pflegeeltern hatten durchgedreht, als sie bemerkt hatten, dass sie fort war. Sie riefen die Polizei, und weil ich ihr Freund war, lud man mich zum Verhör. Izzy und Aufreißer wurden ebenfalls befragt – jeder »bekannte Kontakt« von Felicia, den sie finden konnten, doch das führte nie zu etwas. Felicia beherrschte es perfekt, sich in einen Geist zu verwandeln. Doch dann, ein paar Tage später, kehrte sie zurück und tat, als sei alles in Ordnung, als sei nichts geschehen. Als hätte sie nicht jedem in ihrer Umgebung einen Heidenschreck eingejagt. Das führte im Allgemeinen zu einem hässlichen Streit zwischen uns. Und zu ziemlich spektakulärem Versöhnungssex.

Es war ein wunderschöner früher Abend in San Diego, die perfekte Nacht für einen Motorradtrip, doch ich genoss keine Minute, während Felicia und ich das Stadtzentrum in nördlicher Richtung verließen, um zu Izzy zu fahren. Alles war in letzter Zeit so aufwühlend gewesen. Auf eine ziemlich üble Art. Felicias achtzehnter Geburtstag lag genau eine Woche zurück und normalerweise hätten wir alle diesen bedeutsamen Moment, ihre Befreiung von der staatlichen Pflege, ausgelassen gefeiert – doch wir waren noch nicht einmal ausgegangen. Izzy hatte bei Antonia bleiben wollen, und Aufreißer war gar nicht in der Stadt, weil er mit Grunz zu einem Boxkampf gefahren war, auf den er wetten wollte.

Mir war nicht danach zumute gewesen, etwas zu unternehmen, doch Felicia zuliebe hätte ich es getan. Alles, was sie wollte, war jedoch ausgiebiger Sex, und obwohl ich ihr diesen Wunsch mehr als bereitwillig erfüllte, beschlich mich das Gefühl, dass wir eine Gelegenheit verpasst hatten. Eine kleine Chance für uns alle, um vorübergehend zu verdrängen, was los war, und ein Lebensereignis zu feiern. Es hätte uns allen gutgetan, uns Energie und neuen Auftrieb gegeben, doch stattdessen unternahmen wir nichts und ignorierten das Problem, das uns quälte. Und jetzt schien es allmählich unausweichlich zu sein.

Als ich die Tür zu Izzys Wohnung öffnete, fühlte sich die Atmosphäre ebenso düster an wie bei uns zu Hause. Vielleicht lag das an mir. Vielleicht trug ich die Melancholie in mir und veränderte die Atmosphäre, wo immer ich war. Als ich Izzy umarmte, hätte ich alles darum gegeben, die Stimmung aufheitern zu können. Doch Scherze würden nicht helfen, gut gemeinte Neckereien ebenso wenig. Nichts half. Es war, wie es war, und das war verdammt bedrückend.

Felicia schien in sich zusammenzusinken, als sie die Hoffnungslosigkeit wahrnahm. Sie umarmte Izzy nach mir, doch sie hatte eindeutig eine Schutzmauer um sich errichtet, sie war nicht mit dem ganzen Herzen dabei. Es machte mir Sorgen, dass Felicia sich zurückzog, doch wenn ich sie noch einmal fragte, was los war, würde sie nur wieder »nichts« sagen. Felicia war immer groß, auch wenn sie nicht groß war.

»Wo ist Antonia?«, fragte ich, als Izzy und Felicia sich voneinander lösten. Izzy war immer zierlich gewesen, doch jetzt wirkte sie geradezu zerbrechlich. Ich sollte öfter vorbeikommen und dafür sorgen, dass sie genug aß. Es war egoistisch von mir, mich meinen Sexgelüsten hinzugeben.

Izzy lächelte mir schwach zu. »Sie liegt im Bett. Ihre Werte waren gut, darum haben sie uns entlassen, aber jetzt ist ihr schlecht. Der Arzt sagte, dass das ab und an vorkommt … eine Nebenwirkung der Chemo. Ich muss nur auf das Fieber achten. Sie hätte auch noch ein paar Tage dortbleiben können … vielleicht wäre das besser gewesen. Ich weiß es nicht. Sie war doch schon so lange dort, ich dachte, sie will nach Hause, aber vielleicht war das falsch. Mist, ich weiß nicht, was ich tun soll, Hayden. Was zum Teufel soll ich nur tun? Wie um alles in der Welt soll ich das alles bezahlen? Ich kann nicht arbeiten, ich kann sie doch nicht allein lassen … Ich weiß nicht, was ich tun soll. Ich weiß es einfach nicht …«

Ich sah, wie Izzy mit sich rang, wie die Gefühle sie überwältigten. Sie konnte das nicht allein schaffen, und das musste sie auch nicht. Sie hatte mich. Ich zog sie in meine Arme und beruhigte sie, so gut ich konnte. »Hey, hey, hey, du machst das toll, Izzy. Niemand weiß, wie man mit so einer Scheißsituation umgeht. Und mach dir keine Sorgen wegen des Geldes. Darum kümmere ich mich. Ich rufe Aufreißer an, er soll mich für jedes Rennen anmelden, und du bekommst all meine Siegprämien. Ich stehe hinter dir, Iz, ich bin für dich da.«

Sie schluchzte an meiner Schulter, dankte mir und wünschte sich zugleich, dass es eine andere Lösung gebe.

Die Straßenrennen beunruhigten sie. Doch für mich war das ein Leichtes. Sie brauchte Geld, viel Geld, und Rennen zu fahren war für mich ein einfacher Weg, ihr welches zu besorgen. Während ich Izzy im Arm hielt, blickte ich zu Felicia. Wenn sie mit mir fuhr, konnten wir doppelt so viel Geld für Antonia verdienen. Auf Felicias Gesicht lag ein seltsamer Ausdruck, den ich nicht zu deuten wusste – eine Mischung aus Schock, Angst, Stolz und noch etwas anderem, das ich nicht benennen konnte.

Nachdem Izzy sich wieder gefasst hatte, gingen wir zu dritt zu Antonia. Sie sah winzig aus in ihrem Bett, wie eine Puppe, gar nicht wie ein Mensch. Die Chemo hatte ihr bereits stark zugesetzt, und der Großteil ihres dichten dunklen Haars war ausgefallen. Sie röchelte leise im Schlaf und war bleich im Gesicht. Sie wirkte erschöpft, als wäre sie nur noch halb am Leben. Mit einer Hand hielt sie eine Spuckschale, mit der anderen umklammerte sie ihre American-Girl-Puppe. Izzy sagte, sie ließe sie nie aus den Augen. Gott, wenn es half, würde ich ihr Tausende von diesen blöden Puppen kaufen. Eine Million, wenn es nötig wäre.

Während ich neben dem Bett stand, einen Arm um Izzy gelegt, und Antonia beim Schlafen zusah, hörte ich, dass Felicia schwer atmete. Als ich mich zu ihr umdrehte, blickte sie zu Antonia hinunter und in ihren dunklen Augen standen Tränen. Mit zittrigen Fingern fasste sie sich an den Mund und murmelte: »Sie ist so ... sie sieht so ...«

Ich ließ Izzy los und ging zu Felicia. »Hey, ist schon okay. Das wird wieder, Süße.«

Sie wischte sich die Augen und sah Izzy an, dann richtete sie ihre Aufmerksamkeit auf mich. Sie zwang sich zu lächeln und erwiderte: »Ich weiß.«

Ich wollte wissen, was in ihrem Kopf vorging, da mir jedoch klar war, dass Izzy die Antwort besser nicht hören sollte, fragte ich nicht. Ich zog Felicia nur schweigend in meine Arme. Izzy beobachtete uns mit einem schwachen Lächeln, dann hörten wir, dass sich Antonia regte. Sie stöhnte im Schlaf, kurz bevor grüne Galle zwischen ihren Lippen hervorrann. Izzy stürzte zu ihr und half ihr, den Kopf zur Schale zu drehen. Sie würgte ein paarmal, dann beruhigte sie sich wieder. Sie wachte nicht einmal auf.

Izzy nahm die Schale mit ins Bad, um sie auszuwaschen. Als sie zurückkehrte, sah sie verängstigt und müde aus. »Hayden, ich frage das nur äußerst ungern, aber ... könntest du heute Nacht hierbleiben? Ich könnte ... ich kann hier etwas Hilfe brauchen.«

»Klar«, erwiderte ich sofort, dann wandte ich mich an Felicia. »Ist das ... okay?«

Sie nickte und wirkte beherrscht, aber ihre Augen glänzten noch. »Ja, natürlich. Wir ... wir sehen uns dann morgen früh.«

Ich nickte, dann beugte ich mich zu ihr und gab ihr einen Kuss. Zu meiner Überraschung fasste sie mein Gesicht und verlängerte den Moment. Die Berührung hatte fast etwas Irres, etwas Verzweifeltes, und anstatt mich zu erregen, machte mir das eine Heidenangst. Ich rückte von ihr ab und fasste ihre Arme. »Es wird alles gut. Wir stehen das zusammen durch.« Sie nickte, sah jedoch bedrückt aus. Ich küsste sie auf die Wange und hoffte, dass diese liebevolle Geste sie ein wenig aufmunterte. Sie lächelte, doch ich war mir nicht sicher, ob es wirklich funktioniert hatte.

Felicia blieb noch eine halbe Stunde bei uns, dann gab sie mir einen Gutenachtkuss und fuhr nach Hause. Ich machte für Izzy und mich etwas zu essen und sorgte dafür, dass sie es aß. Anschließend schickte ich sie ins Bett. »Ich passe heute Nacht auf Antonia auf. Du musst dich ausruhen.«

Izzy protestierte eine ganze Weile, doch schließlich setzte ich mich durch – und die Erschöpfung –, und sie ging ins Bett. Ich tat, was ich ihr versprochen hatte, und passte die ganze Nacht auf Antonia auf. Auf einem Stuhl neben ihrem Bett wachte ich über ihren Schlaf, leerte gelegentlich die Spuckschale und betete, dass alles tatsächlich wieder gut werden würde.

Antonia schlief noch, als Izzy am nächsten Morgen aufwachte. Sie kam ins Zimmer ihrer Tochter, wo ich versuchte, nicht auf dem harten Stuhl einzuschlafen, auf dem mein Hintern die ganzen letzten Stunden verbracht hatte. »Du hast gar nicht geschlafen, stimmt's?«, fragte sie.

Ich schüttelte den Kopf und erklärte: »Ich habe dir doch gesagt, dass ich die ganze Nacht auf sie aufpasse. Ich halte mein Wort.« Und wenn es um Antonia ging, würde ich mein Wort immer halten. Wenn ich nichts an ihrem Zustand ändern konnte, dann wollte ich mich zumindest um alles andere kümmern.

Auf Izzys Gesicht erschien ein aufrichtiges, herzliches Lächeln. »Ja, das stimmt. Jetzt solltest du aber nach Hause fahren ... ein bisschen schlafen.«

Nachdenklich ließ ich meinen Blick auf Antonias stiller Gestalt ruhen. Sie hatte sich länger nicht mehr übergeben, was ich als gutes Zeichen deutete. Dennoch hätte ich gern gesehen, wie sie die Augen aufschlug, wie sie mich anlächelte. »Ich würde gern bleiben, bis sie aufwacht.«

Izzy legte mir eine Hand auf die Schulter und schaute mit

dem besorgten Blick einer Mutter zu mir herunter. »Mir geht es jetzt gut, Hayden. Ich komme zurecht. Für heute. Aber mit Felicia … stimmt etwas nicht. Das spüre ich. Ich habe das Gefühl, dass sie wieder wegläuft. Fahr zu deiner Freundin, bring sie dazu, mit dir zu reden. Und dann schlaf ein bisschen.«

Ich wusste, dass Izzy recht hatte, dennoch wollte ein Teil von mir nicht gehen. Manchmal brauchte auch ich etwas, das mich beruhigte, und Antonia wach und glücklich zu sehen würde mich beruhigen. Aber Izzy hatte recht. Irgendetwas trieb Felicia um. Sie brauchte mich auch, ich musste mich um sie kümmern. »Ja, in Ordnung. Ich lasse euch eine Weile allein und schlafe eine Runde. Wenn ich zurückkommen soll – wenn du mich irgendwie brauchst –, schick mir einfach eine Nachricht, Iz. Wie gesagt, ich bin für dich da.«

»Ich weiß«, erwiderte sie lächelnd, dann gab sie mir einen Kuss auf die Wange.

Auf dem Heimweg machte ich mir Sorgen. Um Izzy, um Antonia. Und um Felicia. Wie konnte alles dermaßen schnell auseinanderbrechen? Aber nein … es war nicht auseinandergebrochen, es hatte nur Risse bekommen. Und Risse konnte ich flicken.

Die ganze Fahrt über kämpfte ich dagegen an, dass mir die Augen zufielen, und als ich in der Einfahrt parkte, rang ich mit mir, ob ich lieber zuerst ins Bett gehen und später mit Felicia sprechen sollte. Nein, das war keine gute Idee. Sie war das Wichtigste für mich, und so sollte ich sie auch behandeln. Erst würde ich mit ihr reden, dann ins Bett gehen. Als ich den Türknauf drehte, kam mir ein anderer Gedanke, ein fröhlicherer. Ich hatte auf einen guten Zeitpunkt gewartet, um Felicia um ihre Hand zu bitten, doch der perfekte Moment war bislang nicht gekommen. Allmählich glaubte ich, dass er nie kommen würde. Was, wenn ich stattdessen den falschen Moment wählte? Was, wenn jetzt – wo wir alle vollkommen niedergeschlagen waren – der beste Moment für alle war? Felicia hätte etwas, worauf sie sich freuen konnte, Izzy würde es aufheitern, und Antonia vielleicht auch. Welches kleine Mädchen stand nicht auf Hochzeiten?

Mein Entschluss stand fest. Wenn ich Felicia sah, würde ich als Erstes auf ein Knie niedersinken. Allerdings sollte ich ihr dabei den Ring geben. Ich würde mich erst ins Schlafzimmer schleichen, ihn aus der Unterwäscheschublade holen und dann niederknien. Es wäre vollendet unvollkommen.

Mit diesem Plan betrat ich leise das Haus. Sie konnte natürlich im Schlafzimmer sein, was die Dinge etwas verkomplizieren würde, aber ich war mir sicher, dass ich das hinkriegte. Ich war geschickt und schnell.

Leise schloss ich die Tür und begab mich in Richtung Schlafzimmer. Irgendwie fühlte sich die Wohnung anders an, ohne dass ich sagen konnte, woran das lag. Die Luft kam mir abgestanden vor. Als ich das Schlafzimmer erreichte, steckte ich den Kopf durch die Tür und stellte fest, dass Felicia nicht dort war. Auf Zehenspitzen schlich ich zur Kommode und blieb stehen, als mir etwas Merkwürdiges auffiel: Die zwei obersten Schubladen auf Felicias Seite der Kommode waren ein Stück herausgezogen, die unterste stand ganz offen und war leer.

Ich richtete mich auf und vergaß augenblicklich den Vorsatz, leise zu sein. Ich ging zur Kommode und riss die offenen Schubladen heraus. Felicias waren allesamt leer. Was zum Teufel? Ich sah auf meiner Seite nach, doch es war noch alles da, einschließlich Felicias Verlobungsring.

Ich überprüfte den Schrank neben der Kommode, dort bot sich mir derselbe Anblick: Felicias Sachen waren weg, doch mein Kram war nicht angerührt worden. Eine eisige Kälte schloss sich um meine Brust und raubte mir den Atem. War sie etwa wieder weggelaufen? Das war schon seit einer ganzen Zeit nicht mehr vorgekommen. Ich war mir sicher, dass sie ihre Getriebenheit überwunden hatte. Ich eilte ins Bad, aber dort sah es genauso aus – nichts mehr von ihr. Verdammt. Wie konnte sie uns jetzt im Stich lassen?

Vielleicht war sie noch nicht weg. Vielleicht konnte ich es noch in Ordnung bringen. »Felicia? Süße? Bist du da?«

In meiner Stimme lag ein Anflug von Panik, was ich schrecklich fand, aber ich konnte nichts dagegen tun. Felicia hatte noch nie *alle* ihre Sachen mitgenommen. Sie war immer nur mit dem geflohen, was sie zu dem Zeitpunkt gerade bei sich gehabt hatte. Alles daran fühlte sich falsch an. Es wirkte durchdacht. Als wäre es ... für immer. Mist, diesmal war Felicia nicht nur ein paar Tage davongelaufen, um einen klaren Kopf zu bekommen. Diesmal war sie ... für immer fort.

Nein. Das würde sie mir nicht antun. Wir waren seit unserem zehnten Lebensjahr beste Freunde. Hier ging etwas anderes vor. Es musste eine andere Erklärung geben ...

Erneut lief ich ins Schlafzimmer. Das Bett war unberührt. Hier gab es keinen Hinweis. Ich rannte weiter und suchte überall nach ihr. Doch die Wohnung war klein, es gab nicht viele Möglichkeiten, wo sie sein konnte. Auf dem Tisch lag ein Zettel. Aus irgendeinem Grund beschleunigte sich mein Herzschlag allein bei seinem Anblick. Felicia hatte nie eine Nachricht hinterlassen, wenn sie weggelaufen war. Niemals.

Ich musste meine Beine zwingen, sich bis zum Tisch zu

bewegen, musste meinen Blick auf das Papier zwingen und mich mit aller Macht auf die Worte konzentrieren, die dort in allzu vertrauter Schrift geschrieben standen. Mein Herz hämmerte, als ich nah genug war, um sie zu lesen, doch selbst dann weigerten sich meine sturen Augen, einen Sinn in den Buchstaben zu erkennen. Ich musste sie schließen und tief durchatmen.

Als ich sie wieder öffnete, wünschte ich bei Gott, ich hätte es nicht getan. In großen Buchstaben, die von getrockneten Tränen verschmiert waren, standen dort zwei Sätze, die alles zunichtemachten.

Es tut mir leid. Ich kann das nicht.

Kapitel 2

Hayden
Heute

Shit. Warum konnte nicht einmal in meinem Leben etwas nur gut sein – einfach, unkompliziert und konfliktfrei? Warum musste alles immer kompliziert sein? Felicia. Vier Jahre hatte ich sie nicht mehr gesehen. Nicht mehr, seit sie mich, seit sie uns alle verlassen hatte. Und jetzt, wo alles in meinem Leben gerade so war, wie es besser nicht hätte sein können, tauchte sie wieder auf, um alles zu verkomplizieren. Ich war am Arsch. Auf königliche Weise. Irgendjemand da oben musste mich ernsthaft hassen.

Seit Jahren hatte ich noch nicht einmal mehr an Felicia gedacht, nicht seit Kenzie in mein Leben gerauscht war. Als ich Kenzie zum ersten Mal sah, hatte ich im allerersten Moment gedacht, sie *sei* Felicia. Ich merkte zwar schnell, dass sie es nicht war, doch die ersten Begegnungen mit ihr waren überaus verwirrend gewesen. Ich wollte ihr näherkommen und sie zugleich fortstoßen. Kenzies schnippische Art mir gegenüber hatte mir ein wenig geholfen, die zwei Frauen als zwei eigenständige Persönlichkeiten zu sehen. Und sie waren ganz eindeutig zwei unterschiedliche Menschen – zwei *sehr* unterschiedliche Menschen. Vor allem hatte Kenzie mich nicht sitzen gelassen, als es schwierig wurde. Sie hatte sich für mich eingesetzt, für *uns*, und das rechnete ich ihr verdammt hoch an.

Doch das Wiedersehen mit Felicia gestern hatte ein paar Altlasten heraufbefördert, die ich meinte, gut in irgendeiner dunklen Ecke ganz hinten in meinem Kopf verstaut zu haben. Als ich Felicia entdeckte, wie sie in der gleichen Benneti-Montur wie ich an *meiner* Trainingsstrecke stand, war es, als hätte mir jemand eine Kugel in den Kopf gejagt. Unmittelbar, grell, schrecklich schmerzhaft. Es hatte sich angefühlt wie bei diesem Rennen in New Jersey, als würde ich mit hundert Meilen pro Stunde in einen Haufen Motorräder und Männer rasen. Ich konnte nicht atmen, konnte nichts sehen, und jedes Organ tat mir weh. Ich hatte mich wieder wie der Neunzehnjährige gefühlt, der sich nicht einmal traute, irgendeinen blöden Zettel von irgendeinem Tisch zu nehmen.

Der Damm, der meine Erinnerungen zurückgehalten hatte, war gebrochen, und eine erbarmungslose Flut aus Schmerz drohte, mich zu ertränken. Doch da Kenzie mich beobachtet hatte und ich nicht wollte, dass sie sah, welche Qualen ich litt, presste ich meine Gefühle zurück in ihren Käfig und schloss fest die Tür hinter ihnen. Anschließend war ich mit meiner Süßen davongelaufen. Und wenn es sein musste, würde ich weiter mit ihr fortlaufen, denn Kenzie war jetzt alles, was mir wichtig war. Sie zu halten, sie zufriedenzustellen, sie glücklich zu machen.

Denn wenn sie mich auch verließ ... Wenn mir noch ein Stück meiner Seele herausgerissen wurde, könnte ich das nicht überleben. Unmöglich. Mist. Warum zum Teufel war

Felicia zurückgekommen? Warum jetzt, nach all dieser Zeit, wo mit Kenzie endlich alles toll war? Wir zwei hatten jede Hürde überwunden, die uns trennte, und jetzt das. Was war ich für ein Idiot zu meinen, dass die Dinge in meinem Leben ab jetzt leichter sein würden. Gar nichts war leicht. Nicht für mich.

Ich hielt vor dem Tor zur Trainingsstrecke von Benneti Motorsport. Was mochte der heutige Tag wohl für mich bereithalten? Vielleicht würde es nicht mehr so wehtun, Felicia zu sehen, nachdem ich jetzt wusste, dass sie hier war. Sicher hatte mich nur der Schreck derart umgehauen. Das war alles.

Ich schob meine Schlüsselkarte in den Schlitz, gab den Code ein und wartete, dass das Tor aufging, um mein Bike durch die Lücke zu schieben. Es fühlte sich merkwürdig an, heute ohne Kenzie herzukommen, als würde ich irgendwie etwas Falsches tun. Wir hatten die »Willkommens«-Party für Felicia gestern frühzeitig verlassen und eine Tour an der Küste entlang gemacht. Mit Kenzie durch die Kurven zu jagen hatte mich beschwingt und mir Energie gegeben, doch es war nicht annähernd so faszinierend wie ein Rennen gegen sie zu fahren. Das fehlte mir. Sehr sogar. Doch Kenzie hatte kein Team mehr, und keiner von uns nahm mehr an Straßenrennen teil. Die Chancen, dass Kenzie und ich bald wieder gegeneinander antreten konnten, gingen somit gen null. Stattdessen mussten wir uns mit gemächlichen Touren zufriedengeben. Nun ja, ganz so gemächlich nun auch wieder nicht. Bisweilen hatten wir die Geschwindigkeitsbegrenzung um zehn bis zwanzig Meilen überschritten. Ganz konnten wir unseren Renngeist doch nicht zähmen.

Ich hatte die Nacht bei Kenzie verbracht und war heute Morgen von dort aufgebrochen. Als ich sie fragte, ob sie mich begleiten wollte, sagte sie, sie wolle noch ein paar Anrufe erledigen. Sie versuchte noch immer, ein Rennteam zu finden. Ihr Vater hatte sie quasi auf die schwarze Liste gesetzt, nachdem sein Team am Ende der Saison auseinandergebrochen war. Er hatte ihr ein Ultimatum gestellt – entweder sollte sie sich von mir trennen oder nie wieder ein Rennen fahren –, und wie durch ein Wunder hatte sie sich für mich entschieden. Das haute mich immer noch um. Und machte mir ein ziemlich schlechtes Gewissen. So gern ich Rennen fuhr, Kenzie bedeutete der Rennsport wohl noch mehr. Das Fahren lag ihr im Blut. Bevor er sein eigenes Team gründete, war Jordan Cox Meister im Rennsport gewesen. Kenzie war in dieser Welt aufgewachsen und wollte wahrscheinlich schon dazugehören, bevor sie überhaupt laufen konnte. Und ich war der Grund, dass sie das nun nicht mehr konnte. Ich hatte keine Ahnung, wie ich das wiedergutmachen sollte, oder ob das überhaupt möglich war.

Hoffentlich fand sie heute ein Team, das sich nicht von Jordan hatte überzeugen lassen, sie abzulehnen. Kenzie war eine faszinierende Fahrerin, sie verdiente es, einem Team anzugehören. Irgendjemand musste sich einfach über Jordans Quatsch hinwegsetzen und sie anheuern. Doch alle lokalen Teams hatten Nein gesagt. Wenn Kenzie ihren Traum weiterverfolgen wollte, musste sie sich also ein weit entferntes Team suchen. Doch darüber wollte ich noch nicht nachdenken.

Ich fuhr durch das innere Tor ins Herz des Komplexes. Dort blieb ich stehen und sah mich um. Im Mittelpunkt meines Blickfeldes befand sich die riesige Trainingsstrecke. Bewegliche Betonhindernisse gaben die Strecke vor, bildeten dramatische Kurven und beglückende Geraden. Um uns auf

Trab zu halten, wurde der Verlauf regelmäßig geändert, und mich dieser Herausforderung zu stellen gehörte zu meinen Lieblingsbeschäftigungen.

Rechts neben der Strecke lagen die verlassenen Gebäude von Cox Racing. Die Logos des Teams waren verschwunden, die Fenster dunkel, die Türen verschlossen. Das Auffälligste war ein Verkaufsschild, was meinen Boss, Keith Benneti, in Aufruhr versetzte. Er wollte den Anteil an der Strecke übernehmen, aber Jordan weigerte sich, ihn ihm zu verkaufen. Zu sagen, zwischen ihnen herrsche böses Blut, wäre noch untertrieben. Es war bedrückend, die ausgestorbenen Gebäude auf jener Seite des Parcours zu sehen, aber ich war der einzige Benneti, der so empfand. Das »böse Blut« zwischen den Besitzern hatte sich auf den Rest des Teams übertragen.

Ganz im Gegensatz zu der Ödnis auf der Cox-Racing-Seite herrschte auf der linken Seite rege Betriebsamkeit. Elektrowerkzeuge und Motoren heulten und in der Garage liefen Leute umher. Es war nur ein ganz normaler Arbeitstag bei Benneti, aber irgendwie fühlte er sich anders an.

Ich stieß einen widerwilligen Seufzer aus, schob mein Bike in Richtung Benneti-Garage und machte mich auf … nun ja, auf alles gefasst. Mit mulmigem Gefühl näherte ich mich dem Ort, der früher einmal mein Zuhause gewesen war. Okay, vielleicht war mein Zuhause eher die Strecke. Die anderen Typen im Team weigerten sich, mich als vollwertiges Mitglied anzuerkennen, und selbst jetzt schienen sie unterschwellig noch einige Vorbehalte gegen mich zu hegen.

Keith hatte mich vor etwas über einem Jahr auf der Straße entdeckt. Ich hatte keine Ahnung, woher er von den Straßenrennen wusste, und ihn nach jenem Abend nie wieder bei einem solchen Rennen gesehen, aber er war beeindruckt gewesen und hatte mir einen Platz in seinem Team angeboten. Unter einer Bedingung, versteht sich – ich musste die Straßenrennen aufgeben. Für immer. Nicht weil es ihn störte, dass ich etwas Illegales tat, sondern weil er nicht einen Haufen Zeit und Geld in mich investieren wollte, nur um zu sehen, wie ich von dem Sport ausgeschlossen wurde. Wenn Keith gewusst hätte, dass ich die Straßenrennen in der letzten Saison noch nicht ganz aufgegeben hatte, wäre er ausgerastet.

Doch er hatte es nicht herausgefunden und mir alles gegeben, was ich mir nur wünschen konnte – ein Dach über dem Kopf, ein Motorrad, mit dem ich in der Stadt herumfahren konnte, ein anderes, um Rennen zu fahren, und sogar Geld. Es fiel mir schwer, mich einem Menschen derart verpflichtet zu fühlen – meine Kindheit hatte mich gelehrt, dass das ganz und gar nicht gut war. Es half mir, mich daran zu erinnern, dass Keith im Grunde nur an seinem eigenen Vorteil interessiert war. Er wollte einen Titel erringen, und er glaubte, dass ich ihm diesen beschaffen konnte.

Meine Teamkollegen waren ziemlich sauer, dass Keith mir so viel Aufmerksamkeit schenkte, und nutzten jede Gelegenheit, mich zu schlagen. Ich konnte die Beulen förmlich noch spüren, die sie mir zugefügt hatte. Hinzu kam, dass sie mich verdächtigt hatten, ich würde die Maschinen manipulieren, um zu gewinnen. Das verdankte ich Aufreißer, der tatsächlich an den Bikes herumgefummelt hatte. Dieser Idiot. Diesmal war er deutlich zu weit gegangen. Ihn ganz aus meinem Leben zu verbannen war die beste Entscheidung meines Lebens. Abgesehen von dem Entschluss, mit Kenzie zusammen zu sein, natürlich. Der Unfall, in den ich letzte Saison verwickelt war, hatte die Lage mit meinen Teamkollegen allerdings entspannt – wäre ich der Saboteur gewesen, hätte ich mich wohl kaum selbst verletzt –, sodass sie sich jetzt einigermaßen zivilisiert verhielten.

Als ich vor der Garage hielt, winkten Rodney und Maxwell mir zur Begrüßung zu. »Hallo, Hayes«, sagte Rodney. »Hast du schon das neue Mädel gesehen? Ziemlich scharf, echt heiße Braut. Ich weiß nicht so genau, wie ich mich auf das Rennen konzentrieren soll, wenn *die* hinter mir fährt.«

Zwei gänzlich widersprüchliche Emotionen erwachten in mir. Angst schnürte mir derart fest den Magen zu, dass ich sicher war, dort morgen blaue Flecken zu haben, zugleich durchfuhr mich ein heißer Schwall Wut. Da mir keins der Gefühle im Umgang mit diesem Idioten half, zwang ich mich, mit einem Scherz zu reagieren. »Wie kommst du darauf, dass sie *hinter* dir fährt?«

Maxwell schnaubte und hielt mir die Faust hin. Widerstrebend stieß ich mit meiner dagegen, obwohl ich sie Rodney am liebsten ins Gesicht geschlagen hätte. Warum hatte ich das Bedürfnis, sie zu schützen? Felicia hatte mich nie als ihren Bodyguard gebraucht, sie konnte auf sich selbst aufpassen. Und außerdem schuldete ich ihr nichts – sie hatte mich sitzen gelassen.

Ich wandte mich von den Jungs und meinen dunklen Gedanken ab und ging in die Garage. Während ich gelassen lächelte, wiederholte ich wie ein Mantra unablässig in meinem Kopf: *Lass sie nicht da sein, lass sie nicht da sein.* Ich wollte sie einfach nicht sehen. Weder jetzt noch jemals.

Rasch sah ich mich in der Werkstatt um und stellte fest, dass die Luft rein war. Nikki war auch noch nicht da, aber das war nicht weiter überraschend, sie kam oft zu spät. Doch sie war einer der besten Mechaniker, denen ich jemals begegnet war. Früher hatte sie für Kenzie gearbeitet, und ich hatte ein leicht schlechtes Gewissen, sie ihr weggenommen zu haben, doch Nikki brauchte einen Job und wollte die Strecke hier nicht verlassen. Keith hatte sie den anderen nur allzu gern weggeschnappt. Vermutlich erwartete er, ihr Wissen von der Cox-Seite würde ihm wundersame neue Einblicke gewähren. Bislang gab es allerdings keine großartigen neuen Entdeckungen, doch Nikki war ein Genie im Umgang mit den Maschinen, und ich war froh, dass sie mir half.

Solange ich auf sie wartete, schlenderte ich nach oben in den Fitnessraum. Es war mir lieber, dass Nikki mein Bike inspizierte, bevor ich damit rausfuhr. Auf dem Weg zum Fitnessraum kam ich an Keith' Büro vorbei, das ebenfalls im ersten Stock lag. Seine Tür stand offen, und als ich vorbeiging, rief er nach mir. »Hayden!«

Ich hielt an und drehte mich zu seinem Zimmer um. »Ja?«

Als ich in den Raum blickte, wurde mir mulmig. Keith saß hinter seinem massiven Eichenschreibtisch, der wahrscheinlich an die tausend Pfund wog. Er hatte ziemlich beeindruckende Koteletten, und obwohl er sich drinnen aufhielt, trug er eine Pilotensonnenbrille, sein Markenzeichen. Er spielte mit einem Stift und schenkte mir ein überaus fröhliches Lächeln. Die Quelle seiner guten Laune und meines Unwohlseins rekelte sich auf dem Sofa, das im rechten Winkel zum Schreibtisch stand – Felicia. Während ich sie anstarrte, blieb mir die Luft weg. Sie sah noch genauso aus wie das achtzehnjährige Mädchen, das ich in Erinnerung hatte – das achtzehnjährige Mädchen, das mir davongelaufen war und mir zur Erklärung lediglich vier Worte zurückgelassen hatte. *Ich kann das nicht.* Ihr dichtes Haar fiel ihr in dunklen Locken über die Schultern. Wie ein Raubvogel beobachtete sie mich aus ihren kühlen dunklen Augen. Ich wusste nicht, was sie von mir erwartete. Was sie von mir bekam, allerdings schon: nämlich nichts.

»Schön, dass du da bist«, sagte Keith und zog meine Aufmerksamkeit wieder auf sich. Ich hatte noch immer nicht geatmet, sodass ich nicht antworten konnte. In mein Schweigen hinein bemerkte er: »Du bist gestern so früh verschwunden, dass ich gar keine Gelegenheit hatte, dir unsere neue Fahrerin vorzustellen. Felicia Tucker.«

Ihren Namen zu hören fühlte sich an, als hätte mir jemand ein glühendes Schüreisen ins Auge gerammt. Verflixt noch mal, was machte sie hier? Sie stand vom Sofa auf und kam mit ihrem schwingenden Gang, den ich so gut kannte, auf mich zu. »Wir kennen uns«, sagte sie über ihre Schulter zu Keith. Und an mich gewandt fügte sie hinzu: »Schön, dich zu sehen, Hayden. Es ist lange her.« Über ihr Gesicht huschte ein leidvoller Ausdruck, und in ihren Augen lag unübersehbar Schmerz. War das Bedauern? Ich wollte nicht bleiben, um es herauszufinden.

Ich tat den dringend nötigen Atemzug und konzentrierte mich auf Keith. »Wenn du mich brauchst, ich bin im Fitnessraum.« Anschließend machte ich sofort kehrt und verließ den Raum. Die Wut trieb mich an, dennoch war ich nicht schnell genug. Ich hörte, dass mir jemand hinterherlief ... dass *sie* mir folgte.

»Hayden! Warte!« Ich blieb nicht stehen. Vielmehr beschleunigte ich meine Schritte. *Ich will nichts von dir hören.*

Sie streckte die Hand aus, griff meinen Arm und hielt mich auf. »Warte!« Außer mir vor Wut fuhr ich zu ihr herum. Diesen tiefen Augen und vollen Lippen so nah zu sein erfüllte mich mit gemischten Gefühlen. *Warum bist du weggegangen?* Verdammt, es war mir egal.

Ich entriss ihr meinen Arm. »Fass mich nicht an«, stieß ich hervor. »Fass mich ja nicht mehr an.«

Als sie die Hand sinken ließ, zitterte sie. »Du hast recht, es tut mir leid.«

Ihre Stimme klang noch genau so, wie ich sie in Erinnerung hatte, weich und süß wie Honig. Was mich nur noch wütender machte. »Ich weiß nicht, warum du hier bist, aber eins will ich gleich klarstellen: Ich will nichts mit dir zu tun haben.«

»Hayden ...« Sie kam einen Schritt auf mich zu, und ich wich automatisch einen zurück.

»Ich meine es ernst, Felicia. Als du weggegangen bist, hast du eine Tür geschlossen.« Sie geschlossen, mit Benzin übergossen, ein Streichholz angezündet und sie abgefackelt. »Sie lässt sich nicht mehr öffnen«, erklärte ich.

Ein Schleier legte sich über ihre dunklen Augen. »Ich weiß, und ich weiß, dass ich es versaut habe. Ich möchte nur eine Chance, es dir zu erklären, das ist alles.«

Ich hob abwehrend die Hand und schüttelte den Kopf. »Dafür gibt es keinen Grund. Es gibt keinen Grund, mir irgendetwas zu erklären. Also lass es. Sprich mich nicht an, komm nicht in meine Nähe, sieh mich nicht einmal an. Wir zwei sind fertig.«

Ich schickte mich an zu gehen, doch sie weigerte sich stur, meine simplen Anweisungen zu befolgen. Stattdessen fasste sie meine Hand, und verdammt, bei ihrer zärtlichen Berührung kamen mir sofort Erinnerungen daran, wie ich sie im Arm gehalten hatte. »Ich weiß, dass du wütend bist, aber bitte hör mir zu. Es gab einen Grund, weshalb ich ...«

Ich riss ihre Hand von mir los, schleuderte sie förmlich fort, genau wie sie mich damals fortgeschleudert hatte. Mit einem kühlen Lächeln erklärte ich ihr ruhig: »Ich bin nicht wütend, Felicia. *Ich kann das einfach nicht.*«

Meine Worte trieften vor Verachtung, als ich ihre Abschiedsworte wiederholte, und sie machte ein niedergeschlagenes Gesicht. Nun liefen die Tränen, die sich in ihren Augen gesammelt hatten, über ihre Wangen, und da ich ihren Schmerz nicht sehen wollte, drängte ich mich wütend an ihr vorbei.

Ich hatte gedacht, ich würde mich besser fühlen, nachdem ich ihr diese Worte an den Kopf geworfen hatte, doch das war nicht der Fall. Ich fühlte mich leer. Vielleicht wollte ich heute überhaupt nicht trainieren. Vielleicht sollte ich einfach nach Hause fahren. Aber wenn ich das tat, würde Nikki es Kenzie erzählen, und dann würde sie sich wundern und sich Sorgen machen. Kenzie sollte deshalb nicht beunruhigt sein. Sie hatte genug eigene Probleme mit ihrer Familie, die nichts von ihr wissen wollte, und weil sie keinen Job hatte. Und außerdem gab es ohnehin überhaupt keinen Grund, weshalb sie sich Sorgen zu machen brauchte. Wie ich es Felicia erklärt hatte ... wir waren fertig miteinander.

Wie geplant ging ich in den Fitnessraum und reagierte meine Aggressionen an dem Sandsack in der Ecke ab. Eine Stunde später, als ich wieder nach unten ging, setzte ich für Nikki ein lässiges Lächeln auf, als sei alles in Ordnung. Wenn Kenzie sie nach heute fragte, würde Nikki ihr erzählen, dass ich bester Dinge gewesen war. Und das stimmte. Mir ging es absolut, vollkommen und total gut.

Für den Rest des Tages gelang es mir, in einer wahnhaften Blase zu leben, in der Felicia nicht existierte. Wenn sie in meine Nähe kam, sah ich sie ganz bewusst nicht an. Wenn sie etwas sagte, hörte ich ganz bewusst nicht hin. Sobald sie erschien, war es, als würde sich ein schwarzes Loch auftun, das jeden um sie herum mit hineinzog, bis sie wieder ging. Vielleicht war es nicht die beste Methode, mit der Situation umzugehen, aber für mich funktionierte sie. Sie zu meiden half mir sogar beim Training – wenn ich über die Straße flog, war es leicht, ihr zu entkommen. Ich fuhr die besten Zeiten seit meinem Unfall. Was ich Kenzie gegenüber wahrscheinlich lieber nicht erwähnen sollte. Vermutlich würde es sie nicht erfreuen zu hören, dass ich ohne sie gut fuhr.

Als ich das Gelände verließ, war ich erschöpft. Erschöpft, aber voller Hoffnung. Ich hatte einen Weg gefunden, mit meiner neuen Realität zurechtzukommen. Ich hatte einen Plan. Jetzt musste nur noch Kenzie daran glauben, an *mich* glauben, dann würde Felicias Rückkehr vielleicht gar nichts ändern.

Sobald ich in meine Wohnung über Keith' Garage kam, schrieb ich meinem Schatz. *Hey, Süße, ich bin fertig für heute. Willst du vorbeikommen?*

Ich kannte ihre Antwort schon, bevor ich sie erhielt. *Nicht so gern. Hast du Lust herzukommen?* Nachdem ich keinen Gips mehr trug, mied Kenzie Keith' Haus wie die Pest. Ich konnte es ihr nicht verübeln. Nach dem, was sie mir über Keith und ihre Mutter erzählt hatte, die hinter Jordans Rücken eine Affäre gehabt hatten, würde ich Keith vermutlich auch meiden.

Ich schrieb ihr, dass ich vorbeikäme, zog mich aus und ging unter die Dusche. Nachdem ich erfrischt und angezogen war, sprang ich wieder auf meine Maschine. In der Auffahrt stand Keith und beobachtete stirnrunzelnd, wie ich wegfuhr, sagte jedoch nichts. Es gefiel ihm nicht, dass ich mit der Tochter seines ärgsten Feindes zusammen war. Er tolerierte es nur, weil er hoffte, dass Kenzie Jordan davon überzeugen würde, ihm die Trainingsstrecke zu verkaufen. Wenn Kenzie und ihr Vater miteinander reden würden, könnte das vielleicht klappen. Wie dem auch sei, es war mir egal, was Keith von Kenzie hielt. Er war mein Chef, nicht mein Vater, und wenn er mich nicht feuerte, weil ich mich mit einer Cox traf – was zu Beginn meines Engagements in seinem Team noch ein Kündigungsgrund gewesen wäre –, dann sollte er seine Meinung für sich behalten.

Kenzie wohnte im Herzen von Oceanside in einem bescheidenen Haus mit zwei Zimmern. Als ich herausgefunden hatte, dass ihr Vater ehemals Meister im Motorradrennsport gewesen war, hatte ich etwas deutlich Größeres erwartet. Doch im Grunde war Kenzie ein einfaches Mädchen, und das mochte ich an ihr. Ihre Leidenschaft konzentrierte sich auf den Rennsport. Sie hatte nie etwas anderes gewollt. Gott, hoffentlich hatte sie heute Glück gehabt und ein neues Team gefunden.

Ich fuhr in die Auffahrt, schaltete den Motor aus und rannte fast zur Tür. Es war nicht gerade ein toller Tag gewesen, und ich musste meine Freundin sehen. Ich klingelte im Takt von *Stille Nacht*. Es nervte Kenzie unendlich, wenn ich Weihnachtslieder klingelte, aber ich glaube, sie mochte es auch. Lange bevor ich mit dem Lied fertig war, ging die Tür auf und Kenzie stand in weiten Baumwollhosen und einem engen T-Shirt von Cox Racing vor mir. Gott, sie sah wundervoll aus, und jetzt, nachdem ich sie so gut kannte, konnte ich leicht ihre Einzigartigkeit erkennen, die sie völlig von Felicia unterschied. Sie zu sehen war, wie in die frische Luft hinauszutreten, nachdem ich den ganzen Tag in einem stickigen Raum eingeschlossen gewesen war – endlich konnte ich wieder durchatmen. Ihr langes dunkelbraunes Haar fiel in wogenden Locken herab, wild und unbezähmbar, genau wie ihr Temperament. Ihre cremefarbene Haut war makellos, und in ihren tiefbraunen Augen funkelte Freude, mich zu sehen. Und Verärgerung.

»Ich wünschte wirklich, du würdest damit aufhören«, murmelte sie, allerdings mit einem schwachen Lächeln auf den Lippen.

Ich wusste, dass sie das rhythmische Klingeln meinte, konnte jedoch nicht widerstehen, sie zu ärgern. »Dich anzustarren, als wärst du ein Leckerbissen, den ich vernaschen will? Sorry, ich kann nicht anders. Du siehst einfach zum Anbeißen aus.«

Ich trat ins Haus, legte die Arme um ihre Taille und zog sie an mich. Wegen des plötzlichen Überfalls rang sie nach Luft, dann lächelte sie und legte die Arme um meinen Nacken. Als sie den Blick zu mir hob, sah ich die unterschiedlichsten Gefühle über ihr Gesicht tanzen: Belustigung über meine Bemerkung, Verlangen wegen meiner Worte, Liebe, Glück und eine Spur ... Sorge, Angst. Wahrscheinlich würde sie das niemals zugeben, aber es beunruhigte sie, dass ich heute zur Trainingsstrecke gefahren war. Weil ich dort den ganzen Tag mit meiner Ex an einem Ort war. Ich musste einen guten Weg finden, sie davon zu überzeugen, dass sie sich keine Sorgen zu machen brauchte, ohne dabei so übertrieben zu klingen, als wollte ich etwas vertuschen.

Mit einem friedlichen Lächeln beugte ich mich zu ihr hinunter. »Du hast mir gefehlt«, flüsterte ich, kurz bevor unsere Lippen sich trafen. Ich spürte Feuer, Leidenschaft, Lust und Verlangen, als ihre zarte Haut meine berührte. Ich wollte mehr, sehnte mich nach einer tieferen Verbindung, wollte sie hochheben, aufs Bett werfen und jeden Zentimeter von ihr erkunden. Und bevor die Nacht vorüber war, würde ich genau das tun. Aber noch nicht. Wenn ich sie jetzt nahm, könnte es so aussehen, als würde mich etwas anderes dazu treiben. Ich musste warten, bis sie sicher war, dass mir der heutige Tag wirklich überhaupt nichts ausgemacht hatte.

»Du hast mir auch gefehlt«, sagte sie, als wir uns schließlich voneinander lösten. Sie seufzte, gab mir einen letzten Kuss und befreite sich aus meinen Armen. Ich beobachtete, wie die Freude auf ihrem Gesicht verblasste, während sie die Tür schloss.

»Wie war dein Tag? Irgendwelche Kontakte?«, fragte ich und kreuzte die Finger für ein bisschen Glück. Kenzie musste Rennen fahren, genauso sehr wie ich.

Sie verzog ihre vollen Lippen und schüttelte den Kopf.

»Ich habe ein halbes Dutzend Teams angerufen, aber alle sagen dasselbe: ›Wir melden uns.‹«

Lächelnd ging ich zu ihr und nahm ihre Hände. »Positiv betrachtet ist das kein Nein.«

Sie hob eine Braue und konterte trocken: »Aber auch kein Ja. Ich habe auch versucht, meinen Vater und meine Schwestern anzurufen. Dad hat noch nicht einmal abgehoben. Theresa war eisig wie immer. Sie hat mir erklärt, was ich für ein schrecklicher Mensch bin, weil ich Dad verletzt habe, dann hat sie aufgelegt. Daphne hat mich ganze zwanzig Minuten zur Schnecke gemacht und mich nicht zu Wort kommen lassen.« In Kenzies Augen erschien ein hitziger Ausdruck. »Ich weiß, ich habe Dad verletzt, als ich mich für dich und nicht für die Rennen entschieden habe … nicht für ihn … aber sie übertreiben. Sie tun so, als wäre ich absichtlich gemein oder so etwas, aber das stimmt nicht. Ich will nur mit dem Menschen zusammen sein, den ich liebe.«

Ich wusste, dass sie es genau so meinte und dass sie davon überzeugt war, die richtige Entscheidung getroffen zu haben, aber manchmal beunruhigte mich das. Ihr Vater hatte ziemlich viele Strippen gezogen, damit jedes Rennteam sie ablehnte. Wahrscheinlich hatte er jeden Gefallen eingefordert, den ihm noch jemand schuldig war, nur um Kenzie dazu zu bringen, mit mir Schluss zu machen. Warum er mich derart hasste, wusste ich nicht genau, aber allmählich glaubte ich, dass es im Grunde gar nicht um mich ging. Er wollte etwas beweisen – niemand widersetzte sich Jordan Cox und kam damit davon. Nicht einmal seine eigene Tochter. Ich sollte mit ihm sprechen. Aber nicht ehe Kenzie von Angesicht zu Angesicht mit ihm gesprochen hatte. Es wurde Zeit, dass sie sich mit ihrem Vater auseinandersetzte.

Ich öffnete den Mund, um etwas Positives zu sagen, obwohl ich keine Ahnung hatte, was das in diesem Fall sein konnte. Als wüsste sie, was ich versuchte, machte Kenzie eine wegwerfende Handbewegung. »Aber ich will jetzt nicht über meine Familie sprechen. Ich will hören, wie dein Tag war. Wie war ... wie waren deine Zeiten?«

An dem kurzen Stocken und ihrem vorsichtigen Ton erkannte ich, dass sie eigentlich wissen wollte, wie es mit Felicia gewesen war. Das musste den ganzen Tag an ihr genagt haben. Mir würde es jedenfalls so gehen, wenn es umgekehrt wäre. Ich hätte im Kopf diverse intime Szenarien durchgespielt, in denen die zwei Menschen, die sich einst geliebt hatten, wieder zusammenkamen. Ich wäre ein einziges Nervenbündel gewesen, während ich auf eine Antwort wartete – während ich darauf wartete, dass meine Welt womöglich zusammenbrach. Ich wollte nicht, dass Kenzie sich so fühlte, dass sie wusste, wo sie mit mir stand. Und weil ich auch nicht wollte, dass sie erfuhr, dass ich heute besser gefahren war als seit einer ganzen Weile, antwortete ich auf eine Frage, die sie nicht gestellt hatte. »Felicia ist heute Morgen zu mir gekommen und wollte mit mir reden. Ich habe ihr gesagt, dass ich nichts mit ihr zu bereden hätte, nie mehr, und sie höflich gebeten, mich nie wieder anzusprechen. Und wenn sie es trotzdem versucht, werde ich ihr wieder genau dasselbe sagen. Ich habe kein Bedürfnis, mir anzuhören, was sie zu sagen hat.«

Bei dem letzten Teil klang meine Stimme etwas aufgewühlt, und ich zuckte innerlich zusammen, als ich sah, dass Kenzie leicht errötete. Ihr Atem beschleunigte sich kaum merklich, und sie starrte mich mit großen Augen an. Ich hoffte, dass sie nur alles verarbeitete, was ich ihr so offen und unaufgefordert gestanden hatte, und dass sie sich nicht über die Leidenschaft in meiner Stimme wunderte. *Ich verheimliche dir nichts, Kenzie. Du bist diejenige, die ich liebe. Versprochen.*

»Sie will mit dir reden?«, fragte Kenzie schließlich ruhig. »Und du willst sie nicht anhören? Bist du gar nicht neugierig?«

Sie versuchte zu ergründen, was genau ich meiner Ex gegenüber empfand. Doch es gab nichts zu erforschen. Ich empfand nichts mehr für Felicia, nur Bedauern. »Egal, was sie sagt, es ändert nichts an dem, was sie getan hat. Sie hat Izzy und Antonia verlassen, als sie sie am meisten gebraucht haben.«

»Und dich«, fügte sie leise hinzu. »Sie hat auch dich verlassen.«

In meiner Brust erwachte ein seltsames Gefühl. Es war,

als würde etwas unter meiner Haut sitzen und sie unerträglich reizen, ohne dass ich etwas dagegen tun konnte. Ja, sie hatte mich verlassen, genau wie es alle meine Pflegeeltern getan hatten. Genau wie meine Eltern, die sich kein bisschen darum bemüht hatten, mich zurückzubekommen. Am Ende war Felicia nicht der Mensch gewesen, für den ich sie gehalten hatte. Und das war schmerzhaft gewesen. Ich hatte Monate, *Jahre* gebraucht, um über diesen Verrat hinwegzukommen und selbst jetzt ... klar, tat es noch weh. Aber ich wollte nicht, dass Kenzie das sah, wollte nicht, dass sie es erfuhr. Kenzie war jetzt meine Welt.

»Was Felicia mir angetan hat, spielt keine Rolle mehr, warum sollte ich mir das also anhören? Du bist alles, was mir wichtig ist, weil du diejenige bist, mit der ich zusammen sein will. Die *Einzige*, mit der ich zusammen sein will. Okay?«

»Ja ... okay, Hayden.« Ihre Miene veränderte sich, und ausnahmsweise konnte ich ihre Stimmung nicht deuten. War das Erleichterung, die ich in ihren Augen las, oder unterdrückte Angst? Hatte ich die Lage verschlimmert, indem ich von Felicia erzählt hatte, bevor sie mich danach fragte? Verdammt, vielleicht wollte sie sich dem Thema langsam nähern, und ich Dummkopf hatte es gleich angesprochen und alles auf eine Karte gesetzt. So viel zu dem Versuch, nicht so zu klingen, als wollte ich etwas vertuschen. *Tja, wie bringe ich das jetzt wieder in Ordnung?*

»Ist wirklich alles in Ordnung bei dir?«, fragte ich, in dem Bemühen, einen Hinweis von ihr zu erhalten. Ich wollte das Gespräch nicht schon wieder in die falsche Richtung lenken.

Während sie mich musterte, lag eine deutlich spürbare Spannung in der Luft, und plötzlich hatte ich das Gefühl, dass wir auf entgegengesetzten Seiten eines riesigen Plateaus standen, das auf einem spitzen Speer balancierte. Jede falsche Bewegung konnte die Harmonie zerstören und unsere Beziehung in Dunkelheit und Chaos stürzen. Mein Herz begann, schneller zu schlagen, während ich auf eine Antwort von ihr wartete. Entweder würde sie sich mir öffnen, mir ihre Ängste und Zweifel offenbaren, oder sie würde eine Schutzmauer um ihr Herz bilden.

Doch als ich es nicht mehr aushalten konnte und kurz davor war, meine Frage zu wiederholen, setzte Kenzie ein gezwungenes Lächeln auf. »Ja, es ist alles in Ordnung. Schon okay.«

Ich spürte, dass das nicht stimmte. »Kenzie ...«

Sie ignorierte mich und zeigte in Richtung Küche. »Hast du Hunger? Ich habe Pad Thai versucht. Ich bin mir nicht sicher, wie es geworden ist. Aber ich weiß, dass du das so gern magst, darum dachte ich, du würdest es trotzdem essen. Ich dachte, wir könnten im Bett essen. Nackt.«

Auf ihrem Gesicht lag die stumme Bitte, ihr Angebot anzunehmen – Pad Thai und Sex – und nicht an dem nagenden Zweifel zwischen uns zu rühren. Wenn ich das tat, wenn ich ihr auf diesem Weg der Vermeidung folgte, würde sich das ungute Gefühl zwischen uns nur verstärken. Aber ich musste zugeben, dass die Vorstellung, dem Thema auszuweichen – nur für den Moment –, verdammt verlockend klang. Hinter mir lag ein langer, aufwühlender Tag, und alles, was ich wollte, war, Kenzie lächeln zu sehen, das Essen zu genießen, das sie für mich gekocht hatte, und jeden Zentimeter ihres Körpers zu küssen. Ich wollte keine aufrichtige, schwierige Unterhaltung führen, die wahrscheinlich auf eine steinige Straße voller quälender Erinnerungen und jahrelang aufgestauten Leids führte. Ich wollte einfach mit ihr zusammen sein. Glücklich, zufrieden, ahnungslos. Um die Realität konnten wir uns morgen kümmern.

Und darum antwortete ich auf ihren Vorschlag, indem ich sie an mich zog und knurrte: »Okay, aber können wir gleich zu dem Nackt-im-Bett-Teil wechseln?«

Sie kicherte, doch es klang irgendwie hohl, und das bedrückte mich. Hatte ich es schon vermasselt?

Kapitel 3

Hayden

Wie so oft in letzter Zeit verbrachte ich die Nacht bei Kenzie. Doch der Schlaf wollte nicht kommen. Ich warf mich von einer Seite auf die andere, keine Position schien mir bequem. Mein Kopf fand keine Ruhe, und immer wieder ließ ich den Tag vor meinem inneren Auge Revue passieren. Immer aufs Neue analysierte ich mein Gespräch mit Kenzie und versuchte herauszufinden, wie sie meine Worte aufgenommen hatte. Dann wanderten meine Gedanken zu Felicia. Nicht zu ihr persönlich, sondern zu unserer kurzen Begegnung. Hätte ich mich anders verhalten sollen? Bestimmter? Warum zum Teufel war sie wieder aufgetaucht?

Von Felicia kam ich auf den Rest von unserer ursprünglichen Truppe. Wusste Izzy, dass Felicia wieder da war? Wahrscheinlich sollte ich es ihr erzählen. Dann könnte sie es Aufreißer sagen, wenn er es nicht bereits wusste. Obwohl ... vielleicht sollte ich selbst mit ihm sprechen. Vielleicht ging ich auch mit dieser Situation falsch um. Sollte ich versuchen, irgendwie Frieden mit ihm zu schließen? Ich war mir nicht sicher, aber es war seltsam, keinen Kontakt zu ihm zu haben. Gott, was sollte ich nur tun. Ich hatte mich schon öfter in meinem Leben verloren gefühlt, aber nicht annähernd so wie jetzt.

Mein Kopfkissen fühlte sich hart wie ein Stein an, die Laken rau wie Sandpapier, aber schließlich fand ich eine einigermaßen bequeme Lage und entspannte mich, während der Schlaf mich langsam in seine Arme zog. Die Gedanken, die durch meinen Kopf wirbelten, beruhigten sich und gingen allmählich in Traumbilder über – einige aus meiner Vergangenheit, einige aus meiner Gegenwart. Eine Erinnerung daran, wie ich mit Felicia durch den Regen gelaufen war, ging in ein Bild von Kenzie und mir am Strand über. Ich rannte abwechselnd mit Felicia und Kenzie an meiner Seite durch die Straßen, und dann waren merkwürdigerweise auf einmal beide Frauen da. Aufgeregt erforschte ich Felicias Körper, während ich versuchte, das alles zu begreifen, dann sah ich vor mir, wie ich Kenzie meisterhaft zu einem Höhepunkt brachte, der ewig fortdauerte.

Während sich mein Körper in den Schlaf verabschiedete, wurden meine Gedanken zunehmend abgedrehter: fliegende Katzen. Keith, der mir erklärte, er sei mein Vater. Mein Bike, das sich mit mir unterhielt. Dann, tief im Traumland, ging ich in die Garage von Cox Racing. Sie war nicht leer wie im wahren Leben, sondern voller emsigem Treiben und Energie ... so wie früher.

Mechaniker, Rennfahrer und Teammitglieder wirbelten durch den Raum und machten sich endlos zu schaffen. Nikki befand sich in der Mitte der Werkstatt und scherzte mit ihrem Kumpel Myles Kelley, während sie an Kenzies Motorrad werkelte. Ich blickte mich nach meiner Freundin um, doch sie war nirgends zu sehen. Da ich mir Sorgen zu machen begann, wollte ich zu Nikki gehen, doch eine Hand auf meiner Schulter hielt mich zurück. Als ich herumfuhr, erwartete ich, Kenzie hinter mir zu sehen. Doch vor mir stand nicht Kenzie.

»Felicia? Was machst du hier?« Völlig verwirrt versuchte ich, einen Sinn in all den unpassenden Bildern zu erkennen: eine volle Werkstatt, Kenzie fort ... Felicia da.

Sie blickte mich mit einem stillen Lächeln an, das einen Hauch traurig wirkte. »Ich bin für dich da. Es ist Zeit zu gehen, Hayden.«

Eiseskälte ließ mein Rückgrat erstarren, erneut blickte ich mich suchend nach Kenzie um. Doch jetzt war die gesamte Werkstatt auf einmal leer – keine Spur von den Leuten oder Maschinen war mehr zu sehen. Obwohl ich dachte, dass ich Felicia erklären sollte, dass ich mit ihr *nirgendwohin* ging, fragte ich: »Zeit, wohin zu gehen?«

Sie hielt meine Hände in ihren und flüsterte: »Zeit, nach Hause zu gehen.«

Schlagartig schreckte ich aus dem Schlaf auf. Mein Herz raste, und ich atmete schwer. Das Problem war, dass ich mir nicht sicher war, welche Gefühle der Traum in mir auslöste, außer dass ich erleichtert war, *dass* es sich nur um einen Traum handelte. Ein Teil von mir war niedergeschmettert gewesen, doch in einem anderen hatte sich Hoffnung geregt. Ich wollte nicht darüber nachdenken, und ich wollte das ganz bestimmt nicht analysieren. Manchmal war ein Traum einfach nur ein Traum und hatte keine tiefere Bedeutung.

Eine zarte Hand legte sich beruhigend auf meine Brust. »Ist alles okay?«, murmelte Kenzie verschlafen.

Da ich nicht wollte, dass sie meinen rasenden Herzschlag spürte, nahm ich ihre Finger und führte sie an meine Lippen. »Ja, ich hatte nur einen seltsamen Traum. Schlaf weiter.«

Sie stützte sich auf den Ellbogen hoch, um mich anzusehen und selbst in dem trostlosen Grau konnte ich die Sorge in ihren Augen erkennen. »Einen Traum? Wovon?«

Gott, warum musste sie das fragen? Das durfte ich ihr auf keinen Fall erzählen. Es gab keine Chance, es ihr zu erklären, ohne dass ich dabei schlecht wegkam. Oder jedenfalls mein Unterbewusstsein, denn das war ein ganz und gar verbotener Traum. Wenn ich könnte, würde ich jemanden feuern.

»Ich kann mich ... ich kann mich kaum an etwas erinnern. Es ist alles verschwommen.« Es widerstrebte mir zutiefst, sie anzulügen, aber in diesem Fall war es einfach richtig. Manchmal öffnete die Wahrheit eine Tür, die sich dann nicht wieder schließen ließ.

Kenzie wirkte skeptisch, als ahnte sie die Täuschung, und ich betete im Stillen, dass sie nicht weiter nachbohrte. *Zwing mich nicht zu gestehen, was du nicht wissen willst.* Als hätte sie mein Flehen gehört, lächelte sie und beugte sich vor, um mich zu küssen. »Na, du musst keine Angst vorm Butzemann haben. Ich bin da und pass auf dich auf.«

Ich spitzte die Ohren, als ich die leichte Betonung auf den Worten »Ich bin da« hörte. Es war kaum merklich, aber sie betonte die Tatsache, dass *sie* diejenige war, die mit mir im Bett war, die eine Beziehung mit mir hatte. Dass sie mich nicht verlassen hatte. *Ich weiß. Und dafür liebe ich dich so sehr.*

Das konnte ich nicht sagen, ohne ihr meine kleine Sünde zu gestehen, darum legte ich eine Hand auf ihre Wange und zog ihren Mund erneut zu mir. »Ich liebe dich so sehr«, sagte ich zwischen zärtlichen Küssen.

»Ich liebe dich auch ... so sehr.« Nach diesen Worten wurde ihr Kuss fordernder, leidenschaftlicher, als wollte sie mir zeigen, wie viel ich ihr bedeutete. Sie schob ihr Bein über meins und positionierte sich auf eine Weise, dass sie rittlings auf mir lag. Ich wusste schon, dass sie mich liebte, und sie musste es mir nicht beweisen, aber ich musste ihr auch etwas zeigen, also zog ich ihre Hüften an meine und ließ mich auf ihren leidenschaftlichen Kuss ein.

Als sie sich an mir rieb, war ich sofort hart, und meine Unterhose spannte. Kenzie stöhnte, während sie ihre Hüften gegen meine stieß. Sie setzte sich auf, streckte die Brust heraus und ließ den Kopf in den Nacken sinken. Ich nutzte die Gelegenheit, durch den Stoff ihres dünnen Tanktops ihre festen Brüste zu umfassen. Ihre harten Nippel riefen förmlich nach mir, und ich wollte unbedingt an ihnen saugen. Ich ließ die Finger über ihre Rippen nach oben gleiten, nahm dabei das Shirt mit und entblößte langsam ihre zarte Haut. Kenzies Blick kehrte zu mir zurück, und mit einem zarten Lächeln senkte sie ihre Brust zu meinen Lippen. Ein Stöhnen löste sich aus meiner Kehle, als ich die feste Knospe in meinem Mund spürte. Ich ließ die Zunge kreisen, genoss es und verwöhnte sie. Kenzie sog schnell die Luft ein, dann presste sie ihre Hüften fest gegen meine.

Als die Lust meinen Körper durchströmte, öffnete ich die Lippen, und ihre Brust entglitt mir. Kenzie zog sich rasch das T-Shirt aus, dann ließ sie die Hüften in einem Rhythmus kreisen, der mich innerhalb kürzester Zeit um den Verstand bringen würde, wenn ich mich nicht zusammenriss. Ich durfte nicht kommen, bevor ich überhaupt in sie eingedrungen war. Da ich sie erst verrückt machen wollte, bevor sie mich zum Höhepunkt trieb, ließ ich eine Hand zwischen uns gleiten und suchte nach der warmen Nässe, die ich so liebte.

Langsam führte ich meine Finger zwischen ihre Beine.

Kenzie schrie auf und packte dermaßen fest meine Schultern, dass es mich nicht überraschen würde, wenn ich dort morgen blaue Flecken hätte. »Gott, du bist so nass, du fühlst dich so gut an.« Ich war mir nicht sicher, ob es der richtige Moment für solche Sätze war, aber ich konnte mich nicht zurückhalten, und es fühlte sich toll an, ihr die Wahrheit zu sagen.

Kenzie gab unzusammenhängende Laute von sich, während ich einen langsamen Kreis um ihre Mitte beschrieb. Dann hörte ich sie murmeln: »Ich brauche dich.« Es lag so viel Ehrlichkeit in diesem Satz, dass ich meine Hand zurückzog und Kenzie auf den Rücken drehte.

Ich blickte hinunter in ihre Augen und sagte ihr voller Liebe: »Ich brauche dich auch.« Ich betete, dass sie verstand, dass ich nicht den Sex meinte. Sehr wenige Menschen verstanden mich auf die Weise, wie sie mich verstand – unsere Interessen, unser Wettbewerbsgeist, unsere tragische Vergangenheit, unsere starke Leidenschaft –, es war, als wäre sie für mich gemacht. Gott sei Dank hatte uns das Schicksal zusammengeführt.

Ein warmer Ausdruck schlich sich in Kenzies Augen, als sie zu mir aufsah. Ich tat mein Bestes, den Blickkontakt zu halten, während ich erst ihr den Slip auszog und mich dann von meinem befreite. Sobald wir nackt waren, glitt ich in sie hinein. Dann musste ich die Augen schließen – das Gefühl war überwältigend, ich hatte keine Chance. »Oh Gott«, hörte ich sie unter mir sagen. Innerlich stimmte ich ihrem Gedanken zu. Nichts fühlte sich so gut an, wie in ihr geborgen zu sein. Auch in dieser Hinsicht war es, als wären wir füreinander gemacht.

Damit die Verbindung fortdauerte, bewegte ich mich in

einem langsamen, steten Rhythmus – beinahe quälend. Kenzie wand sich nach kurzer Zeit und keuchte vor Verlangen. Ihre Lust verstärkte meine eigene, und widerwillig beschleunigte ich das Tempo. Ich wollte nicht, dass es jemals endete. Doch der wachsende Druck in mir deutete daraufhin, dass ich nicht mehr lange durchhalten würde. *Bitte lass sie zuerst kommen.* Ich richtete meine Hüften neu aus und nahm sie in einem anderen Winkel. Kenzie öffnete den Mund und flüsterte meinen Namen, hauchte dreimal »Ja«. Dann ließ sie den Kopf nach hinten sinken, und ihr Körper erstarrte. Ein langer erotischer Schrei entfuhr ihr, und ich verschlang gierig die Laute und den Anblick dieser wundervollen Frau unter mir. Gott, sie war fantastisch.

Ich zwang mich zu warten, bis ihr Orgasmus fast vorüber war, ehe ich tief in sie eindrang und meinem eigenen Höhepunkt entgegenstrebte. Es dauerte nicht lange, genau den richtigen Punkt zu finden, und ich stöhnte vor Erleichterung und Ekstase, als sich meine aufgestaute Lust schließlich in einem euphorischen Höhepunkt entlud.

Als ich kam, schlang Kenzie die Arme um mich, und ich hatte das Gefühl, zu ihr zu gehören. Mein Traum war falsch ... *das hier* war mein Zuhause.

Nachdem die Wellen der Lust verebbt waren, zog ich mich langsam aus Kenzie zurück. Ich legte mich neben sie und küsste zärtlich ihre Schulter. »Ich liebe dich«, raunte ich noch immer atemlos.

»Ich dich auch«, erwiderte sie, ein unendlich scheinendes Grinsen im Gesicht. Das Lächeln wich jedoch schnell einer nachdenklichen Miene, und sie musterte mich einen Augenblick, dann fragte sie: »Bist du sicher, dass bei dir alles okay ist?«

Spöttisch deutete ich auf meinen nackten Körper. Ich fühlte mich so gut, dass die Glückswellen deutlich sichtbar von meiner Haut aufsteigen mussten. »Sehe ich nicht so aus?«

Langsam ließ sie den Blick über meinen Körper gleiten, und die genaue Prüfung erregte mich aufs Neue. Ich konnte einfach nicht genug von ihr bekommen. »Immer«, murmelte sie. Dann wurde ihre Miene ernst. »Aber der Traum ... und auch schon davor hast du nicht gut geschlafen. Das habe ich gemerkt.«

Es tat mir leid, dass ich sie gestört hatte. Das war ihr Haus, sie sollte hier Ruhe finden. »Das tut mir leid. Es ist aber wirklich alles in Ordnung, Kenzie. Ehrlich.« Ich hoffte, dass ich es wirklich so meinte, und küsste wieder ihre weiche Haut. »Hey«, sagte ich und stützte mich auf einen Ellbogen hoch. »Da wir schon früh auf sind, hast du Lust auf einen Lauf?«

Einen Moment legte sich ein merkwürdiger Ausdruck auf Kenzies Gesicht. Es war fast, als suchte sie in meinen Augen nach einer Täuschung. Ich bewahrte eine möglichst neutrale Miene. Sie würde meinen Gefühlen für Felicia nicht über Nacht vertrauen. Ich musste ihr nur weiterhin zeigen, dass mein Herz in ihren Händen lag. Eines Tages würde sie es mir vielleicht glauben. »Klar«, antwortete sie schließlich.

Wir ließen uns Zeit mit dem Aufstehen, streichelten und küssten uns und kuschelten noch eine Weile, bevor wir endlich die Decke zurückschlugen. Es war noch ziemlich kühl, darum zogen wir beide lange Hosen an – zum Glück hatte ich Sportkleidung und -schuhe von einem vorigen Lauf in ihrem Kleiderschrank gelagert.

Als wir hinaustraten, ging gerade die Sonne auf und verwandelte den Himmel in ein schillerndes rotorangefarbenes

Mosaik. Kenzie streckte die Arme über den Kopf und entblößte einen Streifen nackter Haut an ihrem Bauch. Sofort dachte ich, dass wir eigentlich noch im Bett sein sollten. Sie hob den Fuß, umfasste ihren Knöchel und zog ihn für eine kurze Dehnung nach oben, dann hüpfte sie ein paarmal auf und ab, um sich warm zu machen. Ich stand wie angewurzelt da und starrte sie an. Als sie bemerkte, wie andächtig ich sie beobachtete, lachte sie. Sie schenkte mir ein teuflisches Grinsen und murmelte: »Fang mich doch, Hayes«, dann lief sie wie ein geölter Blitz davon.

Immer noch gebannt von ihrer Schönheit brauchte ich eine Sekunde, ehe ich startete und hinter ihr herjagte. Es dauerte allerdings nicht lange, bis sich mein Wettbewerbsgeist meldete, und ehe ich michs versah, ertrank ich in Endorphinen, die beinahe so intensiv waren wie beim Sex. Wie ich es liebte, gegen diese Frau anzutreten. Selbst zu Fuß.

Wir liefen, bis die Sonne den Horizont erklomm, und keiner von uns gab auf. Je weiter wir liefen, desto stärker spürte ich allerdings die Erschöpfung. Mit jeder Meile fühlten sich meine Füße mehr wie Beton an, und meine Schritte wurden immer schwerer. Ausdauertraining war einfach nicht meine Stärke. Auf dem letzten Stück bis zu Kenzies Haus weigerte sich mein Körper, auch nur noch eine Spur schneller zu laufen, und sie zog an mir vorbei. Als sie die Einfahrt vor mir erreichte, riss sie die Arme hoch und sprang auf und ab. Obwohl es nicht sehr sportlich war, seinen Sieg derart zu feiern, genoss ich jede Sekunde dieses Moments. Es bestärkte mich darin, dass ich einen Weg finden musste, wie sie wieder an Wettbewerben teilnehmen konnte, hoffentlich in ein paar Monaten in Daytona. Irgendwie musste es doch eine Möglichkeit geben.

»Gute Arbeit, Zweiundzwanzig«, keuchte ich. »Du hast mich gekriegt.«

Sie grinste mich atemlos an, doch ihr Lächeln verblasste rasch, als meine Worte sie erreichten. Ich hatte sie mit ihrem alten Kosenamen angesprochen – der Nummer, unter der sie Rennen gefahren war. Ich hatte sie mit diesem einen Satz an alles erinnert, was sie verloren hatte. Verdammt.

»Kenzie, es ...«

Sie unterbrach meine Entschuldigung mit einer schnellen Frage: »Hunger? Ich kann uns Protein-Shakes zum Frühstück machen.«

Ich nickte. »Klingt super.« In dem Bemühen, die Stimmung aufzuheitern, fragte ich: »Können wir Bacon dazu machen?« Sie zog eine Augenbraue hoch, dann schüttelte sie lachend den Kopf. Mission geglückt. Obwohl mir das mit dem Bacon eigentlich ernst war.

Während Kenzie die Shakes zubereitete, hatte ich fortwährend das Gefühl, mich entschuldigen zu müssen. Das ging mir in letzter Zeit ziemlich oft so, und das war ermüdend. Aber ich konnte nichts dagegen tun. Neuerdings schien sich alles gegen mich verschworen zu haben. Das war die Geschichte meines beschissenen Lebens.

»Bitte sehr«, sagte Kenzie mit einem Lächeln in der Stimme, als sie mir meinen Protein-Shake ohne Bacon reichte.

Ich nahm ihn, doch meine Miene war nicht annähernd so fröhlich wie ihre. »Ein bisschen Fett hat noch keinem geschadet«, erklärte ich.

»Ein bisschen *weniger* Fett, und du hättest mich vielleicht geschlagen«, konterte sie. Ich sah sie finster an, doch die Heiterkeit in ihrer Stimme erfüllte mich mit einem warmen Gefühl. Die Neckerei bedeutete, dass alles zwischen uns okay war.

In ihren dunkelbraunen Augen lag eine Herausforderung, von der ich mich angezogen fühlte wie eine Motte vom Licht, ich konnte nicht den Blick abwenden. Ich wollte ihr gerade genau erklären, was ich mit ein bisschen Fett anstellen konnte, als mein Telefon auf der Kücheninsel piepte und den Eingang einer Nachricht meldete. Mit einem schiefen Grinsen ging ich lässig zum Tresen, um auf die Meldung zu blicken. Was ich sah, verwirrte mich. Darum nahm ich das Telefon in die Hand, um genauer nachzusehen. Die Nummer, die mit zwei Fünfen und Sechsen endete, kam mir nicht bekannt vor, aber die Nachricht war klar genug.

Hey, Keith bat mich, dich an das Teammeeting heute Morgen zu erinnern. Es ist wohl wichtig, und du sollst nicht zu spät kommen. Bis dann, Felicia

Während ich auf mein Smartphone starrte, kochte ich vor Wut. Was zum Teufel? Als ich mit Felicia zusammen gewesen war, hatte ich diese Nummer noch nicht gehabt. Keith musste sie ihr gegeben haben. Was sollte das?

»Was ist los?«, hörte ich Kenzie fragen.

Ich riss den Blick vom Display los und verfluchte mich, weil ich es viel zu lang mit wütender Miene angestarrt hatte. Ich hätte cool tun sollen, egal, was dort stand. Vergeblich versuchte ich, mein Gesicht in den Griff zu bekommen und überlegte, was ich Kenzie erzählen konnte – die Wahrheit kam ganz offensichtlich nicht in Frage. »Ich … Keith … Heute Morgen ist eine Teambesprechung, ich muss also bald los.« Das war in gewisser Weise die Wahrheit, darum fühlte ich mich nicht allzu schlecht dabei. Die Flunkerei machte meinem Gewissen dennoch zu schaffen. Ich versuchte, Kenzie davon zu überzeugen, dass ich vertrauenswürdig war, indem ich unehrlich war. Wie beschissen war das?

Stirnrunzelnd richtete Kenzie den Blick auf das Display. Mist, konnte sie es aus diesem Blickwinkel lesen? So unauffällig wie möglich löschte ich die Nachricht. Kenzie würde nicht allzu gut damit zurechtkommen, wenn sie wüsste, dass meine Ex mir Nachrichten schickte. Verdammt, das Ganze entwickelte sich rasant zu einem Albtraum. Vielleicht sollte ich es ihr erzählen. Doch dann würde sie sich Sorgen machen, aber dabei gab es doch absolut keinen Grund zur Sorge. Ich war über Felicia hinweg. Einhundertprozentig.

»Oh, okay ...«, murmelte Kenzie und wirkte irritiert.

Da ich nicht wollte, dass sie länger über meine Antwort nachgrübelte, schickte ich schnell hinterher: »Willst du heute mit mir zur Strecke kommen? Nikki hallo sagen? Oder ... willst du noch weitere Anrufe erledigen?«

Kenzie stieß die Luft aus, und ich wusste, sie kümmerte sich nicht mehr um die Nachricht. »Ich bin jetzt nicht in der Stimmung, jemanden anzurufen. Vielleicht versuche ich es heute Nachmittag wieder.«

Sie atmete ein weiteres Mal resigniert aus, und ich legte die Arme um ihre Taille und zog sie an mich. Dieser verdammte Jordan mit seinem verdammten Rachefeldzug. Ich war mir sicher, sie hatte es satt zu hören, dass es mir leidtat. Darum schwieg ich und hielt sie nur, doch die Worte hallten dennoch durch meinen Kopf.

Als könnte sie es auf meinem Gesicht lesen, mied Kenzie den Augenkontakt mit mir. »Wir sollten duschen, bevor wir gehen«, murmelte sie.

Normalerweise erregten mich diese Worte, doch das passte jetzt nicht zur Stimmung. »Okay, Süße, gehen wir duschen.«

Kenzie lachte und sah zu mir hoch. Bei unserer ersten

Begegnung war sie ziemlich sauer geworden, als ich sie so genannt hatte. Wenn eine Frau sich ständig in einer männerdominierten Domäne beweisen musste, war sie da vermutlich empfindlich. Da ich aus der Welt der Straßenrennen kam, die bei meinen neuen Kollegen nicht gut angesehen waren, kannte ich das Gefühl. Als ich sie mit »Süße« angeredet hatte, hatten sich automatisch ihre Nackenhaare aufgerichtet, und sie hatte sich von einer warmherzigen Frau in eine Hyäne verwandelt. Jetzt amüsierte es sie jedoch, und sie spielte den Ball zurück. »Wir sollten uns lieber beeilen, Süßer. Ich will ja nicht, dass du zu spät kommst.«

Als sie den Raum verließ, blickte sie noch einmal über ihre Schulter zu mir zurück, und ich hielt im Geiste ihr aufreizendes Grinsen fest, um es für immer in meinem Gedächtnis zu speichern. *Was für eine Frau.*

Nachdem wir gemeinsam geduscht hatten, für meinen Geschmack viel zu kurz, zogen wir uns für den Tag an und schoben unsere Straßenmaschinen aus Kenzies beeindruckend großer Garage. Kenzie verschloss die Tür, setzte ihren Helm auf und startete den Motor. Ich genoss es zunächst ausgiebig, wie schön sie auf dem Motorrad aussah, bevor ich mir ebenfalls den Helm aufsetzte. Kenzie auf einem Bike – dieser Anblick sprach all meine Sinne an. Ich wollte sie halten, küssen, mit ihr Rennen fahren, sie ausziehen – alles gleichzeitig.

Kenzie ließ provozierend den Motor aufheulen, und ich setzte mich schnell auf meine Maschine und startete sie. Vielleicht konnten wir nicht mehr wie früher gegeneinander antreten, aber wir konnten immer noch in kleinerem Rahmen miteinander wetteifern. In einer eleganten Bewegung wendete ich mein Bike und fuhr auf die Straße. Kenzie folgte nur einen Hauch hinter mir. Ich grinste von einem Ohr zum anderen und schoss davon.

In gemäßigtem Tempo fuhren wir durch das Zentrum von Oceanside, Kalifornien, doch kaum hatten wir den Highway erreicht, beugten wir uns beide auf unseren Bikes nach vorn, um den Luftwiderstand zu verringern, und ließen alle Vorsicht fahren. Ein aufregendes Gefühl von Freiheit durchströmte mich, die Freude darüber, mit Kenzie zusammen zu fahren.

Mir war durchaus bewusst, dass wir vorsichtig sein mussten, darum blickte ich auf den Tacho und erschrak. Wir fuhren bereits fünfzehn Meilen schneller, als erlaubt waren. Es war nervig, dass ich nicht richtig gegen Kenzie und ihre Maschine antreten konnte. Für Kenzie musste es sich erstickend anfühlen, als läge eine Leine um ihren Hals. Ich wollte schneller, nicht langsamer fahren, doch mir blieb keine Wahl – wenn man mich wegen zu schnellen Fahrens drankriegte, würde Keith mich feuern.

Widerwillig drosselte ich das Tempo. In dem Moment merkte ich, dass Kenzie langsam an mir vorbeizog. Alles zu tun, damit sie nicht gewann, war mir derart in Fleisch und Blut übergegangen, dass ich unwillkürlich wieder Gas gab und beschleunigte. Nur ein bisschen, gerade genug, um sie in Schach zu halten.

Mein Blick sprang kurz zu ihr hinüber, ich war überrascht, dass sie offen dafür war, gegen mich anzutreten ... und noch überraschter, dass ich ebenfalls dazu bereit war. Eigentlich durfte ich noch nicht einmal daran denken, aber es war ewig her, und ich lechzte danach. Nachdem ich schließlich akzeptierte, dass es einfach passierte, beugte ich mich vor und legte an Tempo zu. Ich konnte mir gut vorstellen, wie

Kenzie unter ihrem Helm lächelte. Ich tat es jedenfalls. *Auf die Plätze, fertig, los.*

Als ich schnell um sie herumfuhr, beschleunigte sich mein Herzschlag und passte sich der Geschwindigkeit an. Es gab so viele Gründe, die gegen das hier sprachen, aber ich konnte einfach nicht anders. Ich zwang mich, den Blick auf die Straße und nicht auf den Tacho zu richten, und legte mich tief in die Kurven. Kenzie folgte mir dicht auf den Fersen. Erinnerungen stiegen in mir auf: die Lichter, die mir erst zu warten geboten und mir dann das erlösende Startsignal gaben. Die diversen Flaggen, die mich warnten oder anspornten. Die vielen anderen Fahrer, die alles gaben, um zu siegen. Die Betonblöcke, aus denen die Parcours bestanden, das Adrenalin des Wettbewerbs, die Anstrengung, der Stress ... die Befriedigung. Ich konnte den Beginn der Rennsaison kaum erwarten, aber ... wenn Kenzie doch nur mit mir starten könnte. Ohne sie würde es nicht mehr dasselbe sein.

Als wir die Abbiegung erreichten, die zur Trainingsstrecke führte, hatte ich Kenzie um wenige Sekunden geschlagen. Ich stieß eine Siegerfaust in die Luft, dann blickte ich mich nach ihr um, hob den Hintern und gab mir einen Klaps. Kenzie schüttelte den Kopf, aber ich wusste, dass sie sich amüsierte. Vor Freude wurde mir leicht ums Herz, und ich empfand eine unvergleichliche Euphorie. Ich liebte es, Kenzie zu besiegen. Ich liebte es, gegen sie anzutreten. Wie ich das vermisste!

Als wir das äußere Tor erreichten, fuhr Kenzie neben mich. Ich klappte das Visier hoch und lächelte triumphierend. *Hab dich.* Sie schob ebenfalls ihr Visier nach oben und verdrehte die Augen. Dass sie über mich lachte, lenkte Kenzie von dem

Schild ab, dass über unseren Köpfen aufragte: *Benneti Motorsport Trainingsstrecke.* Obwohl jetzt nur noch ein Name darauf stand, war es doppelt so groß wie das alte Schild. Und um die Tatsache, dass das Gelände ihm gehörte, noch zu unterstreichen, hatte Keith das Schild um einen protzigen Spruch ergänzt, den Kenzie aus tiefster Seele hasste: *Wo Sieger zu Hause sind.* Auch wenn er es nicht direkt gesagt hatte, war ich mir ziemlich sicher, dass der Slogan ein Hieb gegen Kenzies Dad war, weil der nicht mehr länger hier »zu Hause« war. Wann immer sie das Schild bemerkte, verfinsterte sich Kenzies Miene.

Da ich es rasch passieren wollte, öffnete ich mit Schlüsselkarte und Code das Tor, und Kenzie und ich fuhren gemeinsam hindurch. Es musste Kenzie merkwürdig vorkommen, keine Schlüsselkarte mehr zu besitzen, aber der Teamchef John hatte ihre eingesammelt, als sie ihre Motorräder abgeholt hatte. Jordan Cox hatte sich an jenem Tag nicht blicken lassen. Und soweit ich wusste auch an keinem anderen Tag mehr.

Als wir über den Parkplatz fuhren, ließ die Euphorie von unserem Rennen allmählich nach und wich einem bedrückenderen Gefühl. Ich blickte zu Kenzie und sah auf ihrem Gesicht dieselbe Verzweiflung, die ich selbst empfand. Oder vielleicht war es auch Beklommenheit. Das letzte Mal, als sie mich zur Trainingsstrecke begleitet hatte, war nicht gut für sie gelaufen. Und für mich. Verdammter Keith. Warum um alles in der Welt hatte er Felicia anheuern müssen? Und gab es heute Morgen tatsächlich ein Meeting? Gestern hatte er mir gegenüber nichts dergleichen erwähnt.

Wir fuhren durch das offene innere Tor, das zum Trainingsbereich führte, und als Erstes sah ich, was ich jedes Mal wahrnahm, wenn ich herkam – das riesige Trainingsgelände. Auf beiden Seiten von großen Gebäuden flankiert, in denen Büros und Garagen untergebracht waren, zog die Strecke beim Betreten des inneren Heiligtums den Blick auf sich. Kenzie drehte den Kopf mit dem Helm zur rechten Seite der Strecke, wo in den dunklen, leeren Gebäuden die Geister von Cox Racing spukten. Die Garagen waren nie anständig repariert oder instand gehalten worden und deshalb heruntergekommen und baufällig. Vor der Schließung hatten sie einen traurigen Anblick geboten, jetzt war er nahezu herzzerreißend.

Ich steuerte meine Maschine auf die Benneti-Seite der Strecke, aber Kenzie lenkte ihre zur Seite von Cox. Herzukommen war aus vielen Gründen schwierig für sie. Ich wusste nicht, woher sie die Kraft nahm, durch das Tor zu fahren. Es musste sich anfühlen, wie an den Tatort eines tragischen Verbrechens zurückzukehren und immer wieder an das Trauma erinnert zu werden. Es musste sie fertigmachen, mich zu begleiten. Ich hätte sie gar nicht erst bitten sollen, das Gelände zu betreten. Mann, ich war so egoistisch.

Ich fühlte mich furchtbar und zögerte einen Moment, dann folgte ich ihr. Sie hielt fünfzig Fuß von den Cox-Gebäuden entfernt, als widerstrebte es ihr, noch weiterzufahren. So nah am Gebäude kam mir das Verkaufsschild riesig vor, und die gesprungenen Fensterscheiben wirkten irgendwie übernatürlich, als würden sie das Leben aus der Luft saugen und alles um sich herum in öde Dunkelheit tauchen. Das kalte, leer stehende Gebäude erinnerte mich an meinen Traum – Kenzie, die nicht da war, Felicia, die mich fortzog. Ein Schaudern kroch meinen Rücken hinauf, als ich neben ihrem Bike hielt.

Sie blickte mich an, und ich seufzte. »Es tut mir so leid, Kenzie. Es muss schrecklich für dich sein herzukommen. Ich hätte dich nicht bitten sollen, mich zu begleiten.«

Ihr ironischer Blick sagte mir, dass sie irgendetwas an meiner Äußerung total albern fand. »Wenn ich es nicht wollte, würde ich nicht herkommen, Hayden. Und ... ich weiß nicht, aus irgendeinem Grund komme ich gerne her. Ich mag den Anblick.«

Ihr Blick kehrte zu den verlassenen Gebäuden zurück, und ich machte vor Überraschung große Augen. »Wie kann dir dieser Anblick gefallen?« Das war mir ein Rätsel.

Während sie noch immer ihr altes Revier betrachtete, zuckte sie mit den Schultern. »Ich weiß nicht genau, warum. Es ist nur ... die Gebäude so leer zu sehen gibt mir Hoffnung. Solange sie leer stehen, sind sie noch nicht weg. Nicht ganz.« Sie sah wieder zu mir, und in ihren Augen funkelte wilde Leidenschaft. »Ich habe das Gefühl, solange die Gebäude leer stehen, besteht die winzige Chance, dass Cox Racing zurückkehrt. Ich weiß, dass es sehr wahrscheinlich nicht dazu kommt, aber wenn sie niemand kauft, kann ich so tun, als würden wir es wieder aufbauen. Ich muss mir diese Hoffnung bewahren. Es ist alles, was mir noch bleibt ...«, flüsterte sie.

Dass sie das sagte, verringerte meine Schuldgefühle kein bisschen. Es war, als hätte sie mir ein Messer in die Brust gebohrt und das gleich mehrmals.

Plötzlich wirkte ihre Miene seltsam unbewegt. Ich wusste, dass sie innerlich aufgewühlt war. Ihre Karriere, ihr Team, ihr Vater ... Felicia – all das löste einen Ansturm verschiedenster Gefühle in ihr aus. Noch eine Sache, und sie würde zusammenbrechen, da war ich mir sicher, und ich wollte auf gar keinen Fall diese eine Sache sein. »Vielleicht kann ich mit Keith sprechen und ihn davon überzeugen, dass er dich mit mir trainieren lässt. Schließlich bin ich auf diese Weise letztes Jahr meine besten Zeiten gefahren.«

Ihr Gesichtsausdruck besagte, dass ich größere Chancen hätte, einem Wal zu erklären, dass er nicht mehr im Meer schwimmen dürfe. Sie schenkte mir ein Lächeln, das nicht ganz ihre Augen erreichte. »Ja ... klar. Es kann ja nicht schaden.«

Wir wendeten unsere Bikes und fuhren zurück auf die Benneti-Seite. Als sie ihr Visier senkte, sah ich kurz Hoffnung auf Kenzies Gesicht aufflackern, und ich betete, dass Keith meiner Idee zustimmte. Kenzie wollte unbedingt wieder Rennen fahren, und ich konnte ihr eine Möglichkeit verschaffen, es zu tun. Wenn ich damit allerdings nicht durchkam ... Gott, wie ich es hasste, Menschen zu enttäuschen, die mir etwas bedeuteten.

Wir fuhren zu den Garagen und hielten vor einem der offenen Rolltore. Ich setzte den Helm ab und hängte ihn an den Lenker, dann beobachtete ich, wie Kenzie das Gleiche tat. Wenn sie den Helm abnahm, strich sie immer mit den Händen durch ihren Pferdeschwanz. Ich sah zu gern, wie die gewellten Strähnen durch ihre Finger glitten. Es war eine schlichte Bewegung, aber irgendwie wirkte sie bei ihr erotisch.

Als sie fertig war, lächelte Kenzie mir zu, dann gingen wir Hand in Hand hinein. Ich spürte, wie ihre Finger meine umklammerten, und sah aus dem Augenwinkel, wie sie den Blick durch den Raum wandern ließ. Meine Brust schnürte sich auf schmerzhafte Weise zusammen, als mir klar wurde, dass sie nach Felicia Ausschau hielt. Herrje, was, wenn Felicia mich auf die Nachricht von heute Morgen ansprach. Ich hätte Kenzie einfach die Wahrheit sagen sollen, damit nichts nach hinten losgehen konnte.

Unauffällig blickte ich mich ebenfalls nach Felicia um, doch zum Glück war sie nirgends zu sehen. Und was noch besser war – Nikki war ausnahmsweise nicht zu spät, sondern an ihrem Arbeitsplatz, wo sie an meinem Bike herumschraubte.

Die fröhliche Lateinamerikanerin schenkte uns ein strahlendes Lächeln, als ich mit ihrer besten Freundin zu ihr kam. »Hey, Hayden, Kenzie. Wie geht's?«, fragte sie und wischte sich die schmutzigen Hände an einem Tuch ab.

Anfangs hatte ich mir Sorgen gemacht, wie die Jungs Nikki behandeln würden, aber es lief gut. Nikki war charmant und sympathisch und bemühte sich, Crew und Fahrer kennenzulernen. Außerdem war sie Mechanikerin, nicht Fahrerin, und es schien mir, als werde hier jeder, der hart daran arbeitete, ein Benneti-Bike zu optimieren, quasi zur Gottheit erhoben. Sie leistete gute Arbeit bei ihrem neuen Job und schien wirklich gern an meiner Honda CBR600RR zu schrauben.

Kenzie antwortete lächelnd auf die Frage ihrer ehemaligen Mechanikerin: »Gut. Und wie läuft es hier?«

Nikkis dunkle Augen funkelten vor Freude. »Hervorragend.« Sie richtete den Blick auf mich. »Hab deine Maschine auf Vordermann gebracht, bin gerade fertig. Jetzt sollte sie richtig abheben.«

Ich schenkte ihr ein breites Grinsen. »Toll! Ich kann es kaum erwarten, mit ihr rauszufahren.« Mein Blick glitt zu Kenzie und sofort tat es mir leid, dass sie nicht mit mir hinauskommen konnte. Aber vielleicht ja doch ... Ich würde bei dem Meeting mit Keith darüber reden. Er musste ein Einsehen haben. Ich brauchte sie.

Als ich ihr das gerade sagen wollte, rief jemand meinen Namen. Wir drehten uns alle um und sahen Keith auf uns zuhumpeln. Kenzie stieß einen leisen Seufzer aus und sah aus, als wollte sie sich verstecken. Oder davonrennen. Sie hasste es, Keith zu begegnen, und noch mehr, mit ihm zu sprechen. Als Keith auf uns zukam, straffte ich die Schultern und Nikki wandte sich augenblicklich wieder meinem Bike zu. Ganz offensichtlich sollte ihr Chef nicht denken, dass sie Zeit verbummelte. Den ganzen Weg über warf Keith Kenzie tödliche Blicke zu. Ich fand das ziemlich nervig. Es war kein Geheimnis, dass Keith Kenzie nicht leiden konnte. Nicht nur, weil sie das Kind seines Erzfeindes war, sie war auch noch das Ebenbild ihrer verstorbenen Mutter, einer Frau, die Keith angeblich geliebt hatte. Am Ende hatte er sie an Jordan verloren, und seither war die Feindseligkeit zwischen den beiden Männern in Stein gemeißelt. Diese bittere Rivalität musste Keith jedoch nicht auf Kenzie übertragen. Sie trug an alledem keine Schuld, und wie ich Kenzie einmal gesagt hatte, ihre Probleme waren nicht unsere Probleme.

Keith blieb vor mir stehen und sagte barsch: »Hast du meine Nachricht wegen des Fahrertreffens bekommen? Es ist in zehn Minuten. In meinem Büro. Komm nicht zu spät. Und bring ja nicht deine Kleine mit.« Er richtete seine dunklen Augen wieder auf Kenzie, und der Hohn auf seinem Gesicht verstärkte sich. Meine kurzzeitige Erleichterung darüber, dass er nicht die Nachricht erwähnte, die er mir durch Felicia hatte übermitteln lassen, verblasste. Er sollte Kenzie nicht mit diesem Blick ansehen, und er durfte sie nicht als meine »Kleine« bezeichnen. Das wirkte herablassend.

Bevor ich einen Ton sagen konnte, wandte Keith sich an Kenzie: »Du hast deinen Dad immer noch nicht überzeugt, seine Seite an mich zu verkaufen, Mini-Cox. Jeden Tag, den er länger zögert, ist ein Schlag in mein Gesicht.« Er deutete mit seinem fleischigen Finger auf sie. »Besser, du bringst das schnell in Ordnung, oder ich verbanne dich ganz von diesem Gelände.«

In meinem Inneren rangen Schock und Wut miteinander. Er hatte nicht das Recht, ihr das anzutun. Das kurze Aufflackern von Hoffnung in Kenzies Augen – Hoffnung, die *ich* erzeugt hatte – erlosch bei Keith' Äußerung. Ich trat vor sie, um seine Aufmerksamkeit wieder auf mich zu lenken, und erklärte mit Nachdruck: »Das wirst du nicht tun, Keith. Wenn du mich hierhaben willst, musst du sie auch reinlassen. Uns gibt es nur im Paket.«

Mein Plan schien zu funktionieren, Keith richtete seine Aufmerksamkeit wieder auf mich, allerdings auch seine Wut. »Droh mir nicht, Hayes, und unterschätze nicht, was ich alles für den Sieg meines Teams tue.« Mit einem schmierigen Grinsen hob er die freie Hand. »Also, natürlich würde ich mich nicht dazu herablassen, Maschinen zu manipulieren, so wie Jordan, aber ...«

Seine Bemerkung trieb Kenzie augenblicklich auf die Palme, und sie ließ ihn nicht ausreden. »Damit hatte mein Vater nichts zu tun!«

Keith richtete seinen kühlen Blick wieder auf sie und obwohl er mit den Schultern zuckte, war klar, dass er sich von ihren leidenschaftlichen Worten nicht beeinflussen ließ. »Wenn du das sagst ...«

»Das war er nicht!«, zischte sie. »Es war ...«

Ich ahnte, dass sie kurz davor war, ein Geheimnis preiszugeben, das uns allen um die Ohren fliegen konnte, darum sah ich sie an und bat sie stumm, nicht Aufreißers Namen zu nennen.

Als Kenzie meinem Blick begegnete, begriff sie sofort und suchte nach anderen Worten. »Es war jemand anders.«

»Wie dem auch sei«, bemerkte Keith. »Bring deinen Vater dazu zu verkaufen. Bis dahin begehst du Hausfriedensbruch, sobald du durch das Tor trittst.«

»Keith ...«, flehte ich ihn eindringlich an. Das konnte er uns doch nicht antun.

Keith sah mich gereizt an, dann atmete er tief ein. »Gut. Sie darf auf die Cox-Seite und von dort aus zusehen. Du darfst sie kurz besuchen, wenn du nicht trainierst.« Ich war dermaßen fassungslos, dass ich ihn nur anstarrte. Er schüttelte den Kopf. »Sieh mich nicht so an, Hayes. Du darfst nicht weiterhin Leute anschleppen, die keine Angestellten der Garage sind. So ein Job ist das hier nicht.« Er humpelte davon, um die anderen wegen des Meetings zu informieren, und sobald er weg war, stellte ich überrascht fest, dass ich schwerer atmete.

»Dieser Arsch«, knurrte Nikki aus ihrem Versteck hinter meinem Bike. Anschließend blickte sie sich vorsichtig um, ob sie auch niemand außer Kenzie und mir gehört hatte. Verdammter Keith. Nach diesem Gespräch bestand kein Zweifel mehr daran, dass er niemals einwilligen würde, Kenzie und mich zusammen trainieren zu lassen. Eher würde er riskieren, dass ich versagte, als Kenzie zu helfen.

Kenzie war blass, aber gefasst, als ich mich zu ihr umdrehte. »Ich werde mit ihm sprechen, Kenzie, ihn zum Einlenken bewegen.« Ich hatte allerdings keine Ahnung, wie ich das anstellen sollte.

Sie schüttelte den Kopf und musterte mich. »Spar dir die Mühe, Hayden. Er hat recht. Ich gehöre nicht hierher.« Sie blickte sich um und rieb sich die Arme, als hätte sie das Gefühl, dass kühle Blicke jede ihrer Bewegungen verfolgten. Keith war nicht der Einzige, der sie hier nicht sehen wollte, das war mir auch klar. Ich hatte hier einen schweren Start gehabt, aber schließlich hatten die Jungs ein Einsehen gehabt. Das galt jedoch nicht für Kenzie. Sie war eine ehemalige Cox-Rennfahrerin *und* Jordan Cox' Tochter. Wenn sie sie nur ignorierten, betrachtete ich das als guten Tag.

Ich wehrte mich gegen die Fakten, die mir so erbarmungslos um die Ohren flogen, und flüsterte leise: »Aber du gehörst doch hierher. Du gehörst dorthin, wo ich bin.«

Sie schenkte mir ein zaghaftes schiefes Grinsen, für das ich sie küssen wollte. »Du solltest zu diesem Meeting gehen, sonst wird Keith noch richtig sauer.«

Ich stieß ergeben die Luft aus, dann gab ich meinem Verlangen nach und senkte meine Lippen zu ihren hinunter. Der zärtliche Austausch war für meinen Geschmack viel zu kurz, aber sie hatte recht. Ich musste gehen. Nachdem ich Kenzie gesagt hatte, dass wir uns heute Abend sehen würden, stapfte ich nach oben zu diesem verdammten Fahrer-Meeting.

Der Sitzungsraum, den Keith für diese Treffen nutzte, lag am anderen Ende des Gebäudes. Er war leer, als ich dort ankam, darum setzte ich mich und wartete. Und wartete. Und wartete. Als ich gerade aufstehen und gehen wollte, kam jemand herein. Natürlich war es Felicia. Heute blieb mir anscheinend nichts erspart.

Sie schloss die Tür hinter sich, und sofort stand ich auf. Wenn es heute ein Meeting geben sollte, würde ich zurückkommen, wenn alle anderen da waren. Lieber kam ich zu spät, als in einem Raum allein mit meiner Ex festzusitzen.

Felicia hatte das dunkle Haar zu einem Pferdeschwanz zurückgebunden. Sie legte den Kopf schief und entblößte ihren langen Nacken. »Hast du meine Nachricht erhalten?«

»Ich habe *Keith'* Nachricht erhalten«, gab ich zurück. Ich blickte mich um und schnappte: »Wo sind denn alle?«

Felicia zuckte mit den Schultern, dann kam sie um den langen Tisch herum zu mir. »Das weiß ich nicht. Hast du sie behalten?«

Ich wollte zurückweichen, doch als würden meine Füße auf dem Teppich festkleben, konnte ich mich nicht rühren. »Was behalten?«

»Meine Nummer«, antwortete sie und sah mich warm und offen aus ihren dunklen Augen an.

Ich spürte, wie es heiß im Raum wurde, als sie näher kam, Feuer brannte in meinem Nacken und versengte mein Gesicht. Wo zum Teufel waren Keith, Rodney, Maxwell ... jeder wäre mir recht gewesen.

Auf gar keinen Fall würde ich zugeben, dass sich Felicias einfache Nummer in mein Gehirn eingebrannt hatte, darum sagte ich das einzig Mögliche: »Nein, hab ich nicht.«

Entschieden, sie zu meiden, drehte ich mich um und ging auf die andere Seite des Tisches. Felicia wechselte die Richtung und versperrte mir den Weg. Na toll. Spielten wir jetzt *Räuber und Gendarm*? »Geh aus dem Weg«, erklärte ich in hartem Ton.

»Hör zu«, erwiderte sie mit ebenfalls rauer Stimme.

Ich spürte, dass ein Streit aufzog, ein Riesenstreit, der sich vier Jahre angebahnt hatte. Diese Streitereien hatten früher stets mit Versöhnungssex geendet – aber dieses Mal nicht. Dieses Mal würde es noch nicht einmal einen Streit geben. Ich wollte ihr meine Meinung sagen, dann gehen. Ich blieb stehen, wo ich war, und starrte sie unverwandt an. »Ich habe einmal gedacht, du wärst mein Schicksal.«

Sofort hellte sich ihre Miene auf. »Das bin ich.«

Mein Blick verfinsterte sich noch mehr. »Nein ... du bist weggelaufen.« Sie zuckte zusammen, als hätte ich sie geschlagen. Ich achtete nicht darauf, dass ich sie verletzte. Stattdessen fuhr ich fort, mir meinen eigenen Schmerz von der Seele zu reden. »Du bist immer weggelaufen, aber bis dahin warst du noch nie vor *mir* weggelaufen. Du bist nicht mein Schicksal, weil ich nicht für den Rest meines Lebens hinter jemandem herjagen will. Nicht so.«

»Hayden, ich ...«

Ich hob abwehrend die Hand und schnitt ihr das Wort ab. »Wusstest du, dass ich gehofft habe, dass du zurückkommst? Dass es nur eine deiner kleinen Auszeiten war? Immer wieder habe ich mir gesagt, dass du eines Tages wieder auftauchen würdest. Ich hab so getan, als wäre alles in Ordnung, und die Dinge würden sich wieder normalisieren. Darum verlegte ich mein Leben in die Warteschleife. Izzy machte sich Sorgen um mich, Aufreißer meinte, man solle mich einweisen, aber das war mir egal. Ich war mir sicher, du würdest zu mir zurückkommen. Es hat ein Jahr gedauert, bis ich kapiert habe, dass du nicht zurückkommst. Ein *Jahr*, Felicia. Ich habe ein ganzes Jahr gebraucht, um dich aufzugeben. Und du ... du hast gerade einmal *einen* Abend dazu gebraucht.«

Mit Tränen in den Augen schüttelte sie den Kopf. »Antonia war krank, damit konnte ich nicht umgehen, ich ...«

»Du konntest nicht damit umgehen?«, fragte ich ungläubig. »Darum hast du sie verlassen? Wie unsere Eltern uns verlassen haben? Sie verdient etwas Besseres als das.« Voller Missachtung zischte ich: »Wir waren Freunde, seit wir zehn waren, Geliebte seit wir vierzehn waren. Ich dachte, ich würde dich kennen ... bis zu jenem Tag. Wir haben dich gebraucht, und du hast uns verlassen. Uns *alle*.«

»Hayden«, flehte sie. »Ich brauchte einfach Zeit.«

»Vier Jahre? Niemand braucht vier Jahre. Du hast uns sitzen lassen. Du warst fertig mit uns. Und jetzt hast du es dir aus irgendeinem Grund anders überlegt. Tja, Pech gehabt. Egal, was du gerade durchmachst, du musst damit klarkommen, weil ich nicht mehr auf dich warte. Mein Leben ist weitergegangen, und ich bin glücklicher als je zuvor.«

Ich stürmte an ihr vorbei zur Tür. Sie versuchte nicht, mich aufzuhalten, aber sie drehte mir den Kopf zu, als ich an ihr vorbeiging, und ich hörte, wie sie sanft fragte: »Bist du das?«

Ohne etwas zu erwidern, öffnete ich die Tür und verließ den Raum. Doch ihre Frage brannte in meinem Kopf. *Ja, natürlich bin ich glücklich.* Warum hatte ich Kenzie dann nicht gesagt, wer mir die Nachricht geschrieben hatte? Warum hatte ich mein Versprechen schon gebrochen? Ich hatte Kenzie erzählt, ich würde nicht mit Felicia sprechen. Doch das hatte ich gerade getan. Und es hatte sich verdammt gut angefühlt, mir alles von der Seele zu reden. Und die Tatsache, dass sich irgendetwas, was ich mit Felicia tat, gut anfühlte, machte mir ein unglaublich schlechtes Gewissen. Wenn Kenzie wüsste, dass ich sie getäuscht hatte, wäre sie am Boden zerstört. Darum musste ich dafür sorgen, dass sie es nie erfuhr. Es würde ohnehin nie wieder vorkommen.

Kapitel 4

Kenzie
Drei Monate später

Das Telefon in meiner Hand zitterte, während ich darauf wartete, dass die Stimme am anderen Ende der Leitung etwas sagte. Entweder würden sie mir die Chance geben, für sie zu fahren, oder meinen Traum endgültig zunichtemachen. Obwohl ich cool und beherrscht bleiben und so tun wollte, als wäre dieser Anruf *nicht* der wichtigste meines ganzen Lebens, schlug mein Herz in einem fulminanten Rhythmus gegen meine Rippen. Jeder Schlag war noch härter als der vorherige und musste unweigerlich zu inneren Verletzungen führen.

Seit meinem fünften Lebensjahr wusste ich, welchen Beruf ich ergreifen wollte – ich wollte in die Fußstapfen meines Vaters treten und Motorradrennen fahren. Nie hatte es eine andere Option gegeben, nie einen Plan B. Niemals hatte ich an meiner Entscheidung gezweifelt oder mit meiner Berufswahl gehadert. Ich hatte alles getan, was nötig war, um mein Ziel zu erreichen. Und eine wundervolle Saison lang hatte ich diesen Traum in vollen Zügen genossen. Dann hatte ich ihn aufgegeben. Ich konnte nicht leugnen, wie niederschmetternd dieser Moment für mich gewesen war ... doch ganz im Hinterkopf hatte ich nie wirklich geglaubt, dass es tatsächlich vorbei war. Bis jetzt. Heute war meine letzte Chance, in ein Team aufgenommen zu werden, bevor die neue Saison begann.

Die Luft in meiner Küche schien sich zu verdichten, jeder Atemzug bedeutete eine Anstrengung. *Gott, jetzt sag schon was.* Dann hörte ich ein resigniertes Ausatmen und wusste, wie mein Schicksal aussah, noch bevor er es aussprach. Dieses Seufzen kannte ich schon. »Wir wissen Ihre Anfrage wirklich zu schätzen, Miss Cox. Wir würden gern etwas für Sie tun, aber leider können wir zurzeit keine neuen Fahrer aufnehmen. Sie wissen ja, wie teuer das Geschäft ist. Wir sind nur ein kleines Team. Es ist schlicht kein Platz frei.«

Da ich meine letzte Chance nicht so schnell verstreichen lassen wollte, stieß ich rasch hervor: »Ich weiß, aber ich würde gerne mit Ihnen arbeiten. Ich habe meine eigenen Motorräder. Ich kann meine eigene ...«

Mit einem knappen »Es tut mir leid ... aber die Antwort lautet Nein«, schnitt er mir das Wort ab. An seinem Ton erkannte ich, dass es keinen Zweck hatte, weiter mit ihm zu diskutieren.

Als seine Zurückweisung in mein Bewusstsein vordrang, spürte ich ein Ziehen in meiner Brust. Es war, als wäre gerade der Teil meiner Seele angezapft und leer gesaugt worden, der sich mit aller Kraft an die Hoffnung geklammert hatte. Ich fühlte mich schwindelig und schwach. Dann füllten Wut und Schmerz die Leere. Die Mischung drückte mich nieder, anstatt mich aufzubauen.

Mein Mund war zu trocken, um zu sprechen, dennoch brachte ich die Worte irgendwie heraus. »Wenn Sie es sich doch noch einmal überlegen wollen, ich bin mir sicher, wir würden eine Lösung finden …«

Noch bevor ich meinen vergeblichen Überredungsversuch beendet hatte, war die Leitung tot. Ich fühlte mich innerlich und äußerlich taub und legte langsam das Telefon auf den Tresen. Das war es also. Das allerletzte Rennteam in der ARRC hatte mich abgelehnt. Ich war fassungslos und konnte noch nicht ganz glauben, dass es vorbei war. Mein Traum war geplatzt. Was sollte ich jetzt tun?

Ich verspürte einen stechenden Schmerz, als ich mir vorstellte, ein Leben lang von dem Sport ausgeschlossen zu sein, den ich liebte. Wie sollte ich weitermachen? Sollte ich einfach aufgeben? Mich damit zufriedengeben, dass ich meinen Traum wenigstens für eine kurze Zeit hatte leben können? Schließlich gab es viele Menschen, denen in ihrem Leben noch nicht einmal das vergönnt war. Doch ich hatte es geschafft. Ich hatte vom Ruhm genascht, den Adrenalinrausch des Wettkampfes erlebt, den Freudentaumel des Erfolgs. Ich hatte die Sonne berührt. Und jetzt hatte ich nur noch meine Erinnerungen, Geschichten … und Narben.

Dass mich niemand anheuerte, war Dads Schuld. Er war wütend wegen der Entscheidung, die ich letztes Jahr am Ende der Rennsaison getroffen hatte – dass ich die Rennen aufgegeben hatte, um mit Hayden zusammen zu sein. In dem Versuch, uns auseinanderzubringen, hatte Dad versucht, mein Leben zu manipulieren, indem er mich zu einem Rennteam in den Osten schicken wollte. Als ich mich weigerte, setzte er mir ein Ultimatum – entweder du gibst den Jungen auf oder die Rennen. Ich konnte mich nicht von Hayden trennen, darum gab ich den Sport auf, wodurch ich meinen Vater zurückwies und verletzte. Kurz danach nahm Dad zu jedem

Team Kontakt auf, ließ seinen noch vorhandenen Einfluss spielen und setzte mich auf die schwarze Liste. Wenn Dad etwas machte, dann machte er es gründlich.

Das Ganze ging mir sehr nahe. Trotz unserer Differenzen hatten mein Vater und ich bis dahin immer ein gutes Verhältnis gehabt. Seine Anerkennung, seine Leitung und Unterstützung waren die Eckpfeiler meiner Karriere gewesen. Die Hayden-Kluft, die sich zwischen uns aufgetan hatte, hatte einen tiefen Schnitt auf meinem Herzen hinterlassen, der nicht heilen wollte. Es tat mir unendlich leid, dass Dad verletzt, wütend und enttäuscht war, aber ich liebte Hayden – mit jeder Faser –, und ihn aufzugeben kam nicht in Frage. Ich glaubte jedoch fest daran, dass Dad, wenn Hayden und ich zusammenblieben, ihn eines Tages akzeptieren und mir vergeben würde. Das musste er einfach, wir waren schließlich eine Familie.

Doch in der Zwischenzeit machte es mir die gesamte Familie nicht leicht. Dad ignorierte mich noch immer völlig. Ich rief ihn an, hinterließ Nachrichten auf seiner Mailbox und schickte ihm welche, ohne je eine Antwort zu erhalten. Wahrscheinlich dachte er, ich würde zusammenbrechen und einknicken, wenn er mich ignorierte. Theresa und Daphne waren wütend. Jedes Gespräch, das ich mit ihnen zu führen versuchte, endete im Streit. Das machte mich fertig. Ich wollte Familie, Karriere *und* Freund haben. Ich sollte mich nicht zwischen ihnen entscheiden müssen. Und das würde ich auch nicht tun. Der Preis war allerdings hoch. Es waren Risse entstanden, die nie wieder richtig geheilt werden konnten. Hoffentlich war Dad klar, was er aufs Spiel setzte, indem er mich wegekelte, denn je mehr Zeit verstrich, desto mehr spürte ich, wie unsere Familie auseinanderfiel.

Meine Seele litt unter dem Verlust meiner Familie und meiner Karriere. Doch eine gute Sache war mir noch geblieben. Nein, eine wundervolle Sache: Hayden. Und dass er und ich noch zusammenhielten, trotz allem, was sich zwischen uns drängte, war mir ein starker Trost.

Da ich bei den Benneti-Garagen nicht willkommen war, verbrachten Hayden und ich so viel Zeit wie möglich außerhalb seines Trainingsplans zusammen. Meist übernachtete er bei mir, und obwohl ich es schön fand, wenn er da war, stellte es auch eine Herausforderung für mich dar. Hayden war vieles – teuflisch sexy, mutig, furchtlos –, aber er war auch schlampig. Zumindest im Vergleich zu mir.

Ich mochte es, wenn alles seinen Platz hatte. Ich stand auf Ordnung, Sauberkeit, gerade Linien, klare Kurven und absolut *nicht* auf Durcheinander. Hayden ließ einfach alles fallen, wo immer er gerade stand, und er hob seinen Kram erst wieder auf, wenn er ihn brauchte. Das machte mich wahnsinnig, aber weil ich es wirklich genoss, wenn er da war, versuchte ich, mich nicht an solch kleinen Dingen zu stören. Ich hatte genug andere Sorgen.

So wie jetzt, als sich meine Welt anfühlte, als würde sie implodieren. Ich spürte, wie sich die Verzweiflung Bahn brach und mich überwältigte. *Mein Traum ist geplatzt.* In dem Bemühen, die Tränen zurückzuhalten, die in meinen Augen brannten, starrte ich auf die Kücheninsel. Früher war sie völlig leer gewesen, doch Hayden nutzte sie gern als Abladeplatz. Zurzeit lagen dort haufenweise Zettel, Quittungen, Stifte, kleine Werkzeuge und jede Menge Süßigkeiten. Der Junge hatte eine Schwäche für Naschkram.

Einmal hatten wir uns auf diesem Tresen geliebt, jetzt war er allerdings so voll, dass daran gar nicht zu denken war.

Es juckte mir in den Fingern, zumindest *etwas* in meinem Leben in Ordnung zu bringen, einen großen Müllsack zu holen und all seinen Dreck hineinzubefördern. Ich konnte den Sack in die Garage werfen, und es wäre kaum schwieriger für ihn, seine Sachen zu finden. *Ein* System war besser als gar keins, und weniger Müll würde sich ganz sicher positiv auf meinen Geisteszustand auswirken. Zumindest für eine Weile.

Nachdem ich mich davon überzeugt hatte, dass das Projekt »Müllsack« eine großartige Idee war, ging ich zum Spülbecken, um das glückverheißende Objekt, in dem ich Haydens Schätze versenken wollte, hervorzuholen. Und genau in dem Moment schlenderte Hayden in ausgefransten Jeans, einem strahlend weißen T-Shirt und seiner schwarzen ledernen Benneti-Rennjacke in die Küche.

Er strich sich mit einer Hand durch das wirre blonde Haar und schenkte mir ein warmes Lächeln. Dann, als wüsste er genau, was ich vorhatte, zeigte er mit dem Finger auf mich und sagte: »Fass das ja nicht an. Das räum ich später auf.« Skeptisch zog ich eine Braue nach oben, denn das hatte ich schon oft gehört, und Hayden beschrieb ein X über seinem Herzen. »Versprochen.«

Nachdem mein Plan, etwas Ordnung zu machen, vereitelt worden war, war mir nach Seufzen zumute, doch der Anblick von Haydens schiefem Lächeln ließ es sehnsüchtig und leicht klingen. Manchmal genügte es, ihn zu sehen, und meine Stimmung hellte sich auf. Er sah so verdammt gut aus, als hätte ein verrückter Wissenschaftler kunstvoll die DNA von David Beckham, Scott Eastwood und Chris Hemsworth gekreuzt, um ein vollkommenes männliches Exemplar zu erschaffen. Das Ergebnis war genauso beeindruckend wie es sich anhörte. Manchmal war es schwer zu glauben, dass Hayden kein Unterwäsche-Model war, oder der Sohn eines berühmten Filmschauspielers. Er war nur ein professioneller Rennfahrer, so wie ich. Oder so wie ich früher.

Seine grünen Augen leuchteten und ließen mich ahnen, wie verliebt er war, doch dann wurde seine Miene ernst. Er blickte auf mein Mobiltelefon am Ende des vermüllten Tresens und sagte leise: »Das letzte Team hat sich gemeldet, stimmt's?«

Seine Frage erinnerte mich aufs Neue an meinen Kummer und an meine Fassungslosigkeit. *Ich kann nicht glauben, dass alle Nein gesagt haben.* In Laufe der letzten Wochen hatte ich systematisch jeden einzelnen Rennstall der ARRC angerufen und versucht, ein Team zu finden, das mich aufnahm. In der näheren Umgebung und in weiter Ferne, das war mir inzwischen ganz egal. Ich musste Rennen fahren. Mein Traum mochte vielleicht gestorben sein, aber er war immer noch ein Teil von mir, und ich sehnte mich nach ihm.

Ich blinzelte die Tränen weg, die sofort meinen Blick verschleierten, und nickte: »Ja. Jetzt ist es offiziell, niemand will mich ...« Es auszusprechen fühlte sich an, als würde mir ein Speer durch den Hals gestoßen. *Es ist wirklich vorbei.*

Haydens stützende Arme legten sich sofort um mich, und ich atmete seine Kraft, seinen salzigen Meeresgeruch und seine sonnengleiche Wärme ein. Ihm nah zu sein erinnerte mich an meine glücklichsten Orte – die mir Trost spendeten –, auf dem Motorrad durch die Landschaft zu rasen, auf dem Surfbrett übers Meer zu gleiten und von bedingungsloser Liebe umgeben zu sein. Hayden vereinte alles, was ich liebte, in einem festen Körper, den ich unablässig berühren wollte.

»Es tut mir so leid«, flüsterte er mir ins Ohr. Er rückte von mir ab und schenkte mir ein zärtliches Lächeln. »Wenn es dich irgendwie tröstet, *ich* will dich.« Das war tatsächlich ein großer Trost, das war all meine Opfer wert. »Danke«, murmelte ich.

Der Schleier vor meinen Augen klärte sich, als ich mich von ihm löste, um diesen beeindruckenden Mann vor mir anzuschauen. Dass es mir freistand, ihn zu küssen, wann immer ich wollte, war ein aufregendes Gefühl, dem ich jetzt gern nachgeben wollte. Ich nutzte unsere neu gefundene Freiheit, stellte mich auf die Zehenspitzen und suchte mit meinen Lippen seinen Mund. Ein Hauch Minzkaugummi stieg mir in die Nase und weckte in mir den Wunsch, den intimen Kontakt so lange wie möglich auszudehnen.

Ich spürte, wie Hayden lächelte, als ich meine Zunge in seinen Mund gleiten ließ. Auch er sehnte sich danach. Doch nach einem langen Moment, der mir dennoch viel zu kurz erschien, rückte er von mir ab. Mit deutlicher Sorge sah er mir in die Augen, und das Telefonat von eben, das meine letzte Hoffnung, diese Saison noch Rennen zu fahren, zunichtegemacht hatte, geisterte mir durch den Kopf: *Wir würden gern etwas für Sie tun … leider können wir zurzeit keine neuen Fahrer aufnehmen.* Ähnliche Zurückweisungen hatte ich von jedem gehört, mit dem ich gesprochen hatte – kein Platz, kein Bedarf, keine Möglichkeit.

Hayden legte eine Hand auf meine Wange und sagte wieder: »Es tut mir so leid, Kenzie. Ich wünschte, ich könnte das für dich in Ordnung bringen.« Seine Augen waren dunkel vor Hilflosigkeit. Dieses Gefühl verstand ich, weil es mich täglich überkam.

»Es ist nicht deine Schuld, Hayden. Es war meine Entscheidung.« Das hatte ich ihm so oft versichert, dass ich es wahrscheinlich schon im Schlaf sagte. Es schien jedoch nie seine Schuldgefühle zu lindern.

Auf seinem Gesicht erschien ein Lächeln, das kein echtes Lächeln war. »Hast du noch einmal darüber nachgedacht, mit deinem Vater zu reden? Ich glaube ganz bestimmt, dass er seine Meinung ändern würde, wenn du von Angesicht zu Angesicht mit ihm sprichst. So könntest du ihn endlich dazu bringen, überhaupt mit dir zu reden. Ich meine, wenn du direkt vor ihm stehst, kann er dich wohl kaum ignorieren.«

Bei dem Gedanken lachte ich freudlos auf. »Unterschätze Jordan Cox nicht.« Kopfschüttelnd sah ich mich in der unordentlichen Küche um. »Ich habe tausendmal darüber nachgedacht, bei ihm vorbeizufahren, aber jedes Mal, wenn ich es mir konkret vorstelle, erstarre ich und rede es mir wieder aus. Ich bin mir nicht sicher, ob mich Angst oder Wut zurückhält, aber ich kann nicht mit ihm reden.« Unwillkürlich ballte ich die Hände zu Fäusten und musste mich zwingen, sie zu entspannen. »Er sabotiert meine Karriere, setzt mich bei *jedem* Team, das mich anheuern könnte, auf die schwarze Liste. Er hat mich niedergemacht und dann verbannt.« Allein, es auszusprechen deprimierte mich. Manchmal verfolgte mich endloses Telefonklingeln bis in meine Träume.

Hayden holte tief Luft und küsste mich sanft auf die Stirn. »Ich weiß, und ich weiß, wie Familie nerven kann. Aber *ich* bin für dich da, Kenzie. Du und ich ... wir kriegen das allein hin. Wir brauchen niemanden.«

Seine Stimme klang einen Hauch gereizt, was meine Aufmerksamkeit weckte. Ich rückte von ihm ab und musterte sein Gesicht. Familie war ein heikles Thema für Hayden. Als

Kind war er von Pflegeeltern zu Pflegeeltern geschoben worden. Da er keine dauerhafte Beziehung zu Eltern aufbauen konnte, hatte er Beständigkeit und Sicherheit bei seinen Freunden gesucht – bei Aufreißer, Izzy und ... Felicia. Sie waren wie die vier Musketiere, immer zusammen. Doch die Dinge hatten sich unweigerlich geändert. Bei Izzys Tochter Antonia war Leukämie diagnostiziert worden, Felicia hatte alle Verbindungen abgebrochen und war verschwunden, und Aufreißer hatte sich von Überheblichkeit und den Wettdämonen überwältigen lassen. Die Gruppe – Haydens Familie – war nicht mehr das, was sie einmal war.

»Ist alles in Ordnung?«, fragte ich und legte die Arme um seinen Nacken.

Haydens unechtes Lächeln blieb. »Klar.« Ich sah ihn durchdringend an, bis er schließlich seufzte. »Ich habe in letzter Zeit über einiges nachgedacht.«

Mein Magen krampfte sich ängstlich zusammen. Keith hatte wieder bewiesen, was er für ein rachsüchtiger Dreckskerl war. Irgendwie hatte er Felicia ausfindig gemacht und sie angeheuert, und jetzt musste Hayden ihr tagtäglich auf der Trainingsstrecke begegnen – eine Tatsache, die mir unablässig Bauchschmerzen bereitete.

Hayden sprach nicht viel von ihr, und ich wusste, dass er mich dadurch schützen wollte, aber seine Erzählungen wiesen Lücken auf, und der Grund dafür war Felicia. Das Einzige, was er mir gegenüber ohne Weiteres zugab, war, dass er sie ignorierte und ihre Bitten ablehnte, mit ihm zu sprechen. Herrje, mir war jeder Moment, in dem er ihr begegnen konnte, ein Dorn im Auge, aber damit musste ich mich abfinden. Ich *musste* ihm vertrauen, sonst würden wir es nicht schaffen. Aber das war verdammt schwer.

Ich hatte alles verloren, was ich einmal besessen hatte, bis auf Hayden. In beruflicher Hinsicht hatte Felicia alles bekommen, was mir verloren gegangen war. Sie hatte alles *außer* Hayden. Keiner von uns war mit der Situation zufrieden – Felicia wollte Hayden zurück, und ich wollte wieder Rennen fahren. Bei dem Gedanken an Felicia bekam ich kaum noch Luft, aber ich würde mich nicht von ihr verjagen lassen. Ich würde nicht zulassen, dass mir noch etwas genommen wurde.

»Über was hast du nachgedacht?«, fragte ich vorsichtig.

Hayden musterte mich mit wachsamer Miene. Ich konnte beinahe sehen, wie er herauszufinden versuchte, was ich dachte. Dann seufzte er und schüttelte den Kopf. »Das klingt wahrscheinlich komisch, aber ich habe an Aufreißer gedacht. Irgendwie werde ich den Gedanken nicht los, dass ich vielleicht versuchen sollte, ihn wieder zur Vernunft zu bringen.«

Seine Worte überraschten mich. Die Lage zwischen ihnen war, vorsichtig ausgedrückt, angespannt. Zuletzt hatte Hayden Aufreißer gewarnt, sich für immer von ihm fernzuhalten, von uns beiden. »Hat er sich bei dir gemeldet? Oder bei Izzy? Hast du was von ihm gehört?«

Kopfschüttelnd erwiderte Hayden schnell: »Nein, seit dem Krankenhaus habe ich nichts mehr von ihm gehört. Darüber habe ich nachgedacht ...« Verwirrt zog ich die Brauen zusammen, und Hayden stieß die Luft aus. »Er hat Mist gebaut, das ist klar ... aber vielleicht ... vielleicht habe ich falsch reagiert. Ich weiß nicht. Es fühlt sich nur seltsam an, keinen Kontakt mehr zu ihm zu haben. Er war so lange ein Teil meines Lebens. Auch wenn niemand mehr da war, er war immer da. Es ist schwer, sich von so jemandem zu lösen. Vielleicht habe ich ihn zu schnell aufgegeben.«

Aus irgendeinem Grund beschlich mich das Gefühl, dass er nicht mehr nur von Aufreißer sprach. Alles, was er sagte, könnte sich genauso gut auf Felicia beziehen. »Ja ... aber er bedeutet Schwierigkeiten, Hayden. Er hat sich da in etwas hineinmanövriert, und wenn du versuchst, ihn zu retten, zieht er dich mit runter. Du brauchst ihn nicht mehr.« *Du brauchst sie nicht mehr.*

Hayden blickte auf den Boden. »Ja, ich weiß. Ich habe nur darüber nachgedacht, das heißt nicht, dass ich es auch tue.«

»Das ist gut ... glaube ich.« Es war eine traurige Situation, aber es war besser so. Aufreißer war nicht gut für Hayden. Für Izzy und Antonia auch nicht. Irgendwann würde er sie mit seiner Gier mit in den Abgrund reißen.

Ich tat einen tiefen, reinigenden Atemzug und versuchte, das Thema zu wechseln. »Wie waren deine Zeiten heute?«

Hayden lächelte, aber ich sah die Anspannung um seine Augen. Er sprach nur ungern mit mir über seine Arbeit und wenn, äußerste er sich nur sehr vage. Es belastete mich, dass die Sache, die uns ursprünglich zusammengebracht hatte, jetzt ein Tabuthema war, aber ich verstand, warum. Es war schwierig für mich, ihn fahren zu sehen, schwierig, ihn von der Welt reden zu hören, nach der ich mich so sehr sehnte. Ich wollte ihn jedoch unterstützen, darum versuchte ich, mich von meinem Unbehagen nicht beeinflussen zu lassen.

»Gut«, antwortete er knapp.

Mir war klar, dass er auswich, um meine Gefühle zu schonen, aber so leicht ließ ich ihn nicht davonkommen. »Ungefähr so schnell wie letzte Saison?« Ihm diese Frage zu stellen ließ einen brennenden Schmerz in meinem Magen aufflammen. Er hatte Keith fragen wollen, ob wir zusammen trainieren konnten, weil er seine Zeiten im letzten Jahr enorm verbessert hatte, als er gegen mich angetreten war. Doch nachdem Keith mich vom Benneti-Gelände verbannt hatte, hatte er sich das gespart. Es wäre zwecklos gewesen. Keith würde mir niemals einen Gefallen tun, selbst dann nicht, wenn Hayden davon profitieren würde. Nicht, ehe mein Vater ihm seinen Anteil an der Trainingsstrecke verkaufte.

Hayden presste die Lippen so fest aufeinander, dass sie sich weiß färbten. In seinen Augen las ich Unsicherheit und inneren Aufruhr. Ganz offensichtlich wollte er meine Frage nicht beantworten, doch das war auch eine Antwort. »Sie sind besser als in der letzten Saison, stimmt's?«, hakte ich nach.

Er schluckte, dann nickte er. »Unwesentlich ... nicht viel ...«

Ich hatte das Gefühl, mir hätte jemand in den Magen geboxt. *Seine Zeiten waren besser. Er brauchte mich nicht.* Ich zwang ein aufmunterndes Lächeln auf mein Gesicht und sagte: »Gut. Bis Daytona ist es nur noch eine gute Woche, also ist das richtig gut. Du hast ein tolles Jahr vor dir ...«

Als eine Mischung aus Wut und Trauer in mir aufstieg, verstummte ich. Die neue Saison stand kurz bevor. Hayden war drauf und dran fortzugehen und seinen Traum zu leben – *meinen* Traum zu leben –, während ich hierblieb, die Wände anstarrte, seinen Müll wegräumte und mir Sorgen wegen seiner Ex machte.

Hayden legte einen Finger unter mein Kinn und zwang mich, ihn anzusehen. Als sich unsere Blicke trafen, schimmerte Mitgefühl in den Tiefen seiner jadegrünen Augen. »Deinetwegen fahre ich so gut. Das weißt du doch, oder? Du hast die Basis geschaffen und mir geholfen, darauf aufzubauen. Alles, was ich bin, bin ich durch dich, Kenzie.«

Seine Worte rührten mich, und während ich mich in seinen Augen verlor, wirbelten die Gefühle in mir immer schneller umeinander, in meiner Brust bildete sich ein Tornado und drohte, mich von innen zu zerreißen. Liebe, Angst, Wut, Freude, Unsicherheit, Verlangen ... alles verband sich zu einem superintensiven Gefühl, das ich nicht annähernd beschreiben konnte. Dad hatte mich stets dazu angehalten, meine Gefühle zu beherrschen. Ihm fiel das leicht, ich hingegen hatte immer damit gerungen. Und als ich in der letzten Saison losgelassen hatte, war es mir damit besser gegangen. Vielleicht waren Dad und ich in dieser Beziehung einfach verschieden – er brauchte Grenzen, ich brauchte Freiheit. Und Hayden war meine Freiheit.

Ich legte die Hände auf sein Gesicht, zog seinen Mund zu meinem herunter und ließ die Mauer fallen, die all meine Gefühle in Schach hielt. Sofort merkte ich, wie die zurückgehaltenen Tränen in meinen Augen brannten, und anstatt das Gefühl zu verdrängen, hieß ich es willkommen. Als sich unsere Lippen in irrsinnigem Verlangen trafen, liefen heiße Tränen über meine Wangen.

Hayden wich zurück. »Kenzie ...«

Ich schloss die Augen und schüttelte den Kopf. »Nicht. Alles okay, ich brauch das. Ich muss loslassen. Hilf mir dabei.« Meine Stimme bebte, und ich ließ es zu. Ich musste zulassen, dass ich zusammenbrach, und ich brauchte Hayden, damit er mich wieder aufrichtete.

Hayden küsste mich erneut auf die Lippen, nahm mich auf die Arme und trug mich fort. Als er mich wieder auf meinen Füßen absetzte, standen wir in meinem Schlafzimmer. Zärtlich wischte er mir mit den Daumen die Tränen von den Wangen, doch stumm folgten weitere. Ich sah ihm an, dass er zögerte, weil ich derart aufgelöst war. Aber ich mochte nicht reden, ich wollte seine Arme und Beine um mich spüren, die mich stützten, mich umschlossen und mich daran erinnerten, dass alles wieder gut werden würde.

Um ihn von meinem Schmerz abzulenken, zog ich mein Shirt aus und öffnete meinen BH. Sobald meine Brüste frei lagen, wanderte sein Blick nach unten, dennoch spürte ich weiter sein Zögern. Ich streifte die Schuhe ab und wand mich aus meinen restlichen Kleidern. »Nimm mich«, flüsterte ich. »Ich gehöre dir.«

Er hob den Blick zu mir, aus seinen Augen sprach überwältigende Lust, aber er hielt sich noch immer zurück. Ich fasste seine Hand und führte sie zu meiner Brust, zu meinem Herzen. Der Ring mit den drei miteinander verflochtenen Ewigkeitssymbolen war das Einzige, was ich noch an mir hatte. Er schien in der Dunkelheit zu glänzen. »Nimm mich ... bitte«, wiederholte ich.

Die letzte Unsicherheit verschwand aus seinen Augen, er zog mich an sich und presste seine Lippen auf meine. Rasch zog er sich aus, doch als er nackt war, ließ er sich Zeit und legte mich sanft aufs Bett. Meine Tränen waren getrocknet, aber ich fühlte noch die Leere in meinem Herzen, und er konnte mir helfen, sie zu füllen. »Schlaf mit mir«, murmelte ich in die Dunkelheit.

Hayden stieß bebend die Luft aus und legte sich neben mich aufs Bett. Seine Hand glitt über meine Hüfte, während seine Lippen über meinen Hals nach oben strichen. Ich schloss die Augen, gab mich ganz dem Gefühl hin und brachte meinen Kopf zum Schweigen. Als sein Mund mein Ohr erreichte, sagte er leise: »Kenzie ... sprich mit mir.«

Ich merkte, wie er sich zurückzog und wie sich eine

Schwere auf den Raum legte. Kopfschüttelnd erklärte ich: »Ich will nicht reden, ich will nur fühlen.« Ich fasste seine Hand und führte seine Finger zum Zentrum meiner Lust. Er atmete schwer an meinem Ohr, senkte vorsichtig einen Finger und schob ihn langsam zwischen meine Beine. Eine Lustwelle schwappte über mich hinweg, und ich schrie auf und umfasste fest seine Schulter. *Ja, genau das brauche ich.*

Als er mich hörte, mich fühlte, stöhnte Hayden und raunte: »Okay«, dann ließ er seinen Mund über meinen Körper nach unten gleiten. Er reizte mich, leckte und saugte an jeder empfindlichen Stelle meines Körpers. Dann ließ er die Zunge über meine Klitoris gleiten und jeder Gedanke in meinem Kopf löste sich in nichts auf. Meine Gefühle beruhigten sich, als ich mich der puren Lust hingab und ganz und gar losließ.

Als er mich geschickt und sinnlich mit seinem Mund verwöhnte, explodierten Sterne hinter meinen Augenlidern. Ein lautes Stöhnen löste sich aus meiner Kehle, und ich wand mich unter ihm. Ich wollte es schneller und fester. Mehr ... ich brauchte mehr. Hayden weigerte sich jedoch stur, sich von mir den Rhythmus vorschreiben zu lassen. Er behielt sein langsames, erotisches, quälendes Tempo bei, bis ich das Gefühl hatte, schwerelos an einem Abgrund zu taumeln. Als ich kurz vor dem Höhepunkt war, glitt er an meinem Körper wieder nach oben, wobei er jeden Zentimeter meiner Haut liebkoste und mich weiter erregte. Als wir Brust an Brust aufeinanderlagen, spürte ich, wie er zwischen meine Schenkel glitt und sich an mir rieb. Es war ein wundervolles Versprechen von etwas, das ich unbedingt brauchte – etwas Tieferes, Intensiveres. Ich brachte meine Hüften in eine bessere Position und wie von selbst drang er in mich ein.

Hayden sog lautstark die Luft ein und hielt einen Moment inne. Ich sehnte mich nach mehr, fasste seine Hüften und zog ihn zu mir. »Gott, Kenzie ... ja«, stöhnte er, stieß zu, füllte mich aus und trieb mich an den Rand eines Abgrunds.

Ich umklammerte die Bettkante und stieß mit rasendem Herzen und keuchendem Atem mein Becken gegen seins. Erregt kam er mir entgegen, und mit jedem Stoß wuchs die himmlische Energie in meiner Mitte und ließ eine Lust entstehen, die zu unglaublich war, um sie mit Worten zu beschreiben. Ich konnte nur noch »Ja« stöhnen, während ich im Geiste nach mehr schrie.

Kurz darauf erreichte ich den Punkt, an dem es kein Zurück mehr gab. Ich erstarrte und stieß einen langen Schrei aus, während Schockwellen jede Zelle und jeden Nerv meines Körpers durchzuckten. Hayden verlangsamte das Tempo und stöhnte, als er ebenfalls kam. Eng umschlungen kosteten wir den Zustand puren Glücks aus.

Und für eine Sekunde, während wir in den Schlaf hinüberglitten, fühlte ich mich unendlich und ganz und gar sorglos.

Kapitel 5

Kenzie

Als ich am nächsten Morgen erwachte, fühlte ich mich nicht mehr ganz so großartig, aber immer noch besser, als bevor Hayden mit mir geschlafen hatte. Meine Gefühle fuhren nicht mehr ganz so heillos Achterbahn mit mir. Als das erste zarte Morgenlicht ins Zimmer fiel, rührte sich Hayden neben mir. Er streckte sich und stieß einen langen, zufriedenen Laut aus, dann umfing er jeden Zentimeter meines warmen, nackten Körpers mit seinem warmen, nackten Körper.

»Guten Morgen«, raunte er mir ins Ohr und küsste mich auf die Wange.

»Guten Morgen«, murmelte ich zurück.

Er betrachtete mich einen Moment mit einem hingebungsvollen Blick, dann sagte er: »Letzte Nacht warst du ... Bist du ...?« Seufzend wandte er den Blick ab. Ich wollte ihm gerade sagen, dass es mir gut ging und ich gestern einfach dringend meinen Gefühlen freien Lauf lassen musste, als er zu mir hochlinste und fragte: »Was hast du heute vor?«

Ich lächelte, so strahlend ich konnte. »Dasselbe wie jeden Tag.« Nichts. Nachdem es noch nicht einmal mehr Sinn hatte, zur Trainingsstrecke zu fahren, suchte ich händeringend nach einer Beschäftigung und hatte viel Zeit mit Izzy und Antonia verbracht.

Da Hayden klar war, dass es mir Schwierigkeiten bereitete, meinen Tag mit sinnvollen Aktivitäten zu füllen, lächelte er mich mitfühlend an. Ich wünschte, er würde sich erneut auf mich stürzen, nur damit sich sein Gesichtsausdruck änderte. Mir ging es gut, uns ging es gut, letzte Nacht war gut. Irgendwann würde mir schon einfallen, was ich mit meinem Leben anfangen konnte.

Ich setzte mich auf, nahm die Decke und wickelte sie um meinen Körper. »Vielleicht gehe ich heute zum Wellenreiten. Das habe ich schon länger nicht mehr gemacht, und es tut sicher gut, mal wieder auf dem Wasser zu sein.« Dabei würde ich auf jeden Fall einen freien Kopf bekommen.

Hayden nickte, doch seine Miene blieb unverändert. Ich konnte die Sorge geradezu spüren, die zwischen uns in der Luft hing. »Okay«, sagte er schließlich. Ich wollte aufstehen, doch er fasste meine Hand, zog mich für einen flüchtigen Kuss zu sich herunter und murmelte: »Du bedeutest alles für mich, Kenzie.«

Als Antwort gab ich ihm einen atemberaubenden Kuss, und als ich mich von ihm löste, brannte Lust in seinen Augen. Lächelnd sprang ich aus dem Bett, ehe er mich wieder zurück auf die Matratze ziehen konnte. Es war so schön, mit ihm zusammen sein zu können, wann immer ich wollte, und so unglaublich, die ganze Nacht mit ihm verbringen zu können, ohne Angst zu haben. Zumindest *diese* Sorge waren wir los.

Hayden stand kurz nach mir auf und sammelte seine Sachen ein. Als er in seine Jeans stieg, meldete ein Klingeln den Eingang einer Nachricht auf seinem Smartphone. Ich blickte auf das Telefon, das aus seiner Hosentasche auf den Fußboden gefallen war. Auf dem Bildschirm leuchtete eine Nummer auf, darunter stand ein Text, der viel zu klein war, als dass ich ihn auf die Entfernung hätte entziffern können. Ich kannte die Nummer nicht, dennoch kam sie mir seltsam vertraut vor, als hätte ich sie schon einmal irgendwo gesehen. Zwei Fünfen und zwei Sechsen ...

Hayden hob hastig das Telefon vom Boden auf, als hätte sich das Holz plötzlich in Lava verwandelt, und ein ungutes Gefühl breitete sich in meinem Magen aus. Er entsperrte das Display, betrachtete es eine Sekunde und löschte die Nachricht, dann schob er das Smartphone schnell zurück in seine Gesäßtasche. Ich wartete auf eine Erklärung, doch er lächelte mir nur zu und hob sein Shirt auf.

»Wer war das?«, fragte ich, während sich mein Magen zusammenkrampfte.

Kopfschüttelnd zog er das Shirt über und sagte dann: »Keith. Er hat mich nur an ... was erinnert.«

Es erschien mir unlogisch, dass Keith' Nummer nicht in seinem Telefon gespeichert sein sollte, aber Haydens ausdruckslose Miene verriet nichts. Ich wusste nicht, ob er ehrlich war oder nicht. Die Erinnerung an seine Lügen aus der Zeit, bevor wir zusammengekommen waren, blitzte in meinem Kopf auf und trieb eine Gänsehaut über meine Haut. Zweifel, die mich in letzter Zeit beschlichen hatten, mischten sich mit Angst. Verheimlichte er immer noch Dinge vor mir?

Doch ich durfte nicht ständig wegen allem und jedem argwöhnisch sein und zwang mich, das ungute Gefühl zu verdrängen. »Ach ... okay.« Vielleicht bildete ich es mir ja nur ein, doch ich hätte schwören können, dass ich ihn erleichtert aufatmen hörte, als ich mich entschuldigte und ins Badezimmer entschwand.

Ich machte mich nur kurz frisch und zog meinen Badeanzug an. Als Hayden mich sah, stöhnte er. Er hatte sich inzwischen vollständig angezogen und während er meinen Anblick in sich aufnahm, bildete sich sofort eine Beule unter seiner Jeans. Er fasste sich kurz in den Schritt und schüttelte den Kopf. »Hättest du das nicht erst anziehen können, wenn ich weg bin?«

»Es wäre dir lieber gewesen, ich wäre nur in die Decke gehüllt gewesen?«, fragte ich.

Mit gequälter Miene nickte er. »Ja, es wäre deutlich einfacher gewesen, wenn du dich unter einer Decke versteckst, als alle deine Vorzüge von engem schwarzem Elastan betont zu sehen. Gott, dieser Hintern ...« Er tat, als würde er mir in den Po kneifen.

Ich lachte und hob drohend den Finger. »Sei froh, dass ich meinen Badeanzug und nicht den Bikini angezogen habe.« Dieser Badeanzug hatte sogar lange Ärmel, was man bei Haydens Reaktion allerdings nicht vermutet hätte.

»Mensch«, stöhnte er.

Lachend sammelte ich meine restlichen Sachen ein und ging zur Garage. Als ich meine zwei Rennmaschinen sah, die in der Ecke Staub ansetzten, blieb ich im Durchgang stehen. Traurige Erinnerungen an ein goldenes Zeitalter, von dem ich noch nicht einmal bemerkt hatte, wie perfekt es gewesen war. Wahrscheinlich würde ich sie nie wieder brauchen. Kurz schloss ich die Augen, ließ zu, dass sich der Kummer in meiner Brust sammelte, und schob ihn dann fort. Vorbei war vorbei, und gestern hatte ich mich genug in meinem Kummer gesuhlt. Es war Zeit, nach vorn zu blicken. Irgendwie.

Ich ging zu meinem Surfbrett und befestigte es am Truck. Hayden verabschiedete sich mit einem süßen, ausgiebigen Kuss. Er schob das Garagentor nach oben und ging hinaus zu seinem Motorrad, das in der Einfahrt wartete, setzte den Helm auf, klappte das Visier nach oben und hob zum Abschied die Hand. In seinen Augen lag wieder dieser mitfühlende Ausdruck, der mir mittlerweile bestens vertraut war.

Ich setzte mein strahlendstes künstliches Lächeln auf und winkte ebenfalls. Hayden schien mir meine gezwungene Heiterkeit nicht abzunehmen, aber er hatte Pflichten, also wendete er sein Bike, klappte das Visier herunter und fuhr los. Kaum war er weg, erstarb das Lächeln auf meinem Gesicht. Wie ich es satthatte, nichts Richtiges zu tun zu haben und mein Leben öde zu finden.

Schluss mit der Selbstmitleidsparty. Ich kletterte in meinen Truck und fuhr an den Strand. Einige Minuten später hielt ich an meiner Lieblingssurfstelle. Nachdem ich das Board abgeschnallt hatte, ging ich einen versteckten Weg hinunter. Er führte über einen kleinen Hügel und zwischen einigen kahlen Bäumen hindurch zum Meer. Zum Glück war der Strand heute Morgen leer, wofür ich dankbar war. Ich wollte allein sein.

Im Meer spürte ich sofort die Eiseskälte auf meiner Haut, wie sich meine Muskeln zusammenzogen und meine Füße ein bisschen taub wurden. Ich ignorierte das Gefühl, legte das Board auf die wogende Fläche und paddelte bis hinter die Brandungswellen. Als ich die Brecher überwunden hatte, ging mein Atem schwerer, allerdings hauptsächlich vor Aufregung. Gleich würde mein Rennen starten, und im Geiste sah ich deutlich die Reihe roter Lichter vor mir, die jedes Motorradrennen einleitete.

Ich setzte mich auf dem Board auf, passte mich der Bewegung der Wellen an und wartete, dass ein geeignetes Exemplar auftauchte. Als sie erschien, schalteten die Lichter in meinem Kopf auf Grün, und ich grub die Hände in das aufgewühlte Wasser, um zu ihr zu paddeln. *Los, los, los!*

Genau wie beim Motorradrennen waren Timing und Gleichgewicht beim Wellenreiten alles. Als ich auf dem Brett in den Stand sprang, war meine Haltung perfekt, und als mich die rasende Geschwindigkeit der Welle auf die Küste zutrieb, strömte Freude durch meine Adern. Das hatte mir gefehlt.

Berauscht von der Freiheit und der Bewegung musste ich kichern, und obwohl mir klar war, dass mich der Ersatz fürs Rennfahren nicht ewig befriedigen würde, machte es den heutigen Tag zumindest erträglicher.

Nach einigen Stunden auf dem Meer war ich erschöpft, und es war an der Zeit einzupacken. Ich stapfte zurück zu meinem Truck, befestigte das Surfbrett, sprang in den Wagen und fuhr zurück nach Hause. Als ich gerade in die Einfahrt abbog, verkündete mein Handy, dass eine Nachricht eingegangen war. Entgegen aller Wahrscheinlichkeit raste mein Herz bei dem Gedanken, dass sie vielleicht von meinem Vater stammte … vielleicht rückte er ja doch von seiner Linie der Strenge-statt-Liebe ab.

Voller Hoffnung kreuzte ich im Geiste die Finger, als ich das Telefon nahm und auf das Display blickte. Wie ein Ballon, aus dem die Luft entwich, sackte meine Stimmung beim Anblick des Bildschirms in sich zusammen. Die Nachricht stammte nicht von einem Familienmitglied. Jedenfalls nicht von meiner richtigen Familie. Sie war von Izzy, der Frau, die wie eine kleine Schwester für Hayden war und rasch auch wie eine kleine Schwester für mich geworden war. *Hey, Süße. Hast du Lust zum Mittagessen vorbeizukommen?*

Ich lächelte und antwortete: *Ja, ich muss mich nur eben umziehen, dann komm ich vorbei.*

Ich duschte schnell, warf mir ein paar Klamotten über, dann machte ich mich wieder auf den Weg, diesmal nahm ich jedoch das Bike. Izzy wohnte in einem Mietshaus südlich von Oceanside, etwas außerhalb von San Diego, damit sie schnell im Kinderkrankenhaus war – es gehörte zu den zehn besten des Landes. Leider musste Antonia viel zu oft dorthin.

Hayden war anfangs aufgeregt gewesen, als er mich mit zu Izzy genommen hatte. Sie kennenzulernen war ein bisschen gewesen, als hätte er mir seine Eltern vorgestellt – ein großer Schritt für unsere Beziehung. Ich hatte mich sofort gut mit Izzy und ihrer Tochter verstanden, und wir waren schnell Freunde geworden. Es gab Tage, an denen ich buchstäblich nicht wusste, was ich ohne sie tun würde. Fröhlich klopfte ich an Izzys Tür und fragte mich, ob Antonia wohl mit uns essen würde oder ob sie in der Schule war. Als Izzy kurz darauf die Tür öffnete, lächelte sie strahlend und herzlich, Müdigkeit und Erschöpfung waren ihr dennoch anzusehen. Sie schienen nie ganz aus ihren Augen zu weichen.

»Hey, Izzy«, sagte ich und schloss sie in die Arme.

»Hey, Kenzie«, erwiderte sie und drückte mich fest, eine Spur zu fest. Irgendetwas stimmte nicht. »Ist alles in Ordnung?«, fragte ich.

Seufzend löste sie sich von mir und bestätigte, was ich schon vermutet hatte – es war nicht alles in Ordnung. »Ja, nein ... Ich weiß nicht.«

»Was ist los?«, fragte ich und trat in die Wohnung. Aus der Küche zog ein köstlicher Geruch herüber. Mir lief das Wasser im Mund zusammen, aber ich unterdrückte den Hunger und konzentrierte mich ganz auf meine Freundin.

Sie schloss die Tür hinter mir und erklärte: »Antonia hat in letzter Zeit überhaupt keinen Appetit. Die Ärzte haben gesagt, dass sie nicht noch mehr Gewicht verlieren darf, aber sie kriegt kaum etwas hinunter. Gestern hat man sie schließlich wieder stationär aufgenommen, um ihr eine Sonde zu legen und sie künstlich zu ernähren. Sie ist völlig aufgelöst ... sie wollte nicht in der Schule fehlen. Sie hat das alles so satt, und offen gestanden, ich auch. Sie ist doch immer noch klein ...«

Ihr zierlicher Körper zitterte, während sie sich bemühte, ihren inneren Aufruhr zu beherrschen. Bei ihrem Anblick wünschte ich mir sehnsüchtig, instinktiv zu wissen, was in einer solchen Situation zu tun war. Mit solchen Gefühlen konnte ich nicht gut umgehen. Am liebsten hätte ich den Kopf in den Sand gesteckt und so getan, als wäre alles in Ordnung. Da ich nicht wusste, was ich sonst tun sollte, nahm ich sie einfach wieder in den Arm. Sofort begann sie zu weinen.

»Ich sollte jetzt bei ihr im Krankenhaus sein, aber ich brauchte ... einfach eine Pause. Ich hatte das Gefühl, wenn ich dort nicht mal rauskomme, zerspringe ich in tausend Stücke.« Sie rückte von mir ab und sah mir in die Augen. »Bin ich eine schlechte Mutter?«, fragte sie, und dicke Tränen kullerten über ihre Wangen.

Als ich sah, wie sehr Izzy litt, ergriff mich überwältigender Kummer und auch meine Augen füllten sich mit Tränen, während ich ihr eilig versicherte: »Oh nein, natürlich nicht. Du bist die beste Mutter, die ich kenne. Wir sind alle nicht unendlich belastbar. Es ist gut, wenn du deine Grenzen kennst. Wenn du zurückgehst, bist du wieder frisch und gestärkt.« An die Sache mit den Grenzen hatte mich mein Vater oft erinnert.

Izzy lächelte, und ich sah die Erleichterung in ihren Augen. »Danke, das musste ich unbedingt hören. Ich habe mich furchtbar gefühlt.« Sie trocknete ihre Wangen und deutete mit dem Kopf in Richtung der köstlichen Düfte. »Komm, essen wir was. Ich habe Tamales gemacht.«

Oh Gott, ich wusste nicht, ob ich sie schon wieder umarmen oder dafür ohrfeigen sollte, dass sie mich einer solchen Verlockung aussetzte. Ich hielt mich nicht mehr an meine alte Trainingsroutine und hatte etwas zugelegt. Aber Izzy brauchte jetzt meine Gesellschaft, und dass ich das Essen mit ihr genoss, darum würde ich fröhlich einen Berg köstlicher Kalorien vertilgen. Denn das taten Freunde füreinander.

Als wir uns mit vollgeladenen Tellern setzten, sah ich mich kurz in Izzys bescheidenem Heim um. Der Großteil ihres Lebens war ihrer kleinen Tochter gewidmet, und das sah man überall. »Abgesehen von der aktuellen Lage ... wie kommst du zurecht?«, fragte ich. »Finanziell, meine ich. Hast du alles, was du brauchst?«

Izzy lächelte, während sie eine Tamale aus der Hülle löste. »Hayden war außerordentlich großzügig mit seinen Gewinnen, und ich überlege mir sehr genau, wofür ich Geld ausgebe. Also, ja, vorerst kommen wir zurecht. Aber lieb, dass du fragst.«

Während ich meine eigene Tamale auspackte, zuckte ich mit den Schultern. »Du und Antonia seid wie eine Familie für mich, nachdem sich meine so ziemlich verabschiedet hat. Ich will sicher sein, dass es euch gut geht.«

Izzy dachte über meine Worte nach. »Sie haben tatsächlich den Kontakt zu dir abgebrochen? Wegen Hayden?«

»Wegen vieler Dinge, aber ja ... im Grunde läuft es darauf hinaus. Sie sehen einfach nicht, was ich sehe.« Dass er wundervoll war, dass er mich bedingungslos liebte, dass er einfach alles tun würde, um mich zu beschützen. Dad konnte nicht über den Anfang hinwegsehen. »An einen Typen wie Hayden muss man sich gewöhnen«, lachte sie. »Sie werden sich schon noch damit abfinden.« Zumindest hoffte ich das, während ich beobachtete, wie sie von ihrer Tamale abbiss.

Izzy beobachtete ihrerseits, wie ich an dem köstlichen Essen knabberte, das sie zubereitet hatte. Der Geschmack von Maisteig und Fleisch traf meine Geschmacksnerven, und ich verdrehte genüsslich die Augen. War das gut. Izzy lächelte über meine Reaktion, dann fragte sie: »Und wie läuft es bei dir und Hayden so ... in letzter Zeit?«

An dem kurzen Zögern erkannte ich, dass sie nach Felicia fragte. Ich wollte wirklich nicht über Haydens Ex sprechen, aber sie spukte mir durch den Kopf. »Damit will ich dich nicht belasten. Du hast genug um die Ohren und kannst mein Gejammer jetzt wirklich nicht auch noch brauchen.«

Izzy grinste mich breit an, dann nahm sie einen weiteren Bissen. »Bitte ... belaste mich.« Mit ernsterer Miene schüttelte sie den Kopf. »Das klingt vielleicht komisch, aber es tut gut, sich mal mit anderen Problemen als mit meinen eigenen zu beschäftigen. Dann wirken die Dinge weniger ... erdrückend.«

Ich lächelte betrübt. Mit Vermeidungsstrategien kannte ich mich bestens aus. »Das verstehe ich. Okay ... also ... gestern Abend hat Hayden etwas Seltsames gesagt, was mir irgendwie nicht aus dem Kopf geht.« Izzy hob erwartungsvoll eine dunkle Braue, und ich seufzte. »Er überlegt, ob er Kontakt zu Aufreißer aufnimmt. Nach allem, was Aufreißer getan hat, verstehe ich einfach nicht, warum Hayden sich wieder mit ihm vertragen will.«

Izzy wirkte nicht so verwirrt wie ich. Sie schüttelte nachdenklich den Kopf und murmelte: »Hayden und seine verdammte Loyalität. Es fällt ihm schwer, Menschen aus seinem Leben auszuschließen. Wenn man einmal zu Haydens Leben gehört, gehört man für immer dazu. Selbst wenn man es nicht verdient.«

Und genau davor hatte ich Angst. »Und ... gilt das auch für Felicia? Gehört sie auch für immer zu seinem Leben?« Ich brachte die Worte kaum heraus, und als ich sie ausgesprochen hatte, war ich mir nicht ganz sicher, ob ich die Antwort hören wollte. Hätte ich die Frage zurücknehmen können, ich hätte es getan.

Izzy führte gerade eine weitere Tamale zu ihrem Mund und zögerte kurz, bevor sie antwortete: »Du ahnst gar nicht, wie gerne ich darauf mit Nein antworten würde, Kenzie. Ich mag dich. Ich hab dich richtig gern, und ich glaube, du tust Hayden unendlich gut. Ich habe ihn noch nie glücklicher gesehen ... aber ...«

»Aber wenn man einmal zu seinem Leben gehört, gehört man eben dazu.« Ich seufzte.

»Ja ...« Izzy legte ihr Essen ab und fügte hinzu: »Es war nicht der erste Streit zwischen Hayden und meinem Bruder, wenn auch sicher der schwerste. Aber sie haben sich immer wieder vertragen. Hayden hat ihm *immer* vergeben. Er hat Tony *immer* zurück in sein Leben gelassen.«

So, wie sie das Wort *immer* betonte, wusste ich genau, was sie nicht sagte. »Und sie auch, stimmt's?«

Izzy presste die Lippen zu einer schmalen Linie zusammen. »Bislang ... ja. Auch Felicia.« Nachdem sie das ausgesprochen hatte, entspannte sich ihre Miene, und sie schenkte mir ein kleines aufmunterndes Lächeln. »Aber wer weiß, vielleicht ist es dieses Mal anders. Jetzt hat er schließlich dich.«

Ich lächelte ihr flüchtig zu, dann schob ich mir die Tamale in den Mund. *Richtig, jetzt hat er mich.*

Als ich mich von Izzy verabschiedete, kreisten meine Gedanken um die letzten Monate meines Lebens. Ich wollte mich nicht mehr zu Hause verkriechen und vergeblich warten, während die Welt sich um mich her immer weiterdrehte. Nein, ich musste handeln. Ich musste meine Angst hinunterschlucken und mich endlich mit meinem Vater auseinandersetzen. Es war Zeit, den kalten Krieg zu beenden. Außerdem schien es mir noch leichter, mit meinem Vater zurechtzukommen als mit Izzys Aussage. *Er hat ihr immer vergeben, er lässt sie immer wieder in sein Leben.* Nein, diesmal nicht.

Ich verdrängte die Sorge, nahm all meinen Mut zusammen und fuhr zum Haus meines Vaters. Obwohl ich diese Strecke schon fünfzehn Millionen Mal gefahren war, kam sie mir fremd vor. Normalerweise hatte ich immer das Gefühl, nach Hause zu kommen, wenn ich an den Ort zurückkehrte, an dem ich aufgewachsen war, doch heute empfand ich nichts als Angst. Ich hatte so lange nicht mehr mit meinem Dad gesprochen, dass ich nicht wusste, was ich sagen sollte. Oder ob er mich überhaupt zu Wort kommen lassen würde. Es bestand die sehr reale Möglichkeit, dass er weiterhin so tat, als würde ich nicht existieren, selbst wenn ich direkt vor ihm stand. Er war unfassbar stur.

Hinter einer gewundenen Auffahrt erschien das bescheidene zweistöckige Farmhaus, in dem ich aufgewachsen war. Mom hatte Tiere geliebt, und Dad hatte ihr jedes Wesen geschenkt, das er finden konnte – Pferde, Kühe, Enten, Ziegen, Hühner, Hasen … was auch immer, und Mom hatte sie großgezogen. Natürlich hatte Dad das ganze Vieh nicht behalten, nachdem Mom gestorben war. Und er hatte sich auch nicht mehr um das Haus gekümmert. Wohin ich auch blickte, zeigte es Spuren von Altersschwäche. Genau wie die Trainingsstrecke wirkte es verlassen und vernachlässigt, und es brach mir das Herz, es so zerfallen zu sehen.

Dads Truck stand vor dem verblichenen roten Stall. Zumindest war er zu Hause. Eine der Stalltüren war oben aus der Angel gerutscht und lehnte schief an der anderen Tür. Das war schon seit Jahren so, und ich wusste, dass Dad nicht vorhatte, das Tor zu reparieren. In dem Stall befand sich ohnehin nichts. Nichts als Geister.

Ich parkte mein Motorrad neben Dads Truck, schaltete den Motor aus und blickte mich um, ob er mich beobachtete. Es schien mir nicht der Fall zu sein. Ich nahm den Helm ab, atmete die frische Luft meiner Jugend ein und versuchte, die Schmetterlinge in meinem Bauch zu beruhigen. Mit einem wehmütigen Gefühl stieg ich vom Bike und lief am Stall vorbei zu einem ovalen Asphaltring im Hof. Dads behelfsmäßige Rennstrecke war das Einzige, das er hier immer tipptopp gepflegt hatte, aber nachdem sie nicht mehr benutzt wurde, wucherte auf ihr das Unkraut. Der Anblick der einfachen Strecke erinnerte mich an glücklichere Zeiten. Hier hatte ich meine ersten Kurven geübt, war in die eine Richtung gefahren, hatte gedreht und war wieder zurückgefahren. Jeden Tag war ich hier rausgekommen, ob bei Regen oder bei Sonnenschein, und hatte davon geträumt, wie wundervoll mein Leben sein würde, wenn ich erst alt genug wäre, an Wettrennen teilzunehmen. Nie hätte ich gedacht, dass es dermaßen schnell vorbei sein würde.

»Mackenzie? Was machst du hier?«

Ich schüttelte den melancholischen Gedanken ab, fuhr herum und sah meinen Vater, der mich mit strengem, missbilligendem Blick musterte, als hätte er einen Eindringling gefasst. Vermutlich war ich das momentan für ihn. Ich freute mich jedoch so, ihn zu sehen, dass mir Tränen in den Augen brannten. Wie ich meine Familie vermisste! »Hallo, Dad. Ich hatte gehofft, wir könnten reden.«

Dad verschränkte die Arme und musterte mich neugierig. Das blonde Haar, das er meinen Schwestern vererbt hatte, war jetzt zum Großteil ergraut. Das Alter hatte sich auch in seine Augen geschlichen und das ehemals strahlende Blau in Stahlgrau verwandelt. Er wirkte müde bis auf die Knochen, und unter seinen Augen lagen dunkle Schatten, als hätte der Stress der letzten Zeit kein bisschen nachgelassen, seit er das Geschäft dichtgemacht hatte. War das meine Schuld? »Dann hast du also mit diesem Benneti-Typen Schluss gemacht? Schön. Freut mich zu hören, dass du zur Vernunft gekommen bist«, stieß er barsch hervor.

Am liebsten hätte ich mit den Augen gerollt und ihm gesagt, dass er damit aufhören und seine alberne Fehde mit Keith endlich begraben sollte. Sie hatte ihn schon viel zu viel gekostet. Vielleicht hätte er Cox Racing retten können, wenn er nicht die Kontrolle verloren und bei einem Rennen auf Keith losgegangen wäre. »Nein, hab ich nicht. Aber ich bin nicht hier, um über ihn zu reden. Ich bin hier, weil ich über uns sprechen will. Du kannst mich nicht für immer aus deinem Leben ausschließen.«

Als hätte ich ihm gerade erklärt, dass alles, woran er glaubte, unbedeutend sei, fiel Dads Miene in sich zusammen. Nur Sekunden später setzte er jedoch wieder seine strenge, missbilligende Maske auf. Mit starrem Gesicht wandte er sich von mir ab. »Wenn du nicht hier bist, um mir zu sagen, dass du diese Dummheit beendet hast, haben wir nichts zu besprechen«, sagte er über seine Schulter hinweg.

Wut breitete sich in meiner Brust und meinem gesamten Körper aus und obwohl eine frische Brise in der Luft lag, hatte ich das Gefühl, in der Sahara zu stehen und zu verdursten. »Wage es ja nicht, mich einfach so stehen zu lassen!«, schrie ich.

Überrascht über meinen Ausbruch hielt Dad tatsächlich inne und drehte sich wieder zu mir um. Jetzt schien auch er wütend zu sein, doch er hatte sich deutlich besser im Griff als ich. »Wie ich sehe, hast du immer noch Probleme mit deiner Beherrschung.«

Ich grub die Fingernägel in meine Handflächen. »Hör auf damit, Dad. Du kannst mich nicht weiter ignorieren. Ich bin deine *Tochter*.«

Als ich sah, wie traurig Dad wurde, schnürte sich mir die Brust zusammen, und meine Wut ließ nach. »Du bist diejenige, die dieses Hindernis zwischen uns aufgebaut hat, Mackenzie. Daran kann ich nichts ändern, das kannst nur du. Du weißt genau, was du zu tun hast, du weigerst dich nur.« Schließlich schlich sich doch Wut in seine Stimme, und als seine Fassade für Sekundenbruchteile einen Riss bekam, sah ich, wie verletzt er war, wie sehr er litt. Wie fertig ihn das Ganze machte.

Ich holte tief Luft und ging langsam und ruhig auf ihn zu. »Es muss nicht eine Entscheidung zwischen ihm oder dir sein. In meinem Herzen ist Platz für euch beide.«

»Aber in meinem ist kein Platz für ihn«, schnappte er.

Verzweifelt breitete ich die Arme aus. »Dann hasst du ihn

eben! Auch okay! Nur schließ mich nicht aus deinem Leben aus, weil du meinen Freund nicht magst! Ruinier seinetwegen nicht meine Karriere!«

Bei meinen Worten zog Dad die Brauen hoch. »Deine Karriere? Darum bist du eigentlich hier, stimmt's? Es geht dir gar nicht um die Familie, du willst nur wieder Rennen fahren.«

Die Schuld zerriss mich innerlich – in gewisser Weise hatte er recht –, aber er vereinfachte das Problem. »Natürlich nicht. Meine Familie bedeutet mir mehr als die Rennen. Meine Familie bedeutet mir alles. Ich vermisse euch ... unendlich.« Als mir bewusst wurde, wie wahr diese Worte waren, stiegen mir Tränen in die Augen. Die verrückte, zwanghafte Daphne, die unbekümmerte Theresa, mein strenger, stets beherrschter Vater – ohne sie war mein Leben nicht vollständig.

Als Dad den Schmerz in meinen tränenfeuchten Augen sah, wurde seine Miene weicher. Er öffnete den Mund, dann schloss er ihn wieder. Hilflos beobachtete ich, wie Entschlossenheit in sein Gesicht trat und sich seine Züge wieder verhärteten. »Wenn wir dir alles bedeuten, dürftest du ja keine Probleme haben, das Richtige zu tun. Und ... das solltest du tun, bevor du noch einmal herkommst.«

Angst krampfte meinen Magen zusammen. »Willst du damit sagen, dass ich hier nicht mehr willkommen bin?«

Der Blick meines Vaters war leer, er zögerte nur eine Sekunde, dann trieb er gelassen einen weiteren Keil zwischen uns. »Solange du mit ihm zusammen bist, ja ... bist du hier nicht willkommen. Es tut mir leid, aber solange du nicht wieder Single bist, Mackenzie ... muss ich dich bitten zu gehen.«

Eiseskälte erfasste mich, fassungslos sah ich ihn an. *Das war's?* Er oder ich, keine Ausnahme, kein Kompromiss, kein … nichts. Ich konnte nicht glauben, dass er es so weit trieb. Nur weil ihm nicht passte, mit wem ich zusammen war? Weil es ihm nicht gefiel, dass ich zu Hayden gehalten hatte und eine erschreckende und ziemlich vorschnelle Entscheidung über meine Karriere getroffen hatte? Weil er meinte, mir zu helfen, wenn er nicht nachgab? Weil ich dann irgendwann einlenken würde? Quatsch.

»Gut«, stieß ich hervor. »Sag Daphne und Theresa liebe Grüße von mir.« Ich drehte mich um und ging zurück zu meinem Motorrad. Da ich hier ohnehin nichts mehr ausrichten konnte, konnte ich genauso gut fahren.

Mit quietschenden Reifen schoss ich davon und hinterließ eine tiefe Furche in Dads Kiesauffahrt. Mir war klar, dass er darüber sauer sein würde, aber das war mir jetzt egal. Er hatte mich auf die schwarze Liste gesetzt und jetzt verstieß er mich. So viel zu den unverwüstlichen Bindungen einer Familie.

Als der Schmerz mich erfasste, liefen mir Tränen über die Wangen und verschleierten meinen Blick. Ich hatte gewusst, dass es unserer Beziehung schaden würde, wenn ich mich für Hayden und gegen Dad entschied, aber wie schwer der Bruch sein würde, hatte ich nicht geahnt. Und mir war nicht klar gewesen, dass ich auch Daphne und Theresa verlieren würde. Ich dachte, sie würden sehen, dass Dad überreagierte, aber sie blieben genauso stumm wie Dad.

Ach, die konnten mich mal. Wie Hayden gesagt hatte: Wir brauchten niemanden.

Da ich nicht nach Hause fahren wollte, begab ich mich stattdessen zur Trainingsstrecke. Weil ich keinen Schlüssel mehr besaß, schlich ich mich durch Haydens heimlichen Eingang im Zaun herein. Nicht in einer Million Jahren hätte ich gedacht, dass ich das Schlupfloch einmal ohne ihn benutzen würde. Ich durfte mich nicht auf der Strecke aufhalten, zumindest nicht auf Keith' Seite, aber ich war wütend. Ich musste Dampf ablassen, sonst würde ich explodieren. Dad hatte mich schon wieder verraten, und in mir rangen Wut und Schmerz miteinander. Ich brauchte Hayden, um mich zu beruhigen, er musste mir in meinem Aufruhr beistehen.

Als sie mich in die Benneti-Garage treten sah, kam Nikki sofort auf mich zu. »Kenzie, du darfst nicht hier sein.« Sie hielt eine Sekunde inne, dann fragte sie: »Was ist los? Du siehst aus, als wärst du gerade gefeuert worden, aber da du keinen Job mehr hast, kann das eigentlich nicht sein ...« Sie verstummte und setzte eine entschuldigende Miene auf.

Ich wich zurück und hob die Hände. »Alles okay, ich dachte nur, ich könnte meinen Vater zur Vernunft bringen, aber anscheinend ist das unmöglich. Ich weiß nicht, warum ich überhaupt ...« Meine Kehle schnürte sich zusammen, und ich bekam kein Wort mehr heraus. Ich schluckte ein paarmal und fragte Nikki dann schnell: »Weißt du, wo Hayden ist? Ich muss unbedingt mit ihm reden.« Er war meine Mitte – er würde mich erden.

Auf Nikkis Gesicht erschien ein merkwürdiger Ausdruck. »Er ist oben mit Felicia.«

Angst ließ mir das Blut in den Adern gefrieren. »Meinst du, dass sie beide zufällig zur selben Zeit oben sind oder dass sie gemeinsam nach oben gegangen sind?«

Sie hob die Hände. »Keith hat sie beide in sein Büro gebeten. Ich weiß nicht, warum.«

Na toll. Ich versuchte, an Nikki vorbei zur Treppe zu gelangen, doch sie versperrte mir den Weg. »Wohin willst du?«

Ich deutete auf das Treppenhaus hinter ihr. »Ich gehe nach oben. Keith kann so viel meckern und maulen, wie er will, das ist mir echt egal.« Ich drängte mich an ihr vorbei und lief hastig zur Treppe.

»Kenzie, warte!«, rief sie, aber ich wartete nicht. Ich stürmte die Treppe hinauf, dicht gefolgt von Nikki. »Kenzie«, zischte sie. »Du darfst dich hier nicht aufhalten. Ich kann Hayden für dich holen. Warte draußen.« Während sie sprach, blickte sie sich die ganze Zeit um, als erwartete sie, dass ein Gespenst auftauchte und sie erschreckte. Oder dass Keith aus dem Büro trat und sie auf der Stelle feuerte.

Ich stapfte den Flur hinunter und entdeckte die Tür zur Umkleide, zum Fitnessraum und zum Lagerraum, aber irgendwie nicht die Tür, die ich suchte – die zu Keith' Büro. »Ist schon okay, Nikki. Keith wird mich schon nicht ...«

Genau in dem Moment trat Keith aus der Tür und stand direkt vor uns. »Keith wird schon nicht was?«, fragte er, und der Blick aus seinen dunklen Augen zuckte zwischen Nikki und mir hin und her.

Mir klopfte das Herz bis zum Hals, und sofort verfluchte ich mein Glück. Keith konnte mir nichts anhaben, außer dass er mir auch verbot, die Cox-Seite der Strecke zu betreten, aber ich wollte ihn weder sehen noch mit ihm sprechen. Mich überhaupt in seinem Gebäude aufzuhalten war schon schlimm genug. Hier roch es überall nach ihm.

Nikki stotterte eine Entschuldigung, während sie mich am Arm zog. »Oh, hallo, Mr Benneti. Kenzie und ich wollten gerade gehen ...«

Keith blickte sie mit zusammengekniffenen Augen an. »Du gehst nach unten, zurück zu deiner Arbeit. Sofort.«

Nikki lächelte mir entschuldigend zu, dann machte sie auf der Stelle kehrt und sauste zurück nach unten. Als Keith und ich allein im Flur standen, straffte ich die Schultern und sah ihm so stolz in die Augen, wie ich nur konnte. »Keith ... ich weiß, du willst nicht, dass ich herkomme, aber ich muss mit Hayden sprechen. Nikki sagte, du hättest ihn ...«

Keith verlagerte das Gewicht auf seinen Stock und musterte mich von oben bis unten, ehe er mich kalt unterbrach. »Hat dir schon mal jemand gesagt, wie ähnlich du deiner Mutter siehst?«

Seine Frage erwischte mich völlig unvorbereitet, und alles, was ich hatte sagen wollen, verflüchtigte sich aus meinem Kopf. »Ja«, murmelte ich und fröstelte. »Das höre ich oft.«

Auf Keith' Gesicht erschien ein selbstgefälliges Grinsen. »Ja, ich wette, du hörst eine Menge Dinge, und ich wette, sie sind alle ziemlich einseitig. Willst du den wahren Grund erfahren, warum deine Mutter zu mir gekommen ist?«

Ich hielt den Mund fest verschlossen. Nein, ich wollte seine Version der Geschichte nicht hören. Ich wollte nicht wissen, was zwischen ihnen vorgefallen war.

Keith fuhr fort, als hätte ich gesagt, dass ich gerne alles darüber wissen wollte. »Dein Vater kann manchmal ein ganz schönes Arschloch sein ... kalt, rachsüchtig, manipulierend. Ob Streit oder Rennen, er muss immer gewinnen. Um jeden Preis. Und er hat keine Angst, Brücken einzureißen, um zu bekommen, was er will. Du hast ja wohl auch schon mit seiner Sturheit Bekanntschaft gemacht?«

Ja. Leider. Ich konnte Keith nicht länger ansehen und musste den Blick abwenden.

Keith gab einen Laut von sich, der zugleich zustimmend und missbilligend klang. »Dachte ich mir. Ich habe gehört, dass er dich bei *jedem* auf die schwarze Liste gesetzt hat. Dass er Abmachungen getroffen hat, damit dich niemand fahren lässt. Vermutlich alles, um dich von meinem Jungen fernzuhalten. Interessant. Und du meinst wahrscheinlich immer noch, dass ich das Arschloch von uns beiden bin.«

Ich sah wieder zu ihm und merkte selbst, dass ich ihm mit meinem wütenden Blick seine Vermutung bestätigte. Keith grinste. »Daddys kleines Mädchen«, murmelte er.

Ich hatte genug von dieser Art der Unterhaltung und trat den Rückzug an. »Ich sollte wohl zurück zu …«

»Warum hast du mich nicht nach einem Job gefragt?«, fragte Keith mit ernstem Gesicht.

Ich blieb wie angewurzelt stehen, und mein Herz begann zu hämmern. Ehrlich gesagt hätte ich nicht gedacht, dass er mich jemals anstellen würde – er hasste mich, hatte mich von seinem Gelände verbannt –, darum hatte ich nie ernsthaft daran gedacht, ihn zu fragen. Und außerdem hasste ich ihn auch. »Ich … ich dachte nicht … Würdest du mich denn anstellen?« Die Frage kam als leises Piepen heraus. Schrecklich, wie verzweifelt ich mich anhörte.

Ein arrogantes Lächeln spielte um Keith' Lippen, und während er über meine Frage nachdachte, strich er sich über eine seiner Koteletten. Mein Herz schlug so heftig, dass ich dachte, ich würde ohnmächtig, während ich darauf wartete, dass er etwas sagte. Gott, mir widerstrebte die Vorstellung, den Namen Benneti auf dem Rücken zu tragen, zwar zutiefst, aber wenn es bedeutete, dass ich dann wieder fahren konnte …

»Nein.« Mit diesem einen Wort ließ er meine Seifenblase so heftig zerplatzen, dass ich richtiggehend zusammenzuckte. Während die Ablehnung über mir zusammenschlug, zuckte Keith mit den Schultern. »Jedenfalls nicht als Fahrerin. Ich habe ja gerade Felicia angeheuert, ich bin für das Jahr voll. Und ich werde sie nicht für dich feuern. Sie ist absolut unglaublich.« Er schloss die Augen, während er von Haydens wundervoller Exfreundin schwärmte, wobei ein unheimliches Grinsen auf seinem Gesicht erschien. Ich wollte gar nicht wissen, an was er dachte.

Als er die Augen wieder öffnete, hob er eine Braue. »Aber vielleicht habe ich einen anderen Job für dich ... falls du interessiert bist.«

Vor lauter Begeisterung machte ich einen Schritt auf ihn zu. »Ja. Ich bin interessiert. Was soll ich tun?«

Er zuckte mit den Schultern. »Buch einen Flug nach Daytona. Alles Weitere erzähle ich dir dort.«

Ich kam mir vor wie in einem skurrilen Traum und nickte. »Ja, okay.«

»Gut.« Er drehte sich um und schlurfte den Flur hinunter zur Treppe.

Gott, niemals hätte ich gedacht, dass eine Begegnung mit Keith mit einem Jobangebot enden würde. Und obwohl es meine Stimmung hob, dass ich mich wieder auf etwas in der Rennwelt freuen konnte, fühlte ich mich unwillkürlich schmutzig. Am liebsten würde ich mich eine Stunde unter die Dusche stellen und jeden Zentimeter meiner Haut abschrubben. Fühlte es sich so an, wenn man seine Seele verkaufte?

Ich stand noch ganz benommen da, als Hayden um die Ecke bog. Er kam aus einem entlegenen Teil des Gebäudes und stürmte durch den Flur auf mich zu. Irgendwie schien er aufgelöst zu sein, doch als er mich sah, blieb er abrupt stehen. »Kenzie? Was machst du denn hier?«

Noch völlig verdutzt deutete ich schwach in die Richtung, in der Keith verschwunden war. »Ich habe ...«

Als Felicia hinter Hayden erschien, verschlug es mir die Sprache. Mir schoss Nikkis Bemerkung durch den Kopf, dass sie in einer Besprechung bei Keith seien – mit dem hatte ich aber doch gerade gesprochen. Mein Argwohn sprühte geradezu Funken und blendete mich. »Wo warst du?«, fragte ich und blickte wieder zu ihm.

Haydens Blick zuckte zu Felicia, dann erwiderte er. »Im Konferenzraum.«

Mehr konnte er nicht sagen, bevor Felicia zu uns stieß. Ohne das Tempo ihres lässigen Laufstegschritts zu verringern und ohne den Schlafzimmerblick von Hayden zu lösen. Ich konnte beinahe Dampf von ihrer verführerischen Haut aufsteigen sehen. Sie drehte sich so, dass sie Hayden ihre Brüste zuwandte und drängte sich zwischen uns hindurch. »Es ist immer ein Vergnügen, mit dir zu reden«, murmelte sie, als sie sich durch die schmale Öffnung schlängelte, wobei sie Hayden streifte.

Klar.

Zusammen mit Felicia schien die Hitze aus dem Flur zu verschwinden. Die Luft war so eisig, dass es mich überraschte, dass ich überhaupt noch atmen konnte. Hayden hob abwehrend die Hände, als würde er vor einem wilden Tier stehen, das sich jeden Moment auf ihn stürzen könnte. »Das war nicht das, was du denkst.«

Diverse Szenarien blitzten in meinem Kopf auf, keins von ihnen gefiel mir. »Ich denke gar nichts«, erwiderte ich.

Er sah mich ungläubig an. »Quatsch. Du denkst, ich wäre allein mit ihr gewesen, weil ich es sein wollte, und das stimmt nicht im Geringsten.« Seine Miene wurde verschlossen, und er ließ die Hände sinken. »Dieser verdammte Keith. Er hat uns zu einer Besprechung bestellt, dann ist er gegangen und nicht mehr zurückgekommen. Das hat er in letzter Zeit öfter getan ... Allmählich geht mir das auf den Keks.«

Nachdem ich es jetzt wusste, ging es mir auch gegen den Strich. »Oh«, sagte ich, meine Wut auf *ihn* ließ nach, und meine Empörung über Keith wuchs. Was spielte er für ein Spiel?

»Was machst du hier?«, fragte Hayden leise und nahm meine Hand in seine.

Als ich seine Frage beantwortete, fühlte sich mein Gehirn wie Wackelpudding an. »Ich habe dich gesucht und dann ... bin ich Keith über den Weg gelaufen, und er hat mir einen Job angeboten.«

Hayden sah genauso fassungslos aus, wie ich mich fühlte. »Was? Als Rennfahrerin? Wirklich?«

Nachdenklich schüttelte ich den Kopf. »Nein, er sagte, er könne nicht noch einen weiteren Fahrer brauchen, aber er hätte etwas anderes für mich. Er sagte, er würde es mir in Daytona erklären.«

Haydens Miene spiegelte mein eigenes Gefühl wider – Misstrauen. Auch wenn Hayden viel von Keith hielt, wusste er, dass ihm in Bezug auf meinen Vater und mich alles zuzutrauen war. Darum war das alles so merkwürdig. Was zum Teufel hatte Keith mit mir vor? Wollte ich wirklich nach Daytona fahren, um es herauszufinden? Ja, das wollte ich. Egal, was er im Schilde führte, alles war besser, als zu Hause herumzusitzen und mich nach dieser Welt zu verzehren. Sehr wahrscheinlich würde mir dieser Entschluss noch um die Ohren fliegen, aber ich musste das durchziehen.

Mit einem schwachen, besorgten Lächeln stimmte Hayden meinem Plädoyer zu. »Nun ... zumindest gehörst du dann wieder dazu.«

Ja. Aber zu welchem Preis?

Kapitel 6

Hayden

Ich war noch völlig verwirrt von der Nachricht, dass Keith Kenzie einen Job geben wollte, was er vorher hartnäckig verweigert hatte, als Kenzie eine weitere Bombe platzen ließ: Antonia war wieder im Krankenhaus. Nachdem Kenzie es mir erzählt hatte, machten wir uns direkt auf den Weg zu ihr. Dieses Kind glücklich zu machen war weitaus wichtiger als gegen die Uhr zu fahren.

Kenzie befand sich in einem Schockzustand. Das erkannte ich daran, dass sie nicht versuchte, mich zu schlagen, als wir über den Freeway fuhren. An einigen Stellen fiel sie sogar zurück, und ich musste das Tempo drosseln – das war noch nie vorgekommen. Ich machte mir Sorgen, aber ich war mir nicht sicher, worüber eigentlich. Über die Melancholie, in die sie so leicht verfiel. Über die Tatsache, dass Keith nachgegeben und ihr einen Job angeboten hatte, von dem keiner wusste, worin er bestand. Oder darüber, dass ich sie immer häufiger anlog.

Felicia schickte mir jetzt permanent Nachrichten, und aus irgendeinem Grund las ich sie alle. In den ersten hatte sie mir nur Botschaften von Keith übermittelt – Felicia sondierte das Terrain. Die letzten hatten nichts mit dem Job zu tun. *Bitte sprich mit mir. Ich hab dir so viel zu sagen. Es tut mir so leid. Du fehlst mir so sehr.* Die letzte hatte ich erhalten, als ich bei Kenzie war. Sie zu lesen hatte mir ein doppelt schlechtes Gewissen gemacht und mich doppelt verletzt. *Ich fehle ihr?* Nun, das hätte sie sich überlegen sollen, bevor sie mich verließ. Ich hatte jetzt eine andere, eine tolle Frau, und brauchte sie nicht.

Aber warum konnte ich dann nicht aufhören, ihre Nachrichten zu lesen? Aus Neugier? Suchte ich nach einem Sinn? Einem Grund, warum sie mich verlassen, einem Grund, warum sie zurückgekommen war? Ja, vermutlich suchte ich in ihren Botschaften nach einer Erklärung. Ich wollte wissen, warum sie gegangen war. Aber ich kannte Felicia gut genug, um zu wissen, dass sie es mir niemals in einer Nachricht erklären würde. Wenn ich wirklich verstehen wollte, warum sie davongelaufen war, musste ich mich mit ihr zu einem Gespräch zusammensetzen, dafür würde sie sorgen. Weil eine Erklärung vielleicht zu einer Versöhnung führen würde. Zumindest meinte sie das. Und um es auszuprobieren, hatte ich zu große Angst, dass sie recht behalten würde. Wir hatten eine *lange* Geschichte und manchmal fühlte es sich zu vertraut an, Felicia um mich zu haben. In diese Lage wollte ich gar nicht erst geraten. Ich wollte mit Kenzie zusammen sein.

Mist. Kenzie. Wenn sie jemals von den Nachrichten erfuhr, wenn sie herausfand, was in meinem Kopf vorging, musste ich ihr einiges erklären. Hoffentlich besaß sie die nötige Ruhe, um mir zuzuhören. Hoffentlich hatte ich eine gute Entschuldigung. Hoffentlich würde es niemals dazu kommen. Herrgott, ich grub mir so schnell eine Grube, dass es nur eine Frage der Zeit war, bis ich hineinstürzte.

Als wir ins Krankenhaus fuhren, versuchte ich, meine Sorge zu verdrängen. Ich musste stark für Antonia sein, konzentriert, der Fels, auf den sie sich verlassen konnte, der ihr zur Seite stand. Izzy brauchte das genauso. Und Kenzie in gewisser Weise auch. Händchenhaltend liefen wir über den Korridor. Sie wirkte abwesend, und unwillkürlich warf ich ihr verstohlene Blicke zu. Genau wie ich machte sie einiges durch, aber auf andere Weise. Sie wurde nicht von ihrem Ex gequält, stattdessen war sie vollkommen von dem abgeschnitten, was sie liebte. Die letzte Zurückweisung hatte ihr den Rest gegeben. Doch als sie in meinen Armen zusammengebrochen war, hatte ich sie nicht etwa dazu gebracht, mit mir zu reden, sondern mich von ihr zum Sex verführen lassen. In letzter Zeit baute ich derart viel Mist, dass ich nicht mehr wusste, wo oben und unten war.

Als wir in Antonias Krankenhauszimmer traten und ich sie sah, musste ich kurz stehen bleiben und mich sammeln. Ihr Haar wuchs allmählich nach, es war jetzt gut zwei Zentimeter lang, doch in diesem Bett sah sie so zart und zerbrechlich aus, insbesondere mit dem dünnen Versorgungsschlauch in ihrer Nase. Am liebsten hätte ich ihn sofort herausgerissen, aber mir war klar, dass er einen äußerst wichtigen Zweck erfüllte. Ich hoffte nur, sie würde ihn nicht lange brauchen.

Izzy bemerkte uns und stand auf, um uns zu umarmen. Antonia entdeckte uns eine Sekunde später und schenkte mir ein breites, müdes Grinsen. »Onkel Hayden.«

Ich ließ Izzy los und trat an Antonias Bett. »Hey, Bücherwurm. Hatte ich dir nicht verboten, wieder herzukommen?«, sagte ich mit gespielter Strenge.

Antonia lächelte schwach, aber vergnügt. »Tut mir leid, das wollte ich nicht.«

»Ist schon okay«, erwiderte ich und küsste sie auf das kurze Haar. »Pass nur auf, dass es nicht noch mal passiert.«
Sie lachte, dann seufzte sie und schloss die Augen. Sie sah erschöpft aus, ein Anblick, der mir nur allzu vertraut war. Während Kenzie sich auf die andere Seite zu ihr auf die Bettkante setzte, drehte ich mich zu Izzy um. »Wie geht es ihr?«
Izzys Lächeln wirkte fast ebenso erschöpft wie das ihrer Tochter. »Besser. Uns geht es beiden besser.« Sie lächelte warm und blickte zu Kenzie. Kenzie war da gewesen, als Izzy sie gebraucht hatte. Kenzie war nicht abgehauen und würde es niemals tun. Das war nicht ihre Art.

Die nächste Stunde dämmerte Antonia immer wieder weg. Früher oder später würde man uns rauswerfen, aber eigentlich wollte ich nicht gehen. Vielleicht würde ich einfach behaupten, ich sei ihr Vater, mir einen Stuhl nehmen und heute Nacht hier schlafen. Das wäre allerdings Kenzie gegenüber nicht fair. Sie machte das Beste aus der Situation und las Antonia, die ihr mit schweren Lidern zuhörte, ein Buch vor. Bald würde sie wieder einnicken.

Ich stand am Waschbecken und lauschte Kenzies Geschichte, als Izzy zu mir trat. Sanft zog sie mich am Ellbogen. »Hast du Lust, mit mir einen Kaffee zu holen?«, fragte sie.

Kenzie hielt inne, drehte sich lächelnd zu mir um und fuhr dann mit dem Vorlesen fort. Es war Kenzie vermutlich nicht klar, aber Izzy war keine große Kaffeetrinkerin. Sie wollte mit mir allein sprechen, um Kenzies Gefühle zu schonen, und das bedeutete, dass sie mit mir über Felicia reden wollte. Na wunderbar.

»Klar, Iz«, antwortete ich und lächelte angespannt.
Schlanke Finger legten sich um meinen Ellbogen, Izzy

führte uns aus der Tür und in Richtung Kaffeeautomat am anderen Ende des Flurs. Als wir ein gutes Stück von Antonias Tür entfernt waren, außer Hörweite, seufzte ich.»Was ist los?«

Izzy schwieg noch ein paar Schritte, dann sagte sie:»Kenzie hat mir erzählt, dass du Kontakt zu Tony aufnehmen willst.«

Wir erreichten den Kaffeeautomaten, und ich rückte von ihr ab, sodass ich ihr in die Augen sehen konnte.»Ich habe gesagt, dass ich darüber *nachdenke*. Großer Unterschied.«

Izzy lächelte, doch es wirkte bedrückt.»Ich wusste, dass du deine Meinung ändern würdest. Du lässt jedes Mal deine Vergangenheit wieder in dein Leben ... egal, wie sehr es dich verletzt.«

Ich musterte ihr Gesicht und fragte langsam:»Reden wir immer noch von Aufreißer?«

Sie zog besorgt die Stirn kraus.»Du hast drei Wochen gebraucht, um mir zu sagen, dass Felicia hier ist. Dass sie jeden Tag neben dir *arbeitet*. Warum?«

»Weil sie ... dich im Stich gelassen hat. Sie hat dich verletzt. Ich wollte nicht ...« Ich holte tief Luft. Das war nicht der wahre Grund, und das wusste Izzy.»Ich weiß nicht. Vermutlich wollte ich dieses Gespräch einfach nicht führen. Ich wollte es ignorieren. Sie ignorieren ...«

Izzy packte meinen Arm und drückte ihn fest.»Du hast da etwas sehr Gutes mit Kenzie, Hayden. Vermassele es nicht. Vor allem nicht *wegen Felicia*. Sie verdient deine Nachsicht nicht ... weder deine noch meine. Und sie verdient ganz bestimmt nicht dich. Kenzie aber schon.«

»Ich versuche ja, es nicht zu vermasseln, Izzy. Das musst du mir glauben. Ich versuche ...« Ein scharfer, reißender

Schmerz schoss durch meine Brust und Verwirrung brannte wie Säure in mir. Ich wollte Kenzie nicht verletzen, aber Felicia ... Ich hatte so viele Fragen, so viele Erinnerungen, es gab so viele lose Enden.

Izzy legte die Arme um mich und drückte mich an sich. Sie klopfte mir auf den Rücken, als wäre ich ein Kind, und flüsterte mir zu, dass alles wieder gut würde. Normalerweise hätte mich ihr Bemuttern höllisch genervt, aber jetzt brauchte ich es irgendwie.

An den folgenden Abenden besuchten wir Antonia regelmäßig. Langsam ging es ihr besser, und sie nahm zu, aber die Ärzte wollten sie noch nicht nach Hause entlassen. Es war jeden Abend schwer, sie zu verlassen, aber am Samstag war es am schwersten. Keith gab ein Fest zum Saisonstart, und jeder Fahrer und jedes Teammitglied von Benneti hatte dort zu erscheinen. Nur wer im Sterben lag, durfte der Party fernbleiben, und vielleicht noch nicht einmal der. Kenzie war wenig erbaut, dorthin zu gehen. Ich glaube, eigentlich willigte sie nur ein mitzukommen, weil Nikki hinging und Myles als ihren Begleiter mitbrachte.

Am liebsten wäre ich die ganze Nacht im Krankenhaus geblieben, aber irgendwann mussten wir aufbrechen, um uns für die Party fertig zu machen. Antonia wollte uns nicht gehen lassen. »Bitte bleib, Onkel Hayden.«

»Ich wünschte, ich könnte, aber die Party ist wichtig für die Arbeit. Da muss ich unbedingt hin. Dafür verspreche ich dir, wenn es dir besser geht und du nach Hause kommst, bringe ich dir zur Feier des Tages etwas Tolles mit.«

Bei der Aussicht auf ein Geschenk hellten sich Antonias Augen auf. »Zum Beispiel?«

»Ich weiß nicht ... wie wäre es mit einem Welpen?«, gab ich schulterzuckend zurück. Izzy würde mich umbringen, aber Antonia hatte sich immer ein Haustier gewünscht.

Vor Überraschung blieb ihr der Mund offen stehen. »Im Ernst?«, fragte sie und zitterte vor Aufregung.

Nun schaltete sich Izzy ein. »Hayden«, sagte sie in warnendem Ton. Izzy hasste Hunde.

Ich schenkte ihr ein schiefes Grinsen. »Jedes Kind braucht einen kleinen Hund, Iz.« Und dieses hier mehr als die meisten anderen.

Antonia quietschte vor Vergnügen, als Izzy zustimmend seufzte. Ich hatte gewusst, dass sie nachgeben würde. Wenn es darum ging, ihre Tochter zu verwöhnen, ließ Izzy ihr fast alles durchgehen. Nur ein Motorrad sollte sie nicht bekommen. Da weigerte sie sich noch standhaft.

Sobald wir wieder bei Kenzie waren, schaltete ich den Computer ein und suchte nach Hunden. Kenzie ließ mich in Ruhe und machte sich widerwillig für die Party zurecht. Dass ich Antonia mit etwas erfreuen konnte, machte mich so froh wie wenig in letzter Zeit, und als ich zu Kenzie ins Schlafzimmer ging, hatte ich das perfekte Tier für sie gefunden. Vielleicht würde der Abend ja doch gar nicht schlecht werden.

Als wir ein paar Stunden später mit dem Motorrad auf dem Weg nach Los Angeles waren, schmiegte sich Kenzie an mich. Sie saß in einem kurzen Rock hinter mir, der ihre trainierten Schenkel fast völlig freigab, und sexy Stiefel, die bis zum Knie reichten, betonten ihre Vorzüge zusätzlich. Sie sah fantastisch aus. Ich hatte mich nur ein bisschen in Schale geworfen mit schwarzen Stiefeln, schwarzer Jeans und einem sauberen weißen Hemd. Ich trug die Team-Lederjacke, die Keith jedem geschenkt hatte – ein Kleidungsstück, das Kenzie verabscheute, da Benneti auf dem Rücken stand. Es würde mich nicht überraschen, wenn ich eines Tages aufwachte und das Ding in Fetzen gerissen wäre. Was ich ihr nicht verübeln könnte.

Je näher wir L.A. kamen, desto fester klammerte sich Kenzie an mich. Sie war offensichtlich etwas nervös wegen der Party. Sie würde meinen männlichen Teamkollegen begegnen, die man ihr eingeschärft hatte, nicht zu mögen. Und dann war da noch Felicia. Zum ersten Mal würden sich die zwei Frauen über einen längeren Zeitraum hinweg am selben Ort aufhalten. Wenn ich so darüber nachdachte, war ich deswegen auch ein bisschen nervös.

Ich schob die Sorge fort und konzentrierte mich ganz auf das Gefühl von Kenzies Armen und Beinen hinter mir. Es fühlte sich irgendwie erotisch an, sie auf meinem Bike zu fahren. Wenn ich mich tief in die Kurven legte, spürte ich, wie sie die Muskeln in ihren Schenkeln anspannte. Ihre Finger lagen auf meinem Bauch, so knapp über meinem Bund, dass nur ein winziges Stück fehlte, und sie könnte mich durch meine Jeans hindurch streicheln. Gott, allein bei dem Gedanken wurde ich hart, und wenn ich nicht verpflichtet wäre, zu dieser Party zu gehen, würde ich auf der Stelle kehrtmachen und sie nach Hause schleppen. Und wenn sich die Heimfahrt ebenso anregend gestaltete, würde ich sie nehmen, sobald wir die Einfahrt erreichten.

Ich stellte mir jeden einzelnen genussvollen Augenblick vor, den ich später mit ihr haben würde, und als wir in die Parkgarage des Hotels fuhren, in dem die Party stattfand, war ich hart wie ein Stein. Verdammt. Vielleicht hatte sie ja Lust auf einen Parkhaus-Quickie.

Nachdem ich im fünften Stock einen Parkplatz gefunden

hatte, schaltete ich den Motor aus und klappte den Ständer herunter. Kenzie sprang vom Bike, zog den Helm ab und richtete ihr Haar und ihr Kleid. Ich liebte es, wenn sie das tat. Ihr enges Outfit und ihr knallroter Lippenstift linderten nicht gerade das Begehren, das durch meine Adern pulsierte. Ich brauchte sie. Sofort.

Als sie bemerkte, dass ich mich noch nicht gerührt hatte, sah Kenzie mich forschend an. »Hast du es dir anders überlegt? Willst du nicht mehr auf die Party?«, fragte sie.

Ich nahm den Helm ab und legte ihn auf meinen Schoß. »Nein, ich brauchte nur einen Moment, um runterzukommen. Du bist die schärfste Frau, die ich je gesehen habe«, fügte ich mit tiefer Stimme hinzu, ich knurrte fast.

Eine warme Röte erschien auf Kenzies Wangen, als sie mich mit großen Augen ansah, dann umspielte ein lasziendes Lächeln ihre Lippen. »Ich bin mir nicht sicher, ob ich dich runterkommen lassen ... oder lieber zu dir auf die Maschine springen und dich verführen sollte.«

Ich spürte ein Pochen, das meine empfindlichste Körperstelle schmerzhaft gegen den rauen Jeansstoff presste. »Herrgott, Kenzie«, knurrte ich.

Als sie ein heiseres Lachen ausstieß, rief jemand auf der anderen Seite der Garage: »Beweg deinen Hintern, Hayes! Keith lässt jeden büßen, der zu spät kommt.«

Kenzie und ich blickten beide zu Rodney und seiner Begleitung, die zum Fahrstuhl schlenderten, und plötzlich war mein Ständer verschwunden. Dieser Idiot hatte mir gerade einen möglicherweise wundervollen Moment versaut. Ich sprang von der Maschine und stellte meinen Helm neben Kenzies. Sie blickte auf meine Jeans und seufzte, dann sah sie mich mit einem traurigen Lächeln an.

»Bereit?«, fragte ich.

»Nein, aber bringen wir es hinter uns.«

Ich nickte ihr zu, und wir gingen Hand in Hand durchs Parkhaus. Als wir das Hotel betraten, führte ich sie zum Konferenzsaal, den Keith für den Abend gemietet hatte. Als ich zwei spärlich bekleidete Frauen entdeckte, die einen Eingang flankierten, wusste ich sofort, in welchem Raum die Party stattfand. Beide hatten übertrieben toupiertes Haar, professionell lackierte Fingernägel und waren dermaßen dick geschminkt, dass man es vermutlich sogar vom Weltraum aus sah. Keith hatte sie in die übliche Model-Kleidung gesteckt: kniehohe Stiefel, enge Ledershorts und Bikinioberteile mit dem Logo von Benneti Motorsport. Jede Frau hielt ein Tablett mit Weingläsern und begrüßte Fahrer und Gäste. Mit einem gezwungenen Lächeln nahm ich zwei Gläser und reichte Kenzie eins davon.

Sie betrachtete die Models mit leicht skeptischem Blick, sagte jedoch nichts. Haut zu zeigen war Keith' Meinung nach die beste Werbung für das Team, und das wusste Kenzie. Es nervte sie dennoch. Sie kämpfte hart darum, von ihren Mitstreitern als gleichberechtigt anerkannt zu werden, und empfand es als erniedrigend, wie Frauen bei solchen Gelegenheiten vorgeführt wurden. Aber ein Job war ein Job, und Keith zahlte seine Models gut. Ich verübelte es ihnen nicht, dass sie sich zur Schau stellten. Kenzie konnten sie allerdings nicht das Wasser reichen.

»Selbst in drei Schneeanzügen, einem Arbeitsoverall und einem Onesie oben drüber würdest du noch besser aussehen als die beiden zusammen.«

Sie blieb stehen und drehte sich zu mir um. Ihr Gesicht zeigte eine Mischung aus grenzenloser Liebe und Ehrfurcht, als hätte sie nicht erwartet, dass ich so für sie empfand. Doch das tat ich. Für mich war sie die schönste Frau der Welt. Wenn man überlegte, wie ich aufgewachsen war – wie man mich hin- und hergeschoben hatte, wie ich nirgendwo hingepasst, nie irgendwo oder bei irgendwem zu Hause gewesen war –, haute es mich um, dass ich diese Liebe gefunden hatte. Eine gesunde, verlässliche Liebe, die erwidert wurde. Kenzie würde nicht gehen, würde nicht von jetzt auf gleich verschwinden. Sie blieb bei mir, egal, was passierte, komme, was wolle, und ich würde einfach alles tun, um sie zu halten. Wenn jemand meine Loyalität hatte, setzte ich mich mit allen Mitteln für diesen Menschen ein. Aber Izzy täuschte sich ... wenn eine Brücke abgebrochen war, blieb sie zerstört. Ich würde Felicia nicht wieder in mein Leben lassen. Dort war jetzt kein Platz mehr für sie.

Kenzie stellte sich auf die Zehenspitzen und küsste mich sanft auf die Lippen. Ihr zärtlicher Kuss war einfach himmlisch – ich konnte mir nicht vorstellen, davon jemals genug zu bekommen. Leider dauerte er nicht lange. Wir wurden davon unterbrochen, dass jemand begeistert die Arme um Kenzies Schultern schlang. »Kenzie, da bist du ja!«, kreischte Nikki.

Kaum hatte Kenzie ihr Gleichgewicht wiedergefunden, umarmte sie ihre Freundin ebenfalls. »Hey, Nikki.« Nachdem sie sich voneinander gelöst hatten, stieß Kenzie einen verzweifelten Seufzer aus. »Ich kann nicht glauben, dass die Saison bald wieder losgeht.« Kummer legte sich auf ihr Gesicht. Was auch immer sie für Keith tun würde, sie würde nicht für ihn fahren. Sie schüttelte den Kopf und versuchte, die Traurigkeit abzuschütteln. »Wo wir gerade von der neuen Saison sprechen, wo ist Myles?«

Nikki begrüßte mich kurz, dann richtete sie ihren Blick wieder auf Kenzie. Über das ganze Gesicht strahlend antwortete sie: »Er ist total sauer, dass ich ihn heute Abend mit hierhergeschleppt habe, aber er ist hier irgendwo.« Sie drehte sich um und suchte den Raum nach ihrem Freund ab. Die Rückseite ihres eng anliegenden Kleids war offen, fast bis zum Steißbein. Mehr als ein Benneti-Fahrer taxierte sie mit seinem Blick, und ich war mir sicher, wenn sie wollte, konnte Nikki mit einem von ihnen nach Hause gehen. Und wenn sie das tat und sie gemein zu ihr waren, würden sie es mit mir zu tun bekommen. Denn Nikki war wichtig für Kenzie, und darum war sie auch wichtig für mich.

Nikki hob die Hand und winkte Myles auf der anderen Seite des Raums zu. Er stand am Büfett und lud sich noch etwas auf einen bereits irrwitzig überfüllten Teller. Ich bezweifelte, dass er vorhatte, das alles zu essen. Wahrscheinlich wollte er nur Keith auf die einzige ihm mögliche Art eins auswischen, indem er das teure Essen vergeudete. Für Myles war die alte Fehde mit Benneti noch lange nicht vergessen. Was auch mich einschloss. Myles hatte zwar widerwillig akzeptiert, dass Kenzie und ich zusammen waren, aber er mochte mich nicht und ganz eindeutig vertraute er mir nicht.

Nikki ging in seine Richtung, Kenzie folgte ihr. Ich wollte mich ihnen anschließen, doch aus dem Augenwinkel sah ich etwas, das mich ablenkte. Keith unterhielt sich mit einer kleinen Gruppe Bennetis. Darunter eine Frau mit schwindelerregend hohen Absätzen, einem eng anliegenden Kleid und langem dunklem Haar, das über ihren Rücken fiel. Felicia. Sie nippte an einem Glas Wein und lächelte über eine Bemerkung von Keith. Dann, als spürte sie, dass ich sie beobachtete, sah sie zu mir herüber. Unsere Blicke trafen sich und hielten einander fest, und meine Brust zog sich auf eine merkwürdige Weise zusammen. Sie warf mir ein kurzes Lächeln zu, doch in ihren Augen lag Schmerz und Verlangen. Das zu sehen verstärkte den Druck in meiner Brust derart, dass es sich anfühlte, als würde mein Herz zerdrückt. Nur ein Wort hallte durch meinen Kopf: *Warum?*

Ich schluckte, riss den Blick von ihr los und suchte nach meiner Freundin. Als Kenzie bemerkt hatte, dass ich nicht mehr bei ihr war, war sie auf dem Weg zu Myles stehen geblieben und blickte sich irritiert nach mir um. Mir wurde elend ums Herz, als ich beobachtete, wie sie langsam den Blick dorthin gleiten ließ, wo ich hingesehen hatte – zu Felicia. Als sie meine Ex entdeckte, öffnete sie die Lippen, und im Geiste verfluchte ich mich. Warum zum Teufel hatte ich nicht sofort weggesehen? Wie sollte ich Kenzie das erklären?

Kenzie drehte sich auf dem Absatz um, und ich beeilte mich, sie einzuholen. Ich versuchte, ihre Hand zu nehmen, aber sie wehrte sich. Stattdessen fasste ich ihr Handgelenk. »Sorry«, raunte ich. »Ich habe nur ...« Ja, was? Ich konnte nicht anders, ich musste sie einfach anstarren? Musste darüber nachgrübeln, warum sie mich wie Abfall weggeworfen hatte?

Plötzlich packte Kenzie meine Hand und umklammerte so fest meine Finger, dass sie taub wurden. »Schon okay.« Ihr Ton war kühl und ihr Blick wie flüssige Lava. Es war *nicht* okay, aber sie versuchte, locker zu bleiben. Sie war einfach großartig. Mit einem angespannten Lächeln fügte sie hinzu: »Wenn wir noch Muscheln im Speckmantel abbekommen wollen, sollten wir uns beeilen. Sieht aus, als wollte Myles einen Weltrekord aufstellen.«

Mist. Wir waren kaum fünf Minuten hier, und schon hatte ich es versaut. Nun ja, das Mindeste, was ich tun konnte, war,

Kenzie vorgeben zu lassen, es sei alles okay. Wir konnten später darüber reden. Wenn es sein musste. Shit, bei diesem Blödsinn versagte ich, dabei war unser größtes Problem doch der Benneti-Fluch. Verglichen mit diesem Gefühlschaos war der allerdings ein Kinderspiel.

Ich war in Aufruhr und voller Reue. Myles musterte mich skeptisch aus seinen tiefbraunen Augen, dann wandte er sich Kenzie zu. Er hielt ihr einen vollgepackten Teller mit Essen hin und sagte: »Hier, nimm das, dann kann ich noch einen vollladen.«

»Nein danke, Myles«, erwiderte sie lächelnd.

Schulterzuckend reichte er stattdessen Nikki den Teller, nahm sich noch einen und lud weiter Essen darauf. Es würde mich nicht überraschen, wenn er den ganzen Abend über Teller vollladen und sie unberührt auf diversen Tischen stehen lassen würde.

Kenzie ließ meine Hand los, um Myles zu umarmen. Aus irgendeinem Grund ließ ich sie nur ungern ziehen. Vielleicht weil ich noch immer Felicias durchdringenden Blick auf mir spürte, die versuchte, mich erneut fortzulocken. Aber zum zweiten Mal würde ich nicht in diese Falle tappen. Meine ganze Aufmerksamkeit gehörte jetzt Kenzie.

Als Myles und Kenzie sich voneinander lösten, seufzte Kenzie. »Wie schön, dich zu sehen, Myles. Es ist lange her. Und wenn die Saison wieder startet, sehen wir dich sogar noch seltener.« Das stimmte. Myles war ein paarmal von seinem Rennteam in San Francisco heruntergekommen, aber jetzt war das Training in vollem Gange, und Kenzie hatte ihn schon eine Weile nicht mehr gesehen. Vielleicht würde sie ihn nach heute Abend monatelang nur noch bei den Rennen treffen.

Myles blickte betrübt zu ihr und Nikki, seinen beiden besten Freundinnen, die er zurückgelassen hatte, als Cox Racing schließen musste. »Ja, ich weiß. Das ist der Teil, der an allem am meisten nervt.«

Kenzie nickte traurig. In die Stille stellte ich Myles eine Frage, von der ich hoffte, dass sie die Stimmung heben würde. »Bist du bereit für das neue Jahr? Wie läuft's bei dir?« Mein Blick zuckte zu seinem Hals. Myles war letztes Jahr in einen Unfall geraten, der seine Saison früh beendet hatte. Alles war verheilt, doch von Kenzie wusste ich, dass sein Schlüsselbein noch hin und wieder schmerzte.

Myles schien nicht gerade erpicht darauf zu sein, sich mit mir zu unterhalten, und strich sich erst durch das wirre braune Haar, bevor er antwortete. »Ganz gut ... ich bin bereit.« Gedankenlos führte er die Finger an die schmerzende Stelle unterhalb seines Halses und rieb ein wenig darüber. Myles hatte geglaubt, ich sei für seinen Unfall verantwortlich. Und in gewisser Weise hatte er damit sogar recht. Aufreißer war an dem Unfall schuld, und ich war derjenige, der Aufreißer in diese Welt eingeführt hatte. Indirekt war ich sogar zu hundert Prozent für seinen Unfall verantwortlich. Zum Glück ging es Myles jetzt wieder gut.

Plötzlich wurde das Licht im Saal gedimmt, dann wirbelten Scheinwerfer durch den Raum und mir schwindelte. Aus dem Lautsprecher tönte eine Stimme und hieß jeden auf der tollsten Party des Jahres willkommen. Daraufhin verdrehte Kenzie die Augen. Als die Stimme die Leistungen von Benneti Motorsport heraushob, hätte sie sich beinahe umgedreht und wäre gegangen. Dass ich fest ihre Hand drückte, war das Einzige, was sie zurückhielt.

Als die Lobpreisungen vorüber waren, konzentrierten sich

die Scheinwerfer auf eine Person – auf Keith. Legendär in einem taubenblauen Smoking, einer mit Edelsteinen verzierten Gehhilfe und seiner Pilotensonnenbrille verneigte sich Keith vor der applaudierenden Menge. Das Mikrofon in der Hand rief er stolz aus: »Meine lieben Freunde und Gäste, ich heiße euch auf der jährlichen Benneti-Sause willkommen! Ich hoffe, ihr genießt Essen und Getränke und was auch immer euer Herz heute Abend begehrt.« Bei diesen Worten richtete er den Blick direkt auf mich, und Wut kochte in mir hoch. Worauf spielte er an?

Während ich kurz zu Kenzie blickte, zeigte Keith nach rechts. »Sicher habt ihr inzwischen alle schon die beeindruckende Felicia Tucker kennengelernt. Was ihr aber vermutlich nicht wisst, ist, wie talentiert diese umwerfende Schönheit ist. Felicia ... komm zu mir nach oben und zeig dich.«

Als ich mich im Saal umsah, bemerkte ich etwas, das mir schon früher hätte auffallen müssen – Kameras und Reporter. Keith hatte die Presse eingeladen, damit er seinen neuesten Erwerb vorführen konnte. Ich hatte allerdings das Gefühl, dass es damit nicht getan sein würde. Jetzt wollte ich auch am liebsten gehen. Keith hatte nur verlangt, dass wir pünktlich erschienen, er hatte nichts von Bleiben gesagt.

Während die Menge Felicia johlend und pfeifend begrüßte, öffnete ich den Mund, um Kenzie zu fragen, ob wir gehen könnten. Doch dazu kam ich nicht mehr. Keith' Stimme unterbrach mich. »Mit Felicia und Hayden hat Benneti Motorsport womöglich die bestaussehenden Fahrer der gesamten Meisterschaft. Hayden, wo bist du? Die Reporter wollen doch sehen, wie großartig du und Felicia zusammen ausseht.«

Bevor wir uns aus dem Staub machen konnten, flammte

neben uns ein Scheinwerfer auf. Er war so ausgerichtet, dass ich fast erblindete und Kenzie in der Dunkelheit verschwand. Während sich alle Blicke auf mich richteten, überlegte ich, was ich tun konnte. Keith brüskieren und davonlaufen? Es ging mir allmählich wirklich auf die Nerven, wie unmöglich er sich Kenzie gegenüber verhielt und dass er versuchte, sich in Felicias und meine Geschichte einzumischen, aber ... er *hatte* Kenzie einen Job gegeben und mir eine Chance. Dafür war ich ihm etwas schuldig. Mehr als ich je wiedergutmachen konnte.

Während ich verzweifelt die Augen schloss, donnerte Keith' Stimme über den Lautsprecher. »Hayden, beweg deinen Hintern hier herauf.«

Ich betete, dass Kenzie verstand, warum ich das tun musste, atmete resigniert aus und öffnete die Augen. Ich lächelte ihr entschuldigend zu, drehte mich um und ging zu Keith und Felicia. Felicia strahlte, als ich auf sie zukam. Die Hoffnung in ihren Augen war für niemanden zu übersehen. Sie trug ein aufreizendes Cocktailkleid, das vorn bis zur Taille ausgeschnitten war. Zwischen ihren Brüsten lag eine lange Y-Halskette, und während sie auf mich wartete, spielte sie mit dem Ende. Kaum trat ich neben sie, hakte sie sich bei mir ein.

Sofort riss ich meinen Arm los und rückte von ihr ab, woraufhin sie stattdessen meine Hand nahm. Ich versuchte, sie abzuschütteln, doch sie hielt mich wie in einem Schraubstock umklammert. Jetzt strahlte sie in die Kamera und so, wie sie sich an meinen Arm lehnte, sah es wahrscheinlich aus, als wären wir weitaus mehr als nur Teamkollegen. Gottverdammt.

Ich verzog vor Ärger das Gesicht, und mein Körper verspannte sich. In dem Moment rief irgendein vorlauter Mistkerl: »Leg sie flach, Hayes! Zeig ihr, was eine richtige Benneti-Sause ist!«

Felicia lachte, als sei der primitive Vorschlag lustig. Kenzies Gesicht lief knallrot an, und sie sagte etwas zu Nikki. Ich beobachtete, wie Nikki etwas erwiderte, hoffentlich verteidigte sie mich. Doch dann sagte Myles etwas zu beiden. Ich konnte ihn nicht hören, aber seine Worte schienen Nikki zu verärgern, und als Kenzie wieder zu mir sah, war sie leichenblass. Mist. Er hatte sie aufgewühlt. Nach diesem Abend würden wir uns eindeutig unterhalten müssen.

Ich wollte mich von Felicia freimachen, aber Keith zischte: »Hör auf herumzuzappeln und lächele. Die Hälfte des Jobs ist Show, Hayes, und ich habe gerade dafür gesorgt, dass die Leute über dich reden werden. Über euch beide. Sogar Leute, die sich für den Sport gar nicht interessieren, werden alles über das goldene Paar des Rennsports wissen wollen.« Über meine Schulter hinweg zwinkerte er Felicia zu. »Gib ihm einen freundschaftlichen Kuss, Liebes, etwas, um die Flammen anzuheizen.«

Mein Gesicht war knallrot vor Wut. Das war absolut lächerlich. Ich drehte mich zu Felicia und wollte sie gerade warnen, mich ja nicht anzufassen, doch sie nutzte ihre Chance. Blitzschnell legte sie die Finger auf meine Wangen, hielt mich fest und presste ihre Lippen auf meine. Meine Welt drehte sich, als zwei unterschiedliche Realitäten aufeinanderstießen. Befand ich mich noch in der Gegenwart? Denn die Vergangenheit holte mich mit aller Macht ein, als ich ihren vertrauten Geschmack wahrnahm und ihr Duft meine Sinne erfüllte.

Sofort fasste ich mich wieder, aber es war dennoch zu spät.

Ich schob Felicia von mir und suchte im Saal nach Kenzie. Ich sah sie nicht – die Stelle, an der sie gestanden hatte, war leer. Myles starrte mich wütend an, Nikki bahnte sich einen Weg durch die Menge und eilte hinter Kenzie her. Dieser verdammte Keith. Ich drehte mich wieder zu ihm um und knurrte: »Wenn du mich noch einmal so vorführst, bist du mich los.« Er hob die Hände, als sei er gänzlich unschuldig, warf Felicia jedoch einen triumphierenden Blick zu. Dieser Dreckskerl.

Ich fand Kenzie in der Hotellobby, wo Nikki ihr die Hände auf die Schultern gelegt hatte und sie zu beruhigen versuchte. Kenzie sah jedoch immer noch aus, als bekäme sie kaum Luft. Shit. Sie würde mich umbringen. Ich atmete tief durch und ging zu ihr. Dann konnte sie auch gleich damit anfangen. »Kenzie ...«

Nikki trat zurück, und Kenzie hob warnend den Finger. »Nicht. Nikki bringt mich nach Hause. Ich gehe.«

Seufzend blickte ich zu Nikki. »Kannst du uns eine Minute allein lassen?«

Sie nickte, dann tätschelte sie Kenzie die Schulter. Als wir allein waren, wartete ich einen Augenblick. Kenzie sah mich nicht an, und ich spürte die wachsende Spannung zwischen uns, die sich wie eine nasse Schlange über meine Haut schob. »Ich weiß, du bist sauer«, sagte ich schließlich.

Kenzies Blick sprang zu mir. »Sauer? Ach was, warum sollte ich sauer sein? Deine Exfreundin will dich wieder in ihr Bett locken, und dein Boss hilft ihr dabei. Warum zum Teufel sollte ich deshalb sauer sein?!«

»Das ist nicht ...« Ich sparte mir meine lahme Verteidigung. Denn sie hatte ja recht. Felicia wollte wieder mit mir anbändeln, und Keith wollte den Klatsch nutzen, den es immer gab, wenn zwei halbwegs bekannte Persönlichkeiten es miteinander trieben. Es war eine Win-win-Situation für beide. »Wenn ich könnte, würde ich sie aufhalten«, flüsterte ich.

Kenzie verschränkte die Arme vor der Brust, meine Worte beruhigten sie kein bisschen. Ich wünschte, ich könnte mehr tun, um ihre Ängste zu lindern und fragte sie: »Was hat Myles zu dir gesagt?« Ihr schoss die Röte in die Wangen, und sie wandte den Blick ab. So schlimm also. »Erzähl es mir.«

Sie linste zu mir hoch und sagte: »Nikki hat mir erzählt, dass du dich gut auf der Strecke machst. Sie sagte, wegen dir und Felicia müsse ich mir keine Sorgen machen. Aber Myles ...« Sie zögerte und schluckte. »Myles sagte, das sei nicht von Dauer. Kein Mann könne der Versuchung ewig widerstehen. Er sagte, irgendwann würdest du mich betrügen und mich verlassen ...«

Sie fing an zu weinen, und sofort zog ich sie in meine Arme. Ich begann, ihr ganzes Gesicht zu küssen. »Nein, das werde ich nicht. Ich will sie nicht. Ich will dich. Du bist die Einzige, die ich will.« Ich umfasste ihre Wangen und zwang sie, mich anzusehen. »Du bist mein Leben, mein Ein und Alles. Gib uns nicht einfach so auf, Kenzie. Bitte.« *Sei nicht wie sie. Lauf nicht weg.*

Ihre Tränen versiegten, und aus ihren nass schimmernden Augen sah sie mich derart durchdringend an, dass Angst mein Rückgrat hinaufkroch. Warum sagte sie nichts? Wollte sie deshalb Schluss machen? Ich hatte das nicht inszeniert, ich hatte das nicht gewollt. Ich würde alles tun, um die Zeit zurückzudrehen und es ungeschehen zu machen. Aber das konnte ich nicht ... es *war* passiert.

Schließlich schloss Kenzie die Augen und atmete tief ein.

Als sie sie wieder öffnete, sagte sie ruhig: »Ich möchte gehen. Bitte bring mich nach Hause.«

Ich legte die Arme um sie und nickte an ihrer Schulter. »Okay, Süße.« Wenn ich bei ihr war, konnte sie nicht davonlaufen. Und das würde sie auch nicht tun. Kenzie ließ mich nicht sitzen. Sie sah den Dingen ins Auge.

Stunden später lagen wir beide vollständig bekleidet auf ihrem Bett. Ich konnte nicht schlafen. Keith wollte Felicia und mich zusammenbringen, um Kenzie und ihrem Vater zu schaden und um Aufsehen zu erregen ... warum hatte er Kenzie dann einen Job angeboten? Und was sollte sie überhaupt tun? Was erwartete uns in Daytona? Verdammt. Wie konnte, was erst so gut gewesen war, so schnell so kompliziert werden? Verfluchte Felicia. Wie konnte *eine* Frau mein Leben ein zweites Mal zerstören? Und warum gingen mir ihre Lippen nicht aus dem Kopf?

Gerade als ich darüber grübelte, piepte auf dem Nachttisch mein Telefon. Ich blickte zu Kenzie hinüber, aber sie schlief tief und fest. Ich verzog das Gesicht, nahm das Telefon und entsperrte den Bildschirm. Die Nachricht stammte von einer nicht gespeicherten Nummer, die Felicia gehörte. Mit zwei schlichten Sätzen verwandelte sie meinen Magen in einen festen Knoten. *Es war schön, dich wieder zu küssen. Hat es dir auch gefallen?*

Ich antwortete umgehend und ohne nachzudenken: *Nein.*

Daraufhin schickte sie mir einen Smiley, und ich wusste, dass der sich nicht auf meine Antwort bezog, sondern darauf, dass ich endlich auf ihre Nachricht reagiert hatte, nachdem ich sie wochenlang ignoriert hatte. Jetzt war die Tür einen Spalt breit geöffnet. Shit.

Kapitel 7

Kenzie

Ein paar Tage nach der verhängnisvollen Benneti-Party, landeten wir in Daytona. Ich war noch nicht ganz über den Eklat auf der Feier hinweg – und sah in meinen Albträumen Felicias Mund auf Haydens –, aber hier zurück auf dem Renngelände zu sein, half. Und es schmerzte. Die Umgebung und die Gerüche lösten eine Welle von Erinnerungen aus. Wo ich mich auch hinwendete, überall begegneten mir die Geister der Vergangenheit – einige von meinem ersten und einzigen Rennen im letzten Jahr, manche aus der Zeit, als ich vor meiner eigenen Rennfahrerkarriere mit meinem Vater hier gewesen war. Die leuchtenden Teamfarben, die sich zu einem wilden, aber wunderschönen Mosaik verbanden. Das Geräusch aufheulender Motoren, begleitet von dem Sound heulender Elektrogeräte, von Rufen und Lachen. Die jüngeren Fahrer, die sich aufspielten, die älteren Crewmitglieder, die über die Albernheiten der Jugend den Kopf schüttelten. Die Reihen von Motorrädern, die darauf warteten, überprüft zu werden. Der Geruch von Motoröl, Fett, Popcorn und Bier. Die Hitze, die Aufregung, die Fans, die Vorfreude. Jede Erinnerung versetzte mir einen Stich ins Herz. Gott, wie ich das alles vermisste.

Aber zumindest war ich hier und ein Teil dieser Welt, obwohl ich noch immer keine Ahnung hatte, was ich eigentlich tun sollte – weshalb mir etwas flau im Magen war.

Auf dem Weg zu dem Bereich, den man Benneti Motorsport zugewiesen hatte, hielt Hayden fest meine Hand. Obwohl mir natürlich klar war, dass für Cox Racing kein Platz reserviert war, hielt ich dennoch danach Ausschau. Die Vorstellung, dass Cox nicht mehr teilnahm, war einfach zu seltsam. Das hatte es ewig nicht gegeben. Es bedeutete das Ende einer Ära. Eine Tatsache, über die Keith ganz aus dem Häuschen war. Noch nie hatte ich ihn so übermütig gesehen wie in dem Moment, als wir den Garagenbereich hier auf der Rennstrecke betraten. Er strahlte jeden an.

Beim Anblick des korpulenten Mannes in der übergroßen Benneti-Jacke musste ich tief durchatmen. Als er meine Beklommenheit spürte, blickte Hayden mich an. »Weißt du schon, worin dein Job besteht?«, fragte er.

Ich schüttelte den Kopf, riss den Blick von Keith los und sah Hayden an. »Nein. Hast du auch noch nichts gehört?«

Hayden blickte skeptisch in Keith' Richtung. Er wirkte ein wenig besorgt, was mich nicht gerade ermutigte. »Nein. Immer wenn ich ihn darauf anspreche, wechselt er das Thema.« Er wandte sich wieder mir zu und lächelte. »Ich bin mir sicher, dass es etwas Tolles ist, etwas, das deinen Fähigkeiten entspricht.«

Skeptisch zog ich die Augenbrauen hoch. Keith würde die Gelegenheit nutzen, mich zu demütigen. Nein, ich würde irgendeinen Hilfsjob bekommen – Keith' persönlicher Laufbursche oder so etwas. Aber egal, was es war, ich würde die Aufgabe mit einem Lächeln auf dem Gesicht übernehmen. Dass ich hier war, war das Einzige, was zählte.

In dem Moment hörte ich hinter mir eine vertraute Stimme sagen: »Hey, Leute! Ist das nicht aufregend! Wir sind wieder in Daytona!« Ich drehte mich um und vor mir stand Nikki in ihrem rot-schwarzen Benneti-Overall. Als sie meinem Blick begegnete, zögerte sie. »Ich meine, wir sind quasi wieder in Daytona. Natürlich ist es nicht dasselbe, aber es ist doch trotzdem irgendwie super ... stimmt's?«

Sie wirkte so zerknirscht, weil sie sich amüsierte, dass ich lachen musste. »Es ist völlig okay, dass du deinen Job magst, Nikki«, sagte ich. Ich hatte meinen ganz sicher auch gemocht. Hoffentlich würde mir gefallen, was Keith für mich auf Lager hatte.

Nikki wirkte erleichtert. Dann strahlte sie. »Ihr zwei geht doch heute Abend mit Myles und mir aus? Er hat eine geheime Bar entdeckt, die er auskundschaften will. Offenbar sieht der Laden von außen wie ein Süßwarengeschäft aus. Dass man in einer Bar ist, merkt man erst, wenn man hinter dem Tresen durch eine Geheimtür gegangen ist.«

Myles ging mir mit seiner ständigen Suche nach den ausgefallensten Läden etwas auf die Nerven, doch ich blickte fragend zu Hayden, ob er Lust hatte. Er zuckte mit den Schultern, dann nickte er, und ich erklärte Nikki, dass wir mitkämen. Als Nikki uns ein Daumen-hoch-Zeichen gab, bemerkte ich zufällig, dass Felicia in den Raum schlenderte. Sie trug den gleichen Benneti-Rennanzug aus Leder wie Hayden und hatte sich ihr langes braunes Haar elegant zu einem Pferdeschwanz zurückgebunden. Sie so zu sehen, in ihrem Rennoutfit, schmerzte mehr, als ich gedacht hatte. *Das sollte ich sein.*

Gegen meinen Willen drückte ich Haydens Hand immer fester. Er schaute zu mir herunter, dann folgte er meinem

Blick, um zu sehen, was meine Aufmerksamkeit erregte. Als er Felicia entdeckte, die jetzt zu Keith ging, hörte ich ihn seufzen. Sie wirkte cool und selbstbewusst und sah aus, als gehörte sie schon immer in diese Welt. Unwillkürlich fragte ich mich, ob sie vor ein paar Jahren vielleicht nicht verschwunden wäre, wenn Keith sie und Hayden in sein Team geholt hätte. Wahrscheinlich nicht. Sie wären König und Königin von Benneti Motorsport geworden, und Hayden und mich zusammen hätte es nie gegeben. Doch sie *war* aus der Stadt geflohen, und jetzt lagen die Dinge eben anders.

Plötzlich wandten sich Keith und Felicia beide zu mir um. Ich richtete mich auf und hob das Kinn. *Ihr macht mir keine Angst.* Keith lächelte, als wüsste er, was ich dachte, dann drehte er sich wieder um und griff in eine Schachtel vor sich. Neugierig beobachtete ich, wie er etwas herausholte und es Felicia reichte. Während sie es entgegennahm, warf sie mir ein schwaches Lächeln zu. Ich hatte keine Ahnung, was das bedeuten sollte.

Keith zeigte mit dem Daumen auf mich, und Felicia schlenderte zu mir herüber. Na toll.

Mit Hayden auf der einen und Nikki auf der anderen Seite fühlte ich mich wie zwischen zwei Bodyguards. Die brauchte ich aber nicht. Mit Felicia kam ich schon zurecht. Da es offensichtlich war, dass sie mit mir reden wollte, drängte ich mich an Hayden und Nikki vorbei, sodass ich ein Stück vor ihnen stand. Felicias Blick glitt zu Hayden, sie schenkte ihm ein charmantes Lächeln. »Bereit für das morgige Rennen, Hayden?«

Hayden runzelte die Stirn, als würde ihn allein die Tatsache irritieren, dass sie überhaupt mit ihm sprach. »Ich glaube, du hast meine Freundin noch gar nicht richtig kennengelernt. Das ist Mackenzie«, stellte er mich vor, ohne auf ihre Frage einzugehen. Es gefiel mir, dass er ihr meinen vollständigen Namen genannt hatte.

Ich konnte geradezu sehen, wie Felicia innerlich seufzte, während sie den Kopf langsam in meine Richtung drehte. Ihr Lächeln wirkte jetzt gezwungen. »Richtig ... deine Freundin. Freut mich, dich kennenzulernen ... Ich habe schon viel von dir gehört.«

Es gefiel mir nicht, dass sie *irgendetwas* über mich gehört hatte, und so murmelte ich: »Ebenso.«

Felicia warf Hayden einen kurzen Blick zu. »Alles klar?«

Ich spannte den Kiefer an. »Nicht wirklich«, erwiderte ich aufrichtig. *Wenn du noch einmal meinen Freund küsst, du Schlampe, sorge ich dafür, dass dir das Lächeln vergeht.* War das Selbstgefälligkeit in ihren Augen? Oder Verlangen?

Sie richtete den Blick wieder auf mich, und nun erschien in ihren Augen ein Ausdruck, den ich sehr wohl zu deuten wusste – Wut. Sie öffnete den Mund, um etwas zu sagen, doch bevor sie dazu kam, unterbrach Hayden sie barsch. »Hat Keith dir etwas für Mackenzie gegeben?«

Felicia sah ihn an, dann richtete sie den Blick wieder auf mich. »Ja ... deine neue Uniform.«

Sie reichte mir ein kleines schwarz-rotes Bündel. Verwirrt faltete ich die Teile auseinander – ein Bikinioberteil und sehr knappe Shorts aus Elastan. »Was zum Teufel ist das?«, fragte ich, und mein Blick sprang zu ihr.

Felicia zuckte mit den Schultern. »Keith meinte, du wärst die neue Werbebotschafterin von Benneti Motorsport. Glückwunsch, das soll ja ein heiß umkämpfter Markt sein.« Ihr war nicht anzuhören, ob sie es ernst meinte oder ob sie mich beleidigte.

Mir blieb der Mund offen stehen, und jeglicher Mut verließ mich. Das hier konnte ich doch nicht tragen, nicht unter Leuten, die einst meine Kollegen und Konkurrenten gewesen waren. Es war ein Schlag für jemanden, der ohnehin schon am Boden lag, und genau deshalb hatte Keith es getan. Ich hätte mir denken können, dass die Demütigung so aussehen würde. Keith wusste, wie hart ich dafür gearbeitet hatte, in diesem Sport als gleichberechtigt anerkannt zu werden. Natürlich wollte er mich in den Augen meiner ehemaligen Konkurrenten erniedrigen. Ich hätte es wissen müssen.

Ich knüllte die Sachen zusammen und erwog, sie auf den Boden zu schleudern und zu gehen. Ich konnte das unmöglich tun. Doch ich wollte weder Keith gewinnen lassen noch mich vor Haydens Ex geschlagen geben. Wenn das die Aufgabe war, die man mir stellte, dann würde ich sie nach besten Kräften erledigen. Selbst wenn es bedeutete, mit dem Logo von Benneti Motorsport auf meinem Hintern über die Rennstrecke zu stolzieren.

»Toll, danke«, murmelte ich. Meine Wangen brannten, und ich betete, dass Felicia nicht sah, wie durcheinander ich war.

Mit einem kurzen Blick zu Hayden sagte Felicia leise: »Kein Problem.« Haydens Blicke waren wie Dolche, doch Felicia lächelte nur, dann ging sie.

Kaum war sie weg, wandte sich Hayden zu mir um. »Das musst du nicht tun. Gib Keith die Sachen zurück und sag ihm, er soll sich zum Teufel scheren. Das möchtest du ihm doch sowieso am liebsten sagen«, fügte er grinsend hinzu.

Obwohl das stimmte, steckte ich jetzt schon zu tief drin, um noch einen Rückzieher zu machen. »Die traurige Wahrheit ist ... Nur so kann ich jetzt noch ein Teil dieser Welt sein, Hayden. Und das will ich unbedingt.«

Haydens Blick wurde sanft. »Als ich dachte, du wärst ein Model, hast du mir fast den Kopf abgerissen. Und jetzt bist du bereit, mit deinem Körper für Keith' Team zu werben?«

Wollte ich das wirklich?

»Es ist ja nur vorübergehend, bis ich etwas anderes gefunden habe. Aber sieh es doch mal positiv«, sagte ich und hielt ihm die »Uniform« vor die Nase. »Ich stolziere das ganze Wochenende quasi in einem Bikini umher.«

Nikki schnaubte, dann ging sie. Lust tanzte in Haydens Augen. »Nun, das ist ganz bestimmt etwas Positives ... obwohl ich es überhaupt nicht okay finde, wenn dich alle Typen so sehen.« Sein Blick wanderte zu Keith. »Ich rede mit ihm. Das geht zu weit.«

Ich legte ihm eine Hand auf die Brust. »Das ist der Job, den er für mich vorgesehen hat, Hayden. Wenn du ihm sagst, dass das nicht in Ordnung ist, feuert er mich eben und schickt mich weg.«

Hayden legte seine Hand über meine. »Das ist okay für mich. Wenn er dich feuert, bist du als mein Gast hier und nicht als seine ... Trophäe.«

Lächelnd strich ich mit dem Daumen über das kalte Leder auf seiner Brust. »Ich muss ein Teil dieser Welt sein, Hayden. Nicht als Fan, nicht als Gast, nicht als Außenstehender, der nur im Weg steht. Ich will *aktiv* teilnehmen, eine Aufgabe haben. Und so unwichtig eine solche Rolle ist ... es ist Werbung, das ist zumindest eine kleine Aufgabe.« Hayden öffnete den Mund, um zu widersprechen, doch ich kam ihm zuvor. »Ja, vielleicht hätte ich nicht gedacht, dass ich diese Rolle einmal spielen würde, aber es ist besser als nichts. Und darum werde ich sie übernehmen.« Nicht viel besser als nichts, aber das wollte ich nicht zugeben.

Wieder sah er aus, als wollte er widersprechen, darum beugte ich mich vor und küsste ihn auf die rauen Stoppeln auf seiner Wange. »Ich ziehe mich um. Demnächst findet ein Fanrundgang statt. Keith will bestimmt, dass ich die Leute unterhalte.« Hayden biss die Zähne zusammen, sagte jedoch nichts, und ich wusste, dass er verzweifelt nach Argumenten suchte, um mich von meinem Vorhaben abzuhalten.

Fröhlich lächelnd umklammerte ich das Outfit und ließ Hayden stehen, um eine Toilette zu suchen, doch mir war alles andere als fröhlich zumute. Ich kochte vor Wut, sie war heißer als der Kern der Sonne. Dieser verfluchte Keith. Als ich ihn im Vorübergehen sah, schwor ich mir etwas: Er würde niemals meinen Schmerz sehen. Alles, was er zu sehen bekam, war Glück – Glück, dass ich hier war. Glück, dass ich mit Hayden zusammen war. So würde ich aus dieser Sache als Siegerin hervorgehen. Keith' Team mochte dieses Jahr die Meisterschaft für sich beanspruchen, aber ich würde siegen.

Als ich durch die Tür ging, fing Felicia meinen Blick auf, und ein Anflug bitterer Eifersucht traf mich. Die Männer um mich herum sahen sie als gleichberechtigt an – als Konkurrentin, als Rivalin. Und ich würde hier in Unterwäsche herumstolzieren. Scheißleben.

Nachdem ich eine Toilette gefunden hatte, in der ich mich umziehen konnte, musterte ich mich streng im Spiegel. Ich war nicht gerade vollbusig, dennoch quollen meine Brüste aus dem engen Oberteil hervor, Und die Shorts ... du meine Güte, es würden doch auch Kinder da sein, die sollten nicht derart viel nackte Haut zu sehen bekommen. Aber es war, was Keith wollte, also sollte er es bekommen. Dieser Vollpfosten!

Ich sammelte meine Sachen zusammen und stapfte zurück zum Benneti-Lager. Mit jedem Schritt spürte ich immer mehr Blicke auf mir. Es war eine echte Aufgabe, sich nicht krumm zu machen und zu verstecken, sondern gerade und aufrecht zu gehen, als würde ich ein glänzendes Ballkleid tragen. Genau dazu zwang ich mich. Keith kriegte mich nicht klein. Nicht jetzt, niemals.

Als ich wieder die Garage betrat, entdeckten mich Maxwell und Rodney als Erste. Sie stießen schrille Pfiffe aus, die durch den Raum hallten. Ich zeigte ihnen den Mittelfinger. Konnte ich sie als Angestellte wegen sexueller Belästigung anzeigen?

Der Lärm erregte Haydens Aufmerksamkeit, und er trat hinter seinen Motorrädern hervor, um zu sehen, was los war. Seine Reaktion bei meinem Anblick war eine Mischung aus Anerkennung und Abscheu – als wollte er mich in seinem Schlafzimmer einsperren. Erhobenen Hauptes ignorierte ich das Glotzen und Pfeifen um mich herum und stolzierte auf ihn zu. Ich hielt ihm meine Klamotten hin und fragte ruhig: »Kann ich die irgendwo lassen?«

Nach kurzem Zögern nahm er sie mir ab, am liebsten hätte er sie mir sofort wieder angezogen, so viel war klar. »Ja, ich ... packe die einfach zu meinen. Bist du dir wirklich sicher, Kenzie?«

Ich nickte so überzeugt, wie es mein Mut zuließ. »Ja. Jetzt muss ich mir noch Stiefel besorgen. Meine Converse passen nicht zu diesem Outfit.« Langsam ließ Hayden den Blick über meine nackten Schenkel zu meinen Turnschuhen gleiten, woraufhin ein erregendes Schaudern über meinen Körper lief, das die Scham ein wenig linderte. Vielleicht konnte ich das hier ja aushalten, wenn er mich im Geiste die ganze Zeit über auszog.

Um die Autogrammstunde zu überstehen, brauchte ich meine gesamte Willenskraft, und als sie vorüber war, empfand ich ganz neuen Respekt vor Models und dem, was sie alles ertragen mussten. Man warf mir ganz offen anzügliche Blicke zu, ich wurde auf primitivste Weise von Männern angemacht, die ihre Kinder im Schlepptau hatten, und ein- oder zweimal spürte ich eine Hand auf meinem Hintern. Ich konnte den Grapschern noch nicht einmal sagen, dass sie sich verpissen sollten. Ich musste lächeln, ihnen zuwinken und ihnen Autogrammkarten von den Benneti-Fahrern anbieten.

Doch nichts davon fühlte sich so schlimm an, wie den Rennfahrern dabei zuzusehen, wie sie ihre Fans begrüßten. Zuzusehen, wie Maxwell und Rodney sich mit Typen abklatschten, zu sehen, wie Hayden kleinen Kindern durchs Haar wuselte, und die Gesichter der Fans zu beobachten, wenn sie ihren Idolen nahe kamen – es führte mir auf schmerzliche Weise vor Augen, was ich verloren hatte. Felicia an ihrem Tisch zu beobachten war am schlimmsten. Zu hören, wie die Fans ihr sagten, wie aufgeregt sie seien, sie fahren zu sehen. Die jungen Mädchen, die sie mit verträumtem Blick anhimmelten. Es war Folter, auf den Rücksitz verbannt zu sein, während sie das Leben lebte, das ich gern gehabt hätte.

Als wir in Haydens Hotelzimmer zurückkehrten, war ich am Boden zerstört und ließ mich völlig erschöpft auf sein Bett fallen. Während ich an die Decke starrte, spürte ich, wie die Matratze einsackte, als Hayden sich zu mir setzte. »Alles okay?«, fragte er besorgt.

Es kostete mich große Anstrengung, ihn anzusehen. »Nein. Zieh mir das aus. Sofort.« Als ich zur Benneti-Garage zurückgekommen war, um mir wieder meine normalen Sachen anzuziehen, hatte ich entdeckt, dass irgendein Idiot sie »weggeräumt« hatte. Alle gaben sich ahnungslos, aber so wie Rodney und Maxwell kicherten, war ich mir sicher, dass sie dahintersteckten. Es hätte allerdings genauso gut Keith gewesen sein können, oder Felicia. Wie dem auch sei, meine Sachen waren weg, und ich musste in meiner schicken Uniform zum Hotel zurückkehren. Das war der krönende Abschluss eines beschissenen Tages.

Bei meiner Anweisung hellten sich Haydens jadegrüne Augen auf. »Mit Vergnügen«, raunte er.

Während ich komatös auf dem Rücken lag, zog er mir langsam die schwarzen kniehohen Motorradstiefel aus, die Keith zu meinem Outfit vorgesehen hatte. Sobald meine Füße nackt waren, machte er sich an den grauenhaften Elastan-Shorts zu schaffen. Er riss sie mir jedoch nicht einfach herunter, wie ich gehofft hatte. Nein, er zog sie Zentimeter für Zentimeter nach unten und hielt immer wieder inne, um die frisch entblößte Haut zu küssen. Die Erschöpfung wandelte sich in ein wesentlich erregenderes Gefühl, und mein Körper kribbelte vor Aufregung. Während ich erwartungsvoll die Hüften wand, entschlüpfte mir ein zufriedenes Raunen. Das war eine sehr gute Weise, diesen grauenhaften Nachmittag zu vergessen.

Mit einem leisen Lachen zog Hayden mir die Shorts ganz aus. Meinen Slip ließ er unberührt und wandte sich meinem albernen Oberteil zu. Nachdem er jede Brust durch den Stoff hindurch geküsst hatte, sagte er: »Ich weiß, du hasst dieses Outfit, aber Süße, du siehst echt verdammt gut darin aus. Ich hatte die ganze Autogrammstunde über einen Ständer.«

Ich lächelte, während er das Oberteil öffnete. »Na, wie gut, dass du gesessen hast. Sonst wären deine Fans wohl ziemlich überrascht gewesen.«

Hayden löste das verhasste Material von meiner Haut. Währenddessen sagte er leise: »Es waren auch Fans von dir da ... hast du die gesehen?«

Ich erstarrte und blickte zu ihm hinunter. »Es waren Fans von mir da?«

Hayden richtete sich ein wenig auf und nickte. »Ja, sie hatten dein T-Shirt an und hielten Fotos von dir hoch. Keith ...«

Er sah nach unten, und mein Magen zog sich vor Wut zusammen. Was immer Keith getan hatte, Haydens Miene nach zu urteilen würde es mir nicht gefallen. »Keith hat was?«

Hayden schaute mir wieder in die Augen und seufzte. »Er hat ihnen gesagt, dass du keine Zeit hättest, Autogramme zu geben. Dass sich das nicht mit deinem neuen Job vereinbaren ließe, dann hat er sie alle zu Felicia geschickt.«

Empört richtete ich mich auf den Ellbogen auf. »Das waren *meine* Fans. Dazu hatte er kein Recht! Und er hat sie zu Felicia geschickt? Dieser Mistkerl!« Ich setzte mich derart abrupt auf, dass Hayden zurückweichen musste, um nicht versehentlich von mir angerempelt zu werden. Ich stürmte aus dem Bett und stieß nur hervor: »Ich muss unter die Dusche.« Plötzlich hatte ich das Gefühl, von Kopf bis Fuß mit Schmutz besudelt zu sein.

»Willst du, dass ich dir Gesellschaft leiste?«, fragte Hayden. Ohne zu antworten, schlug ich schnell die Badezimmertür zu. Nein, ich wollte ihn jetzt keinesfalls um mich haben. Ich musste in Ruhe herunterkommen.

Das dampfende Wasser half, mich zu entspannen, aber es änderte nichts an dem bitteren Geschmack in meiner Kehle. Alles, was ich einst geliebt hatte, wurde mir Stück für Stück genommen, und das war schrecklich. Aber ich wusste auch nicht, wie ich es ändern sollte. Mein Leben geriet außer Kontrolle und driftete in eine Richtung, mit der ich niemals gerechnet hatte. Immer wenn ich dachte, jetzt würde ich mich stabilisieren, kam wieder etwas Neues, das mich aus der Bahn warf. Keine Ahnung, wohin das noch führte.

Als ich aus der Dusche kam, zog ich ein Shirt von Cox Racing an – vielleicht aus nostalgischen Gründen. Hayden betrachtete mich die ganze Zeit über mit besorgter Miene, während ich mich anzog. »Alles okay?«, fragte er. Ich hatte es wirklich satt, dass er mich das fragte.

»Ich fühle mich großartig«, antwortete ich angespannt. »Aber ich könnte einen Drink vertragen.« Ich nahm mein Telefon, schrieb Nikki eine Nachricht und fragte sie, wo diese geheime Bar war. Je eher ich an Alkohol kam, desto besser.

Hayden trat hinter mich und spielte mit meinem feuchten Haar. Wenn ich es an der Luft trocknen ließ, kamen die Locken deutlich stärker hervor. Er wickelte eine Strähne um seinen Finger und beugte sich hinunter, um meine Halsbeuge zu küssen. »Dann besorgen wir dir doch einen Drink.«

Ich zwang mich, locker zu sein, und drehte mich um, um ihm einen zärtlichen Kuss zu geben. Er konnte nichts dafür, also sollte ich meine Gefühle auch nicht an ihm auslassen.

Hayden zog sich zum Ausgehen um, während ich darauf wartete, dass Nikki mir die Adresse schickte. Als ich sie hatte, gingen wir zu Haydens Sportleihwagen. »Willst du fahren?«, fragte er und hielt mir die Fahrertür auf. Wie süß von ihm.

Normalerweise hätte ich die Chance, mich ans Steuer dieses heißen Wagens zu setzen, sofort ergriffen, aber ich war einfach nicht in der Stimmung.

»Nein, alles okay«, sagte ich und öffnete die Beifahrertür. Mit einem leisen Seufzer glitt Hayden hinter das Lenkrad. Ich wusste, dass er mich aufmuntern wollte, dass er sich wünschte, ich wäre so fröhlich und unbeschwert wie sonst. Obwohl ich mir Mühe gab, Fröhlichkeit vorzutäuschen, wollte es mir noch nicht so recht gelingen. Vielleicht nach ein paar Margaritas.

Während Hayden uns zu dem Laden fuhr, der The Shoppe hieß, legte ich meine Hand auf seinen Schenkel und versuchte, nur daran zu denken, dass wir zusammen waren und uns ein fröhlicher Abend mit unseren Freunden bevorstand. Nun ja, mit meinen Freunden, die sich widerwillig damit abgefunden hatten, dass Hayden mein Freund war.

Als wir zu der Adresse kamen, die Nikki mir geschickt hatte, sah Hayden mich fragend an. »Bist du sicher, dass wir hier richtig sind?« In dem hell erleuchteten Gebäude befand sich eindeutig ein Süßwarenladen, von außen waren reihenweise Regale voller Leckereien zu sehen.

»Ja ... sie hat gesagt, dass es total echt aussieht«, entgegnete ich und stieg aus dem Wagen. Hayden stieg mit mir aus, und schweigend betrachteten wir die ungewöhnliche Bar vor uns.

Währenddessen fuhren einige Wagen auf den Parkplatz. Kurz darauf war ich von Menschen umgeben, die ich kannte und mochte – Nikki, Myles und einigen ehemaligen Angehörigen des Cox-Racing-Teams. Während ich Reiher (der eigentlich Ralph hieß, den wir aber alle Reiher nannten, weil er sich vor Aufregung vor fast jedem Rennen übergeben musste), Eli und Myles' Mechaniker Kevin umarmte, stiegen schmerzhafte Erinnerungen in mir auf. Ach, es war so schön, sie zu sehen.

Kevin, der äußerst bodenständig war, warf Myles einen verwirrten Blick zu, nachdem wir uns voneinander gelöst hatten. »Bist du sicher, dass wir hier richtig sind, Myles? Für mich sieht das wie ein Süßwarenladen aus.«

Myles zog amüsiert die Brauen hoch. »Hätte ein Süßwarenladen einen Türsteher?«

Wir blickten alle noch einmal zu dem Laden und eindeutig, dort stand ein bulliger Typ neben der Tür und verschränkte in klassischer einschüchternder Manier die Arme vor der Brust. Myles klatschte fröhlich in die Hände, dann fasste er Nikki an der Hand und zog sie zum Laden, woraufhin sie kicherte. Reiher, Eli und Kevin musterten Hayden, dann folgten sie den beiden anderen. Obwohl die Kontaktsperre zwischen unserem alten Team und Keith nicht mehr galt, musste es merkwürdig für sie sein, mit einem Benneti auszugehen. Vielleicht entspannte es die Lage ein wenig, dass Nikki jetzt auch eine Benneti war. Und ich wohl auch.

Hayden und ich bildeten das Schlusslicht der Gruppe. Der Türsteher musterte unsere Truppe, dann sagte er mit monotoner Stimme: »Passwort.«

Wir blickten uns an. Wir brauchten ein Passwort? Im Ernst? Myles kratzte sich am Kopf, dann sagte er langsam: »Lass uns rein, damit wir uns volllaufen lassen können?«

Der Türsteher taxierte ihn eine Sekunde, dann drehte er sich um und öffnete die Tür. Nikki klatschte sich mit Myles ab, und wir gingen alle zusammen hinein. Drinnen begrüßte uns ein Mädchen in einer strengen Uniform, die aussah, als stammte sie aus dem 19. Jahrhundert. »Willkommen im The

Shoppe«, sagte sie. »Hier entlang.« Sie führte uns hinter den Tresen und in ein Hinterzimmer. Als ich gerade dachte, man habe uns alle getäuscht und würde uns umbringen, drückte sie auf eine Stelle an der Wand, woraufhin diese aufschwang und eine Wendeltreppe freigab. »Viel Spaß!«, rief sie fröhlich.

Myles und Nikki folgten den lauten Bassklängen. Hayden blickte mich an und hielt meine Hand besonders fest in seiner, als wir uns ihnen anschlossen. Die eigentliche Bar wirkte, als wäre ein Grufti-Traum Wirklichkeit geworden. Dicke schwarze Vorhänge teilten intime Nischen ab, die Lichtquellen imitierten flackerndes Kerzenlicht, und die Sessel waren üppige, thronähnliche Teile, die direkt aus einem Dracula-Film stammen konnten. Wenn man überlegte, wo wir gerade herkamen, war das ein ziemlich sensationeller Anblick.

Die Kellnerinnen trugen alle schwarze Korsagen und knappe Höschen, neben denen meine Benneti-Shorts wie Jogginghosen wirkten. Myles winkte eine von ihnen heran und bestellte eine Runde Shots für alle, dann steuerte er einen Tisch in einer Nische an, der aussah wie aus dem Speisesaal eines mittelalterlichen Adeligen.

Hayden und ich setzten uns Myles und Nikki gegenüber. Eli und Kevin nahmen die Plätze neben Myles, während Reiher sich zu Hayden setzte, dabei allerdings einen Stuhl zwischen ihnen frei ließ. Ich verdrehte die Augen über meine ehemaligen Teamkameraden, sagte jedoch nichts. Sie würden sich schon noch an Hayden gewöhnen.

Während wir auf unsere Shots warteten, fragte ich Myles: »Und, wie gefällt es dir bei Stellar Racing? Ist es so schlimm, wie du dachtest?«

Myles stöhnte. »Schlimmer. Luke Stellar ist ein Idiot, und Jimmy ein arrogantes Arschloch. Die einzig anständigen

Leute dort sind Kevin und Eli.« Er deutete mit dem Kopf in ihre Richtung, und beide grinsten mich an. »Aber ich überlebe es, und es ist gut, wieder zu fahren.« Myles richtete den Blick aus seinen braunen Augen auf Hayden, und ich sah, wie seine Gehirnzellen arbeiteten, während er meinen Freund musterte. »Und ... müssen wir dieses Jahr mit irgendwelchen Unfällen rechnen, Hayden? Oder wie ist der Status quo?«

Schweigen legte sich über den Tisch. Es wurde nur dadurch unterbrochen, dass die Shots serviert wurden. Während die Kellnerin sie verteilte, hielt Hayden den Blick auf Myles gerichtet. Am liebsten hätte ich Myles unter dem Tisch getreten, aber ich widerstand der Versuchung. Stattdessen hob ich mein Glas. »Prost!«, rief ich, nachdem alle etwas zu trinken hatten.

Hayden und Myles nahmen ihre Gläser, ohne sich dabei aus den Augen zu lassen – dieses Gespräch war noch nicht zu Ende. Als Hayden sein Glas absetzte, zuckte Myles mit den Schultern. »Und? Was meinst du, Hayden?«

Hayden blickte sich am Tisch um, dann sah er Myles erneut in die Augen. »Ich bin sicher kein Experte auf dem Gebiet, aber ja ... ich glaube, es wird ein normales Jahr.«

Myles kniff die Augen zusammen. »Im Gegensatz zum letzten Jahr?« Myles wusste, dass Hayden irgendwie in die Manipulationen des letzten Jahres verwickelt gewesen war, und er wollte Genaueres wissen, aber hier und jetzt war nicht der Ort dafür.

»Die nächste Runde geht auf mich«, schaltete ich mich ein. »Was wollt ihr trinken?«

Reiher, Eli und Kevin schienen dankbar zu sein, dass ich die Spannung im Raum löste, und nannten mir eifrig ihre

Bestellungen. Nikki schloss sich ihnen an, und schließlich ließen Hayden und Myles das Gespräch ruhen und nannten mir ebenfalls ihre Wünsche. Als ich gerade meinen Stuhl zurückschob, um zur Bar zu gehen, sagte eine Stimme links von mir: »Ich nehme einen Whisky Cola, Mackenzie. Light, bitte.«

Ich blickte mich um und beinahe setzte mein Herz aus. Felicia? Was zum Henker machte sie hier? Während ich sie fassungslos mit offenem Mund anstarrte, setzte sie sich in aller Seelenruhe auf den leeren Platz neben Hayden. Obwohl alle sie anglotzten, als würde sie sich auf eine Party schleichen, zu der sie nicht eingeladen war, wirkte Felicia völlig entspannt.

Sofort rückte Hayden seinen Stuhl von ihr ab und stellte die Frage, die mir ebenfalls durch den Kopf schoss. »Was machst du hier, Felicia?«

Sie lächelte, als wäre sein Ton warm und freundlich gewesen. »Es ist der Abend vor einem großen Rennen. Ich will mich entspannen, genau wie ihr.« Sie blickte sich am Tisch um und fragte: »Sind alle bereit für den großen Tag?«

Reiher, Eli und Kevin schienen unsicher, ob sie darauf antworten sollten. Myles wirkte genervt, während Nikkis Blick aufgeregt zwischen Felicia und mir hin und her sprang. Sie sah aus, als wäre sie bereit, für mich zu kämpfen, wenn ich nur ein einziges Wort sagte. Während ich meinen Stuhl wieder an den Tisch zog – Teufel, jetzt ging ich nirgendwohin –, sagte Hayden: »Du solltest gehen, Felicia. Das ist eine private Feier.«

Mit Blick auf mich und Nikki erwiderte sie: »Sieht aus wie eine Benneti-Feier. Ich bin jetzt eine Benneti.« Sie hob die Hand und winkte die Kellnerin heran. »Noch eine Runde

Shots, bitte«, sagte sie und deutete auf die leeren Gläser auf dem Tisch.

Eli, Kevin und Reiher entspannten sich, da sie sie mit Alkohol versorgte. Sie lächelten sogar und bedankten sich bei ihr. Myles und Nikki starrten mich an und warteten auf einen Hinweis darauf, was ich tun wollte. Hayden taxierte Felicia aus schmalen Augen, dann drehte er sich zu mir um, beugte sich vor und sagte: »Willst du gehen?«

Ja. Und nein. Es war klar, dass Felicia nicht freiwillig das Feld räumen würde, aber ich wollte mich auch nicht von ihr verjagen lassen. Wenn sie stur sein wollte, nun, das konnte ich auch. Ich hielt Felicia hinter Hayden mit meinem Blick fest und erklärte ihm: »Nein, alles okay.« *Es sei denn, sie versucht noch einmal, dich zu küssen. Dann haben wir ein Problem.* Hayden atmete lange aus, dann schüttelte er ungläubig den Kopf.

Felicia und ich starrten einander an, bis die Drinks kamen. Ich blinzelte noch nicht einmal, ehe sie es tat. Als die Kellnerin die Shots verteilte, fragte Felicia kühl: »Und, Mackenzie, wie lief die Autogrammstunde? Ich war zu sehr mit meiner Schlange beschäftigt, um auf dich zu achten. Hattest du Spaß?«

Hatte es mir Spaß gemacht, an meinem alten Arbeitsplatz wie ein Spielzeug auszusehen? Ganz bestimmt hatte mir das keinen Spaß gemacht. Am liebsten hätte ich meinen Shot sofort hinuntergestürzt, als er vor mir stand, doch ich wartete, bis Felicia ihren nahm. Die Anspannung um den Tisch wuchs erneut, während die anderen auf meine Antwort warteten. Myles und die Jungs schienen verwirrt … sie wussten nicht, welchen Job ich heute ausgeübt hatte. »Ich glaube, ich habe ziemlichen Eindruck auf die Fans gemacht«, antwortete ich schließlich. Ob das die richtige Antwort war? Ich wünschte, ich hätte einfach erwidern können: Scher dich zum Teufel. Das hätte sich besser angefühlt.

»Was willst du, Felicia?«, fragte Hayden unvermittelt.

Felicias Blick glitt von mir zu ihm, und die peinliche Stimmung am Tisch verdreifachte sich. Alle außer uns dreien kippten nacheinander ihre Drinks hinunter.

»Ich möchte ein richtiges Gespräch mit dir führen, Hayden, in dem du etwas sagst und ich etwas darauf erwidere. Ich möchte dir erklären, was vor vier Jahren passiert ist.«

Kopfschüttelnd wandte Hayden den Blick von ihr ab. »Da irrst du dich. Du musst mir nichts erklären ... es spielt keine Rolle mehr.«

Irgendwie hörte er sich vollkommen unaufrichtig an. Mir war klar, dass er log. Und Felicia wusste es auch. »Es tut mir leid, dass ich gegangen bin, Hayden. Und ich hoffe, dass du mir eines Tages vergibst ... so wie Izzy mir vergeben hat.«

Haydens Blick zuckte zu ihr zurück. »Izzy hat dir vergeben? Das glaube ich nicht. Sie ist sauer, dass du abgehauen bist, als Antonia dich am meisten gebraucht hat. Sie sagte, sie würde dir niemals vergeben.«

Felicia richtete den Blick auf den Tisch und drehte langsam das Glas in ihren Fingern. »Also, ich habe mit ihr geredet, bevor wir hergekommen sind. Sie hat mir vergeben, und sie sagte, sie glaubt, du würdest es auch tun«, fügte sie so leise hinzu, dass ich es kaum hörte.

»Warum sollte sie das denken?«, zischte Hayden mit rauer Stimme.

Plötzlich schlug Myles mit den Händen auf den Tisch. »Wer hat Lust, Darts zu spielen?« Die anderen sprangen auf und waren innerhalb von Sekunden verschwunden. Ich konnte es ihnen nicht verübeln. Bei dieser angespannten Atmosphäre wäre ich auch abgehauen.

Zu meiner Überraschung erhob sich Hayden ebenfalls langsam von seinem Stuhl. »Darts klingt super.« Er hielt mir die Hand hin. »Kenzie, hast du Lust zu spielen?« In seinen Augen las ich, dass er mich eigentlich fragte: *Willst du dich mit mir davonschleichen und jetzt gehen?*

Felicia starrte auf ihr Glas, und die Neugier brachte mich um. Warum hatte Izzy ihr so bereitwillig vergeben? Und warum zum Teufel meinte Izzy, dass Hayden es jemals tun sollte? Felicia hatte ihn verlassen, hatte ihn derart verletzt, dass er Angst gehabt hatte, wieder jemanden an sich heranzulassen. Der Schmerz, den sie ihm zugefügt hatte, ging nicht einfach so weg.

Ich nahm Haydens Hand und ließ mich von ihm nach oben ziehen. »Klar«, flüsterte ich und fragte mich, ob wir tatsächlich gehen sollten.

Als wir im Begriff waren, uns zu entfernen, blickte Felicia auf. »Hayden.« Er blieb stehen und holte tief Luft, dann drehte er sich zu ihr um. Mit offenem Blick erklärte sie ihm: »Du hast recht, es war falsch von mir zu gehen. Ich habe sehr viel wiedergutzumachen ... bei allen. Ich versuche, die Dinge wieder in Ordnung zu bringen. Das ist alles.«

Schon während sie das sagte, war mir klar, dass das nicht ganz stimmte. Sie versuchte, die Dinge wieder in die *alte* Ordnung zu bringen. Das war ein großer Unterschied. Doch Hayden wirkte ehrlich berührt von ihren Worten, und in seinen Augen zeigte sich deutlich sein innerer Aufruhr. Es beunruhigte mich, wie tief sein Schmerz ging.

»Dafür ist es zu spät, Felicia«, entgegnete er mit brüchiger Stimme. Er verstärkte den Griff um meine Hand und zog mich mit sich fort. Als ich mich nach Felicia umsah, las ich in ihren schimmernden Augen die Frage, die auch mir durch den Kopf ging.

Wirklich?

Kapitel 8

Kenzie

In jener Nacht schlief ich schlecht. Mir ging alles Mögliche durch den Kopf, und ich warf mich von einer Seite auf die andere. Obwohl Hayden nicht anzumerken war, ob er ebenfalls wach war, hatte ich das Gefühl, dass der Schlaf auch ihn im Stich ließ, und der abgespannte Ausdruck um seine Augen am nächsten Morgen wies eindeutig auf schlaflose Stunden hin.

Da ich nicht wollte, dass mir noch mehr Klamotten verloren gingen, kleidete ich mich schon im Hotel in mein primitives Benneti-Outfit. Hayden lieh mir seine Jacke, was äußerst hilfreich war, dennoch kam ich mir billig und viel zu spärlich bekleidet vor, als ich durch die Hotelhalle ging. Ich hatte gerade erst angefangen und konnte es schon jetzt kaum erwarten, dass der Tag vorüber war.

Als wir zur Rennstrecke kamen, wirkte Hayden nachdenklich. Ich hätte ihn gern gefragt, woran er dachte, aber ich wusste bereits, was – oder *wer* – ihn beschäftigte, und wollte es lieber nicht genauer wissen. Insbesondere dann nicht, wenn es in die folgende Richtung ging: *Vielleicht sollte ich mit ihr reden, vielleicht sollte ich ihr vergeben, vielleicht sollte ich wieder mit ihr zusammenkommen.* Allein bei der Vorstellung, dass er das denken *könnte,* auch nur für einen kurzen Moment, wurde mir übel. Wir waren so glücklich, passten so gut zusammen, was bei den beiden am Ende nicht mehr der Fall gewesen war, und das wusste er. *Das muss er doch wissen.*

Als Keith mich in Haydens Jacke gehüllt sah, schnippte er sofort mit den Fingern und sagte: »Die hast du auszuziehen, sobald du das Gelände betrittst. Ich will, dass jeder gleich das Produkt sieht.« Einen schrecklichen Moment lang wusste ich nicht, ob er das Logo meinte, das überall auf mir prangte, oder meinen Körper. Beides verstärkte mein Unwohlsein.

Bei Keith' Ansage sah Hayden ihn finster an. »Keith, sie ist gerade erst angekommen. Entspann dich.«

Keith erwiderte den finsteren Blick seines Star-Rennfahrers, dann erschien ein schmieriges Grinsen auf seinen Lippen. »Hayden ... der Sagenumwobene, die Legende – sag mir, dass du dich bereit für das Rennen fühlst.«

Als offensichtlich war, dass Keith sein Anliegen ignorierte, blickte Hayden kurz zu mir, doch dann nickte er. »Ja, meine Zeiten sind gut. Ich bin bereit.« Dass Hayden allein weitertrainiert hatte und jetzt auch ohne meine Hilfe großartige Zeiten erreichte, schmerzte noch immer. Und das Traurige war, dass ich noch nicht einmal wusste, ob dasselbe auch für mich gelten würde. Es war ewig her, dass ich auf einem Bike alles gegeben hatte.

Keith legte den Arm um Haydens Schultern und führte ihn fort, weil ein Treffen von Rennfahrern und Team anstand – im Grunde waren alle dabei, nur ich nicht. Hayden blickte sich noch einmal nach mir um, als Keith ihn mit sich fortzog, doch er kriegte nicht mehr heraus als »Bis später«.

Auf der anderen Seite des Raums schlossen sich Keith und Hayden anderen Teammitgliedern an, darunter Felicia. Keith nahm den Arm von Haydens Schultern und wich genau in dem Moment zurück, als Felicia neben ihn trat. Hayden schien sich nicht wohl an ihrer Seite zu fühlen, verließ aber dennoch mit ihr gemeinsam den Raum.

Keith' Crew-Chef, ein bulliger Typ, der passenderweise Butch hieß, passte auf die Motorräder auf, die alle überprüft worden waren. Dort hatten die Probleme letztes Jahr ihren Anfang genommen – nach der Untersuchung vor dem Rennen. Während ich wusste, dass es solche Probleme dieses Jahr nicht geben würde, war sich der Rest des Teams nicht so sicher. Viele Leute waren der Ansicht, dass der ARRC nicht ausreichend darüber aufgeklärt hatte, was damals geschehen war.

Da ich noch nie zuvor in meinem Leben gemodelt hatte, wusste ich nicht genau, was ich tun sollte. Normalerweise heuerte Keith eine Handvoll Mädchen für diese Ereignisse an, aber aus irgendeinem Grund gab es nur mich. Vermutlich sollte ich mich so isoliert und unwohl wie nur möglich fühlen. Wenn ich andere Frauen als Verbündete hätte, wenn wir uns gegenseitig unser Leid klagen konnten, wäre das entlastend. Vielleicht sollte ich mich nach anderen Models umschauen, mit denen ich mich zusammentun konnte. Doch Keith würde es nicht gefallen, wenn ich mich bei Models anderer Teams oder ihm nicht nahestehender Sponsoren aufhielt. Nein, ich war ganz auf mich allein gestellt.

Schließlich schnappte ich mir etwas Promo-Material und schlenderte ziellos über das Gelände. Irgendwann fand ich mich auf der Tribüne wieder und starrte auf die Ziellinie. Mit ein paar Leuten, die ich nicht kannte, verfolgte ich Trainings-

und Qualifizierungsrunden. Hayden hatte einen großartigen Lauf und sicherte sich Startposition Nummer drei. Myles die Nummer zwei. Felicia würde vom achten Platz starten, eine Tatsache, die mich sowohl beeindruckte als auch ärgerte. Ich hatte mich in meinem ersten Jahr für den zehnten Platz qualifiziert. Es machte mich fertig, ihnen zuzusehen, und dennoch konnte ich nicht damit aufhören. Jedes Mal, wenn ein Fahrer die magische Linie überquerte, starb ein kleiner Teil von mir. Ich fühlte mich innerlich taub.

»Hey, da bist du ja. Keith sucht dich.«

Ich blickte mich um und sah Hayden über die überdachte Tribüne auf mich zukommen. Mist. Ich war derart gebannt von den Rennen gewesen, dass ich gar nicht mehr an den Job gedacht hatte, für den ich engagiert war. »Ist er sauer?«, fragte ich zerknirscht.

Er verzog das Gesicht und sah dabei so hinreißend aus, dass ich ihn gern geküsst hätte. »Ziemlich sauer ...«

Na toll. Seufzend schüttelte ich den Kopf. »Ich wollte nur ein paar Minuten hier sitzen, um mich daran zu erinnern, warum ich mich so erniedrige.« Ich lächelte und atmete einmal tief durch. »Trotz allem ist es gut, wieder hier zu sein.«

»Ich weiß«, sagte er mit leiser Stimme, während er sich neben mich setzte. »Ich wünschte nur, *du* würdest da draußen mit mir fahren.«

Es war klar, was er meinte: dass ich anstelle von Felicia mit ihm führe. Das versetzte mir einen Stich, denn ich wünschte mir dasselbe. »Du startest von Platz drei ... das ist super.«

Er grinste breit und zufrieden. »Danke. Ich bin immer noch ein bisschen erschrocken darüber. Ich war ganz knapp hinter Myles. Das nächste Mal kriege ich ihn.«

Ich hätte gern eine Bemerkung darüber gemacht, dass

Felicia meine Zeit übertroffen hatte, wollte aber nicht das Gespräch auf sie bringen. Irgendwie schien sie allerdings ohnehin die ganze Zeit über uns zu schweben, und das würde so lange so bleiben, bis einer von uns das Thema am Schopfe packte. Also beschloss ich die Mutige zu sein. »Was Felicia gestern Abend gesagt hat ... glaubst du, Izzy hat ihr tatsächlich vergeben?«

Haydens Lächeln erstarb, und er starrte auf seine Hände. »Darüber hab ich auch schon nachgedacht. Ich weiß es nicht. Ich verstehe nicht, warum sie das nach nur einem Gespräch getan haben sollte.« Er sah mich an. »Felicia will mich manipulieren. So ist sie. Wenn sie etwas unbedingt haben will, tut sie alles, um es zu bekommen.«

Seine Worte erfüllten mich mit eiskalter Angst. »Nun, es ist ja ziemlich leicht, dieses Rätsel zu lösen. Wir müssen nur mit Izzy reden, wenn wir zurück sind.«

Hayden nickte, dann nahm er meine Hand. Als ich meine Finger in seine legte, drückte er sie fest. »Ich liebe dich, Kenzie. Daran hat sich nichts geändert, und daran wird sich auch nichts ändern ... selbst wenn Felicia die Wahrheit sagt.«

Quälende Hoffnung stieg in mir auf, und meine Augen brannten. »Ich liebe dich auch.« *Und Felicia ist nicht die Einzige, die alles tut, um zu kriegen, was sie haben will.*

Ich konnte Keith nicht noch mehr verärgern, als ich es ohnehin schon getan hatte, und folgte Hayden zurück zum Benneti-Bereich. Keith hielt mir eine Standpauke von einer geschlagenen Viertelstunde und erklärte mir, was er bei solchen Events von mir erwarte. Dann drückte er mir einen Schirm in die Hand und wies mich an, den Fahrern Schatten zu spenden, wenn sie in den Startboxen warteten. Ich konnte es nicht fassen. Früher hatte ich selbst am Start gestanden und auf ein Stück vom Ruhm gehofft, jetzt war ich eine dämliche Hostess. Das versetzte mir einen zusätzlichen Schlag, und ich wusste nicht, ob mein Ego den auch noch verkraften konnte.

Um es so erträglich wie möglich zu machen, sorgte ich dafür, dass ich den Schirm für Hayden hielt. Auf seinem Gesicht zeichnete sich eine Mischung aus Mitleid und Vergnügen ab, als er wenig diskret meinen Körper musterte. Mir war klar, dass er mir einen besseren Job wünschte, aber er freute sich ganz offensichtlich, dass ich mich für ihn zur Schau stellte.

Schließlich war es Zeit für das Rennen, und die Offiziellen wiesen jeden an zu gehen, der nicht am Rennen teilnahm. Die Rennstrecke zu verlassen fühlte sich an, als wäre ich in ein langes Stück Klebeband gewickelt, das man langsam von meiner Haut abzog. Den ganzen Weg über spürte ich das Brennen bis ins Innerste meines Körpers. Auch das Rennen durfte ich mir nicht ansehen. Keith hoffte, nach dem heutigen Tag einen neuen Sponsor zu finden, weshalb er mich in den VIP-Bereich schickte, um die zwei in seinem Namen zu »unterhalten«. Das gesamte Rennen über versorgte ich die Männer mit Drinks und schlug ihre Hände von meinem Hintern weg. Wahrscheinlich würde Keith mich wieder dafür beschimpfen, dass ich mich nicht von ihnen betatschen ließ, aber was ich für diesen Job – und für ihn – zu tun bereit war, hatte seine Grenzen.

Als das Rennen zu Ende war, fühlte ich mich genauso ausgelaugt, als wäre ich mitgefahren. Doch als ich mich endlich lange genug von den Sponsoren entfernen konnte, um mir die Ergebnisse anzusehen, war ich voller Sorge. Irgendwie wünschte ich mir, dass Hayden schlechter abgeschnitten hatte als letztes Jahr, doch das war nur meiner Unsicherheit geschuldet. Darum verdrängte ich diesen Gedanken eilig. Ich liebte Hayden und wollte, dass er gut fuhr, auch ohne mich. Als ich die Endzeiten sah, blieb mir der Mund offen stehen. Myles hatte das verdammte Rennen gewonnen! Hayden war nur eine Sekunde hinter ihm über die Ziellinie gefahren. Und Felicia ... war Vierte geworden.

Ihren Namen neben dem Platz stehen zu sehen, um den ich letztes Jahr mit allen Mitteln gekämpft – und ihn nicht erreicht hatte –, war, als hätte man mir geradewegs einen Speer durch die Brust getrieben. Jegliche Luft entwich aus meiner Lunge, und ich konnte nicht wieder einatmen. Sie hatte mich geschlagen. Sie hatte auch den Rekord einer weiblichen Fahrerin auf dieser Strecke überboten. Mit ihrem ersten Rennen hatte sie es in die Rekordbücher geschafft. *Sie hat alles geschafft, was ich nicht geschafft habe.* Mir schwindelte und auf einmal färbte sich alles in meinem Sichtfeld rot. Sie tat alles, was ich gern getan hätte, und sie machte es besser, als ich es je gemacht hatte. Ich dachte, ich müsse mich übergeben, aber ich konnte den Blick nicht von der Anzeige losreißen.

Mein Blick verschwamm, und mir wurde schwarz vor Augen. Ich ging in die Hocke, stützte mich mit den Händen auf den Knien ab und bekam endlich wieder Luft, die mein Körper so dringend brauchte. Herrje. Warum musste sie nur so gut sein? Wenn sie schlecht gefahren wäre, hätte ich mich leichter damit abfinden können, dass sie *meinen* Traum lebte. Aber ihre herausragende Leistung auf einem Gebiet, das ich besetzen wollte, war einfach zu viel, zu schmerzhaft. *Ich sollte nicht hier sein.* Aber betrüblicherweise durfte ich nicht woanders hingehen.

Ohne mich darum zu scheren, ob Keith mich deshalb feuern würde, beschloss ich, zum Hotel zurückzufahren, anstatt in den Garagenbereich zu gehen. Doch das Schicksal meinte es nicht gut mit mir. Maxwell entdeckte mich, als ich durch die Menge stapfte, und stürmte auf mich zu. »Hey, Cox! Keith will, dass du zu den Siegern gehst. Er will, dass du neben Hayden stehst, wenn er interviewt wird.«

Natürlich wollte er das. So konnte er mit meinen Brüsten für Benneti werben und zugleich mich und den Namen meiner Familie im Fernsehen vorführen. Vielleicht würde es meinen Vater wachrütteln, wenn er mitkriegte, wie tief ich gefallen war, und er rief endlich den Waffenstillstand aus. Dann wäre das Ganze hier zumindest zu etwas gut gewesen.

Maxwell traute mir ganz offensichtlich nicht zu, dass ich allein dorthin ging, darum packte er mich am Arm und zog mich hinter sich her. Mir ging es noch schlechter als zuvor – was ich nicht für möglich gehalten hatte –, und so ließ ich mich von ihm führen. Letztes Jahr hatten so viele Erwartungen auf meinen Schultern gelastet, dass ich einen enormen Druck verspürt hatte. Ich hatte an mir gezweifelt, wollte jedoch über mich hinauswachsen und beweisen, was ich konnte. Jetzt gab es nichts mehr zu beweisen, aber die Zweifel waren geblieben. War ich jemals gut genug gewesen, um auf diesem Niveau mithalten zu können? So ungern ich es zugab, ohne Aufreißers Manipulation in der letzten Saison wäre ich womöglich nicht annähernd so gut platziert worden. Vielleicht war das alles nur Glück gewesen, und ich fand keinen Job, weil ich schlicht nicht gut genug war und die anderen Teams das wussten. Vielleicht gehörte Felicia im Grunde hierher, und ich hatte hier nichts verloren.

In dem Bereich, in dem die Siegerehrung stattfand, entdeckte ich Hayden sofort. Er hatte den Helm abgenommen, und sein verschwitztes blondes Haar stand in alle Richtungen ab. Auf seinem Gesicht lag ein breites Lächeln, und seine jadegrünen Augen leuchteten vor Freude. Er war unglaublich attraktiv, und Maxwell musste mich nicht mehr zu ihm hinschleppen. Ich wollte sowieso nur noch in Haydens Armen sein.

Auf dem Weg zu meinem Freund entdeckte ich Myles. Er strahlte über das ganze Gesicht, während er eine Champagnerflasche schüttelte. Schäumend schoss die prickelnde Flüssigkeit heraus und ergoss sich über den lachenden Myles. Noch nie hatte ich ihn glücklicher gesehen. Bei diesem Anblick wurde mir leichter ums Herz – das hatte er sich nach dem albtraumhaften letzten Jahr verdient. Ich hätte nicht stolzer auf ihn sein können.

Als ich den Blick wieder auf Hayden richtete, sah er mir direkt in die Augen. Die Heiterkeit auf seinem Gesicht verblasste ebenso wie das Leuchten in seinen Augen. Er empfand Mitleid mit mir. Meine Gegenwart verdarb ihm den Moment. Da ich nicht wollte, dass er jetzt irgendetwas anderes als Freude empfand, setzte ich ein Lächeln auf. *Das ist okay. Du bist großartig gefahren, genieß es.*

Hocherhobenen Hauptes stolzierte ich zu ihm, stellte eine Selbstsicherheit zur Schau, die ich nicht empfand, und warf die Arme um seinen Hals. Er legte die Arme um meine Taille, und ich hörte ihn an meinem Ohr lachen, während er mich hochhob. »Zweiter Platz! Ich habe es geschafft, Kenzie!« Breit grinsend lehnte er sich zurück. »*Wir* haben es geschafft.«

Er senkte die Lippen zu meinen, und eine Glückswelle schwappte über mich hinweg. Es war fast so schön, wie gegen ihn zu fahren. Überall um uns herum herrschten

Durcheinander und Lärm, überall wurde gefeiert. Es war berauschend, aber nicht annähernd so wundervoll wie Haydens Umarmung. In der Nähe standen einige Journalisten, die Hayden befragen wollten, und widerwillig löste er sich von mir. »Bleibst du bei mir?«, fragte er.

Ich zeigte auf mein Outfit und sagte: »Muss ich sogar. Keith will mich als deine Deko haben.« Haydens Lächeln wich einer nachdenklichen Miene, und ich hob den Finger, um ihn zu unterbrechen. »Nicht. Das ist dein Moment, und ausnahmsweise bin ich froh, diesen Job zu haben, weil er mir sonst nämlich entgangen wäre.«

Er verzog die Lippen zu einem schiefen Lächeln, das mein Herz schneller schlagen ließ, dann wandte er sein charmantes Grinsen der Kamera zu. Sofort leuchtete das rote Aufnahmelicht auf. Mit einem solchen Lächeln würde Hayden die Welt des Rennsports in Aufruhr versetzen. Jeder weibliche Fan, der ihn in seinem ersten Jahr verpasst hatte, würde ihn in diesem Jahr bestimmt nicht übersehen.

Als Hayden von seinem unglaublichen Sieg zu reden begann, trat ich neben ihn. Ich lächelte und hoffte, dass mich niemand wiedererkannte. Wenn alle Leute nur irgendein Benneti-Model sahen, käme ich vielleicht relativ unbeschadet davon.

Es war nervenaufreibend, dort zu stehen, aber nachdem ein paar Minuten vergangen waren, ohne dass mich jemand aus der Menge erkannt hatte, begann ich mich zu entspannen. Dann sah ich jemanden, der nicht einen der ersten drei Plätze errungen hatte und nicht bei den Interviews anwesend zu sein hatte: Felicia. Ohne Helm, das lange Haar offen und wild, bewegte sie sich hüftschwingend durch die Journalisten und war offenbar auf dem Weg zu Hayden. Das

Lächeln auf ihrem Gesicht war unerhört, und das Gefühl in meinem Magen verstärkte sich, er fühlte sich an wie Beton. Ich konnte mir nur zu gut vorstellen, welche Hochgefühle nach dem Rennen durch ihre Venen strömten – das hatte ich selbst schon erlebt. Die Freude auf ihrem Gesicht zu sehen und zu wissen, dass mir dieses Gefühl nicht mehr vergönnt war, war niederschmetternd.

Als Hayden sie bemerkte, wirkte sein Lächeln etwas angespannt, doch es erstarb nicht ganz. Entsetzt beobachtete ich, wie Felicia die Arme um seinen Hals legte und sich vorbeugte, um ihn auf die Wange zu küssen. »Glückwunsch, Haydey!«

Die Kameras hielten die widerliche Szene fest, und der Fels in meinem Magen begann zu kochen, zu brodeln und sich in heiße Lava zu verwandeln. Sie hatte kein Recht, ihn zu küssen – schon wieder –, Gratulation hin oder her. Und *Haydey*? Was zum Teufel sollte das?

Hayden wich vor ihrer Berührung zurück, aber die Reporter stürzten sich sofort auf die charmante Frau. »Felicia, bitte bleiben Sie. Wir würden Ihnen gern ein paar Fragen stellen.«

Auf lässige Weise, die verschleierte, dass Hayden sie abgewiesen hatte, löste Felicia geschickt die Arme von ihm und strahlte die Journalisten an. »Es ist mir eine Ehre«, schnurrte sie.

»Nun, zuerst gratulieren wir Ihnen zu Ihrem Rekord. So ein Rennen haben wir … nun lange nicht mehr, nein noch nie gesehen«, sagte der Reporter grinsend.

Wirklich? Noch nie? Mit schmalen Augen und voller Hass blickte ich zu dem Journalisten hinüber, der das gesagt hatte, und erkannte ihn sofort. Es war derselbe Idiot, der im letzten Jahr mein verhängnisvolles Interview gesendet hatte, nachdem ich unbedachterweise in meinem Ärger meinen ehemaligen Teamkollegen Jimmy Holden kritisiert hatte.

Felicia warf mir über die Schulter einen Blick zu, und die Wut in meinen Augen verstärkte sich. In diesem Moment hätte ich alles dafür gegeben, Superkräfte zu besitzen. Dann wäre sie nichts als eine glibberige Pfütze neben Hayden gewesen. »Danke«, erwiderte sie in leichtem Ton und mit voller Stimme. »Es ist ein bemerkenswerter Anfang von einem, wie ich hoffe, bemerkenswerten Jahr ... für uns beide.«

Sie fasste Haydens Arm und drückte ihn, und Teufel, sie sahen aus wie ein bilderbuchmäßiges Paar aus einer blöden Romantic Comedy. Wenn sie sich nicht sofort zurückzog, würde ich den Kameras eine Vorstellung liefern, die sie nie mehr vergessen sollten.

Die Journalisten strahlten Hayden und Felicia an, und ich sah schon vor mir, wie sie eine Geschichte über sie spannen. Vermutlich war das genau, was Keith wollte. Eine Romanze auf der Rennstrecke war Gold wert. »Sie sind beide durch Keith Benneti zur ARRC gekommen. Wie ist es, gemeinsam für ihn zu fahren?«

Wie gern hätte ich jetzt eine spöttische Bemerkung gemacht. Sie waren *ein Mal* gegeneinander angetreten. Sollten sie etwa in dieser kurzen Zeit eine karrieretaugliche Verbindung entwickelt haben? Felicia blickte zu Hayden, als bedeutete er ihr alles. Hayden löste entschieden ihren Arm von seinem. Er öffnete den Mund, um etwas zu sagen, doch Felicia kam ihm zuvor. »Es war wunderbar. In allererster Linie sind wir Teamkollegen, erst an zweiter Stelle Konkurrenten. Wir helfen und bestärken einander. Ich kann mir keinen besseren Partner als Hayden vorstellen.«

Haydens Augen funkelten, als er sie ansah, und in seinem

Blick bemerkte ich etwas, das mir einen eiskalten Schauer über den Körper trieb. Nicht, dass er aufgebracht war, das war verständlich – wütend war ich auch. Nein, das Ausmaß der Wut, die ich in seinen Augen sah, beunruhigte mich. In den jadegrünen Tiefen funkelte Leidenschaft. Eine negative Leidenschaft, klar, aber nichtsdestoweniger Leidenschaft.

»Ohne mein *Team* wäre ich heute nicht, wo ich jetzt bin«, erklärte Hayden angespannt. Dieser eine simple Satz konnte vieles bedeuten. Hayden war so politisch korrekt, wie es ihm vor den Kameras möglich war, aber an seinem Ton erkannte ich, dass er nicht Felicia meinte, als er von seinem *Team* sprach. Trotz ihrer Anhänglichkeit stand sie am Rand.

Dem Journalisten entging der tiefere Sinn seiner Worte jedoch. Mit wissendem Lächeln sagte er: »Ganz bestimmt. Noch einmal meinen Glückwunsch zum zweiten Platz, Hayden. Und Felicia, es war reizend, mit Ihnen zu sprechen. Wir wünschen Ihnen beiden viel Glück für die Road America im nächsten Monat.«

Das Licht an der Kamera erlosch, und die Gruppe suchte nach neuen Interviewpartnern. Als ich ihnen hinterhersah, erfüllte mich ein Gefühl von Bitterkeit. Sie hatten noch nicht einmal bemerkt, dass ich da war. Ich wollte zwar nicht erkannt werden, aber ich war geradezu unsichtbar geworden.

Hayden wich von Felicia zurück. »Was machst du hier?«, fragte er, und die Vene in seinem Nacken pulsierte.

Unbeeindruckt von Haydens Stimmung verschränkte Felicia gelassen die Arme vor der Brust. »Ich tue genau, was ich ihnen gesagt habe – ich unterstütze meinen Teamkollegen.« Die Art, wie sie Teamkollege sagte, klang anzüglich.

Hayden streckte die Hand nach mir aus. Als ich seine Finger umfasste, zog er mich an seine Seite. »Alle Unterstützung, die ich brauche, ist hier«, sagte er und drückte mich fest.

Er drehte sich um und wollte gehen, doch Felicia rief nach ihm. Ich wollte weiterlaufen, doch Hayden blieb stehen. Er holte tief Luft und wandte den Kopf zu ihr um. Felicia wirkte gleichermaßen erleichtert und verletzt. »Ich weiß, was Aufreißer hier letztes Jahr getrieben hat, und ich weiß, dass du dich dafür verantwortlich fühlst, aber es war nicht deine Schuld.«

Auf Haydens Gesicht zeichnete sich deutlich seine Überraschung ab, dann sah er sich rasch um, ob jemand sie gehört hatte. Als klar war, dass das nicht der Fall war, drehte er sich wieder zu ihr. Er öffnete den Mund, dann schloss er ihn und biss die Zähne zusammen. Er schwieg noch einen Moment, dann murmelte er »Danke« und ging. Ein Lächeln umspielte Felicias Lippen, als sie uns mit den Blicken folgte.

»Verdammt, Izzy«, knurrte Hayden, als er davonstapfte. Je weiter wir gingen, desto fester umklammerte er meine Hand.

»Hey«, sagte ich und legte meine andere Hand über unsere beiden. »Beruhige dich.«

Er blieb stehen und drehte sich zu mir um. »Izzy hat kein Recht, ihr alles zu erzählen, was mich beschäftigt! Sie hätte kein verdammtes Wort sagen dürfen!«

Erschrocken über seine Wut legte ich ihm sanft meine Hand auf die Wange. »Er ist ihr Bruder. Izzy hat ihr ihre eigene Geschichte erzählt.«

Hayden seufzte. »Ich weiß ... aber Felicia hätte das nicht wissen müssen. Sie ist weggegangen. Sie hat das Recht verwirkt, sich zu sorgen ...« Erneut schlich sich Wut in seine Stimme, und sein Blick verfinsterte sich. In seiner Miene zeigte sich eine Jahre zurückliegende Verletzung, von der ich nicht wusste, wie ich sie heilen sollte. Falls man sie überhaupt jemals heilen konnte.

»Es tut mir leid«, sagte ich. Mehr gab es nicht zu sagen.

Er atmete aus, und seine Miene wurde sanfter. »Mir tut es leid. Ich wollte das nicht an dir auslassen.«

Zu hören, dass er seine Gefühle für Felicia als »das« bezeichnete, trieb einen heftigen Schmerz durch meine Brust, als wäre ein elektrischer Schlag durch meine Seele gefahren. Ich ignorierte das Gefühl und legte die Arme um seinen Nacken. Obwohl es mich beunruhigte, seine Verletzung zu sehen, machte es mir auch Mut, dass er endlich ein echtes Gefühl zeigte, wenn es um Felicia ging. »Es muss dir nicht leidtun. Ich bin deine Freundin … dafür bin ich da.«

Lächelnd schüttelte er den Kopf. »Ich glaube, daran habe ich mich noch nicht gewöhnt. Es ist eine Weile her, seit ich … na ja …« Er strich sich durchs Haar und schien plötzlich verlegen. Richtig. Seine letzte ernstzunehmende Freundin war Felicia gewesen. Schon wieder schwebte sie irgendwie zwischen uns. Auch wenn sie nicht da war, war sie irgendwie ständig da.

An jenem Abend gingen wir aus, um zu feiern, und trafen uns wieder mit Myles, Nikki, Eli, Reiher und Kevin. Zum Glück sprengte Felicia diesmal nicht die Party, und die Stimmung war deutlich weniger angespannt. Auch Eli, Reiher und Kevin schienen sich weniger schwer mit Hayden zu tun. Myles' Sieg hatte alle in Hochstimmung versetzt.

Als Hayden und ich anschließend zurück in unser Hotelzimmer taumelten, dachte ich nicht daran, was mir fehlte, wie zerstritten ich mit meiner Familie war, warum Izzy Felicia verziehen hatte oder ob sie und Hayden jemals über ihre

Vergangenheit hinwegkämen und wieder zueinanderfänden. Nein, ich dachte nur daran, wie wundervoll sich die Hände meines Freundes auf meinem Körper anfühlten. Die Einfachheit war erfrischend.

Doch als ich am nächsten Morgen die Augen aufschlug, löste sich die unkomplizierte Freiheit in nichts auf, und die Welt lastete erneut mit all ihrem Gewicht auf mir. Würde es jemals eine Zeit in meinem Leben geben, in der alles so lief, wie ich es mir wünschte? Oder war der Wunsch nach umfassendem Frieden zu groß? Ja. Wahrscheinlich.

Der Rückflug nach Hause verlief ohne Zwischenfälle. Hayden starrte gedankenverloren aus dem Fenster auf die Wolkendecke unter uns. Wieder wollte ich ihn nicht fragen, woran er dachte, und wieder verurteilte ich mich dafür, dass ich zu ängstlich war, ihn zu fragen.

Nachdem das Flugzeug gelandet war, klingelte Haydens Smartphone dreimal hintereinander, um neue Nachrichten anzukündigen. Als er den Bildschirm entsperrte, linste ich darauf und war überrascht, als ich dort immer dieselbe nicht gespeicherte Nummer sah – zwei Fünfen und zwei Sechsen. Keith. Aus meinem Blickwinkel konnte ich die Nachrichten nicht lesen, aber ich meinte die Worte »du fehlst mir« zu erkennen, bevor er sie löschte. Was zum Teufel?

Irritiert schob Hayden das Telefon in seine Tasche und sagte kein Wort. Anscheinend meinte er, mir nicht erklären zu müssen, wer ihm schrieb, und ich war mir nicht sicher, ob ich das Recht hatte, danach zu fragen. Das war eine jener heiklen, vertraulichen Grauzonen, die mich verunsicherten. Sollte ich weiter nachhaken oder lockerlassen und das Beste hoffen? Ich versuchte, mich in seine Lage zu versetzen, mir vorzustellen, was ich an seiner Stelle okay finden würde, aber ich konnte immer nur denken: *Waren die wirklich von Keith? Warum um alles in der Welt sollte er dich vermissen? Und warum hast du es so eilig, all die Nachrichten gleich zu löschen?*

Hayden sah, dass ich auf seine Jackentasche starrte, in der das Telefon steckte, aber er hatte immer noch nicht das Gefühl, mich ins Bild setzen zu müssen. Meine Haut fühlte sich angespannt an, als ich langsam den Blick zu seinen Augen gleiten ließ. *Kannst du es mir nicht leichter machen? Ich sollte dich nicht darum bitten müssen.*

Haydens Miene war ausdruckslos. Drohte er mir stumm, ihn nicht auf die Nachrichten anzusprechen, oder ahnte er tatsächlich nicht, dass ich allmählich bei der Vorstellung durchdrehte, von wem sie gewesen sein mochten? Aber er würde mir erzählen, wenn Felicia ihm schriebe. Das würde er nicht für sich behalten. Es musste Keith gewesen sein. Schließlich nahm der ihn mit nach Hause. Vielleicht wollte er nur sichergehen, dass Hayden ihn nicht *verfehlte*. Der Mann besaß keinerlei Geduld.

»Stimmt etwas nicht?«, fragte ich und hoffte, dass das vage genug war, um respektvoll zu sein. Und ich hoffte, dass er mir mehr als nur eine einsilbige Antwort geben würde.

Ich deutete auf sein Telefon, nur für den Fall, dass meine Frage nicht klar genug gewesen war, und beobachtete, wie Hayden auf seine Tasche klopfte. »Wie? Oh ... ja ... nur ... Keith. Alles okay«, fügte er eilig hinzu.

Seine alles andere als befriedigende Antwort weckte meinen Argwohn. Es kam mir vor, als wäre meine Haut eine Nummer zu klein, und ich fragte schnippisch: »Warum hast du die Nummer nicht in deinem Telefon gespeichert? Nach all der Zeit ... das ist doch komisch.«

Hayden sah mich aus großen Augen an und nagte an seiner Lippe, bevor er antwortete. »Stimmt, ich bin ... noch nicht dazu gekommen ... Ich wollte Izzy anrufen, wenn ich nach Hause komme, und mich für morgen Abend mit ihr zum Essen verabreden. Ich glaube, ich sollte mit ihr darüber reden, was zwischen ihr und Felicia abgelaufen ist.«

Sein plötzlicher Themenwechsel traf mich mit der Wucht einer Abrissbirne. Ich konnte nicht sagen, ob er sich nur dumm vorkam, weil er die Nummer von seinem Chef noch nicht eingespeichert hatte, oder ob er mir etwas verheimlichte. Doch dann wurde mir bewusst, was er gesagt hatte, und ein Netz aus Angst spann sich um meine Schultern und ließ meine Muskeln so hart werden, dass keine noch so ausgiebige Massage sie würde lockern können. »Ja ... das ist eine ... gute Idee.« Herrje.

Vielleicht bemerkte er, dass ich nicht gerade begeistert von seinem Vorschlag war, denn Hayden sagte langsam: »Ich kann auch allein zu ihr gehen. Du hast sicher keine große Lust, bei einem Gespräch über meine Ex dabei zu sein.«

Ich atmete tief ein und überlegte, ob ich die Chance nutzen sollte, mich aus der Affäre zu ziehen. Dann stöhnte ich und verfluchte mich. Wenn ich dem aus dem Weg ginge, würde das gar nichts lösen. »Nein, ich will dabei sein. Sie ist nicht nur eine Exfreundin, sie war deine Familie. Ein Teil von deiner Familie, und ein Teil von Izzys. Ich möchte genauso sehr wissen, warum deine Familie dich verletzt hat, wie du es ... nicht wissen willst.«

Hayden schüttelte den Kopf, dann richtete er den Blick aus dem Fenster. »Ja ...« Ich wollte ihn gerade fragen, woran er dachte, als er sich zu mir umdrehte und sagte: »Ich liebe dich so sehr. Ich glaube, du bist das Beste, was mir je passiert ist.« Seine Worte und die Aufrichtigkeit, die aus ihnen klang, linderten meine Ängste. Vorübergehend.

Am Flughafen trennten sich unsere Wege. Hayden fuhr zu sich nach Hause, um neue Klamotten zu holen und um ein paar Dinge zu erledigen – Post und Rechnungen –, während ich zu mir nach Hause fuhr. Hayden verließ mit Keith zusammen die Gepäckausgabe. Es war immer noch überaus schwierig für mich, sie so vertraut miteinander zu sehen. Das würde es wahrscheinlich immer bleiben. Keith war einfach widerwärtig, aber Hayden hatte andere Erfahrungen mit ihm gemacht, und obwohl es ihm nicht gefiel, wie Keith mich behandelte, blickte er auch zu ihm auf. Ich schob alle Gedanken an den Mann, den ich verachtete, fort, nahm mein Gepäck, suchte meinen Truck und machte mich auf den Heimweg. Doch mein Kopf wollte einfach nicht zur Ruhe kommen, darum schaltete ich das Radio ein und fuhr die Fenster herunter. Lärm war gut. Er erstickte die Stimmen in meinem Kopf, beruhigte meine aufgewühlte Seele und ließ mich vergessen, dass sich in meiner Tasche eine Uniform befand, die auch in einen Stripclub gepasst hätte.

Als ich in der Auffahrt zu meinem Haus parkte, hörte ich die Countrymusik, die aus dem Radio plärrte, jedoch nicht mehr. Ich stand unter Schock, ich sah etwas, konnte es aber noch nicht begreifen. In meiner Auffahrt stand der riesige Transporter von meinem Vater, und auf dem Fahrersitz saß mein Dad und wartete auf mich. Mein Herz begann zu rasen. Hatte mein absonderlicher Job womöglich das Eis zwischen uns gebrochen? Würde er mir jetzt vergeben? Würde ich ihm vergeben? Er hatte meine Karriere zerstört, mich abgeschrieben und verstoßen, alles nur, weil ihm mein Freund nicht gefiel. Aber er war mein Vater, und ich würde ihm alles vergeben, nur um ihn wieder in meinem Leben zu haben. Ich war treu.

Ich parkte meinen Truck neben seinem, schaltete den Motor aus und konnte noch immer nicht fassen, dass er wirklich hier war. War ich im Flugzeug eingeschlafen und das war alles nur ein seltsamer Traum? Aber nein, als Dad aus seinem Truck ausstieg, wusste ich, dass das hier die Realität war. Den wütenden Zug um den Mund meines Vaters hätte ich mir nicht ausdenken können. Wenn es sich hier nicht um eine Eisschmelze handelte, dann musste es etwas sehr Schlimmes sein. Aber was konnte er mir schon noch antun? Als mir das klar wurde, stieg ich etwas entspannter aus dem Wagen. Das Schlimmste war vorüber.

»Dad ... was machst du hier?«, fragte ich, warf die Tür zu und ging ihm entgegen.

Dads Gesicht versteinerte, als er mich mit seinem Blick durchbohrte. Ich hob das Kinn und ließ mich nicht einschüchtern. »Ich habe dich im Fernsehen gesehen«, sagte er. Mein Magen krampfte sich zusammen, aber ich tat mein Bestes, um es mir nicht anmerken zu lassen. Dads Augen funkelten vor Abscheu. »Du sahst aus wie eine billige Hure, Mackenzie.«

Na bitte. Dad hielt wirklich keine Schläge zurück. Offenbar wollte er unbedingt sehen, dass ich zusammenbrach. Nun, heute würde er das nicht schaffen. »Es war der einzige Job, den ich bekommen konnte, Dad.« Ich legte den Kopf schief und fragte: »Regst du dich wirklich über das Outfit auf? Ist es nicht vielmehr der Name auf den Klamotten, der dich dermaßen aufbringt, dass du vor meiner Tür auf mich warten musst, um mir zu erklären, wie furchtbar ich ausgesehen habe?«

Dad wandte den Blick ab und wirkte aufgewühlt. Normalerweise hatte er seine Gefühle unter Kontrolle, doch wie Wasser, das aus einem undichten Wasserhahn tropft, sickerten die Gefühle durch seine Fassade. »Es ist nicht richtig, dass du für ihn arbeitest. Du gehörst nicht dorthin«, sagte er, und sein Blick sprang zu mir zurück. In seinem Gesicht und in seiner Stimme spiegelte sich seine Verletzung. Das machte ihn fertig. Mich auch.

Ich ging einen Schritt auf ihn zu und stieß hervor: »Ich weiß! Ich gehöre auf ein Motorrad, ich sollte für ein Team fahren, das mich versteht und mich unterstützt. Aber das hast *du* mir genommen!« Ich konnte mich nicht beherrschen und stieß ihn gegen die Schulter.

Dad blickte auf die Stelle, an der ich ihn berührt hatte, und als er mir wieder in die Augen sah, war der stoische Ausdruck in sein Gesicht zurückgekehrt. »Ich habe getan, was ich tun musste, um dir zu zeigen, was für einen Riesenfehler du begehst. Als Vater muss man so etwas manchmal tun. Aber nicht ein einziges Mal wollte ich dich absichtlich verletzen.« Er hob den Arm und deutete in Richtung der Trainingsstrecke. »Aber indem du einen Job bei *ihm* angenommen hast, wolltest du *mich* ganz bewusst verletzen. Deine Mutter wäre entsetzt«, fuhr er fort und ließ den Arm sinken. »Wenn sie die Krankheit nicht schon so früh ins Grab gebracht hätte, hättest du das jetzt mit deinem Verrat geschafft.«

Seine Worte trafen mich so tief, dass ich das Gefühl hatte zu bluten. Meine Beine zitterten. »Das ist nicht fair. Ich habe den Job nur angenommen, weil du … du mir keine Wahl …« Meine Stimme bebte, dann schluckte ich meine Gefühle hinunter.

Ich konnte nicht glauben, was er gerade zu mir gesagt

hatte. Es war nicht nur gemein, das war grausam. Die Wut verlieh meiner Stimme neue Kraft. »Es tut mir leid, dass du Cox Racing verloren hast, Dad. Es tut mir leid, dass du am Ende das Gebäude an Keith verlieren wirst. Und es tut mir wirklich leid, dass du Hayden nicht magst. Aber nichts von alledem sollte *unsere* Beziehung beeinflussen, es sollte nicht unsere Familie zerstören! Abgesehen von meinem Job, abgesehen von dem Mann, mit dem ich lebe ... bin ich dein Fleisch und Blut! Und Blut sollte wichtiger sein als dieser ganze Mist!«

Bei meinem Ausbruch hob Dad nur eine Braue, doch diese kleine Geste sprach Bände. »Genau, Mackenzie. Blut sollte wichtiger sein.« Zorn flammte in mir auf, als wir einander anstarrten. Er blieb ruhig und gelassen, während ich keuchte, als hätte ich gerade einen Marathon hinter mir.

Mit diesen letzten Worten wandte sich mein Vater um und stieg in seinen Truck. Sprachlos vor Empörung sah ich zu, wie er aus der Einfahrt zurücksetzte. Bei seinem Anblick hätte man nicht vermutet, dass er mir gerade verbal ins Gesicht geschlagen hatte. Keith hatte ihn manipulierend, rachsüchtig und kalt genannt, und nicht in einer Million Jahren hätte ich gedacht, dass ich diesem Mann jemals zustimmen würde, aber in diesem Fall ... Herrgott, Keith hatte recht. Mein Vater trieb es deutlich zu weit.

Kapitel 9

Hayden

Es war ein merkwürdiges Wochenende voller Höhen und Tiefen gewesen. Und dazu hatte Keith nicht unwesentlich beigetragen. Mir war klar, dass er Felicia und mich der Welt als Paar präsentieren wollte, aber war das wirklich wichtig? Unsere Rennen würden für sich sprechen. Und diese blöde Uniform, die er Kenzie zu tragen zwang ... Mann, ich war ziemlich sauer, dass er jemanden von ihrem Kaliber und Talent zu einer albernen Hostess degradierte. Sie hätte in der Boxenmannschaft mitarbeiten, für ihn die Pressearbeit erledigen oder die verdammte Security verstärken können. Er hätte ihr Hunderte von Jobs geben können, und ich würde ihn damit nicht davonkommen lassen.

Vor dem Flughafengebäude wartete Keith' Fahrer auf uns. Auf dem Weg zu dem eleganten, überdimensional großen SUV wandte ich mich an Keith: »Wir müssen über Kenzie reden. Dieser Job, den du ihr gegeben hast, ist völlig ...«

Keith hob eine Hand und unterbrach mich. »Merk dir, was du sagen wolltest.« Er reichte dem Fahrer seine Tasche und erklärte ihm: »Wir nehmen noch jemanden mit, Tom.«

Mit zusammengezogenen Brauen fragte ich törichterweise: »Wen?« Ich hatte das Wort noch nicht ganz ausgesprochen, da sah ich Felicia mit ihrem Rollkoffer aus dem Flughafen schlendern. Na, das hätte ich mir ja denken können.

Ich drehte mich zu Keith, der mit süffisantem Lächeln beobachtete, wie sein neuer Schützling auf ihn zukam. »Ich nehme mir ein Taxi.«

Keith' Blick zuckte zu mir nach oben. Er war fast einen Kopf kleiner als ich. »Das wirst du nicht tun. Wenn du weiter für mich fahren willst, steigst du in den Wagen. Wir haben einiges zu besprechen.«

Vor Wut kochend starrte ich ihn an. Er konnte mich auf die schwarze Liste setzen, genau wie Jordan es mit Kenzie getan hatte. Für ihn wäre es sogar noch leichter. Er brauchte den Leuten nur zu erzählen, wo er mich aufgegabelt hatte – das Gerücht sozusagen bestätigen –, und zu verbreiten, dass ich dieses Leben nicht aufgegeben hätte. Niemand würde das Risiko eingehen, einen Fahrer einzustellen, der womöglich in illegale Machenschaften verwickelt war, die zu seinem Ausschluss vom Sport führen konnten. Ich war ein Hochrisikofahrer, und deshalb war Keith meine einzige Chance. Verdammt.

Ich wandte ihm und Felicia den Rücken zu, warf meine Tasche hinten in den SUV und sprang hinein. Vielleicht musste ich mit ihnen nach Hause fahren, aber ich musste nicht freundlich sein. Als er zum Beifahrersitz humpelte, starrte Keith mich gereizt an, doch das war mir egal. Wenn er sich wie mein Vater verhielt, führte ich mich eben wie der bockige Sohn auf.

Als Felicia am Auto eintraf, reichte sie dem Fahrer ihren Koffer, dann stieg sie zu mir auf die Rückbank. Ein ungewohnt schüchternes Lächeln lag auf ihrem Gesicht, als sie so weit wie möglich zu mir herüberrutschte. Sie roch nach Jasmin, nach einem Parfum, das sie oft getragen hatte, als wir zusammen waren. Es versetzte mich in jene Zeit zurück und machte es mir schwer zu glauben, dass sich alles zwischen uns geändert hatte. Manchmal fühlte es sich viel zu vertraut an, in ihrer Nähe zu sein. Um etwas Platz zwischen uns zu bringen, rutschte ich näher ans Fenster.

»Hey, Hayden. Du bist ein tolles Rennen gefahren«, murmelte sie mit weicher Stimme, die wie Samt über nackte Haut glitt. Ich schluckte und ignorierte sie. Sie wiederholte nur etwas, das sie mir bereits gesagt hatte.

Der Fahrer startete den Wagen und fuhr los, und Keith drehte sich in seinem Sitz zu uns um. »Meine zwei Stars ... ganz schön scharf. Ihr seht gut zusammen aus.«

Das riss mich aus meinen Gedanken. »Wir sind nicht zusammen, Keith. Nicht mehr.«

Keith winkte ab, als habe diese Tatsache keine Bedeutung. Ich wollte unbedingt mit Keith darüber reden, dass er Kenzie einen so erniedrigenden Job gegeben hatte, aber vor Felicia würde ich das Thema keinesfalls ansprechen. Kenzies Schwierigkeiten gingen sie nichts an.

Keith wandte seine Aufmerksamkeit Felicia zu. »Es war super, wie du dich in das Interview eingeschaltet hast. Das wird ständig im Fernsehen gezeigt. Ihr bekommt mehr Aufmerksamkeit als dieses Weichei, das das Rennen gewonnen hat. Weiter so.« Er drehte sich wieder nach vorn, das Gespräch war ganz offensichtlich zu Ende. Das war alles? Das hätte er uns auch auf dem Bürgersteig sagen können. Und ich fand überhaupt nicht, dass Myles ein Weichei war. Ich würde ihn allerdings nicht vor Keith in Schutz nehmen. Das war die schnellste Methode, sich unbeliebt zu machen.

Kopfschüttelnd richtete ich den Blick wieder aus dem Fenster. Unglaublich. Keith wollte nur, dass Felicia und ich zusammen auf der Rückbank saßen. Als ob wir wieder zusammenkämen, wenn er uns beaufsichtigte. Nicht dass wir jemals wieder zusammenkämen. Doch als ich das dachte, spürte ich, wie Felicias Finger über meinen Schenkel strichen. Ich zog ihn weg, doch ich war bereits an die Tür gequetscht ... ich konnte nicht noch weiter von ihr abrücken.

»Es tut mir ... so leid wegen der Nachrichten vorhin. Flüge machen mich nervös.«

Widerwillig linste ich zu ihr hinüber. Quatsch. Dem Mädchen, das ich kannte, hatte nichts Angst einjagen können. Damals war sie furchtlos gewesen, geradezu leichtsinnig. Ich konnte nur schwer glauben, dass sie sich so sehr verändert haben sollte, dass ihr ein Flugzeug jetzt eine Heidenangst einjagte. Sie spielte mit mir, genau wie Keith.

Ich wandte mich wieder zum Fenster und beachtete sie nicht, doch genauso, wie sie mich dennoch unbeirrt mit Nachrichten bombardierte, plauderte sie nun einfach weiter. »Weiß Kenzie, dass wir so miteinander in Kontakt stehen? Weiß sie, dass wir uns fast jeden Tag Nachrichten schicken?«

Keith beobachtete uns über den Rückspiegel, und mir war klar, dass er jedes Wort hörte. Ich richtete den Blick wieder auf sie und stieß hervor: »Wir haben keinen Kontakt. Du schreibst mir, aber ich antworte nicht. Ich will keinen Kontakt mit dir haben.«

Sie legte eine Hand auf meinen Schenkel. Es war mir angenehm und unangenehm zugleich. »Ein Mal hast du mir geantwortet«, schnurrte sie. Sie sprach es nicht aus, aber ich hörte deutlich die Worte: *Und du wirst mir wieder antworten.*

Ich schob ihre Hand von meinem Bein und drehte mich

erneut zum Fenster. »Das war ein Versehen, das wird nicht wieder vorkommen.«

Felicia schwieg, während sie ein winziges Stück von mir abrückte, aber ich spürte, dass sie lächelte. Sie glaubte mir nicht. Und das Traurige war, dass ich mir selbst nicht ganz glaubte.

Als wollte Keith, dass ich wusste, wo Felicia wohnte, setzten wir sie zuerst ab. Ich wollte nicht darauf achten, wo sie lebte, sah aber dennoch unwillkürlich hin. Es war ein kleines Haus, das dem von Kenzie seltsam ähnlich war. Wollte mich das Schicksal fertigmachen?

Auf bewusst langsame, verführerische Weise löste Felicia die übergeschlagenen Beine und wartete darauf, dass der Fahrer ihr die Tür öffnete. Dann blickte sie zu mir. »Ich hoffe, du sprichst bald mit Izzy. Und dass du mir dann auf meine Nachrichten antwortest. Wir sind ein gutes Paar, Hayden.«

Ich starrte stur geradeaus und schluckte den Kloß hinunter, der sich plötzlich in meinem Hals gebildet hatte. Nein, wir waren einmal ein tolles Paar gewesen. Aber das war an dem Tag vorbei, an dem sie mich hatte sitzen lassen.

Als ich schwieg, seufzte Felicia, dann stieg sie aus dem Wagen und schlug die Tür zu. Kurz darauf fuhren wir weiter. Ich sollte die Gelegenheit nutzen, mit Keith über Kenzie zu reden, aber irgendwie konnte ich nicht. Mit diesem verdammten Brocken in meiner Kehle bekam ich kein Wort heraus.

Als wir wieder zu Hause waren, schoss ich aus dem Wagen, schnappte mir meine Tasche und floh in meine Wohnung über Keith' Garage. Ich wollte nur allein sein. Doch allein zu sein nutzte nichts gegen meine rasenden Gedanken. Um zur Ruhe zu kommen, duschte ich ausgiebig, doch das Einzige, was dabei herauskam, war saubere Haut.

Kenzie und ich hatten nicht verabredet, dass ich an jenem Abend noch zu ihr käme, und irgendwie hatte ich das Gefühl, ich sollte erst einen klaren Kopf bekommen, bevor ich sie sah. Darum legte ich mich aufs Bett und starrte an die Decke. Während ich dalag und versuchte, meine Gedanken zu ordnen, beschäftigte mich unablässig die Frage, ob ich Kenzie erzählen sollte, dass Felicia mit Keith und mir nach Hause gefahren war. Und dass sie mir Nachrichten schickte. Und dass sie wieder mit mir zusammen sein wollte. Ich war mir sicher, dass Kenzie den letzten Teil wegen der blöden Party und des verfluchten Interviews ohnehin schon wusste. Doch von den anderen Sachen ahnte sie nichts, und ich konnte mir nicht vorstellen, dass es die Sache verbesserte, *wenn* sie es wüsste.

Ich gab den Versuch, mich zu entspannen, auf, schaltete den Fernseher ein und zappte zu ESPN. Genau wie Keith gesagt hatte, lief dort das Interview, in das Felicia hineingeplatzt war. Es wurde auch der Kuss von der Party dazwischengeschnitten. Geschickterweise zeigte man nicht den Teil, in dem ich sie fortgestoßen hatte. Für Außenstehende sah es so aus, als wären Felicia und ich Teamkollegen *und* ein Liebespaar ... super für die Einschaltquote. Gott, ich hoffte, dass Kenzie das nicht gesehen hatte. Das würde sie nur noch mehr aufwühlen.

Als ich den Fernseher schließlich ausschaltete, war es draußen dunkel. Die Sonne war vor Stunden untergegangen, und ich hatte es noch nicht einmal bemerkt. Es kam mir etwas seltsam vor, dass ich keinen Piep von Kenzie gehört hatte. War sie gut nach Hause gekommen? Ich schnappte mir das Smartphone und sah nach, ob mir eine Nachricht von ihr entgangen war, aber nein. Ein bisschen besorgt rief ich sie an.

Eine verschlafene Stimme drang an mein Ohr. »Hallo?«

»Hey ... ist alles okay? Du klingst komisch.«

Sie seufzte, und das Geräusch elektrisierte mich. Sie fehlte mir. »Ja, mir geht's gut ... war nur ein harter Abend.«

Beunruhigt setzte ich mich auf dem Bett auf. »Warum? Was ist passiert?«

»Als ich nach Hause kam, war mein Vater hier. Er hat mir erklärt ... Er hat einfach das typische Arschloch raushängen lassen.« Ihre Stimme zitterte, und Wut stieg in mir auf. Warum waren unsere beiden »Vaterfiguren« in letzter Zeit nur solche Idioten?

»Herrje, Kenzie ... das tut mir leid. Warum hast du mich nicht angerufen?«

Sie antwortete nicht gleich, und meine Nerven gebärdeten sich wie wilde Tiere. Verheimlichte sie mir auch etwas?

»Ich ... Nikki ist meine beste Freundin ... Ich ... ich hab sie einfach angerufen, ohne darüber nachzudenken. Sie ist vorbeigekommen, und wir haben den ganzen Abend geredet, gelacht und getratscht. Es tut mir leid, aber nachdem sie gegangen war, ging es mir besser und ich ... ich hab einfach nicht daran gedacht, dich anzurufen.«

Es fühlte sich an, als hätte sie mir in den Magen geschlagen und mir die Eingeweide herausgerissen. Sie hatte nicht daran gedacht, mich anzurufen? Ich war ihr Freund, ihr Fels ... Sollte ich nicht der Erste sein, den sie anrief? Andererseits waren wir am Flughafen etwas merkwürdig auseinandergegangen. Felicia hatte mir im Flugzeug Nachrichten geschickt, und ich hatte Kenzie deshalb angelogen. Schon wieder. Doch diesmal hatte sie mich darauf angesprochen, und ich hatte keine gute Erklärung parat gehabt. Ich war ein Idiot, und ich verdiente es, dass sie nicht als Erstes an mich dachte.

»Schon okay. Nikki ist deine beste Freundin, das verstehe ich. Kann ich denn jetzt vorbeikommen? Ich würde dich gerne sehen.« Ich hatte eine Menge wiedergutzumachen.

Ich hörte das Lächeln in Kenzies Stimme, als sie erwiderte: »Ja, klar.«

Gott sei Dank. Solange sie mich noch sehen wollte, konnte alles wieder werden.

Ich legte die Strecke bis zu Kenzie in Rekordzeit zurück, und unterwegs fiel mir noch etwas ein, was sie sicher aufmuntern würde. Als ich bei ihr klingelte, war ich so aufgeregt, dass ich ganz vergaß, sie mit einem Weihnachtslied zu ärgern.

Als sie die Tür öffnete, sah sie mitgenommen, aber auch glücklich aus. Ich zog sie an mich, atmete ihren frischen Lavendelduft ein und umarmte sie fest. Als wir voneinander abrückten, sagte ich: »Schnapp dir dein Bike, dein *gutes* Bike, und komm mit.«

Sie hob fragend eine Braue. »Warum? Wohin fahren wir?«

Lächelnd erklärte ich: »Wir machen etwas, was wir schon längst hätten tun sollen.«

Als sie ins Haus ging, um ihre Jacke zu holen, wirkte Kenzie verwirrt und neugierig, aber sie lächelte. Teil eins der Aufmunterungsaktion war gelungen. Jetzt folgte der zweite Teil.

Kenzie öffnete das Garagentor und ging zu ihren Ducatis. Beide waren von einer dünnen Staubschicht überzogen, ein äußerst trauriges Zeichen. Ich machte mir Vorwürfe, dass ich sie nicht schon längst dorthin mitgenommen hatte, wohin ich jetzt mit ihr fahren wollte. Ich hätte nie damit aufhören sollen.

An der Wand neben Kenzies Motorrädern hing ihre alte

Lederkombi von Cox Racing. Ich zeigte darauf und sagte: »Nimm die auch mit. Die brauchst du.«

Kenzie warf mir einen ungläubigen Blick zu, doch sie riss sie von der Wand und stopfte sie in einen Rucksack. »Was hast du vor, Hayes?«, murmelte sie.

»Das wirst du schon sehen«, antwortete ich.

Ein paar Minuten später waren wir auf der Straße und fuhren zu einem Ort, den wir beide nur zu gut kannten – den Ort, an dem unsere Liebesgeschichte ihren Anfang genommen hatte. Als wir vor dem Tor zur Trainingsstrecke hielten, klappte Kenzie ihr Visier nach oben. Mit großen Augen sah sie mich ungläubig an.

Lachend sagte ich: »Auch wenn du nicht für ein Team fährst, gibt es keinen Grund, warum wir nicht weiterhin zusammen trainieren sollten. Heimlich. Genau wie früher ...«

Ihre Augen waren von Gefühlen verschleiert, als sie mir zunickte. Es fühlte sich so gut an, sie ausnahmsweise richtig glücklich zu machen. In Hochstimmung schob ich meine Schlüsselkarte in den Schlitz und gab den Code ein. Ich öffnete das Schloss zu dem inneren Tor, um uns auf das Gelände zu lassen, dann die Tür zur Benneti-Garage, damit wir uns umziehen konnten.

Kenzie zog sich mitten in der Garage um und stieg in ihre Lederkombi, was mich derart faszinierte, dass ich mich nicht rühren konnte, bis sie vollständig angezogen war. Sie musterte mich lachend. »Fährst du in Jeans?«

Fast hätte ich geantwortet, dass ich nackt fahren würde, wenn sie wollte. Gott ... Kenzie nackt auf einem Bike. Wenn ich das jemals zu sehen bekam, würde es mich tagelang verfolgen.

Nachdem ich mich schließlich auch umgezogen und meine Rennmaschine geholt hatte, schalteten wir das Licht ein und fuhren zum Eingang der Rennstrecke. Ich holte tief Luft und ließ den Sauerstoff sowie Erinnerungen auf mich einwirken. Hier war spätnachts so viel zwischen Kenzie und mir passiert, dass mir die Strecke im Mondlicht wie eine ganz andere vorkam. Wie ein ganz besonderer Ort, der nur uns gehörte.

Ich ließ den Motor aufheulen und blickte zu Kenzie hinüber. »Fang mich doch, Cox.«

Ich klappte das Visier herunter und gab sofort Gas, doch Kenzie war schneller und fuhr einen Atemzug vor mir auf die Bahn. *Das ist mein Mädchen.*

Wir drehten unzählige Runden und sausten über die Strecke. Ohne Punkte zu zählen, ohne auf die Zeit zu achten, wir fuhren nicht des Stolzes wegen oder für unser Team – wir hatten einfach nur Spaß. Als wir schließlich hielten, wusste ich, dass Kenzie voller Adrenalin war. Sie zog den Helm ab und warf ihn nachlässig auf den Boden. Ich nahm meinen ebenfalls ab und stellte ihn auf den Boden, damit ich sie uneingeschränkt bewundern konnte.

Sie strahlte über das ganze Gesicht. »Das war toll, Hayden. Genau das habe ich gebraucht, das hat mir gefehlt, schon so ...«

Ihre Worte verhallten, und sie sah mich mit großen Augen an, dann sprang sie von ihrem Bike und stürmte zu mir hin. Ich war mir nicht sicher, was sie vorhatte, und verspannte mich kurz. Doch dann legte sie die Hände um meinen Nacken und presste ihre Lippen auf meine, und ich stöhnte erfreut auf. Ihr Kuss war voller Leidenschaft, ungezügelt. Er setzte alles in mir in Flammen. *Oh ja.*

Während sie mich hemmungslos küsste, spürte ich, wie sie an etwas zog. Als ich einen kurzen Blick riskierte, sah ich, dass sie den Reißverschluss ihrer Lederkombi öffnete. Meine Güte, was machte sie? Sie hatte ihre Jacke ausgezogen und ehe ich den Kuss lange genug unterbrechen konnte, um sie zu fragen, machte sie sich schon an ihrer Hose zu schaffen.

»Kenzie«, keuchte ich. »Was tust du ...?«

Sie rückte von mir ab und musterte mich mit feurigem Blick. »Ich will dich. Gleich hier.«

Ich blickte mich um, wir befanden uns draußen, am Eingang zur Trainingsstrecke, wo die Strahler uns in helles Licht tauchten. Wow, sie hier zu nehmen war fast, als würde ich sie in aller Öffentlichkeit nehmen. Sofort wurde ich hart und pulsierte vor Verlangen.

Ich hob ein Bein und wollte von meinem Bike steigen, doch sie schüttelte den Kopf. »Nein ... bleib so.«

Herrgott, ich wollte immer schon mal Sex auf einem Motorrad haben. Ich wusste gar nicht, ob das überhaupt ging, aber ich wollte es nur zu gern versuchen. Mit einem verführerischen Lächeln zog Kenzie sich langsam aus. Als sie nur noch BH und Slip anhatte, griff ich nach meiner Hose. Frei ... ich musste frei sein.

Sie streckte die Hand aus, um mir zu helfen, und als sie mich mit den Fingern streifte, sog ich lautstark die Luft ein. Wie ich sie begehrte. Es erforderte einige Anstrengung, mich aus meiner Lederhose zu pellen – ich war mir ziemlich sicher, dass sie eingerissen war –, doch schließlich war ich frei und für alle Welt deutlich zu sehen. Kenzie lächelte, dann beugte sie sich vor und schloss die Lippen um die Spitze meiner festen Rute. Gottverdammt, sie fühlte sich so gut an, allein schon bei dieser zarten Berührung hatte ich das Gefühl, gleich zu kommen.

Sie stöhnte an meinem Schwanz, während sie ihn weiter in den Mund sog, und ich suchte Halt am Lenker. »Ja, Kenzie«, raunte ich. »Ich will dich jetzt.« Ich wollte in ihr sein.

Sie schlüpfte aus BH und Slip und setzte sich rittlings mir gegenüber auf das Bike. Es dauerte einen Moment, bis wir die richtige Position fanden, doch als ihre Beine bequem über meinen lagen, ihre Brust erfreulich nah vor meinem Gesicht, setzte sie sich vorsichtig auf mich. Es raubte mir den Atem, so tief in ihr zu sein, und ich konnte nur stöhnen, während ich mich zugleich bemühte, das Gleichgewicht nicht zu verlieren. *Wow!*

Sie saß so auf meinem Schoß, dass sie mit den Füßen gerade an die Pedale heranreichte, schob sich ein Stück nach oben und löste die Hüften von meinen. Sie hatte die komplette Kontrolle. Ich konnte nichts tun, ich konnte nur dafür sorgen, dass wir nicht umfielen, und ich fand es wundervoll. Ich liebte es, wenn sie mich derart in Besitz nahm. Als sie den Körper wieder absenkte und ihre Hüften auf meine trafen, zeichnete sich auf ihrem Gesicht eine Mischung aus Euphorie und Konzentration ab. Ihre Bewegung fühlte sich so verdammt gut an, dass die Gefühle in mir explodierten und nach mehr verlangten.

Sie presste ihre Brust an mich und stieß mit den Hüften zu, dankbar nahm ich einen Nippel in den Mund. Ich musste mich ablenken, sonst würde dies der kürzeste Sex aller Zeiten. Als ich ihre empfindliche Haut reizte, ließ Kenzie mit einem lauten Schrei, der über das leere Gelände hallte, den Kopf in den Nacken sinken. Das Geräusch machte mir wieder bewusst, wo wir uns befanden. Nie mehr würde ich das

Gelände mit denselben Augen sehen, und das machte diesen Moment noch faszinierender.

Als sie immer kräftiger gegen meine Hüften stieß, musste ich mich fester an den Lenker klammern. Im Rhythmus mit unserem vernehmlichen Atmen quietschte das Bike unter uns. Mehr als einmal verlor ich den Halt auf dem plötzlich sehr uneben wirkenden Boden und geriet beinahe aus dem Gleichgewicht, doch als sich die Anspannung weiter verstärkte, hörte ich auf, darüber nachzudenken. Wenn wir umfielen, war es mir egal – ich war ganz kurz davor, und sie auch. Keuchend und mit zitternden Beinen verlieh sie ihrem Verlangen nach mir mit lustvollen Lauten und Schreien Ausdruck. Ich drückte meinen Kopf an ihre Brust, mein eigener Atem ging schnell und stoßweise. *Gleich komme ich ...*

Als ich schon fast keine Kraft mehr hatte, spürte ich, wie sich die Welle aufbaute, die mich bebend vor Glück zurücklassen würde. Kenzie ritt mich härter und stöhnte meinen Namen – sie spürte es auch. Eine Sekunde später kam sie und klammerte sich an mich. Mit einem lustvollen Schrei erreichte ich direkt nach ihr den Höhepunkt. Das Bike unter uns bebte und schaukelte, aber irgendwie gelang es mir, es zu halten.

Völlig erschöpft ließ sich Kenzie auf mich sinken. Ich verlor die Kontrolle, und die Maschine neigte sich zur Seite, doch sofort setzte ich meine tauben Füße um und fing sie auf. Noch keuchend blickte ich zu ihr auf. »Meine Güte, Kenzie ... das war ... Herrgott ...«

Sie kicherte. »Ich weiß. Ich liebe dich, Hayden. Danke.«

Ich wusste, dass sie das mitternächtliche Rennen meinte, aber ehrlich gesagt, hatte ich das Gefühl, mich bei ihr dafür bedanken zu müssen. Sie hatte meinen Traum wahr werden lassen. Doch stattdessen legte ich die Arme um sie und flüsterte: »Es war mir ein Vergnügen, Kenzie. Ich würde alles für dich tun.«

Als wir erschöpft und befriedigt in Kenzies Bett lagen, dachte ich darüber nach, was ich ihr auf der Strecke versprochen hatte. Ich *würde* alles für sie tun, und es war an der Zeit, dass ich damit anfing. Sie brauchte einen Verteidiger. Jemanden, der sich dort für sie einsetzte, wo sie nicht weiterkam, und dieser Verteidiger musste ich sein. Es wurde Zeit, dass ich meine Stimme nutzte. Zeit, dass ich mit ihrem Vater sprach.

Am nächsten Morgen fuhr ich anstatt zum Trainingsgelände zum Haus von Jordan Cox. Ich war noch nie dort gewesen, aber zu meinem Glück war Kenzie ein bisschen altmodisch. Unter dem Telefon in der Küche bewahrte sie ein Adressbuch auf, und darin hatte ich Jordans Adresse gefunden.

Als ich die Einfahrt erreichte, die zu Jordans Haus führte, fragte ich mich, was ich ihm eigentlich sagen wollte. Vielleicht hätte ich mir konkrete Argumente überlegen sollen, bevor ich herkam. Am liebsten hätte ich ihm gesagt, dass er aufhören sollte, sich wie ein Arsch zu benehmen. Er sollte seiner Tochter einen anständigen Job besorgen und die Familie davon überzeugen, wieder mit Kenzie zu reden. Mir war jedoch klar, dass mich eine derart direkte Konfrontation nicht weiterbringen würde. Ich musste … nett sein.

Als ich eintraf, stand Jordans Truck vor dem Farmhaus. Ich parkte mein Motorrad daneben, atmete tief ein, dann schaltete ich den Motor aus und bereitete mich auf das Kommende vor. Ich stieg von meinem Bike, nahm den Helm ab und hängte ihn an den Lenker. Mit Blick auf das stoßfeste Material überlegte ich, ob ich ihn aufbehalten sollte. Ein Kopfschutz konnte praktisch sein, wenn Jordan wieder gewalttätig wurde. Nein, dazu würde es nicht kommen. Hoffentlich nicht.

Ich dachte an Kenzie, wappnete mich mit so viel Selbstvertrauen wie möglich und schritt zu Jordans Tür. Ich klopfte, dann klingelte ich zweimal. Ich wollte es gerade wiederholen, hielt mich jedoch im letzten Moment zurück. Ihn zu verärgern, bevor er überhaupt wusste, wer vor der Tür stand, war kein guter Plan.

Ich hörte schlurfende Schritte, dann wurde die Tür einen Spalt breit geöffnet. Als Jordans Gesicht in dem schmalen Zwischenraum erschien, straffte ich automatisch die Schultern. Ein angespanntes Gefühl vibrierte auf meiner Haut und erinnerte mich an die Auseinandersetzung mit einem schlechten Verlierer nach einem harten Rennen. Ich war bereits im Kampf-oder-Flucht-Modus, mit starker Tendenz zu Kampf, und bemühte mich herunterzukommen, was beim Anblick von Jordans wütendem Gesichtsausdruck allerdings unmöglich war.

»Was zum Teufel machst du hier?«

Ich hoffte, dass meine Stimme fest klang und entgegnete unbewegt seinen stählernen Blick. »Ich bin wegen Kenzie hier. Was Sie ihr antun, ist nicht richtig. Sie hat etwas Besseres verdient, Jordan.«

Wahrscheinlich waren das die falschen Worte. Die Haustür flog auf, und Jordan trat zu mir auf die Veranda. »Und zwar dich? Bist du etwa etwas Besseres?«

»Das habe ich nicht gesagt«, erwiderte ich und hob vorsichtig abwehrend die Hände. Ich atmete ein und wusste, dass ich das schnell richtigstellen musste, bevor es zu spät war. »Sie wissen doch, was Kenzie jetzt für einen Job hat. Sie hat mir erzählt, dass Sie bei ihr waren. Ich hoffe ... ich wollte Sie fragen, ob Sie nicht jemanden bitten könnten, der Ihnen noch einen Gefallen schuldet, ihr einen Job als Fahrerin zu geben. Damit sie diesen Mist aufgeben kann. Bis zur Road America bleibt ihr noch genug Zeit fürs Training. Dann könnte sie ihren Weg weitergehen. Sie sollte Rennen fahren, Jordan. Das liegt ihr im Blut.«

In meiner Stimme lag ein flehender Unterton, doch das war mir egal, ich hoffte nur, er erreichte Jordan. Kenzie brauchte das. Doch Jordans Blick verfinsterte sich nur noch mehr, seine blaugrauen Augen wirkten eine Spur härter. »Mackenzie hat sich entschieden, nun muss sie mit der Entscheidung leben. Ich werde ihr nicht helfen, nur weil sie mit ihrer Entscheidung unglücklich ist.«

Jetzt konnte ich meine Wut nicht mehr beherrschen. »Sie ist unglücklich wegen *Ihrer* Entscheidung. *Sie* haben sie auf die schwarze Liste gesetzt. Ohne Ihre Einmischung würde sie jetzt noch Rennen fahren.«

»Dasselbe könnte ich von dir und deiner Einmischung behaupten«, stellte er mit eisiger Stimme fest.

Ich warf die Hände in die Luft. »Wie können Sie nur so ein Arschloch sein? Sie ist Ihre Tochter!«

Er trat einen Schritt auf mich zu, sodass sich unsere Zehen fast berührten, und die Lust zuzuschlagen ließ mich rot sehen. »Denkst du, das weiß ich nicht?«, zischte er. »Es macht mich fertig zuzusehen, wie sie alles wegwirft ... für dich. Du bist ihrer nicht wert.«

Das weiß ich. Die Wut ließ beinahe meine Sicherung durchbrennen und trieb mich zur Gewalt. Doch ich würde jetzt keine Prügelei anfangen. Das würde Kenzie mir niemals verzeihen. Doch wenn Jordan es so weit trieb, würde ich mich wehren. »Wollen Sie mich wieder schlagen, alter Mann?«

Bei meinen Worten wich Jordan einen Schritt zurück. Er schüttelte den Kopf, und die Wut in seinen Augen kühlte ab. »Nein«, sagte er ruhig. »Auch das sind Sie nicht wert.«

Ohne ein weiteres Wort drehte er sich um und ging zurück ins Haus. Leise schloss er die Tür hinter sich, und das ärgerte mich nur noch mehr. Er schickte mich fort, als wäre ich ein Nichts. Weniger als nichts. Mein Leben, in dem mich die Leute immer wie Dreck behandelt hatten, lief vor meinem inneren Auge ab. Ich hatte es so satt, von oben herab behandelt zu werden. Ich hatte gedacht, das würde sich ändern, wenn ich professionelle Rennen fuhr. Dass mir das ein bisschen Respekt verschaffte, aber offenbar nicht. Für einige würde ich nie gut genug sein.

Ich musste auf etwas einschlagen, musste irgendetwas zertrümmern. Aber es gab nichts außer meinem Helm. Ich nahm ihn und schleuderte ihn auf den Kies. Er schlitterte ein ganzes Stück und überschlug sich, lange Kratzer erschienen auf der schwarzen Schale und ließen ihn abgetragen aussehen. Na toll. Gottverdammt.

Ich ballte die Hände zu Fäusten und versuchte, mich zu beruhigen. Ich hatte gewusst, dass das Gespräch wahrscheinlich nicht gut verlaufen würde. Warum war ich überrascht? Ich hätte gern Kenzie angerufen und bei ihr Dampf abgelassen, aber das konnte ich nicht. Sie durfte nicht wissen, dass ich hinter ihrem Rücken zu ihrem Vater gefahren war. Dann wäre sie sauer. Wenn es um ihre Familie ging, wollte sie keine Hilfe, damit wollte sie allein zurechtkommen. Und sie wollte nicht, dass ich ein schlechtes Gewissen dessentwegen hatte, was sie für mich aufgegeben hatte. Doch das hatte ich, und egal, wie oft sie mir erklärte, ihr ginge es gut, ich wusste, dass das nicht stimmte. Und das war meine Schuld.

Das Telefon vibrierte in meiner Tasche. Ich holte es heraus, entsperrte den Bildschirm und sah eine neue Nachricht von Felicia. *Ich vermisse dich beim Training. Hoffentlich ist alles in Ordnung.*

Mir war klar, dass ich sie ignorieren sollte. Dass ich die Nachricht automatisch löschen und ihre Nummer blockieren sollte, aber ich war außer mir und musste mich irgendwie abreagieren. Und Felicia wusste genau, wie es sich anfühlte, von oben herab behandelt zu werden. Wir waren in derselben Gosse groß geworden. *Nicht wirklich. Es gibt schon echte Arschlöcher.*

Sobald ich auf Senden gedrückt hatte, fühlte ich mich schlecht. Mist. Das hätte ich nicht tun sollen. Ihre Antwort erfolgte umgehend. *Ich weiß. Willst du darüber reden?*

Ich schob das Telefon zurück in die Jackentasche und trat einen dicken Kieselstein fort. Scheiße. Jetzt dachte sie, ich wolle mit ihr reden. Das wollte ich nicht. Ich musste nur Dampf ablassen, das war alles.

Ich ging zu meinem Helm, hob ihn auf und untersuchte den Schaden. Er sah echt beschissen aus, total verkratzt. Ich setzte ihn auf, stürmte zu meinem Bike, startete es und fuhr so schnell davon, wie ich konnte. Ich hätte mir die Mühe sparen sollen, mit Jordan zu sprechen. Er würde niemals etwas anderes als Abschaum in mir sehen.

Als ich das Trainingsgelände erreichte, hatte sich meine Wut ein wenig abgekühlt. Da Felicia, bestärkt durch meine dumme Nachricht, wahrscheinlich nach mir Ausschau hielt, versuchte ich, mich möglichst unbemerkt nach oben zu schleichen. Als ich im Flur auf Keith stieß, kam mir eine neue Idee. Wenn ich Jordan nicht zur Vernunft bringen konnte, vielleicht hatte ich bei Keith ja mehr Glück.

»Hey, Keith, gut, dass ich dich treffe. Können wir uns kurz in deinem Büro unterhalten?«

Keith seufzte, als wüsste er, was ich ihn fragen wollte, dann deutete er den Flur hinunter. Sobald wir im Raum waren, schloss ich die Tür hinter uns. Für dieses Gespräch sollten wir unbedingt ungestört sein. Keith humpelte zu seinem Schreibtisch und setzte sich. »Was ist los, Hayes?«

Einen Moment lief ich vor dem Schreibtisch auf und ab und sammelte mich. Wenn ich das auch bei Jordan getan hätte, wäre die Situation vielleicht nicht dermaßen eskaliert. Als ich eine Win-win-Lösung vor mir sah, drehte ich mich zu ihm um. »Der Job, den du Kenzie gegeben hast, ist unter ihrem Niveau. Du vergeudest ihr Talent. Gib ihr einen Job, einen *richtigen* Job. Lass sie fahren.«

Keith stieß die Luft aus und setzte die Pilotenbrille ab. Er legte sie auf den Tisch und rieb sich das Gesicht, bevor er mir antwortete. »Ich habe keinen Fahrerjob für sie, Hayes. Ich habe ihr gegeben, was möglich war, und vielleicht ist es unter ihrem Niveau, aber es ist alles, was ich habe.« Aus schmalen Augen sah er mich an. »Und es gefällt mir nicht, wenn man mir sagt, was ich zu tun habe. Vergiss nicht, dass *du* für *mich* arbeitest.«

Ich schüttelte den Kopf. »Das habe ich nicht vergessen. Du hast mir alles gegeben, und dafür bin ich dir dankbarer, als du ahnst. Vielmehr bin ich dir so dankbar ... dass ich dir alles gebe, was du willst.«

Interessiert legte Keith den Kopf schief. Gut. »Wie meinst du das?«

Ich hielt die Luft an und betete, dass Kenzie mir vergeben würde. »Cox Racing. Du gibst Kenzie einen Job als Fahrer ... und ich besorge dir Jordans Seite der Strecke.« *Es tut mir leid, Kenzie. Das ist die einzige Möglichkeit.*

Keith riss überrascht die Augen auf, dann zog er sie wieder skeptisch zusammen. »Wie?«

Ich schenkte ihm mein charmantestes Lächeln. »Ich habe Mittel und Wege.«

Keith tippte mit den Fingern auf den Tisch. Es waren die längsten zehn Sekunden meines Lebens. Schließlich sagte er: »In Ordnung. Ich mache sie zu einer Fahrerin in meinem Team, *nachdem* du mir das Gelände besorgt hast. Du hast mein Wort.«

Mein Magen fühlte sich an, als hätte er mir ein Loch hineingeschlagen. Er würde ihr einen Fahrerjob geben, *nachdem* ich ihm das Gelände besorgt hatte? Diesen Teil des Plans hatte ich noch nicht ausgearbeitet. Doch ... wenn das nötig war, um Kenzie ihr Leben zurückzugeben, dann würde ich es irgendwie möglich machen. Ich brauchte allerdings eine Garantie. Ich verdankte Keith alles, aber das hieß nicht, dass ich ihm ganz und gar vertrauen konnte. Nicht, wenn es um Kenzie ging. »Bevor ich irgendetwas zustimme, will ich Sicherheiten.«

Keith musterte mich mit berechnendem Blick. »Was für Sicherheiten?«

Ich wusste, dass Keith das nicht gefallen würde, aber es schien mir die einzige Möglichkeit, hier zu gewinnen. »Wenn ich Jordan dazu bringe, mir das Gelände zu verkaufen, dann machst du mich zum Partner bei Benneti Motorsport.« Keith lachte auf, verstummte jedoch, als er merkte, dass es mir ernst war. Wenn ich an dem Geschäft beteiligt wäre, könnte er keinen Rückzieher machen und musste Kenzie einen Job geben. Ich würde ihn einfach umgehen. Ich hob die Hände und fügte hinzu:»Ich sage ja nicht, dass du mir fünfzig Prozent geben musst, aber ich will mitbestimmen, was hier passiert. *Maßgeblich* mitbestimmen.«

Keith' Blick wurde eiskalt.»Dazu wird es nur kommen, Junge, wenn du deinen Worten Taten folgen lässt. Niemand kriegt etwas umsonst. Du willst Teilhaber werden, dann besorg mir Jordans Seite des Geländes ... auf deine Kosten.«

Mir fiel die Kinnlade herunter.»Und wo genau soll ich so viel Geld herbekommen?«

Ein fröhliches Grinsen hellte Keith Miene auf.»Ich denke, du hast Mittel und Wege.«

Kapitel 10

Hayden

Völlig aufgewühlt verließ ich Keith' Büro. Wie zum Teufel sollte ich Jordans Anteil der Strecke kaufen? Mit den Straßenrennen hatte ich zwar gut verdient, aber das meiste Geld war an Izzy gegangen und inzwischen hatte ich nichts mehr mit jener Welt zu tun, sodass diese Quelle versiegt war. Ich verfügte über so gut wie keinerlei Ersparnisse und was ich besaß, bewahrte ich für alle Fälle für Izzy auf. Noch dazu hatte ich das kleine Problem, dass Jordan mir seinen Anteil an der Trainingsstrecke nicht freiwillig verkaufen würde. Er hasste mich fast so sehr wie er Keith hasste. Niemals würde er mir seinen Traum verkaufen. Aber … ein Schritt nach dem anderen.

Unten traf ich auf Nikki, die wie immer gut gelaunt war. Als sie mich entdeckte, blickte sie sich in der Werkstatt um, als sei ich aus dem Nichts aufgetaucht. Sie winkte mir zu und wollte mich gerade etwas fragen, als sich überraschend eine Stimme meldete, die ich nicht hören wollte. »Hayden … willst du jetzt reden? Deine Nachricht klang, als wärst du ziemlich wütend.«

Ich stand nur wenige Schritte von Nikki entfernt, deren

dunkelbraune Augen sich vor Überraschung weiteten. Sie konnte unmöglich überhört haben, was Felicia gesagt hatte. Toll. Mein Tag wurde immer besser.

Über die Schulter hinweg sagte ich zu Felicia: »Ich habe Nein gesagt, und ich meinte Nein. Alles okay, ich habe nichts mit dir zu besprechen.«

Ruhig und gelassen erwiderte Felicia: »In Ordnung, Hayden. Aber wenn du deine Meinung änderst, weißt du ja, wie du mich erreichst.«

Ich hörte, wie sie in die entgegengesetzte Richtung davonging, konnte den Blick aber nicht von Nikki lösen. Sie hatte unseren Wortwechsel verfolgt und die ganze Zeit zwischen Felicia und mir hin- und hergesehen. Sobald Felicia gegangen war, richtete sie den Blick auf mich. Ihre Augen funkelten derart wütend, dass ich es für besser hielt, mich zu verteidigen, bevor sie mich kreuzigte.

»Keith hat ihr meine Nummer gegeben. Sie schickt mir Nachrichten, und ich ignoriere sie. Aber heute Morgen ... der Morgen war einfach beschissen, und ich habe ihr irgendwie aus Versehen geantwortet. Ich flehe dich an, Kenzie nichts davon zu sagen.«

Der Ausdruck in Nikkis Augen wurde kalt, und ich wusste, dass ich durch die Bitte, sie möge etwas vor ihrer besten Freundin geheim halten, in ihrem Ansehen gesunken war. »Und warum sollte ich das tun?«, fragte sie.

Ich schloss die Augen und atmete tief ein. »Weil es fatal für uns wäre, wenn du es ihr erzählst. *Ich* muss es ihr sagen, nur so wird sie mir die Wahrheit glauben – nämlich, dass ich nicht damit angefangen habe und auch nicht damit weitermachen will.«

Nikki verschränkte die Arme, es war offensichtlich, dass

sie mir nicht glaubte. Na wunderbar. Wenn *sie* mir nicht glaubte, wie um alles in der Welt sollte Kenzie es dann tun? Ich sah ihr in die Augen und sagte: »Ich schwöre dir bei allem, was ich habe, und allem, was ich bin, dass ich nichts von Felicia will. Ich will mit Kenzie zusammen sein.«

Nikki sah mich noch einen Moment forschend an, dann nickte sie. »Ich lasse dir Zeit, es ihr zu erzählen, aber du solltest es ihr sagen.«

Vorübergehend erleichtert nickte ich. »Das mach ich. Versprochen.« *Wenn es richtig ist, wenn es sie nicht verletzt und wenn es ihr nicht das Gefühl gibt, ich hätte sie betrogen, dann sage ich es ihr.*

Nach dem Training holte ich Kenzie ab, und wir fuhren zum Abendessen zu Izzy. Um über Felicia zu reden. Mann, irgendwie konnte ich ihr heute nicht entkommen.

Als wir auf unseren Motorrädern Richtung Süden fuhren, spürte ich eine Distanz zwischen Kenzie und mir. Mein schlechtes Gewissen belastete mich. Es gab so viele kleine Geheimnisse, die Kenzie nicht gutheißen würde, und einige, die sie sogar richtig sauer machen würden. Ich durfte nicht zulassen, dass die Schuld uns auseinandertrieb, aber ich konnte nicht anders. Allein ihr Anblick erfüllte mich mit Scham. Sie hatte ihr ganzes Leben für mich aufgegeben, und ich belog sie, redete mit meiner Ex – wenn auch nur kurz – und erwog, ihrem Vater sein Eigentum wegzuschnappen. Jordan hatte recht ... ich war ihrer nicht wert. Eines Tages würde ihr das klar werden, und dann würde *ich* alles verlieren.

Kurz überlegte ich, ob ich einfach jetzt aussteigen und mir einigen Kummer ersparen sollte. Doch mir war natürlich klar, dass das mein Leid nicht lindern würde. Ich war so oder so am Arsch. Genau deshalb hatte ich mich nicht wieder verlieben wollen. Der Verlust war unausweichlich und niemals leicht. Je mehr man sich wünschte, etwas zu behalten, das man hatte, desto qualvoller war der unausweichliche Verlust. Sich an nichts und niemanden zu binden war die einzige Möglichkeit, Schmerz zu vermeiden. Wenn man nie einen Teppich erwarb, konnte er einem schließlich auch nicht unter den Füßen weggezogen werden.

Aber Gott ... allein zu sein war auch beschissen. Es musste doch irgendeinen Mittelweg geben, eine Möglichkeit, in diesem beschissenen Leben zu gewinnen und alles zu vereinen. Doch wenn es einen solchen Weg gab, hatte ich keine Ahnung, wie er aussah.

Als wir bei Izzy ankamen, sank meine Stimmung aus einem ganz anderen Grund. Izzy war genauso entschieden dagegen gewesen, Felicia wieder in ihr Leben zu lassen, wie ich. *Sie verdient uns nicht.* Das waren ihre Worte gewesen, nicht meine. Doch dann, nach nur einem Gespräch, hatte sie Felicia vergeben, sie im Stich gelassen zu haben – *uns* –, als wir sie am meisten gebraucht hatten. Und dann hatte sie ihr intime Dinge aus unserem Leben erzählt, die Felicia nichts angingen. Das ergab keinen Sinn.

Ich war so in Gedanken, dass ich gar nicht bemerkte, wie Kenzie meine Hand zu nehmen versuchte, bis sie mich am Handgelenk packte, um mich aufzuhalten. Betreten lächelte ich ihr zu und umschloss fest ihre Finger. Das Gefühl ihrer weichen Haut in meiner wirkte erstaunlich beruhigend auf mich und gab mir Kraft. Ich klopfte an Izzys Tür.

Als Izzy öffnete und mein Gesicht sah, verblasste ihr Lächeln. Sie stieß einen erschöpften Seufzer aus und hielt uns die Tür auf. »Kommt rein«, sagte sie.

Antonia kam aus ihrem Zimmer auf uns zugehüpft, und meine Laune hob sich. »Hey, Bücherwurm, du bist aus dem Gefängnis ausgebrochen. Gut für dich!« Ich ließ Kenzies Hand los und legte die Arme um Antonia. Sie strahlte mich an. Auch wenn sie noch an den Versorgungsschlauch angeschlossen war, sah sie deutlich besser aus. Allerdings war sie immer noch zu dünn. Ihr winziger Körper fühlte sich dermaßen zerbrechlich in meinen Armen an, als könnte ein starker Windstoß sie entzweibrechen.

»Onkel Hayden! Hast du mir einen Hund mitgebracht?«, fragte sie und ließ den Blick aus ihren dunklen Augen auf der Suche nach ihrem neuen Haustier im Raum umherstreifen.

Ein Schmerz schoss durch meine Brust. Bei allem, was in letzter Zeit in meinem Leben los war, hatte ich noch keine Zeit gefunden, mich darum zu kümmern. Das musste sich ändern. Ich stieß die Luft aus und schüttelte den Kopf. »Sorry, Kleine, daran arbeite ich noch.«

Noch immer nicht ganz von dem Welpenplan überzeugt warf Izzy mir einen gereizten Blick zu, allerdings nur kurz. »Wie ist das Rennen gelaufen?«, fragte sie. Sie spielte mit einem Ring an ihrem Finger, drehte ihn immer und immer wieder – eine nervöse Angewohnheit.

Mit einem Blick auf ihre Hände bemerkte ich schnippisch: »Ich glaube, das weißt du schon, Iz.«

Sie seufzte, dann warf sie die Hände hoch. »Ich kann es dir erklären, Hayden.«

Vor Wut kochend sah ich Izzy in die Augen. »Du hast mit Felicia gesprochen. Du hast ihr Dinge erzählt, die sie nichts angehen, Iz. Und du hast ihr *vergeben*? Nach allem, was sie ... uns angetan hat?« *Nach allem, was sie mir angetan hat.*

Kenzie verzog das Gesicht, und an ihrer Miene erkannte

ich, dass sie ahnte, was ich eigentlich dachte. Ein Spalt, der in meiner Brust klaffte, öffnete sich noch ein wenig mehr, während ich darüber nachsann, dass es vielleicht keine so gute Idee gewesen war, Kenzie mitzunehmen. Ich konnte meine Wut nicht beherrschen, und vielleicht würde sie das missverstehen. Doch hier ging es nicht um Felicia und mich, hier ging es eher um Izzy und mich. Wenn ich das nur oft genug dachte, würde ich es vielleicht tatsächlich selbst glauben.

»Warum hast du ihr nur vergeben?«, fragte ich. *Warum hast du mich verraten? Wir waren uns doch einig, was das angeht.*

Izzy richtete ihre Aufmerksamkeit auf ihre Tochter. »Zeit zu baden, Antonia. Bitte spring in die Wanne.« Antonia, die keine Lust hatte zu gehen, quengelte ihre Mutter an. Doch Izzy schnippte mit den Fingern in Richtung Bad, und schließlich schlurfte Antonia von dannen.

»Komm und setz dich, Hayden«, forderte Izzy mich sanft auf und deutete aufs Sofa.

Widerwillig stapfte ich ins Zimmer und setzte mich. Kenzie ließ sich neben mir nieder, während Izzy die Haustür schloss. »Wie konntest du das nur tun, Iz?«, stieß ich hervor, als sie zu uns kam. »Was hat sie nur gesagt, dass du ihr vier Jahre einfach so vergibst?«

Kenzie schien sich unwohl zu fühlen, irgendwie fehl am Platz. Ich war hin- und hergerissen zwischen dem Wunsch, es ihr angenehmer zu machen, und dem Verlangen, Izzy zu Antworten zu drängen. Izzy zögerte, dann legte sie mir sanft eine Hand aufs Knie. »Ich kann dir nicht sagen, warum ich ihr vergeben habe, aber ich habe es getan.«

Die Überraschung traf mich wie ein Blitz. »Das kannst du mir nicht sagen? Warum nicht verdammt?«

Zunächst wirkte ihre Miene angespannt und gereizt, dann stieß sie einen Seufzer aus, und ihre Gesichtszüge entspannten sich. »Weil es nicht an mir ist, dir das zu sagen, deshalb. Es ist Felicias Geschichte, und ich habe ihr versprochen, es ihr zu überlassen, es dir zu erzählen, wenn sie so weit ist.«

Ich wandte den Blick ab und spürte, wie mein Gesicht versteinerte. Sie hatte einen guten Grund, aber Felicia verdiente Izzys Loyalität nicht. Nicht mehr. »Egal, was Felicia sagt, es ändert nichts an der Tatsache, dass sie mich verlassen hat. Wir zwei waren ...« Mein Blick zuckte zu Kenzie, und ich verkniff es mir zu sagen, dass Felicia und ich drauf und dran gewesen waren zu heiraten. Das brauchte Kenzie nicht zu hören, sie musste nicht wissen, dass ich Felicias Ring immer noch ganz hinten in meinem Kleiderschrank aufbewahrte. Ich blickte wieder zu Izzy und sagte: »Sie ist abgehauen, und jetzt ist es einfach zu spät, Iz.«

Izzy lächelte mich traurig an, woraufhin sich mein Brustkorb anfühlte, als hätte sich jemand daraufgesetzt. »Ja, das habe ich auch gedacht, Hayden. Klar, für manche Dinge mag es zu spät sein, aber es ist nie zu spät, sich die andere Seite einer Geschichte anzuhören. Es ist nie zu spät, jemandem zuzuhören. Du solltest ihr eine Chance geben.«

Eine Chance? Niemals. Nicht in diesem Leben und womöglich auch nicht im nächsten. Izzy hob die Hände, als wollte sie einen wütenden Geist abwehren. »Okay, ich habe mich falsch ausgedrückt. Aber du solltest ihr zumindest zuhören.«

Ich hatte so gehofft, dass Felicia gelogen hatte, als sie sagte, Izzy habe ihr vergeben. Nachdem nun klar war, dass es stimmte, wusste ich nicht, was ich davon halten sollte. Es kam mir vor, als würde die Welt auf dem Kopf stehen, als wäre Norden auf einmal Süden. Ich hatte keine Ahnung, welche Richtung ich nehmen sollte.

Kenzie neben mir wurde unruhig und stieß einen leisen Seufzer aus. Ich vermied es, in ihre Richtung zu blicken, während ich meine Optionen durchging. Ich schuldete Felicia nichts, aber Izzy hatte recht – man sollte offen bleiben, den Menschen zuhören. Wenn ich jemanden so sehr verletzt hätte wie Felicia mich, würde ich auch hoffen, dass die Person mir zumindest zuhörte, wenn ich versuchte, es wiedergutzumachen. Aber verdammt, das war so viel leichter gesagt als getan. Und würde es Kenzie nicht verletzen, wenn ich Felicia dazu Gelegenheit gäbe? Izzy widersprach sich selbst, indem sie erst sagte, ich solle die Sache mit Kenzie nicht verderben, und mich dann aufforderte, Felicia »eine Chance« zu geben. Ich konnte nicht beides tun.

Heiß spürte ich Kenzies Blick auf mir. Es war, als würde in mir ein Ofen brennen. Als ich den Mund öffnete, um Izzy zu antworten, klopfte es energisch an der Tür. Izzy wirkte irritiert und stand auf, um zu öffnen. Immer noch nicht sicher, was ich tun würde, vermied ich es weiterhin, in Kenzies Richtung zu blicken. Wir berührten uns auch nicht. Wir saßen dicht nebeneinander auf dem Sofa, aber es fühlte sich an, als läge ein ganzer Ozean zwischen uns – ein Ozean, der mit meiner Vergangenheit und mit ihren Opfern gefüllt war.

Izzys sanfte Stimme, die von der Tür herüberdrang, unterbrach die kühle Front, die sich im Zimmer gebildet hatte.

»Hallo, es passt gerade nicht so gut. Wie wäre es, wenn du morgen Abend wieder vorbeikommst?«

Mein Blick sprang zur Tür. *Bitte lass es nicht sie sein.* Doch an der Tür war nicht Felicia. Schlimmer noch. Es war Aufreißer, der hereinwollte, doch Izzy hatte die Hände auf seine

Brust gelegt und hielt ihn davon ab, so gut es ihre schmale Gestalt zuließ. Bei Izzys Worten warf Aufreißer einen Blick in den Raum und entdeckte Kenzie und mich auf dem Sofa. »Na, wenn das nicht meine zwei Lieblingsfahrer sind. Wie läuft's, Leute?«

Glücksgefühle und Beklommenheit wirbelten wie ein Orkan in mir umeinander – es war äußerst verwirrend. Ich hatte Aufreißer ewig nicht gesehen, und irgendwie fehlte er mir, so verrückt das war. Allerdings traute ich ihm kein Stück über den Weg. Sofort sprang ich vom Sofa und stellte mich schützend vor Kenzie. »Izzy hat recht, Mann, du solltest gehen.«

»Blödsinn«, entgegnete Aufreißer und schob sich an Izzy vorbei, als wäre sie gar nicht da. »Iz und Antonia sind meine Familie. Meine *richtige* Familie. Ich bin nicht irgendein Streuner, den sie aufgegabelt haben und um den sie sich kümmern.«

Einen Moment machte mich seine Bemerkung sprachlos. *Hatte er das wirklich gerade zu mir gesagt?* Dieser Dreckskerl.

Izzy schien genauso zu empfinden. »Tony«, bellte sie und packte seinen Arm. »Geh und komm morgen wieder.«

Aufreißer schüttelte sie ab und trat vor mich. »Im Gegensatz zu einigen anderen habe ich jedes Recht, hier zu sein.«

Wie Hunde, die ihr markiertes Revier bewachen, musterten Aufreißer und ich einander mit aufgestellten Nackenhaaren und gefletschten Zähnen. Ich war größer als er und kräftiger gebaut, dennoch war ich mir nicht sicher, wer von uns beiden die Oberhand gewänne, wenn sich die wachsende Spannung zwischen uns in einer Prügelei entladen würde. Aufreißer war klein und rauflustig, und ich wusste aus Erfahrung, dass er nicht fair kämpfte.

Kenzie machte sich ganz offensichtlich Sorgen um mich und trat aus meinem schützenden Schatten. Sie legte Aufreißer eine Hand auf den Arm. »Nicht, Aufreißer.«

Aufreißer warf ihr einen giftigen Blick zu. »Ich kann mich nicht erinnern, dass ich dich um deine Meinung gebeten hätte, du Miststück.«

Oh, so nicht. Ich stürzte vor, packte Aufreißers Kehle und würgte ihn. Daraufhin richtete sich Kenzies Warnung sofort an mich. »Nicht, Hayden!«

Ich sah sie an, ihre braunen Augen waren voller Angst. Mir war klar, dass sie sich meinetwegen sorgte, und ich schob Aufreißer von mir. »Beleidige nie wieder meine Freundin«, zischte ich.

Aufreißer rieb sich den Hals, dann machte er erwartungsgemäß eine Bewegung in meine Richtung. Izzy packte ihn von hinten und hielt ihn zurück. Die Arme um seine Schultern geklammert schrie sie: »Hör auf, Tony!«

Aufreißer versuchte, sie abzuschütteln, doch sie ließ nicht locker. »Verschwinde, Aufreißer!«, schrie ich.

Und in dem Moment ertönte aus dem Flur eine leise Stimme, die uns alle wieder zur Vernunft brachte. »Onkel Tony? Onkel Hayden? Was ist los?« Alle drehten sich zum Flur um. Dort stand Antonia, den zierlichen Körper in einen riesigen rosa Bademantel gehüllt. Ihre dunklen Augen waren geweitet und tränennass, und ihr Gesicht wirkte noch blasser als vorher.

Sofort ließ Izzy von Aufreißer ab und eilte zu ihrer Tochter. »Nichts, Süße. Die Jungs reden nur. Komm, wir ziehen dir den Pyjama an.« Sie schob Antonia in ihr Zimmer, nicht ohne Aufreißer und mir noch einen warnenden Blick zuzuwerfen.

Aufreißer hustete in seine Hand, während ich mir zwanghaft durch die Haare strich. Antonia durfte so einen Mist nicht miterleben. Ich hätte mich zusammenreißen müssen. Die Anspannung im Raum ließ nach, und Kenzie atmete erleichtert auf. »Es tut mir leid, dass ich dich gewürgt habe«, sagte ich leise.

»Ich freu mich, dass du da bist, Mann«, entgegnete Aufreißer. »Ich habe über einiges nachgedacht ...«

Merkwürdigerweise keimte Hoffnung in mir auf. War Aufreißer endlich doch vernünftig? Hatte er endlich eingesehen, dass er nicht so weitermachen konnte wie bisher? Gott, um seinetwillen und um Izzys willen ... und um meinetwillen hoffte ich das. »Worüber?«

Aufreißer scharrte mit den Füßen über den Boden und ließ die Finger knacken. »Ach ... nun ja ... Izzy hat gesagt, Felicia ist zurück. Verrückt, was? Hast du schon mit ihr gesprochen?«

Meine Hoffnung wich Ärger. Warum brachte er sie ins Spiel? »Ich bin mir ziemlich sicher, dass du nicht über Felicia sprechen wolltest.«

Aufreißer schnaubte verächtlich. »Nein, Mann, das stimmt.« Der Blick aus seinen kleinen braunen Augen glitt zwischen Kenzie und mir hin und her, und als er sprach, zeigte er auf uns beide. »Passt auf, seit ihr mit den Rennen aufgehört habt, ist es irgendwie nicht mehr dasselbe. Ich habe niemanden gefunden, der nur halb so gut war wie ihr. Ich verdiene überhaupt nichts mehr!«

Seufzend wandte ich mich von ihm ab. Er hatte nichts begriffen, hatte sich kein Stück verändert. Aufreißer packte mich am Arm und hielt mich zurück. »Komm schon, Mann, fahr wieder für mich! Diesmal wird es gut ... Versprochen.«

Ich war einigermaßen überrascht, dass er tatsächlich zumindest andeutete, überhaupt etwas falsch gemacht zu haben, obwohl er es vermied, es direkt zuzugeben.

Ich schüttelte ihn ab und sagte: »Nein, damit bin ich durch. Das habe ich dir doch schon gesagt.«

Aufreißer hob beschwichtigend die Hände und wich einen Schritt zurück. »Ich weiß, ich weiß, aber es steht ein fettes Rennen bevor ... Fünfzig Riesen, Mann. Es ist wie ein Mini-Mondo! Und da es das nicht mehr gibt, *müssen* wir das machen!« Seine Augen glänzten bei der Aussicht auf das große Geld, ich sah die Sucht in seinen Augen. »Komm schon, H«, bettelte er. »Ein letztes großes Rennen, dann kannst du machen, was du willst. Ich nerve dich nie wieder, und alles zwischen uns ist cool.« Er wandte Kenzie sein hoffnungsvolles Gesicht zu. »Zwischen uns allen«, fügte er hinzu.

Daraufhin zog Kenzie skeptisch die Augenbrauen hoch. »Ein letztes Rennen soll wiedergutmachen, dass du versucht hast, mich umzubringen?« Vielleicht war Aufreißers Sabotage an ihrem Motorrad kein richtiger Mordversuch gewesen, aber was er getan hatte, war nicht gerade korrekt gewesen. Wer weiß, was passiert wäre, wenn ich dieses Mini-Bombending nicht von Kenzies Bike entfernt hätte.

Aufreißer verdrehte die Augen, als wäre sie eine Dramaqueen. »Also bitte, es ist schließlich niemand gestorben. Ihr habt in der Situation beide total überreagiert ... im Übrigen hatte ich nichts damit zu tun«, fügte er rasch hinzu und ließ den Blick durchs Zimmer gleiten, als suchte er nach einer Kamera. Wow, so paranoid?

Kopfschüttelnd verschränkte ich die Arme vor der Brust. »Es wird kein letztes Rennen geben, Aufreißer. Damit war an dem Tag Schluss, als ich in dieser ... unglückseligen Massenkarambolage gelandet bin.« Mein Blick versteinerte sich. Kenzie hätte an meiner Stelle in den Unfall geraten können. »Zum Glück ist niemand in dem Chaos umgekommen …« Plötzlich schien Aufreißer sich nicht sehr wohl zu fühlen. Doch dann ging er einfach darüber hinweg, als wäre das jetzt egal – oder als wollte er nicht mehr darüber nachdenken. Er war äußerst gut darin, Dinge zu verdrängen, mit denen er sich nicht beschäftigen wollte. »Pass auf, ich gebe dir fünfzig Prozent, sechzig, was auch immer. Ich … brauche nur dieses Rennen, Hayden.«

Ich schloss die Augen und stieß leise die Luft aus. »Meine Antwort lautet Nein, Aufreißer. Ich habe dieses Leben aus einem bestimmten Grund hinter mir gelassen.« Als ich die Augen wieder öffnete, sah ich ihn mit hartem Blick an. »Und das solltest du auch tun. Diese Welt verschlingt dich bei lebendigem Leib. Wenn du damit nicht aufhörst, wird das übel für dich enden. Für dich, und für Izzy und Antonia.« Ich machte einen Schritt auf ihn zu und flehte: »Wenn sie dir irgendetwas bedeuten, Tony, dann …«

»Fick dich, Hayden«, stieß Aufreißer hervor und wich einen Schritt vor mir zurück. »Du hast ja keine Ahnung, wovon du sprichst. Mir geht's gut, Antonia und Izzy geht's gut. Unser einziges Problem ist, dass du ein egoistisches Arschloch bist. *Du* bist derjenige, der der Familie nicht helfen will.«

Meine Augen funkelten vor Wut. Wollte er mich verarschen? *Ich* war egoistisch? »Nun, wie du uns ja erklärt hast, *gehöre ich nicht zur Familie!* Und ich wüsste wirklich nicht, was ich noch hier zu suchen habe.« Ich hielt Kenzie die Hand hin, die sie bereitwillig ergriff. Wahrscheinlich hatte sie schon längst gehen wollen.

Als wir gerade zur Tür gingen, kam Izzy zurück ins Zimmer. »Hayden?«, fragte sie und klang traurig.

Ich zögerte und sah mich nach ihr um. »Ich denke über das nach, was du gesagt hast, Iz. Gib Antonia einen Gutenachtkuss von mir, ja?« Als Izzy nickte, zog ich Kenzie aus der Tür.

Auf dem Nachhauseweg war ich ziemlich durch den Wind. Wir hätten gar nicht erst zu Izzy fahren sollen. In diesem Fall wäre Ignoranz die bessere Wahl gewesen. Als wir wieder bei Kenzie waren, wirkte sie ruhig und nachdenklich. Es kam mir vor, als hätte sich der Abstand zwischen uns noch vergrößert, und ich wollte sie unbedingt wieder fest an mich ziehen. Ich wusste jedoch nicht, wie ich den Ballast aus dem Weg räumen sollte, der sich mit jedem Tag mehr zwischen uns anhäufte.

Auf dem Weg in die Küche, wo sie etwas Wasser holen wollte, entfuhr Kenzie ein unglücklicher Seufzer. Ich folgte ihr und fühlte mich schuldig, zerrissen, verwirrt und noch eine Million anderer Dinge. »Ist alles okay?«, fragte ich leise, als sie sich am Spülbecken ein Glas Wasser abfüllte.

Sie nickte nur, dann nahm sie einen großen Schluck, und ich sah deutlich, dass gar nichts okay war. »Es tut mir alles so leid. Ich habe nicht damit gerechnet, dass Aufreißer auftaucht. Er ist in letzter Zeit nie da gewesen, und ich dachte, das würde so bleiben. Ganz bestimmt habe ich nicht damit gerechnet, dass er uns bittet, wieder für ihn zu fahren.« Ungläubig schüttelte ich den Kopf. Glaubte er wirklich, wir würden Ja sagen, nach dem, was letztes Jahr passiert war?

Kenzie sah mich so merkwürdig an, dass ich sofort wusste, sie hatte nicht an Aufreißer gedacht. Ihre Zunge löste sich: »Du hast Izzy gesagt, du würdest darüber nachdenken, Felicia vielleicht zuzuhören. Willst du wirklich mit ihr reden?«

Noch mehr Schuld ergriff mich. Warum hatte ich Izzy das direkt vor Kenzie gesagt? Warum dachte ich überhaupt darüber nach? »Ich weiß es nicht, Kenzie. Vielleicht, vielleicht auch nicht. Ich habe das Gefühl ...« *Ich habe das Gefühl, als hätte Felicia mein Leben an sich gerissen und als würde ich es erst zurückbekommen, wenn ich mit ihr spräche.* Aber das konnte ich Kenzie nicht sagen; das würde sie nicht verstehen. Ich war mir nicht sicher, ob ich es überhaupt selbst verstand. Wenn ich ihr zuhörte, half das niemandem. Außer vielleicht Felicia. Sie wollte, dass ich ihr verzieh, aber manchmal kam es mir so vor, als müsste ich ihr das verweigern, weil ich nur so etwas Abstand zwischen uns bringen konnte. Warum war sie weggegangen? Warum war sie jetzt zurück?

Mein Blick glitt zu Boden, dann sah ich Kenzie in die Augen. »Es kommt mir so vor, als sollte ich nicht mit dir darüber reden.« *Und auf keinen Fall hätte ich dich heute Abend mitnehmen dürfen.*

Traurigkeit legte sich auf Kenzies Gesicht, als wüsste sie, dass ich beinahe etwas anderes gesagt hätte. Durch Lügen und Geheimnisse und weil ich es stets verpasste, im richtigen Moment etwas zu sagen, entwickelte sich unsere Beziehung zurück. Auch, wenn ich das schrecklich fand, wusste ich nicht, wie ich das ändern konnte.

Kenzie sagte nichts, aber sie wirkte gequält. Ich musste ihre Anspannung lösen und trat so nah zu ihr, dass unsere Oberkörper sich berührten. Eine Hand auf ihrer Wange sagte ich sanft: »Ich muss nicht mit ihr reden. Du bedeutest mir mehr als alles, was sie sagen könnte, und das macht mir die Entscheidung ziemlich einfach. Felicia kann zur

Hölle fahren. Ich brauche sie oder ihre Erklärungen nicht mehr.«

Endlich erhellte ein Lächeln Kenzies Miene. »Wirklich?«

Endlich hatte ich das Gefühl, etwas richtig zu machen, nickte und senkte meinen Mund zu ihrem. »Absolut.«

Kenzie legte die Arme um mich und langsam spürte ich, wie die Distanz zwischen uns schmolz. Als ich sie so leidenschaftlich küsste, wie ich konnte, genoss ich das Glück der Verbundenheit zwischen uns. In dieser Beziehung gab es nach wie vor nur Kenzie und mich – wir zwei gegen den Rest der Welt –, und es würde alles gut zwischen uns werden. Hoffentlich.

Und dennoch, Stunden später, als wir in Kenzies Bett lagen und die Morgendämmerung näher rückte, machte ich mir weiterhin Sorgen und war voller Zweifel. Ehe Kenzie wieder Rennen fuhr, würde nichts zwischen uns wirklich in Ordnung sein. Anders funktionierte es zwischen uns nicht. Sie hätte die Rennen nicht für mich aufgeben dürfen. Ich war ihr zwar unglaublich dankbar dafür, weil ich mir ein Leben ohne sie nicht vorstellen konnte, aber es hatte die Dinge zwischen uns zu stark verändert. *Sie* zu stark verändert. Sie musste wieder fahren, und die einzige Möglichkeit, das zu erreichen, lag darin, Keith Jordans Anteil an der Trainingsstrecke zu besorgen.

Während die Dunkelheit allmählich einem dunklen Grau wich, gingen mir die Geschehnisse in Izzys Wohnung durch den Kopf. Ich verdrängte ganz bewusst, dass Izzy mir erklärt hatte, sie habe Felicia vergeben – warum zum Teufel sollte sie das tun? –, und lenkte meine Gedanken auf Aufreißer. *Es steht ein fettes Rennen bevor … fünfzig Riesen, Mann. Ich gebe dir fünfzig Prozent, sechzig, was auch immer.*

Wenn ich wieder auf diese Weise Geld verdiente, konnte ich genug sparen, um in kürzester Zeit die Trainingsstrecke zu kaufen. Das löste zwar nicht alle meine Probleme – wie beispielsweise, dass Jordan sich weigern würde, sie an mich zu verkaufen –, und es führte ganz bestimmt zu neuen Problemen – ich müsste vor Kenzie verheimlichen, dass ich wieder Straßenrennen fuhr –, aber es löste zumindest *ein* Problem. Die Finanzen. Ich könnte sogar Izzy wieder unterstützen. Kenzie lebte von dem Geld, das sie letztes Jahr mit ihren Siegen gewonnen hatte, das würde nicht ewig reichen. Wenn ich Geld sparen könnte, um die Strecke für Keith zu kaufen *und* zugleich Izzy zu unterstützen, war das eine Winwin-Situation.

Oder es führte zu einem Riesenknall.

Aber das würde ich nur herausfinden, wenn ich es versuchte.

Vorsichtig schlüpfte ich aus Kenzies Bett, nahm mein Smartphone vom Nachttisch und schlich mich leise in die Küche. Ich fragte mich, ob Aufreißer um diese Zeit wach war, und schrieb ihm: *Okay, ich bin dabei.*

Seine Antwort kam sofort: *Super! Du wirst es nicht bereuen, Mann.*

Zu spät, irgendwie bereute ich es bereits. *Ich habe allerdings ein paar Bedingungen.*

Zum Beispiel?

Erstens, ich bekomme siebzig Prozent.

Ich konnte beinahe sehen, wie Aufreißer bei meiner Forderung aufstöhnte, aber er antwortete: *In Ordnung. Noch was?*

Ich holte tief Luft und tippte. *Ja, ich verlasse mich ganz auf mein Talent. Du rührst die Bikes nicht an – keins von ihnen. Und niemand darf davon wissen. Niemand.*

Ich war mir nicht sicher, wie Aufreißer das aufnehmen würde. Wenn er Ja sagte, gab er in gewisser Weise zu, dass er vorher an den Bikes herumgeschraubt hatte. Zudem schoss er sich damit selbst ins Knie, indem er sich um seinen »Vorteil« brachte. Er müsste ganz darauf vertrauen, dass ich den Job schon erledigte, und Aufreißer war nicht gut darin, jemandem zu vertrauen. Er liebte es zu spielen, aber er wollte auf der sicheren Seite sein.

Für die Antwort brauchte er ganze zwei Minuten: *In Ordnung.*

Ich schloss die Augen und legte das Telefon auf den überfüllten Tresen, den ich immer noch nicht aufgeräumt hatte. Es war entschieden. Ich würde wieder für Aufreißer Rennen fahren. Diesmal war mein Ziel, Kenzie zu retten, doch um das zu schaffen, musste ich sie von vorn bis hinten belügen. Na toll. Wie zum Teufel sollte ich das schaffen?

Kapitel 11

Hayden

Wegen des bevorstehenden Straßenrennens mit Aufreißer war ich den Rest der Woche über ziemlich unruhig. Ich hatte keine Ahnung, *wie* ich das vor Kenzie geheim halten wollte, ich wusste nur, *dass* ich es ihr verheimlichen musste. Sie würde es auf keinen Fall gutheißen. Als wir damals zusammen gefahren waren, hatte sie mich angefleht aufzuhören – und das war, noch bevor sie wusste, was Aufreißer angestellt hatte, damit wir die Rennen gewannen. Ihre Angst, von der Polizei geschnappt und aus dem ARRC ausgeschlossen zu werden, hatte sie schließlich zu der Überzeugung gebracht, dass das Geld das Risiko nicht wert war. Niemals würde sie mich freiwillig wieder in diese Welt eintauchen lassen. Nicht ihretwegen. Und ehrlich gesagt ... war ich mir gar nicht sicher, ob sie so glücklich darüber wäre, wenn ich den Anteil der Strecke für Keith erwarb, nur damit sie für ihn fahren konnte. Für Kenzie war das ein zweischneidiges Schwert, aber es war die einzige Option, die ihr noch blieb.

Ehe ich michs versah, war es Samstag, und das Megarennen stand bevor. Irgendwie musste ich Kenzie entwischen, ohne dass es so aussah, als *wollte* ich ihr entwischen. Ich hatte keine Ahnung, wie ich das anstellen sollte, und vielleicht, weil ich mich von meiner Schuld erdrückt fühlte und diese irgendwie kompensieren musste, übertrieb ich es auf einigen Gebieten. So putzte ich Kenzies gesamtes Haus, einschließlich des superunordentlichen Küchentresens.

Der Ausdruck auf ihrem Gesicht, als sie vom Surfen zurückkam, war unbezahlbar. »Was ... ist denn hier los?«, fragte sie. Sie sah sich perplex in der Küche um, als meinte sie, im falschen Haus gelandet zu sein.

»Ich habe dir doch gesagt, dass ich mich darum kümmere«, sagte ich erschöpft, aber mit einem zufriedenen Lächeln auf dem Gesicht.

Kenzie schüttelte grinsend den Kopf. »Das ist so lange her. Ich habe wirklich nicht mehr damit gerechnet, dass du das schaffst.«

Der Gedanke, dass sie annahm, ich könnte sie in irgendeiner Weise enttäuschen, gefiel mir nicht, und ich zog sie in meine Arme. »Für dich werde ich immer alles schaffen.« Meine Stimme klang eindringlich, und irgendwie fühlte sich die Atmosphäre auf einmal äußerst bedeutungsvoll an. Ich versuchte, sie mit einem kurzen Lacher aufzulockern. »Vielleicht dauert es ein bisschen ...« *Aber ich sorge dafür, dass du wieder fahren kannst, Kenzie. Versprochen.*

Kenzie legte die Arme um meinen Hals und blickte liebevoll zu mir auf. Schmerzhaft zog sich meine Brust zusammen. Ich verheimlichte ihr zu viel. Ich sollte ihr eins der vielen Geheimnisse verraten, die ich vor ihr hatte. Eindeutig nicht das mit dem Rennen. Vielleicht, dass Felicia mir wie eine Verrückte Nachrichten schickte und ich ihr gelegentlich antwortete. Aber wie sollte ich ihr das beibringen?

Sie würde sauer sein, und der liebevolle Ausdruck in ihren Augen würde sofort Zweifeln Platz machen. Das wollte ich nicht sehen und den Moment nicht damit ruinieren. Eines Tages musste ich es ihr gestehen und zwar bald, bevor Nikki einknickte und es ihr erzählte. Aber noch nicht heute.

»Wolltest du deshalb nicht mit mir surfen gehen?«, fragte sie amüsiert. »Warst du gar nicht zu müde?«

Das hatte ich heute Morgen als Ausrede benutzt und nach allem, was ich hinter ihrem Rücken trieb, fühlte ich mich deshalb auf einmal schrecklich. Ich hatte die Lügen satt. Doch ich war von ihnen umzingelt. »Ja ... ich wollte dich überraschen.«

»Na, das ist dir gelungen. Ich bin ehrlich überrascht.« Sie beugte sich zu mir, um mich zu küssen, und der Duft von Sand, Meer und Sonne überwältigte mich. Das Meer war einer meiner Lieblingsorte, und nichts ging über seinen Geruch. Noch nicht einmal der von Abgasen, verbranntem Gummi und Benzin.

Ich gab mich ganz dem Kuss hin und vergaß vorübergehend, was heute Abend passieren würde, was ich vor Kenzie verheimlichte. Doch war es am Ende nicht einfach eine weitere Überraschung? Eine große, gefährliche, möglicherweise katastrophale Überraschung, die entweder alles in Ordnung bringen ... oder alles zerstören würde. Dieser Gedanke beruhigte mein Gewissen keineswegs. Nein, wenn sie mir jemals vergeben sollte, musste das glattlaufen. Aber wann war irgendetwas in meinem Leben einfach nur *glattgelaufen*?

Ich verdrängte diesen negativen Gedanken und konzentrierte mich stattdessen auf Kenzie. Ihr Haar war noch zu einem Pferdeschwanz gebunden und ein bisschen feucht. Vereinzelt fielen Wassertropfen auf den Küchenboden. Wie sie so vor mir stand, die Augen voller Leben, Energie und Vitalität, verliebt und glücklich, begehrte ich sie. Ich wollte sie in den Armen halten, ihre Beine um mich spüren und sie nie mehr loslassen.

»Weißt du ... was wir schon ziemlich lange nicht mehr gemacht haben ... und jetzt, wo der Tresen sauber ist, wäre das eine hervorragende Gelegenheit ...«

Ihre Augen funkelten übermütig, als sie zu mir aufsah, und ich wusste, dass ihr meine Idee gefiel, noch bevor sie aufreizend »Ja?« sagte.

Als ich die Lust in ihren Augen sah, bedauerte ich, dass ich den Tresen aufgeräumt hatte; alles auf den Boden zu fegen wäre viel befriedigender gewesen. Ich ging in die Hocke, hob sie hoch und setzte sie auf den Tresen. Als sie kichernd auf der Resopalplatte lag und die Spots über der Küheninsel ihren Körper anstrahlten, stiegen Erinnerungen in mir auf. Beim ersten Mal, als wir das hier getan hatten, hatten wir auch Geheimnisse gehabt, allerdings vor anderen Leuten, nicht voreinander. Nun ja, vielleicht hatte ich meinen Verdacht wegen Aufreißer für mich behalten, aber ich hatte sie nie direkt angelogen. Nicht so wie jetzt. *Ich sollte es ihr sagen. Und ihr das Herz brechen? Sie wird mich verlassen. Irgendwann geht jeder ...*

Kenzie stützte sich auf die Ellbogen hoch und musterte mich. »Ist alles okay?«

Erst da bemerkte ich, dass ich so mit meinem inneren Kampf beschäftigt gewesen war, dass ich mich eine Weile nicht gerührt hatte. Herrgott. Ich setzte ein verführerisches Lächeln auf und erklärte ihr: »Ich bewundere dich nur. Manche Anblicke muss man auskosten.«

Sie setzte sich ganz auf, schlang Arme und Beine um mich

und gab mir einen atemberaubenden Kuss. *Ja.* Ihre gierigen Lippen auf meinen ließen die Stimmen in meinem Kopf schließlich verstummen. *Danke.* Ich schob die Finger unter ihr Shirt und schob es nach oben. Als ich ihre zarte Haut berührte, erschauderte sie, doch ich verstärkte den Druck nicht und ließ mir Zeit. Sie zu reizen war fast noch besser als der eigentliche Sex. *Aber auch nur fast.*

Als ich ihr das Shirt ganz auszog, kam darunter ihr noch feuchtes Bikinioberteil zum Vorschein. Noch ein Grund, warum ich das Meer liebte. Sie griff nach hinten, um den Verschluss zu öffnen, und ich umfasste ihre Handgelenke, um sie aufzuhalten. »Na, na, das ist mein Job.«

Sie grinste und verdrehte die Augen, dann drückte sie den Rücken durch und schob ihre Brust nach vorn. Ich ließ ihre Handgelenke los und öffnete den Verschluss. Als ich das Oberteil über ihre Schultern gleiten ließ, bewunderte ich die cremefarbene Haut, die kein anderer Mann zu sehen bekam. Am liebsten hätte ich meinem Besitzanspruch mit einem Knurren Ausdruck verliehen. Sie gehörte mir, und ich hatte nicht vor, sie jemals aufzugeben. Nicht kampflos.

Lange konnte ich ihren perfekten Körper nicht bewundern, dann musste ich ihn einfach schmecken. Ich beugte mich hinunter und umschloss einen Nippel mit meinen Lippen. Kenzie stöhnte, dann ließ sie den Kopf nach hinten sinken. Dabei stieß sie versehentlich gegen eine der Hängelampen, sodass ein heller Lichtkreis über ihren Körper tanzte. Lachend ließ sie sich ganz auf den Tresen sinken und bot mir ihren Körper dar.

Heißes Verlangen durchströmte mich, und ich wurde hart. Ich brauchte sie. Ich legte die Hände rechts und links auf ihre Hüften, fasste die lockeren Baumwollshorts, die sie trug, und zog sie ihr aus. Als ich merkte, dass sie ihr Bikinihöschen ausgezogen hatte, bevor sie den Strand verlassen hatte, wäre ich beinahe gekommen. Ich musste meine Jeans aufknöpfen, um den Druck zu lindern.

»Herrgott, Kenzie, du bist so unglaublich sexy.«

Ich wollte sie reizen, sie mit dem Mund verwöhnen und das hier möglichst lange ausdehnen, doch der Anblick ihres nackten Körpers überwältigte mich. Hinzu kam die Unruhe der letzten Tage, ich konnte einfach nicht länger warten. Ich musste in ihren warmen, wundervollen Körper eintauchen, um meinen Frust zu vergessen.

Ich knöpfte meine Jeans ganz auf und schob sie zusammen mit meiner Unterhose über die Hüften nach unten. Dann packte ich Kenzie und zog sie näher zu mir. Als wir uns in einem perfekten Winkel befanden, drang ich in sie ein. Eine Gefühlswelle überrollte mich, als ihr fester Körper mich in sich aufnahm. Kenzie stieß einen lauten Schrei aus, der meine Lust noch verstärkte. Ich konnte kaum atmen, so gut fühlte es sich an, und ich musste innehalten, um die Kontrolle zurückzuerlangen.

Kenzie wand ihre Hüften, dann schlang sie die Beine um meine Taille und zog mich dichter an sich. Ja. Die Hände noch fest auf ihren Hüften, zog ich mich ein kleines Stück aus ihr zurück und stieß dann erneut zu, immer wieder. Die erotischen Laute, die sie von sich gab, sagten mir, dass sie es genauso genoss. Ich wollte das Tempo verlangsamen, wollte es genießen, aber ich brauchte mehr, musste härter zustoßen, schneller. Was Kenzie anging, konnte ich nie genug bekommen.

Plötzlich hob Kenzie die Hüften und bog den Rücken durch. Noch bevor sie einen langen Lustschrei ausstieß, wusste ich, dass sie kam. Ich verlangsamte den Rhythmus meiner Hüften, sodass sie jede Sekunde auskosten konnte und als ich mich nicht mehr zurückhalten konnte, stieß ich erneut zu. Die Explosion traf mich Sekunden später, und ich erstarrte, als mich die beglückende Sturzwelle mit sich riss. Wie ich es liebte, mit ihr zu schlafen.

Während wir uns beide allmählich beruhigten, bewegte ich mich langsam weiter in ihr. Kenzie ließ ihren Körper zurück auf den Tresen sinken, dann löste sie die Beine von meiner Taille. Schwer atmend lag sie auf ihrer aufgeräumten Private, und ich schwor mir, den Tresen nie wieder mit meinen Sachen vollzustellen.

Nachdem ich behutsam aus Kenzie herausgeglitten war, half ich ihr vom Tresen herunter. Während ich mich wieder anzog, hob sie ihre Kleider vom Boden auf. Die Sachen im Arm strahlte sie mich an, dann küsste sie mich auf die Wange. »Ich springe unter die Dusche.«

Ich lachte, als sie mit nacktem Hinterteil davonhüpfte. Einen kurzen Moment war alles in meinem Leben perfekt. Sie war toll, sie liebte mich, wir passten perfekt zusammen, und ich hatte tatsächlich das Gefühl, dass alles gut werden würde.

Doch in dem Moment meldete mein Telefon eine Textnachricht. Obwohl ich Kenzie hatte fortgehen sehen, blickte ich sicherheitshalber noch zweimal in den Flur, bevor ich sie las. Ich hatte mein Telefon so eingestellt, dass alle Nachrichten mit demselben Geräusch eintrafen. Dadurch wusste ich nicht, ob mir Felicia oder Aufreißer schrieben. Weder das eine noch das andere könnte ich Kenzie erklären, wenn sie es sah, und schon wurde ich wieder daran erinnert, dass die Lage alles andere als perfekt war.

Während ich meine Nachrichten checkte, schnürte mir die Schuld die Kehle zu. Die Nummer des Absenders war nicht in meinem Telefon gespeichert, doch ich wusste, dass sie Felicia gehörte. Als ich las, was sie zu sagen hatte, verzog ich das Gesicht. *Izzy hat mir erzählt, dass du mit ihr gesprochen hast. Bist du jetzt bereit, mir zuzuhören?*
Nein, bin ich nicht.
Ich beherrschte mich, ihr das zu schreiben. Doch als hätte ich es ihr geschrieben, schickte Felicia noch eine Nachricht hinterher. *Warum willst du immer noch nicht mit mir reden? Ist es ihretwegen? Ist es wegen Kenzie?*
Diesmal konnte ich mich nicht beherrschen. Sofort antwortete ich mit *Ja.*
Ich will mit ihr zusammen sein.
Im Geiste sah ich vor mir, wie Felicia die Brauen zusammenzog, sah deutlich den gereizten Ausdruck in ihren Augen, konnte mir leicht die Verzweiflung auf ihrem Gesicht vorstellen. Diesen Ausdruck kannte ich. *Du kannst das Schicksal nicht länger verleugnen. Und du kannst sie nicht ewig schützen. Sie wird so oder so verletzt werden.*
Ich wusste nicht genau, warum, aber das klang irgendwie bedrohlich. *Ist das eine Drohung?*, fragte ich deshalb. Ich spürte, wie sich meine Nackenhaare aufrichteten. Wenn sie dachte, sie könnte Kenzie irgendwie aus dem Weg räumen, würde sie eine böse Überraschung erleben. Ich hatte die Straße noch nicht ganz hinter mir gelassen.
Felicias Antwort klang herablassend, sogar in geschriebener Form. *Ich drohe niemandem, Hayden. Ich sage nur die Wahrheit.*
Obwohl ich wusste, dass ich sie einfach ignorieren sollte, schrieb ich zurück: *Nicht unbedingt.*

Für ihre nächste Antwort brauchte sie etwas mehr Zeit. *An manchen Dingen ändert sich nichts, es sind unverrückbare Wahrheiten. Du und ich gehören dazu.*

Danach stellte ich das Telefon aus. Felicia war nicht allwissend. Sie vermutete nur, dass ich zu ihr zurückkommen würde, weil wir eine gemeinsame Geschichte hatten. Doch ich würde meine Gegenwart nicht gegen die Vergangenheit eintauschen. Eine gemeinsame Geschichte genügte nicht.

Als Kenzie wenige Minuten später zurück ins Zimmer kam, starrte ich noch immer nachdenklich auf mein ausgeschaltetes Telefon. »Stimmt was nicht?«, fragte sie mit nicht zu überhörendem Argwohn in der Stimme.

Ich kam mir mies vor wegen dem, was sie gerade nicht mitbekommen hatte – und weil ich mit Felicia kommuniziert hatte. Ich geriet immer mehr aufs Glatteis – doch hier bot sich eine Chance. »Ehrlich gesagt ... habe ich schlechte Nachrichten. Keith hat mir gerade geschrieben. Ich soll mit irgendwelchen Sponsoren plaudern. Darum muss ich heute Abend nach L.A. Vielleicht wird es spät.« Mein Magen rebellierte, während ich sie ansah, und ich war mir sicher, dass ich mich gleich übergeben musste. *Es ist für einen guten Zweck.* Das musste ich mir nur sagen.

Kenzie machte ein langes Gesicht, und ihre Miene wirkte noch einen Hauch misstrauischer. »Oh, will er, dass ich mitkomme? Dass ich meine ... Vorzüge zeige?«

Das brachte mich sofort auf die Palme. Ihre »Vorzüge« waren für niemanden anders als für mich bestimmt. Keith hatte kein Recht, sie zur Schau zu stellen. »Nein. Wenn ich sehe, dass irgendein Typ dich antatscht, hau ich ihm eine rein ... und so kriegen wir keine Sponsoren.« Ich schaffte es, ein törichtes Grinsen aufzusetzen, das nicht ganz und gar künstlich war. Das befürchtete ich tatsächlich, es war der einzige Teil der Unterhaltung, der ehrlich war.

Kenzie lächelte über meine Antwort, dann stutzte sie. »Gehen ... gehen alle hin?«, fragte sie leise.

Es war klar, dass sie mit *alle* Felicia meinte. Dass ich ihr eine weitere Wahrheit sagen konnte, linderte mein schlechtes Gewissen ein wenig. »Nein ... nur ich.«

Auf ihrem Gesicht erschien ein breites Grinsen, dann fasste sie sich, und ich fühlte mich besser, weil ich sie zumindest zum Lächeln gebracht hatte.

Um die Lüge zu stützen, dass ich mit Keith auf eine Party ging, brach ich deutlich früher bei Kenzie auf, als ich es eigentlich musste. Ich vertrieb mir die Zeit in meiner Wohnung über Keith' Garage, und als es spät genug war, verließ ich leise das Haus und fuhr nach Los Angeles.

Aufreißer hatte mich vorhin angerufen und mir eine Adresse genannt. Jetzt fuhr ich in eine Gegend der Stadt, die für ihre hohe Kriminalitätsrate bekannt war. Da ich für das, was ich vorhatte, nicht nur in den Knast kommen, sondern es mich auch meine Karriere kosten konnte, behielt ich den Helm auf und verdeckte mein Nummernschild. Aufreißer hatte diese geniale magnetische Folie entdeckt. Man zog sie einfach über das Nummernschild, und schon war es nicht mehr zu erkennen. Ich würde aussehen wie irgendein Fahrer in einem Meer aus anderen Fahrern, und so sollte es sein.

Ich merkte sofort, dass ich am richtigen Ort war. Auf beiden Seiten der Straße parkten protzige Autos und noch protzigere Motorräder. Grunz entdeckte ich sofort. Aufreißers kräftiger Freund war auch in der Menge leicht zu erkennen. Aufreißer stand auf dem Bürgersteig, direkt neben Grunz. Er war auch nicht gerade zierlich, aber neben Grunz sah er aus wie ein Kind. Als ich in einer schmalen Lücke neben ihnen parkte, sah ich, dass sie noch dabei waren, sich zu organisieren. Gut.

Ich sprang von meiner Maschine und ging zu Aufreißer. Zunächst sah er mich mit leerem Blick an, bis ich mein Visier nach oben schob und er mich erkannte. »H-Man! Da bist du ja!« Er rieb sich die Hände, als würde er sie aufwärmen. »Das wird so absolut super! Gott, ich kann es kaum erwarten, bis du diese Möchtegernfahrer plattmachst.«

»Ja ... denk dran, nicht meinen Namen zu nennen.«

Sofort wich die Freude in seinem Gesicht einer gereizten Miene. »Warum zum Teufel das denn nicht? Dein Name bringt Geld. Die Leute erinnern sich an den Goldjungen Hayden Hayes. Die Einsätze verdoppeln sich, nur weil du einen Namen hast.«

Ich schüttelte den Kopf und erklärte ihm: »Ich weiß, aber ich darf ihn nicht mehr benutzen. Ich hätte ihn aufgeben sollen, als ich für die ARRC zu fahren begonnen habe ... aber das ist okay. Ich fange noch mal von vorn an, mit einem neuen Namen.«

»Hayden ...«, jammerte er.

Ich verschränkte die Arme vor der Brust, damit er begriff, dass ich darüber nicht mit mir verhandeln ließ. »Nein, Aufreißer. Niemand darf wissen, dass ich fahre. Und wenn dir das nicht passt, bin ich auf der Stelle wieder weg.«

Empört spuckte Aufreißer auf den Bürgersteig. »Gut, wir werfen den Namen weg, den wir jahrelang aufgebaut haben. Kein Problem.« Seine Stimme triefte vor Sarkasmus. Er blickte kurz zu Grunz, dann wandte er sich wieder an mich. »Stattdessen nennen wir dich den Rasenden Teufel.«

Ich verzog das Gesicht. »Nein.«

»Tempo-Killer«, schlug er vor.

»Nein.«

»Lady-Killer«, sagte er mit amüsiertem Grinsen.

Er ging mir auf die Nerven. »Ganz bestimmt nicht.«

Aufreißers Grinsen wuchs, als er erneut zu Grunz hinüberblickte. Sein stiller Freund lächelte zurück. »Was ist?«, fragte Aufreißer. »Das passt doch. Ich hab gehört, dass du es dir von Felicia eins *und* Felicia zwei besorgen lässt.«

Wegen seiner Wortwahl hätte ich eigentlich nur mit den Augen gerollt, aber *was* er gesagt hatte, ärgerte mich zu sehr. Wer zum Teufel verbreitete solche Gerüchte über mich? »Wo hast du das denn her?«

Er zuckte mit den Schultern. »Nirgends ... ich habe es nur vermutet.«

Natürlich. Aufreißer vermutete, dass jede vom anderen Geschlecht es mit mir trieb. Die einzige Frau, die er nie verdächtigt hatte, mit mir zu schlafen, war seine Schwester. Obwohl Izzy ein Kind hatte, hielt Aufreißer sie offenbar nicht für fähig, Sex zu haben.

»Nun, da täuschst du dich«, erklärte ich. »Kenzie ist die einzige Frau, mit der ich es ...« Ich stockte, ich wollte seinen albernen Satz nicht wiederholen und setzte noch einmal neu an. »Zwischen Felicia und mir läuft nichts mehr.«

Aufreißer grinste schief, als hätte ich gerade etwas völlig Abwegiges gesagt, das keiner glaubte, der nur halbwegs bei Verstand war. »Klar. Hast du noch ihren Ring?«

Seine Frage traf mich unvorbereitet. »Was?«

Er zeigte auf meine Hosentasche, als hätte ich ihn bei mir. »Den Verlobungsring, den ich dir besorgen sollte. Hast du ihn noch? Um ihn ihr zu schenken, wenn die ›Zeit reif ist‹?«

Mist. Ich hatte ihn noch, aber nicht, um ihn ihr zu schenken. Das war vorbei. Genau wie dieses Gespräch. »Ich bin nicht hier, um zu plaudern, Aufreißer.« Ich zeigte auf ihn, dann auf mich. »Du und ich, wir bewegen uns auf dünnem Eis.«

Aufreißer schnaubte verächtlich. »Wann bist du nur so empfindlich geworden? Diese Kenzie hat dich zu einer Spaßbremse gemacht. Ich sollte sie anzeigen.«

»Tu das«, erwiderte ich gereizt. »Ich gehe jetzt da rüber, um zu fahren.« Ich hatte keine Lust mehr, mit ihm zu reden, klappte mein Visier herunter und ging zurück zu meinem Bike.

Es dauerte nicht lange, bis scharenweise Schaulustige auftauchten, um Wetten abzuschließen. Ich blickte nicht in ihre Richtung, aber ich hörte, wie Aufreißer mich lauthals der Menge anpries. »Hey, Leute, wie schön, dass ihr da seid. Das heutige Rennen wird episch, und mein Junge hier wird allen die Show stehlen. Ich nenne ihn Spaßbremse, aber lasst euch von seinem Namen nicht in die Irre führen, er kann wirklich fahren ... er versteht nur keinen Spaß.«

Nach dieser Bemerkung drehte ich mich zu ihm um und zeigte ihm den Stinkefinger. Idiot. Einige im Publikum lachten, und ich hörte, wie Wetten auf meinen neuen Namen abgeschlossen wurden. Wunderbar. Dass die Leute auf mich setzten, war schließlich alles, worauf es ankam.

Als das Rennen losgehen sollte, befestigte Grunz die Kamera auf meinem Helm. Der Typ, gegen den ich antrat, fuhr eine ältere Yamaha. Meine Honda durfte seine Maschine problemlos schlagen, aber für einen Augenblick wünschte ich, ich hätte Kenzies Ducati aus ihrer Garage stibitzt. Ihre Rennmaschinen waren etwas schneller als meine Straßenmaschinen, und ich hätte nichts dagegen, jetzt ein bisschen mehr Power zu haben – ich musste gewinnen. Kaum hatte ich das gedacht, verdrängte ich den Gedanken. Kenzies Maschine zu stehlen wäre total daneben, das würde sie mir nicht so ohne Weiteres verzeihen. Insbesondere, wenn etwas passierte und ich sie beschädigte. In ihrem Hinterkopf hatte Kenzie ihren Traum noch nicht ganz aufgegeben – sonst würden die Ducatis zum Verkauf stehen. Sie hoffte noch auf ihre Zukunft, und ich genauso. Bald würde Kenzie die Maschinen wieder selbst brauchen.

Grunz gab mir ein Zeichen, und ich fuhr mein Bike auf die Straße. Die Menge um mich herum grölte und jubelte ihrem favorisierten Fahrer zu. Der vertraute Lärm und der Aufruhr sorgten für einen Adrenalinschub in meinem Körper und berauschten mich. In der ARRC Rennen zu fahren hatte seinen eigenen Reiz, aber es war nicht mit einem rauen Straßenrennen zu vergleichen. Hier bestand ein echtes Risiko, im Gegensatz zu der abgemilderten Version auf der Rennstrecke. Auf der Straße konnte mehr passieren – das Publikum wusste das, und die Rennfahrer auch. Es verstärkte *alles*.

An der markierten Stelle verharrte ich in der Startposition. Genau wie in der ARRC wurde das Startsignal für das Rennen von einer Lichterreihe gegeben. Mein Körper spannte sich, während ich darauf wartete, dass sie von Rot auf Grün umsprang. Mein Herzschlag beschleunigte sich, mein Atem ebenfalls – alles in mir sehnte sich nach Schnelligkeit. Ich konnte mein Verlangen kaum beherrschen, endlich die aufgestaute Energie loszuwerden.

Dem Typ neben mir ging es nicht anders. Fortwährend ließ er den Motor aufheulen und zeigte, wie heiß er aufs Fahren war. Ein Anfängerfehler. Wenn es so weit war, würde er entweder den Motor abwürgen oder nicht schnell genug Gas geben können. Beides war gut für mich. Ich wartete so geduldig, wie es mein ungeduldiger Körper zuließ. Plötzlich sprangen die Lichter um, und ich gab Gas. Ich war dem Angeber neben mir um ganze drei Sekunden voraus.

Die Menge löste sich allmählich auf, je weiter wir in die Stadt hineinfuhren. Während wir zu den Kontrollpunkten rasten, trafen wir auf Verkehr. Aufreißer hatte die ganze Woche über die Strecke erforscht und herausgefunden, wie man am besten zu den vorbestimmten Punkten gelangte. Er hatte Hindernisse, Baustellen und stark bewachte Gebiete notiert, alles, was mir »legal« einen Vorteil verschaffen konnte. Als er mich vorhin angerufen hatte, um mir die Adresse zu nennen, hatte er mich eine Stunde über alles informiert, was er wusste, und obwohl das Telefonat nervtötend gewesen war, war ich ihm dankbar, dass er auf jedes Detail geachtet hatte. Am ersten Kontrollpunkt konnte ich meinen Vorsprung auf fünf Sekunden ausbauen, beim zweiten auf sieben.

Nachdem ich den dritten Kontrollpunkt passiert hatte, das letzte Ziel, bevor ich zum Start zurückkehren konnte, fühlte ich mich unbesiegbar. Dieses Rennen hatte ich in der Tasche! Doch so weit zurückzufallen, hatte meinem Gegner den dringend benötigten Antrieb gegeben, und ehe ich michs versah, war er mir dicht auf den Fersen und berührte fast mein Hinterrad. Ich verfluchte mein Ego, das sich schon zu früh in Sicherheit gewogen hatte, beugte mich über den Lenker und gab Gas. Schneller. Ich musste schneller sein.

Im letzten Jahr hatte ich diverse Techniken entwickelt, die der durchschnittliche Fahrer nicht beherrschte. Jetzt wandte ich sie alle an, um mir erneut einen kleinen Vorsprung zu verschaffen. Ich ließ meinen Körper vom Bike hängen, legte mich tief in die Kurven und richtete mich erst im letztmöglichen Moment wieder auf. Was immer nötig war, um Sekundenbruchteile Vorsprung zu gewinnen. Wir flitzten über rote Ampeln und flogen am Verkehr vorbei, als würden die Autos auf der Straße stillstehen. Mein Gehirn analysierte die Gefahr, aber meinem Herzen war das egal. Ich tat das hier für Kenzie.

Die Startlinie kam in Sicht. Mein Herz schlug heftig gegen meine Rippen. Er war mir immer noch zu dicht auf den Fersen. Ein kleiner Fehler, und er konnte mich überholen. Nein. Ich machte das alles nicht, verheimlichte all das nicht vor Kenzie, um zu verlieren. Verlieren war keine Option. Da ich wusste, dass Aufreißer mir diesmal nicht auf wundersame Weise zum Sieg verhelfen würde, dass mich allein mein Geschick retten konnte, trieb ich meine Maschine zum Äußersten. Ich durfte nur keinen Fehler machen. Wenn ich so weitermachte, war alles okay.

Ich verbannte jeglichen Zweifel aus meinem Kopf und konzentrierte mich auf ein Bild von Kenzie. Ihre warmen braunen Augen, ihre vollen sinnlichen Lippen, den Ausdruck auf ihrem Gesicht, wenn sie sagte, dass sie mich liebe, die Art, wie ihr gesamter Körper zu leuchten schien, wenn sie fuhr.

Ich war so in meine Fantasie vertieft, dass ich gar nicht merkte, wie ich die Ziellinie überquerte. Ich begriff erst, dass das Rennen vorüber war, als ich sah, wie die Zuschauer auf die Straße eilten und mich zwangen, das Tempo zu drosseln. Fast hätte ich ein paar von ihnen erwischt. Ich zog die Bremsen so sicher durch, wie ich konnte, dann wendete ich und fuhr zur Ziellinie zurück, um zu sehen, wer sie zuerst überquert hatte. Mein Gegner schlug die Hände auf den Lenker und wirkte gereizt. Nachdem ich zum Stehen gekommen war, strömten die Zuschauerhorden auf mich zu und umringten mich. Heiliger Strohsack. Ich hatte gewonnen!

Vorübergehend vergaß ich, dass ich inkognito unterwegs war. Ich klappte das Visier hoch und suchte die Menge nach Aufreißer ab. Mit siegessicher erhobenen Armen schritt er auf mich zu. »Du bist wieder da, Baby!«, rief er. Ich wollte widersprechen, konnte jedoch nicht. Ich *war* wieder da. Fürs Erste. Bis ich genug Geld zusammenhatte, um die Strecke zu kaufen und Kenzie wieder dorthin zu bringen, wo sie hingehörte.

Die ausgelassene Menge bedrängte mich, aber ich schaffte es, mich zu befreien und meine Maschine zu Aufreißer zu fahren. Ich musste unbedingt wissen, wie viel ich heute Abend verdient hatte. Als ich sah, wer hinter ihm stand, hielt ich abrupt an. Nein ... das war unmöglich. Da das nächste Rennen bevorstand, machten die Zuschauer jetzt die Straße frei. Ich hatte mich jedoch noch nicht vom Fleck gerührt und starrte auf eine gewisse Person, die nicht hier sein sollte. Felicia.

Als Aufreißer nur noch wenige Schritte von mir entfernt war, löste ich den Blick von ihr und sah zu ihm. »Was zum Teufel macht sie hier?« Ich zeigte auf den Eindringling hinter ihm.

Aufreißer blickte sich um und zuckte mit den Schultern. »Ich weiß nicht. Sie ist einfach aufgetaucht, ich dachte, sie wäre mit dir hier. Tolles Rennen, Mann!«

Ich sprang von meinem Bike, ignorierte ihn und stürmte zu ihr. »Du darfst nicht hier sein.«

Ein zartes Lächeln spielte um ihre Lippen. »Dasselbe könnte ich von dir behaupten.«

Während ich beobachtete, wie Aufreißer und Grunz meine Maschine von der Straße und aus dem Weg rollten, atmete ich tief ein. Wenn ich Felicia anschnauzte, führte das zu nichts. »Was machst du hier?«, fragte ich in fast normalem Ton.

Felicia deutete auf den Bürgersteig, und wir beide folgten meinem Bike an den Rand. »Ich habe von dem Rennen gehört und mir gedacht, dass Aufreißer hier ist. Ich dachte, es wäre eine gute Gelegenheit, Wiedergutmachung zu leisten. Ich hatte keine Ahnung, dass du noch für ihn fährst.« Als wir den Bürgersteig erreichten, drehte sie sich zu mir um. »Warum machst du das noch?«

Automatisch ging ich in Verteidigungshaltung. »Das tue ich nicht.« Sie hob eine Augenbraue, und ich stieß hervor: »Das ist kompliziert und geht dich nichts an.«

Ihr Lächeln wurde traurig. »Sieht so aus, als würde mich nichts, was mit dir zu tun hat, noch etwas angehen.«

Ganz genau. Doch diesen Gedanken behielt ich für mich. Was nicht leicht war.

Als ich schwieg, seufzte Felicia. »Hayden, ich weiß, dass ich dich verletzt habe. Ich weiß, dass du nicht auf Izzy hören willst, nicht auf mich, deine … deine Freundin nicht verletzen willst. Aber ich möchte, dass du mich verstehst. Es macht mich fertig, dass du mir noch nicht mal eine Chance gibst …«

»Wie die Chance, die du uns gegeben hast?«, zischte ich.

Reuevoll wandte sie den Blick ab. Ich sah mich um und begriff auf einmal, dass Felicia jetzt die Oberhand hatte. Wenn sie wollte, konnte sie mir das Leben zur Hölle machen, und wenn ich sie ausreichend verärgerte, würde sie das vielleicht wollen. Aber ich wollte ihre Erklärung wirklich nicht hören. Auch nicht irgendwann, nie. Das konnte ich ihr nur nicht sagen. Ich brauchte Zeit.

»Ich bin noch nicht so weit«, flüsterte ich. Damit gab ich ihr genug Hoffnung, sodass sie mich nicht verpfiff. Doch es überraschte mich, wie sehr die Worte schmerzten, denn sie entsprachen der Wahrheit. Ich war tatsächlich noch nicht so weit. Und auch wenn Kenzie aus irgendeinem schrecklichen Grund gar nicht mehr da wäre, glaubte ich nicht, dass ich jemals bereit für ein solches Gespräch mit Felicia wäre. Mir ihre Entschuldigung dafür anzuhören, dass sie mich verlassen hatte. Das hieß allerdings nicht, dass ich es nicht unbedingt wissen wollte.

Ein wunderschönes Lächeln erschien auf Felicias Lippen und warf mich in der Zeit zurück. Wie oft hatte ich dieses Lächeln schon gesehen, wie oft war ich der Grund dafür gewesen. An dem Tag, an dem wir uns kennengelernt hatten, als ich eine Gruppe Jungs davon abhielt, sie zu schikanieren. Der Tag, als ich mich traute und sie zum ersten Mal küsste. Der Tag, an dem ich dem Jugendamt einen anonymen Hinweis gab und sie aus einer wirklich schlimmen Situation rettete. Der Tag, an dem sie mir schwor, nie mehr fortzulaufen. So oft hatte sie mich schon so angelächelt, aber noch nie hatte es dermaßen wehgetan. *Warum hast du uns aufgegeben?*

»Hey ... willst du was essen?«, fragte sie. »Ich wette, es gibt noch dieses Diner, in dem wir früher immer gewesen sind.«

Sofort schüttelte ich den Kopf. »Ich will nicht über uns reden. Es gibt kein *uns* mehr.«

Ihr Gesicht war weich und voller Mitgefühl. »Ich weiß, dass du nicht reden willst. Darum frage ich dich, ob du was essen willst. Vielleicht treffen wir irgendwelche Leute von früher. Erinnerst du dich noch an Kyle? Er hatte große Hoffnung, ein Rockstar zu werden. Hast du mal wieder was von ihm gehört?«

Ich durchschaute ihre Taktik. Sie versuchte, mich weichzuklopfen, indem sie mich an unsere gemeinsame Geschichte erinnerte. Und verdammt, es funktionierte. Ich fühlte mich in die Vergangenheit zurückversetzt und war fasziniert von der Zeit, bevor es kompliziert wurde. Damals waren wir wild und frei gewesen, nichts konnte uns aufhalten, an nichts waren wir gebunden. Wir hatten getan, was wir wollten und wann wir es wollten. Antonia war gesund gewesen, und obwohl Izzy kämpfen musste, um über die Runden zu kommen, hatte sie sich allein über Wasser halten können. Ich war aus Spaß gefahren, nicht weil ich es musste. Ich hatte kein schlechtes Gewissen gehabt, weil ich jemandem die Laufbahn versaut hatte. Ich fühlte mich nicht verpflichtet, alles zu tun, um einem kranken Kind zu helfen, und ich fragte mich auch nicht, wie lange ich es noch schaffen würde, all diese Bälle gleichzeitig in der Luft zu halten. Mein ganzes Leben hatte sich nicht um andere Menschen gedreht ... nur um mich. Und Felicia.

»In letzter Zeit nicht«, antwortete ich. »Ich habe gehört, dass er in den Norden gezogen ist.«

Felicia grinste, dann zeigte sie auf die Narbe, die meine Augenbraue durchzog. »Die weckt Erinnerungen. Ich war mir absolut sicher, dass wir rausgeschmissen werden.«

Ich lachte, als ich daran dachte, wie viel Angst sie gehabt hatte, als ich mir bei einem Highschool-Scherz die Narbe zugezogen hatte. Doch das Lachen erstarb sogleich, als mir einfiel, dass sie kurz darauf für ein ganzes Wochenende verschwunden war. So war Felicia. Wenn sie Angst bekam, rannte sie weg. Und das hatte ich fast mein ganzes Leben lang gewusst. Konnte ich ihr verübeln, dass sie so war? Dass sie immer schon so gewesen war?

Ja. Ja, das konnte ich. Sie hatte mich nicht für ein paar Tage verlassen ... sondern für *vier Jahre*. Ich räusperte mich und erklärte ihr: »Ich muss los. Kenzie wartet auf mich.«

Sie schien enttäuscht, entweder weil ich ging oder weil ich zu meiner Freundin fuhr. Das tat ich zwar nicht – wenn ich so spät bei Kenzie auftauchte, würde sie Fragen stellen –, aber diese kleine Schwindelei brachte den dringend benötigten Abstand zwischen Felicia und mich.

»Okay, Hayden. Vielleicht ein anderes Mal.«

Nein, es würde kein anderes Mal geben. Nicht für uns.

Kapitel 12

Kenzie

Ich dachte, mit zu den Rennen zu fahren würde mir mit der Zeit leichter fallen, doch als ich bei der Road America auf der Tribüne stand und den Fahrern bei ihren Qualifizierungsrunden zusah, war ich mutloser denn je zuvor. Letztes Jahr hatte ich mir hier ein Bein ausgerissen, um zu beweisen, dass ich mit den anderen mithalten konnte. Und jetzt stolzierte ich in knappen Shorts und einem Bikinioberteil herum. Ich versuchte, eine tapfere Miene aufzusetzen, aber das war schwer. Dads Worte schossen mir durch den Kopf: *Deine Mutter wäre entsetzt.*

Da meine Mutter gestorben war, als ich noch klein war, wusste ich nicht, was sie von mir denken würde, aber so ungern ich es auch zugab, womöglich hatte Dad recht. Wahrscheinlich wäre sie tatsächlich entsetzt. Nicht wegen meiner Uniform oder meines Arbeitsgebers ... sondern weil ich mich damit abgefunden hatte. Weil ich etwas tat, das weit unter meinen Fähigkeiten lag, das dem Erbe, das mein Vater für mich aufgebaut hatte, nicht gerecht wurde. Weil ich unter meinen Möglichkeiten blieb. Ich *gehörte* auf ein Motorrad.

Der Gedanke an meine Eltern verbesserte meine Laune

nicht gerade. Ich war noch immer das schwarze Schaf der Familie. Seit er diese verletzenden Dinge zu mir gesagt hatte, hatte ich nicht mehr mit meinem Vater gesprochen, und schließlich hatte ich auch aufgehört, meine Schwestern anzurufen. Es war ziemlich offensichtlich, dass sie nicht mit mir sprechen wollten, sie wollten sich nur mit mir streiten. Ich war genauso von meiner Familie ausgeschlossen wie vom Sport, und jeder Tag war ein bisschen quälender als der vorherige.

Dass ich zunehmend oft allein war, machte es auch nicht einfacher. Hayden war im letzten Monat viel weg gewesen, hatte irgendwelche »Verpflichtungen« bei Keith. Es kam mir etwas merkwürdig vor, wie oft Keith seinen Goldjungen vorführte, doch vielleicht war es das auch nicht. Keith würde alles tun, um sein Team zu promoten und damit Hayden die Meisterschaft gewann. Es erstaunte mich nur, dass Keith nicht die Gelegenheit nutzte, auch Felicia vorzuführen, insbesondere wenn er sie neben Hayden zur Schau stellen konnte. Hayden versicherte mir jedoch, dass Keith nur ihn mit zu diesen ... Partys nahm. Das machte es etwas erträglicher.

Jetzt gaben Hayden und Felicia ESPN vor dem Rennen gerade ein Interview. Eigentlich wollte ich runter zur Benneti-Garage gehen und mir das Ganze ansehen, doch das konnte ich nicht. Ich ertrug es nicht, die beiden zusammen zu sehen. Es war, als würden mir Splitter unter die Nägel getrieben. Es tat höllisch weh *und* machte mich fuchsteufelswild. Mir war klar, dass es nichts als cleveres Marketing war – zumindest für Hayden –, aber es hinterließ dennoch einen Schmerz, der ewig brauchte, um zu heilen.

Irgendwann würde man meine Abwesenheit in der Werkstatt allerdings bemerken, darum löste ich mich von dem wunderbaren Geräusch heulender Motoren. Ich musste mich regelrecht dazu zwingen, auf meinen Posten zurückzukehren. Diesmal hatte Keith noch zwei andere Mädchen angeheuert, die für ihn herumliefen, sodass ich zumindest nicht allein war, aber die beiden waren Hardcore und rieben mir jeden Fehler unter die Nase. Hauptsächlich bestünde mein Job darin, die Fahrer glücklich zu machen und für die Fans zu lächeln. Ihre genauen Worte hatten gelautet: *Flirte so heftig mit den Fans, dass die glauben, sie könnten mit dir um die nächste Ecke verschwinden und dich vögeln.* Aber das würde ich auf keinen Fall tun.

Als ich zu den Garagen kam, verspannte sich mein Körper. *Bitte, lass das Interview vorüber sein.* Zu meinem Glück war das Kamerateam schon weg, als ich eintraf. Zu meinem Unglück klebte Felicia noch an Haydens Seite. Es schien ihm nicht zu gefallen, dass sie derart dicht neben ihm stand, aber er schien sie auch nicht aufzufordern wegzugehen.

Als ich feststellte, wie gut die beiden zusammen aussahen, richteten sich vor Wut meine Nackenhaare auf. *Verzieh dich, er gehört mir.* Als hätte er mich gehört, sah Hayden zu mir herüber. Als sich unsere Blicke trafen, wurde seine Miene weicher. Etwas unruhig schaute er zu Felicia und machte eine Bemerkung, woraufhin sie ebenfalls in meine Richtung sah. Als sie wieder zu Hayden zurückblickte, sagte sie noch etwas. Offenbar stellte sie ihm eine Frage, denn er nickte knapp. Daraufhin lächelte sie und ging. Worüber zum Teufel hatten sie gesprochen?

Ich konnte es kaum ertragen zu sehen, wie sie miteinander redeten, aber mir war klar, dass sie das als Teamkollegen hin und wieder tun mussten. Bei der Arbeit. Und über die

Arbeit. Alles andere war unnötig, und Hayden hatte wiederholt betont, dass er keine unnötigen Gespräche mit ihr führen wollte.

»Alles okay?«, fragte ich und trat zu ihm.

Mit einem aufreizenden Lächeln ließ Hayden den Blick über meinen spärlich bekleideten Körper wandern. »Jetzt ist alles super.«

In seinen Augen lag ein Verlangen, für das es sich lohnte, den ganzen Tag all die frivol grinsenden Gesichter zu ertragen. Um diesen Ausdruck bei ihm zu sehen, würde ich noch einiges mehr ertragen. »Was …?« Ich verkniff mir die Frage, worüber er und Felicia gerade gesprochen hatten. Das ging mich nichts an. Stattdessen fragte ich: »Wie ist das Interview gelaufen?«

Etwas angestrengt blickte Hayden über meine Schulter. Ich musste seinem Blick nicht erst folgen, ich spürte, wie Felicias bohrende Blicke Löcher in meinen Rücken brannten. »Es war … gut.«

Mit gut meinte er vermutlich irreführend und gut für die Klatschpresse. Toll. Wenn sie ihn wieder geküsst hatte, würde ich ihr die Lippen mit Sekundenkleber verschließen.

Ich seufzte, und Hayden legte die Arme um meine Taille. »Hey, es war wirklich gut. Ich schwöre.« Ich nickte, war jedoch nicht ganz überzeugt. Mit einem schiefen Lächeln fragte Hayden: »Wollen wir uns in Keith' Wohnwagen schleichen? Ich könnte dir den Rücken massieren.«

Mir war klar, dass er mit Rückenmassage Sex meinte. Und obwohl es irgendwie verlockend und aufregend klang, hier irgendwo Sex zu haben, wollte ich so etwas nicht in Keith' Wohnwagen tun. »Schon okay, danke.«

Hayden fing an zu lachen, als Nikki gerade zu uns kam. »Hallo, ihr zwei, was ist so lustig?«

»Nichts«, sagte ich mit einem amüsierten Grinsen im Gesicht.

Nikki lächelte, als habe sie den Witz verstanden, dann klatschte sie in die Hände. »Ihr geht doch mit Myles und mir heute Abend aus, oder?« Bevor ich etwas erwidern konnte, fügte sie hinzu: »Das hat Tradition. Ihr *müsst* mitkommen.«

Ich lachte, dann blickte ich zu Hayden. Er verzog das Gesicht, als habe er eine schlechte Nachricht erhalten, und mir wurde mulmig. »Sorry, ich hab heute Abend was vor, ich kann nicht.« Er wandte sich an mich: »Aber du solltest mitgehen.«

Weil ich vor Nikki nicht überrascht wirken wollte, bemühte ich mich, die Fassung zu wahren. Ich war mir allerdings nicht sicher, ob mir das gelang. »Mit Keith? Sogar hier?«

Er verzog noch stärker das Gesicht. »Ja … sorry.«

Unwillkürlich seufzte ich. »Schon okay, du musst tun, was du … tun musst.«

»Danke für dein Verständnis, ich liebe dich.« Er küsste mich auf die Wange, aber aus irgendeinem Grund fühlte es sich kühl und nicht tröstend an. Als er von mir abrückte, wirkte er … verlegen. »Ich muss dann mal los. Mich aufs Rennen vorbereiten.«

Ich nickte, und er gab mir noch einen Kuss auf die Wange. Als er weg war, schmollte Nikki. »Jetzt kommst du auch nicht mit, oder?«

»Doch«, sagte ich gedankenverloren. Mit ihr und Myles zusammen zu sein würde mich ein bisschen ablenken. »Hey, weißt du, was Keith heute Abend mit Hayden vorhat?«

Sie legte den Kopf schief und dachte einen Moment nach. »Nein. Ich vermeide es, so gut es geht, mit Keith zu reden. Er macht mich wahnsinnig.«

Ich schenkte Nikki ein halbherziges Lächeln. Mist. »Ja, ich auch.« Aber heute nicht. Nein, heute würde ich mit ihm reden und herausfinden, was er mit meinem Freund vorhatte. Ich brauchte eine Weile, bis ich die Nerven hatte, zu ihm zu gehen. Nicht dass ich nervös war, eher angewidert. Als ich eine Gelegenheit sah, mit ihm allein zu sprechen, überwand ich den Aufruhr in meinem Magen und trat ihm in den Weg.

Er nahm seine überdimensionierte Sonnenbrille ab und blickte mit deutlicher Verachtung auf mich herab. »Was willst du, Cox? Wenn du eine Frage zu deiner Arbeit hast, fragt eins der anderen Mädchen.« Seufzend schüttelte er den Kopf. »Ich wünschte wirklich, du würdest dieses Oberteil ein bisschen mehr ausfüllen. Ich kann ja kaum das Logo erkennen.«

Mir schoss die Hitze so heftig in die Wangen, als hätte jemand ein Streichholz an ihnen entzündet. Ich grub mir die Fingernägel in die Handflächen und ging über die Beleidigung hinweg. »Du nimmst Hayden heute Abend mit zu einer Party?«

Seine ausdruckslose Miene zeigte keinerlei Regung. »Ja. Was geht dich das an?«

Erleichterung durchströmte mich. Hayden hatte mir die Wahrheit gesagt. Doch im nächsten Augenblick war ich gereizt. »Braucht ihr ein Model als Begleitung?« Keith' Blick glitt über meine Schulter, wo ich eins der anderen Mädchen kichern hörte. Bevor er eine der anderen auffordern konnte, den ganzen Abend mit Hayden zu verbringen, korrigierte ich meinen Satz schnell. »Braucht ihr *mich* als Begleitung?«

Keith verzog die Lippen zu einem höhnischen, sarkastischen Grinsen. »Ich glaube, wir kommen gut ohne dich zurecht. Jetzt geh wieder an die Arbeit und mach dir keine Sorgen, was Hayden und ich so treiben. Das geht dich nichts an.«

Dann humpelte er an mir vorbei und stützte sich dabei schwer auf seinen Stock, als wollte er die Tatsache betonen, dass ein Cox für das Ende seiner Laufbahn verantwortlich war und dass er das niemals vergessen oder vergeben würde. Dieser Idiot.

Nikki und ich trafen uns an jenem Abend ungefähr um dieselbe Zeit, um die sich Hayden mit Keith traf. Ich versuchte, nicht darüber nachzudenken, was mein Freund trieb, während wir mit Myles unterwegs waren. Als Nikki beschloss, wir sollten tanzen, fiel es mir allerdings schwer, nicht an ihn zu denken. Eingeklemmt zwischen heißen, verschwitzten Leibern sehnte ich mich nach *meinem* heißen, verschwitzten Freund. Aber der war beschäftigt. Mit Keith. Schon wieder.

Allmählich begann mich das wirklich zu nerven, vor allem als ich am frühen Morgen zurück in unser Hotelzimmer stolperte und er noch immer nicht zurück war. Das war stets der Moment, in dem sich meine Gereiztheit in Sorge verwandelte.

»Du warst ja gestern ziemlich lange weg«, sagte ich am nächsten Morgen, als wir uns fertig machten, um zur Rennstrecke zu fahren. Da Hayden und ich nicht zusammenwohnten und er an Abenden, an denen er mit Keith unterwegs war, nicht mehr bei mir vorbeikam, wusste ich nicht, um welche Zeit er sonst zurückkam. Blieb er immer so lange mit Keith weg? Was zum Teufel machten sie auf diesen Partys, auf denen sie sich bis zum Morgengrauen herumtrieben? In mir mischten sich Angst und Zweifel und entwickelten sich zu Wut. »Ich hätte nicht gedacht, dass er so etwas direkt vor einem Rennen von dir verlangt.«

Hayden starrte mich mit großen Augen an. War das Sorge? Ein schlechtes Gewissen? Bevor ich es deuten konnte, wich der Ausdruck einem Lächeln. »Ja, ich weiß. Das sage ich ihm auch ständig, aber du weißt ja, Keith ist ein Sturkopf.«

Das stimmte allerdings. »Ich habe Keith gefragt, ob ich mitkommen könnte, aber er hat Nein gesagt.«

Er war gerade dabei, seine Jeans zuzuknöpfen. Seine Hände erstarrten. »Du hast mit Keith gesprochen?«, fragte er, den Blick auf seine unbewegten Finger gerichtet.

Bei der Erinnerung an das Gespräch lachte ich trocken auf. »Ja. Er hat mir erklärt, das würde mich nichts angehen.« Dieser Idiot.

Hayden schien in sich zusammenzusinken. Er verharrte einen Moment, dann blickte er mich schließlich an und lächelte entschuldigend. »Es tut mir leid, dass er Nein gesagt hat. Ich hätte es schön gefunden, wenn du dabei gewesen wärst.« Sein Blick war so aufrichtig, dass meine Zweifel sich ein wenig zerstreuten.

Ich legte die Arme um seinen Hals, und sein Blick glitt zu meinem Benneti-Bikinioberteil. »Tja, ich hoffe, die lange Nacht hat sich gelohnt, und ihr konntet jemand Tolles gewinnen.« Ich drückte meine Arme zusammen und bot ihm den besten Ausblick auf mein Dekolleté.

Er lächelte verführerisch und sah mir lustvoll in die Augen. »Oh ... ja«, murmelte er.

An seinem Tonfall erkannte ich, dass er nicht von einem Sponsor sprach. Ich presste meine Lippen auf seine und genoss es, dass wir, wenn auch nur für kurze Zeit, zusammen waren.

Leider endete dieser Augenblick viel zu schnell. Bevor ich auch nur auf den Gedanken kam, Hayden zu bitten, mir meine flittchenhafte Uniform auszuziehen, befanden wir uns schon auf dem Weg zur Rennstrecke. Gelegenheit verpasst – das kam in letzter Zeit irgendwie immer häufiger vor.

Als wir wieder in Kalifornien waren, sah ich Hayden fast eine Woche lang kaum mehr als eine Stunde. Ich sehnte mich danach, einen ganzen Abend mit ihm allein zu verbringen – vielleicht konnten wir uns noch einmal zu einem nächtlichen Rendezvous auf der Trainingsstrecke treffen –, aber er war einfach zu beschäftigt, mit der Arbeit und mit Keith. Nie schien es zu passen. Als er endlich einen Abend Zeit für mich hatte, war mir schon fast die Lust darauf vergangen.

Willst du wirklich heute Abend vorbeikommen? Hier ist es total unordentlich, und ich muss mir die Haare waschen. Nachdem ich die Nachricht abgeschickt hatte, hätte ich am liebsten laut aufgestöhnt. Das war meine Ausrede? Sie war so leicht zu durchschauen wie eine Fensterscheibe. Ich fühle mich vernachlässigt und wollte, dass er kam und mich tröstete.

Unordnung stört mich nicht, und beim Haarewaschen helfe ich dir gern.

Seine Nachricht entzündete ein Feuer in mir, das viel zu lang erkaltet gewesen war. Ohne darüber nachzudenken, tippten meine Finger eine Antwort: *Okay. Ja bitte.*

Zehn Minuten später klingelte es an der Tür. *Winter Wonderland.* Ich versuchte, ein Lächeln zu unterdrücken, doch es gelang mir nicht. Ich hatte ihn vermisst. Ich riss die Tür auf, packte ihn an der Jacke und zog ihn ins Haus. Dann umarmte ich ihn und bestürmte ihn mit Küssen. Er reagierte sofort und strich mit den Fingern über meinen Körper.

»Kenzie«, murmelte er und löste sich von mir. »Du bist nackt ...«

»Ich weiß. Darum solltest du dich kümmern«, raunte ich und suchte erneut seinen Mund.

Ich spürte, wie er sein Gewicht verlagerte, und hörte, wie er die Haustür zutrat, dann hob er mich hoch und trug mich rasch ins Schlafzimmer. Als wir uns auf die Matratze legten, hatte er sich schon halb ausgezogen. Und als er tief in mich eindrang, betete ich, die Zeit möge stehen bleiben und dieser Moment ewig fortdauern. Doch nach jenem Abend verwandelte er sich für die nächsten drei Wochen praktisch wieder in einen Geist.

Es fiel mir schwer, die Zeit, die wir für uns hatten, zu genießen, wenn ich wusste, dass er anschließend wieder auf unbestimmte Zeit verschwand. Ich war wütend wegen der endlosen Partys, wütend auf Keith, weil er sie veranstaltete, und wütend auf Hayden, weil er hinging. Es kam mir vor, als würde sich alles in meinem Leben gegen mich verschwören und als könnte ich einfach nicht gewinnen. Mein Job nervte, meine Familie, und mein Freund ... nervte irgendwie auch.

Ich wollte, dass ich für ihn an erster Stelle stand, dass er mich über alles andere stellte. Schließlich hatte ich ihn auch über meine Karriere gestellt. Musste er nicht dasselbe für mich tun? Doch das tat er nicht. Abend für Abend entschied er sich für Keith, und mit jedem Abend wurde ich unglücklicher.

Mitte Juni waren wir wieder bei einem ARRC-Rennen. Bei einem meiner Lieblingsrennen – in Barber. Erneut empfand ich es als Qual und Segen zugleich, dort zu sein, und allmählich glaubte ich, dass es nie leichter werden würde, daneben zu stehen und zuzuschauen.

Während der Qualifizierungsrunden schloss ich die Augen und tat so, als würde ich selbst auf einem Motorrad sitzen und das laute Motorengeräusch erzeugen. Ich gab mich so sehr dieser Fantasie hin, dass ich quasi die Bewegung der Maschine spürte, die Vibration der Straße unter mir. Es war ein wundervoller, schmerzhafter Tagtraum. In letzter Zeit war ich nicht oft schnell gefahren. Hayden und ich hatten nicht viel Zeit zusammen verbracht, und wir hatten uns schon ewig nicht mehr auf die Trainingsstrecke geschlichen. Es fehlte mir so sehr. Ich vermisste sehr viele Dinge.

»Hallo, Kenzie, wie geht's?«, fragte Nikki.

Meine Fantasie löste sich auf, ich schlug ein Auge auf und sah sie an. »Gut.«

Nikki grinste, als hätte ich etwas äußerst Amüsantes gesagt. »Du wirst besser. Fast hätte ich dir geglaubt.«

Früher war ich einmal richtig gut darin gewesen, meine Angst, meine Zweifel und meine Unsicherheit zu verbergen. Aber nach allem, was dieses Jahr auf mich eingestürmt war, hatte ich die Fähigkeit, andere zu täuschen, irgendwie verloren. Vermutlich war das gut so.

Nikkis Lächeln wich einer besorgten Miene. »Hey, ich weiß, dass du das nicht hören willst, aber sobald die Saison vorbei ist, solltest du dich nach etwas anderem umsehen. Vielleicht nach einem Job in einer anderen Branche.«

Ich öffnete beide Augen und gab mir Mühe, sie nicht vorwurfsvoll anzusehen. Sie wollte mich nur glücklich machen und selbst ein Blinder konnte sehen, dass ich nicht glücklich war. Trotzdem, Rennen zu fahren war mein Leben. Wie sollte ich das hinter mir lassen? Vor allem solange ich nichts fand, um die Lücke zu füllen, da Hayden nachts meist unterwegs war. »Danke, Nik, aber ich will genau hier sein. Es wird besser.« Schlimmer konnte es schließlich nicht mehr werden.

Nikki seufzte, dann sah sie sich im Raum um. »Geht Hayden und du heute Abend mit uns aus?«

Ich gab mein Bestes, meine Gefühle zu verbergen, und setzte ein strahlendes Lächeln auf. »Hayden hat was zu tun, aber ich komm mit.« Haydens »Tun« bestand aus einem weiteren Partybesuch mit Keith. Gott, wenn diese Partys nicht bald aufhörten, verlor ich noch den Verstand. Und hoffentlich war das alles. Denn ich konnte mir nicht vorstellen, dass ich es ertrug, noch etwas zu verlieren.

Diesmal schien Nikki mir zu glauben. Sie lächelte sanft, dann machte sie sich wieder an Haydens Motorrad zu schaffen. Natürlich hatte ich ihr nicht anvertraut, wie oft Hayden mich allein ließ, sodass sie keinen Grund hatte anzunehmen, ich wäre nicht zufrieden mit meinem Freund. Ich hatte einfach nicht den Mut gehabt, darüber zu reden. Wenn ich es täte, würde es irgendwie noch realer. Und dazu war ich noch nicht bereit. Ich überließ Nikki ihrem Job und kümmerte mich um meine eigene Aufgabe – mit dem Hintern zu wackeln.

Als wir nach Kalifornien zurückkehrten, änderte sich nicht viel. Hayden war nach wie vor andauernd unterwegs, meine Familie war schlecht auf mich zu sprechen, und mein Job war immer noch unglaublich erniedrigend. Wenn ich sage, das Leben machte mich mürbe, war das deutlich untertrieben. Meine Seele ging auf dem Zahnfleisch, und ich hatte keine Ahnung, wie lange ich das noch durchhalten konnte, ehe ich vollkommen am Ende war.

Ein Wimmern neben mir riss mich aus meinen dunklen Gedanken, und ich blickte zur Seite, wo sich eine feuchte Nase an die Tür des kleinen Käfigs auf Haydens Schoß presste. Hinter den Gitterstäben blickten mich traurige dunkle Augen an, und ein schwarz-weißes Fellknäuel bebte ununterbrochen.

»Wir haben es fast geschafft, Süßer«, säuselte ich dem Welpen zur Beruhigung zu. Ich warf einen kurzen Blick zu Hayden hinüber und sagte besorgt: »Ich glaube, du solltest ihn hochnehmen. Auf deinem Arm hat er bestimmt nicht so viel Angst.« Schließlich funktionierte das bei mir ja auch.

»In der Tragebox ist er sicherer«, antwortete er vollkommen ernst.

Seine Bemerkung brachte mich zum Lächeln. Bei allem, was Hayden in seinem Leben getrieben hatte, war es ziemlich lustig, dass er sich über Sicherheitsfragen Gedanken machte. Seit wir uns zum ersten Mal begegnet waren, hatte er sich ziemlich verändert. Zumindest hoffte ich das.

Wenige Minuten später bogen wir auf den Parkplatz vor Izzys und Antonias Mietshaus ein. Ich parkte den Truck dicht vor Izzys Tür, und Hayden sprang hinaus. Ein Strahlen ging über sein ganzes Gesicht. Er freute sich riesig, dass er sein Versprechen Antonia gegenüber endlich einlösen konnte. Izzy war weniger begeistert, aber sie wollte ihrer Tochter den kleinen Freund nicht verwehren.

Die Tragebox fest unter den Arm geklemmt schritt Hayden zur Tür und klopfte an. Izzy öffnete sofort. Als sie uns sah, strahlte sie, doch dann wanderte ihr Blick zu der Kiste.

Sie seufzte und hielt uns die Tür auf. »Kommt rein, sie ist gerade noch beim Abendessen.«

Haydens fröhliches Grinsen wuchs, als er durch die Tür trat. Das hatte er schon seit Monaten vorgehabt, war aber wegen seiner Verpflichtungen bei Keith nicht früher dazu gekommen, seinen Plan umzusetzen. Außerdem hatte es ewig gedauert, den »richtigen« Hund für Antonia zu finden.

Ich trat in die Wohnung und umarmte Izzy, die daraufhin erneut seufzte. Ich klopfte ihr mitfühlend auf den Rücken. Es war nicht leicht, wenn einem etwas aufgedrückt wurde, was man eigentlich nicht haben wollte.

»Hallo, Bücherwurm«, rief Hayden, als er ins Wohnzimmer trat. »Ich hab hier was für dich.«

Sofort hörte ich, wie eine Gabel auf einen Teller fiel, ein Stuhl zurückgeschoben wurde und Füße auf uns zutappten. Antonia hüpfte um die Ecke, die zur Küche führte. Sie war blass, aber ihre Wangen waren gerötet. Ihre Ernährungssonde hatte man schon vor einer Weile entfernt, und sie sah deutlich gesünder aus. Auch ihr Haar wuchs wieder ordentlich. Wenn man sie so sah, ahnte man nicht, was sie durchmachte.

Antonias Blick fiel sofort auf die Tragebox, die Hayden auf den Boden setzte. »Oh, ist das etwa mein Hund?«

Anstatt zu antworten, sank Hayden auf die Knie, öffnete die Tür der Box und zog das zitternde Bündel heraus. Antonia quiekte, als sie den Shih-Tzu-Welpen auf seinem Arm sah. Izzy stöhnte. »Hayden ... diese Hunde bestehen nur aus Fell.«

Mit breitem Grinsen überreichte Hayden Antonia den Welpen. »Na, dann muss Bücherwurm ihn eben ordentlich bürsten. Stimmt's, Kleine?«

Antonia nickte begeistert und drückte den Welpen an ihre Brust. »Ich kümmere mich gut um ihn, Mom. Versprochen.«

Aus ihren Augen sprach so viel Hoffnung und Freude, dass Izzy schließlich lächelte. »Ich weiß, Süße«, flüsterte sie. Sie blickte zu mir, dann zu Hayden, und plötzlich legte sich eine Schwere über den Raum. Hoffentlich würde sie sich noch lange um den Hund kümmern können.

Izzy räusperte sich und sagte: »Was sagst du zu Onkel Hayden?«

Antonia schlang sofort die Arme um seinen Hals. »Danke! Das ist sogar noch besser als die American-Girl-Puppe, die du mir jedes Jahr schenkst.« Als sie von ihm abrückte, wurde ihre Miene ernst. »Ich würde aber trotzdem gerne noch Puppen bekommen. Die sind toll.«

Hayden lachte. »Das sehen wir dann, Süße. Das sehen wir dann.« An seiner Miene war jedoch abzulesen, dass er ihr bis in alle Ewigkeiten Puppen schenken würde. Es wärmte mir das Herz, wie sehr er dieses kleine Mädchen liebte, und für einen Moment vergaß ich, dass es zwischen uns gerade nicht ganz rundlief.

Daran wurde ich später am Abend wieder erinnert, als wir zu meinem Haus zurückkamen und Hayden sich entschuldigte, weil er mit Keith auf eine »Party« musste. Vielleicht war es albern von mir anzunehmen, dass wir den ganzen Abend zusammen verbringen würden, aber ich war davon ausgegangen, dass ich ihn die ganze Nacht für mich hätte. Ich hatte es derart satt, dass er ständig weg war. »Schon wieder? Wie viele Sponsoren will Keith denn noch gewinnen?«, platzte es aus mir heraus.

Hayden, der gerade dabei war, seine Jacke zu nehmen, hielt inne. Er richtete sich auf, kam zu mir und legte die

Arme um meine Taille.»Ich weiß, dass das nervt, aber ich muss das machen. Morgen Abend habe ich frei. Die ganze Nacht. Wir könnten zur Trainingsstrecke fahren. In den Pausenraum einbrechen«, sagte er und wackelte anzüglich mit den Augenbrauen.

Gott, das klang wundervoll, aber ich wollte es *jetzt* haben. Ich wollte nicht noch vierundzwanzig Stunden warten, um ein bisschen schöne Zeit mit ihm zu verbringen. Ich hatte es satt zu warten.»Warum musst du gehen? Du musst Keith nicht deine ganze Freizeit opfern. Er hat noch andere Fahrer, die Sponsoren für ihn gewinnen können.«

Hayden strich beruhigend mit den Händen über meinen Rücken und obwohl sein Gesicht keinerlei inneren Aufruhr verriet, hatte ich das Gefühl, dass er Zeit schindete.»Ich weiß, du magst Keith nicht«, sagte er schließlich.»Und ich weiß, dass du ihm nicht vertraust, aber ich versuche mit dem, was ich tue, etwas in Ordnung zu bringen.«

Vor Überraschung riss ich die Augen auf.»Etwas in Ordnung zu bringen? Was?«

Hayden seufzte, dann richtete er den Blick auf den Boden. Als er wieder aufsah und mir in die Augen blickte, wirkte er durch und durch aufrichtig.»Ich versuche, dir deinen Job wiederzubeschaffen. Ich versuche, Keith davon zu überzeugen, dich ...« Er schloss die Augen und schüttelte den Kopf. Als er sie wieder öffnete, flüsterte er:»Du gehörst auf ein Motorrad, und ich werde alles tun, damit du wieder fahren kannst.«

In seiner Stimme lagen eine Leidenschaft und eine Entschiedenheit, die mir Schauder über die Arme trieben. Deshalb ging er auf all diese Partys? Um Keith dafür zu gewinnen, mich fahren zu lassen? Obwohl das eine schöne Vorstellung war, fragte ich mich, was Keith wohl im Austausch dafür verlangen würde, dass er mir half? Was würde Keith nicht von ihm verlangen? Das gefiel mir ganz und gar nicht.

»Darum habe ich dich nicht gebeten«, sagte ich. »Ich kümmere mich selbst darum, dass ich meinen Job wiederbekomme.« Irgendwie. Und ich würde es auf anständige Art tun, ohne einen Pakt mit dem Teufel zu schließen.

Hayden schenkte mir ein trauriges, schiefes Lächeln. »Du hast alles versucht, Kenzie. Dein Vater hat all seinen Einfluss geltend gemacht, dich aus allem auszuschließen. Du kannst nur Rennen fahren, wenn du mich verlässt. Und ich hoffe, du verstehst, dass ich alles tue, um das zu verhindern.«

Das tat ich, aber ich fand es furchtbar, weil es ihm eine Rechtfertigung für sein Handeln bot. Was immer er tat, er tat es für mich, und das machte es nur noch schlimmer. Gottverdammt. Warum konnte es nicht eine einfache Lösung für dieses Problem geben? Warum ließ mein Vater mich nicht meine eigenen Entscheidungen treffen? Warum konnte er sich nicht einfach darüber freuen, dass ich glücklich war? Oder jedenfalls glücklich *gewesen* war.

Kopfschüttelnd erklärte ich: »Ich finde das schrecklich. Alles.« Felicia, Keith, meinen Job, meine Familie ... all das schlug mir gehörig auf die Laune.

Hayden stieß die Luft aus und lehnte seine Stirn gegen meine. »Ich weiß. Ich auch. Aber ich bringe das in Ordnung, Kenzie. Du hast mein Wort.« Bevor ich ihn fragen konnte, wie sein Masterplan aussah, küsste er mich auf die Stirn, schnappte sich seine Jacke und ging. Als die schwere Holztür hinter ihm ins Schloss fiel, durchlief ein seltsames Beben meinen Körper. Es fühlte sich an, als wäre etwas kaputtgegangen, als er ohne Erklärung ging, ich wusste nur nicht, was.

Nachdem er weg war, kam mein Herz nicht zur Ruhe. Es war, als würde dieses blöde Organ versuchen, aus meinem Körper auszubrechen. Plötzlich wirkten die Wände um mich beengend. Wenn ich hierblieb, würde ich ersticken. Ich schnappte mir das Telefon und schrieb Nikki: *Bist du zu Hause? Dann komm ich vorbei.*

Ihre Antwort ließ nicht lange auf sich warten. *Ja, kein Problem. Ist alles okay?*

Nein, ja ... Ich weiß nicht.

Ich dreh einfach durch, antwortete ich. Hoffentlich fragte sie nicht, wo Hayden war und warum er sich nicht um mich kümmerte. Ich hatte keine Lust, ihr das in einer Textnachricht zu erklären.

Doch wie es Nikkis Art war, fragte sie nicht, sondern nahm es so hin. *Ich mache einen Wein auf.*

Lächelnd schnappte ich mir meine Jacke und den Schlüssel für mein Bike. Auf dem Weg zu Nikis Wohnung fuhr ich ziemlich schnell. Ich konnte nicht anders. Hayden und ich waren schon ewig nicht mehr nachts auf der Rennstrecke gewesen. Dass er mir in Aussicht gestellt hatte, es bald wieder zu tun, hatte mich heißgemacht. Ich musste Dampf ablassen, schaffte es allerdings, unter achtzig Meilen pro Stunde zu bleiben. Das erforderte jedoch meine ganze Willenskraft.

Als ich an Nikkis Tür klopfte, öffnete sie mir mit einer Flasche Wein in der Hand. »Du klangst, als könntest du einen Schluck brauchen.«

Ich grinste sie schief an und nahm ihr die Flasche ab. Kaum war ich im Haus, ließ ich mich auf Nikkis Sofa fallen. Irgendwie konnte ich hier freier atmen, wo Zweifel und Rätsel um Hayden nicht in jede Dielenritze gekrochen waren. Nikki reichte mir ein großes Weinglas, und ich füllte es fast bis zum Rand. Mit großen Augen nahm sie mir die Flasche ab, um sich selbst allenfalls halb so viel einzuschenken. Sie setzte sich zu mir und trank einen winzigen Schluck. Ich war weniger zurückhaltend.

»Also ...«, hob sie vorsichtig an. »Was ist los?«

Ich lehnte den Kopf gegen die Sofalehne, starrte an die Decke und rang mit mir, was ich ihr erzählen sollte. »Ich weiß nicht. Ich glaube, mir geht das alles an die Nieren.« Ich rollte den Kopf zur Seite, um sie anzusehen und sagte: »Ich vermisse mein Leben.« Und ehrlich gesagt war das der Punkt. Ich litt. Immer noch.

Nikki legte vorsichtig den Arm um mich und zog mich in eine kurze Umarmung. »Ich weiß. Aber ... das ist nur vorübergehend. Du bekommst alles zurück.« Ihre hoffnungsvollen Worte klangen nicht ganz überzeugt. Wir beide wussten, wie stur Jordan Cox sein konnte.

Ich lächelte sie trotzdem an und darüber freute sie sich. »Und in der Zwischenzeit hast du Hayden.« Irgendwie klang ihr Satz mehr wie eine Frage denn wie eine Aussage. Sie tastete sich langsam vor.

Seufzend starrte ich in mein Riesenweinglas. Ich konnte es ihr genauso gut erzählen. »Na ja ... die Sache ist die ... Ich bin mir nicht so sicher, ob ich ihn noch habe.« Nachdem ich es laut ausgesprochen hatte, spürte ich, wie etwas in mir zerbrach. Ich hatte es so lange geleugnet, es tat weh zuzugeben, dass etwas nicht stimmte.

Nikkis Gesicht war voller Sorge, als ich zu ihr aufblickte, aber sie wirkte nicht überrascht. »Wie meinst du das? Was ist passiert?«

Ich lächelte und schüttelte den Kopf. »Eigentlich ist nichts passiert. Aber ...« Meine Miene versteinerte, als ich daran dachte, wie oft er verschwand. »Er ist ständig unterwegs, und ich habe keine Ahnung, wohin er geht. Er sagt, er würde Dinge für Keith tun, und Keith hat das bestätigt, aber ...« Meine Brust schnürte sich zusammen, als die Angst jede meiner Zellen beherrschte. Was zum Teufel machte er wirklich? »Ich weiß, in Beziehungen geht es um Vertrauen, aber irgendetwas stimmt nicht ... Da bin ich mir sicher.«

Mir traten Tränen in die Augen, und ich blinzelte sie rasch fort. Die Sorge auf Nikkis Gesicht verwandelte sich in Wut. »Vielleicht ist er bei ihr ...«, murmelte sie so leise, dass ich es kaum hörte.

Aber ich hatte es gehört. »Bei ihr? Bei wem?«, fragte ich, und vor lauter Angst richteten sich die Härchen auf meinen Armen auf. »Felicia? Warum sagst du das?«

»Ach, nichts, nur so«, antwortete sie schnell.

Quatsch. Sie log. Das wusste ich. »Das stimmt nicht, da ist etwas. Spuck's aus.« *Bevor mir das Herz aus der Brust springt.*

Nikki schüttelte den Kopf, ihre Miene drückte deutliches Bedauern aus. »Nein, ich meinte nur ... Ich weiß nicht ... Es liegt am ... Wein«, endete sie und hob ihr Glas.

Ich nahm ihr das Glas ab und stellte es auf den Tisch. »Nein, der Wein hat damit nichts zu tun. Du hattest einen Grund, das zu sagen, und den will ich wissen.«

Sie blickte sich im Zimmer um, als suchte sie einen Fluchtweg, dann stöhnte sie. »Es ist nichts, Kenzie. Ich hab nur ... Ich hab ihn und Felicia belauscht, und ... ich glaube, sie schickt ihm Textnachrichten.« Sie blickte mir in die Augen und schüttelte den Kopf. »Nach dem, was du gesagt hast, habe ich nur einfach was Fieses gesagt und behauptet, sie würden miteinander schlafen. Aber das tun sie nicht. Da bin ich mir sicher. Shit.«

»Herrgott, Nikki. Warum hast du nichts gesagt?« Und Gott ... traf er sich etwa mit ihr?

Nikki wirkte nervös, wodurch ich mich nicht gerade besser fühlte. Schließlich hob sie die Hände und sagte: »Ich hätte es dir schon vor Ewigkeiten sagen sollen, aber Hayden meinte, er würde es dir selbst erzählen. Er sagte, es müsse von ihm kommen, sonst würdest du es ihm nicht glauben ... und ich dachte, er hat recht. Darum habe ich nichts gesagt. Ich finde es gut, dass ihr zusammen seid. Ich wollte nicht, dass ihr Streit bekommt, darum habe ich ihn nicht gedrängt. Irgendwie habe ich ihm das überlassen. Und irgendwann war es so lange her, dass ich einfach davon ausgegangen bin, du wüsstest es und wolltest nicht darüber reden. Und ich konnte es ja nicht ansprechen, falls du es doch nicht wusstest. Dann hättest du dich gefragt, warum ich es dir nicht längst erzählt habe, und ... Gott, ich bin schrecklich.«

Hitze schoss mir in die Wangen, während mich zugleich Angst und Wut ergriffen. »Du meinst also, er würde weggehen, um mit ihr zusammen zu sein? Du glaubst, er schläft mit ihr?«

Sie schüttelte den Kopf. »Nein, das glaube ich nicht. Nicht wirklich. Es war nur das Erste, was mir durch den Kopf schoss, als du sagtest, er wäre die ganze Zeit unterwegs. Mensch, Kenzie. Es tut mir so leid. Ich hätte das nicht sagen dürfen. Ich hätte gar nichts sagen dürfen. Sie schlafen nicht miteinander. Das würde er dir auf keinen Fall antun. Er liebt dich. Aufrichtig, so wie man eine Seelenverwandte liebt.«

Ich stellte mein Weinglas auf den Couchtisch und stand auf. »Sie hat er auch geliebt.« Und vielleicht liebte er sie noch. Und auch wenn er nicht mit ihr schlief, hatte er mir versprochen, dass er nicht mit ihr sprach, dass er diese Brücke nicht wieder bauen würde. Wie dem auch sei, er hatte mich angelogen. Er *belog* mich. Und das ergab nur einen Sinn, wenn sie diejenige war, die er die ganze Zeit traf, und nicht Keith. Er konnte gerade *jetzt* mit ihr zusammen sein.

Nikki blickte seufzend zu mir hoch. »Was willst du tun?«, fragte sie.

Angesichts der Wut, die allmählich Angst und Panik verdrängte, klang meine Stimme erstaunlich ruhig, als ich antwortete. »Ich fahre zu Hayden und warte, dass er nach Hause kommt.« *Oder ich fahre die ganze Nacht durch die Straßen und suche nach ihm.*

Nikki stand auf und legte mir eine Hand auf den Arm. »Bitte bring ihn nicht um. Du bist zu jung, um dein Leben im Gefängnis zu verbringen.« Ich lächelte über ihren Scherz, aber mein Lächeln war nicht echt. So wie ich mich gerade fühlte, konnte ich ihr gar nichts versprechen.

Auf dem Weg zu Hayden überschritt ich die achtzig Meilen pro Stunde. Ich dachte, die Geschwindigkeit würde mir vielleicht helfen, mich zu beruhigen, aber das funktionierte nicht. Wie konnte er mich anlügen? Und wie lange belog er mich schon? Nikki hatte angedeutet, dass es schon eine Weile her war. Hatte er seit Monaten Kontakt zu Felicia? Wie lange ging das schon? Er hatte versprochen, keinen Kontakt zu ihr zu haben. Hatte er schon die nächste Stufe erreicht? Ging er genau in diesem Moment mit ihr ins Bett? Dieser Dreckskerl! Ich hatte alles für ihn aufgegeben! Er tat das angeblich, um mir zu helfen, meine Güte! Er half sich selbst.

Als ich zu ihm kam, kochte ich vor Wut. Nein ... über dieses Stadium war ich schon Ewigkeiten hinweg. Ich war der Vesuv und kurz davor, meine Lava über ihn zu ergießen. Als ich eintraf, brannte Licht, was mich noch mehr ärgerte. *Er ist noch zu Hause?* Er war vor fast einer Stunde bei mir aufgebrochen. Wann wollte er denn zu dieser *Party*?

Nicht in der Lage, meinen Aufruhr zu beherrschen, hämmerte ich mit aller Kraft an seine Tür. Als ich fertig war, brannte mein Handballen ein bisschen. Kurz darauf öffnete Hayden die Tür, er wirkte verwirrt und gereizt. Als er mich sah, machte sich Überraschung auf seinem Gesicht breit. »Kenzie? Was machst du denn hier?«

»Was machst *du* hier?«, konterte ich. »Ich dachte, du müsstest auf eine Party?«

Er strich sich durch das blonde Haar und nagte an seiner Unterlippe. »Die wurde verschoben. Ich habe gerade überlegt, ob ich dich anrufen oder schlafen lassen soll.«

Klar.

Hayden lächelte und streckte die Hand nach mir aus, aber ich wich zurück. Sein Grinsen verblasste, und er ließ die Hand sinken. »Was ist los?«

In meiner Wut redete ich nicht lange um den heißen Brei herum. »Sie schickt dir Nachrichten?«

Hayden zog die Brauen zusammen und wollte gerade fragen, von wem ich sprach, als er begriff und einen langen Seufzer ausstieß. »Ich glaube, du solltest reinkommen«, sagte er und trat zur Seite, um mich hereinzulassen.

Er wusste, worüber ich reden wollte. Das bedeutete, dass er ihr tatsächlich Nachrichten schrieb. Ich hatte nicht an Nikkis Aussage gezweifelt, dennoch hatte ich gehofft, dass es vielleicht nicht stimmte …

Ich schob mich an ihm vorbei und stieß dabei gegen seine Schulter. Am liebsten hätte ich mich auf ihn gestürzt, aber ich wusste, dass das übertrieben war. Ich liebte ihn, darum musste ich mich beruhigen und ihm zuhören.

Obwohl mir keine Ausrede einfiel, die seine Lüge rechtfertigen würde.

Hayden schloss mit einem weiteren Seufzer die Tür. Er hatte ein ziemlich schlechtes Gewissen. Langsam und widerwillig drehte er sich zu mir um. »Hör zu, ich ...«

Ich ließ ihn gar nicht erst zu Wort kommen. Ich stürzte auf ihn zu und stieß ihm den Finger in die Brust. »Sie schickt dir Nachrichten, und du schickst ihr auch welche! Du hast Stein und Bein geschworen, dass du kein einziges Wort von ihr hören willst, und dann schreibst du ihr hinter meinem Rücken Nachrichten, als wäre das nichts? Was fällt dir ein, Hayden?«

Er packte meine Hand, damit ich aufhörte, gegen seine Brust zu stoßen, dann versuchte er, unsere Finger miteinander zu verschränken. Doch ich riss meine Hand zurück. Zerknirscht sagte er: »*Sie* schreibt *mir*. Ich kann sie nicht davon abhalten. Ich schreibe ihr nicht. Manchmal drückt sie bei mir irgendwelche Knöpfe, und dann antworte ich ihr aus einem Impuls heraus. Das ist alles.«

»Und das soll ich dir glauben?«, fragte ich und stemmte die Hände in die Seiten. »Warum hast du mir das nicht erzählt?«, schnappte ich. »Hast du gedacht, es wäre nicht erwähnenswert, dass deine Ex dir schreibt?«

»Damit du so reagierst?«, gab er zurück und zeigte auf mich. »Genau das wollte ich vermeiden.«

»Vielleicht würde ich nicht so reagieren, wenn du es mir erzählt hättest und nicht Nikki. Hast du daran schon mal gedacht?«, fragte ich und starrte ihn wütend an.

Er schloss die Augen und biss die Zähne zusammen. Ich konnte beinahe sehen, wie er in Gedanken bis zehn zählte. Als er die Augen schließlich wieder öffnete, sagte er: »Ja.

Deshalb habe ich sie gebeten, es dir nicht zu erzählen. Ich habe überlegt, wie ich es dir sagen kann, ohne dass du sauer wirst.«

Ich verschränkte die Arme vor der Brust und erwiderte: »Tja, das ist dir nicht gelungen.«

»Das sehe ich«, sagte er und seufzte.

Gereizt warf ich die Arme in die Luft: »Wie ist sie überhaupt an deine Nummer gekommen, Hayden? Hast du sie ihr gegeben?« Wenn er das getan hatte, machte das seine Verteidigung zu einer einzigen gigantischen Lüge.

Seine Gesichtszüge verhärteten sich. »Nein, Keith hat sie ihr gegeben, damit sie mir ›etwas von ihm ausrichten‹ kann«, sagte er und malte Anführungszeichen in die Luft. »Als ob er nicht direkt mit mir reden könnte. Er mischt sich in Dinge ein, die ihn nichts angehen.«

Das war das Erste, was ich ihm wirklich glaubte, und meine Wut ließ nach. Etwas zumindest. »Hast du die Nachrichten noch? Kann ich sie lesen?«

Hayden zögerte, bevor er antwortete. »Nein.«

Irritiert zog ich eine Augenbraue hoch. »Nein, ich habe sie nicht, oder Nein, ich darf sie nicht lesen?«

Er stieß einen leisen Seufzer aus. »Nein, ich habe sie nicht mehr. Ich habe gelöscht, was immer sie mir geschickt hat.«

Seine Antwort beruhigte mich, aber zugleich stimmte sie mich auch misstrauisch. Versuchte er, etwas zu verbergen, indem er sie löschte? Ich wünschte fast, er hätte sie behalten, damit ich selbst sehen konnte, was hinter meinem Rücken vor sich ging. »Was schreibt sie dir so?«, fragte ich und wünschte mir sofort, ich hätte es nicht getan.

Hayden verzog das Gesicht, als wünschte er sich auch, dass ich das nicht gefragt hätte. »Bitte lass das, Kenzie. Bitte.«

Plötzlich bildete sich ein Kloß in meinem Hals, und ich musste dreimal schlucken, um ihn loszuwerden. »Warum?« Mit vor Angst heftig pochendem Herzen wartete ich auf seine Antwort. *Was schreibst du ihr?*

Haydens Blick sank zu Boden, dann sah er wieder mich an. »Weil ich dich nicht verletzen will. Ich will dir nicht erzählen, dass eine andere Frau mit mir zusammen sein will. Das willst du ganz bestimmt nicht hören.«

Das war eine absolut vernünftige Antwort und eine hundertprozentig richtige Vermutung. Ich wollte nichts davon hören, dass Felicia meinen Freund begehrte. Es in ihren Augen zu sehen, war schlimm genug. Aber war das *alles*, was hier vor sich ging? War die Sache wirklich so einseitig, wie er sie darstellte? »Willst du wieder mit ihr zusammen sein?«, flüsterte ich.

Sofort trat er auf mich zu und legte sanft die Hände auf meine Arme. »Nein, natürlich nicht, Kenzie. Ich will *dich*. Darum bin ich ja auch mit *dir* zusammen.« Stimmte das? Oder war er mit mir zusammen, weil er ein schlechtes Gewissen wegen allem hatte, was ich für ihn geopfert hatte? Fühlte er sich verpflichtet, mich zu lieben? War seine Loyalität das Einzige, was uns noch zusammenhielt? Und erstreckte sich diese Loyalität auch auf unser Sexleben? Oder genügte es seiner Ansicht nach, mein Freund zu sein, und er fühlte sich frei, auf diesem Gebiet zu schummeln? Herrje, hoffentlich nicht.

Meine Stimme klang angespannt, als ich fragte: »Wo warst du dann die ganze Zeit? Wo wolltest du *wirklich* heute Abend hin?«

Er wandte den Blick ab und atmete schwer aus. Klang er schuldbewusst? Ich wusste es nicht. »Keith' Partys, Kenzie.«

Er sah mich wieder an und sagte: »Die gehören zur Arbeit, das weißt du doch.«

Ich hatte das Gefühl, als hätte sich mein Magen zu einem Stein zusammengeballt. War er ehrlich mir gegenüber? »Ich weiß, dass du das *sagst*«, antwortete ich leise.

Auf seinem Gesicht lag eine Mischung aus Traurigkeit und Reue. »Jetzt vertraust du mir nicht mehr.« Das war eine Feststellung, keine Frage.

»Diese Nummer, von der du immer behauptet hast, es sei die von Keith, die Fünfen und Sechsen ... das war Felicias, stimmt's?« Hayden nickte, und ich spürte, wie sich ein Riss durch mein Herz zog. »Du hast mich angelogen. Monatelang. Das ist nicht gerade vertrauensfördernd.«

Sein Blick glitt zu dem Raum zwischen unseren Körpern. Obwohl wir nur einen einzigen Schritt voneinander entfernt standen, fühlte es sich an, als trennten uns Meilen. »Ich weiß, und das tut mir leid, Kenzie.« Mit flehendem Blick sah er mich an. »Ich weiß, dir gefällt nicht, was ich getan habe. Dass ich dir das verheimlicht habe. Aber ich schwöre dir, ich wollte dich nur schützen. Mit allem, was ich getan habe. Du bist mein Ein und Alles.«

Die Aufrichtigkeit in seinen Augen, in seiner Stimme, kittete den Sprung in meinem Herzen und linderte den Schmerz. »Dann weih mich ein, Hayden. Sag mir immer die Wahrheit.«

Sorge legte sich auf sein Gesicht, und als er den Mund öffnete, wusste ich, dass er mir etwas Bedeutendes sagen würde, etwas, das mir nicht gefallen würde. Mein Herz beschleunigte sich. Doch dann entspannte ein warmes Lächeln sein Gesicht. »Das mach ich. Versprochen.«

Ich wollte ihn fragen, weshalb er erst so beunruhigt gewirkt hatte, aber er senkte die Lippen zu meinen und die Erinnerung an sein besorgtes Gesicht löste sich unter seiner zärtlichen Berührung auf. Ich war noch wütend, noch verletzt, aber ich liebte ihn so sehr. Die Aufrichtigkeit, die ich in seinen Augen gesehen hatte, musste die absolute Wahrheit sein, das eigentliche Band, das uns zusammenhielt. Er musste mich lieben, jedes Wort, das er gerade gesagt hatte, musste wahr sein, denn so empfand ich für ihn. Wenn dieses Gefühl einseitig war, könnte ich es nicht ertragen. Ich könnte es nicht ertragen, ihn zu verlieren.

Die Leidenschaft unseres Streits übertrug sich auf unseren Kuss. Es war feurige Lust mit einem Spritzer kühler Gereiztheit, und bei dieser Mischung stand ich sofort in Flammen. Ich strich mit den Fingern durch sein Haar und zog ihn zu mir. Seine Hände erforschten meinen Körper, eine strich über meinen Rücken, die andere über meinen Hintern. Ich wollte, dass er überall meine nackte Haut berührte, dass er mit seinen Lippen jede Faser meines Körpers liebkoste, wollte in der Leidenschaft ertrinken, die uns überwältigte.

Während das Verlangen von meinen Sinnen Besitz ergriff, ließ ich den Mund zu seinem Ohr gleiten. »Hayden ...«, raunte ich.

Seine Antwort war nur ein Keuchen. »Ja?«

»Du musst etwas für mich tun«, sagte ich und knabberte an seinem Ohrläppchen.

Er drückte mit beiden Händen meinen Körper und stieß einen erotischen Laut aus. »Gott ... alles, Kenzie.«

Ich wich zurück und blickte ihm in die Augen. In ihnen loderte die Lust. Fast hätte ich nicht ausgesprochen, was ich sagen wollte, doch er musste unbedingt etwas für mich tun.

»Bring mich zur Trainingsstrecke. Fahr mit mir. Ich will den Rausch mit dir erleben. Und dann will ich dort mit dir schlafen und mich durch und durch lebendig fühlen.«

Er stöhnte, sagte jedoch nichts. Dann hob er mich einfach hoch und trug mich zur Tür hinaus.

Kapitel 13

Hayden

Ich war dabei, es zu vermasseln, das war mir klar, und dennoch konnte ich nicht anders. Nicht wenn ich so dicht vor einem Sieg stand. Ich hatte durch die Straßenrennen genug Geld gescheffelt, um endlich auf Jordan zugehen zu können. Ich hatte keinen blassen Schimmer, wie ich ihn überzeugen sollte, mir seinen Teil der Trainingsstrecke zu verkaufen, aber das Geld hatte ich fast beisammen. Schritt eins war fast erledigt.

Aber zu welchem Preis? Kenzie war misstrauisch, das war nicht zu übersehen. Wenn ich ihr jedoch erzählte, was ich wirklich trieb, würde sie mich bitten, damit aufzuhören. Sie würde sagen, es sei zu gefährlich, dass sie meine Hilfe nicht brauche, um aus der Klemme zu kommen, dass ein Geschäft mit Keith niemals funktioniere und dass alles, was ich tat, sinnlos sei. Ja, wenn ich das Richtige tat und Kenzie die Wahrheit erzählte, würde sie ihr altes Leben niemals zurückbekommen. Und wenn ich sie weiterhin anlog ... würde ich sie vielleicht verlieren. Ich saß in der Patsche.

Es war auch nicht gerade hilfreich, dass ich in letzter Zeit so fahrig gewesen war, mir war etwas durchgerutscht. Nikki und diese blöden Textnachrichten. Gottverdammt. Ich wünschte, ich hätte das kommen sehen. Ich wünschte, ich hätte Kenzie von Anfang an erzählt, dass Felicia mir Stress machte. Aber aus irgendeinem Grund wollten mir die Worte Kenzie gegenüber einfach nicht über die Lippen kommen. Wie konnte ich ihr etwas sagen, von dem ich wusste, dass es sie verletzen würde?

Kenzie schlief noch neben mir. Ausnahmsweise sah sie friedlich aus, ein sanftes Lächeln lag auf ihren vollen Lippen. Es war viel zu lang her, seit ich mit ihr zur Trainingsstrecke gefahren war. Ich versagte als ihr Freund und das gleich mehrfach. Alles zu einem guten Zweck, aber das würde vor Gericht kaum zählen.

Vorsichtig stieg ich aus dem Bett und schlich ins Wohnzimmer zu meinem Smartphone. Kenzie und ich hatten uns gestern Abend dermaßen schnell ausgezogen, dass ich es dort zurückgelassen hatte. Was gut so war. Nachdem ich das Gerät aus meiner Jackentasche geholt hatte, sah ich, dass Aufreißer unzählige Male versucht hatte, mich zu erreichen und mir jede Menge Nachrichten hinterlassen hatte. Ich brauchte sie nicht zu lesen oder zu hören, um zu wissen, dass er sauer auf mich war. Ich hatte das Rennen versäumt und er das Startgeld verloren. Aufreißer hasste es, Geld zu verlieren, was der Grund für sein mieses Verhalten im letzten Jahr gewesen war. Aber ich hätte unmöglich erscheinen können. So aufgelöst wie Kenzie gewesen war, hätte ich ihr gestern Abend um keinen Preis entwischen können. Darum hatte ich in Sekundenschnelle eine Entscheidung getroffen, für die ich jetzt zusammengestaucht wurde.

Dass Kenzie mich zu Hause angetroffen hatte, als ich angeblich mit Keith unterwegs war, hatte ihr Misstrauen noch verdoppelt. Probleme über Probleme. Von jetzt an musste ich vor den Rennen mit Aufreißer abhängen, um zu verhindern, dass das noch einmal passierte. Das, oder ich musste mir eine andere Lüge für Kenzie ausdenken. Mann, was für Optionen. Die Lüge funktionierte allerdings noch ganz gut, darum war es das Beste, ich blieb dabei. Und außerdem deckte Keith mich.

Als ich ihn auf das Gespräch mit Kenzie angesprochen hatte, sagte er nur: »Ich will nicht wissen, was du treibst, solange du es tust, um mir Jordans Seite der Trainingsstrecke zu besorgen.«

Ich versicherte ihm, dass ich genau daran arbeitete, und er hatte kein Wort mehr darüber verloren. Er musste wissen, dass ich wieder Straßenrennen fuhr – er war schließlich nicht dumm –, aber vermutlich überwog die Aussicht auf den Gewinn für ihn das Risiko, mich als Fahrer zu verlieren, falls ich erwischt wurde. Ein tolles Gefühl.

Ich hatte die Nase voll von meinem komplizierten Leben und beschloss, mich mit Aufreißer in ein paar Tagen beim nächsten Rennen auseinanderzusetzen. Jetzt wollte ich erst einmal Kenzie glücklich machen und herausfinden, wie ich Jordan davon überzeugen konnte, dass ich die bessere Option war als Keith. Ein Kinderspiel.

»Hey, warum hast du mich nicht geweckt?«

Ich drehte mich um. Kenzie stand in einem meiner T-Shirts im Türrahmen. Soweit ich das beurteilen konnte, trug sie abgesehen davon nichts. Ihr gelocktes Haar war wild und widerspenstig, genau wie sie selbst letzte Nacht, als wir uns die Kleider vom Leib gerissen und Sex an der Rennstrecke gehabt hatten. Diese Erinnerung würde ich für den Rest meines Lebens nicht mehr vergessen.

»Ich dachte, du brauchst Ruhe. Es ist ganz schön spät gewesen.« Ich ließ das Telefon zurück in meine Jackentasche gleiten und ging zu ihr. Kenzies Blick folgte meiner Bewegung, aber sie sprach mich nicht darauf an. Doch die Frage brannte in ihren Augen.

»Keine Nachricht von Felicia«, versicherte ich ihr, und es fühlte sich gut an, ihr zur Abwechslung mal die Wahrheit sagen zu können. Ich hätte ihr das schon viel früher gestehen sollen.

Kenzie lächelte, aber es wirkte traurig. Ich wünschte, ich könnte mehr tun, damit sie begriff, dass ihr mein Herz gehörte – mein ganzes Herz. Felicia war nur ... ein loser Faden aus meiner Vergangenheit, den ich abschneiden wollte.

»Gut«, murmelte sie, aber ihre Unruhe machte mir klar, dass sie ihren Tag lieber anders als mit einem Gespräch über meine Ex beginnen würde. Das konnte ich ihr nicht vorwerfen. Ich würde auch lieber nicht über sie reden.

Lächelnd beugte ich mich zu Kenzie hinunter, um ihr einen zärtlichen Kuss zu geben. »Was hast du heute vor?«, fragte ich, als sich unsere Lippen voneinander lösten.

Widerwillig zuckte sie mit den Schultern. »Keine Ahnung. Was mit Izzy unternehmen.«

Ihre Antwort überraschte mich nicht. Kenzie verbrachte ihre freie Zeit oft mit Izzy. Keith sah es jetzt, nachdem Kenzie eine Angestellte war, lockerer, wenn sie zur Trainingsstrecke kam. Er erlaubte ihr aber dennoch nicht, die Strecke zu benutzen, auch nicht mit ihrem eigenen Motorrad. Darum kam sie nicht vorbei. Ich gab ihr einen Kuss, mehr konnte ich nicht für sie tun. Vorerst.

Nach dem Frühstück trennten sich unsere Wege, und obwohl Kenzie besser aussah als gestern Abend, als sie mir den Kopf hatte abreißen wollen, wirkte sie nicht glücklich. Ich wusste nicht, wann dieses Unglück in Vorwürfe umschlagen würde, aber die Uhr tickte. Ich musste das hier schnell in Ordnung bringen.

Während Kenzie in ihrem Truck davonfuhr, startete ich meine Maschine. Allerdings nicht, um zum Training zu fahren. Ich musste erst noch einen Boxenstopp einlegen, von dem ich hoffte, dass er gut verlief, obwohl das Unterfangen ziemlich aussichtslos war.

Mein Magen rebellierte vor Nervosität, als ich die Auffahrt von Jordan Cox hinauffuhr. Mein letzter Versuch, mit ihm zu reden, war nicht gerade glücklich verlaufen. Und angesichts meines heutigen Anliegens war ich skeptisch, ob es diesmal besser gehen würde.

Als das zweigeschossige Farmhaus auftauchte, atmete ich lange und bewusst aus. Verglichen mit all den anderen Dingen, die ich in meinem Leben schon getan hatte, war das hier leicht. Und zugleich das Schwierigste. Noch nie war mir etwas derart wichtig gewesen, noch nie hatte ich etwas so sehr gewollt. Als ich vorfuhr, war Jordan nirgends zu sehen, doch sein Truck stand vor dem Haus. Von daher nahm ich an, dass er da war. Wo ich auch hinsah, entdeckte ich, dass etwas kaputt war oder verfiel. Jordan tat alles, um an der Trainingsstrecke festzuhalten, dafür ließ er sogar diesen Ort verkommen. Das würde keine leichte Verhandlung werden.

Ich stellte meine Maschine neben dem Truck ab, schaltete den Motor aus, nahm den Helm herunter und stieg ab. Kaum berührten meine Füße den Kies, fühlten sie sich an, als wären sie in Beton gegossen – jeder Schritt war eine Herausforderung. Ich durfte jedoch nicht umdrehen und aufgeben. Ich musste Jordan zum Nachgeben bewegen, er musste sich dazu durchringen, Kenzies Traum wahr werden zu lassen. Ich musste gewinnen.

Ich trat vor seine Haustür und hielt einen Moment inne, dann klopfte ich. Innen hörte ich Schlurfen und Grummeln, also wartete ich so geduldig, wie ich nur konnte, darauf, dass Jordan erschien. Im Geiste ging ich durch, was ich ihm sagen konnte, aber als die Tür einen Spalt breit geöffnet wurde, war mir immer noch nichts wirklich Brauchbares eingefallen.

Jordan richtete seine stahlgrauen Augen auf mich und verengte sie zu schmalen Lasern, mit denen er mich am liebsten in zwei Hälften geteilt hätte. »Da bist du ja schon wieder. Hast du mich beim letzten Mal nicht verstanden?«

Daraufhin blickte ich unwillkürlich gereizt zurück. »Doch ... klar und deutlich.«

»Was zum Teufel willst du dann hier?«, fragte er barsch.

Glaub mir, alter Mann. Ich wäre nicht hier, wenn es nicht sein müsste. »Ich will Ihnen ein Angebot machen.«

Sofort unterbrach er mich. »Und dafür lässt du meine Tochter in Ruhe? Gekauft.«

Ich sah ihn wütend an. »Das steht nicht zur Debatte. Aber wenn Sie mir zuhören, werden Sie feststellen, dass mein Angebot zu Ihrem Vorteil ist.«

Jordan verschränkte die Arme vor der Brust. Er schürzte amüsiert die Lippen: »Zu meinem Vorteil. Ach tatsächlich?«

Froh, dass er mich wenigstens nicht sofort hinausschmiss, nickte ich. »Ja.« Ich holte tief Luft, dann kreuzte ich die Finger und platzte heraus: »Verkaufen Sie mir Ihren Anteil an der Trainingsstrecke.« Jordan riss die Augen auf. Er öffnete den Mund, um etwas zu sagen, doch ich hob die Hände, um ihn davon abzuhalten. »Ich weiß, die Strecke saugt Sie aus, aber Sie wollen sie nicht an Keith verkaufen. Verkaufen Sie

sie stattdessen an mich. Dann sind Sie die Last los und können wieder frei atmen, und Sie können sagen, dass Sie nicht vor Keith eingeknickt sind.« Gott, hoffentlich trieb ich es mit dem letzten Teil nicht zu weit, doch es schien mir ein guter Grund zu sein.

Jordans versteinerte Miene verriet mir nicht, ob er mir zustimmte. »Ich verkaufe dir die Strecke nicht, damit du sie dann Keith geben kannst, Junge. Glaub nicht, ich würde die Leine um deinen Hals nicht sehen.«

Dieses Bild widerstrebte mir zutiefst – ich war schließlich niemandes Haustier –, aber ich konnte seine Angst nachvollziehen. »Sie würden sie ihm nicht direkt verkaufen. Er macht mich zu seinem Geschäftspartner, also geben Sie sie mir.« Jordan wirkte noch keineswegs überzeugt, darum fügte ich hastig hinzu: »Bitte ... wenn Sie mir diesen Gefallen tun, kann ich Kenzie ihr Leben zurückgeben. Sie kann wieder auf ihr Bike steigen. Ohne das geht sie ein ...«

Als ich verstummte, wuchs sein Grinsen. Es war, als würde er sich an ihrem Unglück erfreuen. »Ich kann Mackenzie mit einem einzigen Anruf zurück aufs Motorrad bringen.«

Ich wurde sauer, und meine Ruhe war dahin. »Dann tun Sie es doch!«

Stur schüttelte er den Kopf. »Erst, wenn ich weiß, dass sie klar denken kann. Und das ist noch nicht der Fall.« Mit finsterer Miene stieß er hervor: »Sie tänzelt in Benneti-Unterwäsche herum und ignoriert, wie sehr sie ihre Familie verletzt. Du hast sie verändert.«

Ich konnte nicht fassen, dass er versuchte, mir die Schuld daran zu geben. Glaubte er wirklich, ich sei der Grund für das alles? »Ist das Ihr Ernst? Sie sind derjenige, der sie verändert hat. Sie haben sie doch zu alldem gezwungen!«

»Ach ja?«, fragte Jordan und wirkte wieder vollkommen ruhig. »Oder hat ihr Stolz sie auf diese Reise geschickt?«

Ihr Stolz? Wie gestört war er? »Ob es Kenzies Stolz war oder Ihrer ... was spielt das schon für eine Rolle, wenn Sie beide unglücklich sind?«

Bei diesen Worten senkte Jordan den Blick. Gut. Vielleicht drang ich endlich zu ihm durch. »Bitte, Jordan ... lassen Sie mich ihr helfen.«

Er reagierte nicht sofort, und in mir keimte Hoffnung auf. Wenn er doch einfach Ja sagen, wenn er mir helfen würde, dann könnte ich daran arbeiten, alles wieder in Ordnung zu bringen.

Schließlich stieß Jordan einen leisen Seufzer aus und hob langsam den Kopf. Ich hatte gehofft, Resignation in seinen Augen zu lesen, doch was ich sah, war alles andere als das. »Wenn ich dir die Strecke verkaufe, verkaufe ich sie im Grunde an Keith – Partnerschaft hin oder her. Und wenn Mackenzie für Keith fährt, hilft ihr das nicht weiter. Darum gebe ich dir dieselbe Antwort wie Keith: Nein.«

»Aber, Jordan, ich bin nicht ...«

Er hob die Hand und zeigte auf die Auffahrt. »Ich habe dein Angebot gehört und abgelehnt. Da es nichts mehr zu sagen gibt, kannst du jetzt mein Anwesen verlassen.« Er ließ die Hand sinken und sprach mit leiser drohender Stimme. »Wenn du noch mal mit einem gehirnverbrannten Angebot von Keith hier auftauchst, lasse ich dich wegen Hausfriedensbruch festnehmen.« Ein kleines Lächeln spielte um seine Lippen. »Natürlich könnte das auch ein Segen sein. Wenn du hinter Gittern sitzt, kommt Mackenzie vielleicht zur Vernunft.«

Kopfschüttelnd stieß ich hervor: »Fahren Sie zur Hölle, Jordan«, drehte mich um und ging. Sonst würde ich ihm womöglich noch eine verpassen. Seine Variante von Kenzies »zur Vernunft kommen« bedeutete, dass sie alles, was mit Keith zu tun hatte, zurückließ, einschließlich mir. Teufel, das würde ich nicht zulassen.

Ich kochte, als ich aus Jordans Auffahrt fuhr. Anscheinend verließ ich das Grundstück immer in diesem Zustand. Er beherrschte es hervorragend, mich zu provozieren, und egal, wie sehr ich meinte, vorbereitet zu sein, ich war es doch nie. Kenzie würde Keith niemals ganz akzeptieren, aber ich konnte mir auch nicht vorstellen, jemals ihren Vater ganz zu akzeptieren.

Ich gab Gas und fuhr von Jordan aus direkt zur Trainingsstrecke. Ich musste trainieren, um meine Aggressionen auf eine produktive Weise abzubauen. Als ich den Parkplatz innerhalb des Geländes erreichte, erschrak ich heftig und bremste scharf ab. Denn dort standen mit verschränkten Armen Aufreißer und Grunz und musterten alles und jeden mit säuerlicher Miene. Was zum Teufel machten sie hier, und wie waren sie überhaupt hereingekommen? Man brauchte eine Schlüsselkarte und einen Code, um durch das äußere Tor zu gelangen, und soweit ich wusste, hatten sie die nicht.

Nachdem ich mich umgesehen und davon überzeugt hatte, dass sich außer uns niemand anders auf dem Parkplatz befand, lenkte ich mein Bike in ihre Richtung. Ich hielt neben ihnen und riss mir den Helm vom Kopf. »Ihr habt hier nichts verloren«, zischte ich. »Und wie seid ihr überhaupt hier reingekommen?«

Aufreißer rollte mit den Augen, als hätte ich ihn gefragt, wie er sich die Schuhe zuband. »Bitte. Du bist nicht der Einzige, der deinen geheimen Hintereingang kennt.« Das überraschte mich. Vor Jahren hatte ich ein Loch in den Maschendrahtzaun, der das Gelände umgab, geschnitten, aber davon hatte ich Aufreißer nie etwas erzählt. Er wusste mehr, als mir klar war. Spionierte er mir etwa nach?

Kopfschüttelnd wiederholte ich: »Ihr habt hier nichts zu suchen. Was wollt ihr?«

Aufreißers Blick wurde eisig. Was zu Grunz' Miene passte. Der wirkte immer genervt. »Wir wollen zu dir, Arschloch. Offensichtlich müssen wir jetzt selbst dafür sorgen, dass du zu den Rennen erscheinst. Offenbar denkst du, du könntest auftauchen, wie es dir gefällt. Wo zum Henker warst du letzte Nacht?«

Eigentlich hatte ich ein schlechtes Gewissen, aber sein Ton nervte mich höllisch. »Sorry, aber Kenzie ist gestern Abend bei mir vorbeigekommen. Ich konnte sie ja schlecht rausschmeißen.«

Mein Argument schien Aufreißer nicht zu überzeugen. »Klar hättest du das tun können. Du hast dich nur dagegen entschieden. Und deshalb habe ich acht Riesen verloren.«

»Ich ersetze sie dir«, stieß ich leichtfertig hervor.

Er nickte, als wäre der Vorschlag von ihm gekommen. »Ganz genau. Und du wirst heute Abend wieder für mich fahren.« Grunz gab einen zustimmenden Laut von sich und starrte mich durchdringend an.

Ich blickte gereizt von einem zum anderen. »Ich dachte, ich hätte heute Abend frei.«

Aufreißer grinste schief. »Das hattest du auch, aber jetzt muss ich meinen Verlust wieder reinholen, also hast du nicht frei. Und wenn ich dir einen Rat geben darf ... falls du nicht willst, dass deine Freundin weiß, was du treibst, denk dir eine bessere Lüge aus. Bis heute Abend, Arschloch. Wir kommen nachher vorbei, um dich abzuholen.«

Na toll. Jetzt hatte ich einen Aufpasser. »Das ist nicht nötig, Aufreißer. Ich werde da sein.«

»Klar wirst du das«, sagte er, und seine Stimme triefte vor Sarkasmus.

Ich wollte ihm gerade sagen, wohin er sich seinen Sarkasmus stecken konnte, als jemand auf einem Motorrad eintraf. Mit rasendem Herzen sprang mein Blick zu demjenigen meiner Teamkollegen, der mich gerade erwischte. Überraschenderweise durchströmte mich Erleichterung, als ich Felicia sah. Mit ihren dunklen Augen erfasste sie die Szene, dann richtete sie den Blick auf mich. »Stimmt was nicht, Jungs?«

Es war merkwürdig, aber es fühlte sich so an, als wäre sie zu meiner Unterstützung da. Vielleicht lag das daran, dass sie mich früher oft vor Aufreißer und seinen Launen beschützt hatte. »Nein. Aufreißer und Grunz wollten gerade aufbrechen.«

Aufreißer sah mir fest in die Augen und schnaubte verächtlich. »Ja ... aufbrechen.« Er richtete den Blick auf Felicia und sagte: »Bis heute Abend, Felicia.«

Verwirrt zog ich die Brauen zusammen, als sie erwiderte: »Ja, bis dann.«

Da ich sie nicht vor Aufreißer darauf ansprechen wollte, wartete ich, bis er und Grunz außer Hörweite waren. Sie gingen zur Rückseite des Grundstücks, wo sie offenbar neben dem Loch im Zaun ihr Auto geparkt hatten. Ganz toll. Hoffentlich hatte das niemand beobachtet und gemeldet.

Als ich sicher war, dass sie mich nicht mehr hören konnten, wandte ich mich an Felicia. »Du willst dir heute Abend wieder das Rennen ansehen? Warum?« Meinetwegen? Wollte ich, dass sie meinetwegen kam?

Ihre Antwort überraschte mich noch mehr als das Auf-

tauchen von Aufreißer und Grunz an der Trainingsstrecke.
»Nein, nicht ansehen. Teilnehmen.«
»Warum das denn?«, zischte ich. Mein Blick glitt zu dem offenen Tor, das ins Innere des Geländes führte. Ich wusste, warum ich das alles aufs Spiel setzte, aber warum sollte sie das tun?
Felicia atmete leise aus, und ich richtete meine Aufmerksamkeit wieder auf sie. Der Ausdruck auf ihrem Gesicht war traurig, voller Reue. »Du bist nicht der Einzige, bei dem ich etwas gutzumachen habe, Hayden.« Sie verzog die Lippen zu einem kleinen verschmitzten Lächeln, das Erinnerungen aus einem ganzen Leben heraufbeschwor. »Und Aufreißer ist genauso stur wie du. Er wollte mir nur zuhören, wenn ich für ihn fahre. Umsonst versteht sich.« Sie lachte, als wäre das egal. Für mich war das Gewinnergeld das Einzige, was zählte ... warum sonst das Risiko eingehen?
»Du bekommst keinen Anteil vom Gewinn?«, fragte ich fassungslos.
Kopfschüttelnd sagte sie: »Ich mache es nicht des Geldes wegen.«
Verstand sie denn nicht, dass das, was ich tat, aus verschiedenen Gründen gefährlich war? »Wenn du erwischt wirst ... bist du erledigt«, erklärte ich und hoffte, sie zu erreichen.
»Genau wie du«, konterte sie und verzog die Lippen zu einem amüsierten Lächeln.
»Das ist es mir wert.« *Kenzie* ist es mir wert.
Felicias Lächeln verblasste, und ein ernsthafter Ausdruck legte sich auf ihr Gesicht. »Mir auch.«
Darauf konnte ich nichts erwidern, und ein merkwürdiges, aber nicht unangenehmes Schweigen breitete sich zwi-

schen uns aus. Ich wollte den Blick von ihr abwenden und zur Rennstrecke fahren, stellte jedoch fest, dass ich mich nicht vom Fleck rühren konnte. Es war geradezu unheimlich, wie ähnlich sie Kenzie sah, und dennoch hatten Felicias Gesichtszüge auch etwas ganz und gar Eigenes. Erinnerungen stürmten auf mich ein, wie ich dieses Gesicht gehalten, wie ich jeden Zentimeter geküsst und beobachtet hatte, wie sich ein lustvoller Ausdruck hineinschlich. Wir hatten so viel zusammen erlebt, in so jungen Jahren. Manchmal war es allzu leicht, das »Jetzt« in ihrer Nähe zu vergessen und in die Vergangenheit abzugleiten.

Felicia wirkte nachdenklich, während wir uns durchdringend ansahen, dann sagte sie schnell: »Hayden, ich weiß, du brauchst Zeit, aber vielleicht ...«

Ich kehrte derart ruckartig in die Gegenwart zurück, dass mein Kopf schmerzte. Ich hob abwehrend die Hände, dann schob ich mein Bike von ihr fort. »Ich kann nicht, Felicia. Das ist ein total beschissener Tag, und ich ... ich kann einfach nicht ...«

Wieder lag Bedauern in ihren Augen, aber sie nickte, als würde sie mich verstehen. »Okay ... ich kann warten. Das ist es mir wert.«

Als wäre ich auf der Flucht, wendete ich meine Maschine und fuhr eilig zum inneren Tor. In letzter Zeit fühlten sich die Begegnungen mit Felicia zu vertraut an. Je länger sie um mich war, desto mehr löste sich mein Schutzwall aus Wut auf. Und obwohl ich meist eher abweisend als nett zu ihr war, wollte ich ihr im Grunde nicht wehtun. Ich wollte ihr allerdings auch nicht nah sein. Ich wollte einfach vergessen, dass sie wieder da war und sie nie wiedersehen. Aber das ließ das Leben natürlich nicht zu, wir waren jetzt Teamkollegen – sowohl auf der offiziellen als auch auf der inoffiziellen Rennstrecke. Scheißleben.

Nach dem Training fuhr ich zu Kenzie, um ein bisschen Zeit mit ihr zu verbringen, bevor ich zum Rennen aufbrechen musste. Ich fand es schrecklich, dass ich ihr schon wieder etwas von einer Sponsorenparty vorlügen musste – und das, nachdem ich ihr gerade versprochen hatte, ihr die Wahrheit zu sagen. Etwas anderes fiel mir jedoch nicht ein, und ich wusste, dass Keith meine Lüge deckte. Mir blieb keine andere Wahl, als sie zu belügen, und das machte mich fertig. Ich fühlte mich beschissen, und weil ich mich so fühlte, wäre ich Kenzie am liebsten aus dem Weg gegangen.

Um möglichst normal zu tun, klingelte ich mit einem schwungvollen Weihnachtslied bei ihr. Lächelnd öffnete sie die Tür, und wie eine Sturzflut breitete sich Erleichterung in mir aus. Gott sei Dank, sie war nicht sauer, was bedeutete, dass sie in meiner Abwesenheit nicht noch etwas anderes herausgefunden hatte. Dieser Drahtseilakt, den ich hier vollführte, gefiel mir überhaupt nicht.

»Hey, Süße, du siehst toll aus.« Ich umarmte sie und atmete ihren köstlichen Salzgeruch ein. Ihr Haar roch noch schwach nach Meer, sie musste heute surfen gewesen sein.

Sie legte die Arme um mich, und vorübergehend erfüllte mich ein friedliches Gefühl. Wenn ich sie in den Armen hielt, war die Welt in Ordnung. Dann durchbrach sie die friedliche Stille, indem sie sagte: »Fahren wir heute Abend wieder zur Trainingsstrecke? Ich würde das so gerne noch mal machen.« Am Ende kicherte sie verführerisch, woraufhin ich Aufreißer am liebsten wieder versetzt hätte. Wenn Jordan ohnehin nicht verkaufen wollte, warum musste ich dann noch Geld scheffeln? Aber ich konnte Aufreißer nicht im Stich lassen. Wenn ich nicht auftauchte, würde er mich suchen, und dann würde ich Kenzie Dinge erklären müssen, die ich ihr nicht erklären konnte.

»Also ... eigentlich ... du weißt doch, dass diese Party verschoben wurde? Nun ja, die ist heute Abend.« *Mist, bitte lass sie das glauben.*

Kenzies Arme um meinen Hals versteiften sich, dann rückte sie langsam von mir ab, um mir in die Augen zu sehen. Die Zweifel standen ihr deutlich im Gesicht geschrieben. Sie glaubte mir nicht, aber sie *wollte* mir gern glauben. Sie war hin- und hergerissen. Wir beide gingen in unserem persönlichen Unglück unter. *Ich versuche, uns zu retten. Ich schwöre es dir.*

»Wirklich?«, fragte sie, und an der Art, wie sie mich aus ihren dunklen Augen musterte, wusste ich, dass sie eigentlich fragte: *Sagst du mir wirklich die Wahrheit?*

Nein, ich lüge wie gedruckt. Vergib mir.

Ich schluckte den Kloß in meinem Hals hinunter und nickte. »Ja ... es tut mir leid. Ich rede mit Keith, dass er das mit den Partys runterfährt. Du hast recht, das wird langsam lächerlich.« Und sinnlos, weil Jordan mich lieber hinter Gittern sah, als dass er mich dafür sorgen ließ, dass seine Tochter wieder Rennen fuhr.

Das schien sie zufriedenzustellen, und ich betete, dass ich mein Versprechen halten konnte. Aufreißer war besessen vom Wetten und leider hatte er mich in der Hand. Er wusste, dass ich nicht wollte, dass irgendjemand von meinen nächtlichen Aktivitäten erfuhr. Er wusste, dass das, was er gegen mich in der Hand hatte, schwerer wog als das, was ich von ihm wusste. Im Grunde hatte ich gar nichts gegen ihn in der Hand, denn mein Beweis für seine Manipulationen im letzten Jahr war ziemlich mager. Ich war jetzt von Aufreißer abhängig. Er musste mir nur damit drohen, Kenzie alles zu erzählen, und ich würde tun, was immer er wollte. Mann. Warum konnte Jordan sich nicht einfach einen Ruck geben und mir die Strecke verkaufen? Dann wäre Schluss mit der ganzen Geheimniskrämerei.

»Oh ... gut. Ich hoffe, er lässt die Finger von deinem Terminplan. Ich würde dich wirklich gern wieder öfter sehen.« Kenzie lachte, als sie das sagte, aber es wirkte angespannt, und ich sah den Schmerz in ihren Augen. Sie hatte ihren Traum für mich aufgegeben, und ich enttäuschte sie.

Ich musste mir auf die Zunge beißen, damit ich ihr nicht alles anvertraute. Vielleicht sollte ich ihr meine Sünden gestehen. Die Sache mit Jordan hatte sich erledigt, warum also nicht? Aber nein ... ich durfte Kenzies Traum nicht aufgeben. Einer von uns musste stark bleiben. Jordan konnte nicht ewig durchhalten. Und vielleicht gab es ja doch noch einen Weg ...

»Woran denkst du gerade?«, fragte Kenzie und riss mich aus meinen Gedanken.

Da ich ihr noch nicht die Wahrheit sagen konnte, sagte ich etwas, das der Wahrheit relativ nah kam. »Wie toll du aussiehst, wenn du dich auf dem Bett rekelst und nichts anhast als den Ring, den ich dir geschenkt habe.«

Sie drehte den Silberring mit den drei ineinander verschlungenen Ewigkeitssymbolen. Dann lächelte sie verschlagen und zog sich in Richtung Flur zurück. »Wann musst du los?«, fragte sie mit tiefer, sinnlicher Stimme.

Gott, ich wünschte, ich könnte sagen »nie«. »Noch nicht so bald«, erwiderte ich, mein Körper reagierte bereits auf sie und stand unter Spannung.

»Gut.« Sie lächelte aufreizend, dann drehte sie sich um und rannte in ihr Schlafzimmer. Ich brauchte genau drei Sekunden, um sie einzuholen, doch da lag bereits die Hälfte ihrer Kleidung auf dem Boden. Ich half ihr, sich von der anderen Hälfte zu befreien, und als sie nur noch ihren Ring trug, legte ich sie aufs Bett.

Das Silber glänzte unter dem hellen Licht in ihrem Schlafzimmer. So schön der Ring war, ich würde ihn eines Tages durch einen richtigen Verlobungsring ersetzen. Einen besseren als den, den Aufreißer mir für Felicia besorgt hatte. Vorausgesetzt, Kenzie wollte mich noch haben, wenn all das vorüber war. Hoffentlich, denn ich wollte sie so sehr. *Sie* war meine Traumfrau.

Mit einem Kuss auf ihren Ringfinger besiegelte ich das stille Versprechen, und Kenzies Blick war voller Liebe. »Ich bin immer noch sauer auf dich«, flüsterte sie.

»Ich weiß«, murmelte ich. Sie hatte jedes Recht dazu, aus weitaus mehr Gründen, als ihr klar war. Ich konnte ihr ihre Wut nicht verübeln.

Um mich von meinen Problemen abzulenken, verteilte ich überall Küsse auf ihrem nackten Körper. Als ich mich ihre geschmeidigen Beine hinaufarbeitete, wand sich Kenzie erwartungsvoll. Ich war steinhart, aber zuerst schuldete ich ihr noch einen kleinen Rausch. Ich ließ meine Zunge zwischen ihre Beine gleiten. Kenzie schrie auf und klammerte sich mit der einen Hand am Bett fest, die andere vergrub sie in meinem Haar. Die Lust schoss so heftig durch meinen Körper, dass ich dachte, ich würde schon kommen, nur weil ich sie hörte.

Ich musste meine Sünden wiedergutmachen, leckte und reizte sie und bereitete ihr so viel Lust, wie ich nur konnte. Kurz darauf klammerte sie sich mit beiden Händen in mein

Haar und bog den Rücken durch, während eine Reihe kurzer Atemstöße in ein langes Stöhnen übergingen.

Ich löste mich von ihr und ließ sie ihren Höhepunkt genießen. Sie zog mich zurück zu ihrem Mund. Ihre Küsse waren gierig, als hätte es ihr nicht genügt, einmal zu kommen. Sie war aggressiver als üblich, nagte an meiner Lippe und zog die Nägel über meinen Rücken. Es weckte Erinnerungen an andere Zeiten ... mit einer anderen. Einer, an die ich jetzt nicht denken sollte.

Als mein Körper vor Lust pochte und ich kurz davor war zu explodieren, stöhnte Kenzie in mein Ohr: »Gott ... dieser Mund ... davon kann ich nie genug bekommen.«

Vielleicht lag es an meinem schlechten Gewissen, vielleicht an der Leidenschaft, die von ihr ausging, vielleicht war es ein lustbedingter Wahnzustand – jedenfalls machten Kenzies Worte es mir unmöglich, die Vergangenheit zu vergessen, und ich konnte nur noch an Felicia denken. Ihre heisere Stimme, mit der sie genau dieselben Worte gesagt hatte, hallte in meinen Ohren wider, während Erinnerungen an ihren Körper durch meinen Kopf schossen und mich völlig verwirrten. Ich durfte nicht an meine Ex denken, während Kenzie sich unter mir wand, das war total daneben. Aber Herrgott, ich war noch nie so erregt gewesen. Wenn ich es nur noch ein kleines bisschen länger zuließ, nur noch ein klitzekleines bisschen ...

Finger packten mich und drängten mich in sie. *Gott, ja ...* Ich sah Felicias dunkle Augen vor mir – diesen gierigen, verlangenden Blick, wenn sie vor lauter Lust die Wände hochging. Und verdammt, ich war so scharf auf sie.

Ich drang in sie ein und trotz des überwältigenden Glücksgefühls wollte ich kurz innehalten, mich einen Moment sammeln und mich auf die Frau konzentrieren, mit der ich wirklich zusammen war. Doch als sich unsere Hüften trafen, war es um meine Selbstbeherrschung geschehen. Es fühlte sich so gut an, ich konnte nicht widerstehen und verlor die Kontrolle über meine Gedanken. Die Fantasie überwältigte mich und riss mich mit sich ... und ich ließ es zu. Kenzies Locken, die sich über das Kopfkissen ergossen, wurden zu Felicias. Kenzies Brüste unter meinen Fingerspitzen waren Felicias. Und Kenzies erotisches Atmen, das mich rasch zum Höhepunkt trieb, gehörte Felicia. Gott, ich hatte fast vergessen, wie gut sie sich anfühlte.

Während sich die Lust immer weiter in mir aufbaute, beschleunigte ich den Rhythmus meiner Hüften. Ich musste in ihr kommen, musste sie in Besitz nehmen, sicher dafür sorgen, dass sie mich nie wieder verließ. Felicia drängte sich mir Stoß für Stoß entgegen und rief meinen Namen. Dann erstarrte sie unter mir und stieß einen langen Lustschrei aus, während sie ein zweites Mal kam. Als sie mich so fest umschloss, konnte ich nicht mehr an mich halten und kam direkt nach ihr. *Felicia ... ja.*

Nachdem der Höhepunkt verebbte, landete ich mit einem Schlag wieder in der Realität. Was zum Teufel hatte ich gerade getan? Mein Magen krampfte sich vor Abscheu zusammen, die Erinnerung an meine Fantasie versetzte mich in Aufruhr. Ich hatte Kenzie zu Felicia gemacht ... und es hatte mir gefallen. Du meine Güte. Wie konnte ich ihr das nur antun? Und betrog ich sie dadurch? Ich hatte keinen blassen Schimmer, aber so schlecht, wie ich mich fühlte, musste es das wohl sein. Mir war total übel, aber ich musste so tun, als wäre alles in Ordnung. Als hätte ich einfach tollen Sex gehabt. Mit meiner Freundin. Und mit keiner anderen. Shit.

Am liebsten wäre ich aus dem Bett gesprungen und vor Kenzie geflohen, derart elend fühlte ich mich. Aber das konnte ich nicht. Ich musste hierbleiben und mit ihr kuscheln, während mein Magen brannte und mir die Galle hochkam. Was war ich für ein schrecklicher Mensch. Und die Tatsache, dass ich Kenzie verlassen musste, um mich mit Felicia zu treffen, half meinem Magen auch nicht gerade, sich zu beruhigen. Ich verdiente es, erwischt zu werden.

Schließlich war es spät genug, dass ich Kenzie verlassen konnte, ohne Misstrauen zu erregen. Als ich sie auf die Wange küsste, war ich nicht mit dem Herzen dabei. Sie sollte sich nicht von mir küssen lassen. »Ich muss gehen, Süße. Sehen wir uns morgen Abend?« *Sag Nein. Sag, dass du mich nie mehr wiedersehen willst.*

Kenzie drehte sich auf den Rücken und warf mir ein warmes, befriedigtes, sorgloses Lächeln zu. »Ja.«

Ich lächelte rasch zurück, küsste sie noch einmal auf die Wange und stieg aus dem Bett. Während ich mich eilig anzog, hoffte ich, ich würde mich gleich besser fühlen, sobald ich Kenzie nicht mehr sah. Doch diese Hoffnung erfüllte sich nicht. Kein bisschen. Meine Übelkeit hielt sich die ganze Zeit über, die ich bei Aufreißer ausharrte, und als wir an jenem Abend zum Rennen fuhren, verstärkte sie sich auf eine Weise, dass ich dachte, ich müsste das Rennen absagen. Aufreißer würde mich allerdings umbringen, wenn ich zweimal hintereinander fehlte. Ich musste das hier durchziehen.

Kaum hatte ich die von Motorrädern gesäumte Straße erreicht, entdeckte ich auch schon den Auslöser meiner inneren Konflikte. Den Helm unterm Arm kam Felicia hüftschwingend auf mich zu und grinste schief. Die Erinnerung daran, wie ich mit Gedanken an Felicia in Kenzie gekommen war, war so lebendig, dass ich den Blick von ihr abwenden musste. Oh, das war nicht gut.

»Hey, Aufreißer, Grunz ... Hayden. Wie geht's, Jungs?«

Ihre heisere Stimme trieb ein Schaudern durch meinen Leib, und ich warf ihr einen kurzen Blick zu. Wusste sie es? Nein ... woher sollte sie es wissen? Sie konnte schließlich nicht in meinen Kopf sehen. Zum Glück.

Aufreißer schlug ihr auf den Rücken, als wäre alles zwischen den beiden wieder normal, als hätte sie uns nie im Stich gelassen. »Bist du bereit, Mädchen?«

Ich spürte ihr Lächeln auf mir, als sie antwortete: »Klar. Wie in alten Zeiten, stimmt's, Hayden?«

Oh Mann, warum musste sie die alten Zeiten erwähnen? Ich versuchte, sie zu vergessen, mich nicht an sie zu erinnern. Noch immer blickte ich sie nicht an, als ich brummte: »Richtig ... alte Zeiten.« Ich wandte mich von ihnen ab und meinem Motorrad zu. Aufreißer erklärte Felicia die Strecke, aber ich achtete kaum auf ihn. Ich musste das Bild von Felicias Körper, der unter meinem lag, aus dem Kopf bekommen. Das war lange her, und manche Dinge ließ man besser in der Vergangenheit ruhen.

Nach einem Moment spürte ich sie direkt hinter mir. Ich atmete langsam aus und drehte den Kopf, um sie anzusehen. Als ich ihren neugierigen Blick bemerkte, wünschte ich, ich könnte unauffällig das Visier herunterklappen, damit sie meine Augen nicht sah. Erotisches Stöhnen hallte in meinen Ohren wider, und ich musste mich erneut abwenden. »Was ist los?«, fragte sie.

»Nichts«, murmelte ich und ging in die Hocke, um meine Reifen zu überprüfen.

»Quatsch«, sagte sie. »So sieht man nicht aus, wenn nichts ist. Du hast ein schlechtes Gewissen.«

Ich schloss die Augen und fluchte innerlich, weil sie immer noch in meinem Gesicht lesen konnte wie in einem Buch. Das widerstrebte mir gehörig. Ich stand auf und wandte mich zu ihr um. Vielleicht war sie eine Fantasie in meinem Kopf gewesen, aber ich hatte trotzdem mit Kenzie geschlafen. Und nicht mit ihr. »Hier zu sein ist nicht gerade zuträglich für meine Beziehung. Also stimmt, ich habe ein schlechtes Gewissen.« Wegen diverser Dinge.

Auf vertraute Weise legte sie den Kopf schief und wirkte neugierig. »Warum machst du es dann?«

Vielleicht war die Fantasie schuld daran, dass ich ihr diesmal unwillkürlich antwortete. »Um Kenzie ihr Leben zurückzugeben. Sie hat auf alles verzichtet, um mit mir zusammen zu sein. Und das ist ... das ist nicht richtig.« Bei diesem Geständnis zog sich schmerzhaft meine Brust zusammen.

Verständnis leuchtete in Felicias Augen auf. »Ah, verstehe. Jetzt ergibt das Ganze mit euch einen Sinn. Du fühlst dich ihr verpflichtet.«

Wut kochte in meinen Adern und verdrängte meine Schuldgefühle. »Nein, das stimmt nicht. Ich liebe sie.«

Felicia nickte, als würde sie nicht daran zweifeln. »Klar ... aber dieses Gefühl wird von deinen Schuldgefühlen ihr gegenüber verdeckt. Wie lange wird es wohl dauern, bis dich das total verrückt macht?«

Erwartungsvoll zog sie eine Augenbraue hoch, und ich ballte die Fäuste. »Das ist keine Verpflichtung, Felicia, es ist Loyalität. Etwas, wovon du nichts verstehst.«

Die Wut in ihren Augen verstärkte sich und entsprach nun ungefähr der, die unter meiner Haut brannte. »Du hast keine Ahnung von meiner Loyalität, Hayden. Weil du zu viel Angst hast, es herauszufinden.«

»Angst? Du meinst, ich hätte Angst vor dir?«, zischte ich. »Wohl kaum. Gut, Felicia. Erzähl mir das große Geheimnis, das mich angeblich dazu bringt, dir zu vergeben.« Obwohl Wut durch meine Adern pulsierte, begann mein Herz, erwartungsvoll zu schlagen. Nein ... ich wollte es nicht wissen. Ich wollte ihr nicht vergeben. Vor allem nicht nach dieser Fantasie ...

Felicia öffnete den Mund, doch zum Glück packte Aufreißer sie am Arm, bevor sie etwas sagen konnte. »Alles klar, Mädchen, du bist dran!« Er drehte den Kopf von ihr zu mir und grinste verschlagen. »Störe ich? Braucht ihr zwei noch einen Moment vor dem Rennen?«

Er wackelte anzüglich mit den Augenbrauen, als würde ich mit ihr um die Ecke verschwinden wollen oder irgendwas in der Art. »Nein. Du störst überhaupt nicht.« Dann wandte ich beiden entschieden den Rücken zu. Wenn sie mit mir reden wollte, würde sie mit meinem Hintern reden müssen.

Ich hörte ein ärgerliches Schnauben, dann ging Felicia mit Aufreißer weg. Gut. Kurz darauf stand sie an der Startlinie und wartete darauf, dass die Lichter umsprangen. Aufreißer zerrte mich zum Van, um die Aufnahmen ihrer Helmkamera zu verfolgen. Eigentlich wollte ich das nicht sehen, aber nachdem das Rennen einmal begonnen hatte, war es schwer, den Blick abzuwenden. Das Adrenalin der Menge riss mich mit.

Felicia erreichte die ersten beiden Kontrollpunkte vor ihrem Konkurrenten, und in Erwartung ihres Sieges brodelte die Energie unter den Zuschauern wie in einem Kessel. Aufreißer sprang auf und ab und konnte seine Freude kaum beherrschen. Doch dann geschah das Unvorstellbare. Felicia raste eine Hauptstraße hinunter, als vor ihr plötzlich ein Auto einbog. Sie schaffte es, ihm auszuweichen, streifte jedoch mit dem Hinterrad das Heck des Wagens. Sie geriet ins Schleudern und überschlug sich. In schwindelerregendem Tempo zeigte ihre Helmkamera abwechselnd dunklen Himmel, helle Lichter und schwarzen Asphalt. Bevor mir überhaupt bewusst war, was ich tat, saß ich schon auf meinem Bike und raste zu ihr.

Als ich die Stelle erreichte, wo sie neben ihrem Motorrad auf dem Bürgersteig lag, hielt ich schlingernd an, sprang von meiner Maschine und fiel neben ihr auf die Knie. »Felicia?«, sagte ich und schob vorsichtig ihr Visier nach oben. Ihre Augen waren geschlossen, und ich wusste nicht, ob sie noch atmete. Während ich in ihrem Gesicht nach einem Lebenszeichen suchte, sagte ich noch einmal: »Felicia?«

Ihre Lider flatterten, dann öffnete sie die Augen und atmete gequält aus. Sie lächelte mich an und flüsterte: »Ich bedeute dir etwas.«

Erleichterung und Ärger überkamen mich gleichermaßen. »Nur weil ich nicht will, dass du auf der ganzen Straße versprengt bist, heißt das nicht gleich, dass tiefere Gefühle im Spiel sind.«

Ihr Lächeln wuchs. »Es heißt aber auch nicht, dass du mich hasst.« Im Hintergrund hörte ich Sirenen heulen. Offenbar hatte jemand – vermutlich der Fahrer des Wagens, der auf der anderen Straßenseite parkte – die Cops gerufen. Wir konnten nicht hierbleiben, aber ich konnte auch nicht aufhören, sie anzustarren. Sie hob schwach die Hand und berührte meinen Helm. »Du empfindest etwas für mich …«, flüsterte sie.

Ich packte ihre Hand und schob sie fort. »Ja. Ich empfinde … Bedauern.« Ihr Lächeln erstarb, und die Freude in ihren Augen verblasste. Ein Stich in meiner Brust sagte mir, dass ich nicht ganz ehrlich war, aber ich verdrängte das Gefühl. Dies war weder der richtige Zeitpunkt noch der richtige Ort. »Jetzt bringen wir dich erst einmal hier weg, ehe wir noch beide gefeuert werden.«

Vorsichtig hob Felicia ihr Bike auf. Mir war klar, dass sie schwerer verletzt war, als sie zeigte. Ihre engen Jeans waren an den Knien zerrissen, und die Haut darunter mit Sicherheit aufgeschürft. Da sie keine Handschuhe trug, waren ihre Hände vermutlich auch ziemlich zerschunden. Zum Glück war ihr Bike in relativ gutem Zustand und sprang sofort an. Ich stieg wieder auf meine eigene Maschine und bedeutete ihr, mir zu folgen, dann brachte ich uns so schnell wie möglich von dort weg.

Als klar war, dass uns weder die Polizei noch irgendwelche gesetzestreuen Samariter verfolgten, hielt ich Ausschau nach einem geöffneten Minimarkt. Vor der langen Heimfahrt musste Felicia verbunden werden. Wenn ihre Verletzungen sehr schlimm waren, musste ich sie möglicherweise sogar in ein Krankenhaus bringen.

Als ich auf der rechten Seite einen Laden entdeckte, fuhr ich rasch auf den anliegenden Parkplatz. Felicia folgte mir und parkte ihr Bike neben meinem. Sie nahm den Helm ab und fragte: »Was machen wir hier?«

Ich setzte ebenfalls den Helm ab und zeigte auf ihre zerrissenen Kleider. »Sichergehen, dass mit dir alles in Ordnung ist.«

Sie lächelte warm, erfreut und einladend. Es gefiel ihr, wenn ich mich um sie sorgte. Das löste widersprüchliche

Gefühle in mir aus. Ich war gereizt und wehrte mich gegen jede Form von Zuneigung zu ihr, erinnerte mich zugleich jedoch an eine nicht allzu ferne Zeit, in der ich ihr *äußerst* zugeneigt gewesen war. So zugeneigt, dass ich sie zu meiner Frau hatte machen wollen.

»Danke, Hayden«, murmelte sie mit tiefer, sinnlicher Stimme. Sie sprach meine niederen Instinkte an, und das machte mich fertig.

Ich wollte erwidern, sie solle abhauen, das sei mir völlig egal, doch das stimmte nicht, also schwieg ich. Das schien mir das Sicherste zu sein.

Als wir den Laden betraten, wies ich sie an, still zu stehen, damit ich ihre Beine untersuchen konnte. Beide Knie waren aufgeschlagen und brannten wahrscheinlich höllisch. Obwohl sie ziemlich stark geblutet hatte, wusste ich aus Erfahrung, dass es keine tiefen Wunden waren. Wir mussten sie lediglich säubern und verbinden. In ihrer Handfläche hatte sie zwar einen ziemlich tiefen Schnitt, aber nichts, was man nicht mit ein bisschen Superglue verschließen konnte.

Felicia lächelte so selig, als hätten wir ein Date. Ihr Grinsen ärgerte mich und weckte zugleich Erinnerungen an glücklichere Zeiten zwischen uns. Bevor wir ein Liebespaar geworden waren, waren wir beste Freunde gewesen, und manchmal spürte ich diese Verbindung noch. Doch dass sie unsere Beziehung im Grunde genauso grob über den Asphalt geschleudert hatte wie ihre Knie, machte es leichter, die Vergangenheit zu verdrängen. Ich wünschte nur, sie würde aufhören, auf diese aufreizende Art und Weise zu lächeln.

Ohne darauf zu achten, ob sie mir folgte, ging ich durch die Gänge und hielt nach Erste-Hilfe-Utensilien Ausschau. Ich blieb erst stehen, als ich gefunden hatte, was ich suchte –

Kompressen, Gaze, Binden, Peroxid und Kleber. Die besten Freunde eines Rennfahrers.

Als ich eine Flasche Hydrogenperoxid nahm, bemerkte ich, dass Felicia unauffällig eine Schachtel Pflaster unter ihre Jacke gleiten ließ. Sie stand mit dem Rücken zur Überwachungskamera, dennoch blickte ich rasch nach vorn zur Kasse. Die Person hinter dem Tresen war jedoch in ein Buch vertieft und beachtete uns nicht. »Was machst du da?«, zischte ich.

Felicia sah mich an, als hätte ich gerade etwas völlig Absurdes gesagt. »Ich habe nichts bei mir, Hayden. Nur meinen Führerschein, und davon kann man keine Pflaster kaufen.«

Mit zusammengebissenen Zähnen erklärte ich: »Ich übernehme das.«

Felicia hob trotzig eine Braue. Sie hasste es, wenn ich Dinge für sie bezahlen wollte. Es war ein so vertrauter Ausdruck, dass sich meine Brust zusammenzog und mein Herz aufging. Gott, diese Miene hatte ich ewig nicht gesehen, und auf eine kranke Art hatte ich sie irgendwie vermisst. »Nein, das tust du nicht. Und außerdem ... haben wir das doch ständig gemacht, Hayden. Schon vergessen?«

Nein, das hatte ich keineswegs vergessen, und die Erinnerung daran zog mich mit sich, zurück in eine Zeit, in der Felicia meine ganze Welt gewesen war. Ich war mir ihrer so sicher gewesen, unser ...

Kopfschüttelnd antwortete ich: »Damals waren wir Kinder.«

Sofort gab sie zurück: »Das sind wir immer noch.«

Nein, sind wir nicht. »Ich mach so was nicht mehr«, erklärte ich mit fester Stimme.

»Was?«, fragte sie. »Spaß haben? Loslassen und ein bisschen leben? Wenn das stimmte, würdest du nicht für Aufreißer fahren.« Was sie sagte, gefiel mir nicht, aber es steckte ein Körnchen Wahrheit darin. Ich konnte nicht leugnen, dass der Spaß auch eine klitzekleine Rolle dabei spielte, dass ich noch für Aufreißer fuhr.

Vielleicht weil sie spürte, dass sie einen Nerv getroffen hatte, sprach Felicia lebhaft weiter. »Früher hattest du Spaß, Hayden. *Wir* hatten Spaß. Weißt du das noch?« Ich wandte mich von ihrem flehenden Blick ab, aber sie beugte sich vor, und als mich der berauschende Duft von Jasmin umfing, sah ich sie wieder an. Mit fester Miene erklärte sie: »Du tust, als wäre dein Leben in Stein gemeißelt. Unveränderbar. Aber das ist es nicht, Hayden. Du kannst alles in deinem Leben ändern. Was du willst. Alles.«

Ich wusste, dass sie nicht von meinem Leben im Allgemeinen sprach. Nein, sie bezog sich auf einen ganz bestimmten Teil, einen, den *sie* mit allen Mitteln verändern wollte. Im Grunde erklärte Felicia mir, dass ich mich für sie anstelle von Kenzie entscheiden sollte – für unsere Vergangenheit, unsere Geschichte, unsere gemeinsame Verbindung. Und ein winziger Teil von mir war versucht, ihrem Wunsch zu folgen. Deshalb ließ ich die kleine Flasche Superglue, die sie mir reichte, unauffällig in meine Jackentasche gleiten, anstatt sie zurück ins Regal zu stellen.

Felicia grinste mich schief an. »So kenne ich dich.«

Ich nahm noch ein paar weitere Dinge und sagte leise zu ihr: »Komm, gehen wir.«

Kichernd ging sie zur Tür, doch ich konnte ihre Heiterkeit nicht teilen. Ich empfand Abscheu und Aufregung zugleich, ich konnte mich nicht entscheiden, ob mir übel war oder ob ich mich gerade prächtig amüsierte. Es war verwirrend. Ich wusste nur, dass alles, was ich gerade tat, falsch war. Durch und durch falsch. In der Sekunde, in der ich draußen stand, wollte ich wieder hineingehen und für den ganzen Mist bezahlen, den wir mitgenommen hatten. Doch dazu war es zu spät, es gab kein Zurück mehr.

Wir eilten zu unseren Motorrädern, die in einer dunklen Ecke des Parkplatzes auf uns warteten. Ich versuchte, nicht darüber nachzudenken, auf wie viele Arten ich heute Nacht verschissen hatte, als Felicia sich zwischen die Motorräder duckte. Meine finstere Stimmung verstärkte sich, als sie ihre Stiefel auszog. Als sie anfing, sich die Jeans aufzuknöpfen, fragte ich: »Was machst du da?«, obwohl ich genau wusste, warum sie sich auszog.

Felicia sah mich merkwürdig an, zog sich aber weiter aus. »Du wolltest mich doch versorgen. Solange ich diese superengen Jeans anhabe, geht das schlecht.«

Der Anblick ihrer langen Beine und ihrer spärlichen Unterwäsche sprang mich an. Herrgott, wenn Kenzie das wüsste. Wenn sie uns zufällig erwischen würde, wäre ich geliefert. Gott, ich war ein schrecklicher Mensch. *Es tut mir leid, Kenzie.*

Während ich Felicia schockiert anstarrte und in Scham versank, streckte sie die Hand aus. Sie räusperte sich und schließlich begriff ich, was sie wollte. Hastig reichte ich ihr das Verbandszeug, dann wandte ich ihr den Rücken zu. Ihr tiefes, heiseres Lachen drang an mein Ohr. »Du kannst mich ruhig ansehen, Hayden. Es gefällt mir.«

Hitze schoss durch meine Brust hinauf in meine Wangen, und ich wusste ehrlich nicht, ob es mir peinlich war, dass sie mich beim Glotzen erwischt hatte, oder ob mich ihre Bemerkung reizte. Ich versuchte, mir ein Bild von Kenzie in Unterwäsche ins Gedächtnis zu rufen. Es fiel mir erstaunlich schwer. Mein Kopf war zu voll mit dem *Jetzt*.

Ich hörte, wie Felicia scharf die Luft einsog, und drehte den Kopf zu ihr um. Sie mühte sich damit ab, das Peroxid auf ihre Knie aufzutragen und das Blut zu entfernen. Leise fluchend drehte ich mich ganz um, um ihr zu helfen. Ich nahm ihr das Peroxid und die Gaze ab und ging in die Hocke, um besser an ihre Knie heranzukommen. Obwohl das Tupfen und Brennen ihr ganz offensichtlich unangenehm war, lächelte sie mir gequält zu. Nachdem ich ihre Knie so gut wie möglich gereinigt hatte, verband ich sie. »Okay, du kannst die Hose jetzt wieder anziehen«, murmelte ich und mied es, ihre schlanken, glatten Beine anzusehen.

»Bist du sicher?«, fragte sie und strich mit den Fingern durch mein Haar.

Sofort stand ich auf, wich einen Schritt zurück und drehte mich um. Ich war jedoch nicht schnell genug gewesen. Ein erregendes Kribbeln lief über meinen Rücken, wodurch ich mich nur noch schlechter fühlte. »Ja. Zieh deine Hose an, damit ich dir die Hände verbinden kann.«

Sie seufzte, aber ich hörte, dass sie meiner Aufforderung Folge leistete. Als sie anständig angezogen war, blickte ich wieder zu ihr. Mit einer flehenden Geste streckte sie mir die Handflächen entgegen. »Ich gehöre dir«, flüsterte sie. »Heile mich.«

Ich musste einen Kloß hinunterschlucken, denn ihre Worte trafen einen Nerv. *Nein, du hast mir gehört, und ich dachte, ich könnte dich heilen, dich halten, dich so glücklich machen, dass du bleibst. Doch so war es nicht, und so wird es niemals sein. Du gehörst niemandem außer dir selbst. Und ich brauche mehr als das.*

Schweigend versorgte ich ihre Wunden. Es gab nichts weiter zu sagen.

Kapitel 14

Kenzie

Die Zeit verging langsam und zugleich so schnell, dass ich kaum hinterherkam. Es war bereits Mitte Juli, und wir waren zum vierten Rennen der Saison in Monterey, Kalifornien. Das vierte Rennen … Nach diesem gab es nur noch eins. Nur noch eins, und ich war kein einziges Mal gefahren. Ich verpasste alles. Die Leere in mir war derart gewachsen, dass ich mich selbst nicht mehr wiedererkannte. Mein Traum war gestorben, meine Familie unwiderruflich zerbrochen, und ich verdiente mein Geld damit, Männer mit meinem Äußeren zu unterhalten. Ich widerte mich selbst an. Und auf Hayden konnte ich auch nicht mehr bauen. Nicht hundertprozentig. Er hatte mir etwas verheimlicht, und der Schmerz dieses Betrugs saß tief.

Die Sache mit dem Vertrauen war seltsam. Manchmal, wenn wir zusammen waren, hätte ich mich in jeden Abgrund gestürzt und darauf vertraut, dass Hayden mich auffing. Dann gab es wieder andere, dunklere Zeiten, in denen ich daran zweifelte, ob er überhaupt mit mir zusammen sein wollte. Der Zweifel steckte wie ein Schwert in meinem Bauch, an dem gezogen, gestoßen und gedreht wurde.

Jede Richtung, in die ich mich bewegte, schmerzte, und es gab keine Linderung.

Offensichtlich gehörte der heutige Tag zu den dunkleren.

»Hey, wie geht's, Kenzie?« Myles und Nikki musterten mich besorgt. Ich deutete auf mein spärliches Outfit und bemerkte sarkastisch: »Na super. Sieht man das nicht?«

Myles ließ den Blick über meinen Körper gleiten. Es gefiel ihm nicht, mich so zu sehen, das wusste ich. Mit ernster Miene sagte er: »Du gehörst da raus, Kenzie, du solltest Rennen fahren. Du solltest mir auf den Fersen sein und mir zu den ersten fünf Plätzen hinterherjagen. Du ... nicht Hayden.«

Er war immer noch nicht mit meinem Freund warm geworden, und das nahm ich ihm nicht übel. Abgesehen davon, dass Myles ihn nur kurz bei den Rennen sah, hatte Nikki ihm sicher alles über Felicia und Haydens Nachrichtenaustausch erzählt. Oh Mann, hoffentlich schrieb er ihr nicht noch immer. Ich hatte mehrfach erwogen, ihm das Telefon zu klauen und es zu durchsuchen, aber so tief war ich dann doch noch nicht gesunken.

»Hayden verdient es auch, Myles. Er hat genauso hart dafür gearbeitet.« Derzeit befand er sich auf dem dritten Platz, direkt hinter Myles und Jimmy. Felicia folgte auf dem vierten. Ich bemühte mich mit allen Mitteln, nicht daran zu denken.

Myles wandte offenbar genervt den Blick ab. Anstatt meinem Vater die Schuld zu geben, einem Mann, vor dem Myles großen Respekt hatte, machte er Hayden für mein Schicksal verantwortlich. Vermutlich war es auf diese Weise leichter für ihn. Von jemandem enttäuscht zu werden, den man gernhatte, hinterließ allzu hässliche Narben auf der Seele.

»Also«, sagte Nikki und räusperte sich. »Wir gehen doch

heute Abend alle zusammen aus, oder?« Dabei sah sie mich an. Myles war natürlich mit von der Partie. Wahrscheinlich hatte er den Laden ausgesucht.

Ich schüttelte den Kopf. »Hayden nicht. Er hat einen Termin mit Keith.« Ich konnte den Hohn in meiner Stimme nicht verbergen. Allmählich ging es mir wirklich auf die Nerven, dass Keith mir ständig meinen Freund wegnahm und ihn auf irgendwelchen Partys herumzeigte. Das war eine dürftige Ausrede, die mein Vertrauen bis an die Grenzen belastete.

Nikki schnaubte, als wäre ihr Vertrauen bereits erschöpft. »Richtig ... tja, dann sind wir wohl die drei Musketiere.«

Über Nikkis Schulter hinweg sah ich Felicia vorbeikommen, ein zufriedenes Lächeln auf den Lippen. Wir drei saßen auf einem Stück Rasen auf neutralem Gebiet, sodass Keith Myles nichts anhaben konnte. Felicia hielt einen Kaffee in jeder Hand. Ganz offensichtlich war sie auf dem Weg zur Benneti-Garage, um sich für die Autogrammstunde vorzubereiten. War einer der Kaffees für Hayden? Besser nicht.

Nikki sah, dass ihr meine Aufmerksamkeit entglitt, drehte sich um und folgte meinem Blick. Mit berechnender Miene wandte sie sich wieder zu mir um, dann rief sie: »Hey, Felicia! Komm mal her!«

Fast hätte ich ihr eine gelangt. »Was machst du?«, zischte ich.

»Dir deinen Seelenfrieden zurückgeben«, erklärte sie.

Klar. Als ob das noch möglich wäre.

Zuerst wirkte Felicia irritiert. Nikki sprach nicht viel mit ihr, und ich *nie*. Sie blickte sich um, als hielte sie nach einem Angreifer Ausschau, dann schlenderte sie langsam zu uns herüber. »Was gibt's?«, fragte sie argwöhnisch.

Nikki lächelte zuckersüß. »Wir gehen heute Abend alle zusammen aus und dachten, es wäre toll, wenn du mitkommst.« Ich musste meine Hand packen und sie in meinem Schoß festhalten, sonst hätte ich Nikki bestimmt geschlagen. Was zum Teufel machte sie da?

Felicias Augen weiteten sich vor Überraschung, dann lächelte sie. »Das ist sehr lieb ... aber ich kann nicht. Keith nimmt mich heute Abend mit zu einer Party. Sorry.« Sie zuckte mit den Schultern, dann entfernte sie sich. Ich hatte das Gefühl, als hätte sich das Loch in meiner Brust gerade verdreifacht. Jetzt hielt mich kaum noch etwas zusammen. Sie ging auch zu dieser Party? Was sollte das?

Mit großen Augen blickte ich Nikki an. Sie verzog das Gesicht und sah mitfühlend zurück. »Tja, das ist wohl nach hinten losgegangen. Es tut mir so leid, Kenzie. Ich wusste nicht, dass Keith sie beide mit zu diesen Events nimmt.«

Ich stand auf und wischte mir das Gras vom Hintern. »Ich auch nicht.« Hayden hatte mir immer geschworen, dass nur er dabei sei. Wann hatte sich das geändert? Und warum hatte er mir das nicht erzählt?

Als ich Hayden fand, kam er gerade von einem Treffen mit Keith und seinem Teamchef. Seine grünen Augen strahlten vor Freude, mich zu sehen. Dann bemerkte er den Ausdruck auf meinem Gesicht. »Hallo ... ist alles in Ordnung?«

»Es ist was Komisches passiert«, platzte ich heraus. »Nikki ist irgendwie übergeschnappt und hat Felicia eingeladen, heute Abend mit uns auszugehen.«

Hayden zog die Brauen zusammen. »Warum lädt Nikki Felicia ein? Und wohin wollt ihr gehen? Du weißt ja, dass ich heute diese Sache vorhabe ...«

»Mit Keith. Ja, ich weiß. Das ist ja das Komische. Felicia hat genau dasselbe gesagt. Sie geht mit auf diese Party«, zischte ich und krallte meine Finger ineinander. Ich hatte mich lediglich halbwegs mit alldem einverstanden erklärt, weil er angeblich allein mit Keith auf diese Veranstaltungen ging. Jetzt war Felicia dabei, und wie ich Keith kannte, hielt er sich im Hintergrund. Hayden und Felicia waren im Grunde allein ... den ganzen Abend.

Hayden schloss die Augen und seufzte. Für einen Moment wirkte er gereizt, dann resigniert. Er öffnete die Augen wieder und erklärte: »Es ist das erste Mal, dass er sie eingeladen hat. Aber es geht nur um die Arbeit, Kenzie. Es hat nichts zu bedeuten.«

»Natürlich nicht«, gab ich sarkastisch zurück. »Die Textnachrichten, die Interviews, der Kuss im Fernsehen und jetzt die privaten Partys – natürlich hat das alles nichts zu bedeuten. Was bilde ich mir da bloß ein?!«

Ich machte auf dem Absatz kehrt und stürmte davon. Hayden folgte mir und rief nach mir, woraufhin ich mich noch einmal umdrehte und abwehrend die Hände ausstreckte. »Nicht. Lass mich einfach in Ruhe. Ich kann nicht ... Ich kann das jetzt nicht.«

Hayden blieb stehen, wo er war, und ließ niedergeschlagen die Schultern sinken. Ich sah, dass er genauso unter der Situation litt, aber ich war zu sauer, um mich darum zu scheren. Hayden fuhr weiterhin Rennen. Er war ganz oben. Er hatte mich an seiner Seite, und seine Ex umgarnte ihn. Ich hatte nichts, und ihm lag die Welt zu Füßen. Das war nicht gerecht.

Weil ich nicht wusste, wohin ich sonst gehen sollte, kehrte ich zu Nikki und Myles zurück. Sie waren beide inzwischen aufgestanden und wirkten besorgt. Ich hasste es, wenn irgendwer mich so ansah. Ich kam schon klar. Doch als ich ihre fragenden Blicke sah, zweifelte ich, ob ich heute Abend wirklich mit ihnen weggehen sollte. Vielleicht sollte ich im Hotel bleiben, falls auf dieser Party etwas mit Hayden und Felicia passierte. Als ob ich das dann erfahren würde. Als ob ich das irgendwie verhindern könnte. Nein, solange ich Hayden nicht hinterherspionierte und ihm auf die Party folgte, konnte ich nichts tun. Und zum Spionieren war ich nicht bereit. Noch nicht.

Vielleicht weil sie sah, wie aufgewühlt ich war, sagte Nikki ruhig: »Du machst doch nicht etwa einen Rückzieher, oder? Ich glaub, es würde dir guttun, dich ein bisschen mit uns zu amüsieren. Wenn du allein bist, grübelst du nur.« Sie trat auf mich zu. »Du kannst ihn nicht dazu bringen, dir treu zu sein. Entweder ist er es, oder er ist es nicht. Und in gewisser Weise ist es vielleicht gut, ihn auf diese Weise auf die Probe zu stellen. Wenn er ehrlich zu dir ist, toll, dann behältst du ihn. Und wenn nicht ... dann schießt du ihn ab. Dann hat er dich sowieso nicht verdient.«

Bei ihr klang das so einfach. So richtig und doch auch so schwer. Denn Hayden mit Felicia zu dieser Veranstaltung gehen zu lassen fühlte sich an, als würde ich ein Zündholz auf *fast* verglühte Kohlen werfen. Hayden war alles, was ich noch hatte, und ich wollte ihn nicht verlieren. Aber Nikki hatte recht, und mich von der Angst beherrschen zu lassen tat keinem von uns gut. Vielleicht hatte sie auch recht mit dem Test. Die Frage war nur, ob wir ihn bei all den Zweifeln zwischen uns bestehen würden. »Ja klar ... ich komme mit.«

Nach der Autogrammstunde ging ich direkt in mein Hotelzimmer und zog mich um. Hayden und ich teilten uns ein Zimmer, überall lagen seine Klamotten verstreut und erinnerten mich an ihn. Er ging heute Abend mit Felicia aus, und egal, wie er darüber dachte, sie würde sich an ihn ranmachen. Das war doch alles schrecklich.

Ich schnappte mir meine Sachen und verließ, so schnell ich konnte, das Zimmer. Vielleicht war es albern, aber ich würde heute Abend nicht mehr wiederkommen. Sollte Hayden sich ruhig ausnahmsweise einmal Sorgen um mich machen. Nikki wartete schon in seinem Zimmer auf Myles – sie hatte einen Schlüssel –, also ging ich die Straße hinunter zu seinem Hotel. Da ich es eilig hatte, von der Rennstrecke fortzukommen, hatte ich meine »Arbeit« ein bisschen früher beendet. Okay, vielleicht wollte ich auch nur von Hayden fortkommen. Ich hätte nie gedacht, dass ich einmal so empfinden würde, aber er hatte mich den ganzen Tag mit diesem Dackelblick angesehen und das ertrug ich nicht länger.

Als ich an Myles' Tür klopfte, ließ Nikki mich herein. Der Ausdruck auf ihrem Gesicht konnte nur mit Abscheu beschrieben werden. »Ich glaube, wir müssen uns Kelley mal vorknöpfen«, sagte sie.

»Wie meinst du das?«, fragte ich. Sie ließ mich ins Zimmer, und ich verstand. Wir waren erst gestern Abend angekommen, aber Myles' Hotelzimmer war so zugemüllt, als würde er hier schon seit Wochen hausen. »Wieso bringt er seinen Müll extra mit?«

Nikki lachte, dann seufzte sie. »Ich weiß es nicht, aber wenn er je eine Frau mit zu sich nimmt, sollte er den Mist lieber aufräumen.«

Während ich versuchte, auf dem Sofa einen freien Platz zu finden, mixte Nikki uns aus Zutaten, die sie mitgebracht hatte, einen Drink. Myles hatte sein Zimmer zu einer De-luxe-Suite hochstufen lassen. Es war ziemlich groß, verfügte über einen

Riesenfernseher und über ein getrenntes Schlafzimmer. Dennoch lagen überall Klamotten, Dosen von Energiedrinks und Pappschachteln vom Lieferservice herum. Es war wirklich, als hätte er den Müll extra mitgebracht.

Als Nikki gerade unseren Cosmos fertig gemixt hatte, tauchte Myles auf. Kaum dass sie ihn sah, warf Nikki mit einer Limonenscheibe nach ihm. »Kelley, du bist ein solcher Chaot!«

Unbeeindruckt von dem Überraschungsangriff betrachtete Myles die Limonenscheibe, die von seiner Brust plumpste und neben einer Chipstüte auf dem Boden landete. Dann hob er eine Bananenschale auf – der einzige Hinweis darauf, dass Myles in letzter Zeit auch etwas einigermaßen Gesundes gegessen hatte. Grinsend bemerkte ich: »Nur keine Umstände. Du musst nicht extra für uns aufräumen.«

»Keine Sorge«, erwiderte er augenzwinkernd.

Nikki stöhnte laut auf. »Du brauchst unbedingt eine Frau in deinem Leben, Myles.« Mit gerümpfter Nase hob sie irgendeine tropfende Tüte vom Tresen auf.

Lachend erklärte Myles: »Warum brauche ich eine Frau, wenn ich euch beide habe?«

Nikki starrte ihn verständnislos an und erklärte: »Sex, Myles. Du brauchst eine Frau – und zwar keine von uns – zum Sex.«

Myles nickte nachdenklich. »Das stimmt. Seit ich in den Norden gezogen bin, stehe ich eine Dürreperiode durch. Anscheinend habe ich einfach nicht die richtige Taktik für die Mädels in San Francisco.«

Nikki blickte sich um und erklärte: »Na ja, wenn dein Haus nur annähernd so aussieht wie dieses Hotelzimmer ... Um Gottes willen, nimm bloß nie eine Frau mit zu dir. Sonst musst du für den Rest deines Lebens im Zölibat leben.«

Myles lächelte süßlich und zeigte ihr den Mittelfinger. Dann klatschte er aufgeregt in die Hände. »Beeilt euch und trinkt aus. Ich habe einen Superladen entdeckt ...« Nikki reichte mir meinen Drink, während ich mich über Myles amüsierte. Das war ja klar.

Die Bar, in die Myles uns führte, machte auf bayerisch. Aus den Lautsprechern tönte fröhliche Akkordeonmusik, aus der Küche roch es nach Bratwurst und Sauerkraut. Sogar das Personal war entsprechend gekleidet. Die Jungs trugen Lederhosen und Hüte mit Gamsbart, die Mädchen superkurze Dirndl und blonde Perücken mit Zöpfen. Ein ganzjähriges Oktoberfest.

Wie Myles immer wieder solche Läden fand, war mir ein Rätsel.

Wir setzten uns zu dritt an einen Tisch und bestellten Starkbier bei einer schwungvollen Kellnerin mit einem falschen Akzent. Während Myles und Nikki sich amüsierten, indem sie die Ziegen auf den Gemälden zählten, grübelte ich darüber nach, dass mein Freund mit einer anderen Frau aus war. In gewisser Weise. Ich erwog, ihm eine Nachricht zu schicken, überlegte es mir dann jedoch anders. Was sollte ich ihm schreiben? *Wie geht's? Ich hoffe, du und Felicia amüsiert euch gut? Schlaf bitte nicht mit ihr.* Nein, das wollte ich nicht. Ich wollte einfach ein paar Stunden lang so tun, als wäre alles in Ordnung.

Myles riss mich mit einer Frage aus meinen trüben Gedanken, durch die ich mich nur noch schlechter fühlte: »Und, Kenzie, wie geht's deiner Familie? Ich meine ... Ich weiß, das Verhältnis zu deinem Dad ist gerade etwas angespannt, aber wie geht es deinen Schwestern?«

Ich stieß einen bitteren Laut aus. »Keine Ahnung. Sie

haben mich jedes Mal zusammengestaucht, wenn ich sie angerufen habe. Darum habe ich aufgehört, mich bei ihnen zu melden.«

Nikki riss überrascht die Augen auf. Das hatte ich ihr noch nicht erzählt. Ich konnte einfach nicht. »Das tut mir leid, Kenzie. Das ist ja ... echt beschissen«, sagte sie.

Myles murmelte etwas ähnlich Mitfühlendes, dann legte sich Schweigen über den Tisch. Kurz darauf brachte uns die Kellnerin das Bier. Sie sagte etwas in einer fremden Sprache, von dem ich annahm, dass es »Prost!« hieß. Schmerz und Bedauern schnürten mir die Brust zusammen, und ich nahm sofort einen Schluck.

Als ich wieder zu ihm blickte, sah Myles irritiert aus, als verstünde er nicht, wie es mit meiner Familie so weit hatte kommen können. Ich verstand es auch nicht. Mit einem traurigen Seufzer setzte ich das Bier ab und sagte: »Ich bin jetzt das schwarze Schaf, alle hassen mich.«

»Wegen Hayden.« Vermutlich hatte Myles es als Frage gemeint, aber es klang eher wie eine Feststellung.

Kopfschüttelnd antwortete ich: »Weil ich mir von meinem Vater nicht alles in meinem Leben vorschreiben lassen will.« Ich dachte einen Moment nach, dann nickte ich. »Und wegen Hayden.«

»Ist er das wert, Kenzie? Alles, was du für ihn geopfert hast? Alles, was du ... durchmachst.« Myles schien ehrlich entsetzt zu sein, dass ich alles für Hayden aufgegeben hatte. Manchmal war ich das auch – insbesondere jetzt. Vor Monaten hätte ich Myles erklärt, dass Hayden es unbedingt wert sei, aber jetzt ... nun ja, jetzt war ich mir nicht mehr sicher.

Ich verdrängte diesen schmerzhaften Gedanken, ignorierte die Frage und trank noch einen großen Schluck Bier.

Als ich es wieder absetzte, sagte ich: »Ich werde wieder Rennen fahren, Myles.« Irgendwie.

Myles musterte mich einen Moment, dann nickte er. »Gut. Denn ich kann es wirklich kaum ertragen, dich als Benneti-Model verkleidet zu sehen. Das ist einfach … nicht richtig. In keiner Hinsicht.«

»Das kannst du wohl laut sagen«, pflichtete ich ihm bei und hob mein Glas. Nikki und Myles lachten, als sie mit mir anstießen, und in diesem Moment schwor ich mir, nächstes Jahr wieder auf mein Motorrad zu steigen. Ich wusste noch nicht wie, aber es musste einfach einen Weg geben.

Wir leerten alle unser Bier und bestellten eine weitere Runde. Und noch eine. Etliche Stunden später fuhren wir in einem Taxi zurück zu Myles' Hotel. Myles wiederholte ständig, dass er schockiert sei, mich betrunken zu sehen. »Früher warst du dermaßen rigide. Da hast du noch nicht mal an einem Abend zwei unterschiedliche Sorten Alkohol getrunken. Du hast gesagt, du könntest es dir nicht leisten, am nächsten Tag nicht in Form zu sein, und jetzt …«

»Jetzt ist mir das scheißegal«, kicherte ich. Na ja, es war mir eigentlich nicht egal, aber ich musste nicht mehr in Form sein. Das war wohl das Positive an einem Teilzeitjob, für den man wenig begabt sein musste. Ich musste meine Freizeit nicht mit Training verbringen. Ich musste lediglich lächeln, gut aussehen und so freundlich wie möglich zu allen sein. An dem letzten Punkt arbeitete ich noch.

Als wir das Hotel erreichten, legten wir zusammen, um den Taxifahrer zu bezahlen, dann stolperten wir in die Halle und fuhren wieder hinauf zu Myles' Zimmer. Myles ging sofort in den Küchenbereich, um weitere Drinks zuzubereiten, während Nikki den Fernseher einschaltete. Sie fand einen Musiksender und begann zu tanzen, während Myles Shots in kleine Plastikbecher goss. Ich war mir nicht sicher, ob ich noch etwas trinken wollte, aber ich wollte auch nie wieder als *rigide* bezeichnet werden.

Myles brachte uns ein Tablett voller winziger Becher wie für eine Verbindungsparty, und ich schnaubte. »Herrje, Kelley, wenn du uns betrunken machst, löst das dein Problem mit dem Zölibat auch nicht.« Und es half ihm auch nicht dabei, morgen sein Rennen zu fahren. Wobei Myles zu den wenigen Rennfahrern gehörte, die besser mit einem leichten Kater fuhren. In dieser Hinsicht war er ein Wunder der Natur.

Lachend schüttelte Myles den Kopf. »Die sind alle für mich. Ich bin zu faul, die ganze Nacht Schnaps nachzuschenken, und besitze zu viel Klasse, um aus der Flasche zu trinken.« Er zwinkerte uns zu, und Nikki tat genervt. Sie nahm zwei Becher und kippte sie hinunter, bevor er überhaupt blinzeln konnte. Ich nahm mir ebenfalls einen, während Myles protestierte, dass wir beide grausam und egoistisch seien.

Als alle Becher auf dem Tablett geleert waren und wir drei nicht mehr stehen konnten, brachen wir in einem Wirrwarr aus Armen und Beinen auf dem Sofa zusammen. Myles befreite seinen Arm und nahm die Fernbedienung, dann schaltete er zu irgendeiner albernen Sendung über missglückte Stunts. Er kuschelte sich an Nikki, und die zwei lachten gemeinsam über die Show.

Der viele Alkohol tat seine Wirkung, und ehe ich michs versah, gähnte ich unablässig. Als ich mich gerade in Myles' Schlafzimmer verabschieden und die zwei auf dem Sofa zurücklassen wollte, fasste Myles auf einmal Nikkis Hand und zog sie nach oben. »Komm, sei mein Löffelchen«, sagte er und zerrte sie mit sich ins Schlafzimmer. So viel zu meiner Idee.

Nikki hob müde die Hand, deutete ein Winken an und stolperte mit Myles davon. Ich hörte sie kichern, nachdem die Schlafzimmertür zugefallen war, und schloss schmunzelnd die Augen. Es war nicht das erste Mal, dass Nikki Myles' Löffelchen war. Sie waren Kuschelfreunde, waren es schon immer gewesen und würden es vermutlich auch immer bleiben. Wenn einer von ihnen einen Partner fand, würde derjenige ihre Beziehung akzeptieren müssen. Zum Glück waren Hayden und Felicia nicht wie sie, denn damit käme ich nicht zurecht. Ich konnte ja noch nicht einmal damit umgehen, wenn Hayden und seine Ex miteinander sprachen. Vermutlich war das aber auch eine andere Situation als bei zwei besten Freunden, die gelegentlich miteinander flirteten.

Ich war zu müde, um die Fernbedienung zu suchen und den Fernseher auszuschalten, also ließ ich ihn laufen und zog die Decke von der Sofalehne über mich. Als ich gerade eindöste, lief im Fernsehen offenbar eine Art Sexfilm, denn ich hörte Stöhnen und Keuchen.

In meinem Alkoholrausch glitt ich rasch in einen Traum, der sich so real anfühlte, dass ich sofort vergaß, dass ich träumte. Am helllichten Tag lief ich durch mein Haus, in dem jedoch alles anders aussah. Ich erkannte weder die Möbel noch die sonstige Einrichtung oder die Fotos wieder ... nichts. Es war, als wäre es das Haus eines anderen, das nur zufällig genau wie meins aussah.

Ich rief nach Hayden, um zu sehen, ob er da war. Als ich aus dem Schlafzimmer ein Rumsen hörte, bewegte ich mich in die Richtung. Die Geräusche wurden lauter, je näher ich kam, und mischten sich mit heftigem Atmen und leisem

Stöhnen. Mein Herz begann zu pochen und aus lauter Angst konnte ich keinen Schritt mehr tun. »Hayden?«, flüsterte ich und hoffte entgegen aller Wahrscheinlichkeit, dass er nicht im Schlafzimmer war und diese intimen Laute nicht von ihm stammten.

Als ich an die Tür trat, stand sie einen Spalt breit offen. Ich hob die Hand, um sie aufzustoßen, hielt dann jedoch inne. Von drinnen waren eindeutig erotische Laute von zwei Personen zu hören – die einen tief und männlich, die anderen hoch und weiblich. Plötzlich wusste ich, wenn ich die Tür aufstieß, würde ich etwas sehen, was ich nicht sehen wollte. *Ich kann einfach weggehen und so tun, als sei nichts passiert.* Gerade wollte ich genau das tun – wollte in dem vergeblichen Versuch, den Schmerz zu vermeiden, den Kopf in den Sand stecken –, als ich eine Frau »Oh Gott« murmeln hörte.

Wut pulsierte in meinen Adern, und ich konnte nicht mehr umdrehen. Ich schlug mit der Faust gegen die Tür und stieß sie auf. Vor mir stand das Bett und darauf befanden sich die zwei Personen, die ich absolut nicht zusammen sehen wollte. Hayden und Felicia. Sie waren nackt und hatten Arme und Beine umeinandergeschlungen. Hayden stieß in sie hinein, und Felicia erwiderte den Stoß mit ihren Hüften. Keiner von beiden hielt in der Bewegung inne, immer wieder drängten sich ihre Körper in einem sich steigernden Rhythmus aneinander. Pure Ekstase stand beiden im Gesicht geschrieben, und mein Magen krampfte sich angewidert zusammen.

»Hayden … hör auf.« Obwohl ich vor Wut schäumte, klang meine Stimme leise und schwach. Hayden hörte mich dennoch. Er öffnete die Augen und sah mich an, stieß jedoch weiter in Felicia hinein.

»Kenzie? Ich hab nicht so früh mit dir gerechnet.« Er

stöhnte, beschleunigte den Rhythmus seiner Hüften und schloss wieder die Augen. Ich wollte mir das nicht ansehen, aber ich konnte mich nicht abwenden. Ich wollte sie auseinanderreißen, aber ich konnte mich nicht rühren. Heiße Tränen liefen mir über die Wangen. Das durfte doch nicht wahr sein.

Hayden öffnete erneut seine jadegrünen Augen und verzog lustvoll das Gesicht. »Gut, dass du da bist, ich muss etwas mit dir ...« Er verstummte, riss den Mund auf und gab sich der Ekstase hin. Felicia schrie unter ihm auf, ihr dunkles, seidiges Haar lag wie ein Heiligenschein um ihren Kopf. Als sie kamen, sahen die beiden sich an, und endlich war ich in der Lage, mich zu bewegen. Ich rannte ins Bad, fiel vor der Toilette auf die Knie und übergab mich, doch zuvor hörte ich Hayden noch flüstern: »Ich liebe dich, Felicia.«

Am nächsten Morgen wachte ich mit einem unangenehmen Geschmack im Mund, als hätte ich mich übergeben, auf dem Badezimmerboden auf. Mit hämmerndem Herzen versuchte ich, mich daran zu erinnern, was real war und was nicht. War ich zu Hause? Hatte ich Hayden und Felicia tatsächlich vor Kurzem beim Vögeln überrascht? *Oh Gott, bitte nicht.*

Ich schloss flatternd die Lider und legte die Wange auf die kühlen Fliesen. Tränen stiegen mir in die Augen, und langsam kehrte meine Erinnerung zurück. Myles. Nikki. Die deutsche Bar. Das Tablett mit den Shots. Wie ich auf dem Sofa zu den Geräuschen von diesem verdammten Porno eingeschlafen war. Ein Traum ... es war nur ein Traum. Gott sei Dank.

Aber leider war dieser Traum sehr nah an der Realität. Shit. Es hätte passieren sein können. Hayden hätte letzte Nacht mit Felicia Sex haben können. Heute könnte alles vorbei sein.

Kurz darauf stolperten Myles und Nikki aus dem Schlafzimmer. Ich war noch im Bad, als Myles mich fand. Mit wütendem Blick schaute ich vom Boden zu ihm hoch. Sein Blick war leer, und er sah ein bisschen grün im Gesicht aus. Nun ja, falls er den Platz brauchte, musste er warten, bis er an der Reihe war. Ich würde vorerst nirgendwo hingehen.
»Ich hasse dich, Kelley«, krächzte ich.
Er versuchte, mich anzugrinsen, doch es sah mehr nach einer Grimasse aus. Klugerweise verließ er den Raum.
Es dauerte mindestens eine Stunde, bis ich mich stark genug fühlte, das Bad zu verlassen, und auch dann verließ ich es nur, weil ich zur Rennstrecke musste. Myles und Nikki saßen jeder an einem Ende des Sofas und sahen aus, als würden sie gleich ohnmächtig werden. Wir hatten es gestern Abend alle übertrieben, aber ich war mir sicher, dass ich am teuersten dafür bezahlt hatte. Dieser Albtraum würde mich für Stunden verfolgen. »Kommt nicht zu spät«, knurrte ich, während ich meine Sachen zusammensuchte.
Beide brummten eine Art Antwort, doch keiner rührte sich. Heute würde ein schrecklicher Tag werden. Und was es noch schlimmer machte, war die Tatsache, dass ich zum Hotel zurückgehen musste, um meine Uniform zu holen. Ich hätte es wirklich gern noch ein paar Stunden hinausgezögert, Hayden zu begegnen. Vielleicht sogar Tage. Das Bild von ihm und Felicia war einfach zu stark. Und es war nicht gerade hilfreich, dass er den gestrigen Abend tatsächlich mit ihr verbracht hatte. Hoffentlich nicht auf die Weise wie in meinem Traum, aber trotzdem ...
Auf der Taxifahrt zum Hotel blickte ich auf mein Smartphone und sah, dass Hayden mir Nachrichten geschickt und mich mindestens ein Dutzend Mal angerufen hatte. Zumin-

dest hatte er an mich gedacht. Aber wie lange an dem ganzen Abend? Als ich im Hotel ankam, stapfte ich zu meinem Zimmer. So leise wie möglich schob ich die Schlüsselkarte in den Schlitz, doch das Geräusch des aufspringenden Schlosses hallte dennoch laut in meinen Ohren wider. Und als ich die Tür aufschob, kam sie mir besonders schwer vor. Am liebsten hätte ich mich ins Bett verkrochen und mich für die nächsten Stunden nicht bewegt. Warum war das Leben so grausam?

Kaum trat ich durch die Tür, war Hayden auch schon bei mir. »Wo bist du gewesen? Ich war krank vor Sorge!« Und er sah tatsächlich besorgt aus, als hätte er überhaupt nicht geschlafen. Aber war das meinetwegen oder *ihretwegen*?

»Jetzt weißt du, wie sich das anfühlt«, brummte ich vor mich hin. Ich hatte mich schon unzählige Male gefragt, wo er sich herumtrieb.

Er hörte mein Brummeln, und in seinen seegrünen Augen zog ein wütender Sturm auf. »Das ist nicht fair«, stellte er fest.

Dass Hayden sich darüber beklagte, dass etwas nicht fair sei, brachte mich sofort auf die Palme. »Was ist schon fair! Ich bin ein blödes Model, und du führst … ein schillerndes Leben.«

Er biss die Zähne zusammen, und die Ader an seinem Hals trat hervor. »Und das ist ganz allein meine Schuld, ja?«

Stöhnend schlurfte ich zur Kommode, um meine Benneti-Klamotten einzusammeln. »Das habe ich nicht gesagt, Hayden. Verdreh mir nicht die Worte im Mund.«

Er lief mir hinterher und stieß hervor. »Aber das hast du gedacht, stimmt's? Ich wusste, dass du mir das irgendwann vorwerfen würdest. Ich habe dich nicht darum gebeten, deinen Traum für mich aufzugeben.«

Daraufhin blieb ich wie angewurzelt stehen. »Dann wäre es dir also lieber gewesen, wenn ich mit dir Schluss mache? Dass ich mich für die Rennen und gegen dich entscheide?«

»Wer dreht hier wem die Worte im Mund um? Nein, das wollte ich nicht sagen. Ich …« Er seufzte, und seine Wut ließ etwas nach. »Ich versuche … Ich wünschte, ich könnte … Ich wünschte, ich könnte dir erklären, wünschte, ich könnte dich überzeugen …«

Die Hände auf den Hüften drehte ich mich zu ihm um. »Du könntest damit anfangen, mir zu erzählen, was auf der Party zwischen dir und Felicia passiert ist?« *Hast du mit ihr geflirtet? Mit ihr getanzt? Bist du mit ihr nach Hause gegangen?*

Erneut blitzte ein wütender Funken in seinen Augen auf. »Nichts ist passiert. Wie oft muss ich dir das denn noch sagen? Ich bin nicht an ihr interessiert. Auf wie viele Arten kann ich sagen, dass du die Einzige für mich bist? Wann glaubst du mir das endlich?«

Genau das war das Problem. Denn solange Felicia da war, konnte ich mir nicht vorstellen, ihm je hundertprozentig zu vertrauen. Selbst wenn er sich ganz korrekt verhielt. Selbst wenn er mir nichts verheimlichte. Bei der Aussicht auf diese trostlose Zukunft voller Misstrauen stiegen mir Tränen in die Augen. »Die traurige Wahrheit ist, Hayden … Ich werde dir nie ganz glauben können. Das kann ich nicht, solange sie in deinem Leben ist.«

Hayden sah mich schockiert und mit großen Augen an. »Aber was heißt das denn dann für uns, Kenzie?«

Daraufhin schwiegen wir beide. Es gab nichts mehr zu sagen. Ich zog meine Uniform an, er machte sich fürs Rennen fertig. Dann gingen wir nach unten, stiegen in seinen

Sportmietwagen und fuhren zur Rennstrecke – alles schweigend. Die Stille hing so schwer zwischen uns, dass ich kaum noch Luft bekam. Doch ich konnte nichts dagegen tun, und das war das Schlimmste. Wir befanden uns jeder auf einem anderen Weg, und leider führten sie uns in unterschiedliche Richtungen.

Hayden hatte einen guten Tag und landete auf dem dritten Platz, Myles wurde Zweiter. Felicia machte den vierten Platz, was meine Nerven bis aufs Äußerste strapazierte. Es ärgerte mich, dass sie gut in ihrem Job war, dass sie eine Geschichte mit Hayden hatte, die sich nicht ausradieren ließ, dass sie überhaupt da war. Hätten Hayden und ich diese ganzen Probleme mit dem Vertrauen auch, wenn sie nicht da wäre? Wahrscheinlich nicht. Und das führte mich zu der Frage, ob alle guten Beziehungen reiner Zufall waren. Waren sie von den Umständen abhängig? Würde jedes Paar versagen, das so auf die Probe gestellt wurde wie wir? Brauchte Liebe optimale Bedingungen, um zu überleben? Dieser Gedanke stimmte mich nicht gerade optimistisch.

Kapitel 15

Hayden

Monterey war in vielerlei Hinsicht eine Katastrophe gewesen. Mit meiner Karriere lief es super, und ich fuhr besser als jemals zuvor, aber alles andere entglitt mir. So konnte es nicht weitergehen. Ich musste mit den Straßenrennen aufhören. Die Lügen wegen der Partys mit Keith, zu denen jetzt auch noch Felicia gehörte, gerieten außer Kontrolle. Es war Zeit, meine heimlichen Aktivitäten zu beenden. Das Problem war nur, das konnte ich nicht.

Je mehr Geld ich Jordan bieten konnte, desto besser. Wahrscheinlich hatte ich jetzt schon genug zusammen, um die Hälfte des Geländes in bar zu bezahlen. Sicher würde er seine Meinung bezüglich des Verkaufs bald ändern müssen. Irgendwann ging ihm finanziell die Puste aus und nach Keith' Informationen waren wir die einzigen Interessenten. Hoffentlich änderte sich das in den nächsten Monaten nicht.

Bei meinem Versuch, von den Straßenrennen loszukommen, war Aufreißer das größere Problem. Wenn ich aufhörte, würde er Kenzie alles erzählen. Der einzige Weg, mich aus diesem Albtraum zu befreien, war, von Jordan die Trainingsstrecke zu bekommen. Dann könnte ich Kenzie endlich einweihen und aufhören, für Aufreißer zu fahren. So musste es ablaufen, genau in dieser Reihenfolge. Jedes andere Szenario würde todsicher in einem Desaster enden.

Dann blieb jedoch immer noch Felicia. Und leider hatte ich keinen sorgfältig ausgearbeiteten Plan für die Lösung dieses Problems. Ich hatte keine Ahnung, was ich mit ihr machen sollte. Außer dass ich versuchen konnte, sie so weitgehend wie möglich zu ignorieren. Das fiel mir allerdings deutlich schwerer, nachdem ich diese Fantasie gehabt hatte. Ich nahm sie jetzt viel stärker wahr. Und Kenzie ... herrje, manchmal konnte ich ihr immer noch nicht in die Augen sehen.

Zum Glück hatte sich die schmutzige Fantasie nicht wiederholt, aber ich hatte Angst, dass das passieren könnte, und deshalb einen gewissen Widerwillen gegen Sex entwickelt. Bislang war es mir gelungen, das vor Kenzie zu verbergen, noch ahnte sie nichts. Bei allem, was ohnehin schon los war, konnte uns allerdings nichts Schlimmeres passieren, als dass ich nicht mehr mit meiner Freundin schlafen wollte. Zum Wohle unserer Beziehung musste ich mich zusammenreißen und die Angst überwinden, dass sich eine andere Frau in unser Liebesleben schleichen könnte. Ich musste einen Schlussstrich ziehen. Und das bedeutete, ich musste mit Felicia reden. *Richtig* mit ihr reden.

Hundebellen und Kinderlachen vertrieben meine dunklen Gedanken. Antonia diesen Welpen zu kaufen war vermutlich die einzig kluge Entscheidung, die ich in diesem ganzen Jahr getroffen hatte. Der kleine Shih Tzu hatte sich an seine neue Umgebung gewöhnt und war kein zitterndes verängstigtes Knäuel mehr. Antonia hatte ihn Sundae genannt, weil er wie ein Eisbecher mit Karamellsoße aussah. Sundae leckte gerade hingebungsvoll Antonias Gesicht ab, und sie kicherte so sehr, dass sie kaum noch Luft bekam.

Als sie zu husten und zu würgen begann, fürchtete ich, dass sie sich übernahm. Ich stand auf und wollte den Hund von Antonia fortziehen, doch Izzy bedeutete mir, mich wieder zu setzen. »Schon okay, lass sie.« Als ich wieder auf das Sofapolster sank, hustete Antonia noch ein paarmal, dann hatte sie sich beruhigt. Strahlend drückte sie den Welpen an sich. Zu sehen, dass es ihr besser ging, entspannte mich.

Izzy lächelte ihre Tochter liebevoll an, dann warf sie mir einen Blick zu. »Vielleicht hattest du recht mit dem Hund. Ich glaube, Antonia hat Sundae gebraucht«, gab sie widerwillig zu. Ich nickte, das stimmte ganz sicher. Auch wenn es für Izzy mehr Arbeit bedeutete, Tiere waren Balsam für die Seele, sie konnten Wunder bewirken.

Sundae schnüffelte am Teppich herum. »Musst du Pipi machen?«, fragte Antonia. Sie blickte fragend zu ihrer Mom, ob sie ihr erlaubte, mit dem Hund hinauszugehen.

Izzy nickte, und Antonia hob den Welpen hoch und ging mit ihm vor die Tür. Nachdem sie fort war, wandte sich Izzy mit forschendem Blick zu mir um. »Du bist tagsüber hier? Da bist du doch sonst beim Training. Und ohne Kenzie. Du willst mit mir reden, hab ich recht? Was ist los?«

Sofort schüttelte ich den Kopf. »Nichts ist los. Ich wollte Antonia sehen, und weil ich erst vor ein paar Tagen von einem Rennen zurückgekommen bin, muss ich jetzt nicht unbedingt trainieren. Alles cool.«

»Und warum bringst du dann Kenzie nicht mit? Sie hätte Antonia bestimmt auch gern gesehen, auch wenn sie uns erst gestern besucht hat.«

Mir entschlüpfte ein Seufzer. *Weil ich eine Pause von den*

Schuldgefühlen brauche, die ich in ihrer Gegenwart empfinde. Das konnte ich aber nicht sagen, also zuckte ich mit den Schultern. »Sie ... hatte was vor. Und nur weil wir zusammen sind, heißt das ja nicht, dass wir jede Sekunde zusammen verbringen müssen. Wir sind immer noch zwei eigenständige Personen.«

»Aha«, sagte Izzy und taxierte mich weiterhin. »Dann hat es nichts damit zu tun, dass du dir heimlich mit Felicia Nachrichten schreibst und mit ihr auf diese Partys gehst?«

Sofort wurde ich wütend. »Ich schicke ihr keine Nachrichten und gehe nicht mit ihr auf Partys! Sie schreibt mir und manchmal antworte ich. Und die Partys sind ... Zufall.« Es ging mir allmählich auf die Nerven, dass jeder daran zweifelte. Vertraute mir denn niemand? Ja, schon klar, so oft, wie ich gelogen hatte, klang das komisch.

Bei meinem Ausbruch bekam Izzy große Augen. »Wow, heikles Thema.«

Ich schloss die Augen und versuchte, mich zu beruhigen. Es fiel mir erstaunlich schwer. »Ich bin es nur leid, darüber zu diskutieren.«

»Hayden ... ist zwischen dir und Kenzie alles okay?«

Ich öffnete die Augen wieder, und Izzy sah mich voller Sorge an. »Ja klar«, beruhigte ich sie. »Alles bestens.« Wenn all das erst einmal vorbei war, würde es uns bestens gehen.

Sie sah mich weiterhin durchdringend an und durchbohrte mich mit ihrem Ich-weiß-dass-du-lügst-Blick. Ich wandte mich ab und schwieg. Ich hatte ihr die Wahrheit gesagt. Es war alles okay. Nicht toll, nicht schrecklich ... einfach okay.

Als sie sah, dass ich nicht bereit war, noch mehr zu erzählen, atmete Izzy tief durch und sagte: »In Ordnung, Hayden.

Ich hoffe, du weißt, was du tust. Um Kenzies willen. Und um Felicias willen.«

Daraufhin sprang mein Blick zu ihr zurück. Meinte sie, ich würde mit beiden spielen? Das tat ich nicht. Felicia gegenüber verhielt ich mich vollkommen unmissverständlich, nur dass sie das nicht sehen wollte. Und bei Kenzie, nun ja, würde alles bald klar sein.

Ich wollte Izzy gerade sagen, sie solle sich um ihre eigenen Sachen kümmern, als Antonia hereinspazierte. Es schien ihr nicht gut zu gehen, sie wirkte blasser als sonst. Sundae folgte dicht hinter ihr und leckte an ihren nackten Füßen. »Mommy«, krächzte sie. »Mir ist schlecht.«

Als Antonia eine Hand auf ihren Bauch legte, zog sich meine Brust zusammen. »Ich hab Bauchweh.«

Izzy wirkte jedoch nicht beunruhigt, und das wiederum entspannte mich. »Du musst etwas Falsches gegessen haben«, sagte sie zu ihrer Tochter. »Wie wäre es, wenn du dich hinlegst und ein bisschen schläfst? Vielleicht geht es dir anschließend besser.«

Antonia blickte zu mir, und ich wusste, dass sie nicht aus dem Zimmer geschickt werden wollte, solange ich noch da war. Lächelnd schlug ich vor: »Wie wäre es vor dem Einschlafen mit einer Geschichte?«

Das munterte sie sofort auf. Wie immer. Die Kleine liebte Bücher. »Au ja! Ich weiß auch schon, welches Buch. Das will ich unbedingt zu Ende lesen. Ich *muss* einfach wissen, wie es ausgeht!«

Über eine Stunde saß ich auf Antonias Bettkante und las ihr aus dem letzten *Harry Potter*-Band vor. Antonia schlief ein, als nur noch hundert Seiten übrig waren. Ich überlegte, ob ich sie wecken sollte, damit wir das Buch zu Ende lesen konnten, entschied mich jedoch dagegen. Es ging ihr nicht gut, und Izzy hatte recht, sie brauchte Ruhe. Als ich ihr kurzes Haar küsste, beschloss ich, Izzy zu sagen, sie sollte sie nicht weiterlesen lassen, wenn sie aufwachte. Vielleicht war das gemein, aber das war etwas, woran sie sich später erinnern würde, und ich wollte Teil dieser Erinnerung sein.

Izzy stöhnte, als ich sie darum bat, grinste jedoch von einem Ohr zum anderen. »Dann kommst du besser bald wieder vorbei. Lange kann ich sie nicht von dem Buch fernhalten.«

»Morgen«, versprach ich und gab ihr einen Kuss auf die Wange.

Izzy sah mich neugierig an. »Mit Kenzie?«, fragte sie.

»Ja ... natürlich. Oder vielleicht wieder irgendwann tagsüber. Ich kann noch ein bisschen Auszeit brauchen.« Ich ging meinem Leben nicht aus dem Weg. Nein.

Izzy öffnete den Mund, als wollte sie mir – wieder einmal – erklären, dass ich ein Idiot sei, schloss ihn dann jedoch klugerweise wieder und sagte schließlich nur: »Grüß Kenzie von mir.«

Ich nickte, aber ich würde ihr diese Bitte wohl nicht erfüllen. Ich konnte Kenzie nicht erzählen, dass ich das Training hatte ausfallen lassen, um hinter ihrem Rücken herzukommen. Sie würde sich fragen, warum ich sie nicht mitgenommen hatte. Oder vielleicht würde sie verstehen, dass ich ein bisschen Zeit mit meiner Familie allein haben wollte. Ich konnte ihre Reaktionen nicht mehr einschätzen. Die Unsicherheit, die sich in unsere Beziehung geschlichen hatte, war schrecklich.

Nachdem ich bei Izzy aufgebrochen war, rang ich mit mir, was ich tun sollte. Das Straßenrennen fand heute Abend in

San Diego statt. Ich könnte ein paar Stunden mit Kenzie verbringen, bevor ich aufbrach, um mit Keith auf die »Party« zu gehen. Das würde vermutlich im Streit enden, weil Felicia jetzt Teil dieser Lüge war. Oder ich konnte dem Drama aus dem Weg gehen und einfach zu Aufreißer fahren, um die Zeit bis zum Rennen dort totzuschlagen. Kurz entschlossen holte ich mein Telefon hervor und schickte Kenzie eine Nachricht. *Hey, Keith will früh nach L.A. zu der Party fahren. Wir brechen gleich nach dem Training auf. Sorry, Süße. Ich mache das morgen Abend wieder gut, okay?*

Ich fühlte mich schrecklich, als ich auf Senden drückte. Jetzt ging ich ihr ganz aus dem Weg. Na toll. Aber es war nur ein Tag. Ein friedlicher Tag – ein Tag, an dem ich ihr nicht in die Augen sah und ein schlechtes Gewissen bekam, an dem ich sie nicht davon überzeugen musste, dass ich nur sie liebte, an dem ich mich nicht rechtfertigen musste. Auch wenn mein Handeln nach einer Rechtfertigung verlangte. Gott, ich war jetzt dermaßen in Lügen verstrickt, dass ich kaum noch einen Ausweg sah.

Es dauerte eine Weile, bis Kenzie mir antwortete, und als sie es tat, schrieb sie nur knapp *Okay.* Sie hasste diese Partys mit Keith. Inzwischen noch mehr als vorher. Herrgott, Felicia. Wenn sie nicht *meine* Lüge benutzt hätte, wäre Kenzie nicht so sauer wegen der ganzen Sache. Sie wäre nur etwas gereizt, dass ich die ganze Zeit weg war. Mann, was waren das für Optionen – sauer oder gereizt.

Ich startete meine Maschine und fuhr Richtung Süden nach San Diego. Aufreißer wohnte dort unten, nicht weit vom Haus seiner Kindheit entfernt, wo wir den besseren Teil unserer Jugend verbracht hatten. Er sagte, er sei nicht weggezogen, weil er die Einfachheit mochte. Ich glaubte, dass er sich nur nicht von der Clique trennen konnte, in der er beliebt und gefürchtet war. Hier hatte Aufreißer einen Namen. Woanders müsste er sich das erst erarbeiten, dazu hatte er keine Lust.

Als ich bei ihm eintraf, standen einige Autos und Motorräder auf dem vertrockneten Rasen. Aufreißer war selten allein. Er lebte gern, als wäre das Leben eine fortwährende Party. Immer Action. Es war fast, als fürchtete er den Moment, wenn die Party einmal vorbei war.

Ich winkte den Leuten zu, die ich kannte – die meisten wetteten bei meinen Rennen. Viele von ihnen hatte ich im Laufe der Jahre Dutzende Male gesehen, und obwohl sie mich eigentlich kannten – wussten, wer ich *wirklich* war –, nannte mich jeder von ihnen bei Aufreißers blödem Spitznamen. »Hey, Spaßbremse! Schön, dich zu sehen, Mann! Mach sie heute Abend fertig!« Klar.

Ich öffnete die kaputte Fliegengittertür und schlenderte ins Haus. Aufreißer saß auf dem Sofa mit irgendeinem Mädchen auf dem Schoß. Als er mich sah, hob er die Hände. »Spaßbremse! Bereit für heute Abend?«

Ich nickte, dann fand ich einen relativ ruhigen Platz, an dem ich mich entspannen konnte. Ich wollte nicht hier sein. Ich wollte das nicht mehr machen. Ich wollte einfach nur mit Kenzie glücklich sein und mich nicht jedes Mal schuldig fühlen, wenn ich ihr in die Augen sah. Ich wollte nicht mehr lügen.

Während ich darüber nachdachte, wie mein Leben derart schnell aus den Fugen geraten war, trat jemand vor mich und versperrte mir die Sicht auf die anderen Leute. »Vorsicht, du fängst an, deinem Namen alle Ehre zu machen, Spaßbremse.«

Ich blickte auf. Dort stand Felicia und hielt mir eine Bierflasche hin. »Ich bin nicht hier, um die Leute zu unterhalten«, erwiderte ich und nahm ihr die Flasche ab. »Ich bin nur wegen des Geldes hier.«

Felicia dachte kurz nach, dann setzte sie sich direkt neben mich, obwohl der Rest der Couch leer war. »Für Kenzie«, stellte sie fest. Das war keine Frage.

»Genau«, erwiderte ich und trank einen Schluck Bier. Es war ein India Pale Ale mit extrastarkem Hopfengeschmack, genau wie ich es mochte. Natürlich wusste Felicia das.

Sie betrachtete mich einen Moment, während ich erwog aufzustehen. Seit ich angefangen hatte, mir die Zeit vor den Rennen mit Aufreißer zu vertreiben, tauchte sie auch jedes Mal auf. Aufreißer sagte, das sei Zufall. Doch das war Quatsch. Und ich fühlte mich dadurch Kenzie gegenüber nur noch schlechter. Wenn sie das hier jemals herausfand ... tja, dann konnte ich sehen, wie ich mich da jemals wieder herausredete. Indem ich hier war und zuließ, dass Felicia mit mir sprach, betrog ich Kenzie auf ganzer Linie.

»Hayden ...«, sagte Felicia mit leiser Stimme, damit niemand anders sie hörte.

Ich blickte sie an und bemerkte ein nervöses Flackern in ihren Augen, sonst wirkte sie vollkommen ruhig. Sie war gut darin, ihre Gefühle zu verbergen, allerdings nicht vor mir. Ich durchschaute sie. Meistens jedenfalls. »Was ist?«, fragte ich, selbst überrascht, dass ich sie zum Reden ermunterte.

Sie befeuchtete ihre Lippen. »Ich habe nur ... Ich ...« Ihr Blick glitt zu ihrem unberührten Drink, dann kehrte er zu mir zurück. »Ich habe gehört, dass Kenzie ziemlich sauer auf dich ist.« Ich zog die Augen zusammen, und ohne dass ich fragen musste, klärte sie mich über ihren Informanten auf. »Rodney hat erzählt, wie ihr zwei euch in der Garage in Monterey gestritten habt. Hatte das ... was mit mir zu tun?« Jetzt lag Hoffnung in ihren Augen, als meinte sie, ich würde die Seiten wechseln. Leider konnte ich ihre Frage nicht verneinen. In diesem Streit *war* es um sie gegangen. Ich trank rasch einen Schluck Bier, dann zeigte ich mit der Flasche auf sie. »Du hast Kenzie erzählt, du würdest mit Keith auf eine Party gehen. Du hast *meine* Lüge benutzt, anstatt dir eine eigene auszudenken.«

Es war ein lächerliches Argument, aber ein anderes hatte ich nicht. Felicia presste gereizt die Lippen zusammen. »Es funktioniert bei dir, darum dachte ich, es funktioniert auch bei mir.«

Genervt schüttelte ich den Kopf. »Ja, nur dass Kenzie genervt ist, wenn wir zwei zusammen sind.«

Kaum hatte ich es ausgesprochen, wusste ich, dass ich einen Fehler gemacht hatte. Erstens interessierte es Felicia nicht die Bohne, ob Kenzie unglücklich war. Wahrscheinlich freute es sie sogar zu hören, dass Kenzie litt. Aber was noch wichtiger war, ich hatte Felicia eine Schwachstelle in unserer Beziehung gezeigt. Das hatte ich bislang tunlichst vermieden. Ich wollte, dass Kenzie und ich stark wirkten, auch wenn wir es nicht waren. »Zusammen?«, flüsterte sie.

»Nicht so«, stieß ich sofort hervor. »Du und ich sind nicht zusammen. Interpretier da nichts hinein.«

Sie lächelte nur. Verdammt.

Es kam mir vor, als hätte ich eine weitere Tür aufgestoßen, und versuchte schnell, sie wieder zu schließen. »Hör zu, ich weiß, dass du und ich in letzter Zeit öfters in Situationen gedrängt worden sind, und ich weiß, wir hatten einige ... Momente ... aber das heißt nicht ...«

Sie unterbrach mich und fragte leise: »Momente?«

Am liebsten hätte ich mir für diesen Ausdruck die Bierflasche über den Kopf gezogen. Es war mir nur irgendwie rausgerutscht. Ich konnte jedoch nicht leugnen, dass ich ein paarmal in ihrer Nähe etwas empfunden hatte. Als würde die Vergangenheit wieder hochkochen und mich mit ihren warmen Erinnerungen einlullen. Aber das war eine Illusion. Unsere Geschichte war nicht friedlich und schön. Sie hatte scharfe Kanten, die tiefe Schnitte hinterlassen hatten, und dunkle Täler. Wir waren nie ein perfektes Paar gewesen. Es gab Leidenschaft, Streitereien und Wutanfälle. Und jedes einzelne Mal war sie davongelaufen. Wie oft hatte sie mir die Tür vor der Nase zugeschlagen, denn Felicia schloss keine Kompromisse. Sie wollte ihren Kopf durchsetzen. Und zwar immer. Und wenn sie nicht bekam, was sie wollte, lief sie weg und stürzte mich in derart tiefe Verzweiflung, dass ich ihr bei ihrer Rückkehr den Mond vom Himmel geholt hätte. Jahrelang hatte sie mich auf diese Weise um den Finger gewickelt, und ich hatte noch nicht einmal gemerkt, dass sie mich ständig manipulierte. Nicht, bis ich Kenzie traf. Sie hatte *mit* mir gekämpft, *mit* mir gearbeitet und schließlich alles für mich aufgegeben. Und so revanchierte ich mich dafür. Oh Mann.

»Warum bist du wirklich zurückgekommen, Felicia?«, fragte ich leise. Mir war klar, dass ich damit in ein Wespennest stach, und ein Teil von mir betete, sie möge nicht antworten.

Als sie es tat, sprach Hoffnung aus ihren Augen. »Ist das denn nicht offensichtlich, Hayden? Deinetwegen. Weil ich dich noch immer liebe und irgendwie hoffe, dass du mich auch noch liebst.« Sie legte mir eine Hand auf den Arm und fügte rasch hinzu: »Ich weiß, ich habe einiges falsch gemacht und das tut mir leid. Keith hat mich gebeten, mich an dich ranzumachen, vor allem in der Öffentlichkeit. Und ich wollte so unbedingt, dass alles zwischen uns wieder gut wird, dass ich mitgemacht habe. Auch wenn ich wusste, dass das bei dir nicht funktioniert.« Sie lächelte traurig und nachdenklich. »Du musst deinen eigenen Weg finden, deine eigenen Entscheidungen treffen. Wenn dir jemand sagt, was du nicht tun sollst, gehst du los und tust es erst recht, nur um dem anderen zu zeigen, dass du dir nichts sagen lässt. In dieser Beziehung sind wir uns ziemlich ähnlich.«

Meine Gedanken rasten. Keith hatte sie gebeten, sich an mich ranzumachen? Was zum Teufel? Warum mischte er sich in mein Leben ein? Auch wenn ich ihm alles verdankte, das war nicht okay.

Wütend zischte ich: »Ich lege mich nicht mit Leuten an, die mir etwas bedeuten, nur um etwas zu beweisen. Aber das machst du ständig.« Ich stand auf und verließ den Raum.

Die nächsten Stunden schaffte ich es, Felicia aus dem Weg zu gehen. Schließlich wurde es Zeit, sich auf den Weg zum Rennen zu machen. Aufreißer war total heiß auf das Ereignis, er war ganz aus dem Häuschen, als er mit Grunz in den Wagen stieg. Ich sah Felicia, als ich zu meinem Motorrad ging. Sie schien nicht verärgert über das Ende unseres Gesprächs zu sein. Stattdessen wirkte sie entschieden, als wüsste sie, wenn sie nicht aufgab, würde ich irgendwann einknicken. Ich wollte nicht »einknicken«, wollte nicht verstehen, warum sie gegangen war, wollte ihr nicht vergeben, dass sie uns auseinandergerissen hatte. Alles, was ich wollte, war Abstand von ihr. Ich wusste nur nicht, wie ich das bewerkstelligen sollte. Felicia schien überall zu sein, wo ich auftauchte.

Es dauerte nicht lange, bis wir den Ort erreichten, den die Organisatoren für das Rennen ausgewählt hatten. Da ich hier aufgewachsen war, kannte ich die »Strecke« in- und auswendig. Felicia genauso. Izzy, Aufreißer, Felicia, ich ... San Diego war unser Revier gewesen, hier hatten wir uns für unbesiegbar gehalten. Und für unzertrennlich. Das Leben hatte uns etwas anderes gelehrt.

Aufreißer parkte seitlich auf dem Bürgersteig, ich stellte mein Motorrad neben seinem Wagen ab, und Felicia quetschte sich neben mich. Da ich weiterhin meine Identität geheim halten wollte, behielt ich den Helm auf. Felicia tat es mir diesmal gleich. Zumindest ging sie jetzt etwas besonnener mit ihrer dummen Entscheidung um, Straßenrennen zu fahren. Ich sollte ihr das wirklich ausreden. Um die Freundschaft zu Aufreißer wieder aufleben zu lassen, musste sie nicht ihre Karriere aufs Spiel setzen, das war sie nicht wert. Natürlich wusste ich, dass Aufreißer nicht der einzige Grund war, warum sie nachts Rennen fuhr. Ich war ja schließlich kein Idiot.

Ich merkte, wie Felicia mich anstarrte, spürte, dass sie unser Gespräch von vorhin fortsetzen wollte. Sooft wie möglich wandte ich ihr den Rücken zu. Es änderte nichts an ihren Blicken, die auf mir brannten, aber es machte es leichter, sie zu ignorieren.

Mit jeder Sekunde wuchs das Publikum auf beiden Seiten der Straße, und die Luft vibrierte vor Energie. Die Spannung vor dem Rennen trieb ein Kribbeln über meinen Rücken, und auf einmal vermisste ich Kenzie so sehr, dass ich es kaum aushielt. Sie sollte hier bei mir sein, mich anfeuern und mich ermuntern, ihr dabei zu helfen, ihre Träume wahr werden zu lassen. Doch sie würde das alles nicht gutheißen, darum war sie nicht hier. Und das machte mich fertig.

Wie so oft in letzter Zeit zwang ich mich, Kenzie aus meinen Gedanken zu verbannen, und konzentrierte mich auf die vor mir liegende Aufgabe.

Aufgekratzt winkte Aufreißer Felicia und mich zu sich heran. Als wir zu ihm traten, begann er sofort, uns die Strecke zu erklären. Das hatte er bereits dreimal bei sich zu Hause getan, darum blendete ich ihn aus und richtete meine Aufmerksamkeit auf das Rennen. Drei der anderen Fahrer nahmen ebenfalls regelmäßig an Rennen teil. Bislang hatte ich gegen keinen von ihnen verloren, aber wer sich seines Sieges sicher glaubte, verlor garantiert.

Im Geiste ging ich frühere Rennen durch, die ich gegen sie gefahren war, und stellte fest, dass jedes einzelne zufällig mit einem Unfall zu meinen Gunsten geendet hatte. Shit. Das bedeutete, es war immer knapp gewesen, und Aufreißer hatte das Zünglein an der Waage gespielt und an den Maschinen der anderen Fahrer herumgebastelt. Das würde diesmal nicht passieren. Ich war auf mich allein gestellt. Aber dazu war ich bereit. Ich konnte es schaffen.

Felicia war zuerst dran, und Aufreißer schickte sie zu Grunz, damit er die Kamera auf ihrem Helm befestigte. Sobald sie gegangen war, richtete Aufreißer seine Aufmerksamkeit auf mich. Er grinste schief, was nie ein gutes Zeichen war. »Ich hab das übrigens genau gesehen«, sagte er.

»Was hast du gesehen?«, fragte ich gereizt.

»Dich und Felicia ... wie ihr auf dem Sofa gekuschelt habt.« Er hob und senkte die Augenbrauen.

Es war sinnlos, sich mit ihm auseinanderzusetzen, aber ich konnte nicht anders. »Du kannst nichts gesehen haben, weil gar nichts passiert ist.« Das Telefon in meiner Jackentasche vibrierte, aber ich ignorierte es.

»Nichts«, murmelte Aufreißer. »Klar. Genau wie Tammi und ich vorhin in der Garage eine Dreiviertelstunde lang nichts gemacht haben.« Er vollführte eine obszöne Geste mit der Zunge in seiner Wange, nur für den Fall, dass ich nicht verstand, wovon er sprach.

Erneut vibrierte mein Telefon, doch ich ignorierte es auch diesmal. Hier bot sich die Gelegenheit, mit Aufreißer reinen Tisch zu machen. »Hey, Aufreißer ... dir ist doch klar, dass das mit mir nur ein vorübergehendes Arrangement ist, oder?«

Seine gute Laune erstarb augenblicklich. »Wie meinst du das? Lässt du mich etwa im Stich?«

Sofort hob ich abwehrend die Hände. »Nein, aber ich kann das nicht ewig weitermachen. Wenn ich genug Geld zusammenhabe, um Kenzie zu helfen, die Sterne günstig stehen und ein alter Mann seine Meinung über mich ändert ... bin ich raus. Ich setze mich zur Ruhe. Endgültig ... kein Comeback mehr.«

Aufreißers Gesicht war wutverzerrt. »Was zur Hölle, Hayden? Ich habe alles getan, worum du mich gebeten hast. Hab dir den Großteil des Scheißgewinns gegeben und meine Hände von den anderen Fahrern gelassen. Es funktioniert. Warum zum Teufel willst du aufhören?«

»Weil das nicht meine Zukunft ist, Aufreißer. Im Dunkeln herumschleichen, jeden anlügen, mich verstecken ... ständig Angst haben. Das will ich nicht für den Rest meines Lebens. Willst *du* das denn?«

Ein seltsamer Ausdruck legte sich auf sein Gesicht. Er wirkte nachdenklich, als würde er tatsächlich zum ersten Mal über seine Zukunft nachsinnen, und bei der Aussicht schien ihm nicht ganz wohl zu sein. »Egal, Hayden. Du drückst dich. Wie immer. Ich kann nicht sagen, dass mich das überrascht.«

Und ich war nicht überrascht, dass dieses Gespräch nicht gut verlief. Aufreißer ließ nicht gerne von etwas ab, das gut funktionierte. Letztes Jahr hatte er Kenzie auf dem Kieker gehabt, weil sie nicht mehr für ihn hatte fahren wollen. Ich wollte mich wirklich nicht noch mehr vor ihm für mein Leben rechtfertigen, als ich es ohnehin schon getan hatte. Zum Glück vibrierte mein Telefon in dem Moment zum dritten Mal und bot mir eine gute Gelegenheit, das Gespräch zu beenden.

Ich holte das Telefon aus der Tasche und wandte mich leicht von Aufreißer ab, um auf das Display zu blicken. Als ich Izzys Namen las, gefror mir das Blut in den Adern. Sie rief mich nie so spät abends an, es sei denn, es war etwas passiert. Was war los?

Ich riss mir den Helm vom Kopf und nahm hastig das Gespräch an, bevor die Mailbox ansprang. »Iz? Was ist los? Was ist passiert?«

Izzys Stimme am anderen Ende der Leitung klang so aufgelöst, dass sofort mein Herz zu hämmern begann. »Hayden ...« Ihr entwich ein kleiner Schluchzer. »Mit Antonia stimmt was nicht ... Ganz und gar nicht. Sie hat solche Schmerzen ...«

Ich verstärkte den Griff um mein Telefon und blickte mich wie ein Irrsinniger um, als könnte ich Antonia irgendwo in der Menge entdecken, wenn ich mich nur genug anstrengte. »Bist du zu Hause? Wo bist du?«

»Im Kinderkrankenhaus«, stieß sie hervor. »Ich habe sie gerade hergebracht.«

»Ich komme, so schnell ich kann, Iz. Alles wird gut.« Ich wusste nicht, ob das stimmte, aber ich musste es glauben.

Ich beendete das Gespräch und schob das Telefon zurück in die Jackentasche. Als ich mich umdrehte, wedelte ich mit den Händen in der Luft herum, um Felicias Aufmerksamkeit auf mich zu ziehen. Sie bemerkte mich sofort und schob ihr Visier nach oben. Bei ihrer besorgten Miene fragte ich mich kurz, wie ich wohl gerade aussah. Wenn es danach ging, wie ich mich fühlte, wahrscheinlich vollkommen außer mir.

Felicia schob Grunz von sich und kam zu mir. Ich drehte mich zu Aufreißer um. Er fing gerade an, die Fahrer zu bewerben. Er erzählte dem Publikum irgendwelche Unwahrheiten, tat jedoch, als verkünde er das Evangelium. Ich trat zu ihm und zog ihn am Arm. »Wir müssen los.«

Seine Stirn legte sich in Falten, und er entriss mir seinen Arm. »*Du* musst los. Du fährst. Ich bleibe hier und stelle dich besser dar, als du wirklich bist. So funktioniert das, Hayes. Das weißt du doch.«

Kopfschüttelnd klopfte ich auf meine Tasche mit dem Telefon. »Izzy hat angerufen. Antonia ist im Krankenhaus.«

Kurz weiteten sich Aufreißers Augen, doch dann zuckte er mit den Schultern. »Die Kleine ist doch andauernd im Krankenhaus.«

Am liebsten hätte ich ihn gewürgt, doch es gelang mir, mich zu beherrschen. »Diesmal ist es anders. Izzy dreht völlig durch.«

Er wirkte noch immer vollkommen ungerührt. »Sie rastet immer aus. Sie heult schon, wenn die Kleine nur Schnupfen hat.«

Diesmal packte ich ihn an den Schultern. »Mit deiner Nichte ist etwas nicht in Ordnung. Mit deiner Namensvetterin! Beweg deinen Hintern und fahr in das verfluchte Krankenhaus. Und zwar sofort!«

Aufreißer schien erschrocken über meinen Ausbruch. Dann klingelte sein Telefon. Ich ließ ihn los, und er griff nach unten und löste das Gerät von seinem Gürtel. Ich wusste, wer dran war, noch bevor er das Gespräch annahm.

»Iz? Was ist los?«

Ich konnte Izzy am anderen Ende der Leitung zwar nicht hören, aber ich wusste, was sie sagte. »Ja, ja, okay ... beruhige dich. Ich komm gleich.« Nachdenklich legte er auf und starrte mich durchdringend an. Dann sagte er über meine Schulter zu Grunz: »Pack zusammen. Wir fahren.«

Der große Mann schnaubte eine Art Antwort, und Aufreißer richtete den Blick auf ihn. »Hör auf zu diskutieren und pack einfach zusammen.« Grummelnd schloss er sein Wettbuch. Jetzt klingelte Felicias Telefon. Mist ... wenn Izzy uns alle anrief, musste es ernst sein. Sehr ernst. *Bitte lass Antonia wieder in Ordnung kommen. Gott, bitte ... mach, dass sie wieder gesund wird.*

Kapitel 16

Hayden

Wir rasten ins Krankenhaus. Da wir ohnehin schon in der Stadt waren, brauchten wir nicht lange. Iz wartete in der Notaufnahme und lief unruhig auf und ab. Ihre Wangen waren nass, ihre Augen gerötet. Sie sah vollkommen fertig aus.

Als sie mich erblickte, rannte sie auf mich zu und stürzte sich in meine Arme. Da mir klar war, dass sie sich erst ein bisschen beruhigen musste, bevor sie uns über den aktuellen Stand informieren konnte, strich ich ihr über den Rücken und murmelte ihr tröstende Worte ins Ohr. Bedeutungsloses Zeug, denn schließlich hatte ich ja keine Ahnung, was los war.

Nachdem sie ein wenig zur Ruhe gekommen war, rückte sie von mir ab und schaute mich an. »Wie bist du so schnell hergekommen?«, fragte sie schniefend. Dann bemerkte sie, dass ich nicht allein war. Als sie ihren Bruder, Felicia und Grunz hinter mir auftauchen sah, machte sie große Augen. »Ihr seid alle ... zusammen ...«

Ihr Blick zuckte zu mir, und ihre Augen sprühten Funken. »Gottverdammt, Hayden. Fährst du etwa wieder?«

Obwohl mir Wut lieber war als Niedergeschlagenheit, hatte ich meinerseits Fragen. Ich beugte mich hinunter und sah ihr in die Augen. »Iz, was ist los? Was ist mit Antonia?«

Wieder füllten sich ihre Augen mit Tränen. »Sie ist im OP. Sie sagen, es ist der Blinddarm … Sie hat versucht, mich zu warnen, aber ich dachte, es ist nichts Ernstes, und hab sie nicht gleich hergebracht. Ich hab zu lange gewartet …«

»Hey«, sagte ich und strich ihr über die Arme. »Das ist okay. Du konntest nicht wissen, was sie hat. Du hast nichts falsch gemacht.« Sie nickte schwach, doch sie machte sich trotzdem Vorwürfe. »Wie lange dauert die OP?«

»Das weiß ich nicht«, murmelte sie. »Ich weiß es einfach nicht …« Wieder brach sie in Tränen aus, und ich hielt sie fest im Arm.

Ein Knoten schnürte mir die Kehle zu, und ich blickte zu Felicia. Sie hatte einen seltsamen Ausdruck auf dem Gesicht, als wollte sie losrennen und nie mehr stehen bleiben, aber auch, als sei sie entschieden, um jeden Preis zu bleiben. Ich wusste nicht, wie sie sich verhalten würde. Das letzte Mal, als Antonia etwas Beängstigendes zugestoßen war, war sie für vier Jahre davongelaufen. Damals war die Diagnose allerdings deutlich schlimmer gewesen als diesmal. Diesmal war es nur der Blinddarm.

»Schon okay, schon okay. Blinddärme nehmen die ständig raus. Das ist Routine. Totale Routine.«

Das beruhigte sie wieder. Ich ließ sie los, und sie ging zu Felicia. Die zwei umarmten sich lange, dann löste sich Izzy von ihr und begrüßte Grunz und Aufreißer. Als sie ihren Bruder umarmte, kamen ihr erneut die Tränen. »Ich fasse es nicht, dass du gekommen bist, Tony. Danke.«

Er umarmte sie mit einem Arm und verdrehte die Augen.
»Natürlich bin ich hier. Du hast schließlich geheult und so.«

Ich fand seine Bemerkung nervig, aber Izzy lachte und boxte ihn scherzhaft in den Bauch. Sie verzieh ihm immer, egal, was er sagte.

Wir suchten uns einen Platz im Wartezimmer. Wie ich Wartezimmer hasste. Es herrschte immer eine angespannte Atmosphäre. Die Leute warteten darauf, untersucht zu werden, oder sie warteten auf gute Nachrichten. Und dass dies ein Kinderkrankenhaus war, machte es noch schlimmer. Überall waren Eltern, die entweder besorgt oder richtiggehend verängstigt aussahen. Fast führte ihr Anblick dazu, dass ich niemals Kinder haben wollte – mit dieser Angst könnte ich nicht umgehen. Aber zu spät. Antonia war meine Tochter, zwar nicht meine leibliche, aber meine Wahltochter.

Meine Gedanken rasten, während wir darauf warteten, dass der Arzt uns informierte. Die ganze Zeit über wippte mein Knie auf und ab, bis Felicia mir beruhigend eine Hand auf den Schenkel legte. Ich erstarrte – sowohl, weil sie mich überhaupt berührte, als auch, weil es meine Angst linderte. Als sie mich ansah, lag Mitgefühl in ihren Augen. Sie verstand mich. Sie drehte die Hand um und streckte einladend die Finger aus. Ich wusste, dass ich ihr Angebot ablehnen sollte, aber Mann, ich brauchte ihre Unterstützung.

Also legte ich meine Hand in ihre und wünschte mir im nächsten Augenblick, ich hätte es nicht getan. Nicht weil es mir nicht gefiel, nicht weil es sich falsch anfühlte … sondern weil es sich so richtig anfühlte. Und das machte mir fast so viel Angst wie die Ungewissheit, was mit Antonia war.

Erinnerungen wirbelten durch meinen Kopf und drohten, mich zu überwältigen. Wie ich Felicia zum ersten Mal begegnet war. Damals glaubten wir, alles zu wissen, dabei hatten wir gar nichts gewusst. Doch gemeinsam stellten wir uns jedem Hindernis. Seite an Seite kämpften wir gegen jeden Tyrannen und halfen uns gegenseitig, wenn es wieder mit einer Pflegefamilie nicht geklappt hatte. Wir munterten uns auf, indem wir über die Straßen rasten und sie eroberten und wurden übergangslos von Freunden zu Liebenden. Für uns gehörte beides ganz selbstverständlich zusammen. Damals war Felicia alles für mich gewesen. Und dann hatte sie mich sitzen lassen.

Ich stieß genau in dem Augenblick ihre Hand fort, als die Türen zur Notaufnahme auseinanderglitten ... und Kenzie hereinkam.

Mit weit aufgerissenen Augen und irrem Blick sah sie sich nach jemandem um, der ihr weiterhelfen konnte. Dann entdeckte sie mich und wirkte sichtlich erleichtert. Als sie jedoch bemerkte, mit wem ich da war, verhärtete sich ihre Miene. Ich sprang auf und ging zu ihr.

Sie hatte ihre Locken zu einem lockeren Pferdeschwanz zusammengebunden; einige Strähnen waren lose, als hätte sie sich eilig fertig gemacht und sie dabei übersehen. Anders als wir hatte Kenzie wahrscheinlich fest geschlafen, als Izzy sie anrief. Mir war gar nicht in den Sinn gekommen, dass Izzy auch Kenzie angerufen haben könnte. Doch für Iz ... und für mich gehörte sie jetzt zur Familie. Es war nur richtig, dass sie da war.

»Süße«, sagte ich und legte die Arme um sie. Als ich sie fest an mich drückte, stieg mir frischer Lavendelduft in die Nase. Manchmal streute sie sich Lavendelpuder aufs Kopfkissen, wenn sie nicht einschlafen konnte. Hatte sie meinetwegen nicht schlafen können? Hoffentlich nicht.

Sie stand steif in meinen Armen und erwiderte meine

Umarmung kaum. »Ich dachte, du bist in L.A. Wie hast du es geschafft, vor mir hier zu sein?«, fragte sie.

Ich löste meine Umarmung und sah ihr in die Augen. Richtig. Ich hatte ihr gesagt, ich sei mit Keith auf einer Party in L.A. Und von den »Partys«, auf die wir während der ARRC-Rennen gingen, wusste sie, dass es normalerweise spät wurde. Richtig spät. Wie sollte ich ihr erklären, dass ich wie durch ein Wunder vor ihr hier aufgetaucht war? Was sollte ich ihr sagen, außer der Wahrheit?

»Ich … ich also … also …« Die Worte wollten mir nicht über die Lippen kommen. Die Falten gruben sich immer tiefer in Kenzies Stirn, und mir war klar, dass ich mir mit jeder gestotterten Silbe mein eigenes Grab schaufelte.

»Kenzie, Gott sei Dank, da bist du ja. Ich habe solche Angst!« Izzy stürzte sich auf Kenzie und entriss sie meinen Armen. Ich taumelte zurück und erstarrte, als ich die Wut in Kenzies Augen sah.

Kenzie zwang sich, ihre Aufmerksamkeit von mir auf ihre aufgelöste Freundin zu richten und sie zu trösten. Während Izzy sie auf den neuesten Stand brachte, blickte Kenzie sich verstohlen im Raum um. Ihr Blick wanderte von Felicia zu Aufreißer, zu mir und dann wieder zu Aufreißer. Sie musste sich fragen, warum wir hier alle wie selbstverständlich beieinandersaßen. Sie war ja noch auf dem Stand, dass wir alle sauer auf Aufreißer waren. Glaubte sie, dass die gemeinsame Sorge um Antonia uns vorübergehend wieder zusammengebracht hatte? Oder zählte sie eins und eins zusammen? Warum ich so schnell hier gewesen war. Warum wir alle so schnell hier gewesen waren …

Und das war der Moment, in dem Aufreißer beschloss, mir das Leben zur Hölle zu machen.

Er trat vor mich und sagte laut: »Hey, Hayden ... ich will ja nicht gefühllos erscheinen, aber Antonia kommt wieder in Ordnung. Du hast ja selbst gesagt, diesen Mist machen die ständig ... Also, wie wäre es ...« Er beugte sich vor und senkte die Stimme, doch mir kam es trotzdem so vor, als würde er schreien. »Hör zu, wenn wir jetzt fahren, können wir zum letzten Rennen da sein. Du kannst das Ding immer noch gewinnen, und ich verlier nicht mein ganzes Geld.«

»Ist das dein Ernst?«, zischte ich. Dies war weder der richtige Zeitpunkt noch der richtige Ort. Kenzie stand nah bei uns, aber sie schien ganz auf das konzentriert zu sein, was Izzy ihr berichtete. Und das sollten wir alle sein. Heute Nacht ging es um Antonia, nicht um irgendwelche Rennen.

Aufreißer schien sich allerdings kein bisschen für seinen Vorschlag zu schämen. »Nun ja, ich meine, wir wissen ja, wo Antonia ist. Wir wissen jetzt, was sie hat. Es ist alles cool, die Ärzte machen das schon. Also lass uns ein bisschen Geld verdienen!«

Ich wollte ihm gerade sagen, dass gar nichts cool war, als Kenzie sich aus ihrer Unterhaltung mit Izzy löste. Mit durchdringendem Blick trat sie auf mich zu. »Geld verdienen? Meint er Renngeld? Fährst du ... fährst du etwa wieder für ihn?«

Ihr blieb der Mund offen stehen, und ich sah ihr an, dass von jetzt auf gleich mit lawinenartiger Geschwindigkeit all die losen Teilchen in ihrem Kopf an den richtigen Platz fielen. »Oh mein Gott, natürlich fährst du wieder für ihn. Was bin ich für eine Idiotin. Es hat nie irgendwelche Partys gegeben. Du bist immer Rennen gefahren. Du ... und Aufreißer ... und ... *sie* ...« Kenzie musterte Felicia. In ihren Augen loderten Flammen. Als ihr Blick wieder zu mir sprang, spürte ich die Hitze auf meinem Gesicht. »Du hast die ganze Zeit ... Du Scheißkerl!«

Mist. Es war vorbei. Das war mir klar. Jetzt konnte ich nichts mehr ausrichten, sie würde kein Argument mehr gelten lassen, keinen Grund mehr hören wollen. Aber ich musste zumindest *versuchen*, das hier zu retten. »Kenzie, ich kann ...«

Sie stieß mir den Finger in die Brust, während ihr Tränen der Wut in die Augen schossen. »Wag es ja nicht, mir das hier erklären zu wollen. Du hast gesagt, du würdest mir die Wahrheit sagen. *Immer*.«

Dort, wo sie mir den Finger in die Brust stieß, öffnete sich ein schwarzes Loch, in dem alles verschwand, was gut an uns gewesen war. Herrje, ich wollte sie nicht verlieren. »Das habe ich ... das wollte ich ... Ich habe gesagt, ich würde dir die Wahrheit sagen, Kenzie, und das meinte ich ernst. Ich habe nur nie gesagt ... *wann* ich sie dir sage.« Für dieses Argument hätte ich mich in den Hintern beißen können. *Im Ernst?*

Kenzies Miene wurde eiskalt. »Das ist beschissen, Hayden.«

Ich weiß. »Es tut mir leid, ich ... ich hatte keine Wahl. Du musst wieder Rennen fahren. Ich habe versucht, Geld zusammenzubekommen, damit du wieder fahren kannst. Du gehörst auf ein Motorrad.« Als das endlich raus war, keimte Hoffnung in mir auf. Sobald sie meine Motive verstand, würde sie sich sicher beruhigen.

Doch das tat sie nicht. Sie wurde nur noch kälter. »Oh, dann hast du also *meinetwegen* gelogen? Ist das dein Argument?«

»Ich ...« Ich spürte, wie sie mir entglitt. Mir fehlten die Worte, um uns zu retten. So war das alles nie geplant gewesen.

Kenzie hob das Kinn, dieser unbändige Stolz, der mich als Erstes an ihr gereizt hatte, war voll und ganz wieder da. Gott, sie war wunderschön. »Ich habe dich nicht gebeten, mein Held zu sein«, stellte sie kühl fest. »Alles, worum ich dich gebeten habe, war, ehrlich zu sein ... und das hast du nicht geschafft.«

»Kenzie ...«, murmelte ich und streckte die Hand nach ihr aus. *Bitte geh nicht. Verlass mich nicht auch.*

Sie riss sich von mir los und da wusste ich, dass es kein Zurück mehr gab. Zwischen uns hatte sich für immer etwas verändert – weil ich immer wieder gelogen hatte. Unsere Beziehung ging in einer Rauchwolke auf ... und das war meine Schuld. Das schwarze Loch in meiner Brust fraß sich durch meinen gesamten Körper und ließ eine leere Hülle zurück.

Kenzies Wangen waren stark gerötet, und mir war klar, wie viel Anstrengung es sie kostete, ruhig und beherrscht zu bleiben, obwohl sie sich viel lieber auf mich gestürzt hätte. »Fass mich nicht an, sprich mich nicht an, ruf mich nicht an, komm nicht vorbei. Es ist aus.«

Aus. Da war es, das Wort, das in meinen Grabstein gemeißelt würde. Das Wort, das mich ewig verfolgte, bis mein Körper schließlich unter der Anspannung zusammenbrach.

»Nein, Kenzie, das kannst du doch nicht ... Ich hab das doch für dich getan!«

Ich wollte zu ihr stürzen, doch jemand hielt mich fest. Kenzie wandte sich von mir ab. Sie würde uns verlassen. *Mich.* Und das konnte ich nicht kampflos geschehen lassen. Ich rang mit demjenigen, der mich festhielt. Ich war so besessen von Kenzie, dass ich gar nicht merkte, wer es war, bis derjenige sagte: »Hayden ... ich finde, du bist derjenige, der gehen sollte.«

Als ich hinunterblickte, sah ich, dass es die zierliche, aufgelöste Izzy war, die mich von meinem Ziel fernhielt. Sie war so viel stärker, als sie aussah. Doch was sie sagte, ergab absolut keinen Sinn. »Du findest, *ich* sollte gehen? Ich gehöre zur Familie, Iz.«

Mit einem traurigen Lächeln schüttelte Iz den Kopf. »Ich weiß. Aber Kenzie auch, und *du* hast ihr unrecht getan, also solltest *du* gehen.«

Ich hörte auf, mich gegen sie zu wehren und starrte sie ungläubig an. »Ich habe das doch für sie gemacht, Izzy.«

Izzy atmete langsam aus und senkte den Blick zum Boden. »Ich bin sicher, dass es ursprünglich so angefangen hat«, murmelte sie.

In ihrem Ton lag ein Vorwurf, der ein Feuer in meinem Körper entfachte. »Was soll das heißen?«

Izzy warf einen kurzen Blick zu Felicia, die noch immer neben Grunz saß und erschrocken verfolgte, was passierte. Ich richtete meinen wütenden Blick weiter auf Izzy. »Das hat nichts mit ihr zu tun.«

»*Mich* musst du nicht überzeugen«, sagte sie mit hochgezogener Augenbraue. Dann seufzte sie. »Geh einfach, Hayden. Das macht die Dinge leichter. Ich rede mit Kenzie und sehe, ob ich ein gutes Wort für dich einlegen kann. Und ich ruf dich an, sobald Antonia aus dem OP zurückkommt, okay?«

Nein, nichts war okay. Aber das lag nicht in meiner Macht. Vielleicht hatte es nie in meiner Macht gelegen, und ich hatte es nur nicht gemerkt. »Gut, ich gehe.«

Es erforderte meine ganze Willenskraft, aus der Tür zu gehen, anstatt zu Kenzie zu stürzen und unsere *Auseinandersetzung* fortzusetzen. Sie konnte unmöglich meinen, es wäre aus. Wenn sie sich erst etwas beruhigt hatte, würde sie ihre Meinung ändern. Da war ich mir sicher. Dennoch hätte ich gern eine Bestätigung von ihr gehabt, bevor ich ging.

Die Türen zur Notaufnahme schlossen sich hinter mir, und es wurde still um mich. Und zum ersten Mal seit langer Zeit war ich vollkommen allein. Jeder, der mir wirklich etwas bedeutete, hatte mich soeben ausgeschlossen. Mir war kalt, und ich fühlte mich taub, als mir die Trostlosigkeit meiner Lage bewusst wurde. Antonia war krank, Kenzie war weg, und meine Familie hatte sich von mir abgewandt. Ich stand wieder am Anfang, mit nichts, und das war ganz allein meine verdammte Schuld.

Wütend auf das Leben, wütend auf mich selbst hätte ich beinahe mein Motorrad umgeworfen. Diese verdammte Maschine hatte mir so viel Ärger eingebracht. Aber nein, das stimmte nicht ganz. Motorräder hatten mich gerettet, hatten mir ein Ziel, einen Sinn und Hoffnung gegeben … Jetzt brauchte ich wieder Hoffnung, aber es kam mir so vor, als wäre ich in eine Blase eingeschlossen, die sich immer stärker um mich zuzog. Ich bekam keine Luft. *Alle gehen … überrascht dich das wirklich?*

Ich musste weg von hier, setzte meinen Helm auf und startete mein Bike, dann raste ich so rasant los, dass ich Reifenspuren auf dem Asphalt hinterließ. Mit pochendem Herzen entfernte ich mich vom Krankenhaus. Alles daran fühlte sich falsch an. Ich sollte Antonia nicht verlassen, Kenzie nicht verlieren. Meine ganze Welt war dort, und ich lief vor ihr weg.

Nachdem ich den Freeway erreicht hatte, trieb ich die Maschine an ihre Grenzen. Was scherte es mich, wenn man mich mit überhöhter Geschwindigkeit erwischte? Wenn man mich wegen Verkehrsgefährdung verklagte und Keith mich auf die Reservebank verbannte? Spielte irgendetwas noch eine Rolle? *Sie darf mich nicht verlassen.*

Als ich zu meiner Wohnung kam, meinte ich, mein gesamter Körper würde vibrieren. Ich hatte das Gefühl durchzudrehen. Als würde ich explodieren, wenn ich nichts tat ... Ich hatte nur keine Ahnung, was ich tun sollte. Es gab niemanden, mit dem ich reden, bei dem ich Dampf ablassen, niemand, an den ich mich wenden konnte. Niemand, niemand, niemand. Das schien mein Schicksal zu sein, und ich hatte es satt.

Ich lief im Wohnzimmer auf und ab und überlegte, ob ich zu Keith rübergehen sollte. Er hasste Kenzie und würde wahrscheinlich keine Träne über die Trennung vergießen. Wenn ich mit ihm sprach, hatte ich aber vielleicht nicht mehr das Gefühl, in tausend Stücke zu zerspringen. *Das darf doch nicht wahr sein.*

Vielleicht könnte ich Felicia anrufen. Das hatte sich bislang ... falsch angefühlt. Aber jetzt ... wenn es mit Kenzie aus war – *Gott, bitte lass es nicht vorbei sein* –, was konnte ich dann noch verlieren? Ich holte mein Telefon aus der Tasche und starrte ganze zehn Minuten auf das dunkle Display. Dunkel. Keine Nachrichten, keine Meldungen. Nichts von Kenzie, die sagte, dass es ihr leidtat, dass sie überstürzt und unüberlegt gehandelt hätte. Nichts, dass wir noch immer zusammen waren. Nur Dunkelheit und Leere. Am liebsten hätte ich das Telefon durchs Zimmer geschleudert, es in eine Million kleine Stücke zerschlagen und die Toilette hinuntergespült. Irgendetwas getan, um dieses Teil davon abzuhalten, mir entgegenzuschreien, dass ich allein war.

Ich hielt das Telefon derart fest umklammert, dass sich

meine Knöchel weiß färbten. Ich spannte gerade den Arm, bereit, es fortzuschleudern, als es zaghaft an meiner Tür klopfte. Kenzie? Suchte sie schon die Nähe zu mir? *Ja, ich will wieder mit dir zusammen sein.*

Ich schob das Telefon zurück in die Tasche und rannte die wenigen Schritte zur Tür. Erpicht darauf, ihr alles zu erklären, riss ich am Türknauf ... und vor mir stand Felicia. Eine Sekunde lang dachte mein geschundenes Herz, die dunkelhaarige Schönheit vor mir sei meine Freundin. Meine Exfreundin. Aber die feinen Unterschiede zerstörten diese Illusion und hämmerten die Wahrheit mit aller Heftigkeit in mich hinein. Mein Herz sank bis in die Kniekehlen, und ich murmelte: »Felicia? Was machst du hier?«

»Darf ich reinkommen?«, fragte sie, ohne auf meine Frage zu antworten.

Ich hielt ihr weit die Tür auf. Warum nicht? Jetzt war es ja egal, denn Kenzie war ... Wir waren ...

Das musste ein Traum sein, ein gemeiner Albtraum, aus dem ich jeden Moment erwachen würde. *Bitte, lass mich aufwachen.*

Felicia stolzierte ins Zimmer, und ich schloss die Tür hinter ihr. Sobald sie in meiner Wohnung stand, wurde mir die Realität irgendwie bewusster. »Warum bist du nicht im Krankenhaus?«, fragte ich.

Sie nagte an ihrer Lippe, bevor sie mir antwortete. »Es war irgendwie ... unangenehm, nachdem du weg warst. Vor allem mit Kenzie. Sie hat mich mit ihren Blicken getötet.« Den Namen meiner Süßen von ihren Lippen zu hören versetzte meinem Herzen einen Stich. Als sie sah, dass ich litt, trat Felicia zu mir. »Aber eigentlich wollte ich nach dir sehen. Bist du okay?«

Sie legte eine Hand auf meine Wange. Mir fehlte die Kraft, sie wegzustoßen. War ich okay? Nein. Ganz und gar nicht. »Mir geht's gut«, murmelte ich wenig überzeugend.

Ihr Daumen strich über meine Wange und erinnerte mich an die unzähligen Gelegenheiten, bei denen sie mein Fels in der Brandung gewesen war – bei denen ich nur ihretwegen nicht den Verstand verloren hatte. »Nein, das stimmt nicht, Haydey.«

Der Kosename war zu viel, zu aufdringlich. Auch wenn mir bei ihrer Berührung ein bisschen warm ums Herz wurde, wir waren nicht mehr zusammen. »Nenn mich nicht so«, sagte ich und trat einen Schritt zurück.

Sie ließ mich gewähren, doch die Enttäuschung in ihren Augen war nicht zu übersehen. Um ihren Mund lag ein angespannter Zug, es war offensichtlich, dass sie sich etwas anderes wünschte. Ich wusste nicht, was ich wollte ... vermutlich sollte sie besser gehen.

»Hayden, ich weiß, du leidest, aber du musst mich nicht ausschließen. Ich bin für dich da.« In den dunklen Tiefen ihrer Augen schimmerte Mitgefühl, und ich wusste, dass sie es ernst meinte. Aber ich wusste auch, dass sie auf mehr hoffte. Und ich hatte gerade nichts zu geben.

»Du solltest gehen«, erklärte ich. Bevor sie antworten konnte, wandte ich mich ab und ging in die kleine Küchenecke. Erinnerungen daran, wie Kenzie mich umsorgt hatte, als mein Bein heilen musste, bestürmten mich, während ich nach einem Mittel gegen meine Kopfschmerzen suchte. Whisky. Ich würde mich in einer Gallone Whisky ertränken.

Anstatt zu gehen, folgte Felicia mir. »Du solltest jetzt nicht allein sein.«

Als ich eine Flasche fand, stellte ich sie auf den Tresen und zog den Korken heraus. Ich warf Felicia einen Blick zu und bemerkte abfällig: »Sondern mit dir zusammen? Du meinst, das wäre besser?« Ich nahm einen großen Schluck aus der Flasche und seufzte beinahe vor Erleichterung, als das betäubende Brennen meine Kehle erreichte.

Felicias Augen funkelten vor Wut. »Ja, mit mir zusammen zu sein ist besser, als sich bis zur Besinnungslosigkeit zu besaufen und an deiner eigenen Kotze zu ersticken.«

Sie nahm mir die Flasche weg und verbarg sie hinter ihrem Rücken. Die Leere in mir füllte sich rasch mit Wut. Ich hatte sie nicht gebeten, den Babysitter für mich zu spielen, und ich brauchte auch keinen. »Gib mir die Flasche zurück«, zischte ich giftig.

Unerschrocken hob Felicia das Kinn. »Nein. Es gibt bessere Methoden, damit umzugehen.«

Plötzlich stieg ein gluckerndes Lachen aus meiner Kehle auf. Das musste sie gerade sagen. »Ja, du hast recht. Ich könnte eine Nachricht hinterlassen und die Stadt verlassen. Das ist ein besserer Plan.«

In ihren Augen schimmerten Tränen, doch sie biss die Zähne zusammen, sodass ich nicht wusste, ob es Tränen der Wut waren oder ob ich einen Nerv getroffen hatte. »Du kannst manchmal so ein Arschloch sein.«

Ich wandte mich wieder den Schränken zu und suchte nach einer weiteren Flasche. »Und du kannst so eine Zicke sein. Wahrscheinlich waren wir uns viel zu ähnlich, als dass das mit uns hätte gut gehen können.«

»Das ist nicht der Grund, warum es nicht funktioniert hat.«

Ich fuhr herum, damit sie den Mund hielt. Ich trat vor sie

und zischte: »Nicht. Spar dir das. Egal, was du dir ausgedacht hast, um dein Verhalten zu rechtfertigen, ich will es nicht hören. Ich will es *niemals* hören.«

Sie starrte mich mit offenem Mund an. »Du wolltest mir nie eine Chance geben, stimmt's?«

Ich griff hinter sie und entriss ihr die Flasche. Whisky spritzte auf uns beide, aber das war mir egal. »Nein.«

Während ich einen großen Schluck aus der Flasche nahm, sagte sie ruhig: »Ich war schwanger.«

Mir rutschte der Whisky aus der Hand und krachte auf den Boden, Glasscherben und Alkohol flogen durch die Gegend. Ich achtete nicht auf das Chaos. Ich konnte nicht. Ich war zu sehr mit dem beschäftigt, was sie gerade gesagt hatte. »Du warst …? Was ist passiert?«

Meine Stimme war nur ein Flüstern, aber sie tat, als hätte ich sie wieder angeschrien. »Egal. Du willst es ja nicht hören.«

Sie machte Anstalten zu gehen, und ich packte sie am Arm. Schmerz und Panik erfüllten mich, außer mir suchte ich ihren Blick. »Was ist passiert, Felicia? Hör auf mit den Spielchen und erzähl es mir!«

Wieder lag Mitgefühl in ihren Augen. »Ich habe es direkt nach Antonias Diagnose festgestellt. Ich wollte es dir sagen, aber …« Nun füllten sich ihre Augen mit Tränen. »Als ich sah, was Izzy durchlitt, was alle durchmachten, konnte ich einfach nicht … Ich konnte nicht etwas so sehr lieben und das Risiko eingehen, es zu verlieren. Ich war nicht stark genug für diese Art von Verlust. Also …«

Angst ergriff mich. Ich packte ihren anderen Arm und drehte sie zu mir um. »Was hast du getan?«, fragte ich mit heiserer Stimme.

Sie schüttelte den Kopf. »Nichts. Es war ein Fehlalarm.

Im nächsten Monat bekam ich meine Periode und war total erleichtert. Und auch gleichzeitig ... nicht erleichtert.«

Ich konnte nicht glauben, was ich da hörte. Warum zum Teufel hatte sie nicht mit mir geredet? »Wenn du nicht wirklich ... warum zum Teufel bist du dann abgehauen?«

Sie griff eine meiner Hände und hielt sie in ihrer. »Weil ich gemerkt habe, dass ich schon alles riskiere ... indem ich dich liebe.«

»Das verstehe ich nicht«, sagte ich kopfschüttelnd.

Felicia nickte. »Ich weiß. Alles, was mir an dem Gedanken Angst machte, ein Baby zu lieben und zu verlieren, war bei der Vorstellung, dich zu verlieren, noch zehnmal stärker – nein, hundertmal stärker. Ich wusste, wenn dir jemals etwas zustößt, wenn du ... stirbst ... würde es mich vernichten. Ich würde mich nie mehr davon erholen. Und das konnte ich einfach nicht ... Ich konnte nicht zulassen, dass du mir das antust«, sagte sie mit zitternder Stimme.

Ich löste mich von ihr und wich zurück. »Du hast *alles* kaputtgemacht, weil du mich zu sehr geliebt hast?« So merkwürdig es sich anhörte, das verstand ich voll und ganz. In manchen Nächten war ich panisch aufgewacht und hatte schreckliche Angst, sie verloren zu haben. Und dann verlor ich sie tatsächlich, und all meine Albträume verblassten dagegen.

Sie knirschte über die Scherben unter unseren Füßen, trat zu mir und nahm meine Hände. Jetzt war ich vor dem Tresen gefangen und konnte ihr nicht so leicht entkommen. »Ich weiß, das war dumm, Hayden, aber ich war noch ein Kind. Ich hatte Angst. Und du warst ... alles für mich.«

Kopfschüttelnd murmelte ich: »Du bist jahrelang weggewesen, Felicia. *Jahre*. Als wir dich am meisten gebraucht haben, als *ich* dich am meisten gebraucht habe, bist du … gegangen.«

Jetzt liefen ihr Tränen über die Wangen, sie ließ meine Hände los und fasste mein Gesicht. »Ich weiß, und es tut mir so leid. Ich habe so lange gebraucht, um zu begreifen, was für einen Riesenfehler ich begangen habe. Ich dachte, ich würde uns retten, Hayden. Ich dachte, es würde weniger wehtun, wenn ich gehe. Ich habe mich … total getäuscht, und es tut mir so leid. Bitte vergib mir.«

Sie stellte sich auf die Zehenspitzen und küsste mich sanft auf die Lippen. Es war, als würde sich in meinem Kopf ein Schuss lösen. Oder ein Feuerwerk explodieren – ich war geblendet und taub. Als ihre Lippen meine berührten, übermannte mich die Erinnerung – die Weichheit, die Süße … die Angst. Selbst als wir ein glückliches Paar gewesen waren, hatte uns die irrationale Angst beherrscht, es könnte jeden Augenblick alles vorbei sein. Was den Sex unglaublich machte, aber es hinterließ einen Schmerz, eine Narbe, die nie ganz verheilte. Und dann waren meine schlimmsten Ängste Realität geworden – und indem ich mich ihnen stellte, hatte ich sie überwunden. Ich glaubte jedoch nicht, dass sich Felicia je ihren Ängsten gestellt hatte.

Ich unterbrach den Kuss und schob sie sanft zurück. »Stopp.«

In ihren großen Augen lag eine Mischung aus Verzweiflung, Angst und Hoffnung. »Hayden«, sagte sie leise mit angespannter Stimme. »Bitte …«

Sie bewegte sich erneut auf mich zu, doch ich hielt sie zurück. »Ich habe es verstanden, Felicia. Ich habe verstanden, warum du gegangen bist. Ich verstehe, dass man vor etwas wegläuft, das man eigentlich haben will, aber du hättest mit mir reden sollen. Wenn du mir deine Ängste anvertraut hättest ... Wenn du mir erzählt hättest, dass du dachtest, du wärst schwanger. Wir hätten das irgendwie hingekriegt.« Seufzend schüttelte sie den Kopf. »Aber du hast immer mit einem Fuß in der Tür gestanden, bereit, jeden Moment davonzulaufen. Das klingt jetzt vielleicht hart, aber ich glaube, dass du dieses letzte Mal weggelaufen bist, war das Beste, was mir passieren konnte.«

Sofort verdunkelte Schmerz ihre Augen, und sie wich zurück. Ich wünschte, die Wahrheit wäre nicht so verletzend, und sagte: »Du und ich, das sollte nicht sein. Ich will mehr. Ich will etwas Dauerhaftes. Ich will eine feste Basis, auf die ich bauen kann. Und das wirst du niemals wollen.«

Erneut traten ihr Tränen in die Augen, und sie wandte sich von mir ab. »Du denkst, ich hätte mich nicht geändert.« Sie drehte sich wieder um und sah mich an. »Aber das habe ich. Ich bin noch da, oder?«

Ich lächelte traurig und nickte. »Ja, aber das ändert nichts. Ich will mit Kenzie zusammen sein und werde sie nicht aufgeben.«

Sie schloss den Mund und presste die Lippen zu einem schmalen Strich zusammen. »Kenzie? Sie ... sie ist fertig mit dir, Hayden. Sie will dich nicht mehr.«

»Ich weiß«, sagte ich. Ich sammelte mich und schwieg einen Moment. Die ganze Zeit sah sie mich forschend an, als suchte sie einen Weg in mein Herz. »Ich habe dich geliebt, Felicia, wirklich, und ich werde immer gern an das zurückdenken, was wir hatten. Aber wie du schon sagtest, wir waren jung, und wir wussten nicht, was wir wollten. Danke, dass du mir erklärt hast, warum du gegangen bist und ... es tut mir leid, dass ich dir nicht früher zugehört habe. Weil ich es verstehe. Es verletzt mich noch immer, aber ich verstehe es.«

Sie sah mich durchdringend an, noch mehr Tränen liefen ihr über die Wangen. Sie öffnete den Mund und schloss ihn wieder, sagte nichts, nickte nur. Die unterschwellige Anziehungskraft, die seit ihrer Ankunft immer wieder zwischen uns aufgeblitzt war, löste sich in nichts auf, als sich unsere Blicke trafen. Wenn ich ihr jetzt in die Augen sah, sah ich nur Kenzie. »Ich muss dir etwas zeigen«, sagte ich.

Natürlich war sie verwirrt, als ich ihr die Hand reichte und sie in mein Schlafzimmer führte. Als wir eintraten, fiel ihr Blick aufs Bett. »Ich dachte, du …? Hast du nicht gerade gesagt …?« Sie befeuchtete ihre Lippen, als wäre sie sich nicht sicher, ob sie sich weigern sollte.

Lächelnd ließ ich ihre Hand los. »Das wollte ich dir nicht zeigen.« Ich öffnete den Kleiderschrank und wühlte darin, bis ich ganz hinten einen alten Schuhkarton fand. Ich holte ihn hervor und drehte mich langsam zu ihr um. »Sondern den hier.« Ich öffnete den Deckel, griff hinein und holte den Ring hervor, den ich viel zu lange aufgehoben hatte.

Fassungslos nahm sie ihn mir aus der Hand und betrachtete ihn mit tränennassen Augen. »Ich wollte dir einen Antrag machen, aber nachdem Antonia krank war, habe ich irgendwie nie den richtigen Moment gefunden.«

Den Blick auf den riesigen Diamanten geheftet fragte sie verwirrt: »Warum zeigst du mir den? Warum hast du ihn noch immer?«

Ich lächelte und sagte: »Ich glaube, ich brauche einen Abschluss. Ein kleiner Teil von mir hat an der Vergangenheit festgehalten – unserer Vergangenheit. Aber ich kann nicht weiter daran festhalten und zugleich vorankommen, also nimm ihn. Wirf ihn weg, verkauf ihn, ganz egal. Ich brauche ihn nicht mehr.«

Mit einem traurigen Lächeln auf den Lippen drückte sie den Ring an ihre Brust und sagte: »Hayden ... Kenzie ... Das mit Kenzie hat sich erledigt. Wir können immer noch ... Wenn du die Kraft hast, mir zu vergeben, könnten wir unser altes Leben wiederhaben.«
»Das ist es ja gerade«, antwortete ich. »Ich will mein altes Leben nicht zurückhaben. Und das mit Kenzie wird sich nie erledigt haben. Nicht für mich.« Ich konnte nicht aufhören zu lächeln. »Sie hat meine Seele, und ich gebe keine Ruhe, bis ich sie zurückhabe.«
Felicias Blick wurde wehmütig, und mir war klar, dass es länger dauern würde, bis sie sich nicht mehr zu mir hingezogen fühlte als umgekehrt. Wieder verzog sie das Gesicht. »Du liebst sie wirklich.« Als ich nickte, blickte sie auf den Boden. »Ich dachte tatsächlich, du wärst immer noch da, wenn ich zurückkomme. Auch wenn du eine andere hättest, dachte ich, du würdest zu mir zurückkommen.« Sie schaute zu mir hoch und schüttelte den Kopf. »Mir ist nie in den Sinn gekommen, dass du dich in eine andere verlieben könntest. Nicht wirklich. Ich dachte immer ... du und ich.« Sie schluckte, dann schüttelte sie wieder den Kopf. »Es tut mir leid, dass ich gegangen bin, mehr als je zuvor.« Sie drückte den Ring in ihren Fingern, und weitere Tränen liefen über ihre Wangen. »Und es ... es tut mir leid, dass ich deine Beziehung ruiniert habe.« Ich wusste, wie schwer es ihr fiel, das zu sagen, und war etwas fassungslos. Ihre nächsten Worte hauten mich allerdings endgültig um. »Keith hat Großes mit uns vor, aber ich ... ich respektiere deine Beziehung mit Kenzie. Ich werde das ablehnen.«
Wut kroch meinen Rücken hinauf, und die Härchen in meinem Nacken richteten sich auf. »Was für Pläne?«, fragte ich.

Felicia biss sich auf die Lippe und wirkte durch und durch schuldbewusst. »Seit er von unserer Geschichte weiß, wollte er uns den Medien verkaufen. Alle sollten uns für ein Paar halten. Die Leute sollten über uns reden, über sein Team. Er ist gerade dabei, einen Werbedeal für uns beide auszuhandeln. Hörte sich irgendwie ganz schön anzüglich an.«

Felicia wandte sich von mir ab, als würde ich sie mit meinem wütenden Blick verbrennen. »Danke, dass du es mir erzählt hast«, sagte ich, »aber du solltest jetzt gehen.«

Noch einmal sah sie mich mit traurigen Augen an, nickte knapp und ließ mich allein in der Wohnung zurück. Ich kochte vor Wut. Verdammter Keith. Erst trieb er sie dazu, mich zu bedrängen, und jetzt das? Eine anzügliche Werbung? Dieser ganze Quatsch mit dem Power-Paar, den er da fabrizierte, würde jetzt ein Ende haben. Ich war nicht sein Hündchen.

Kapitel 17

Kenzie

Ich war so wütend, dass ich kaum noch geradeaus sehen konnte. Für *mich* hatte er das getan? Er log, hinterging mich mit ... mit – *ihr* – und das meinetwegen? So ein Blödsinn. Hayden hatte es für sich getan, damit er den Helden spielen konnte. Ich hatte ihn nicht darum gebeten. Ich hatte meine eigenen Pläne, wie ich mein Leben wieder in Ordnung bringen wollte, und dazu gehörte nicht, dass er mit hundert Meilen pro Stunde durch die Stadt bretterte. Dieser Idiot hätte tot sein können. Meine Güte, er hätte sterben können ...

Aus dem Augenwinkel sah ich, wie Felicia hinter Hayden durch die Tür des Krankenhauses verschwand. *Ja, geh nur. Geh nur zu ihm. Es ist aus, er gehört dir.* Gott ... war es wirklich aus? Schmerz klopfte an meinen Panzer aus Wut, aber ich verdrängte ihn. Ich konnte nicht über die Folgen dieses Streits nachdenken, darüber, was meine Worte tatsächlich für uns bedeuteten; ich war zu aufgebracht.

Ich konnte nicht stillstehen und lief auf und ab. Hin und zurück, hin und zurück, wie eine Katze, die gereizt nach ihrem eigenen Schwanz schlug, teilte ich der Welt mit, dass ich wütend war, ohne etwas damit zu erreichen. Es befriedigte mich nicht. Ich wollte handeln, wollte etwas tun … *irgendetwas*. Die Tatenlosigkeit ließ mich von innen vergehen.

Izzy kam vorsichtig auf mich zu, während ich wie eine Irre zwischen zwei Stützpfeilern hin und her lief. »Kenzie?«, fragte sie und hielt mit mir Schritt. »Wie … geht's dir?«

Ihre einfache Frage löste eine neue Welle der Empörung in mir aus. Ich blieb stehen und wandte mich zu ihr. »Wie es mir geht? Er hat mich monatelang belogen! Er hat monatelang sein Leben riskiert! Er ist monatelang mit *ihr* losgezogen!« Ich war mir nicht sicher, seit wann Felicia tatsächlich Teil dieser zwielichtigen Welt gewesen war, aber das war mir auch egal. Ein Mal war schon zu viel. Er hätte es mir erzählen müssen.

Izzy hob die Hände, als wollte sie sich vor einem Angriff schützen. »Ich weiß, und das war idiotisch von ihm, aber er hatte gute Absichten. Das muss doch auch etwas zählen, oder?«

Nein. In diesem Moment konnte er sich seine guten Absichten in die Haare schmieren. Gute Absichten entschädigten nicht für schlechtes Verhalten, egal, wie man es auch drehte. Und gute Absichten hätten *niemals* seine Ex einschließen dürfen. Wie sehr hatte er eigentlich wieder mit ihr angebändelt? Oh herrje … mein Albtraum war Realität geworden. Direkt vor meinen Augen hatten sie ihre Beziehung wiederaufleben lassen. Was war ich nur für ein Narr.

Ich schüttelte den Kopf und begann wieder, auf und ab zu laufen. »Nein, weißt du, was zählt, Izzy? Ehrlichkeit. Ehrlichkeit ist wichtig. Integrität ist wichtig. Und Treue. Nicht zu lügen und sich nicht wie ein Arsch zu verhalten!«

»Okay, Kenzie ... okay.« Izzy seufzte, und es klang zutiefst resigniert. Als ich es hörte, öffnete sich ein Riss in meinem Herzen und Schmerz sickerte hinein. Wie konnte er mir das antun?

Ich versuchte, den Riss mit Hass zu kitten und erneut eine Mauer aus Empörung um mich zu errichten, aber das Leid war zu stark. Stück für Stück zog es mich mit sich nach unten. Ich wollte nicht vor Aufreißer zusammenbrechen, der sich über mich zu amüsieren schien. Aber ich wollte auch nicht das Krankenhaus verlassen. Ich war hergekommen, um Izzy und Antonia beizustehen, und wenn ich in meinem eigenen Kummer ertrank, nutzte das den beiden gar nichts.

Dieser Gedanke half mir, meine Gefühle für Hayden in die hinterste Ecke meines Hirns zu verdrängen. Sie würden mich später wieder heimsuchen, aber das war okay. Das hier war unendlich viel wichtiger. Ich holte tief Luft, blieb stehen und sah Izzy an. »Hast du schon was von dem Arzt gehört?«

Sie hielt sich den Bauch und schüttelte den Kopf. Ich legte den Arm um ihre Schulter und ging ein Stück mit ihr. »Komm, wir suchen jemanden, der uns was sagen kann.«

Grunz blieb, wo er war, aber überraschenderweise folgte uns Aufreißer. Er wirkte irgendwie gelangweilt. Vielleicht hielt er mich für eine tickende Zeitbombe voll unkontrollierbarer, irrer Gefühle, die jeden Moment explodieren konnte. Ehrlich gesagt fühlte ich mich ein bisschen so, aber Izzy zuliebe gab ich mir größte Mühe, mich zusammenzureißen.

Durch die Flure zu wandern half uns, die Zeit totzuschlagen und schließlich kam Antonias Arzt zu uns. Während er uns über ihren Zustand informierte, wünschte sich ein kranker, etwas verrückter Teil von mir, Hayden wäre noch da, würde mich halten und trösten. Der Arzt hatte uns nichts

Gutes mitzuteilen. Antonias Blinddarm war durchgebrochen, und ein Großteil des infektiösen Inhalts in die Bauchhöhle gesickert. Der Arzt hatte getan, was er konnte, aber die Entzündung war dabei, sie langsam zu vergiften. Sie gaben ihr Medikamente zur Unterstützung, aber letztlich hing jetzt alles von Antonia und ihrem stark angegriffenen Immunsystem ab.

Als wir sie schließlich in ihrem Zimmer besuchen durften, war sie nicht bei Bewusstsein. Sogar im Schlaf sah sie furchtbar aus, mit bleicher Haut und dunklen Ringen unter den Augen. Die bunt gestrichenen Wände, das Spielzeug und die Stofftiere, all die kleinen netten Details, mit denen das Krankenhaus den Kindern half, sich hier heimisch zu fühlen, schienen heute nur noch zu unterstreichen, wie ernst ihr Zustand war. Sie war eine winzige, zerbrechliche Puppe – zerschlissen und brüchig. Es brach mir mein bereits gebrochenes Herz.

Izzy legte sich direkt zu ihr ins Bett. Antonia zuckte, öffnete aber nicht die Augen. Ich ließ ihnen ihren Raum, dann blickte ich zu Aufreißer. Er stand neben der Tür, als habe er Angst, näher zu kommen, und machte große Augen, als könne er nicht begreifen, was er sah. Dann murmelte er etwas und küsste einen Anhänger um seinen Hals – einen katholischen Heiligen, soweit ich wusste. Der Schmerz in meiner Brust war so stark, dass ich tatsächlich das Bedürfnis verspürte, ihn zu trösten – ein Gefühl, das ich nicht für möglich gehalten hätte. Statt meinem Impuls nachzugeben, setzte ich mich auf die andere Seite des Bettes. Ich lächelte Izzy zu, die mit ihrer Tochter kuschelte, dann nahm ich Antonias Hand und sprach stumm mein eigenes Gebet. *Bitte lass sie wieder gesund werden ... sie ist doch noch ein Kind.*

Schließlich schickte die Nachtschwester Aufreißer und mich aus dem Zimmer. Izzy würde nicht gehen, das war auch der Schwester klar. Schweigend schlichen wir den Flur hinunter, und als ich einen Blick zu Aufreißer warf, konnte ich sehen, dass es ziemlich in ihm arbeitete. Er sah aus wie jemand, der vollkommen davon überzeugt gewesen war, dass die Erde eine Scheibe war, und der gerade erfahren hatte, dass sie in Wahrheit eine Kugel war. Ich überließ ihn seinen Gedanken, schließlich hatte ich genug mit meinen eigenen zu tun.

Aufreißer setzte sich in den Wartebereich, offenbar wollte er hierbleiben. Das konnte ich nicht. Ich brauchte Abwechslung und lief mit schweren Schritten hinaus zu meinem Motorrad. Gerade ging die Sonne auf und tauchte alles in goldenes, pfirsichfarbenes Licht. Es war ein wundervoller Anblick, aber es fühlte sich nicht richtig an. Irgendwie unpassend. Heute durfte nichts schön sein.

Ich setzte meinen Helm auf, startete den Motor und fuhr nach Hause. Allerdings noch nicht direkt. Zunächst hatte ich einiges zu erledigen. Antonias nicht endendes Unglück, Haydens Lügen, meine Familie, mein Job – das Leben hatte mir dieses Jahr ziemlich zugesetzt, und davon hatte ich gründlich die Nase voll.

Ich hatte es satt, manipuliert und hintergangen zu werden. In letzter Zeit war ich nicht mehr ich selbst gewesen, und die Person, die ich geworden war, gefiel mir nicht. Ich war kein Fußabtreter. Kein Opfer. Ich war eine Gewinnerin, und es wurde Zeit, dass ich mich wie eine verhielt.

So früh war an der Trainingsstrecke noch kaum jemand da. Weil Keith es nicht für nötig gehalten hatte, mir einen Schlüssel zu geben, fuhr ich hinten herum und benutzte Haydens Geheimeingang. Ich öffnete das Loch weit genug, dass mein Bike hindurchpasste, schob es hinein und verschloss es wieder hinter mir. Nach all dieser Zeit sah man dem Zaun dennoch nichts an. Perfekt. Und zugleich eine weitere Erinnerung daran, dass die Dinge nicht immer so waren, wie sie schienen – wie Hayden und ich. Ich hatte geglaubt, wir wären ein tolles Paar. Dass wir den Widerständen trotzen und es schaffen würden. Ich hatte mich getäuscht.

Ich sprang zurück auf meine Maschine und fuhr um die Gebäude herum zum Parkplatz. Wie ich vermutet hatte, standen dort nur wenige Wagen und Trucks. Keith' Sportwagen war nicht darunter. Das innere Tor zum Trainingsgelände stand offen, darum lenkte ich mein Bike in die Richtung. Ich blickte nach rechts zu den leer stehenden Cox-Garagen, die wie eine dunkle Wolke aufragten – oder wie eine schwere Last, von der ich mich befreien wollte. Von den Erinnerungen, von den emotionalen Bindungen, von der Vergangenheit. Vielleicht sagte ich das aus meinem Kummer heraus, aber ich war bereit, alles loszulassen. Und dazu bot sich jetzt die beste Gelegenheit.

Die Trainingsstrecke war leer, und der Eingang rief nach mir wie ein verlassener Liebhaber. Da es mir inzwischen egal war, was irgendjemand hier von mir dachte, ergriff ich die Chance und gab Gas. Mein Bike schlingerte kurz, dann zog es davon, und als ich den Eingang passierte und auf die eigentliche Trainingsstrecke fuhr, hatte ich schon ein ordentliches Tempo erreicht. Aber ich war noch nicht annähernd schnell genug. Sofort war alles wieder da, ich beugte mich über den Lenker und legte mich tief in die Kurven. Mein Motorrad war keine Rennmaschine wie meine Ducati, aber sie hob ab. Es fühlte sich dermaßen gut an, wieder bei Tageslicht auf der

Strecke zu sein, dass ich zu lachen begann und Glückstränen meinen Blick verwischten. Doch es waren bittersüße Tränen, denn ich wusste, dass dieses Glück nicht von Dauer war.

Als würde mir das Schicksal zustimmen, humpelte ein Mann auf die Bahn, stützte sich mit einer Hand auf einem Stock ab und winkte mit der anderen, als wollte er ein Taxi anhalten. Keith' Gesicht war knallrot, und sein Mund bewegte sich, als würde er schreien. Wahrscheinlich Obszönitäten. Ich saß in Straßenklamotten auf meinem Straßenbike. Ich gehörte eindeutig nicht auf die Strecke.

Um ihn nicht zu überfahren, musste ich die Geschwindigkeit drosseln. Ich gönnte mir noch eine Extrarunde und genoss sie, dann kam ich vor Keith zum Halten und nahm den Helm ab. Nachdem ich ihn nun hören konnte, trafen mich seine Worte so hart, dass ich fast ein Schleudertrauma erlitt. »Was zum Teufel machst du auf meiner verdammten Strecke, Cox? Und dann auch noch mit dieser verdammten Gurke? Du hast Glück, dass ich die verdammten Cops noch nicht gerufen hab. Was fällt dir verdammt noch mal ein? Und wie bist du überhaupt hier reingekommen? Hat dir einer von diesen verdammten Arschlöchern etwa einen Schlüssel gegeben?«

Als ich sah, wie aufgebracht er war, musste ich beinahe schmunzeln. »Es ist egal, wie ich reingekommen bin. Wichtig ist nur, dass ich kündige. Ich habe genug von dem Mist, den Hayden mir erzählt. Und von deinem.« Gott, wie gut es sich anfühlte, das zu sagen. Wenn es auch gleichzeitig wehtat.

Keith' Verhalten änderte sich schlagartig. »Zwischen euch ist es aus?«, fragte er und hob eine Braue hinter der Pilotenbrille. Ich antwortete nicht, sondern biss nur die Zähne zusammen. Mein Schweigen genügte ihm als Bestätigung.

Mit einem durchtriebenen Grinsen sagte er: »Und ich dachte, heute wäre nur ein ganz normaler Tag.« Ein böses Lachen kam über seine Lippen. »Gott, das ist ja, als hätte ich Geburtstag. Ich bin dich los, mit euch ist es aus, und Hayden kann mir für nichts davon die Schuld geben. Wie herrlich.« Er lächelte zufrieden.

»Fick dich, Keith.«

Sein Lächeln erstarb. »Da du nicht mehr meine Angestellte bist, befindest du dich widerrechtlich auf Privatgelände. Jetzt verschwinde von meiner Rennstrecke«, zischte er.

»Nichts lieber als das«, murmelte ich und setzte den Helm wieder auf.

Ich wendete mein Bike in Richtung Ausgang und kurz bevor ich startete, hörte ich Keith rufen: »Und gib Nikki die Uniform zurück!« Als ich anhielt und mich zu ihm umdrehte, fügte er hinzu: »Wenn nicht, verklage ich dich wegen Diebstahls!« Ich war mir sicher, dass er das ernst meinte. Dieser Idiot.

Da es mir ein guter Tag zu sein schien, um mich mit jedem anzulegen, der mich in letzter Zeit geärgert hatte, fuhr ich als Nächstes zu meinem Vater. Es gab einiges, was ich meinem lieben alten Dad sagen wollte. Als ich dort eintraf, war das Haus dunkel. Ich war mir jedoch ziemlich sicher, dass mein Vater wach war. Er hatte wohl kaum seinen strikten Zeitplan aufgegeben, nur weil man ihn in die Frührente gezwungen hatte.

Ich sprang von meiner Maschine, schritt entschlossen zur Haustür und schlug gegen das Holz. Es war eine ziemlich aggressive Begrüßung, das war mir klar, aber ich war zu sauer und konnte nicht anders. Dad erschien kurz darauf. Sein strenger Blick und sein missbilligendes Stirnrunzeln ließen keinerlei Spuren von Müdigkeit erkennen. Ich wusste, dass er wach gewesen war. »Mackenzie, warum versuchst du, mir die Tür einzutreten?«

»Ich dachte, es würde dich vielleicht interessieren, dass ich gerade bei Benneti Motorsport gekündigt habe.« Sein Blick hellte sich auf. Er öffnete den Mund, aber ich ließ ihn nicht zu Wort kommen. »Außerdem habe ich mit Hayden Schluss gemacht.« Ein scharfes Messer zog sich langsam durch mein Herz, aber ich ließ mir nichts anmerken. Dad sollte meinen Schmerz nicht sehen.

Sein Glück über meine Kündigung war nichts verglichen mit der Freude, die sich nun auf seinem Gesicht abzeichnete. »Mackenzie, das ist ...«

Ich hob die Hand, damit er sich seine aufbauenden Worte sparte. »Nichts davon ändert irgendetwas an der Situation zwischen dir und mir. Zwischen uns ist es auch aus. Um ehrlich zu sein, ist es das wohl schon seit einer ganzen Weile gewesen.«

»Ich ... das denke ich nicht ... Ich ... Mackenzie, sei vernünftig.« Dad versuchte, wieder eine überlegene Miene aufzusetzen, doch auf seinem Gesicht erschien Angst. Als hätte er endlich verstanden, dass er viel zu weit gegangen war und es kein Zurück mehr gab.

»Ich *bin* vernünftig, Dad. Du hast wegen eines Mannes den Kontakt zu mir abgebrochen. Du hast mir jeden Weg versperrt, jede Tür zugeschlagen. Es würde mich nicht überraschen, wenn du Theresa und Daphne gegen mich aufgehetzt hast, um auf diese Weise dafür zu sorgen, dass ich ganz allein bin. Wenn Myles und Nikki bestechlich wären, hättest du sicher auch dort angesetzt.« Bei dem Gedanken an diese sehr reale Möglichkeit ballte ich die Fäuste. »Warum greifst du zu diesen extremen Maßnahmen? Weil ich nicht getan habe, was du wolltest? Ist dein Stolz derart verletzlich?«

Sein Blick wirkte nun flehend. »Ich weiß, dass du das nicht verstehst, aber es war nur zu deinem Besten. Ich habe versucht, dir zu helfen.«

Wie Stacheln unter meiner Haut wuchs die Wut in mir. Ich hatte es so satt, dass die Leute irgendwelchen Mist zu *meinem* Vorteil machten. »Alles, was du geschafft hast, Dad, ist, meine Beziehung zu zerstören. Und anders als bei dir und Mom kann uns keine noch so gute Therapie wieder zusammenbringen. Ich habe es satt zu versuchen, dich zu verstehen. Ich kann dir nicht verzeihen.« Als sich meine Worte setzten, breitete sich in mir eine angenehme Taubheit aus. Es war traurig, dass es vorbei war, aber es war die Wahrheit. Das Tuch war zerschnitten und konnte nicht mehr geflickt werden. Es war sinnlos, jetzt darüber zu klagen.

Als ich ruhiger wurde, geriet Dad in Aktion. Er trat vor und umfasste meine Oberarme. »Ich besorge dir einen Job, ich mache das wieder gut. Es tut mir leid, wenn ich zu weit gegangen bin. Ich habe nur versucht, dir zu zeigen ...«

Ich schob seine Hände fort und erklärte mit Nachdruck: »Womöglich hatte Keith die ganze Zeit recht. Du *kannst* rücksichtslos, erbarmungslos und gefühllos sein, wenn du etwas nur stark genug willst. Das war vielleicht von Vorteil, als du Rennen gefahren bist, aber es sind keine guten Charaktereigenschaften, Dad. Und was meinen Job angeht, spar dir die Mühe. Ich werde alles ablehnen, was von dir kommt.«

Dad war kreideweiß geworden und sah aus, als wollte er mich unterbrechen. Als er meinen Namen sagte, ging ich einfach darüber hinweg. »Nein, ich habe es satt, manipuliert zu werden. Nur auf Dinge zu reagieren, anstatt sie selbst zu steuern.« Mit einem sarkastischen Lächeln schüttelte ich den Kopf. »Herzlichen Glückwunsch, du hast es erfolgreich geschafft, meinen Ruf im Sport zu zerstören – in *deinem* Sport. Du hast ganz allein zunichtegemacht, was ein Familienerbe hätte sein können, aber ich pfeif jetzt auf dein Erbe. Wenn ich keine Motorradrennen mehr fahren kann, gut, ich finde einen neuen Sport, in dem ich glänzen kann. Und ich *werde* glänzen, weil dein Schatten nicht mehr länger über mir schwebt. Ich werde nicht mehr länger zuerst als Jordan Cox' Tochter und erst an zweiter Stelle als Konkurrentin wahrgenommen. Ich werde einfach nur eine Mitstreiterin sein, genau wie alle anderen, und das reicht mir voll und ganz.« In meinem geschundenen Herzen keimte Hoffnung auf, und ich straffte die Schultern, hob das Kinn und sah ihn durchdringend an. Ausnahmsweise fühlte ich mich nicht unterlegen. Ich fühlte mich ... unbesiegbar.

Während er sich anstrengte, meinem Blick standzuhalten, wirkten Dads Augen müde. »Was hast du vor?«, fragte er kleinlaut.

Ich konnte mir ein Lächeln nicht verkneifen. Fühlte sich so wahre Freiheit an? »Das weiß ich noch nicht, aber ich freu mich auf den Neuanfang.« Mit dieser Aussage wollte ich mich verabschieden, machte auf dem Absatz kehrt und ging zu meinem Motorrad.

Dads Stimme tönte über das Knirschen des Kieses unter meinen Stiefeln hinweg. »Warte, Mackenzie!« Sein Ton ließ mich innehalten. Ich blieb stehen und blickte über meine Schulter zu ihm. Niedergeschlagen schüttelte er den Kopf. »Was ich über deine Mutter gesagt habe, ging zu weit. Das war niederträchtig, und es ... es tut mir leid. Du hättest alles tun können, ihre Gefühle für dich hätten sich niemals geändert. Sie hat dich von ganzem Herzen geliebt, und sie würde es sicher nicht gutheißen, wie ich ...« Er ließ den Kopf hängen und seufzte. »Ich ... ich wollte dich in die richtige Richtung lenken. Ich war verzweifelt, aber ich habe mich schrecklich verhalten – wahrscheinlich war es das Schlimmste, was ich jemals getan habe.« Mit Tränen in den Augen hob er den Blick zu mir. »Es tut mir aufrichtig leid. Ich hoffe, dass du deine Meinung irgendwann änderst und mir eines Tages vergibst. Ich liebe dich, Mackenzie.«

Herrgott, ich hätte nicht stehen bleiben sollen. Ich hätte zu meinem Bike laufen und so schnell wie möglich von hier verschwinden sollen. Er konnte mich nicht monatelang wie eine Ausgestoßene behandeln und dann mit einem sentimentalen Satz alles unter den Teppich kehren. Doch so wütend er mich auch gemacht hatte ... ich war es nicht gewohnt, so zärtliche Worte von ihm zu hören. Sie rührten mich. Ich wollte zu ihm laufen, die Arme um seinen Hals werfen und ihm sagen, dass ich ihm alles verzieh. Aber ich musste stark sein. Er war wie ein Stein gewesen. Ich musste ein Eisblock sein. Ich verlagerte mein Gewicht, ging nicht auf seine Bemerkung ein und setzte meinen Weg fort. In meinen Augen brannten Tränen und wollten mir über die Wangen laufen. Ich ließ es nicht zu. Er würde *nicht* erleben, dass ich zusammenbrach.

So schnell wie möglich setzte ich den Helm auf, gerade noch rechtzeitig. Als ich den Motor startete, liefen die Tränen. Da ich mir nicht sicher war, was ich tun würde, wenn ich Dads Gesicht sah, setzte ich zurück und fuhr die Auffahrt hinunter, ohne ihm noch einen letzten Blick zuzuwerfen. Als ich weg war, öffnete sich der Riss in meinem Herzen. Jetzt weinte ich hemmungslos. Hayden war weg. Mein Vater.

Meine Schwestern ... waren so gut wie weg. Mein Job. Alles, was mir einst etwas bedeutet hatte, war in Flammen aufgegangen, und jetzt war nur noch Asche übrig.

Myles wohnte zu weit weg. Durch die Tränen konnte ich kaum etwas erkennen, ich würde es keinesfalls bis ganz nach San Francisco schaffen. Izzy konnte ich nicht behelligen. Sie machte schon genug durch. Also fuhr ich zu dem einzigen Menschen, auf den ich noch zählen konnte. Die einzige Person, von der ich mir sicher war, dass sie mich liebte. Nikki.

Auf dem Weg zu ihrer Wohnung hoffte ich, dass sie nicht von ihrer Gewohnheit abwich und wie üblich zu spät dran war. Wenn sie schon zur Arbeit aufgebrochen war, wusste ich nicht, was ich die ganzen Stunden bis zu ihrer Rückkehr machen sollte. Wahrscheinlich auf ihrer Veranda sitzen und weinen. Oder ihr Schloss knacken und auf ihrer Couch schluchzen.

Bei dem Gedanken, in Nikkis Wohnung einzubrechen, musste ich an Hayden denken, und der Teufelskreis meiner Verzweiflung ging wieder von vorn los. Wenn ich doch nur die Wut oder die Gefühllosigkeit wieder heraufbeschwören könnte. Ich würde alles tun, um den wachsenden Schmerz nicht zu spüren. Ich hatte alles verloren ...

Nikkis Smart stand noch in seiner Parkbucht, als ich dort eintraf, und ich war froh, dass sie so eine Trödelliese war. Ich klingelte an ihrer Tür. Wenn ich klopfte, fürchtete ich, mich nicht beherrschen zu können und genauso dagegenzuhämmern wie bei Dad. Nikki brauchte ein paar Minuten, bis sie reagierte, und ich hörte, wie sie drinnen vor sich hin fluchte. Wahrscheinlich, weil sie spät dran war. Das passierte ihr oft, aber es ärgerte sie jedes Mal.

Als endlich die Tür aufging und Nikkis Gesicht dahinter

erschien, wirkte sie gestresst. Seltsamerweise riss sie überrascht die Augen auf und wollte die Tür gleich wieder schließen. »Hallo, Nik?«, sagte ich und legte meine Hand gegen das Holz, um zu verhindern, dass sie ganz zuging.

Sie riss sie wieder auf und lächelte halbherzig. »Tut mir leid, Kenzie. Ich bin nur ... viel zu spät. Was gibt's?«

Sie sah überallhin, nur nicht in mein Gesicht, und ich hatte sofort ein schlechtes Gewissen, dass ich ihr noch mehr Stress machte. Aber ich brauchte sie. »Ich hab mit Hayden Schluss gemacht«, murmelte ich. Ihr blieb der Mund offen stehen und endlich sah sie mich an. »Ich habe auch bei Benneti gekündigt und meinem Vater gesagt, dass ich ihn nicht mehr sehen will. Ich habe schon einiges erledigt heute Morgen ...«

»Oh mein Gott, komm her.« Sofort zog sie mich so fest in die Arme, dass sie mir fast die Rippen brach. »Das tut mir leid. Was ist passiert?«, fragte sie und rückte von mir ab, um mir in die Augen zu sehen.

Erneut brach ich in Tränen aus, aber es war mir egal. Vermutlich würde ich nie mehr aufhören zu weinen. »Können wir reingehen?«

Nikki fluchte leise vor sich hin, trat zur Seite und ließ mich rein. »Ja, ja, natürlich.« Sie schien jetzt nicht mehr gestresst wegen der Zeit, sondern ... wirkte irgendwie abwesend. Den Blick auf meine Schuhe gerichtet zeigte sie aufs Sofa. »Setz dich.« Ich schleppte mich ins Wohnzimmer und ließ mich auf die Couch fallen. Sie biss sich auf die Lippe und stand nervös vor mir. »Willst du was trinken? Kaffee? Whisky?«

Ich brachte ein Lächeln zustande, schüttelte jedoch den Kopf. Nikki stand noch immer vor mir und spielte mit ihren Händen. »Ist alles okay bei dir?«, fragte ich.

Sofort entspannte sie sich und setzte sich zu mir. »Ja ... alles bestens. Also ... was ist passiert?«

Sie umklammerte so fest ihre Hände, dass die Knöchel weiß hervortraten. Da ich genug mit meinen eigenen Problemen zu tun hatte, ignorierte ich ihr merkwürdiges Verhalten und platzte mit meiner Geschichte heraus. »Hayden ist wieder für seinen Freund Straßenrennen gefahren. Diesmal mit Felicia anstatt mit mir ...« Den Verrat zuzugeben brannte in meinem Magen. Ich dachte, mir würde übel, und hielt mir den Bauch. »Er hatte sogar die Frechheit zu behaupten, er habe es für mich getan, um genug Geld zusammenzubekommen, damit ich wieder fahren kann ... irgendwie.« Ich hatte mir nicht weiter angehört, wie, aber das war auch egal. Er hatte mich angelogen. Immer wieder.

Über Nikkis Gesicht zogen unzählige Gefühle, schließlich sah sie nachdenklich aus. »Meinst du, dass er sich wirklich darum bemüht hat? Dass du wieder fahren kannst? Denn ... das ist doch irgendwie süß.«

Meine Blicke wurden zu Dolchen. »Mich die ganze Zeit zu belügen ist nicht süß, Nik. Und ich habe ihn nicht gebeten, mir zu helfen, damit ich wieder fahren kann. Ich habe ihn gebeten, ehrlich zu sein. Treu. Und ich bin mir ziemlich sicher, dass er in beidem versagt hat.«

Nikki richtete den Blick auf den Boden und wippte unablässig mit den Zehen auf und ab, was mich allmählich verrückt machte. »Ach Mensch ... dann ist es also wirklich aus?«

Ich hielt ihr Knie fest und stieß hervor: »Ja, es ist aus. Zwischen Dad und mir auch, und zwischen Keith und mir. Ich habe niemanden ...«

Sofort warf sie den Arm um mich. »Du hast mich, Kenzie. Immer.«

Lächelnd legte ich meinen Kopf auf ihre Schulter und löste meine Hand von ihrem Knie. Sofort fing sie wieder an, auf und ab zu wippen, aber ich versuchte, es zu ignorieren. »Ich dachte, Hayden und ich wären ein tolles, großartiges Paar. Ich dachte, wir wären die glückliche Version von Romeo und Julia. Wir haben uns so gut verstanden, aber trotzdem hat er …«

Die Gefühle schnürten mir die Kehle zu, und ich musste schlucken, bevor ich wieder sprechen konnte. Nikki füllte die Stille. »Manchmal verändern sich Menschen. Manchmal tun sie Dinge, von denen sie nie gedacht hätten, dass sie sie einmal tun würden. Weil sie zu dem Zeitpunkt dachten, es wäre eine gute Idee, und sie wirklich einsam waren, und es vielleicht schon eine ganze Weile her war, und vielleicht war Alkohol im Spiel und …«

Ich duckte mich unter ihrem Arm hervor und starrte sie an. »Was sagst du da?«

Mit großen Augen schüttelte sie sofort den Kopf. »Nichts. Nur ein schlechter Vergleich, oder eine Metapher … oder was auch immer.«

Ich musterte sie aus schmalen Augen. Sie nagte an ihrer Lippe, und ihr Blick zuckte überallhin. Ganz offensichtlich war sie nervös oder ängstlich. Und ich glaubte nicht, dass es daran lag, dass sie zu spät zur Arbeit kam. »Was ist los mit dir?«, fragte ich.

Sie bemühte sich zu lächeln, als würde sie sich um nichts in der Welt scheren, was ihr jedoch vollkommen misslang. »Nichts … Ich mache mir nur Sorgen um dich. Und um Hayden. Das ist doch beschissen.«

Mein Ärger über ihr ausweichendes Verhalten half mir, den Schmerz zu verdrängen. Ich verschränkte die Arme vor der Brust und starrte sie durchdringend an. »Raus damit.«

Sie sprang vom Sofa und lief auf und ab. »Es gibt nichts zu erzählen, außer dass ich zu spät zur Arbeit komme und Keith mich womöglich umbringt, wenn ich mich nicht bald auf den Weg mache.«

Plötzlich überkam mich ein schlechtes Gewissen, und ich stand ebenfalls auf. »Okay, tut mir leid. Aber hast du was dagegen, wenn ich mich bei dir aufs Ohr haue? Ich will nicht nach Hause.« Ich könnte es nicht ertragen, wenn Hayden vor meiner Tür auftauchen würde.

Nikkis Miene wurde weicher. »Natürlich. Bleib, solange du willst.«

Sie umarmte mich flüchtig, dann sagte ich: »Hey, wir könnten dieses Wochenende in den Norden fahren und was mit Myles unternehmen. Vielleicht bleiben wir am besten gleich da.« Ich lachte, um ihr zu zeigen, dass es nur ein Scherz war, aber Nikki schien entsetzt von meinem Vorschlag zu sein.

»Nein!«, rief sie, dann fügte sie schnell in gemäßigterem Ton hinzu: »Ich meine, Myles hat Training. Der ist beschäftigt.«

Noch nie hatte ich erlebt, dass Nikki sich eine Gelegenheit entgehen ließ, Myles zu sehen. Die zwei waren wie siamesische Zwillinge, unzertrennlich. Das Einzige, was jemals Nikkis Laune dämpfte, war die Tatsache, dass Myles jetzt so weit von ihr entfernt lebte. Ihre Weigerung, ihn zu besuchen – ihre *leidenschaftliche* Weigerung, ihn zu besuchen –, kam überraschend. »Habt ihr zwei euch gestritten?«, fragte ich. Auch das war noch nie vorgekommen. Klar, sie kabbelten sich, aber das war alles mehr oder weniger Spaß.

Nikki schaute mich mit starrer Miene an, sie sah aus wie eine Marmorstatue. »Nein, es ist alles okay.«

Ganz offensichtlich nicht. Mann, ich war es leid, dass die

Leute etwas vor mir verheimlichten. »Ich habe echt die Nase voll von Lügen, Nikki. Sag mir jetzt, was passiert ist. Die Wahrheit.«

Sie schmolz, als wäre sie aus Butter, sank auf die Couch, legte die Ellbogen auf die Knie und verbarg das Gesicht in den Händen. Jetzt wirkte es überhaupt nicht mehr, als müsste sie dringend irgendwohin. »Oh Gott, Kenzie ...« Sie linste unglücklich zu mir hoch. »Myles und ich ... wir haben es ... irgendwie getan.«

Noch immer wusste ich nicht, wovon sie sprach, setzte mich zu ihr aufs Sofa und fragte ahnungslos: »Was getan?«

Ihre Miene erstarrte, und gereizt sagte sie: »*Es*, Kenzie. Wir haben miteinander geschlafen.«

»Ihr zwei schlaft doch die ganze ...« Mein Satz verhallte, als bei mir plötzlich der Groschen fiel. »Oh mein Gott. Du hattest Sex mit Myles? Aber er ist doch wie ein ... Bruder für dich.«

Angewidert verzog sie die Miene, womit ihr Gesichtsausdruck vermutlich meinem entsprach. Kopfschüttelnd sagte sie: »Nein, er ist nicht mein Bruder, er ist eher ... mein bester Freund. Und deshalb ist es jetzt so komisch. Wir haben Mist gebaut, Kenzie. Großen Mist. Und ich weiß nicht, was ich tun soll.«

Ich konnte es nicht fassen. Myles und Nikki hatten es getan? Es war, als würde ich in einer anderen Realität festsitzen. Hatte sich Nikki so gefühlt, als ich ihr von Hayden und mir erzählt hatte? Wahrscheinlich. »Habt ihr zwei darüber geredet? Wie denkt er darüber?«

Sie schüttelte den Kopf. »Ich weiß es nicht. Wir haben uns seit Monterey nicht mehr gesprochen.«

»Monterey ...« Wieder traf mich die Erkenntnis wie ein Schlag. »Heiliger Strohsack! Das war gar nicht der Fernseher, den ich in der Nacht in Myles' Hotelzimmer gehört habe. Das wart ihr zwei ...« Ich hielt mir den Bauch, wieder wurde mir übel.

Nikki wirkte nicht minder schockiert. »Du hast uns gehört? Oh mein Gott«, sagte sie und ließ den Kopf in die Hände sinken. »Das ist alles total unangenehm.«

Ich legte ihr die Hand auf den Rücken und strich in beruhigenden Kreisen darüber. Sie blickte zu mir hoch und murmelte. »Und willst du das Schlimmste wissen?«

»Klar«, erwiderte ich, nicht sicher, ob ich es wirklich wissen wollte.

Sie richtete sich auf und erklärte: »Ich kann nicht aufhören, daran zu denken. Es war der *beste* Sex, den ich jemals hatte. Wenn ich mir nur vorstelle, wie er mich angefasst hat, werde ich schon heiß.« Sie verzog das Gesicht zu einer Grimasse. »Aber es ist Myles, Kenzie. *Myles!* Ich kann doch nicht heiß auf Myles sein!«

Noch nie hatte ich mir so sehr gewünscht, woanders zu sein. Während Myles ihr bester Freund war, war er für mich wie ein Bruder. Und sie war wie eine Schwester für mich. Und dass die zwei »es getan hatten«, wollte ich mir lieber gar nicht vorstellen. Ich wollte nicht darüber nachdenken. »Tja, ich bin mir sicher, das geht vorbei. Schlaf einfach mit einem anderen. Aber nicht mit Hayden.«

Ich wusste sofort, dass ich das nicht hätte sagen dürfen. Der Gedanke an Nikki und Hayden – an Hayden und irgendeine andere – ließ mir die Galle hochkommen. Nikki verstand den gequälten Ausdruck und die Abscheu in meinem Gesicht sofort. »Herrje, Kenzie ... Es tut mir so leid mit Hayden und dir. Wollen wir uns den ganzen Tag zusammen Kitschfilme ansehen?«

Ich spürte, wie mir wieder die Tränen kamen, doch ich nickte. »Aber ich dachte, du müsstest gehen. Ich dachte, Keith bringt dich um, wenn du zu spät kommst?«

Während mir eine Träne über die Wange lief, lächelte Nikki mich verlegen an. »Nein, ich wollte dir nur nicht von Myles erzählen. Ich melde mich krank, alles gut.«

Ich boxte sie sacht gegen die Schulter, dann umarmte ich sie und dankte ihr. Weil ich wusste, dass ich den Tag ohne sie niemals überstehen würde.

Kapitel 18

Hayden

Nachdem Felicia gegangen war, konnte ich nicht einschlafen. Nicht wegen unseres Gesprächs oder weil ich ihr nach all der Zeit endlich den Verlobungsring gegeben hatte. Nein, ich war nicht zur Ruhe gekommen, weil ich unaufhörlich darüber nachgegrübelt hatte, wie ich Kenzie zurückgewinnen konnte.

Endlich hatte ich einen Schlussstrich unter meine wirren, unverarbeiteten Gefühle zu Felicia gezogen. In diesem Teil meines Gehirns herrschte himmlische Ruhe, und ich konnte mich ganz auf Kenzie konzentrieren, so wie sie es verdiente. Aber wie um alles in der Welt sollte ich sie davon überzeugen, dass ich nichts mehr für meine Ex empfand? Ich hatte verflucht viel Mist gebaut, indem ich sie so lange wegen der Straßenrennen angelogen hatte, und dass Felicia Teil dieser Welt war, machte die Sache noch hundertmal schlimmer. Ich wusste wirklich nicht, wie ich das wieder in Ordnung bringen konnte.

Als ich schließlich vor Erschöpfung einschlief, war es beinahe hell draußen und als ich wieder aufwachte, fast Mittag. Verdammt. Mit jeder Sekunde entglitt mir Kenzie mehr. Zeit war essenziell, ich konnte es mir nicht leisten, einen einzigen Moment zu vergeuden, nicht einmal mit dringend benötigtem Schlaf.

Als ich aus dem Bett sprang, sah ich als Erstes auf dem Handy nach, ob Kenzie angerufen oder eine Nachricht geschickt hatte. Nein, aber Keith und Izzy hatten versucht, mich zu erreichen, und auf meiner Mailbox waren Nachrichten. Entgegen aller Wahrscheinlichkeit hoffte ich, dass sie von Kenzie stammten und hörte sie ab.

Die erste kam von Izzy, die mir mitteilte, dass Antonia aus dem OP zurück sei, dass es aber Komplikationen gebe. Sie wisse nicht, ob Antonia schon über den Berg sei. Meine Brust schmerzte, als hätte ich einen Herzinfarkt. Sie musste wieder gesund werden, das durfte nicht anders sein. Antonia war wie eine Tochter für mich, ich konnte mir nicht vorstellen, sie zu verlieren. Ich nahm mir vor, heute zu ihr zu fahren und nach ihr zu sehen.

Die zweite Nachricht stammte von Keith ... nicht von Kenzie. Sie bestand überwiegend aus unzusammenhängendem Geschrei. Irgendetwas, dass ich mich für irgendetwas verantworten müsste und besser so schnell wie möglich meinen Hintern zur Trainingsstrecke bewegen sollte. Die Nachricht war zwei Stunden alt. Na toll. Da mir klar war, dass ich am Arsch war, wenn ich noch länger herumtrödelte – und ich meinerseits ein paar Dinge mit Keith zu besprechen hatte –, zog ich mich an und fuhr zur Trainingsstrecke.

Ich war so spät dort, dass alle anderen schon da waren. Alle, bis auf Nikki. Ihr kleines Auto war nirgends zu sehen. Verdammt. Ich hatte gehofft, mit ihr über Kenzie sprechen zu können. Wenn mich jemand auf die rechte Spur bringen konnte, dann sie. Sobald sie eintraf, musste ich sie mir schnappen. Hoffentlich konnte ich mit ihr reden, bevor Kenzie mit ihr sprach. Wenn sie schon Kenzies Version der Geschichte kannte, würde es deutlich schwieriger werden, Nikki davon zu überzeugen, mir zu helfen.

Ich lenkte mein Bike an Keith' Sportwagen vorbei und fuhr zu den Garagen. Aus irgendeinem Grund hielten sich fast alle draußen auf – einige trainierten, andere liefen umher. Rodney lehnte an der Stelle, wo ich normalerweise mein Motorrad parkte, an der Garagenwand. Als er mich sah, zog er eine Augenbraue hoch und sagte: »Hey, Mann, pass bloß auf, wenn du da reingehst. Keith tobt vor Wut und schreit jeden an.«

Ich wollte ihn fragen, warum, aber etwas sagte mir, dass ich Keith selbst fragen sollte. Und vielleicht würde ich auch schreien, wenn es stimmte, was Felicia mir erzählt hatte. Keith hatte kein Recht, sich in mein Privatleben einzumischen.

Die Garage war leer, also stapfte ich nach oben und suchte dort nach Keith. Ich traf ihn im Flur vor seinem Büro, wo er wütend auf und ab lief. Als er mich sah, schwang er den Stock in meine Richtung. »Du! Deinetwegen hat sie gekündigt. Was zum Teufel hast du getan!«

Meine Verwirrung war größer als meine Wut. »Wer hat gekündigt? Kenzie? War Kenzie heute Morgen hier? Ging es ihr gut?«, fragte ich und klang leicht panisch.

Keith setzte den Stock wieder auf dem Boden ab und schien nun seinerseits verwirrt zu sein. »Kenzie?« Sofort tat er meine Sorge mit einer Geste ab. »Ja, die kleine Cox-Schlampe hat gekündigt, aber das ist mir doch scheißegal. Felicia hat gekündigt! *Felicia!* Einer meiner besten Fahrer und die andere Hälfte von ...« Nervös schüttelte er den Kopf.

»*Sie* war wichtig für das Team, nicht deine kleine Tussi. Und Felicia hat deinetwegen gekündigt!«

Vor Überraschung blieb mir die Luft weg. Als ich wieder sprechen konnte, stotterte ich: »Ken ... Kenzie hat gekündigt? Heute Morgen?«

Keith nahm die Brille ab und sah mich durchdringend an. »Und Felicia. Den wichtigsten Teil scheinst du zu ignorieren. Was hast du mit deiner Teamkollegin angestellt?«

Mit einem verzweifelten Knurren strich ich mir durch die Haare. Kenzie hatte gekündigt, dann Felicia. Ich verstand, warum Kenzie ihren Job aufgegeben hatte, schließlich hasste sie alles daran. Warum Felicia gegangen war, verstand ich allerdings nicht – Keith hatte recht, sie gehörte zu Bennetis Topfahrern. Sie war die beste Fahrerin der Liga. Andererseits war es auch wieder nicht so überraschend. Dass Felicia in einer schwierigen Situation die Flucht ergriff, war schließlich nichts Neues. Vermutlich hatte sie sich doch nicht geändert.

Das war allerdings allein ihre Entscheidung, und wenn sie gehen wollte, dann war das okay. Es war nicht mein Problem. Nicht mehr. »Ich habe Felicia nichts getan, okay? Ich habe ihr nur gesagt, dass ich nichts mehr von ihr will. Also, was hat Kenzie gesagt, als sie gekündigt hat?«

Keith' Gesicht war wutverzerrt. »Das hast du ihr gesagt? Ich hatte Pläne mit euch beiden, Pläne für ein Riesengeschäft. Nachdem diese Göre von Cox weg war, war der Weg frei für dich und Felicia. Ich wollte eure verdammte Hochzeit im Fernsehen übertragen lassen!«

Als hätte die glühende Sonne den Nebel vertrieben, ließ der erste Schreck nach, und die Wut kehrte zurück. »Du hattest Pläne mit uns? Und was ist mit *unseren* Plänen? Deinen und meinen? Du weißt schon, der Plan, dass ich Jordan die

Strecke abkaufe und dir überlasse ... Dafür bekommt Kenzie einen Job als Rennfahrerin bei dir. Erinnerst du dich an diese Vereinbarung? Oder war das gar keine Vereinbarung? Sollte das überhaupt jemals stattfinden? Oder wolltest du mich hintergehen? So, wie du Jordan hintergangen hast, als du mit seiner Frau geschlafen hast?«

Aus dem Nichts stürzte sich Keith auf mich und holte zum Schlag aus. Er stolperte jedoch über sein krankes Bein, und ich konnte seiner Faust leicht ausweichen. Schnaufend stieß Keith hervor: »Du undankbarer Scheißkerl! Ich habe dich auf der Straße gefunden! Du wohnst unter meinem Dach, fährst mit meiner Ausrüstung. Du hast kein Recht, so mit mir zu reden!«

Ich trat auf ihn zu und stieß ihm meinen Finger in die Brust. »Nein, du hast kein Recht, dich in mein Leben einzumischen. Du bist mein Chef, nicht mein Vater.« Ich war im Begriff, mich abzuwenden, dann blieb ich noch einmal stehen. »Und weißt du was, du bist noch nicht einmal mehr das. Ich kündige.«

Keith klappte die Kinnlade herunter, die Sonnenbrille glitt ihm aus der Hand und fiel klappernd zu Boden. »Du darfst nicht ...« Sein Mund schnappte zu, und seine Miene verhärtete sich. »Pack deinen Scheiß zusammen und verschwinde aus meinem Haus. Aber erst gibst du mir noch den Schlüssel von deinem Motorrad. Du wirst es nicht mehr fahren.« Langsam löste er die Faust, als schmerzte die Hand dabei.

Ich erwog, ihm zu sagen, dass er mich mal könnte, ich würde nicht zu Fuß nach Hause laufen, aber er würde die Cops rufen und mich wegen Diebstahls festnehmen lassen. Ich grub in meiner Jeans, schloss die Finger um den Schlüssel, zog ihn hervor und trennte den Motorrad- vom Wohnungsschlüssel. Den durfte ich ja wohl noch behalten, bis ich mein Zeug ausgeräumt hatte. Wortlos reichte ich ihm den Motorradschlüssel.

Keith hielt mir weiter die Hand hin und stieß hervor: »Deine Schlüsselkarte zum Gelände will ich auch haben. Du hast hier nichts mehr zu suchen.«

Ich biss die Zähne zusammen, holte meine Brieftasche hervor, zog die Schlüsselkarte heraus und legte sie ihm in die offene Hand. Dann drehte ich mich um und ging.

Verdammt. In vierundzwanzig Stunden hatte ich es geschafft, meine Freundin, meine Wohnung, meinen Job und mein verdammtes Motorrad zu verlieren. Das war vermutlich ein Rekord. Als ich nach draußen kam, trat ich gegen einen Reifen, der an der offenen Garagentür lehnte, und schleuderte ihn in Richtung Trainingsstrecke. Mann, alles lief schief.

»Probleme?«, fragte Rodney, der noch immer an der Wand lehnte.

»Ja«, murmelte ich. »Keith hat mich aus dem Haus geworfen. Und er hat mir das Bike abgenommen. Darum muss ich jetzt zu Fuß nach Hause laufen und meine Sachen packen, bevor er sie in den Müll schmeißt.« Ich konnte nicht glauben, dass ich *Rodney* all meine Probleme erzählte, aber ich war aufgelöst. Und sauer.

Rodney stieß ein leises langes Pfeifen aus. »Ich habe dir ja gesagt, du sollst aufpassen, Mann. Soll ich dich fahren?«

Überrascht hob ich eine Augenbraue. »Das würdest du tun?« Im letzten Jahr hatte er zu den größten Idioten gehört. Okay, jetzt war er etwas netter zu mir, aber wir waren nicht gerade Freunde.

Schulterzuckend sagte er: »Besser, als hier herumzuhängen und darauf zu warten, angeschrien zu werden.« Er stieß sich von der Wand ab. »Zu Keith, richtig?«

»Ja, danke.«

Auf dem Weg zum Parkplatz kamen wir an meinem Motorrad vorbei und mir entfuhr ein wehmütiger Seufzer. Ich hatte diese Maschine wirklich geliebt. Und klar, mit dem Geld von den Straßenrennen konnte ich mir ein neues kaufen, aber ich sparte das Geld für Kenzie. Zumindest hatte ich jetzt eine gute Ausrede für Ausreißer, mit den Straßenrennen aufzuhören. Ohne Motorrad konnte ich nicht fahren und anders als Keith stellte mir Aufreißer keine Ausrüstung zur Verfügung.

Ich hatte es tatsächlich getan. Ich hatte gekündigt ... Ich würde keine Rennen mehr fahren. Würde mich jemand anders anheuern? War die Liste meiner Erfolge lang genug, um die negativen Gerüchte aufzuwiegen, die im letzten Jahr über mich kursiert hatten? Würde Keith Gerüchte über mich streuen, um zu verhindern, dass mich jemand in sein Team aufnahm, so wie Jordan es mit Kenzie gemacht hatte? War mein Traum jetzt auch für alle Zeiten vorbei?

Ich verdrängte diese Sorgen und folgte Rodney zu seinem Pick-up. Er war so staubig, als wäre er damit durch die Wüste gefahren. Klang lustig. Lustiger, als alles zu verlieren. Als ich die Tür öffnete und in den schmutzigen Wagen stieg, dachte ich kurz an Felicia. Obwohl es mich nicht überraschte, dass sie gegangen war, konnte ich andererseits nicht glauben, dass sie wieder weglief. Izzy brauchte sie jetzt. Izzy brauchte uns alle jetzt, und obwohl ich dringend meine Sachen zusammenpacken musste, musste ich eher noch für sie da sein.

Als Rodney den Wagen startete, blickte ich ihn an. »Entschuldige, hättest du was dagegen, mich woanders hinzufahren? Nach San Diego? Ich gebe dir auch Benzingeld«, fügte ich schnell hinzu.

Rodney zuckte wieder mit den Schultern, als würde das keine Rolle spielen. »Klar. Wohin?«

Mit schwerem Herzen wandte ich den Blick zur Windschutzscheibe. »Ins Kinderkrankenhaus ...«

»Oh, hast du dort ein krankes Kind?«, fragte er besorgt.

Ich musste den Kloß in meinem Hals hinunterschlucken. Was, wenn Felicia schwanger gewesen *wäre*? Was, wenn sie trotzdem weggelaufen wäre und ich mein Kind niemals kennengelernt hätte? Ich schaute zu Rodney und sagte: »Ja.« Antonia war genauso meine Tochter.

»Shit, tut mir leid, Mann. Ich bring dich schnell hin.«

Er hielt Wort, und in einer guten halben Stunde waren wir dort. Ich reichte Rodney einen Zwanziger, dankte ihm, öffnete die Tür und stieg aus. Er beugte sich über den Sitz zu mir. »Brauchst du auch jemanden, der dich zurückbringt? Ich könnte auf dich warten.«

Sein Angebot überraschte mich. Vielleicht war er doch kein so großer Idiot, wie ich dachte. »Nee, schon gut, Mann. Ich hab Familie hier.«

Er nickte. »In Ordnung. Tja ... ich hoffe, dass alles gut wird.«

Ich nickte und schlug die Tür zu. Ja, ich auch.

Als ich die Flure hinunterlief, schien eine bedrückte Stimmung zu herrschen, die in hartem Gegensatz zu den bewusst hell und fröhlich gestrichenen Wänden stand. Überall war Anspannung und Traurigkeit zu spüren, und dieses Gefühl verstärkte sich, je näher ich Antonias Zimmer kam. Als ich die halb verschlossene Tür aufstieß, fiel Sonnenschein in den lebendig gestrichenen Raum. Er ließ das zierliche schlafende

Kind im Bett noch bleicher wirken, als würde eine dunkle Wolke über ihm schweben. Als ich kam, war Izzy nicht da, Aufreißer hatte ihren Platz an Antonias Seite eingenommen. Ich erschrak zu Tode, als ich ihn bemerkte. Er sah schrecklich aus, als hätte er gar nicht geschlafen.

Als er mich hörte, blickte er auf. »Hey, Hayden. Schön, dass du wieder da bist, Mann. Izzy ist nach Hause gefahren, um zu duschen und ein paar Sachen zu holen. Sie müsste bald zurück sein.«

»Wie geht's Antonia?«, fragte ich und trat neben ihn.

Aufreißer zuckte niedergeschlagen die Schultern und wischte sich müde durchs Gesicht. »Keine Ahnung. Sie schläft viel. Sie scheint einfach völlig neben der …« Er stieß stockend die Luft aus. »Ich hab eine Höllenangst, Mann. Bei all dem Mist, den sie durchgemacht hat, habe ich trotzdem nie daran gedacht, dass sie sterben könnte. Ich meine, sie ist noch ein Kind … Kinder sterben doch nicht.« Er musterte mein Gesicht, als würde er nach einer Bestätigung suchen.

Ich musste mir auf die Zunge beißen, um ihm nicht zu sagen, wie falsch dieser Gedanke war. Wir alle hatten dieselben Chancen. Die Natur machte keine Unterschiede.

Aufreißer richtete den Blick wieder auf Antonias schmale Gestalt. »Sie darf nicht sterben … das darf sie einfach nicht. Sie wird nicht sterben, oder?«, fragte er und blickte wieder zu mir. Die Hoffnung in seinen Augen war kaum zu ertragen. Ich brauchte meine gesamte Willenskraft, um nicht den Blick abzuwenden. Er war ganz offenbar fix und fertig und brauchte etwas, woran er sich festhalten konnte.

»Sie ist ein starkes Mädchen. Sie wird mit allen Mitteln kämpfen.« Ich hoffte nur, dass das reichte.

Aufreißer schien meine Bemerkung jedoch Mut zu

machen, und er lächelte, bevor er sich wieder seiner Nichte zuwandte. »Also, wenn sie das hier schafft, wird sich einiges ändern. Sie und Izz ... ich werde mich um sie kümmern ... Hätte ich schon längst tun sollen.« Er blickte wieder zu mir nach oben, und seine Miene wirkte ernst. »Du bist ein guter Mensch, Hayden, hast all die Jahre für Izzy und Antonia gesorgt.«

Ich schüttelte den Kopf. »Das war nicht schwer. Ich hatte gar keine andere Wahl.« *Liebe ist ein Geschenk, keine Pflicht.* Das hatte ich einmal gehört und immer als richtig empfunden. Diesen Gedanken konnte ich nicht offen mit ihm teilen, aber ich hoffte, dass er aus meiner nächsten Bemerkung folgte: »Sie gehört zur Familie, Aufreißer, genau wie du.«

Er brachte ein Lächeln zustande, und ich dachte, dass er es vielleicht endlich verstanden hatte. Dann schüttelte er den Kopf. »Nenn mich nicht mehr Aufreißer. Mit dem Scheiß bin ich fertig. Nenn mich Tony.« Nachdem er das gesagt hatte, glitt sein Blick erneut zu Antonia, seiner Namensvetterin.

»Okay, Tony«, murmelte ich und hoffte, dass es ihm ernst war. Das Leben, das er jetzt führte, konnte für ihn nur auf zwei Arten enden – mit dem Tod oder im Gefängnis. Iz und Antonia verdienten etwas Besseres. Und ... er genauso.

Nach ein paar Minuten Stille blickte Aufreißer mich an. »Du und Kenzie ... ist es wirklich aus?«

Seufzend ließ ich mich auf einer Ecke des Bettes nieder. »Bis ich sie vom Gegenteil überzeugt habe, ja.«

»Mensch, das tut mir leid.« Dann fragte er neugierig: »Und du und Felicia ...?« Er hob eine Braue und ließ die Frage in der Luft hängen.

»Nein«, antwortete ich und schüttelte entschieden den Kopf. »Mit uns war es an dem Tag vorbei, als sie weggelaufen ist. Daran hat sich nichts geändert.« Er nickte, als verstünde er das.

Da ich in nächster Zeit Hilfe brauchen würde und mich nicht an Izzy wenden konnte – sie machte schon genug durch –, beschloss ich, mich Aufreißer anzuvertrauen – Tony. »Hey, ich weiß, der Zeitpunkt ist schlecht, aber ich ... hab gekündigt, bin aus meiner Wohnung geflogen und hab mein Motorrad verloren. Ich weiß, es ist idiotisch, überhaupt zu fragen, aber ich brauch vorübergehend eine Bleibe.«

Als ich meine Frage beendet hatte, verzog ich das Gesicht und hätte mich am liebsten in einem sehr tiefen Loch versteckt. Es fiel mir nicht gerade leicht, um Hilfe zu bitten. Aufreißer starrte mich mit großen Augen an. »Shit, Mann ... Ich wundere mich, dass du noch nüchtern bist.«

Ich lachte. »Ja, hast recht ... ich auch.«

Aufreißer nickte. »Klar, du kannst bei mir pennen. Bleib, solange du willst. Und wenn du ein Auto brauchst ... hier ...« Er langte in seine Tasche, angelte die Wagenschlüssel heraus und reichte sie mir. »Izzy hat Grunz nach Hause gebracht, als sie gefahren ist, und ich ... ich fahre so schnell nirgendwohin. Der Haustürschlüssel ist auch da dran, also bring ruhig dein Zeug ins Haus.«

»Danke, Tony. Das bedeutet mir viel.« Ein kleiner warmer Hoffnungsschimmer keimte in meiner Brust auf. Zumindest hatte dieser ganze Mist auch etwas Gutes. »Ich hab mein Telefon dabei. Rufst du mich an, wenn sich was ändert?« Aufreißer nickte, und ich fügte hinzu: »Nimm Izzy von mir in den Arm, wenn sie zurück ist. Das kann sie sicher brauchen.«

Ein schiefes Lächeln erschien auf seinen Lippen, als er erneut nickte. »Ja ... mach ich. Viel Glück beim Umzug. Ich würde dir ja helfen, aber ...«

»Nein, du musst hierbleiben. Einer von uns sollte immer hier sein ...« Ich blickte mich um und bemerkte das *Harry-Potter*-Buch, das ich Antonia vorgelesen hatte, auf dem Nachttisch. Am Lesezeichen, das daraus hervorlugte, konnte ich erkennen, dass sie es noch nicht zu Ende gelesen hatte. *Hoffentlich kann sie es bald zu Ende lesen.*

Als ich merkte, wie sich meine Kehle zuschnürte und meine Augen brannten, drehte ich mich schnell um und ging. Das war alles zu viel, zu belastend, zu real. Um mich herum brach alles zusammen, hinter jeder Ecke stürzten die Mauern in sich zusammen. Doch es musste einen Ausweg aus diesem Chaos geben. Es gab immer mindestens einen Ausweg ... man musste ihn nur finden, bevor man von den Trümmern erschlagen wurde. *Bitte, Gott, hilf mir, ihn zu finden.*

Nachdem ich Aufreißers Wagen auf dem Parkplatz entdeckt hatte, fuhr ich nach Hause und packte mein Zeug zusammen. Wahrscheinlich hätte ich mit Keith nicht vor dem letzten Rennen der Saison brechen sollen, aber er war zu weit gegangen, indem er sich in mein Leben eingemischt hatte. Es war das Beste so. Das zumindest hoffte ich.

Zum Glück war Keith noch auf der Trainingsstrecke, als ich in die Wohnung kam. Da ich keine Kartons hatte, stopfte ich mein Zeug in Mülltüten. Dabei fiel mir auf, dass eine Menge meiner Sachen bei Kenzie waren. Wir wohnten nicht offiziell zusammen – noch nicht –, aber im Laufe des Jahres hatte ich vieles dort gelassen: Kleidung, Toilettenartikel, CDs und anderen persönlichen Kram. Es war deutlich mehr von mir bei ihr als umgekehrt, so viel stand fest. Dass es keinen Beweis gab, dass sie noch zu meinem Leben gehörte, traf mich hart, als ich den letzten Sack mit wertlosem Zeug zusammenschnürte. Ich sollte einfach alles hierlassen, was hatte der Plunder ohne sie noch für eine Bedeutung? Doch ich bewahrte mir einen Rest Pragmatismus, schleppte die Tüten die Treppe hinunter und verstaute sie auf dem Rücksitz von Tonys Wagen. Wenn ich Keith alles hinterließ, würde es mir später leidtun. Ich hatte sogar das Toilettenpapier eingepackt.

Als ich wieder ins Auto stieg, das jetzt bis oben hin mit meinen weltlichen Besitztümern gefüllt war, spürte ich einen dumpfen Schmerz. So durfte es nicht enden. Ich durfte nicht einfach zu Tony fahren und dort nutz- und hilflos herumsitzen, den Schwanz einziehen und meine Wunden lecken, bis der Sturm vorüberzog. Nicht, ohne zumindest zu versuchen, mein Schicksal zu ändern. Und es gab nur eine Sache, die ich mir vorstellen konnte. Es war zwar ein ziemlich aussichtsloses Unterfangen, aber es war besser, als nichts zu tun.

Anstatt mit Aufreißers wendigem kleinem Auto zurück nach San Diego zu fahren, machte ich mich auf den Weg zu Jordan Cox – ein allerletzter Versuch, meine Beziehung zu retten. Und vielleicht auch sein Verhältnis zu Kenzie.

Als ich die Auffahrt hinauffuhr, krampfte sich mein Magen zusammen. Der Adrenalinstoß fühlte sich an wie vor einem Rennstart. Oder vor einem Kampf. Jedenfalls war ich kampfbereit, als ich an Jordans Tür klopfte.

Es fiel mir überraschend schwer, meine Finger zu entspannen, während ich darauf wartete, dass er öffnete. Dass Jordan zum Eingang stürzte, als würde er jemanden erwarten, trug nicht gerade zu meiner Entspannung bei. Als die Tür aufflog, verkrampften sich meine Finger zu den Krallen eines Vogels.

Jordan riss die Tür so plötzlich auf, dass ich einen Schritt zurückwich. »Mackenzie?«, sagte er mit großen hoffnungsvollen Augen. Als er mich erkannte, verfinsterte sich sein Blick. Dann trat Wut in seine Augen. »Du. Was willst du?«

Ich verschränkte die Arme und starrte Jordan durchdringend an. Es erforderte meine ganze Nervenkraft, er war ein beeindruckender Mann. »Sie haben Mist gebaut«, erklärte ich ihm. »Und deshalb werden Sie Ihre Tochter verlieren.« Seine Wangen liefen knallrot an, und er öffnete den Mund, um zu widersprechen, doch ich ließ ihn gar nicht erst zu Wort kommen. Ich hob die Hand und fügte schnell hinzu: »Ich habe auch Mist gebaut. Und ich bin gerade dabei, deshalb meine Traumfrau zu verlieren.«

Jordans Wut ließ etwas nach. Überraschenderweise schien er sich nicht zu freuen, als er hörte, dass es zwischen Kenzie und mir aus war. Vielleicht hatte er endlich begriffen, wie groß das Risiko war, sie zu verlieren, wenn er mich loszuwerden versuchte. Ich atmete schwer aus und erklärte: »Wir haben sie beide verloren. Und es gibt nur eine Möglichkeit, sie wieder zurückzubekommen.«

Ein zarter Hoffnungsschimmer erschien auf Jordans müdem Gesicht. »Wie?«, fragte er vorsichtig.

»Darf ich reinkommen?«, fragte ich zurück und deutete ins Haus.

Jordan nickte, trat zur Seite und ließ mich herein. Als ich über die Schwelle trat, stürmten Erinnerungen an Kenzie auf mich ein. Unerklärlicherweise schien ihr Geruch überall im Haus zu hängen. Als habe er sich in der Zeit, als sie hier gelebt hatte, und bei ihren vielen Besuchen in den Wänden festgesetzt. Und überall gab es Gegenstände, die an sie erinnerten. Mit jedem Schritt tauchte ein weiteres Bild von ihr auf, ein weiteres Gedenkstück. Fotos von Rennen, Familienfotos, Trophäen und Medaillen. Ich fragte mich, ob Kenzie klar war, was für einen Schrein Jordans Haus darstellte. Von ihr gab es doppelt so viele Bilder wie von ihren Schwestern. Sein Stolz war nicht zu übersehen. Wenn Jordan doch nur in der Lage wäre, dieses Gefühl Kenzie gegenüber zum Ausdruck zu bringen. Vielleicht hätte sie sich ihm dann nicht so unterlegen gefühlt und keiner von uns wäre in die missliche Lage geraten, in der wir uns nun befanden.

Jordan führte mich ins Wohnzimmer und setzte sich in einen Sessel vor dem Kamin. Er bedeutete mir, ihm gegenüber Platz zu nehmen, aber ich war zu fasziniert von einem Foto auf dem Kaminsims. Es sah aus wie Kenzie mit einem Baby auf dem Arm, was natürlich nicht sein konnte. Ich ging hinüber und nahm es in die Hand. »Ist das Ihre Frau?«, fragte ich und versuchte, so respektvoll wie möglich zu sein. Egal, wie angespannt die Stimmung zwischen Jordan und mir war – er hatte jemanden verloren, der ihm unglaublich wichtig gewesen war, und mit Verlust kannte ich mich aus.

Als Jordan auf das Bild in meinen Händen starrte, zeichneten sich unzählige Gefühle auf seinem Gesicht ab. »Ja. Mit Mackenzie. Vivienne ist gestorben, als sie noch sehr klein war. Mackenzie hat sie nicht mehr richtig kennengelernt.«

Ich nickte und stellte das Foto zurück. »Ich war auch noch ein Kind, als ich meine Eltern verloren habe.«

Jordans Blick zuckte zu meinem Gesicht. »Das tut mir leid.« Die Worte gingen ihm ganz offensichtlich schwer über die Lippen.

Ich winkte ab. »Sie sind nicht gestorben. Sie waren nur Idioten, die im Grunde nie ein Kind haben wollten. Schließlich hat der Staat eingegriffen und mich ihnen weggenommen.« Es fiel mir schwer, das zu erzählen, vor allem ihm. Ich sprach nicht oft über meine Eltern. Es war sinnlos, an dieser Wunde zu rühren.

Verlegen setzte ich mich in den Sessel, den er mir zugewiesen hatte. »Ich ... ich weiß, was Sie von mir halten, und vielleicht habe ich Ihr Urteil ja verdient, aber mein Leben war von Anfang an ziemlich schwierig. Ich habe das Beste daraus gemacht und bemühe mich jeden Tag, es noch ein bisschen besser zu machen. Am Ende finde ich, dass das auch etwas zählt.«

Jordan musterte mich mit forschendem Blick, dann seufzte er leise. »Ich glaube, du hast recht.« Er verzog das Gesicht, als widerstrebte es ihm, das zuzugeben.

Ich zwang mich, eine neutrale Miene zu bewahren, beugte mich vor und stützte mich mit den Ellbogen auf den Knien ab. »Kenzie ist uns beiden wichtig. Wir wollten beide ihr Leben besser machen und haben dabei beide Mist gebaut. Zumindest dachten wir, wir würden ihr Leben besser machen.« Vielleicht hätten wir uns einfach da raushalten und Kenzie ihren eigenen Weg finden lassen sollen. Das wäre wahrscheinlich bedeutend klüger gewesen.

Ich schüttelte den Kopf, konzentrierte mich auf das Jetzt und versuchte, mich nicht wegen der Vergangenheit zu grämen. »Kenzie hat ihren Job bei Keith gekündigt.«

Ein kleines Lächeln umspielte Jordans Lippen. »Ja, das hat sie mir erzählt.« Seine Miene verdüsterte sich. »Und dann hat sie mir erklärt, dass sie mich nicht mehr sehen will.«

Das kam mir bekannt vor. »Ja, dasselbe hat sie mir auch gesagt. Aber ich glaube ... ich glaube, es gibt einen Weg, sie umzustimmen. Oder zumindest einen Weg, die Dinge wieder in Ordnung zu bringen.« Vielleicht würde sie uns niemals verzeihen, vielleicht würde sie uns nie zurückhaben wollen, aber wir könnten etwas Tolles für sie tun, bevor wir sie gehen ließen.

Jordan zog fragend eine Augenbraue hoch. »Ich höre.«

Ich hielt die Luft an, dann stieß ich sie in einem Atemzug aus. »Sie nehmen meine Hilfe bei der Trainingsstrecke an.«

Jordan schien verwirrt, dann runzelte er die Stirn. »Fragst du mich wieder, ob ich sie dir verkaufe? Damit du sie Keith geben kannst? Dazu habe ich doch schon Nein gesagt. Auch wenn ich Mackenzie verloren habe, meine Meinung dazu hat sich nicht geändert.«

Ich schüttelte den Kopf. »Nein, ich habe das Team heute Morgen verlassen. Ich bin auch fertig mit Keith. Er ist nicht … ich will nicht mehr für ihn arbeiten, und wenn das bedeutet, dass ich nie wieder Rennen fahren werde, nun ja, dann ist meine Karriere wohl zu Ende.« Und irgendwie wäre das für mich in Ordnung, wenn dafür Kenzie wieder fahren könnte.

Ich streckte bittend die Hände aus und sagte: »Überschreiben Sie Kenzie die Trainingsstrecke. Ich gebe Ihnen mein Geld … was immer Sie brauchen, um das möglich zu machen. Wenn wir zwei uns zusammentun, kann sie Cox Racing wieder aufbauen. Wir können Kenzie ein Team geben, Ihren Anteil an der Strecke, ihr das Erbe zukommen lassen, das sie verdient. Wir können ihr helfen, ihren Traum zurückzubekommen, und das ist jetzt alles, was zählt.« Mein Traum durfte sterben, wenn es bedeutete, dass ihrer überlebte.

Jordan studierte den Teppich, während er über mein Angebot nachdachte. Nach quälenden Sekunden richtete er den Blick wieder auf mich. »In Ordnung. Ich bin dabei.«

Kapitel 19

Kenzie

Am Ende übernachtete ich bei Nikki. Jedes Mal, wenn ich gehen wollte, fand ich einen neuen Grund zu bleiben. Mit meiner besten Freundin über kitschige Filme zu lachen, half mir, den Schmerz in Schach zu halten. Dennoch war er da und wartete darauf, mich anzugreifen, als ich erwachte. Meine Seele fühlte sich an, als hätte ich mich mit einem Schwergewichtsboxer angelegt – alles tat mir weh.

Nikki wollte nicht zwei Tage hintereinander bei der Arbeit fehlen, also setzte ich ein möglichst breites Grinsen auf. »Mir geht's gut. Du solltest auf jeden Fall zur Arbeit gehen.«

Sie hob skeptisch eine Braue, doch sie nickte und machte sich fertig. Um zur Arbeit zu gehen. Um Hayden zu sehen. Um Felicia zu sehen. Bilder von Felicia, wie sie direkt nach Hayden das Krankenhaus verlassen hatte, schossen mir so überraschend durch den Kopf, dass mir der Atem stockte. Wohin war sie gefahren? Was hatte sie getan? Was hatte Hayden getan? Mit Sicherheit hatte sie den Moment genutzt und versucht, sich in seine Arme zu werfen. Und ich bezweifelte, dass Hayden sie weggestoßen hatte. Nicht nach allem, was sie durchgemacht, nach allem, was sie in letzter Zeit getan hatten. Ob er sich jetzt wohl schlecht fühlte, oder ob er fand, dass endlich alles so war, wie es sein sollte? Wie dem auch sei, er war ein Arsch. Die Laken von meinem Bett waren noch nicht ganz kalt.

»Hey, wenn du …? Könntest du vielleicht …?« Meine Unentschiedenheit ließ mich die Fragen nicht zu Ende führen. Wollte ich es wissen, wenn Hayden jetzt tatsächlich mit Felicia zusammen war? Oder wollte ich ahnungslos bleiben? Und wenn er wie durch ein Wunder nicht mit ihr zusammen war und es noch einen Funken Hoffnung für uns gab, wollte ich das dann wissen? Was war schlimmer? Ich wusste es nicht.

Nikki sah mich mitfühlend an. »Ich werde nichts zu niemandem sagen. Auch zu dir nicht.«

Dankbar, dass sie verstand, warf ich die Arme um sie und drückte sie fest. »Danke. Für alles.« Ich ließ sie los und schaute ihr in die Augen. »Du solltest mit Myles sprechen. Ich bin mir sicher, dass er genauso verwirrt ist wie du. Vielleicht könnt ihr das Ganze gemeinsam klären.«

Sie verdrehte die Augen, nickte aber wieder. »Ja … Gott, das wird ein schreckliches Gespräch.«

Ich lachte, dann sammelte ich meine Sachen zusammen. »Vielleicht hättest du darüber nachdenken sollen, bevor du dich auf ihn gestürzt hast.«

Gereizt warf sie ein Sofakissen nach mir. »Zicke.«

Lachend verließ ich ihr Haus, aber die Fröhlichkeit hielt nicht lange an. Je näher ich meinem Zuhause kam, desto mehr drängte sich die Vergangenheit in den Vordergrund. Alles erinnerte mich an Hayden, sogar alberner Kram, der gar nichts mit ihm zu tun hatte – der Riss in der Straße, der schon seit Jahren dort war, der schiefe Baum im Garten meines Nachbarn, der Ölfleck in meiner Einfahrt. Wo ich auch hinsah, wurde ich an den Mann erinnert, der mir das Herz gebrochen hatte. Der Kummer erdrückte mich allmählich.

Als ich die Garage öffnete und mein Motorrad hineinschob, füllten sich meine Augen mit Tränen. Beim Anblick der eingestaubten Ducatis in der Ecke liefen mir die Tränen über die Wangen. Sie erinnerten mich an die Rennen, und die erinnerten mich an Dad und an Hayden. Wenn ich die Maschinen jetzt ansah, fühlte ich nur Schmerz. Ich sollte sie verkaufen, mich von den Erinnerungen befreien. Allein bei dem Gedanken daran wurde mir allerdings übel. Meinem Vater zu erklären, dass ich jederzeit neu anfangen konnte, war eine Sache, es wirklich zu tun, eine andere. Ich hatte nie etwas anderes gewollt, als Rennen zu fahren.

Fix und fertig stolperte ich ins Haus. Als ich mich in der leeren Küche umblickte, fühlte ich mich nur noch schlechter. Auf der Kücheninsel hatten wir uns geliebt ...

Ich wandte mich ab und ging ins Wohnzimmer. Doch auch hier war mir keine Pause vergönnt. Wir hatten so viele Stunden zusammengekuschelt auf dem Sofa verbracht und historische Dokumentationen über Motorräder angesehen. Mein Schlafzimmer hielt die schlimmsten Erinnerungen von allen bereit, darum blieb ich einfach im Wohnzimmer. Vielleicht würde ich surfen gehen. Vielleicht würde der Schmerz auf dem Wasser nachlassen. Doch das bezweifelte ich. Dagegen half nichts. Nur die Zeit.

Ich seufzte, legte mich aufs Sofa, das noch schwach nach Hayden roch, und ließ meinem Kummer schluchzend seinen Lauf, bis ich keine Tränen mehr übrig hatte.

Drei Tage lang bewegte ich mich kaum vom Sofa. Mir war klar, dass ich mich irgendwann zusammenreißen, den Schmerz abschütteln und etwas mit meinem Leben anfangen musste. Egal, was. Doch jedes Mal, wenn ich versuchte, nach vorn zu schauen, holte mich die Vergangenheit ein. Wann hatte es angefangen, so schiefzulaufen? Mit Felicia? Oder schon davor? Wenn Cox Racing überlebt hätte, sähe mein Leben dann jetzt anders aus? Wahrscheinlich nicht. Alles hatte mit meiner Entscheidung angefangen, Hayden zu vertrauen, denn wie sich herausgestellt hatte, war er nicht vertrauenswürdig. Ich war ein Idiot.

Mit diesem nervigen Gedanken zwang ich meine steifen Beine, sich vom Sofa zu erheben. Überall auf dem Boden um mich herum lagen vollgeheulte Taschentücher. Immer wenn ich dachte, ich hätte keine Tränen mehr, zwang mich ein neuer Ansturm nieder. Allmählich hatte ich die Nase voll davon.

Mein Ziel für heute war es, meine Selbstmitleidsparty zu verlassen und Antonia zu besuchen. Sie war noch im Krankenhaus, es ging ihr immer noch nicht gut. Ich hatte zwar jeden Abend mit Izzy telefoniert, war aber nicht aus dem Haus gekommen, um sie zu besuchen. Das machte mich wütend, und ich hatte ein schlechtes Gewissen. Genug war genug. Mein erster Anlaufpunkt, bevor ich das Haus verließ, war jedoch das Badezimmer. Tagelang hatte ich weder geduscht noch meine Kleider gewechselt – noch immer mied ich mein Schlafzimmer. Zum Glück war niemand vorbeigekommen, um nach mir zu sehen. Nikki rief oft an, aber sie hatte zu viel in der Garage zu tun und war zu sehr damit beschäftigt, Mut für ihr Gespräch mit Myles zu sammeln. Jedes Mal, wenn sie mich anrief, entschuldigte sie sich dafür, dass sie nicht vorbeikam. Jedes Mal versicherte ich ihr, dass es mir gut ginge, dass alles okay sei und ich schon zurechtkäme. Alles kompletter Quatsch, aber sie schien es mir abzukaufen. Also blieb ich jeden Tag allein und suhlte mich in meinem Schmerz. Bis heute.

Als es plötzlich an der Tür klingelte, blieb ich wie angewurzelt stehen. Mein Herz hämmerte, als ich auf die Weihnachtsmelodie wartete, die mir womöglich verraten würde, dass Hayden vor der dunklen Holztür stand. Bitte, Gott, nein. Wenn er wieder angekrochen kam, um über uns zu reden, wollte ich fantastisch aussehen. Ich wollte so aussehen, als wäre ich ganz über ihn hinweg, als würde ich nach vorn schauen, als wäre die Trennung spurlos an mir vorbeigegangen. Wenn er mich jetzt sah, wüsste er, dass das keineswegs stimmte. Er würde die Verzweiflung auf meinem Gesicht sehen, das Leid in den Taschentüchern um mich herum, meine Trauer spüren, die ich einfach nicht abschütteln konnte.

Ich wollte davonlaufen, aber ich konnte mich nicht vom Fleck rühren. Die Klingel ertönte erneut, doch keine Weihnachtsmelodie, nur das ganz normale Klingeln von jemandem, der sehen wollte, ob ich zu Hause war. Es war nicht Hayden. Erleichterung und Enttäuschung trafen mich gleichermaßen, und ich spürte, wie mir erneut die Tränen kamen. Gott, ich wollte nicht, dass mich irgendjemand so sah. Wenn ich die Klingel ignorierte, würde derjenige sicher verschwinden.

»Kenzie? Bist du zu Hause? Ich weiß, dass du sauer bist, aber bitte mach auf ...«

Der vertraute Klang der weiblichen Stimme trieb einen Schmerz durch meinen Leib, und ich musste eine Hand auf mein Herz legen und es massieren. Theresa? Ich hatte so lange nichts von ihr gehört. Weil sie mich jedes Mal, wenn wir sprachen, beschimpft hatte, dass ich Dad verletzt hätte. Sie hatte sich noch nicht einmal meine Seite der Geschichte angehört, und das hatte mich wütend gemacht. Wut schmerzte deutlich weniger als Verzweiflung, also stürzte ich mich gierig auf sie.

Ich sammelte all meine Wut zusammen und riss beinahe die Tür aus den Angeln, als ich schließlich öffnete. Mit bedrückten Gesichtern standen Theresa und Daphne gemeinsam vor der Tür. Als Theresa mich sah, schimmerten Tränen in ihren Augen. »Oh Kenzie ...«

Das Mitgefühl in ihrer Stimme überforderte mich. »Was zum Teufel macht ihr hier?«, stieß ich hervor und ließ meinen Blick zwischen Theresa und Daphne hin- und hergleiten.

Daphne biss sich auf die Lippe und schien sich nicht wohlzufühlen. Theresa seufzte: »Wir haben Mist gebaut, Kenzie. Wir haben uns von Dad einreden lassen, dass du diejenige bist, die gemeine Dinge sagt und ihn aus ihrem Leben ausschließt. Bei ihm klang es, als sei er völlig unschuldig, als sei er derjenige, dem unrecht getan wird. Und wir haben es ihm abgenommen – wir sind ihm komplett auf den Leim gegangen.«

Fassungslos und mit offenem Mund sah ich sie an. Ich war diejenige, die schreckliche Dinge gesagt hatte? Weit gefehlt. Dad hatte gestichelt, wann immer er konnte, und ich hatte mich überwiegend zurückgehalten. Dad war gemein, nicht ich. Als Theresa meine Miene sah, schüttelte sie den Kopf. »Nachdem du ... mit ihm gebrochen hast, hat er schließlich zugegeben, dass er uns in allem belogen hat. Es tut uns leid, dass wir ihm geglaubt haben. Es tut uns so leid, dass wir dir keine Chance gegeben haben.«

Verdammt richtig, sie hatten es vermasselt. »Ihr zwei habt so getan, als wäre ich ein schlechter Mensch. Ihr habt euch in *allem* auf Dads Seite gestellt. Ihr habt dafür gesorgt, dass ich gar keine Familie mehr hatte, und ... warum? Weil Dad mein Freund nicht gefallen hat? Das ist echt beschissen.« Bei meinen Worten verzogen beide das Gesicht, als hätte ich sie geohrfeigt. »Ich dachte, wir würden uns näherstehen. Ich dachte, wir wären eine Familie. Unzertrennlich. Ich hätte nicht geglaubt, dass eine Familie sich untereinander so etwas antut. Ganz offensichtlich habe ich mich getäuscht.«

Ich machte Anstalten, die Tür zu schließen, doch Theresa hob die Hand und legte sie dagegen. »Kenzie, bitte. Es tut uns leid. Wir wissen, dass wir Mist gebaut haben. Wir hätten dir glauben sollen, aber du weißt ja, wie überzeugend Dad sein kann. Und du *hast* Dinge getan, die so gar nicht zu dir passen. Was sollten wir denn denken?«

Meine Wut kühlte etwas ab. Mir war durchaus bewusst, wie manipulativ mein Vater sein konnte, aber sie hatten mir keine Chance gegeben, ihnen meine Sicht der Dinge zu erklären. »Wenn es andersherum gewesen wäre, hätte ich euch zugehört, egal, was Dad mir über euch erzählt hätte.«

Theresa atmete zitternd aus. »Dad hat gesagt, Hayden würde dich beeinflussen – dich verändern. Er hat uns von den Straßenrennen erzählt, Kenzie. Stimmt das?« Ich biss mir auf die Lippe und nickte. Ja, leider, dieser Teil entsprach durchaus der Wahrheit. Theresa schüttelte den Kopf. »Er hat uns von den Wetten berichtet, von den Lügen. Dass du für Hayden deinen Traum aufgegeben und Dad vor den Kopf gestoßen hast ... das war alles so verrückt. Dad sagte, Hayden sei gefährlich, und dann hast du dich für ihn und gegen deine Familie entschieden. Er sagte, wir müssten hart wie

Stahl sein, um dich zurückzugewinnen. Und wir haben ihm geglaubt.« Eine Träne lief über ihre Wange, und das zu sehen brach mir das Herz. »Wir waren verletzt und besorgt. Und wir waren wütend, Kenzie. Wir dachten, wir würden dich verlieren.«

Ich wollte nichts lieber, als zu meiner Schwester laufen, sie fest in den Arm nehmen und ihr sagen, dass ich ihr verzieh. Doch sie hatte mich so sehr verletzt. Ich fühlte einen solchen Schmerz in mir, dass man mich womöglich bald ins Krankenhaus einliefern musste. Meine Kehle war wie zugeschnürt, aber ich schaffte es, eine Antwort zu krächzen. »Oh ...« Das Wort klang unzureichend, aber es war alles, was ich sagen konnte.

Daphne trat vor, sodass sie mit Theresa auf einer Höhe stand. Aus ihren hellblauen Augen musterte sie mich von Kopf bis Fuß, so wie Theresa, als ich ihnen die Tür geöffnet hatte. »Ist alles in Ordnung, Kenzie? Du siehst ... furchtbar aus.«

Darüber musste ich lachen, und der Schmerz ließ einen Hauch nach. »Ich fühle mich schrecklich. Ich dachte, ich hätte alles ... aber in Wahrheit habe ich alles verloren, was mir wichtig ist.«

»Vielleicht ja nicht«, sagte Daphne mit einem zaghaften Lächeln im Gesicht. In ihren Augen funkelte der Schalk, und ihre Fröhlichkeit war nicht zu übersehen.

»Wie meinst du das?«, fragte ich.

Theresa war diejenige, die antwortete. »Pass auf, wir wissen, dass wir nicht gerade die Menschen sind, die du am liebsten sehen willst, und wir wissen, dass du uns so schnell nicht verzeihst, aber ... wir möchten dir wirklich gern etwas zeigen. Kommst du mit?«

Ich war skeptisch und noch immer wütend. »Wo?«

Theresa lächelte bedrückt. »Bitte vertrau uns einfach, okay?«

Vertrauen. Ich war mir nicht sicher, ob ich an dieses Wort je wieder würde glauben können, aber was hatte ich noch zu verlieren? »Gut. Aber darf ich zuerst duschen?«

Beide lächelten zufrieden. »Natürlich«, strahlte Daphne. »Wir kommen einfach mit rein und warten, bis zu fertig bist.«

Ich öffnete die Tür und ließ sie herein. Es fühlte sich merkwürdig an, dass sie da waren – wie Fremde, nicht wie die geliebte Familie. Einerseits wollte ich, dass dieses Gefühl wegging, andererseits wollte ich mich daran festhalten und das Feuer schüren, das uns trennte. Schließlich hatten sie uns das angetan.

Doch so albern würde ich mich nicht verhalten. Ich würde meinen Stolz über Bord werfen und ihnen zuhören. Nur ich konnte jetzt unser Verhältnis heilen, und ich wollte nicht durch meine Dämonen verhindern, dass ich meine Familie zurückbekam. Zumindest einen Teil von ihr. Mein Verlangen, mich wieder mit meinem Vater zu versöhnen, war nicht so groß.

Ich blieb lange unter der Dusche und ließ mich von dem heißen Wasser trösten. Ich hatte keine Ahnung, was meine Schwestern mir zeigen wollten oder wie das die Dinge zwischen uns wieder in Ordnung bringen sollte. Doch dass sie da waren, tat mir gut, und zum ersten Mal seit Tagen keimte Hoffnung in mir.

Als ich wieder ins Wohnzimmer kam, sprangen beide vom Sofa auf. Ich spürte ihre Anspannung und wusste, dass es ihnen wirklich leidtat, was sie getan hatten. Ob es Dad ähnlich ging? Oder war er nur sauer, dass alles nicht so gelaufen war, wie er es sich vorgestellt hatte?«In Ordnung, ich bin fertig.« *Bringen wir es hinter uns.*

Wir stiegen in Daphnes riesigen SUV – ich hinten, die beiden vorn –, und wieder fragte ich sie, wohin wir fuhren. Als sie sich zu mir umdrehten, lächelten sie nur. »Das wirst du schon sehen«, flötete Daphne.

Nach ein paar Meilen wusste ich, wohin wir fuhren. Zur Trainingsstrecke. Das war der letzte Ort, an dem ich sein wollte. Mein heilendes Herz war zu labil für eine derartige Aufregung. »Wenn wir dorthin fahren, wo ich denke, dass wir dorthin fahren, könnt ihr gleich wieder umdrehen. Da will ich nicht hin.«

Theresas Blick suchte meinen im Rückspiegel. »Du hast gesagt, du würdest uns zuhören, Kenzie. Du hast gesagt, du würdest uns vertrauen, also ... sei offen dafür.«

Genau genommen hatte ich nur *gut* gesagt. Ich war mir nicht sicher, ob dieses eine Wort alles abdeckte, was sie gerade aufgezählt hatte, aber wenn ich nicht aus dem fahrenden Wagen springen wollte, war ich ihrer Gnade ausgeliefert. »Egal«, murmelte ich und betrachtete die vertraute Landschaft, die vor dem Fenster vorbeiraste.

Als Daphne den SUV in die Straße lenkte, die zu meiner persönlichen Hölle führte, fühlte ich mich alles andere als bereit. Am äußeren Tor schob sie eine Schlüsselkarte in das Gerät, was ich seltsam fand, da alle Schlüsselkarten von Cox Racing eingezogen worden waren. Ich war zu gereizt, um sie darauf anzusprechen, aber meine Neugier war geweckt. Warum waren wir hier?

Sie fuhr über den Parkplatz zum inneren Tor, dann passierte sie auch das und lenkte den Wagen zu den alten Cox-

Garagen. Ich mied es ganz bewusst, zur Benneti-Seite zu blicken, aber mein gesamter Körper brannte, weil ich wusste, dass Hayden in der Nähe war.

Als wir uns den Cox-Gebäuden näherten, bemerkte ich etwas Merkwürdiges. Das Garagentor stand weit offen. Mein erster Gedanke war, dass die Bennetis es aufgebrochen und die Garage verwüstet hatten. Das war alles andere als unwahrscheinlich, nachdem Keith jetzt noch wütender auf meine Familie war als vorher. Doch dann sah ich, dass Dads Truck in der leeren Garage parkte. Oh Teufel, nein.

»Halt an und lass mich raus, Daphne«, zischte ich.

Sie seufzte und fuhr weiter langsam auf unseren Vater zu. »Nein, Kenzie. Da musst du jetzt durch.«

Mit Wut im Bauch starrte ich Theresa an. »Ich habe gesagt, ich würde euch zuhören. Ich habe nicht gesagt, dass ich Dad zuhöre.«

Theresa drehte sich in ihrem Sitz zu mir um. »Es wird dich interessieren, was er zu sagen hat. Vertrau mir.«

Ich hatte dieses Wort satt, hatte es satt, dass mir niemand offen sagte, was los war. Ich hatte eine Menge Dinge satt. Aber ich war es auch leid, allein zu sein. »Wehe, es ist nichts Gutes, Theresa.«

Mit einem schiefen Lächeln drehte sie sich wieder zur Windschutzscheibe um. Leise hörte ich sie murmeln. »Oh, das ist es ...«

Wut und Schmerz hielten sich in mir die Waage, als sie den Wagen vor den offenen Garagen parkte. Einen Augenblick erwog ich, wie ein schmollendes Kind in dem SUV sitzen zu bleiben, aber ich war kein Kind mehr, ich konnte mich meinem Vater stellen. Und anders als bei anderen Auseinandersetzungen, die ich mit ihm geführt hatte, war nicht ich diejenige, die hier um etwas bat. Der Ball lag jetzt in seinem Feld.

Ich schob die Tür auf und schlug sie hinter mir zu. Daphne warf mir kurz einen strafenden Blick zu, dann zwang sie ein Lächeln auf ihr Gesicht. Fast hätte ich mich dafür entschuldigt, dass ich grob zu ihrem Auto gewesen war, doch ehe ich dazu kam, trat Dad aus der offenen Garage. Und er war nicht allein.

Mein Herz verkrampfte sich, als Hayden aus der Garage meiner Familie spazierte ... mit meinem Vater. Es war ein derart unwahrscheinliches Szenario, dass ich kurz sicher war zu halluzinieren. Dann lächelte Hayden mich an, und der Schmerz über den Verlust ließ das zarte Siegel, das mein geschundenes Herz zusammenhielt, erneut brechen. Sein dunkelblondes Haar war wilder als vorher, als würde er sich ständig mit der Hand hindurchfahren. Der Bartschatten auf seinen Wangen war dichter als üblich, und seine jadegrünen Augen wirkten über die Maßen erschöpft. Das Lächeln auf seinen vollen Lippen war schwach und traurig, und seine Haltung wirkte angespannt. Es sah aus, als würde er sich nur mit Mühe zurückhalten.

Ich öffnete den Mund, um etwas zu sagen, doch kein Laut wollte mir über die Lippen kommen. Mein Vater trat von einem Fuß auf den anderen und wirkte zum ersten Mal unsicher. Hayden ließ mich nicht aus den Augen, und ich stand wie angewurzelt da und wartete darauf, dass etwas passierte.

Schließlich, als die Spannung kaum noch auszuhalten war, seufzte Theresa und sagte: »Dad? Wolltest du Kenzie nicht etwas sagen?«

Sie klang aufmunternd, wie eine Mutter, die ihr Kind dazu bringen will, das Richtige zu tun. Dad sah sie nachdenklich an, dann räusperte er sich. »Ja ... Ich ...« Er holte Luft, und ich sah, wie er sich sammelte. Als er wieder sprach, klang seine Stimme ruhiger, und er schaute mir fest in die Augen. »Es war falsch von mir, dass ich dich kontrollieren wollte. Dass ich versucht habe, über deine Zukunft zu bestimmen, und ... das tut mir leid. Das wird nicht wieder vorkommen.«

Vor Überraschung bekam ich große Augen, doch ich schwieg. Was hatte das alles mit Hayden zu tun? Warum war er hier? Als wüsste er, dass ich mich das fragte, trat Hayden vor. »Mir tut es auch leid. Dass ich dich angelogen habe. Dass ich dich hintergangen habe und dass ich so verdammt dumm gewesen bin.«

Als er fluchte, sah Dad ihn strafend an, doch überraschenderweise verlor er kein Wort darüber. »Hayden und ich sind uns einig«, sagte Dad und zeigte auf Hayden neben sich. »Wir wissen, dass wir nicht rückgängig machen können, was wir getan haben, aber wir wollen es wiedergutmachen.«

Seine Worte lösten mir die Zunge. »Es wiedergutmachen? Wie wollt ihr wiedergutmachen, dass ihr mich am laufenden Meter beschissen habt?« *Du könntest mich lieben, egal, was passiert ... das könntest du tun, Dad.* Ich schob diesen schmerzenden Gedanken beiseite und konzentrierte mich auf ihre Antwort.

Dad und Hayden tauschten Blicke, und Hayden nickte. Dad wandte sich wieder an mich. »Ich habe meinen Anteil an der Trainingsstrecke auf dich überschrieben. Sie gehört jetzt ganz allein dir. Verkauf sie oder behalte sie. Mach damit, was immer du willst.«

Das war ein derartiger Schock, dass ich weiche Knie bekam. Mir? Wie war das möglich? »Das kannst du doch nicht. Du hast doch einen Kredit darauf aufgenommen.

Einen hohen Kredit. Du kannst doch nicht einfach eine verschuldete Sache auf jemand anders übertragen.«

Dad blickte zu Hayden, und Hayden lächelte. »Doch, da nämlich die Schuld beglichen ist. Die Strecke ist schuldenfrei, Kenzie.«

Als ich begriff, war ich platt. »Du ... du hast deine Gewinne benutzt, um den Kredit abzubezahlen ... damit du mir die Strecke schenken kannst? Das war dein Plan?«

Er zuckte mit den Schultern. »Mehr oder weniger.«

Verwundert richtete ich den Blick auf meinen Vater. »Und du bist damit einverstanden, dass ein Benneti dich rauskauft?«

Dad schenkte mir ein ungewöhnlich gelassenes schiefes Grinsen. »Er ist kein Benneti mehr, und er hat nicht das Sagen auf dem Gelände, sondern du.«

Mein Blick zuckte zu Hayden. Kein Benneti mehr? Warum hatte Nikki mir das nicht erzählt? Ach ja, richtig ... weil ich sie darum gebeten hatte. »Du hast gekündigt? Obwohl nur noch ein Rennen aussteht? Bist du verrückt?«

Haydens Blick glitt kurz zu meinem Gesicht. »Vielleicht ...«, sagte er wehmütig. »Ich habe direkt nach dir gekündigt. Rennen zu fahren ist nicht das, was ich will.«

An der Leidenschaft in seiner Stimme hörte ich, dass er damit sagte, er wolle *mich*. Das hätte er sich früher überlegen sollen, bevor er angefangen hatte, mich zu belügen und mit seiner Ex herumzutun. Schmerzhaft hämmerte mir das Herz in der Brust, während ich ihn anstarrte. Hatte sie versucht, sich diesen attraktiven Typen unter den Nagel zu reißen, seit wir Schluss gemacht hatten? Ja, ganz bestimmt. Ich zwang meinen Blick zurück zu Dad. Ihn anzusehen tat weniger weh.

»Damit ist nicht gleich wieder alles gut.« Das sagte ich auch zu Hayden. Ich konnte ihn dabei nur nicht ansehen.

Dad nickte. »Ich weiß. Aber es war richtig. Die Trainingsstrecke war für dich bestimmt. Vielleicht ist das der eigentliche Grund, warum ich sie nicht verkaufen konnte.«

In meinem Schmerz und meiner Verwirrung versuchte ich, mich mit der neuen Situation anzufreunden. Ich konnte Cox Racing wiederaufbauen. Ich konnte Cox Racing *sein*. »Ich weiß nicht, wie man ein Team führt, wie man ein Geschäft führt …«

»Ich könnte dir helfen«, bot Dad leise an. Offenbar hatte sich meine Miene verhärtet, denn er hob sofort die Hände. »Ich könnte dir mit Rat und Vorschlägen zur Seite stehen, aber du bist der Boss. Alle Entscheidungen liegen bei dir.«

Theresa legte mir eine Hand auf die Schulter. »Daphne und ich helfen dir auch. Egal, was immer du brauchst, Kenzie.«

Ich konnte noch immer nicht fassen, dass all das passierte. »Was ist mit Ausrüstung, Motorrädern, Personal? Das kostet viel Geld.« Es gehörte so viel dazu, ein Team zu unterhalten, von dem ich keine Ahnung hatte, aber ich wusste, dass alles teuer war. Das war Dads Problem gewesen. Er hatte es sich einfach nicht leisten können.

Hayden räusperte sich. »Da kann ich dir helfen, Kenzie. Wir können das schaffen.«

Wir? Es gab kein Wir. Nicht mehr. Aber … wenn ich das tatsächlich tun würde, meinen Traum aus den Trümmern wieder auferstehen ließe, dann brauchte ich seine Hilfe. Darauf konnte ich mich jedoch nicht einlassen, also starrte ich ihn ratlos an.

Dad brach die Stille. Er trat vor und streckte flehend die

Hände aus. »Bitte, Kenzie. Wir möchten versuchen wiedergutzumachen, was wir kaputtgemacht haben. Nimm unsere Hilfe an.«

Es war verblüffend, ihn meinen Kosenamen sagen zu hören. Er hatte mich noch nicht ein einziges Mal Kenzie genannt. Bevor ich es verhindern konnte, stotterte ich: »Okay, einverstanden.«

Daphne juchzte und klatschte in die Hände. Theresa strahlte. Dad sah erleichtert aus, und Hayden ... seine Miene war nicht zu deuten. Während ich Hayden anstarrte, schwindelte mir und meine Gedanken rasten. Ich musste Nikki Benneti abspenstig machen. Hoffentlich konnte ich Myles von Stellar Racing abwerben. Ich würde fahren, klar, und ich hatte meine eigenen Motorräder, sodass wir an der Stelle in jedem Fall Geld sparen konnten. Es gab so viel zu tun, so viel zu planen ... aber wenn es funktionierte, konnte ich wieder Rennen fahren.

»Was hältst du davon?«, fragte mich Hayden mit schief gelegtem Kopf.

Seine Frage holte mich in die Gegenwart zurück, und die Bilder, wie ich wieder Rennen fuhr, verblassten. Ich wollte nicht mit ihm reden – dazu war ich noch nicht bereit –, aber wenn er das Geld zu dieser Aktion beisteuerte, blieb mir keine andere Wahl. Ich wusste noch nicht, was ich davon halten sollte. Ich wollte nichts von ihm, aber ich brauchte ihn.

»Ich muss das erst sacken lassen. Ich hätte nie gedacht, dass ich jemals wieder für Cox Racing fahren würde ...«

Hayden lächelte, als er das Staunen in meiner Stimme hörte. Sein Grinsen erinnerte mich daran, dass ich ihm nicht mein Herz öffnen sollte. Er würde es nur in eine Million Stücke zerschlagen. »Hör zu, ich weiß alles zu schätzen, was du getan hast – alles, was du und mein Vater getan habt –, aber das ändert nichts. Zwischen uns ist deshalb noch nichts wieder in Ordnung.«

Das Lächeln auf seinem Gesicht erstarb, und der Schmerz in seinen Augen war beinahe unerträglich. »Ich weiß, Kenzie. Deshalb habe ich es nicht getan.« Er schürzte die Lippen und korrigierte sich. »Nun ja, zumindest war das nicht der einzige Grund.«

Er lächelte traurig und voller Sehnsucht, woraufhin mein Herz so sehr schmerzte, dass ich mich wegdrehen musste. Da bemerkte ich, dass mein Vater und meine Schwestern in der Garage verschwunden waren und uns allein gelassen hatten. Dass mein Vater auch nur im Entferntesten meine Beziehung mit Hayden unterstützte, ließ mich erneut zweifeln, ob ich nicht doch träumte. Ich musste noch auf dem Sofa liegen und mich in einem schweren Delirium befinden. Wenn endlich jemand nach mir sah, würde man mich vermutlich einweisen. Mein Leben ergab überhaupt keinen Sinn mehr.

»Kenzie«, flüsterte Hayden und trat zu mir. »Ich weiß, ich hab es vermasselt. Ich weiß, ich hätte dir erzählen sollen, was ich tue, aber ich schwöre dir, ich hatte nichts mit ...«

Ich unterbrach seinen Versuch, sich zu entschuldigen, indem ich die Hand hob. »Du schwörst? Du versprichst? Du gibst mir dein Wort? Damit haben alle Probleme angefangen, Hayden. Ich. Kann. Dir. Nicht. Vertrauen.« Ich biss mir auf die Lippe und fügte leise hinzu: »Ich kann auch nicht mit dir zusammenarbeiten. Das geht einfach nicht. Es würde mich fertigmachen. Es *macht* mich fertig.« Zurückgehaltene Tränen verschleierten meinen Blick, sodass ich den Schmerz auf seinem attraktiven Gesicht nur verschwommen sah. Ich betete, dass mir die Tränen nicht über die Wangen flossen. Ihn unscharf zu sehen, machte die Sache ein kleines bisschen leichter.

Ich rechnete mit einem Ausbruch von ihm, vielleicht mit der Forderung, ihm einen Fahrerplatz zu geben, wenn er schon für alles bezahlte. Und er verdiente einen Platz im Team, allein schon seines Talentes wegen. Aber ich konnte nicht jeden Tag zur Arbeit kommen und ihn sehen. Das hielt ich nicht aus.

Seine verschwommene Gestalt machte noch einen Schritt auf mich zu und sagte mit leiser Stimme: »Ich weiß, Kenzie, und das ist okay. Ich habe nicht erwartet, dass du ... Ich finde einen anderen Rennstall, der mich anheuert. Mach dir keine Sorgen, ich komm klar. Ich bin nur froh, dass ich das für dich tun konnte. Ich wollte dich glücklich machen, mehr wollte ich nicht. Ich ... ich wünschte nur, ich hätte es besser angestellt.«

Das wünschte ich mir allerdings auch, doch da spürte ich, wie er sich zu mir herunterbeugte und mich sanft auf die Lippen küsste. Als ich seinen Mund auf meinem spürte, war ich nur noch ein Nervenbündel und konnte die Tränen nicht mehr zurückhalten. Wie sollte ich jemals über ihn hinwegkommen?

Nach einer kurzen Ewigkeit löste er sich von mir. Sein Atem hatte sich beschleunigt. »Leb wohl, Kenzie«, flüsterte er mir ins Ohr. Dann küsste er mich auf die Wange und ging.

Kapitel 20

Kenzie

Ich feierte die Wiedereröffnung von Cox Racing als Erstes damit, dass ich das Verkaufsschild vor den Garagen entfernte. Nikki erzählte mir an jenem Abend, dass Keith völlig ausgerastet war, als er von meiner Vereinbarung mit Hayden und meinem Vater gehört hatte. Er hatte Sachen durch die Werkstatt geschleudert und sich dann an die Brust gefasst, als habe er einen Herzinfarkt. Überzeugt, dass er sterben würde, hatte er sich von einem der Jungs ins Krankenhaus bringen lassen. Er erlitt jedoch keinen Herzstillstand, sondern war nur unglaublich wütend und verbittert. Er musste wirklich lernen, besser mit seinen Gefühlen umzugehen. Der Arzt hatte ihm zu Yoga und einem entspannenden Hobby wie Malen oder Gärtnern geraten. Irgendwie konnte ich mir Keith bei so etwas allerdings nicht vorstellen.

Als Nächstes ließ ich über Nacht ein neues Schild anfertigen und ersetzte das alte, auf dem nur Benneti gestanden hatte. Daraufhin stauchte Keith wieder seine Angestellten zusammen, doch anschließend hatte er sich ein paar Golfclubs angesehen. Vermutlich versuchte er tatsächlich, den Rat des Arztes zu befolgen.

In meinem Leben herrschte jetzt großer Aufruhr. Mir blieben nur eineinhalb Monate Zeit, um alles wieder aufzubauen und meinen Körper für das letzte Rennen in New Jersey in Topform zu bringen. Noch fühlte ich mich völlig unvorbereitet, doch das war mir egal. Ich würde wieder fahren.

Wie ich bald feststellte, hatte es seine Vorteile, bis zur Besinnungslosigkeit zu arbeiten. Die Pläne und Vorbereitungen halfen mir vorübergehend, das Loch in meinem Herzen zu flicken, das Haydens Abwesenheit hinterlassen hatte. Doch ich machte mir nichts vor und wusste, dass der Kummer zurückkehren würde, sobald ich zur Ruhe kam. Deshalb ruhte ich mich einfach gar nicht aus, und da mein Traum wieder am Start war und ich ohnehin zu viel zu tun hatte, war es ziemlich leicht, unliebsame Gedanken zu verdrängen.

»Dad, hast du John angerufen?«

John Taylor war Dads alter Teamchef. Er war ziemlich sauer darüber gewesen, auf welche Art Dad den Laden dichtgemacht hatte. Seit sich ihre Wege getrennt hatten, waren sie nicht in Kontakt zueinander getreten. Ich brauchte ihn jedoch. Er war Dads Mechaniker gewesen, und er hatte unglaublich viel Erfahrung. Seine Hilfe war unbezahlbar – vorausgesetzt, er würde mit uns sprechen.

Dad runzelte die Stirn. Kein gutes Zeichen. »Er ist rangegangen und hat wieder aufgelegt, als er gehört hat, dass ich es bin. Ich habe noch einmal angerufen und ihm eine Nachricht hinterlassen, aber vielleicht ist es besser, wenn du mit ihm sprichst.«

Natürlich. Das hätte mir eigentlich klar sein müssen. Dad hinterließ überall verbrannte Erde, zumindest schien es so. Nach und nach entspannte sich die Stimmung zwischen uns – die Verletzung war einfach zu groß, als dass ich ihm von jetzt auf gleich vergeben konnte. Dass John Dad vergab, konnte ich jedoch kaum erwarten. Ich brauchte ihn jetzt an meiner Seite. »Toll. Dann setze ich das mal mit auf meine To-do-Liste.«

Dad machte Anstalten, sich zu entschuldigen, doch ich hob die Hand, um ihn davon abzuhalten. Wir befanden uns in einem abbruchreifen, fast leeren Gebäude. Ich hatte kein Team, außer mir gab es keine Fahrer und wenig bis gar keine Ausrüstung. Ich hatte einfach viel zu viel auf dem Zettel, mir fehlte die Energie für ein aufwühlendes Gespräch mit Dad. Das verkraftete mein empfindliches Herz jetzt nicht – ich brauchte mehr Zeit. »Schon gut. Kannst du derweil herausfinden, was ich tun muss, um mich für das Rennen anzumelden?«

Ich sah ihm an, dass er mit sich rang, doch als er sprach, bemühte er sich zumindest, geduldig zu klingen. »Das ist natürlich deine Sache, aber hast du vielleicht mal überlegt, mit dem Wiedereinstieg bis zur nächsten Saison zu warten? Mit *einem* Rennen erreichst du nichts, Mackenzie. Warum diese Eile?«

Mit dieser Frage hatte ich gerechnet, sie überraschte mich nicht. »Ich habe ein ganzes Rennjahr verpasst, Dad. Ich will keine weitere Sekunde verpassen.« Es genügte mir, bei diesem Rennen einfach dabei zu sein, mehr wollte ich gar nicht erreichen.

Dad öffnete den Mund, schloss ihn dann jedoch wieder und schwieg. Seine Willenskraft beeindruckte mich, und ein kleines Lächeln schlich sich auf meine Lippen. Ich konnte mich nicht erinnern, dass er sich jemals bei mir auf die Zunge gebissen hatte. Auf mein Lächeln hin grinste Dad, dann schüttelte er amüsiert den Kopf. Kleine Schritte.

Als ich mich gerade von Dad abwandte, um hinauf ins Büro über der Garage zu gehen, platzte Nikki durch die Tür und schlug sie hinter sich zu – ein völlig überflüssiger Akt, denn die Garagentüren daneben waren aufgerollt und standen weit auf. »Nikki? Was machst du hier? Ist alles okay?«

Nikki presste sich mit dem Rücken gegen die Tür, als würde es draußen stürmen und sie müsste dagegenhalten. »Ja ... nein ... ich weiß nicht.«

»Was ist passiert?«, fragte ich und trat eilig auf sie zu.

Sie schloss die Augen und atmete lange aus. »Ich habe Keith gesagt, dass ich kündige. Er hat völlig durchgedreht. Damit habe ich ja gerechnet. Aber dann hat er plötzlich angefangen zu singen wie ein Mönch oder so.« Als sie die Augen wieder öffnete, waren sie voller Sorge. »Ich bin mir nicht ganz sicher, was das bedeutet, aber ich fürchte, er wird die Türen eintreten und mich wieder da rüberschleppen.«

Ihre Beschreibung von Keith' geistiger Verfassung brachte mich zum Schmunzeln. »Du hast gekündigt?« Ihr Geständnis rührte mich. Ich hatte noch gar keine Zeit gehabt, sie zu bitten, in mein Team zu kommen. Und um ehrlich zu sein, war ich ein bisschen nervös, das Thema anzusprechen. Dass Cox Racing zurück war, hieß natürlich nicht, dass das Geschäft verlässlich und zukunftssicher war. Nikki hatte jetzt einen guten, sicheren Job – auch wenn sie für Keith arbeitete. Es war nicht leicht, sie darum zu bitten, ihn aufzugeben.

Nikki lächelte, als ob sie meine Reaktion voll und ganz verstünde. »Ja ... Ich kann keine Benneti sein, wenn Cox Racing wieder dabei ist. Und außerdem brauchst du mich für Jersey«, sagte sie und knuffte mich in den Arm.

Allmählich hatte ich das Gefühl, dass sich alles fügte, zog sie von der Tür weg und nahm sie herzlich in den Arm.

Dann zerrte ich sie zu meinen eingestaubten Ducatis. »Ich habe noch kein Werkzeug oder irgendeine Ausrüstung, aber tu dein Bestes.«

Sie zog eine Augenbraue hoch und sah mich mit drolliger Miene an. »Und was genau meinst du, soll ich ohne Werkzeug tun?«

Die Frage war durchaus berechtigt, aber ich hatte keine Antwort auf sie. »Du bist ein Genie. Dir fällt schon was ein.«

Nikki schnaubte, während mich Unsicherheit erfasste. Hayden hatte für das Gebäude bezahlt, hatte Cox Racing von den Schulden freigekauft, damit es wiederbelebt werden konnte, aber sein Geld würde irgendwann zur Neige gehen. Es reichte für eine Basisausstattung, die man für die Rennen brauchte – Reifen, Benzin, kleine Ersatzteile, eine Grundausstattung an Schraubendrehern und -schlüsseln –, aber das genügte nicht. Nicht auf lange Sicht. Doch darüber würde ich mir später Gedanken machen. Mir blieb gar nichts anderes übrig, denn jetzt gab es zu viel anderes zu tun.

Am nächsten Nachmittag stand eine Lösung auf der Türschwelle, mit der ich nicht gerechnet hatte. »Aufreißer? Was machst du denn hier?« Und wie war er überhaupt hier reingekommen? Verdammt, ich musste unbedingt das Loch im Zaun flicken.

Unsicher trat Aufreißer von einem Fuß auf den anderen. »Ich nenn mich jetzt Tony. Ich habe mit all dem alten Zeug abgeschlossen.« Ich musste ihn ziemlich ungläubig angesehen haben, denn er hob die Hände und sagte: »Ich schwöre, ich bin damit durch, Kenzie. Es gibt wichtigere Dinge im Leben als Geld ...«

Ich konnte nicht glauben, was ich da hörte, aber er hatte

noch nicht auf meine Frage geantwortet.«Das stimmt, aber was hat das mit mir zu tun?«

Aufreißer sah sich in der fast leeren Garage um.»Hayden hat mir erzählt, dass du Ausrüstung brauchst. Schreib mir eine Liste, ich besorge dir die Sachen.«

Im ersten Moment war ich empört. Nein, das stimmte nicht. Zunächst war ich verletzt. Haydens Namen zu hören riss eine Wunde in meinem Herzen auf. Der Schmerz war kaum zu ertragen, darum konzentrierte ich mich stattdessen auf meine Wut. Es half, die Flut aufzuhalten.»Ich kann kein gestohlenes Zeug brauchen, Aufreißer. Das hier ist ein legales Geschäft, das für seine Ware ganz normal bezahlt. Ich brauche Quittungen und alles.«

Aufreißer warf mir einen leicht ungeduldigen Blick zu. »Tony. Und ich spreche von legal erworbenem Material. Ich hab dir doch gesagt ... ich hab mit dem Mist nichts mehr zu tun.«

Es war schwer zu glauben. Wie konnte er sich in so kurzer Zeit so verändert haben? Aber wenn er es wirklich ernst meinte ...»Warum willst du mir helfen?«

Er verzog das Gesicht und schien sich unwohl zu fühlen, dann kratzte er sich am Kopf.»Hayden wohnt zurzeit bei mir.« Er zögerte und wartete, dass ich darauf irgendwie reagierte. Doch dazu war ich zu fassungslos. Natürlich hatte Keith Hayden nicht mehr bei sich wohnen lassen, nachdem er aus dem Team ausgeschieden war, aber ... Hayden hatte Aufreißer um Asyl gebeten? Ich war mir sicher, dass er bei Felicia Unterschlupf gesucht hatte.

Als ich nichts sagte, zuckte Aufreißer mit den Schultern. »Egal. Neulich Abend habe ich ihm erzählt, dass ich ein besseres Leben anfangen will – so wie er –, und er hat mir Anregungen gegeben, wie ich das anstellen könnte. Ich hab dir unrecht getan, darum hab ich das Gefühl, dass ich ... dass ich dir was schuldig bin.«

Er hatte versucht, mein Motorrad zu sabotieren, dabei hätte ich sterben können. Ja, vermutlich schuldete er mir in der Tat etwas. Er schuldete einer Menge Leuten etwas. Einerseits konnte ich ihm das nicht vergeben, aber andererseits wollte ich ihm auch eine zweite Chance gewähren. Wenn er sich wirklich verändert hatte, wollte ich ihn nicht wieder in sein altes Leben drängen, indem ich ihn abwies. Für Antonia und Izzy war es gut, wenn er sich besserte.

»Okay, ich schreib dir eine Liste.«

Drei Tage später waren die einst leeren Cox-Racing-Werkstätten mit allem ausgestattet, was man brauchte. Sogar der Fitnessraum oben stand voller Trainingsgeräte. Ich konnte nicht fassen, dass Aufreißer das wirklich durchgezogen hatte. Und Hayden. Sein Einfluss bei alledem war nicht zu leugnen. Dass ich ihn fast eine Woche nicht gesehen hatte, wurde dadurch noch schwerer. Aber so musste es sein. Wenn es anfangs nicht schwer war, konnte es schließlich nicht eines Tages leichter werden. Irgendwie tröstete mich dieser Gedanke allerdings nur mäßig.

Ich steckte mitten in den Vorbereitungen für Jersey, doch wann immer ich nicht in den Cox-Garagen war und mich verzweifelt bemühte, alles rechtzeitig fertig zu bekommen, war ich im Krankenhaus bei Izzy. Antonia war noch immer nicht über den Berg. Es schien, als wären die Ärzte jeden Morgen voller Hoffnung, dass sich ihre Werte bessern würden und am Abend überrascht und enttäuscht, wenn sich nichts verändert hatte. Inzwischen war die Situation äußerst beängstigend.

Wenn ich Izzy besuchte, fühlte ich mich nicht wohl. Sobald ich das Krankenhaus betrat, blickte ich automatisch in jeden Winkel, als hätte ich Angst, Hayden könnte jeden Moment hervorspringen. Bislang war ich ihm nicht begegnet, aber ich bezweifelte, dass mir dieses Glück immer zuteilwurde und war mir nicht sicher, was ich tun würde, wenn ich ihn wiedersah. Ihm danken, dass er mir mein altes Leben zurückgegeben hatte? Ihn anflehen, ein Teil davon zu werden? Ihn verfluchen, weil er mich verletzt und belogen hatte, weil er gezockt und sein Leben riskiert, weil er mich betrogen hatte?

Allein die Vorstellung von einem solchen Gespräch lähmte mich. Darum reagierte ich auf keine seiner Nachrichten, ging nicht ans Telefon, wenn er anrief, und hörte mir seine Botschaften auf der Mailbox nicht an. Ich konnte das jetzt einfach nicht, und ich betete jeden Tag, dass er mir Raum ließ und nicht einfach auf meiner Türschwelle auftauchte und mich anflehte, mit ihm zu reden. Es gab nichts zu bereden. Ich konnte ihm nicht vertrauen, darum war es aus.

Als ich in Antonias Zimmer spähte, saß nur Izzy neben dem Bett und hielt ihrer Tochter die Hand. Ich seufzte leise vor Erleichterung, doch diese starb sofort, als ich das kleine kranke Kind im orangen Schein der untergehenden Sonne sah.

Antonia war wach und blickte ihre Mom mit düsterer Miene an. Sie schien gereizt zu sein, was ich als gutes Zeichen wertete. Ärger war besser als Erschöpfung. »Ich will nach Hause, Mom. Bitte. Ich habe Sundae schon ewig nicht mehr gesehen.«

Izzy seufzte, als hätte sie das schon eine Million Mal gehört. »Ich weiß, Süße, aber die Ärzte müssen erst sicher sein, dass du fast gesund bist, und das bist du noch nicht …« Izzy bemerkte, dass ich ins Zimmer trat, und ihre Erwiderung ging in einem breiten Lächeln unter. »Hey, du. Wie läuft das Geschäft? Tony hat mir erzählt, dass er dir neues Material besorgt hat.«

Ich trat auf die andere Seite von Antonias Bett und schüttelte den Kopf. »Ich kann noch immer nicht fassen, dass er das getan hat. Ich denke die ganze Zeit, ich wache auf, und alles ist weg.« Schon wieder.

Izzy lächelte ihre Tochter warm an. »Er hat sich verändert … er hat sich endlich verändert.« Sie strich Antonia über das kurze Haar, das jetzt wieder wuchs, und ich wusste, was sie dachte. Tony war endlich erwachsen geworden, weil Antonia fast gestorben wäre. Weil sie immer noch sterben konnte. Ihr zierlicher Körper hatte schon so viel mitgemacht. Aber nein, sie würde es schaffen. Es musste einfach so sein.

Ich setzte mich und legte meine Hand auf Antonias Arm. »Hey, Kleine. Hast du die Nase voll davon, hier zu sein?«

Antonia stöhnte und rollte mit den Augen wie jedes normale Kind. »Ja, aber Mom lässt mich nicht nach Hause.«

Lächelnd erklärte ich ihr: »Versuch es nur weiter. Irgendwann hast du sie weichgeklopft.«

Mit geschürzten Lippen murmelte Izzy: »Vielen Dank auch.« Doch dann lächelte sie, und ich wusste, dass sie sich über jede einzelne Beschwerde aus Antonias Mund freute.

Ich hörte, wie jemand leise an den Türrahmen klopfte, und blickte unwillkürlich auf. Mit einem Blumenstrauß in der Hand lehnte Hayden in der Tür. Ihn wiederzusehen schlug mir ein Riesenloch in die Brust und machte meinen zaghaft beginnenden Heilungsprozess mit einem Schlag zunichte. Sein blondes Haar war frisch geschnitten, aber der

Bart an seinem Kinn wirkte, als habe er das Rasieren ganz aufgegeben. Das untergehende Sonnenlicht spiegelte sich in seinen Augen und ließ die grünen Edelsteine leuchten. Die Mischung aus Schmerz, Glück und Hoffnung in seinem Blick legte sich so schwer auf meine Brust, dass mir das Atmen schwerfiel. Bei seinem Anblick hörte mein Körper auf zu arbeiten, und mir wurde schwindelig, als hätte ich seit Tagen nichts mehr gegessen. *Warum heute? Warum jetzt? Ich bin noch lange nicht so weit.*

Mit einem verdächtig beiläufigen Lächeln trat Hayden ins Zimmer. »Wie geht es meinen Lieblingsfrauen heute Abend?«, fragte er.

Ich hätte diese Bemerkung gerne mit einem verächtlichen Schnaufen abgetan, doch sie von ihm zu hören tat so unendlich weh, dass ich das nicht konnte. Ich wandte mich Antonia zu, beugte mich zu ihr hinunter und küsste sie auf die Stirn. »Ich muss gehen, aber ich komme morgen wieder und sehe nach dir, okay?«

Sie schien nicht glücklich zu sein – entweder weil ich ging, oder weil sie noch einen weiteren Tag hierbleiben musste –, doch dann nickte sie. »Okay, Tante Kenzie.«

Der zärtliche Name wärmte mir das Herz, hielt mich aber nicht davon ab zu gehen. Ich konnte nicht bleiben. Ich blickte zu Izzy, verabschiedete mich rasch von ihr und bereitete mich darauf vor, aus dem Zimmer zu stürmen. Doch so leicht ließ Hayden mich natürlich nicht davonkommen. »Kenzie, warte.«

Ich wartete nicht. Ich wich seiner ausgestreckten Hand aus und hechtete zur Tür, hörte jedoch seine Stiefel, als er mir augenblicklich nachsetzte. »Bitte, warte.« Bitterkeit stieg in mir auf, als ich seine Worte hörte. Warten? Warum sollte ich warten, wenn er nicht ehrlich sein konnte? Das war alles, worum ich ihn gebeten hatte – Ehrlichkeit. Ich beschleunigte meinen Schritt, doch ich war nicht schnell genug. Seine feste Hand schloss sich um meinen Arm und hielt mich auf. *Nein.*

Ich wirbelte zu ihm herum und durch die unerwartete Bewegung stießen unsere Körper zusammen, sodass ich gegen seine harte Brust gepresst wurde. Sofort wich ich einen Schritt zurück, doch schon schoss mir die Erinnerung an unsere ineinander verschlungenen Körper durch den Kopf. Leider fehlte er mir sehr, und jetzt, als er direkt vor mir stand, nur Zentimeter entfernt, gewann meine Sehnsucht die Oberhand. Während sich gerade noch jedes Organ in mir wie festes Eis angefühlt hatte, meinte ich in diesem Moment, in mir sei ein Damm gebrochen und überflutete die Welt mit Leid.

Ich entriss ihm meinen Arm. »Fass mich nicht an«, stieß ich hervor.

Sofort hob er die Hände. »Tut mir leid, ich wollte nur nicht, dass du einfach gehst. Wir können doch trotzdem … reden, Kenzie. Du musst nicht vor mir weglaufen.«

In seinen Augen lag Schmerz und Trauer, doch der Hauch von Hoffnung, den ich ebenfalls dort sah, machte mich fertig. Es gab keine Hoffnung für uns, und je eher er das begriff, desto besser. »Wir können keine Freunde sein, Hayden. Wir konnten nie Freunde sein. Wir waren Konkurrenten, dann Liebende …« Bilder von seinen Händen, seinen Lippen, seinem Mund wirbelten durch meinen Kopf. »Wir waren nie Freunde …«

Er spannte die Kiefermuskeln an, und ich wusste, dass er überlegte, was er mir sagen konnte. »Ich will nicht, dass es vorbei ist. Ich liebe dich …« Wieder streckte er die Hand nach mir aus, besann sich dann jedoch. »Bitte, Kenzie. Ich hab dir Zeit gegeben, ich hab dir Raum gelassen, aber ich brauche dich. Können wir nicht einfach darüber reden?«

Ich merkte, wie mir die Tränen in die Augen stiegen und sich meine Kehle zuschnürte. Ich konnte mich kaum noch beherrschen, ein »Gespräch« würde jetzt nicht gut verlaufen. »Es gibt nichts zu reden, Hayden. Es ist aus.«

Er öffnete den Mund, dann schloss er ihn fest. »Das will ich nicht.«

Mein Herz schlug gegen meine Rippen, doch ich hob trotzig das Kinn. »Dann hättest du mich nicht anlügen sollen.«

Seine Augen funkelten. »Ich habe das für dich getan. Damit du wieder fahren kannst. Um dir Cox Racing zurückzugeben, und das habe ich geschafft.«

Dass er edle Motive gehabt hatte, machte es nur noch schwerer. »Hast du dich auch meinetwegen hinter meinem Rücken mit Felicia getroffen?«, fragte ich kalt.

Hayden seufzte, und seine Wut verebbte. »Das hatte ich nicht geplant. Ich wollte das nicht.«

Ich verschränkte die Arme und fragte: »Und als sie dir an dem Abend, als wir Schluss gemacht haben, nach Hause gefolgt ist … hast du das gewollt?«

Es war reine Spekulation, aber so wie sich seine Augen weiteten, wusste ich, dass ich den Nagel auf den Kopf getroffen hatte. »Es ist nichts passiert«, flüsterte er.

Das Hämmern in meiner Brust schmerzte so sehr, dass es sich wie eine Herzattacke anfühlte und ich versucht war, eine Schwester zu rufen. Sie war tatsächlich zu ihm gefahren. Ich hatte es gewusst … aber etwas zu ahnen und es tatsächlich bestätigt zu bekommen sind zwei vollkommen verschiedene Dinge. Sie war zu ihm gefahren. Und *nichts* war passiert.

Diesen Teil konnte ich nicht glauben. »Nichts?«, flüsterte ich mit heiserer Stimme.

Haydens Blick glitt zum Boden, nur für eine Sekunde, aber der schuldbewusste Ausdruck auf seinem Gesicht genügte, um meinen Verdacht zu bestätigen. Es war sehr wohl *etwas* passiert. Gott, mir wurde übel. »Kenzie, es ist nicht wie du ...«

Rasch unterbrach ich ihn. Ich wollte nichts von der romantischen Wiedervereinigung mit seiner Ex hören. »Danke für die Trainingsstrecke, Hayden. Dass du mir meinen Traum wiedergegeben hast. Dafür kann ich dir nicht genug danken. Aber du und ich ... werden nie wieder zusammen sein. Also bitte, hör auf. Hör auf, mich anzurufen und mir zu schreiben. Hör auf, mich darauf anzusprechen, hör mit *allem* auf.«

Mit erhobenen Händen wich ich zurück, und als ich sicher war, dass er mir nicht folgte, drehte ich mich um und floh. Als ich ging, hörte ich ihn leise sagen: »Ich werde niemals aufhören, Kenzie.«

Draußen beugte ich mich nach vorn und stützte mich schwer atmend auf den Knien ab, als hätte ich soeben einen Marathon hinter mir. Meine Brust brannte, mein Magen rebellierte. Er hatte etwas mit ihr gemacht. Er hatte sie berührt, sie geküsst, sie gestreichelt ... hatte ihr gesagt, dass er sie liebe, hatte mit ihr geschlafen – *irgendetwas*. Ich spürte, wie mir die Galle hochkam und musste mehrmals schlucken, um mich nicht zu übergeben. Passierte das wirklich?

Ich musste einen klaren Kopf, ein klares Herz und eine klare Seele bekommen. Also stieg ich auf mein Bike, startete und fuhr los. Ich musste einfach nur weg. Stunden vergingen, in denen ich mich der Straße hingab. Die Sonne versank im Ozean und ließ die Erde dunkel und öde zurück. Ich trieb mein Bike an und beschleunigte immer stärker. Das Tempo war zu hoch für die kurvige Straße, aber das war mir in dem Moment egal. Ich konzentrierte mich ganz auf den Asphalt und dachte an nichts anderes mehr. Es war erlösend.

Ich drosselte die Geschwindigkeit erst, als ich etwas Erschreckendes sah: die Golden Gate Bridge. Irgendwie war ich in meinem Leid ganz bis nach San Francisco gefahren ... zu Myles.

Ich lächelte, und meine Stimmung hellte sich ein wenig auf, als ich in eine Parkbucht fuhr, um ihn anzurufen. Er hob sofort ab. »Hey ... Kenzie. Was gibt's?«

Er klang merkwürdig, das hörte ich sofort. Wahrscheinlich fragte er sich, ob ich wusste, dass er mit Nikki geschlafen hatte, und ob ich ihm deshalb Vorwürfe machen würde. Obwohl das keineswegs eine schlechte Idee war, hatte ich nicht deshalb angerufen. »Hey, Myles. Ich bin in der Stadt ... kann ich vorbeikommen?«

»Du bist in San Francisco? Warum?«

»Das ist eine lange Geschichte. Wo wohnst du?« Er ratterte die Adresse und eine Wegbeschreibung herunter, und ich versprach, gleich da zu sein. Als ich das Telefon wegsteckte und meinen Helm wieder aufsetzte, hoffte ich, dass ich meine Gefühle noch ein bisschen länger in Schach halten konnte. Es wäre deutlich leichter, Myles' Adresse zu finden, wenn mein Blick nicht von Tränen verschleiert war.

Trotz seiner Beschreibung brauchte ich eine Weile, bis ich sein Haus fand. Als ich an die Tür klopfte und er mich einließ, war ich schockiert von dem, was ich sah oder vielmehr von dem, was ich nicht sah – das Haus war makellos.

»Myles ... hast du eine Haushälterin?«

Myles lachte, dann strich er sich nervös durchs dunkle

Haar. »Nein, ich habe mir nur gemerkt, was du – und Nikki – über meine Messie-Neigung gesagt habt. Ich versuche, mich zu bessern.« Einen kurzen Moment wirkte er unsicher, dann fügte er hinzu: »Seit du angerufen hast, habe ich aufgeräumt.«

Ich lächelte schwach, aber Myles wirkte zunehmend besorgter. »Was ist los? Du siehst aus, als stündest du kurz vor einem Nervenzusammenbruch.«

»Ich glaube, das stimmt«, sagte ich und brach seufzend auf dem Sofa zusammen. Als er sich neben mich setzte, sah er so verwirrt aus, dass ich mir Mühe gab, es ihm so gut wie möglich zu erklären – ohne dabei zu schluchzen. »Also, du weißt ja, dass Hayden und ich Schluss gemacht haben ...« Nur das zu sagen fühlte sich schon an, als hätte ich Rasierklingen verschluckt. Würde es jemals aufhören wehzutun?

Myles schien fassungslos über mein Geständnis. »Was? Wann?«

Ich ging über seine Frage hinweg und sagte: »Und du weißt doch, dass Hayden und mein Vater zusammen dafür gesorgt haben, dass ich Cox Racing zurückbekomme, oder?«

Wieder wirkte er überrascht. »Wie bitte? Das ist ... sehr merkwürdig ... aber toll. Glückwunsch, Kenzie.«

Als ich sah, dass er eindeutig nichts wusste, seufzte ich und sagte: »Du hast immer noch nicht mit Nikki gesprochen, oder?«

Sofort wich seine Freude einem schuldbewussten Ausdruck. »Nicht seit Monterey. Die Dinge sind irgendwie – also wir sind irgendwie ...«

»Ich weiß«, unterbrach ich seinen jämmerlichen Erklärungsversuch. »Ihr zwei hattet Sex, und jetzt ist es komisch.« Ich kannte das Gefühl. Bei Hayden und mir war es ähnlich gewesen, nur dass wir vorher keine Freunde gewesen waren.

Myles fielen fast die Augen aus dem Kopf. »Sie hat es dir erzählt? Und du hast nichts gesagt?«

Sein vorwurfsvoller Ton irritierte mich. »Ich hatte keine Zeit.« Und außerdem mussten das die beiden wirklich unter sich klären. Kopfschüttelnd sagte ich: »Aber ihr zwei müsst das irgendwie regeln, ich brauche euch nämlich jetzt unbedingt beide.«

Meine Stimme wurde leise, und es war nicht zu übersehen, wie fertig ich war.

»Okay, Kenzie. Ich rede mit ihr. Was sollen wir tun?«

Lächelnd erklärte ich: »Ich will am letzten Rennen in diesem Jahr teilnehmen ... in New Jersey. Nikki hat schon eingewilligt, meine Mechanikerin zu sein. Sie hat tatsächlich bei Keith gekündigt und ist auf meine Seite gewechselt, ohne dass ich sie überhaupt darum bitten musste. Sie ist wirklich toll.«

Ein kleines Lächeln spielte um Myles' Lippen. »Ja, ich weiß.« Er räusperte sich und rutschte unruhig auf dem Sofa hin und her. »Wenn du mich fragen willst, ob ich in Jersey für dich fahre, ich glaube, das kann ich nicht. Luke ist ein Scheißkerl, aber ich stehe bei ihm unter Vertrag. Und ... ich könnte das Ding gewinnen, Kenzie. Ich bin ganz dicht dran.«

Das wusste ich alles, und ich würde ihn nie darum bitten, vor dem letzten Rennen zu wechseln. »Nein, nein, bleib für Jersey bei Stellar ... aber fahre nächstes Jahr für mich.«

Plötzlich ängstlich biss ich mir auf die Lippe. Wenn Myles die Meisterschaft mit Luke gewann, würde er Stellar vielleicht nicht verlassen wollen. Rennfahrer konnten schließlich sehr abergläubisch sein und ganz offensichtlich lief es dort bestens für ihn, auch wenn er die Leute hasste.

Myles musterte mich eine ganze Weile schweigend. Er

suchte nach einem Weg, mir die Bitte abzuschlagen. Anders war sein Zögern nicht zu erklären. Nun ja, er musste das auch nicht tun. Ich war ein großes Mädchen. Und außerdem hatte ich dieses Jahr schon einige Enttäuschungen weggesteckt. Was machte da eine mehr?

»Ist schon okay, Myles. Hab verstanden. Du bist glücklich.«

Myles fing an zu lachen. »Glücklich? Ich hasse neunundneunzig Prozent von diesen Idioten. Ich gehöre dir, Kenzie. In der nächsten Saison fahre ich wieder für Cox. Und ich wette, ich kann Kevin und Eli bewegen mitzukommen. Dann ist die alte Crew fast wieder beisammen.«

Seine Antwort machte mich überglücklich. Ich warf die Arme um seinen Hals, dann wich ich zurück und boxte ihn gegen den Arm. »Warum hast du mich so lange auf die Antwort warten lassen?«

Wieder lachte er, während er sich den Arm rieb. »Ich wollte es nur ein bisschen spannend machen. Vielleicht habe ich etwas übertrieben.«

»Etwas.« Ich schnaubte.

Myles lächelte, doch dann verblasste sein Lächeln. »Es tut mir leid wegen dir und Hayden. Okay, ich mochte ihn nicht besonders, darum bin ich jetzt nicht ganz so traurig, dass er weg ist ... aber ich weiß, was er dir bedeutet. Und es tut mir leid, dass es dir schlecht geht.«

Bei seinen Worten verschleierten sofort Tränen meinen Blick. Gott, wie sehr wünschte ich, ich könnte dieses ständige Heulen abstellen. »Danke«, murmelte ich.

Myles zog mich in seine Arme, und allein die tröstende Geste tat mir gut. Ich wollte unbedingt das Thema wechseln, darum löste ich mich von ihm und erklärte: »Übrigens hat

Nikki gesagt, es wäre der beste Sex ihres Lebens gewesen. So in dem Sinne, dass sie nicht aufhören kann, daran zu denken. So gut.« Dabei wurde mir aus einem ganz anderen Grund übel, aber das änderte nichts an der Stimmung im Raum.

Myles lehnte sich zurück und grinste überheblich. »Wirklich? Das hat sie gesagt?«

Das fröhliche, jungenhafte Lächeln auf seinem Gesicht reizte mich. »Du bist ein Idiot. Ihr seid alle beide Idioten.«

Ein merkwürdiger Ausdruck strich über sein Gesicht. »Ich weiß ...«, flüsterte er. Ich rechnete mit einer höhnischen oder spöttischen Bemerkung, doch die blieb aus. Er saß nur da und wirkte nachdenklich und ernst. Und auch ein bisschen traurig.

Kapitel 21

Kenzie

Etwas über einen Monat später waren Dad, Nikki und ich in New Jersey und machten uns für das letzte Rennen des Jahres bereit – für mich das erste und einzige Rennen in diesem Jahr. Ich konnte es kaum erwarten, wieder auf meinem Motorrad zu sitzen und einem Sieg hinterherzujagen, aber mein letztes richtiges Rennen war ewig her und die Aufregung zerrte an meinen Nerven. Dennoch waren mir all diese Gefühle eine willkommene Abwechslung, denn sie verdrängten, wie einsam ich mich in den letzten Wochen gefühlt hatte.

Wäre das Rennen nicht gewesen, auf das ich mich in jeder freien Minute geistig und körperlich vorbereiten musste, wäre ich ein heulendes Elend gewesen und kaum vom Sofa heruntergekommen. Haydens und Dads Geschenk hatte mir Hoffnung und Kraft gegeben, als ich sie am meisten gebraucht hatte, was nur noch mehr widersprüchliche Gefühle in mir auslöste. Es war merkwürdig und unnatürlich, gleichzeitig dankbar *und* wütend zu sein. Hoffentlich würde ich eines Tages nur noch ein Gefühl auf einmal empfinden.

Mit dem wiederbelebten Cox-Racing-Team, das nur aus

uns dreien bestand, fühlte sich die große Garagenbucht an der Rennstrecke merkwürdig öde und leer an. Andauernd blickte ich mich in dem überwiegend leeren Raum um und erwartete, Leute zu sehen, die normalerweise vor einem Rennen hier waren: Reiher, dem mal wieder schlecht war. Eli, der anzügliche Witze riss. Kevin, der rot wurde und sich entschuldigte. Myles, der über all das lachte. Im nächsten Jahr.

»Hey, Nik, Dad und ich müssen vor der Autogrammstunde zu einem Meeting. Ist es okay, wenn du hier bei den Bikes bleibst?« Nikki reinigte und ordnete wie besessen ihr Werkzeug, das tat sie manchmal vor einem Rennen. Es war so schön, sie wieder in ihrem blau-weißen Cox-Outfit zu sehen. Nie wieder wollte ich meine beste Freundin in Benneti-Farben sehen.

Nikki nickte abwesend und antwortete, ohne dabei aufzusehen. »Ja, ja ... ist alles okay ... alles gut.« Sie murmelte noch etwas anderes, aber das konnte ich nicht verstehen. In den letzten Tagen hatte sie sich ziemlich merkwürdig verhalten. Offenbar lagen auch ihre Nerven blank. An diesem Wochenende würde sie zum ersten Mal seit Monterey Myles begegnen.

Vor einigen Wochen hatte ich sie dazu gebracht, ihn anzurufen. Sie hatte es immer wieder vor sich hergeschoben und ohne mein Eingreifen hätten wahrscheinlich beide weiterhin geschwiegen. Dieser erzwungene Anruf war anfangs zwar peinlich gewesen, aber am Ende hatten sie wie in alten Zeiten geplaudert und gelacht. Und solange sie nicht wieder zusammen im Bett landeten, sollte die direkte Begegnung nicht anders verlaufen als ihre vielen Telefonate.

»Hey, mit dir und Myles läuft sicher alles bestens«, sagte ich und legte ihr eine Hand auf die Schulter.

Als sie schließlich zu mir aufsah, hatte sie Tränen in den Augen. »Meinst du?«

Überrascht über ihre emotionale Reaktion nahm ich sie kurz in den Arm. »Ich bin mir sicher.«

Dad räusperte sich hinter mir, sagte jedoch nichts. Das war seine wenig diskrete Erinnerung daran, dass wir einen Termin hatten und dieses rührselige Zeug warten konnte. Nicht in einer Million Jahren hätte ich gedacht, dass mein Dad in der Lage wäre, seine Zunge im Zaum zu halten. Was unsere Abmachung betraf, so bot er mir jedoch bislang tatsächlich nur seinen Rat an, dann zog er sich wieder zurück und überließ es mir, was ich aus der Information für Schlüsse zog. Es war eine merkwürdige neue Realität, aber ich musste zugeben, dass sie mir gefiel.

Ich ließ Nikki los, drehte mich zu Dad um und nickte ihm steif zu, um ihm zu signalisieren, dass ich seine Botschaft verstanden hatte. Als wir gerade auf dem Weg zur Tür waren, kam jemand herein, mit dem ich überhaupt nicht gerechnet hatte: Dads ehemaliger Chef der Boxenmannschaft, John Taylor.

Ich blieb abrupt stehen. Mein Vater hatte ihn nicht überzeugen können, sich uns anzuschließen. Und ich genauso wenig. »John, was machst du …? Bist du etwa hier, um … uns zu helfen?« Ich wollte mir keine falschen Hoffnungen machen, war aber gespannt, was er sagen würde.

John verschränkte die Arme und blickte sich langsam in der merkwürdig stillen Garage um. Es dauerte eine ganze Minute, bis sein Blick schließlich wieder auf mir landete. »Du willst das also wirklich bis zum Ende durchziehen, ja?«, fragte er in barschem Ton.

Mein Vorsatz gab mir Kraft. Ich würde Cox Racing nicht noch einmal untergehen sehen. »Bis zum äußersten Ende.«

Ein schwaches Lächeln spielte um seine Lippen, und er nickte anerkennend. »Okay, dann helfe ich dir, so gut ich kann.«

Eine Welle der Erleichterung durchströmte mich. *Gott sei Dank.* »Gut.« Ich bemühte mich, meine Freude im Zaum zu halten und einigermaßen professionell zu wirken. »Wir sind gerade auf dem Weg zu einer Besprechung. Kommst du gleich mit?«

John nickte und reihte sich hinter Dad ein. Ich warf Nikki einen kurzen Blick zu und konnte mir ein breites Grinsen nicht verkneifen. Einer mehr auf dem Weg zu unserem alten Team.

Obwohl das Meeting, dem ich schon mehrmals beigewohnt hatte, genau wie immer verlief, fühlte es sich diesmal anders an. Ich war jetzt nicht nur Fahrerin, sondern Besitzerin eines Rennstalls. Es war nicht nur mein Job, sondern mein Unternehmen, und das gab den Dingen einen neuen Dreh. Ich fühlte mich sicherer, selbstbewusster und mehr im Reinen mit mir. Hier war mein Platz. Auch dass Keith mir die ganze Besprechung über tödliche Blicke zuwarf, tat meiner Leidenschaft keinen Abbruch. Mein Traum war wieder lebendig, und ich war dort, wo ich hingehörte.

Während des Meetings ließ ich den Blick über die Menge aus Besitzern und Fahrern gleiten. Immer wenn ich mich dabei ertappte, zwang ich mich, wieder den Redner anzusehen. Ich suchte nach Hayden, und das wollte ich nicht. Er war ohnehin nicht hier. Er hatte gekündigt. Er war durch mit den Rennen. Sein Traum war vorbei. Und so wütend ich auch auf ihn war – dass er diese Welt aufgegeben hatte, belastete mich schwer. Hayden gehörte genauso sehr auf ein Motorrad wie ich. Vielleicht würde Keith ihn ja nächstes Jahr wieder bei sich aufnehmen? Doch schon bei dem Gedanken wusste ich, dass es ganz egal war, ob Keith ihn noch wollte. Hayden hatte gekündigt, weil er offenbar endgültig genug davon gehabt hatte, dass Keith sich in sein Leben einmischte. Hayden hatte auf alles verzichtet, was Keith ihm bot – Stabilität, ein Zuhause, ein Motorrad, eine Zukunft. Wenn Hayden ihn verlassen hatte, musste er einen guten Grund gehabt haben, und dieser Grund würde ihn vermutlich für immer von Keith fernhalten. Wenn also niemand anders bereit war, dem ehemaligen Straßenrennfahrer eine Chance zu geben, waren Haydens Tage als Rennfahrer vorbei.

Und dass ich Hayden die Chance geben konnte, die er brauchte, stürzte mich in neue Konflikte. Ich konnte nicht mit ihm arbeiten. Ich konnte es einfach nicht.

Nach dem Meeting ging ich zur Autogrammstunde, während Dad und John sich zurück zur Garage begaben. Da ich das ganze Jahr verpasst hatte, war ich mir nicht sicher, ob heute überhaupt irgendein Fan da sein würde. So war ich angenehm überrascht, als am vereinbarten Punkt sogar eine Schlange auf mich wartete. Die meisten Fans trugen T-Shirts, auf denen stolz meine Nummer prangte – die Zweiundzwanzig –, und einige hielten Geschenke und Karten in Händen. Ein junges Mädchen hatte sogar Blumen mitgebracht. Tränen brannten mir in den Augen, als ich mich setzte. Sie hatten mich wirklich vermisst.

Bei den ersten Leuten in der Schlange war ich ziemlich aufgewühlt. Ich konnte mich kaum bedanken, ohne dass meine Stimme bebte. Als das Mädchen mit den Blumen es schließlich nach vorn schaffte, musste ich mir die Tränen wegwischen. Einen besseren Empfang hätte ich mir nicht wünschen können, und wieder dankte ich dem Schicksal dafür, dass ich heute hier sein konnte. Für die Rangliste mochte es egal sein, ob ich heute fuhr oder nicht, aber für meine Seele bedeutete es alles.

Nachdem ich ungefähr eine halbe Stunde lang unendlich viele Autogrammkarten mit meinem Konterfei signiert hatte, tauchte überraschend eine weitere vertraute Person vor mir auf. »Antonia?« Ihre dunkelbraunen Augen und ihr dunkelbraunes Haar – das jetzt lang genug war, um es zu zwei winzigen Zöpfen zu binden – waren so unverwechselbar wie ihr sprudelndes Lachen. »Was machst du denn hier?«

Ich stand sofort auf, um sie zu umarmen, und erst da bemerkte ich, mit wem sie da war. Mit Hayden. Als ich ihn sah, begann mein Herz augenblicklich zu rasen. Er trug Straßenkleidung, Jeans und ein T-Shirt, und hatte eine Baseballkappe tief über das dunkelblonde Haar gezogen. Seine Augen waren hinter einer dunklen Sonnenbrille verborgen, aber auf seinen Lippen lag ein kleines trauriges Lächeln. Meine Brust schmerzte bei seinem Anblick, und sofort kribbelte meine Haut wie von tausend Nadelstichen, als wäre ich in einen eiskalten See gesprungen. Seit jenem Abend im Krankenhaus, als ich ihm gesagt hatte, er solle mich in Ruhe lassen, hatte ich ihn nicht mehr gesehen. Er war meiner Aufforderung nachgekommen, und obwohl ich das so gewollt hatte, obwohl ich es brauchte, tat es irgendwie auch weh.

Ich stand über den Tisch gebeugt, hielt Antonia fest im Arm und starrte Hayden an. Antonia wand sich kichernd aus meiner Umarmung, und erst da fiel mir auf, dass ich sie immer noch umarmte. Ich versuchte, Hayden zu ignorieren und mich auf Antonia zu konzentrieren, aber das war unmöglich. Es war, als würde ich versuchen, einen blendenden Scheinwerfer zu ignorieren, der direkt auf mein Gesicht gerichtet war.

Ich ließ Antonia los und blickte hinunter in ihr reizendes Gesicht. »Was machst du hier?«, fragte ich noch einmal. Meine Haut fühlte sich an, als stünde sie in Flammen, Haydens Blick brannte auf sie nieder.

Antonias fröhliches Lächeln erinnerte mich an den Tag, an dem sie endlich aus dem Krankenhaus entlassen worden war, den Tag, an dem sie endlich die Entzündung überwunden hatte, die sie so lange geschwächt hatte. Sie war ein zäher kleiner Knochen, daran bestand kein Zweifel. Schulterzuckend erklärte sie mir: »Ich wollte sehen, wie du fährst.«

Unwillkürlich blickte ich zu Hayden. Sein Lächeln wurde ein bisschen breiter, ohne dass er irgendwie glücklicher aussah. »Sie hat nicht aufgehört, davon zu reden, dass sie herkommen will, um dein Comeback zu sehen. Also haben Tony und ich Izzy überredet, uns mit ihr herfahren zu lassen.«

Sofort kniff ich misstrauisch die Augen zusammen. »Aufreißer ist hier?« Wenn er etwas anstellte, einen Fahrer verletzte, um Geld zu machen … diesmal würde ich nicht den Mund halten.

Hayden schüttelte den Kopf, als wüsste er genau, was ich dachte. »Er ist nur hier, um zuzusehen. Deshalb sind wir alle hier …«

Seine Stimme klang so traurig, dass sich meine Kehle zuschnürte. Am liebsten wäre ich zu ihm gestürzt, hätte die Arme um ihn geschlungen und ihm gesagt, dass ich dumm gewesen sei, dass es mir leidtäte und dass ich ihn mehr als alles andere zurückhaben wollte. Aber ich konnte ihm nicht vertrauen, und wie konnte es unter diesen Umständen eine Zukunft für uns geben? Es war besser so, für uns beide. Ich wünschte nur, das Richtige zu tun würde nicht dermaßen wehtun.

Ich blinzelte die Tränen fort und blickte zu Antonia hinunter. »Hast du Lust, dich zu mir zu setzen und mir beim Autogrammgeben Gesellschaft zu leisten?«

Zunächst sah Antonia mich mitfühlend an, als verstünde sie, wie sehr ich litt. Doch als sie begriff, was ich gesagt hatte, funkelten ihre Augen vor Aufregung. »Darf ich? Wirklich?«

Sie drehte sich zu Hayden um, und der nickte lächelnd. »Klar, Bücherwurm. Ich hol dich später wieder ab.« Jubelnd sauste Antonia um den Tisch herum zu mir und setzte sich auf den leeren Stuhl neben mich. Hayden grinste sie an, dann richtete er den Blick auf mich. Sein Lächeln brach, als er sagte: »Danke, Kenzie.«

Wieder verschlugen mir die Gefühle die Sprache, und ich konnte nur nicken. Nachdem er sich bei mir bedankt hatte, ging Hayden nicht, sondern starrte mich einfach weiter an. Ich konnte seine Augen zwar nicht sehen, wusste jedoch, dass er nach Worten suchte, mit denen er mich umstimmen konnte. Das ertrug ich jetzt nicht. Obwohl es sich anfühlte, als würde ich mir selbst einen Dolch in die Brust jagen, blickte ich an ihm vorbei und bedeutete der nächsten Person in der Schlange, nach vorn zu kommen.

Der Typ, der geduldig gewartet hatte, blickte zunächst unsicher zu Hayden und wusste offenbar nicht, ob er um ihn herumgehen sollte oder nicht, doch dann trat er vor und verbannte Hayden damit in den Hintergrund. Ich empfand Erleichterung über den kleinen Abstand, den der Fremde zwischen uns gebracht hatte, und versuchte, mich auf den Fan zu konzentrieren. Haydens Gegenwart war mir dennoch überaus bewusst. Er beobachtete mich noch einen Moment lang, dann drehte er sich schließlich um und ging. Ich starrte ihm unverhohlen hinterher, bis ich blinzeln musste. Es war richtig so.

Nachdem Haydens Gegenwart mich nicht mehr ablenkte, konnte ich mich ganz auf die Fans und auf Antonia konzentrieren. Ihre überschäumende Freude darüber, dass sie hier heute dabei sein durfte, hob meine Laune und für eine Mikrosekunde vergaß ich tatsächlich, dass Hayden auf der Tribüne sein und mich fahren sehen würde.

Als die Autogrammzeit vorüber war, sprühte Antonia vor Energie. Sie klatschte in die Hände und verkündete: »Wenn ich groß bin, will ich Rennfahrerin werden! Ich will die Leute begeistern, so wie du! Und richtig schnell fahren!«

Ich musste lachen und legte ihr eine Hand auf die Schulter. »Das wird deine Mom sicher freuen. Als würde sie sich nicht schon genug Sorgen um dich machen.«

Sie schürzte die Lippen. »Du, Onkel Hayden und Tante Felicia machen es, so gefährlich kann das dann ja wohl nicht sein.«

Ihre Bemerkung versetzte mir einen Stich. Felicia. Würde ich diesen Namen jemals hören, ohne dass mir übel wurde? Komischerweise hatte ich nicht ein einziges Mal an sie gedacht, seit ich hier war. Ich hatte sie auch nicht gesehen. Ich warf einen kurzen Blick zur Benneti-Station, doch die Fahrer waren alle schon weg. Hatte sie sich hinter oder vor mir qualifiziert? Die Vorstellung, dass sie vor mir startete, war unerträglich. Aber okay, wenn dem so war, würde sie nicht lange vor mir bleiben.

Als ich gerade darüber nachdachte, wie ich auf Antonias Frage antworten konnte, ohne sie zu ängstigen, sie aber auch nicht zu ermuntern, kam jemand, um sie abzuholen. Es war jedoch nicht Hayden. Nein, Aufreißer trat vor den Tisch. Aus irgendeinem Grund hatte ich das Gefühl, Antonia beschützen zu müssen, als Aufreißer direkt vor mir stand. Das war albern, schließlich war sie seine Nichte, und er war ihretwegen hier. Ich unterdrückte den Drang, sie zurückzuhalten, als sie auf ihn zustürzte. »Onkel Tony! Ich will Rennfahrerin werden, genau wie Tante Kenzie.«

Aufreißer lachte und legte ihr den Arm um die Schulter. »Süße, gib deiner Mom doch nicht noch einen weiteren Grund, mich umzubringen.«

Über seine Bemerkung musste ich schmunzeln, doch ich unterdrückte den Impuls. »Hayden hat gesagt, du wärst zum Zuschauen hier. Stimmt das?«

Sollte er auch nur im Geringsten andeuten, dass das nicht der Fall war, würde ich sofort die Aufsicht verständigen. Und wenn man mir nicht glaubte, würde ich einen anderen Weg finden, das Rennen absagen zu lassen, auch wenn ich damit auf meine einzige Chance verzichtete, in diesem Jahr zu starten. Lieber würde ich diese Gelegenheit verpassen, als das Risiko eingehen, dass jemand verletzt wurde.

Aufreißer seufzte und sah mir in die Augen. »Ja, ich bin nur zum Zuschauen hier, wie all die anderen Zuschauer. Ich hab mit diesem Quatsch nichts mehr zu tun, Kenzie. Ich wette nicht. Auf nichts. Ich kann nicht ...«

Er sah traurig und reumütig aus, als hätte er endlich verstanden, dass er Instinkte besaß, die er nicht kontrollieren konnte, Zwänge, die sein Leben bestimmten. Doch ein Teil von ihm wollte ihnen noch immer die Führung überlassen. Er musste diesem Verlangen widerstehen, genau wie ich dem Verlangen nach Hayden widerstehen musste. Wir kämpften beide mit unseren verheerenden Sehnsüchten, und wir wussten es. Es war schwer zu glauben, dass ich jetzt tatsächlich etwas mit Aufreißer gemeinsam hatte. Wann war das nur passiert?

Nachdem es mich nicht mehr beunruhigte, dass Aufreißer hier war, fragte ich ganz unwillkürlich: »Wo ist Hayden?« Sofort bedauerte ich die Frage, da sie ihn wieder in meinen Kopf befördert hatte.

Aufreißer schien verlegen, und das machte mich nervös. War Hayden bei Felicia? Hatte er sie gefunden? Spielte das eine Rolle? »Er ... er sitzt auf der Tribüne. Er sagte, er braucht etwas Zeit für sich. Ich glaube, es ist schwer für ihn, hier zu sein ...« Er kratzte sich am Kopf und blickte sich um, als würde er nach einem Fluchtweg suchen. Offensichtlich hatte er wenig für ernste Gespräche übrig.

Mitgefühl ergriff mich. Ich wusste, wie es sich anfühlte, an einer Rennstrecke zu sein, aber nicht zu fahren. Es war die Hölle. Und ich hatte wenigstens Hayden gehabt. Hayden hatte niemanden. Zumindest niemanden, der wirklich verstand, was er durchmachte.

Den Blick auf den Boden gerichtet fragte ich Aufreißer leise: »Weißt du, in welche Richtung er gegangen ist?«

Als ich zu ihm hochlinste, deutete er auf die obere Ecke der Tribüne. »Da lang.«

Ich bedankte mich bei ihm, dann machte ich mich langsam auf den Weg zu Hayden. Ganz bewusst setzte ich einen Fuß vor den anderen, jeder Schritt kostete mich Überwindung. Mein Herz schrie, ich solle umdrehen und ihn in Ruhe lassen, es werde mir nur wehtun, mit ihm zu reden. Doch mein Kopf sagte mir, es ging ihm schlecht, und ich sollte mich um ihn kümmern. Er hatte zu viel Gutes für mich getan, ich durfte ihn nicht komplett im Stich lassen.

Es dauerte nicht lange, bis ich ihn entdeckte. Er saß allein im obersten Abschnitt der Tribüne, vor sich die leere Rennstrecke. Er hatte die Kappe und die Brille abgenommen, stützte sich mit den Ellbogen auf den Knien ab und hatte den Kopf in die Hände gelegt. Ein Bild des Jammers.

Er bemerkte mich erst, als ich durch seine Reihe der Tribüne auf ihn zuging. Dann blinzelte er, als wäre er sich nicht sicher, ob er halluzinierte. »Kenzie?«, fragte er, als ich direkt neben ihm stand. »Was machst du …?«

Unsicher, ob ich das Richtige tat, setzte ich mich neben ihn. »Hey«, sagte ich leise mit pochendem Herzen. »Aufreißer hat gesagt, du wärst hier oben. Er meinte, du … es würde dir gerade nicht so gut gehen.«

Haydens Blick glitt zur Rennstrecke. »Ich habe … erst begriffen, dass es vorbei ist, als ich die Bahn gesehen habe. Meine Karriere ist zu Ende, mit uns ist es aus. Alles ist … vorbei.«

Seine Stimme klang so traurig und leise, dass ich es nicht ertrug. Ich legte ihm eine Hand aufs Bein und wünschte sofort, ich hätte es nicht getan. Ein vertrautes warmes Gefühl schlich meinen Arm hinauf, bis in meine wunde Seele. Es war so lange her, seit ich ihn berührt hatte. Sein Blick zuckte sofort zu meiner Hand, dann hob er ihn langsam und sah mir in die Augen. Als ich die tiefen Gefühle dort sah, beschleunigte sich mein Atem. »Nicht alles ist vorbei«, flüsterte ich.

Er legte den Kopf schief und richtete sich auf. Irgendwie brachte mich die Bewegung näher zu ihm. »Nicht?«, fragte er genauso leise.

Ich biss mir auf die Lippe, und sein Blick wanderte zu meinem Mund. »Nein …« Seine Nähe war berauschend, er roch intensiv nach Sand und Sonne, und ich wollte nichts mehr, als den Abstand zwischen uns zu schließen. Doch das durfte ich nicht. Ich atmete ein, um mich zu beruhigen und um ihm zu sagen, weshalb ich überhaupt hergekommen war. »Du kannst immer noch fahren.«

Hayden wich ein wenig zurück und kurz blitzte Enttäuschung in seinen Augen auf. Kopfschüttelnd sagte er: »Niemand wird mich anheuern, Kenzie. Keith hat jedem erzählt, dass ich Straßenrennen gefahren bin. Er hat sogar das Gerücht verbreitet, ich hätte ihn bestohlen und darum habe er mich gefeuert. Niemand wird mich nehmen. Niemand geht dieses Risiko ein.«

»Doch, ich.« Bevor ich es verhindern konnte, waren die Worte aus meinem Mund. Mist. Doch als Hayden große Augen bekam und der Schreck nachließ, merkte ich, dass es richtig war. Egal, was zwischen uns geschehen war, Hayden war zum Rennfahrer geboren. Er verdiente die Chance, auf einem Motorrad zu sitzen und ... ich ... brauchte gute Fahrer. Rein professionell betrachtet brauchte ich ihn. »Fahr im nächsten Jahr für mich«, erklärte ich mit fester Stimme.

Sofort hellten Freude und Erleichterung Haydens Miene auf, seine Hand schoss nach oben, und er legte sie auf meine Wange. In einer intimen, vertrauten Geste, die mich überwältigte, zog er meine Stirn an seine. Er war mir so nah, er roch so gut, er fühlte sich so gut an ... ich musste nur loslassen, ihn wieder an mich heranlassen, dann konnte es wieder sein wie früher.

»Oh Kenzie, Gott sei Dank. Vielen Dank. Ich hatte solche Angst, dass du mir nie vergeben würdest, dass du mich nie wieder in deine Nähe lässt. Jetzt wird alles anders, du wirst sehen. Ich werde dich nie wieder belügen, versprochen.«

Er senkte den Kopf, und seine Lippen kamen immer

näher. Seine Worte weckten eine schmerzhafte Erinnerung. *Ich habe gesagt, ich würde dir die Wahrheit sagen, und das meinte ich ernst. Ich habe nur nie gesagt ... wann ich sie dir sage.* Seine Version, die Wahrheit zu sagen und meine passten nicht zusammen. Sosehr ich mich auch nach ihm sehnte, es ging nicht.

Mit aller mir zur Verfügung stehenden Willenskraft schob ich ihn fort. »Halt ...«

Er wich zurück und sah mich verwirrt an. »Was ist? Willst du das nicht?«

Leider schon. Aber ich durfte es nicht zulassen. »Nein. Du und ich sind immer noch getrennt. So war mein Angebot nicht gemeint. Ich wollte nur, dass du für mein Team fährst. Das ist alles. Kannst du dir das vorstellen? Mit mir zu arbeiten, aber nicht mit mir zusammen zu sein?« Gott ... konnte *ich* mir das vorstellen?

Hayden musterte mich lange Sekunden lang, etwas von der Freude wich aus seinen Augen. »Ja ... wenn es sein muss und wenn es bedeutet, dass ich wieder fahren darf, dann ... ja, ich kann mit dir arbeiten, ohne ... mit dir zusammen zu sein.«

Mein Herz brach entzwei, und ich fragte mich, ob einer von uns das tatsächlich konnte. Als würde er genau dasselbe denken, fasste er meine Hand. »Kenzie, ich schwöre, wenn du mir noch eine Chance gibst, kann ich das in Ordnung bringen. Ich kann *uns* heilen, du musst mich nur ...«

Abrupt stand ich auf. »Komm in der Garage vorbei, wenn wir wieder in Kalifornien sind. John weist dich ein.«

Mit diesen Worten drehte ich mich um und ging. Ich eilte so schnell davon, als würde ich ein Rennen fahren, und blieb erst stehen, als ich die Cox-Racing-Garage erreichte. Ich schlüpfte hinein, stellte mich mit dem Rücken an die Wand, schloss die Augen und atmete einen Moment tief ein und aus. Was zum Teufel hatte ich getan? Die ganze Zeit hielt ich mich mit allen Mitteln von Hayden fern und jetzt hatte ich ihn gerade in mein persönliches Heiligtum eingeladen. Aber für das Team war er gut, und darauf kam es schließlich an – auf das Team.

Als ich mich von dem aufwühlenden Moment mit Hayden erholt hatte, störte lautes Lachen meine Ruhe. Ich öffnete die Augen und sah mich nach der Quelle des Lärms um. Überrascht entdeckte ich meine beiden Schwestern neben Nikki, John und meinem Dad. Was machten die zwei hier? Dieses Rennen zog mehr Leute an, als ich jemals gedacht hätte.

»Daphne? Theresa?«, sagte ich und trat zu ihnen. »Was macht ihr denn hier?« Es kam mir vor, als hätte ich diese Frage heute schon zwanzigmal gestellt.

Als sie meine Stimme hörten, drehten sich meine beiden großen blonden Schwestern sofort zu mir um. Daphne winkte mir etwas ungelenk zu, während Theresa eine Hand auf ihr Herz legte. »Gott, Kenzie, es ist so schön, dich wieder in dieser Klamotte zu sehen. Auch wenn mir dieses Leben eine Heidenangst macht ... es steht dir.«

Sie kam zu mir und nahm mich in die Arme, aber ich war noch immer dermaßen überrascht, sie zu sehen, dass ich noch einmal fragte. »Was macht ihr in New Jersey?«

Daphne kicherte. »Wir sind natürlich hier, weil wir dich sehen wollen. Das ist unser erstes Rennen, seit ... nun ja, es ist schon eine Weile her.«

Theresas Miene wurde ernst. »Und wir waren in letzter Zeit keine große Hilfe für dich. Darum hatten wir das Gefühl, dass wir es dir irgendwie schuldig sind, hier zu sein.«

Sie blickte zu Daphne, und ihr Lächeln verblasste. »Ja, das durften wir uns nicht entgehen lassen. Du warst im letzten Jahr auf dem ganzen Weg zu meiner Hochzeit für mich da, und ich weiß, dass ich ziemlich ... anstrengend war ...« Theresa prustete los, und auch ich musste lächeln. Daphne schlug ihr auf den Arm. »Egal, ich weiß, ich war nicht einfach, aber du hast das ertragen. Ich hätte dasselbe tun sollen, anstatt auf ...« Sie verstummte und sah zu Dad. Er erwiderte ihren Blick, sagte jedoch nichts. Wieder einmal schwieg er.

Meine Schwestern hatten sich entschuldigt, und ich hatte ihnen bereits vergeben, aber dass sie den ganzen Weg hergekommen waren, nur um mir bei dem zuzusehen, was ich mit am liebsten tat ... das bedeutete mir eine Menge. Es war nicht leicht, die Tränen zurückzuhalten, aber ich schaffte es, bis ich zufällig Nikki hinter Dad entdeckte. Sie heulte wie ein Baby. Und sie weinte eigentlich nie.

In dem vergeblichen Versuch, die Tränen aufzuhalten, wedelte ich mir mit den Händen vor dem Gesicht herum und zischte meiner besten Freundin zu: »Hör auf, Nikki.«

Jetzt lächelte sie unter Tränen. »Ich versuche es ja.«

Ich tat mein Bestes, sie zu ignorieren, schnappte mir meine Schwestern und zog sie in eine Umarmung. »Danke. Ich freu mich riesig, dass ihr da seid.«

Danach bemühte ich mich, die Dinge möglichst locker zu sehen. Ich brauchte eine Pause von meinen Gefühlen. Schließlich nahm ich an einem Rennen teil. Doch kaum fühlte ich mich emotional stabil, ergriff mich Ungeduld und Aufregung. Als ich es kaum noch erwarten konnte und vor Energie vibrierte, war der Startzeitpunkt endlich gekommen.

Mit pochendem Herzen wartete ich in der Startbox. Ich wollte fliegen. Unauffällig blickte ich mich nach Felicia um, meiner Rivalin in diesem Rennen. Ich konnte sie nirgends entdecken. Merkwürdig. Hatte sie die Qualifizierungsrunde nicht geschafft? So gut, wie sie dieses Jahr gefahren war, war das schwer vorstellbar. Was bedeutete ... dass sie nicht teilnahm. War das ihre Entscheidung? Oder Keith'?

Ich zerbrach mir nicht weiter den Kopf über dieses Rätsel, sondern richtete meine Aufmerksamkeit wieder auf die vor mir liegende Aufgabe. Eine Menge Blicke waren auf mich gerichtet, aber ich fühlte mich freier als jemals zuvor. Ich fuhr nicht, um meinen Mitstreitern etwas zu beweisen, nicht, um meinen Vater zu beeindrucken, und nicht, um mein Team vor dem finanziellen Ruin zu retten. Nein, ich fuhr einfach nur aus reiner Freude am Rennsport. Heute konnte alles passieren, und alles war in Ordnung, denn es zählte nur, dass ich hier war.

Die roten Lichter vor mir sprangen auf das herrliche Schnapp-sie-dir-Grün um. Ich ließ die aufgestaute Energie frei und gab Gas. Ohne dass ich es darauf angelegt hatte, schoss ich an drei Mitstreitern vorbei und konzentrierte mich sofort auf die Person vor mir. Einer nach dem anderen. So gewann man Rennen.

Mein Bike flog so schnell über den Asphalt, dass der Boden flüssig und weich aussah, als könnte ich nach unten langen und ihn mit den Händen schöpfen. Ich legte mich tief in die Kurven, rief mir jede Trainingseinheit ins Gedächtnis, die ich jemals absolviert hatte, und fuhr so perfekt, wie ich nur konnte. Erst im letzten Moment richtete ich die Maschine auf und balancierte sie aus, ich beschleunigte noch stärker und registrierte erstaunt, wie weitere Mitstreiter hinter mir zurückfielen.

Obwohl ich mich ganz auf die zu bewältigende Aufgabe

konzentrierte, konnte ich mir ein Lächeln nicht verkneifen, konnte nicht aufhören, mir zu sagen: *Es ist nicht zu fassen.* Wie hatte mir das in den letzten Monaten gefehlt. Und doch war es nicht ganz so vollkommen, wie es hätte sein können. Etwas fehlte ... oder vielmehr jemand.

Die Nummer dreiundvierzig, der ich hinterherjagen konnte. Kein selbstgefälliges Nicken mit dem Helm, kein großspuriger Klaps auf seinen Hintern. Doch auch wenn er nicht hier unten mit mir im Schützengraben kämpfte, wusste ich, dass er noch da war, mir von der Tribüne aus zujubelte und mich anspornte, es besser zu machen als er. Und diese Vorstellung half mir, die heftige geistige und körperliche Herausforderung zu meistern.

Von der langen Muskelanspannung fühlte sich mein Körper taub an, doch so kurz vor dem Ziel durfte ich nicht nachlassen. Die letzte Runde wurde angezeigt, und ich befand mich auf dem dritten Platz. Wenn ich das Rennen so abschließen konnte, wäre das ein riesiger Sieg für mich, aber mein Wettbewerbsgen wollte mehr. Nur *einen* Platz noch, dann hätte ich mir meinen besten Platz aller Zeiten gesichert. Das würde mein Comeback noch so viel schöner machen.

Myles fuhr an der Spitze, ich konnte seine Farben und die Nummer erkennen. Vor mir befand sich mein alter Teamkollege und Rivale Jimmy Holden. Er hatte Cox Racing verlassen, als wir ihn am meisten gebraucht hatten. An ihm vorbeizufliegen wäre somit das Sahnehäubchen auf einem bereits ganz köstlichen Kuchen. Er war nicht weit weg, weniger als einen Fuß von meinem Vorderreifen entfernt. Ich musste eine geeignete Gelegenheit finden, an ihm vorbeizuziehen, dann würde er mir gehören. Die Ziellinie kam schnell näher und entfachte atemlose Ungeduld in mir, doch ich zügelte mich. Nicht noch einmal würde ich aus Leichtsinnigkeit einen Fehler begehen, der mich eine Handvoll Plätze kosten konnte. Ich würde mich beherrschen und auf den richtigen Moment warten.

Schon nach wenigen Sekunden war er da. Eine Lücke, gerade groß genug, dass ich mich hindurchdrängen konnte. Mit einem zufriedenen Lächeln trieb ich mein Bike durch die Öffnung, die er mir gelassen hatte ... und schoss über die Ziellinie auf den zweiten Platz. *Oh mein Gott! Ich habe es geschafft, ich habe es tatsächlich geschafft!*

Als die Euphorie mich ergriff, stieß ich die Faust in die Luft. Vielleicht bildete ich mir das nur ein, aber es klang, als würden alle auf der Tribüne applaudieren, jubeln und pfeifen – nur für mich. Myles hatte auch die Hand gehoben und feierte seinen eigenen Sieg. Als er sich umblickte und sah, dass ich hinter ihm war, verlangsamte er das Tempo, bis wir auf einer Höhe fuhren. Er gab mit der linken Hand Gas und reichte mir die rechte. Eilig ergriff ich sie, dankbar für seine Freundschaft und die Unterstützung, und so fuhren wir Hand in Hand in die Siegeszone. Gott, es fühlte sich unsagbar gut an, zurück zu sein.

Kapitel 22

Kenzie

Die nächste Dreiviertelstunde war ein einziger Gefühlsrausch. Myles, Jimmy und ich gaben Interviews. Die Presse fragte Jimmy, wie es sich anfühlte, wenn einem der zweite Platz im letzten Moment weggeschnappt wurde. Und mich fragte sie, wie sich eine derart triumphale Rückkehr anfühlte. Es war himmlisch, und ausnahmsweise hatte ich nichts dagegen, die Fragen zu beantworten. Vielmehr hatte ich sogar ein paar erkenntnisreiche, aufrichtige Antworten für sie, denn nachdem mir mein Traum abhandengekommen war, hatte ich eine Menge Zeit zum Nachdenken gehabt.

»Mackenzie, würden Sie uns erklären, was Anfang der Saison passiert ist? Sie konnten kein Team finden, was mir bei Ihrer Platzierung und Ihrem Hintergrund unfassbar erscheint.«

Ich lächelte die Reporterin vor mir an. Sie schien es tatsächlich nicht fassen zu können. Ich mochte sie auf Anhieb. Da ich nicht länger alles vor jedem verheimlichen musste, sagte ich ihr die Wahrheit. »Mein Vater hatte etwas gegen einen Mitstreiter, mit dem ich damals zusammen war. Er hat dafür gesorgt, dass mich kein Team aufnimmt. So wollte er mich dazu bringen, mich von meinem Freund zu trennen.«

Die Journalistin machte vor Empörung große Augen. Es hatte Spekulationen und Gerüchte um mein Aufhören gegeben, aber keine bestätigten Fakten. »Ihr Vater, Jordan Cox, hat Sie wegen eines Mannes ... auf die schwarze Liste setzen lassen?«

Als ich nickte, spürte ich, wie ein letzter Rest Wut meine Wangen rötete. Es würde noch eine ganze Weile dauern, über diesen Verrat hinwegzukommen. »Im Grunde, ja.«

Sie schien verwirrt, und ich war mir sicher, dass sich der Rest unseres Gesprächs um dieses Thema drehen würde. »Aber als Sie Cox Racing wiedereröffnet haben, haben Sie ihn als Berater eingestellt, richtig?«

Wieder nickte ich. »Ja. Seine Qualitäten als Vater haben nichts mit seinem umfassenden Wissen über den Rennsport zu tun. Aber, glauben Sie mir, es ist ganz klar, dass er in meinem Privatleben nichts mehr zu sagen hat.«

Sie lächelte, als freue sie sich, das zu hören. Ja, dieser Journalistin würde ich jederzeit ein Exklusivinterview geben. »Und was ist mit dem Mann? Sind Sie noch zusammen? Können Sie mir sagen, wer der glückliche Fahrer ist, der bei den Cox einen Krieg ausgelöst hat?«

Ich seufzte, und mein Lächeln verblasste. »Nein, wir sind nicht mehr zusammen. Er hat mein Vertrauen genauso missbraucht. Scheint irgendwie mein Karma zu sein.«

Das Lächeln der Reporterin wirkte jetzt mitfühlend. »Das tut mir leid, aber zumindest haben Sie Ihre Karriere wieder aufgenommen. Sie sind besser gefahren als je zuvor. Ich kann es kaum erwarten zu sehen, was in der nächsten Saison passiert. Herzlichen Glückwunsch, Mackenzie.«

Sie streckte mir die Hand hin, und ich ergriff sie gern. »Danke. Es ist toll, wieder zurück zu sein.«

Es war mehr als toll, aber ich fürchtete, wenn ich zu sehr vom Fahren zu schwärmen anfing, könnte ich vielleicht nicht mehr aufhören. Und vielleicht würde ich in Tränen ausbrechen und ganz sicher wollte ich nicht vor der Kamera zusammenbrechen.

Nachdem die Interviews vorbei waren, wurden offiziell die Punkte vergeben und der Gewinner der Meisterschaft ausgerufen. Das Ergebnis überraschte mich nicht. »Der Gewinner der diesjährigen ARRC-Meisterschaft heißt ... Myles Kelley!«

Myles stand neben mir, als sein Name verkündet wurde. Er stieß beide Fäuste in die Luft und grinste wie ein Honigkuchenpferd. Nikki stand auf meiner anderen Seite und schluchzte. Als Myles die Stufen zum Siegerpodest hinaufstieg, sah ich sie besorgt und verwirrt an. Nikki war keine Heulsuse, aber allein heute war sie schon mehrfach in Tränen ausgebrochen. Myles' Sieg war eine tolle Neuigkeit, aber alles andere als überraschend. Nach Punkten führte er jetzt schon eine ganze Weile.

»Ist alles okay?«, fragte ich, und meine Stimme ging beinahe in dem Jubeln der Menge unter.

Sie nickte, dann schüttelte sie den Kopf, dann nickte sie wieder. »Ja, nein, nicht wirklich.« Wieder brach sie in Tränen aus, aber diesmal nicht in Freudentränen.

Nun ernsthaft besorgt zog ich sie an den Rand der tobenden Zuschauermenge. »Was ist los?«, fragte ich. »Seit du und Myles ...« Ich brachte es nicht über die Lippen, ohne dabei das Gesicht zu verziehen. »Seit ihr zwei ... du weißt schon ... bist du ein Nervenbündel. Ich dachte, ihr zwei hättet alles geklärt? Ich dachte, es wäre alles wieder entspannt?« Oder zumindest erträglich. Dass Nikki bei dem kleinsten Anlass in Tränen ausbrach, schien mir allerdings nicht dafürzusprechen.

Schniefend wischte sich Nikki mit dem schmutzigen Ärmel die Nase. »Das haben wir auch. Wir haben uns ausgesprochen, und alles war wieder gut. Aber dann hat mein Körper mich verraten.«

Wenn sie mir erzählen wollte, dass sie sich immer noch sexuell von Myles angezogen fühlte, würde ich dieses Gespräch vermutlich nicht ertragen. »Wie ... meinst du das?«

Mit großen, geröteten, tränennassen Augen erklärte Nikki niedergeschlagen: »Ich bin schwanger.«

Nur Nikkis Kündigung hätte mich mehr schockieren können. Mein Blick glitt zu ihrem Bauch, dann wieder zu ihrem Gesicht, dann wieder zu ihrem Bauch. »Du bist ... was?« Ich legte eine Hand auf ihren Bauch, als könnte ich auf diese Weise irgendeinen körperlichen Beweis für ihre Behauptung erhalten, aber Nikki schlug meine Finger weg. Ich sah ihr wieder in die Augen und fragte: »Ist es von Myles?«

Nikki blickte mich düster an. »Mit einem anderen war ich nicht zusammen, also ja, es ist von ihm.«

»Weiß er es?«, fragte ich und blickte zum Siegerpodest. Myles schüttelte eine Flasche Champagner und machte sich bereit, die Menge zu bespritzen. Er wirkte völlig ahnungslos.

Als ich wieder zu Nikki blickte, bestätigte sie meinen Verdacht. »Nein, er weiß es nicht. Und ich will auch nicht, dass er es erfährt. Ich will das alles nicht.« Sie hob den Kopf und schob das Kinn vor, als könne sie die Situation durch ihre Willenskraft ändern und sie durch eine andere ihrer Wahl ersetzen. Den Wunsch konnte ich nur zu gut verstehen, aber das war unmöglich. Man konnte die Realität nicht einfach wegwünschen.

Ich legte die Arme um sie und zog sie ein kleines Stück herum, sodass wir zu Myles hinaufblicken konnten, der mit den Zuschauern in Champagner badete, und sagte: »Es wird alles gut, Nik. Versprochen.«

Erneut fing sie in meinen Armen zu schluchzen an, und ich betete im Stillen, dass wirklich alles wieder gut würde.

Myles kam in unsere Richtung, darum schob ich Nikki von mir und half ihr eilig, ihre Tränen fortzuwischen. Sie sah immer noch ein bisschen verheult aus, die Tränen hatten auf ihren Wangen Spuren hinterlassen, und ihre Augen waren verquollen. Das würde Myles in seiner Euphorie jedoch vermutlich gar nicht bemerken. Er rannte zu Nikki und nahm sie übermütig in den Arm. Als er sie herumwirbelte, fing sie an zu lachen, und ich dachte unweigerlich, dass die zwei, selbst wenn sie nur Freunde blieben, tolle Eltern wären.

Ich wollte Myles gerade ebenfalls in den Arm nehmen und ihm gratulieren, als von unten jemand gegen meinen Arm tippte. Ich drehte mich um und vor mir stand Antonia mit Aufreißer und Hayden. Hayden strahlte mich an, und die Liebe in seinen Augen war kaum zu ertragen. Er durfte mich nicht mehr auf diese Weise ansehen. Zu meiner Überraschung grinste mich Aufreißer ebenfalls glücklich an. Hatte er etwa auf mich gewettet? Nein, er hatte überzeugend gewirkt, als er sagte, er habe alles aufgegeben. Vielleicht freute er sich einfach ... für mich. Wow, das war ein ganz neues Konzept. Es würde ein bisschen dauern, bis ich mich an diese neue Realität gewöhnen würde.

Antonia sah mit großen bewundernden Augen zu mir

hoch. »Das war toll, Tante Kenzie! Wie du um die Leute rumgefahren bist ...« Sie imitierte das Rennen mit den Händen. »Das sah aus, als würden sich die anderen gar nicht bewegen!«

Ich war mir sicher, dass es nicht ganz so dramatisch gewesen war, aber ihre Begeisterung freute mich.

»Ja, nicht schlecht, Kenzinator. Ich wusste ja immer, dass ein irres Talent in dir schlummert.« Aufreißer nickte anerkennend und lächelte noch immer, als hätte er gerade einen fetten Gewinn gemacht.

Nachdem ich beiden gedankt hatte, versuchte ich meine Aufmerksamkeit wieder auf Myles zu richten. Eine weitere Begegnung mit Hayden konnte ich jetzt einfach nicht verkraften. Er ließ jedoch nicht zu, dass ich ihn überging, fasste meinen Ellbogen und sagte leise: »Ich wusste, dass du es schaffst, Kenzie. Ich hatte keinen Zweifel.« Das Gefühl, von ihm berührt zu werden, der Ausdruck in seinen Augen ... machten es sehr schwer, nicht zu vergessen, dass es zwischen uns aus war. Gott, wie zum Teufel sollte ich das nächste Jahr mit ihm zusammenarbeiten?

Um etwas Abstand zwischen uns zu bringen, stellte ich ihm eine Frage, von der ich niemals gedacht hätte, dass ich sie ihm stellen würde. »Warum ist Felicia heute nicht gefahren? Ist sie überhaupt hier?« Vielleicht hätte ich Nikki von ihrem Versprechen erlösen sollen, mir nichts von Hayden und Felicia zu erzählen. Ich bezweifelte nicht, dass Nikki wusste, was los war. Obwohl sie gerade wirklich andere Dinge im Kopf hatte ...

Bei meiner Frage ließ Haydens Lächeln ein wenig nach. Ich war mir nicht sicher, was das bedeutete. Vermisste er seine Geliebte? Gott, die Vorstellung, dass die beiden zusammen waren, war schrecklich. »Sie ... hat gekündigt«, erklärte er mir leise. »Am selben Tag wie ich.«

»Sie hat das Team verlassen? Warum hat sie das gemacht?« Sie war Keith's Goldkind, seine Geheimwaffe, der Medienliebling. Warum zum Teufel sollte sie all das aufgeben? Kaum hatte ich mir die Frage in Gedanken gestellt, traf mich die Antwort wie ein Schlag. »Sie hat deinetwegen gekündigt.«

Hayden verzog das Gesicht, dann zuckte er mit den Schultern. »Ich weiß nicht, ob sie ...« Seufzend schüttelte er den Kopf. »Doch ja ... ich glaube, sie hat meinetwegen gekündigt.«

Natürlich hatte sie das. Sie würde Hayden bis ans Ende der Welt folgen, und wenn er von der Benneti-Klippe sprang, dann stürzte sie sich mit ihm in die Tiefe. Nun ja, wenn sie meinte, ich würde sie ebenfalls einstellen, dann hatte sie sich aber getäuscht.

Sofort regte ich mich über ihre enge Verbindung auf, drehte auf dem Stiefelabsatz um und ging. Ich hatte ein schlechtes Gewissen, dass ich Antonia stehen ließ, aber ich konnte es keine weitere Sekunde bei Hayden aushalten. Er rief meinen Namen und bat mich zu bleiben, aber ich ignorierte ihn. Wenn ich das doch nur jeden Tag für den Rest meines Lebens tun könnte. Gottverdammt.

An jenem Abend führten mich mein Vater und meine Schwestern zum Feiern aus, und ich war dankbar für die Ablenkung. Es war ein bisschen seltsam, wieder im Kreis der Familie zu sein, aber wenn wir nach vorn schauen wollten, musste ich es versuchen. Und ich wollte wirklich nicht in der Vergangenheit verharren, darum riss ich mich zusammen und zog die Sache durch. Und nach der dritten Runde fing ich tatsächlich an, mich zu amüsieren.

Doch als die Feier vorüber war und ich wieder allein in

meinem Hotelzimmer, kehrten meine Gedanken zu Hayden zurück. Hayden, dieser charmante, verführerische Schurke. Und Felicia, seine Jugendliebe. Nach all dieser Zeit wieder vereint. Wie reizend, fast wie ein Märchen. Aber ich war das Mädchen dazwischen. Das Hindernis, das aus dem Weg geräumt werden musste. Damit die beiden glücklich bis ans Ende ihrer Tage sein konnten, wurde mein Glück zerstört. Und so verbittert ich darüber war, etwas anderes ärgerte mich noch mehr.

Felicia gab ein offensichtlich gottgegebenes Talent auf und die Chance, es auf rechtmäßige Weise zu nutzen ... für einen Mann. Eine Tatsache, die mir nur zu vertraut war. Egal, wie wenig ich sie mochte, es widerstrebte mir zutiefst, dass ein so außergewöhnliches Talent verloren ging. Und als mir das bewusst wurde, verstand ich noch einmal mehr, was meine Familie empfunden haben musste, als ich den Rennsport aufgegeben hatte. Zumindest konnte ich den Gedanken hinter ihrem schrecklichen Verhalten jetzt verstehen.

Ich starrte an die Decke des Hotelzimmers und überlegte, wie ich Felicia und ihre Karriere aus dem Kopf bekam. Über Haydens neue Affäre nachzudenken war das Letzte, was ich wollte. Lieber würde ich Nikki anrufen und mir von ihr detailliert beschreiben lassen, was sie und Myles in Monterey angestellt hatten. Herrje, ich konnte nicht glauben, dass sie schwanger war.

Als ich gerade Nikki eine Nachricht schreiben und sie fragen wollte, wann sie es Myles sagen wollte, meldete mein Telefon den Eingang einer Nachricht. Ich holte es aus der Tasche, blickte auf das Display und stutzte. Sie stammte von Riesenarsch ... Hayden. Ich wollte gar nicht wissen, was er zu sagen hatte – insbesondere da ich ihn gebeten hatte, mir nicht mehr zu schreiben –, doch die Neugier siegte, und ich entsicherte das Telefon.

Es tut mir leid, wenn ich dich heute verärgert habe, das wollte ich nicht. Ich bin so stolz auf dich, Kenzie. Hoffentlich genießt du den Moment. Du hast es dir verdient.

Die Schlichtheit seiner Nachricht rührte mich, und ich sah deutlich vor mir, wie er über seinem Telefon kauerte, sich mit der Hand durchs Haar fuhr und mit ängstlicher Miene auf meine Antwort wartete. Wenn er seine alte Beziehung mit Felicia wieder aufgenommen hatte, warum versuchte er dann immer noch, bei mir zu landen? Das ergab keinen Sinn. *Du kannst nicht alles haben. Hayden.* Dennoch schrieb ich zurück: *Danke.*

Seine Antwort folgte augenblicklich. *Kann ich vorbeikommen? Nur um zu reden?*

Es gab nichts zu reden. Ich sollte ihn nicht dazu ermuntern, so etwas zu denken. Es war aus. Ich schaltete das Telefon ab und steckte es in die Tasche, dann krabbelte ich ins Bett und hoffte, dass ich schnell einschlafen konnte.

Vielleicht war es eine Wahnvorstellung. Vielleicht lag es daran, dass ich mich die ganze Nacht herumgewälzt hatte, aber in meinem Kopf setzte sich eine Idee fest, und was ich auch tat, ich wurde sie nicht mehr los. Als ich am nächsten Tag in Kalifornien landete, gab es für mich deshalb nur ein Ziel. Ich konnte nicht fassen, was ich da vorhatte.

Ich schaltete mein Telefon ein und rief Izzy an. »Kenzie! Hey, herzlichen Glückwunsch! Ich hab das Rennen im Fernsehen gesehen. Du warst großartig!«

»Danke, Izzy«, sagte ich und ging zu meinem Truck. »Hey... ich muss dich um einen Riesengefallen bitten. Das klingt merkwürdig, aber ich hoffe wirklich, dass du mir hilfst.«

Sie schwieg einen Moment, dann sagte sie vorsichtig: »Okay, was soll ich tun?«

Ich holte tief Luft und hielt einige Sekunden den Atem an, bevor ich ihn entweichen ließ. »Ich brauche Felicias Adresse. Weißt du, wo sie wohnt?«

Ich konnte ihre Beklommenheit durchs Telefon spüren. »Kenzie, ich glaube nicht … Egal, was du vorhast, das ist keine gute Idee.«

Ein leises, freudloses Lachen entfuhr mir. »Ich kann dir garantieren, dass es nicht das ist, was du denkst. Ich muss nur mit ihr reden. Bitte, Izzy.«

Izzy stieß einen langen Seufzer aus. »Okay, aber bitte sorg dafür, dass ich es nicht bedaure, Kenzie.« Sie ratterte die Adresse derart schnell herunter, als hätte sie Angst, dass sie es sich gleich anders überlegen könnte. Als sie fertig war, sagte sie: »Mach keine Dummheiten, okay? Hayden ist ein toller Typ, klar, aber er ist es nicht wert, für ihn ins Gefängnis zu gehen.«

Ich hatte ganz sicher nicht vor, mich heute festnehmen zu lassen, aber vermutlich waren in letzter Zeit ungewöhnlichere Dinge passiert. Ich bedankte mich bei Izzy – und ignorierte ihre Bemerkung über das Gefängnis –, legte auf und eilte zu meinem Wagen. Am besten brachte ich es hinter mich, ehe ich meine Meinung wieder änderte.

Die Fahrt vom Flughafen zu Felicias Haus dauerte viel zu lang, ich hatte zu viel Zeit zum Nachdenken. Jede zweite Minute redete ich mir meinen Plan aus, doch dann überzeugte ich mich erneut von ihm. Ich würde nie Frieden finden, wenn ich ihr nicht ein einziges Mal richtig die Meinung sagte. Zu verschiedenen Dingen. Als ich schließlich zu der Adresse kam, die Izzy mir genannt hatte, war ich erschrocken, wie ähnlich Felicias Haus meinem eigenen war. Hatte sie das absichtlich getan? Damit Haydens Übergang von mir zu ihr so glatt wie möglich verlief?

Ärger stieg in mir auf, doch ich unterdrückte ihn. Sie konnte unmöglich gewusst haben, wie mein Haus aussah, als sie das hier gemietet hatte. Es musste reiner Zufall sein. Ich schaltete den Motor aus und nahm all meinen Mut zusammen, bevor ich ausstieg. *Nur keine Angst zeigen* lautete mein Mantra, während ich auf ihre Haustür zuging. *Tief durchatmen.*

Ich klopfte mehrmals an die Tür, dann wartete ich. Während ich auf das weiße Holz starrte, das mich von der Person trennte, mit der Hayden schlief, meldeten sich erneut Zweifel. Schlag sie nicht. Sag einfach, was du sagen willst, und geh.

Die Tür wurde einen Spalt breit geöffnet, und Felicias Gesicht erschien. Zum ersten Mal, seit ich sie kannte, sah sie schrecklich aus. Ihr Haar hing ihr wirr um den Kopf, die Augen waren gerötet, und sie trug ein Ist-doch-alles-egal-Sweatshirt. Was zum Teufel?

Als sie mich sah, schien sie dasselbe zu denken. »Kenzie? Was machst du denn hier?«

Ich rief mir in Erinnerung, weswegen ich gekommen war, und zeigte auf ihr Haus. »Darf ich reinkommen?«

Sie blinzelte überrascht, dann trat sie zurück und öffnete die Tür. »Klar.«

Ich atmete tief durch, um mich zu beruhigen, und trat in ihr Haus. Es roch sogar wie bei mir. Felicia schloss die Tür hinter mir, erst dann schien ihr bewusst zu werden, wie sie aussah, und sie strich sich das Haar glatt. »Warum bist du hier?«, hakte sie erneut nach.

»Ich …« Ihre geröteten, verquollenen Augen verrieten,

dass sie geweint hatte. War es schon wieder aus zwischen Hayden und ihr? Spielte das eine Rolle? Ich konnte ihn nicht zurücknehmen. Nein.

Gereizt über diesen Gedanken, wich ich von dem ab, was ich eigentlich hatte sagen wollen. »Ist alles okay?«

Felicia brachte ein schwaches Lächeln zustande. »Machst du dir etwa Sorgen um mich?«

Nein. *Warum war ich dann hier?*

Bevor ich ihre komplizierte Frage beantworten konnte, schüttelte sie den Kopf. »Mir geht's gut. Dieses Wochenende war nur schwierig für mich.« Sie setzte sich auf die Sofakante und nahm sich ein Papiertaschentuch aus einem Karton. »Ich hätte nie gedacht, dass mir das Fahren so fehlen würde. Ich habe noch nicht mal gewusst, dass es mir überhaupt etwas bedeutet, bis ich es nicht mehr hatte …« Sie ließ den Kopf in den Nacken sinken und stöhnte. »Gott, das ist ja wohl mein Schicksal.« Sie hob den Kopf, um mich anzusehen und zog fragend eine Augenbraue hoch. »Hast du schon mal das Gefühl gehabt, dass du selbst dein ärgster Feind bist?«

Ich schnaubte. »Die ganze Zeit.« Ich räusperte mich und beschloss, zum Thema zu kommen. »Hast du wegen Hayden gekündigt? Weil er auch gekündigt hat?«

Felicia wirkte überrascht. »Hayden hat gekündigt?«

Ihre Antwort war zutiefst verwirrend. Wieso wusste sie nicht, dass Hayden gekündigt hatte? »Ja … er hat gesagt, er hätte am selben Tag gekündigt wie du. Ich dachte, du hättest seinetwegen gekündigt.«

Sie lächelte schwach. »Vermutlich habe ich das. Ich habe an dem Morgen gekündigt, bevor er überhaupt da war. Ich konnte es nicht mehr ertragen, in seiner Nähe zu sein.«

Jetzt war ich erst recht verwirrt. »Du konntest es nicht

mehr ertragen, in seiner Nähe zu sein? Aber ... seid ihr zwei denn nicht ...« *Treibt ihr es nicht wie die Karnickel?* Er hatte angedeutet, dass etwas zwischen ihnen vorgefallen war. Er hatte doch praktisch zugegeben, dass sie Geliebte waren.

Felicia seufzte und tupfte sich die Augen. »Es ist kein Geheimnis, dass ich mit ihm zusammen sein will. Herrgott, ich bin seinetwegen zurückgekommen. Aber ... eigentlich habe ich ihn schon vor Ewigkeiten verloren. Ich habe mich an einen Traum geklammert, und dieser Traum ist vorbei. Es ist Zeit, dass ich aufwache.«

So hatte ich mir dieses Gespräch nicht vorgestellt. Ich dachte, sie würde zugeben, dass sie verliebt waren, und dann wollte ich sie dafür zusammenstauchen, dass sie wieder zusammengekommen waren. Aber was, wenn sie gar nicht wieder zusammen waren? »Hattest du ... Sex mit ihm? In der Nacht, als er und ich Schluss gemacht haben?« Meine Kehle schnürte sich zu, während ich auf ihre Antwort wartete. *Gott, bitte sag Nein.*

Felicia sah mich durchdringend aus ihren dunklen Augen an. Dann schüttelte sie den Kopf. »Nein. Er wollte nicht ...« Sie biss sich auf die Lippe und wirkte verletzt, dann seufzte sie. »Er war dir treu, auch als er keinen Grund mehr dazu hatte.«

Meine Gedanken rasten, als ich hörte, dass meine schlimmsten Ängste völlig unbegründet waren. Felicia ging zu ihrer Tasche. Mit resignierter Miene wühlte sie darin, bis sie etwas gefunden hatte. In fassungslosem Schweigen beobachtete ich, wie sie einen gigantischen Diamantring hervorholte. »Ich glaube, der gehört wohl eher dir«, sagte sie und reichte mir den Ring.

»Was ist das?« flüsterte ich schließlich und betastete den funkelnden Stein auf dem Silberring.

Mit erstickter Stimme sagte Felicia: »Mit diesem Ring wollte Hayden einmal um meine Hand anhalten, aber dazu ist er nicht mehr gekommen. Ich bin damals vorher gegangen.« Sie blickte zu mir hoch, und Traurigkeit lag auf ihrem Gesicht. »Er hat ihn mir vor Kurzem geschenkt ... um einen Schlussstrich zu ziehen. Er sagte, zwischen uns würde es nichts mehr werden, weil sein Herz jetzt dir gehört und das immer so bleiben würde.« Sie lächelte durch einen Tränenschleier und sagte: »Ich war seine erste Liebe, aber du bist wohl seine letzte.«

Ich sah die Welt wie durch einen Nebel und musste mich setzen. »Ich dachte ... Er hat so getan, als ob ihr zwei ...« Sie schliefen nicht miteinander? Er war ... mir treu? Kopfschüttelnd sagte ich: »Auch wenn ihr zwei nichts gemacht habt, er lügt so viel, wie kann ich ihm je ...?«

Ich bekam nicht einmal mehr vollständige Sätze zustande, aber Felicia schien zu verstehen, was ich sagen wollte. »Ich kenne Hayden schon sehr lange. Er war immer furchtlos, ein bisschen leichtsinnig und denen, die er liebt, ganz und gar ergeben. Es war diese verrückte Hingabe, die mich schließlich von ihm fortgetrieben hat. Es war mir zu viel, zu intensiv. Und ich war zu jung, hatte zu viel Angst, was aus mir würde, wenn ich ihn verlieren sollte. Also war ich so dumm, ihn zu verlassen. Das war der größte Fehler meines Lebens.« Eine Träne lief ihr über die Wange, doch sie hielt meinem Blick stand. »Mach nicht denselben Fehler, Kenzie.«

Fassungslos stieß ich hervor: »Und mach du nicht meinen.«

Jetzt war Felicia diejenige, die verwirrt schien. Lächelnd erklärte ich ihr: »Ich habe für einen Mann alles aufgegeben, was mir wichtig war. Ich habe meinen Traum aufgegeben.«

Ich schluckte den Kloß in meinem Hals hinunter und versuchte, meine Gefühle in den Griff zu bekommen. Als ich wieder sprechen konnte, war meine Stimme voller Leidenschaft. »Hör nicht wegen Hayden auf, Rennen zu fahren. Wenn du auf ein Motorrad gehörst, dann lass dich von ihm nicht davon abhalten. Schaff deinen Hintern auf ein Bike.«
Ein leichtes Lächeln erschien auf ihren Lippen. »Es überrascht mich, das von dir zu hören. Wenn ich mache, was du sagst, dann sind wir wieder Konkurrentinnen.«
»Ich mag Wettbewerbe.« Solange sie nichts mit meinem Freund zu tun haben. Aber ... da Hayden und ich nicht mehr zusammen waren, war das kein Problem.

Felicias Miene wurde nachdenklich, und ich wusste, dass sie über meine Bemerkung nachdachte – genau wie ich über ihre. Mein Blick glitt zurück zu dem Ring in meinen Fingern. Hayden hatte ihn lange aufbewahrt. Vielleicht als Erinnerung an seinen Schmerz, eine Erinnerung daran, nie wieder jemanden so sehr zu lieben. Oder vielleicht hatte er ihn auch aus Hoffnung aufbewahrt. Aus Hoffnung, dass Felicia zurückkehren würde und sie ihre Beziehung fortsetzen konnten. Doch dann, als sie tatsächlich zurückgekehrt war und sie hätten zusammen sein können – ohne Schuldgefühle, ohne Sorgen –, hatte er sie abgewiesen und sich von der letzten Verbindung zwischen ihnen getrennt. Er hatte die Vergangenheit losgelassen, meinetwegen. Weil er mich zu sehr liebte, um mit einer anderen Frau zusammen zu sein. Weil er mit mir zusammen sein wollte. Nur mit mir.

Als mir das klar wurde, ging mein Herz auf. Alles war meinetwegen geschehen – sowohl das Gute als auch das Schlechte. Sein Herz gehörte mir, ganz und gar, und er würde mich niemals aufgeben. Nicht kampflos. Und jetzt, da er wusste, jetzt, da er ganz verstand, wie sehr ich es verabscheute, angelogen zu werden, hatte ich das Gefühl, dass das nie wieder vorkommen würde. Er würde jetzt über alle Maßen ehrlich sein, was vielleicht zu ganz anderen Problemen führte, aber *diese* Herausforderung nahm ich gern an.

Mir war schwindelig, und ich atmete heftiger als ich sollte. *Er liebt mich. Nur mich.* »Ich muss gehen«, flüsterte ich Felicia zu.

Sie nickte, als verstünde sie. Als ich mit zitternden Beinen aufstand, gab ich ihr den Ring zurück. »Ich glaube, du solltest ihn behalten«, erklärte ich. »Behalte ihn als Erinnerung, nicht vor den Dingen davonzulaufen, die dir Angst machen.« Vielleicht war das etwas, was wir gemeinsam hatten. Ich war genauso vor Hayden geflohen wie sie.

Felicia holte tief Luft und schloss die Finger um den Ring. »Vielleicht besteche ich damit Keith, damit er mich wieder einstellt.«

Darüber musste ich aufrichtig lachen. »Ich glaube nicht, dass du Probleme haben wirst, wieder bei Keith unterzukommen.« Er würde sie schon allein deshalb ins Team holen, um mich zu ärgern. Obwohl ... ich war eigentlich gar nicht mehr eifersüchtig oder wütend auf sie. Als Fahrerin war sie in Ordnung. Wir waren auf Augenhöhe, ich konnte mich an ihr messen. Als Mensch allerdings, nun ja, da war ich mir noch nicht so sicher.

Ich wandte mich zum Gehen, dann hielt ich inne. Ich war aus einem bestimmten Grund hergekommen. Ich konnte nicht gehen, ohne zumindest *etwas* davon zu sagen. Also drehte ich mich wieder zu ihr um und erklärte: »*Wenn* ich Hayden zurücknehme ...«, und das war ein sehr großes *wenn* ..., »dann könnt ihr zwei nicht ...«

Sie unterbrach mich, indem sie die Hand hob. »Ich habe schon seine Nummer gelöscht, Kenzie. Mir ist durchaus klar, dass wir nicht befreundet sein können. Nicht mehr.«

Das erleichterte mich sehr. Vielleicht musste ich nicht ständig gegen sie ankämpfen. Ich war mir immer noch nicht sicher, ob ich Hayden zurückhaben wollte, aber es war schön zu wissen, dass sie mir in dem Fall nicht im Weg stünde. Und das führte zu der Frage ... wollte ich ihn wirklich wiederhaben?

Kapitel 23

Hayden

Ich konnte nicht schlafen. Die letzten Stunden hatte ich mich von einer Seite auf die andere gewälzt und nur daran gedacht, was mir morgen bevorstand. Ich würde wieder Rennen fahren ... für Kenzie. Sie war mein Chef, und ich ihr ergebener Angestellter. Und mehr würde nicht zwischen uns sein, denn sie konnte mir noch immer nicht vergeben.

Ich hatte tatsächlich gedacht, wenn ich ihr Raum gebe, würde sie sich beruhigen, aber nein ... etwas entfachte ihre Wut immer wieder aufs Neue. Ich hatte sie tief verletzt, und das machte mich vollkommen fertig. Alles, was ich in der Dunkelheit in meinem Zimmer sah, war der Ausdruck in ihren Augen, als sie begriffen hatte, dass ich sie belogen hatte. Vermutlich würde ich diesen Schmerz auf ihrem Gesicht nie vergessen können.

Da der Schlaf einfach nicht kommen wollte, schlug ich die Decke zurück und sprang aus dem Bett. Ich musste mich irgendwie ablenken. Also schnappte ich mir eine Decke, schlurfte aus der Tür und wanderte ins Wohnzimmer. Ich könnte etwas Geistloses im Fernsehen anschauen, während ich darauf wartete, dass die Erschöpfung mich endlich übermannte.

Aufreißers Haus war überraschend leer. Auch mitten in der Nacht hingen normalerweise irgendwelche Leute hier herum, schliefen auf dem Sofa oder spielten spätnachts noch Poker. Doch seit Aufreißer verkündet hatte, dass er das Leben, das er so lange geführt hatte, aufgeben wollte, war es deutlich ruhiger geworden. Die Party war endlich vorbei, und obwohl ich eigentlich dankbar dafür war, sehnte ich mich heute Nacht irgendwie nach etwas Zerstreuung.

Ich saß auf dem Sofa, schaltete den Fernseher ein und suchte nach einem halbwegs anständigen Programm. Schließlich landete ich bei einer Wiederholung des Rennens vom letzten Wochenende. Es war bittersüß, die Motorräder um die Rennbahn fliegen zu sehen. Ich hatte gewusst, dass mir das Fahren fehlen würde, aber wie sehr, das war mir erst bei jenem Rennen klar geworden. Es war Folter, nur zuzusehen und nicht teilzunehmen. Langsame, quälende Folter. Aber Kenzie ... hatte es geschafft. Alles, was sie da draußen gemacht hatte, war auf den Punkt und goldrichtig gewesen. Nie war ich stolzer auf sie gewesen. Und noch nie hatte ich mich so weit von ihr entfernt gefühlt – als würde ich aus weiter Ferne zuschauen. Ihren Triumph zu sehen und ihren Sieg nicht mit ihr feiern zu können, das war schlimmer gewesen, als nicht zu fahren. Sie war alles, was ich wollte, und sie schien ganz und gar unerreichbar zu sein.

»Oh gut, du bist wach.«

Ich drehte den Kopf und sah Aufreißer, der aus der Küche hereinschlurfte, ein großes Glas Milch in der Hand. Mensch, er hatte sich wirklich verändert. Vor nicht allzu langer Zeit wäre er mit einem Sixpack unter dem Arm angeschlendert.

»Ja ... ich konnte nicht schlafen.«

Aufreißer nickte, als sei ihm das vertraut. Er setzte sich

neben mich, trank einen Schluck von seiner Milch, dann stellte er sie auf den Couchtisch. »Also, eigentlich wollte ich ja bis morgen warten, aber ich kann es dir genauso gut jetzt sagen.«

Neugierig fragte ich: »Was sagen?«

Aufreißer verzog widerwillig das Gesicht, als widerstrebte ihm, was er mir mitzuteilen hatte. »Ich habe viel nachgedacht, und ich habe beschlossen ... diese Hütte hier zu verkaufen. Ich glaube, dass das ziemlich schnell geht. Also musst du dich wohl nach einer neuen Bleibe umsehen.«

Mir klappte die Kinnlade herunter. »Du willst ...? Im Ernst? Du liebst dieses Haus.« Aufreißer war der König dieses sehr eigenwilligen Dschungels, und ich war platt, dass er sein Königreich aufgeben wollte.

Aufreißer rieb sich das Kinn. »Ja ... ich mochte es mal ... früher. Aber ich will näher bei Izzy und Antonia sein. Ich habe überlegt, etwas für uns alle zusammen zu kaufen. In der Nähe vom Krankenhaus, aber außerhalb der Stadt. Etwas mit einem großen Garten für Antonia. Etwas Hübsches ... das hat sie verdient. Alle beide.«

Ich starrte ihn fassungslos an. Es war, als hätte man ihn entführt und durch einen fürsorglichen, umsichtigen Menschen ersetzt, für den die Bedürfnisse anderer an erster Stelle standen. Aufreißer wollte in der Vorstadt leben? Freiwillig? Ich konnte es immer noch nicht glauben.

Aufreißer sah sich in seinem Haus um, und ich wusste, dass er mehr sah als die Risse in den Wänden. »Und außerdem«, sagte er, »bin ich irgendwie fertig mit ... alledem. Es ist Zeit, das hinter mir zu lassen, verstehst du?«

Ich verstand nur zu gut. Ich hatte es auch schon lange hinter mir lassen wollen und mehrmals versucht, genau das zu tun. Ich lächelte ihn an und nickte. »Ich finde das super, Tony. Antonia wird sich riesig freuen, dich bei sich zu haben.«

Aufreißer grinste, dann wurde seine Miene ernster. »Dich hätte sie auch gern um sich. Vielleicht kannst du ja was in unserer Nähe finden?«

»Vielleicht. Ich werde allerdings ziemlich beschäftigt sein. Kenzie hat mich als Fahrer für Cox Racing angeheuert.«

Aufreißers Gesicht platzte fast, so strahlte er. »Mensch, Kumpel, wirklich? Das ist ja toll!«

»Ja«, sagte ich lächelnd. »Ich wollte es dir auf dem Rückweg von Jersey erzählen, aber da kam es mir noch dermaßen unwirklich vor. Im Grunde ist das immer noch so. Darum konnte ich auch nicht schlafen. Ich versuche, mir irgendwie über mein Leben klar zu werden.«

Aufreißer boxte mich übermütig gegen den Arm. »Ich war mir sicher, ihr zwei wärt endgültig auseinander. Ich bin froh, dass sie endlich drüber weg ist. Und außerdem ist zwischen dir und Felicia ja so gut wie nichts gelaufen. Ein bisschen Wiedersehenssex darf man ja wohl erwarten, aber es ist ja schließlich nicht so, als hättest du sie jede Nacht gevögelt.« Er wurde nachdenklich. »Oder doch?«

Ich stieß einen langen, resignierten Seufzer aus. »Zum x-ten Mal: Ich habe nicht mit Felicia geschlafen. Nicht ein einziges Mal, seit sie zurück ist. Kein Sex. Null. Basta.«

Aufreißer schüttelte enttäuscht den Kopf. »Ja, in Ordnung. Das verstehe ich zwar nicht, aber okay ...« Er lächelte und schlug mir auf den Arm. »Wie dem auch sei, ich bin froh, dass deine Frau und du wieder zusammen seid.«

Wieder seufzte ich, diesmal traurig. »Das sind wir nicht. Ich fahre für sie ... aber das ist alles. Sie will noch immer nicht ... Sie will, dass wir weiterhin getrennt sind.« Und ich hatte keine Ahnung, wie ich es die ganze Zeit in ihrer Nähe aushalten sollte, ohne mit ihr zusammen zu sein. Allein der Gedanke daran versetzte mir einen heftigen Stich. Die eigentliche Qual würde allerdings überhaupt erst noch kommen.

Aufreißer schwieg einen Moment. Dann trank er noch einen Schluck von seiner Milch. In dem Moment wünschte ich, er hätte ein Sixpack. Oder einen Schluck Whisky. »Das ist ja beschissen ... tut mir leid«, sagte er schließlich.

»Ja«, murmelte ich und richtete den Blick wieder auf die Höhepunkte des Rennens, wo gerade Kenzies makellose Gestalt gezeigt wurde. »Mir tut's auch leid.« Um so vieles.

Nachdem er sein Glas Milch ausgetrunken hatte, ging Aufreißer wieder ins Bett. Ich blieb auf dem Sofa sitzen und sah mir zahlreiche Sportzusammenfassungen an, bis ich endlich dankbar in den Schlaf sank. Als ich aufwachte, lagen meine Nerven blank. Mist. Es war Zeit, sie zu sehen. Sie zu sehen und sich zu verhalten, als sei zwischen uns nichts merkwürdig, als sei es ganz normal, dass ich ihr Angestellter war – und zwar *nur* ihr Angestellter. Ja. Ein ganz normaler Arbeitstag.

Aufreißers Haus lag ziemlich weit von der Rennstrecke entfernt, und ich hatte immer noch kein Fahrzeug. Also lieh Aufreißer mir seinen Wagen, und ich fuhr nach Oceanside. Ich musste mein Leben in Ordnung bringen. Wenn Aufreißer sein Haus verkaufte und mit Izzy woanders hinzog, musste ich mir eine eigene Wohnung besorgen. Meine eigene Wohnung und mein eigenes Fahrzeug. Es war Zeit, dass ich endlich auf eigenen Füßen stand, ohne dass mir jemand half. Das hätte ich schon längst tun sollen, dann hätte ich mich vielleicht Keith gegenüber nicht so in der Pflicht gefühlt.

Als ich schließlich die Abzweigung zur Trainingsstrecke erreichte, hielt ich an, um das frische neue Schild über der Straße zu studieren. *Cox Racing / Benneti Motorsport Trainingsstrecke.* Es war so gut, dass Cox Racing zurück war. Ohne diesen Namen hatte das Schild irgendwie unvollständig ausgesehen.

Kurz darauf, als ich das äußere Tor erreichte, merkte ich, dass ich ein kleines Problem hatte. Ich besaß keine Schlüsselkarte mehr. Ich würde hintenherum fahren müssen und einbrechen, aber das wollte ich auf keinen Fall. Wenn ich jene Welt wirklich hinter mir lassen wollte, dann musste ich mich vorschriftsmäßig verhalten. Das bedeutete, einen Kredit aufzunehmen, wenn ich Geld brauchte. Und auch nicht mehr einfach irgendwo einzubrechen und mir Zutritt zu verschaffen.

Ich holte mein Telefon aus der Jackentasche und rang mit mir, ob ich Kenzie anrufen und sie bitten sollte, mich reinzulassen, oder Nikki. Nikki war die einfachere Variante, aber der einfache Weg hatte mich in letzter Zeit nicht weit gebracht. Nachdenklich scrollte ich zu Kenzies Nummer. Da merkte ich, dass ein Motorrad neben meinem Fenster hielt.

Als ich aufsah, schaute eine Frau zu mir herüber, das Gesicht war unter einem dunklen Helm verborgen. Kenzie? Sofort sah ich auf das Motorrad. Nein, nicht Kenzie. Felicia. Seit ich ihr den Verlobungsring gegeben hatte, hatte ich nicht mehr mit ihr gesprochen. Nachdem Keith mir gesagt hatte, sie habe gekündigt, dachte ich irgendwie, sie sei wieder weg. Obwohl ich von Izzy wusste, dass sie noch da war, war es ein Schock, sie tatsächlich zu sehen. Aber was machte sie hier an der Trainingsstrecke? Ich hätte gedacht, das wäre der letzte Ort, an dem sie sein wollte.

Ich kurbelte das Fenster herunter, während sie das Visier

hochklappte. »Willst du rein?«, fragte sie und deutete mit dem Kopf auf das Tor.

Ich starb fast vor Neugier, während ich nickte. »Ja. Kannst du mich reinlassen?«

Sie nickte, dann fuhr sie vor. Sie schob ihre Schlüsselkarte in den Schlitz, gab den Code ein und sofort öffnete sich das Tor. Sie hatte noch Zugang? Offensichtlich hatte sie bei ihrer Kündigung die Karte nicht abgegeben. Hätte ich meine nur auch behalten.

Das Tor rollte nach oben, und sie fuhr schnell hindurch, sodass mir genug Zeit blieb, ihr zu folgen, bevor es sich wieder schloss. Sobald sie auf der anderen Seite war, hielt sie an und wartete auf mich. »Was machst du hier?«, fragte sie.

Lachend erwiderte ich: »Dasselbe wollte ich dich gerade fragen.«

Sie lächelte, dann sog sie die Lippe zwischen die Zähne, eine nervöse Angewohnheit. »Ich will zu Keith und ihn bitten, mich wieder ins Team aufzunehmen. Oder ihn anflehen, mich wieder aufzunehmen, falls das nötig ist.«

Zum zweiten Mal war ich heute fassungslos. »Du willst wieder für ihn fahren? Ich dachte, du wärst damit durch.«

Sie schenkte mir ein kleines Lächeln. »Das dachte ich auch, aber dann hat mich jemand davon überzeugt, dass ich meinen Traum nicht aufgeben sollte.«

Sie grinste seltsam wissend, was mich ratlos machte. Ich hatte keine Ahnung, welche geheime Botschaft sie mir mitzuteilen versuchte, doch dann dachte ich über ihre Worte nach. Jemand hatte sie davon überzeugt, ihren Traum nicht aufzugeben – den Traum vom Motorsport. »Kenzie?«, stieß ich hervor. »Du hast mit Kenzie gesprochen?«

Felicia lachte über meine Reaktion. »Ja, ich war auch fassungslos. Sie ist bei mir zu Hause vorbeigekommen und hat mir erklärt, ich solle meinen Traum nicht für einen Mann aufgeben. Ich kann immer noch nicht glauben, dass sie will, dass ich Rennen fahre.«

Schmerz und Schuld zerrten an meiner Seele. Gib nicht für einen Mann deinen Traum auf? *Siehst du, Kenzie, ich wusste, dass du es mir vorwerfen würdest.* Kopfschüttelnd sagte ich zu Felicia: »Ich glaube, sie will nur nicht zusehen, wie jemand anders etwas aufgeben muss, das er liebt.« Hoffnungsvoll fügte ich vorsichtig hinzu. »Hat sie ... hat sie auch über mich gesprochen?«

Felicia runzelte die Stirn, und ich spürte, wie sich Enttäuschung in die Hoffnung schlich. »Ja, dein Name ist gefallen.«

»Und ...?« *Hat sie gesagt, ob sie mir jemals vergibt?*

Mit einem traurigen Lächeln berichtete Felicia: »Ich habe ihr gesagt, dass sie sich wegen dir und mir keine Sorgen zu machen braucht. Der Zug ist abgefahren.«

Ich war überrascht, nicht nur, dass sie das sagte, sondern dass sie es Kenzie gestanden hatte. Ich wollte ihr dafür danken, doch das kam mir unpassend vor, also schwieg ich. Nicht sicher, was ich sonst sagen sollte, murmelte ich: »Du bist nicht weggelaufen? Als Keith sagte, du hast gekündigt, war ich mir sicher, dass du wieder abgehauen bist.«

Ihr Grinsen wurde breiter, aber es wurde nicht wärmer. »Ich habe dir doch gesagt, ich habe mich verändert ...«

Um ihretwillen hoffte ich das. »Viel Glück mit Keith. Du wirst es nicht brauchen, aber ich wünsche es dir trotzdem.«

In dem Moment strahlte sie mich an. »Danke.«

Ich wandte meinen Blick zum Parkplatz und war beinahe erschrocken, als ich Kenzies Truck sah. Sie war da ... es passierte wirklich.

»Hey, Hayden ...«

Als ich mich umsah, saß Felicia noch immer auf ihrem Bike und beobachtete mich. Als sie meine Aufmerksamkeit hatte, sagte sie: »Viel Glück mit Kenzie.«

»Danke«, brummte ich und hatte nicht das Gefühl, dass meine Chancen auch nur annähernd so gut standen wie ihre bei Keith.

Felicia suchte meinen Blick, und ihre Stimme wurde weicher. »Lass sie nicht gehen, Hayden. Wenn du wirklich mit ihr zusammen sein willst, dann kämpfe um sie.«

Darüber musste ich lächeln. »Das habe ich vor.« Ja, wenn es etwas auf dieser Welt gab, das ich liebend gern jeden Augenblick für den Rest meines Lebens tun würde, dann war es, Kenzie zurückzugewinnen. Alles andere war unwichtig.

Felicia nickte, dann drehte sie sich um, als wollte sie gehen. »Hey, Felicia«, sagte ich. Sie drehte sich noch einmal zu mir um, und ich hielt den Atem an. Was ich sagen wollte, war nicht leicht, aber ich musste es sagen. Aus Erfahrung wusste ich, wie schrecklich es sich anfühlte, wenn jemand einem nicht verzieh. Ich konnte sie nicht länger für einen Fehler bestrafen, den sie vor über vier Jahren begangen hatte. »Ich vergebe dir, dass du weggelaufen bist und dass du mir nicht erzählt hast, was du durchgemacht hast. Ich vergebe dir alles.«

In ihren Augen leuchtete eine Mischung aus Hoffnung und Freude. »Wirklich?«

Als ich nickte, erfasste mich eine unbeschreibliche Erleichterung. »Ja ... wirklich.« Ich hatte ganz vergessen, dass es sich genauso gut anfühlte, jemandem zu vergeben, wie wenn einem vergeben wurde. Ich hatte mich viel zu lang an den Schmerz geklammert.

Felicia grinste, so fröhlich hatte ich sie lange nicht gesehen. »Danke«, flüsterte sie, dann wandte sie sich der Trainingsstrecke zu und sauste davon, um ihrem Traum mit Keith Benneti hinterherzujagen. Ich wünschte ihr Glück. Hoffentlich würde es ihr nicht auch um die Ohren fliegen – so wie mir.

Es tat körperlich weh, neben Kenzies Truck zu parken. Eine Welle von Erinnerungen stürzte auf mich ein. Die Auseinandersetzungen, die Leidenschaft, der Sex ... die Liebe. Es gab so vieles, das mir fehlte, so vieles an ihr, ohne das ich nicht leben konnte. Als ich damals mit Felicia zusammen gewesen war, dachte ich, ich würde eine tiefe Liebe, eine tiefe Bindung erleben, aber ich hatte nur an der Oberfläche gekratzt. Das war mir erst klar geworden, als ich Kenzie begegnet war. Und jetzt war es vielleicht zu spät, es wieder in Ordnung zu bringen.

Ich schüttelte meine Melancholie ab, schaltete den Motor aus und stieg aus dem Wagen. Zu Fuß zum Training zu gehen war eine neue Erfahrung für mich. Früher war ich mit meiner Straßenmaschine bis zur Garage gefahren. Mit Keith' Straßenmaschine, sollte ich wohl eher sagen. Mir ein eigenes Motorrad zuzulegen stand ganz oben auf meiner Prioritätenliste. Direkt unter dem Punkt »wieder mit Kenzie zusammenkommen« und »eine Wohnung suchen«.

Als ich das Gelände betrat, glitt mein Blick zur linken Seite der Trainingsstrecke. Das Ende mit Keith hatte einen bitteren Nachgeschmack hinterlassen. Ebenso die Art, wie er sich in mein Privatleben eingemischt hatte. Dass er wollte, dass ich besser fuhr, war eine Sache. Dass er wollte, dass ich mich mit anderen Frauen traf, eine andere.

Ohne noch einen weiteren Gedanken an meine Zeit mit Keith zu verschwenden, wandte ich mich meinem neuen Zuhause bei Cox Racing zu. Die Garagentore waren nach oben gerollt und sogar von hier aus konnte ich Kenzies Stimme hören. Ihr Lachen war schmerzhafte Musik in meinen Ohren. Wie gerne würde ich sie wieder zum Lachen bringen. Ich würde alles dafür tun.

Die Hände in den Hosentaschen zwang ich mich, weiter auf die Cox-Garagen zuzugehen. *Ich schaffe das.* Ein Fahrer verließ gerade die Strecke, als ich an der Einfahrt vorbeikam. Ich blicke hinüber, um zu sehen, wer es war, und blieb stehen, als ich Rodney erkannte, der das Visier hochklappte.

Er lächelte mich an, dann deutete er mit dem Kopf in die Richtung, in die ich unterwegs war. »Trittst du heute deinen neuen Job an?«

Ich lachte trocken. »Keith weiß also schon Bescheid?«, fragte ich nicht allzu überrascht.

Rodney blickte mich ungläubig an. »Du weißt doch, wie klein diese Welt ist. Er ist übrigens sauer. Meint, du verrätst ihn, indem du zum Feind überläufst.«

Klar, *ich* hatte *ihn* verraten. »Siehst du das auch so?«

Er überlegte einen langen Moment, bevor er antwortete. »Nope. Du hast versucht, die Dinge mit Keith zu klären, aber meiner Meinung nach hat er sich wie ein Vollidiot verhalten. Ich hätte auch gekündigt.«

Seine Antwort stimmte mich fröhlich. Doch würde sich unser Verhältnis, das sich gerade besserte, jetzt wieder verschlechtern, nachdem wir keine Teamkollegen mehr waren? »Meinst du der Cox/Benneti-Bann wird wieder eingeführt? Jetzt, nachdem Cox Racing wieder da ist?« Wenn dem so wäre, durfte er jetzt nicht auf der Trainingsstrecke sein, denn theoretisch war jetzt die Zeit von Cox. Und wir durften nicht miteinander reden. Zu Zeiten des alten Bannes wäre das ein Kündigungsgrund gewesen.

Rodney seufzte, als sei er unentschieden. »Keine Ahnung. Da es jetzt Kenzies Team ist und nicht Jordans, ist Keith vielleicht nicht so streng. Ich meine, ich verstehe, dass er nicht zu freundlich zu seinem Mitstreiter ist ...« Er runzelte die Stirn und hing seinem Gedanken noch einen Moment nach, dann schüttelte er den Kopf. »Nope, vergiss es. Ich für meinen Teil finde, es schadet nichts, wenn man zusammen abhängt.« Er legte den Kopf schief, und ein mitfühlender Ausdruck erschien auf seinem Gesicht. »Wie geht's deiner Tochter, Mann? Ist sie schon aus dem Krankenhaus?«

Seine Frage rührte mich, er schien tatsächlich eine Art Freundschaft zu wollen. Ich nickte und grinste. »Ja, sie ist zu Hause, es geht ihr viel besser. Danke.«

Rodney grinste ebenfalls. »Gut, das freut mich. Ich glaube, ich melde mich jetzt mal lieber bei Keith. Auch wenn die Saison vorbei ist, benimmt er sich, als würde das erste Rennen des Jahres bevorstehen.«

Er verdrehte die Augen, und ich lachte. »Na dann, ich glaube, er hat gute Laune. Er hat gerade Felicia wieder eingestellt.« Das wusste ich zwar nicht sicher – vermutlich war ihm auch zuzutrauen, dass er sie aus Wut abwies –, aber die Chancen standen gut, dass sie wieder eine Benneti war.

Rodneys Augen weiteten sich. »Wirklich? Mensch, das sind gute Neuigkeiten. Die Frau ist so verdammt heiß.« Er räusperte sich und fügte schnell hinzu: »Und so begabt ... natürlich.«

Klar. Nun ja, wenn er sie anmachen wollte, gerne. Wenn Felicia sich mit einem anderen traf, würde Kenzie vielleicht endlich einsehen, dass ich nicht mehr an Felicia interessiert war, und mich zurückhaben wollen.

Ich winkte Rodney schnell zum Abschied und wandte mich erneut den Garagen zu. Mit jedem Schritt wuchsen Aufregung und Beklommenheit in mir. Würde heute der Tag sein, an dem alles in Ordnung kam? Hoffentlich. Als ich nah genug war, sah ich Kenzie in der Garage stehen und mit Nikki reden. Nikki sah aus, als wäre ihr übel, und Kenzie musterte ihre Freundin mit Sorge. Gott, ich liebte diesen Ausdruck bei ihr. Ich liebte jeden Ausdruck bei ihr – sogar, wenn sie sauer war.

Plötzlich drehte sie sich um und sah mich an. Unsere Blicke trafen sich, und mir stockte der Atem. Meine Güte ... ihre wilden Locken, diese vollen Lippen, die zum Küssen einluden, der intelligente Blick in ihren Augen ... Rodney sah das völlig falsch. Felicia war nicht die scharfe Braut. Sondern Kenzie. Ich stolperte, als mich ihr durchdringender Blick überraschend traf. Kenzie stieß die Luft aus und wandte sich ab, als fühlte sie sich von meinem Starren gestört. Dann sagte sie etwas zu Nikki ... und ging. Die Enttäuschung haute mich förmlich um. Sie wollte nicht einmal mit mir reden? So würden wir niemals zusammenarbeiten können. Das konnte nicht so bleiben.

Mit starrer Miene betrat ich die Garage. Nikki war immer noch ziemlich grün im Gesicht, doch als sie mich sah, winkte sie mir zu. »Hey, Hayden. Kenzie musste ... also, sie hat gesagt ...« Sie stieß geräuschvoll die Luft aus und gab den Versuch auf, sich Ausreden für ihre Freundin auszudenken. »Sie braucht einfach mehr Zeit.«

Mein Mut verließ mich. Mehr Zeit. Ich hatte ihr schon Wochen gegeben. Wenn sie noch nicht einmal mit mir reden konnte – herrje. Dann gab es wirklich keine Hoffnung für uns. »Danke«, sagte ich gedämpft zu Nikki. Ich schob meine eigenen Probleme beiseite und fragte sie leise: »Ist alles okay bei dir? Du siehst aus, als müsstest du dich gleich übergeben. Hast du einen schlechten Burrito zum Frühstück gegessen oder so was?«

Sofort schlug sie sich die Hand auf den Mund. Ihre Blicke wurden zu Dolchen, als würde sie *mir* die Schuld an ihrer Übelkeit geben, dann stürzte sie aus dem Raum in Richtung Umkleide. Verdammt. Hatte ich was Falsches gesagt?

Mit dieser Frage war ich offensichtlich nicht allein. »Was zum Teufel hast du zu ihr gesagt, Mann?«

Als ich mich umdrehte, sah ich Myles in die Garage kommen. Er hielt einen Seesack in der einen und seinen Helm in der anderen Hand. Genau wie ich fing er heute hier an. Nur dass ich noch keine Ausstattung besaß. Keith hatte mir alles gestellt, darum war ich mit leeren Händen aufgetaucht. Kein gutes Gefühl. »Hey, Myles. Ich hab gar nichts gesagt. Ich glaube, sie hat was Falsches gegessen.«

Hoffentlich war das wirklich alles. Ich konnte nicht damit umgehen, wenn noch jemand, den ich mochte, ernsthaft krank war. Und ich *mochte* Nikki. Sie war eine großartige Mechanikerin und obwohl sie immer irgendwie zwischen Kenzie und mir gestanden hatte, war sie mir immer auch eine gute Freundin gewesen. Hoffentlich konnte ich mich eines Tages bei ihr dafür revanchieren.

»Herzlichen Glückwunsch zum Titel. Das war ein tolles Rennen«, sagte ich in dem Bemühen, das Thema zu wechseln, denn Myles wirkte nicht überzeugt.

Ihm war anzusehen, dass er mir das Lob nicht ganz abnahm und nach einer versteckten Bedeutung suchte.

Such, solange du willst, ich meine es ehrlich. Schließlich verzog er die Lippen zu einem dünnen Lächeln. »Danke.« Mit Blick zur Umkleide sagte er: »Ich sehe lieber mal nach Nikki.«

Ich nickte, doch dann hob ich eine Hand, um ihn aufzuhalten. »Ich weiß, ich hab das schon einmal gesagt, aber es tut mir wirklich leid, was dir letztes Jahr passiert ist.« Ich zögerte kurz und rang mit mir, doch dann fügte ich hinzu: »Ich hatte nicht direkt etwas mit dem Unfall zu tun, aber … ein Freund von mir. Ich habe erst davon erfahren, als es schon zu spät war und dann … habe ich mich nicht genug bemüht, ihn aufzuhalten. Ich war wie gelähmt. Einerseits fühlte ich mich verantwortlich. Andererseits dachte ich, ich durfte ihn nicht verraten. Ich kam mir … beschissen vor. Und es tut mir leid. Es tut mir leid, dass du von seinen Machenschaften betroffen warst. Und es tut mir leid, dass ich nicht mehr unternommen habe. Ich hoffe, du kannst mir das eines Tages verzeihen, weil ich dich nämlich wirklich respektiere.«

Ich hielt den Atem an und streckte ihm die Hand hin. Noch nie hatte ich ihm gegenüber alles so offen zugegeben, und ich hoffte, dass er darin einen Abschluss sah und keine Munition, die er gegen mich verwenden konnte. Eine gefühlte Ewigkeit taxierte er mich mit seinen dunklen Augen, dann setzte er den Helm auf dem Tisch ab und ergriff meine Hand. »Ich nehme an, dieser … Freund … macht nicht länger Probleme?«, fragte er.

Lächelnd schüttelte ich den Kopf. Nein, irgendwie war Aufreißer endlich erwachsen geworden. »Er wird nie wieder ein Motorrad anfassen. Und wenn er es aus irgendeinem Grund doch tun sollte, zeige ich ihn persönlich an.«

Als Myles meine Hand losließ, lächelte er aufrichtig.

»Willkommen im Team, Hayden. Das dürfte ein interessantes Jahr werden.«

Da konnte ich ihm nicht widersprechen.

Nachdem Myles verschwunden war, suchte ich in der Garage nach Kenzie. Sie war nirgends zu sehen, also vermutete ich, dass sie oben in ihrem neuen Büro war.

Als ich die Treppe hinaufstapfte, registrierte ich die kleinen Veränderungen, die Kenzie bereits vorgenommen hatte – die Wände waren frisch gestrichen, die Garagentore hatten neue Fenster erhalten, überall hingen neue Schilder. Was vorher heruntergekommen und verloren gewirkt hatte, strahlte jetzt hell und war voll frischer Energie. Kenzies Energie. Sogar das Logo von Cox Racing hatte sie überarbeitet und ihm eine jüngere Anmutung verpasst. Als ich oben ankam, bemerkte ich auch dort ihr Werk. Es war, als würde das gesamte Gebäude erleichtert und dankbar aufatmen, dass sie gekommen war und es gerettet hatte. Das Gefühl kannte ich nur zu gut.

Kenzies Büro war geschlossen. Stolz stand in großen Lettern aus Chrom ihr Name an der Tür, darunter der Titel: Inhaberin. Als ich ihre Position sah, musste ich schmunzeln, dann klopfte ich an die Tür. *Stille.* Ich versuchte es noch einmal, diesmal etwas lauter. Als ich immer noch keine Antwort erhielt, wurde ich ungeduldig und sagte: »Komm schon, Kenzie. Ich arbeite jetzt für dich. Du kannst deinen Angestellten nicht einfach ignorieren.«

Sofort ging die Tür auf. »Du hast noch gar nichts unterschrieben, darum bist du eigentlich gar kein Angestellter.«

Ich sah sie skeptisch an. »Hast du deine Meinung geändert?« *Bitte sag Nein.*

Kenzie seufzte, dann trat sie hinter ihren Schreibtisch,

als bräuchte sie das schwere Möbel als Mauer zwischen uns. »Nein. Mir fehlt noch immer ein Fahrer von deinem Kaliber in meinem Team.« Ich hob eine Braue, und sie seufzte. »Ich brauche dich, okay?«

Ihre Worte versetzten mir einen unerwartet heftigen Stich, und ich verzog das Gesicht. *Ich brauche dich.* Gott, wie sehr wünschte ich mir, dass das stimmte. Als hätte sie meine Reaktion verstanden, fügte sie rasch hinzu: »Im Team. Ich brauche dich im Team.«

Ich zwang mich zu lächeln und nickte: »Gut. Ich bin gern dabei.« *Ich möchte bei dir sein.*

Kenzie öffnete den Mund, als habe sie meine stumme Ergänzung gehört. Sie befeuchtete ihre Lippen, nahm ein paar Papiere vom Tisch und blätterte nervös darin herum. »Ich habe hier einige Sachen, die du ausfüllen musst – der übliche Papierkram für Angestellte. Hast du deinen Führerschein dabei? Davon muss ich mir eine Kopie machen ...«

Ich trat zu ihr, legte meine Hand über ihre und stoppte ihr hektisches Blättern. »Du bist nervös. Meinetwegen?« Ich hatte einiges bei ihr ausgelöst, seit ich ihr begegnet war, aber nervös hatte ich sie eigentlich noch nie gemacht.

Sofort funkelten ihre Augen. *Das ist mein Mädchen.* »Nein. Ich habe nur gerade ziemlich viel zu tun, und ich hatte dich gebeten, dich an John zu wenden, nicht an mich. Wenn du dich nicht an einfache Anweisungen halten kannst, dann ...«

Ich musste lachen, ich konnte nicht anders. Sie war sauer auf mich, weil ich mich nicht an ihre Anweisungen hielt? Weil ich sie sehen wollte? Quatsch. Sie war sauer, weil sie wollte, dass ich hier war. Und sie wollte nicht, dass sie das wollte. Es war unser uraltes Problem, das wieder seinen hässlichen Kopf hob. »Nikki hat gesagt, du brauchst Zeit. Stimmt das? Denkst du darüber nach …« Ich presste fest die Lippen zusammen und verkniff es mir, sie nach uns zu fragen.

Kenzie entzog mir ihre Hand. Seufzend legte sie die Papiere ab. »Felicia hat mir erzählt, dass ihr nicht miteinander schlaft. Sie hat mir gesagt, dass du treu warst, sogar als du es nicht mehr hättest sein müssen. Sie sagte, ich soll dich nicht aufgeben …«

Hoffnung erwachte derart heftig in meinem Herzen, dass ich dachte, es würde platzen. Gab sie uns noch eine Chance? Ich ging um den Schreibtisch herum zu ihr, doch sie hob abwehrend die Hand. »Auch wenn du nicht mit ihr geschlafen hast, auch wenn du nie etwas Unangemessenes mit ihr getan hast … hast du mich immer noch belogen. Wie kann ich dir jemals vertrauen, Hayden? Wie können wir zusammenarbeiten?«

Panik stieg in mir auf. Ich wusste, dass ich nur eine Chance hatte. *Eine.* Das war alles. »Ich war ein Dummkopf, das weiß ich, aber ich habe dazugelernt, Kenzie. Diese Lektion hat gesessen.«

Sie rollte gereizt die Augen, aber ich fasste ihre Arme und hielt ihren Blick fest. »Diese ganze Zeit ohne dich … war die Hölle. Und wenn du mir einen Weg aus dieser Hölle bietest, werde ich ganz sicher nicht riskieren, jemals wieder dorthin zurückzukommen. Wenn du mich aus dem Gefängnis befreist, werde ich alles in meiner Macht Stehende tun, um in Freiheit zu bleiben. Ehrlich zu bleiben. Bei dir zu bleiben. Dir gehört mein ganzes Herz, und ich kann mir keinen Grund auf dieser Welt vorstellen, warum ich dich jemals wieder belügen sollte. Ich glaube nicht, dass ich das überhaupt könnte. Du bist mein bester Freund, meine Familie. Wenn du nicht bei mir bist, fühlt sich nichts echt an. Ohne dich kann ich nicht leben. Ich will es einfach nicht. Ich will nicht einen Tag ohne dich sein.«

Ich wusste nicht, was ich noch sagen sollte. Ich konnte sie nur immer wieder anflehen, mir zu vergeben, aber ich glaubte nicht, dass sie das umstimmen würde. Mit pochendem Herzen blickte ich ihr in die Augen. *Bitte sag doch was, bevor ich explodiere.* Doch sie schwieg. Sie sah mich nur an, taxierte mich und versuchte zu ergründen, ob sie mir vertrauen konnte. Ich konnte die Stille nicht länger ertragen, diesen forschenden Blick. Ich musste handeln.

»Scheiß drauf«, murmelte ich, beugte mich vor und suchte ihre Lippen. Heiße Lust durchfuhr mich, als sich unsere Münder trafen. Wie hatte mir das gefehlt.

Ich rechnete damit, dass Kenzie sauer wurde und mich wegstieß, dass sie dem sofort ein Ende machen würde. Doch das tat sie nicht. Ganz im Gegenteil. Sie stürzte sich auf mich. Sie schlang die Arme um mich, grub die Finger in mein Haar und stieß ein Stöhnen aus, das Schockwellen der Lust zwischen meine Lenden trieb.

Unser Kuss wurde leidenschaftlicher, und ich musste meine Haltung ändern, um nicht umzufallen. Als ich sie in die Arme schloss, fragte ich mich, was das bedeutete. Hatte sie mir vergeben? Nahm sie mich zurück? War alles wieder gut? Wie sehr ich mir das wünschte.

Als ihre Zunge meine berührte, konnte ich keinen klaren Gedanken mehr fassen und reine, animalische Lust gewann die Oberhand. Ich beugte mich vor und fegte mit einer Armbewegung ihren Schreibtisch leer. Papiere, Stifte und ein Cox-Racing-Becher, hoffentlich ohne Inhalt, krachten auf den Boden. Kenzie stöhnte erneut, als ich sie rücklings gegen den Schreibtisch schob. Sie ließ den Kopf in den

Nacken sinken und sofort verteilte ich Küsse auf ihrem Hals bis hinunter zu ihrem Brustansatz.

Ihre Bluse hatte ein halbes Dutzend Knöpfe, die sie sittsam wirken ließen. Mir war aber momentan nicht nach sittsam, und ich öffnete sie. Als ich einen schwarzen Spitzen-BH darunter hervorlugen sah, schob ich ihre Bluse zur Seite und küsste durch den Stoff hindurch ihren himmlisch festen Nippel.

Kenzie erschauderte und atmete seufzend aus, dann endlich stieß sie mich fort. Sie glitt zurück, bis sie auf ihrem leeren Schreibtisch saß und hob abwehrend die Hände. »Warte ... warte«, keuchte sie. »Das wollte ich nicht.«

Mein Körper war hart, bereit und begann, allmählich zu schmerzen. Jetzt aufhören, wollte *ich* aber nicht. »Was wolltest du dann?«, fragte ich mit zusammengebissenen Zähnen.

»Ich wollte Zeit. Ich wollte die Dinge langsam angehen.« Schließlich schenkte sie mir ein zartes Lächeln, als verstünde sie, dass sie mich gerade umbrachte.

Doch ihre Worte linderten den Schmerz, und ich musste lächeln. »Die Dinge langsam angehen? Du meinst ... zusammen?«

Sie lachte und legte eine Hand auf meine Brust. »Ja ... zusammen.« Ihre Miene wurde ernst. »Ich will dir jetzt nicht vertrauen, und das ist ein ernstes Problem. Aber ich ... ich glaube, ich *könnte* dir vertrauen. Und aufgrund dieser kleinen Chance bin ich bereit ... es noch einmal zu versuchen.«

Ich stieß erleichtert die Luft aus und zog sie auf die Füße hoch, dann umarmte ich sie mit all der Liebe, die ich für sie empfand. »Oh Gott, danke. Danke. Ich wusste nicht, wie zum Teufel ich mit dir hätte arbeiten sollen, ohne verrückt zu werden.«

Sie kicherte, und als ich das hörte, ging mir das Herz auf. »Ja, das wusste ich auch nicht.« Sie rückte von mir ab und sah mir durchdringend in die Augen. »Aber ich meine es ernst, wir sollten es langsam angehen lassen. Ich will erst wissen, dass mein Herz in Sicherheit ist, bevor ich es dir noch einmal schenke.«

Ich legte eine Hand auf ihre Wange, und sie schloss die Augen und genoss die Berührung. »Damit habe ich kein Problem, Kenzie. Mir ist alles recht, solange du bei mir bist.«

Ich senkte meine Lippen auf ihre und gab ihr einen zärtlichen, zurückhaltenden Kuss. *Ich will für immer bei dir sein.* Dieser Satz würde wohl kaum den Eindruck vermitteln, dass ich es langsam angehen lassen wollte, darum behielt ich ihn für mich. Tief in meinem Herzen spürte ich jedoch, dass es die Wahrheit war. Sie war die Richtige für mich, und solange sie bereit war, mir eine Chance zu geben, würde ich nicht aufgeben, bis sie es mir glaubte.

Kapitel 24

Epilog. Kenzie

Auf der Trainingsstrecke lief es wirklich gut. New Jersey lag ein paar Wochen zurück und obwohl es normalerweise eine ruhige Zeit für Rennfahrer war, herrschte in *beiden* Teams große Geschäftigkeit. So viel Leben in den Cox-Garagen zu sehen begeisterte mich, und auch wenn ich eine Menge zu tun und eine Menge zu lernen hatte, genoss ich jeden Tag, den ich in den Laden meines Vaters – nein, in *meinen* – gehen musste.

Ich war mir nicht sicher, warum Keith sein Team so oft trainieren ließ, aber ich nahm an, dass er es vor allem tat, damit wir ihn nicht bloßstellen würden. Wir hatten schon eine Handvoll Auseinandersetzungen gehabt. Die erste betraf das Schild. Ich hatte mich an die Tradition gehalten und auf jedem Schild an der Strecke Cox Racing vor Benneti Motorsport gesetzt. Keith war fuchsteufelswild gewesen. Er sagte, ich hätte kein Recht, die Schilder ohne Rücksprache mit ihm zu entwerfen. Das stimmte zwar, aber ich hatte mir so viel von ihm gefallen lassen müssen, dass mir das egal war. Cox Racing hatte immer an erster Stelle auf dem Schild gestanden, das würde ich nicht ändern.

Der nächste große Streit drehte sich um die Trainingszeiten. Keith hatte wieder einführen wollen, dass wir um zwölf Uhr wechselten. Das lehnte ich geradeheraus ab. Solange meine Leute den anderen Fahrern nicht in die Quere kamen, sah ich keinen Grund, warum unsere Teams sich nicht begegnen sollten, sowohl auf der Rennstrecke als auch außerhalb des Geländes. Zeiten zu vereinbaren, um unsere Teams zu trennen, führte nur zu Feindseligkeit und Spannungen. Nicht gerade eine Atmosphäre, in der hervorragende Leistungen gediehen. Es sprach nichts dagegen, dass unsere Teams miteinander auskommen konnten, und aus Erfahrung wusste ich, dass ein wenig gesunder Wettbewerb die beste Motivation für einen Fahrer war. Es war im Interesse aller, dass auf der Strecke Offenheit und ein freundlicher Umgang herrschten. Das sah Keith anders, aber bei diesem Thema ließ ich mich nicht umstimmen. Da konnte er so viel meckern, wie er wollte.

»Bist du für heute fertig, Süße? Wollen wir nach Hause fahren?«

Ich blickte von meinem Schreibtisch auf. Im Türrahmen zu meinem Büro lehnte Hayden und lächelte mich amüsiert und voller Liebe an. Er hatte mich schon länger nicht mit meinem Kosenamen angesprochen, und ich wusste, dass er sich danach sehnte. Ich lächelte ihn an und legte den Stift beiseite. »Gleich.«

Mein Lächeln verlor sich, als ich mich fragte, ob seine Frage eine Art unterschwelliger Einladung sein sollte. Wir waren uns einig, dass wir die Dinge langsam angehen lassen wollten und bislang waren wir sie *richtig* langsam angegangen. Hayden war noch nicht einmal bei mir zu Hause gewesen. Wir hatten uns getroffen und waren allein oder mit einer Gruppe ausgegangen. Vielleicht nahm ich es mit dem »langsam« ein bisschen zu genau, aber um ganz ehrlich zu sein: Ich war ängstlich. Ich wollte mich nicht gleich Hals über Kopf hineinstürzen und mir wieder das Herz ramponieren. Stattdessen tauchte ich vorsichtig den großen Zeh ins Wasser und betete, dass er mir nicht sogleich abgebissen wurde.

Doch Hayden hatte sich noch nicht über das langsame Tempo in unserer Beziehung beschwert. Er sagte stets nur: *Was immer du brauchst, ich laufe nicht weg.* Und in Anbetracht der Tatsache, dass Keith Felicia angeheuert hatte und sie sich die ganze Zeit nur einen Steinwurf von Hayden entfernt aufhielt, fand ich seine Geduld sehr beruhigend. Er wollte mich.

Hayden lächelte, als könnte er meine Gedanken lesen. »Sag mir Bescheid, wenn du so weit bist. Dann bringe ich dich zu deinem Truck.«

Er drehte sich um und ging, und ich grinste wie ein Idiot auf die Stelle, an der er gestanden hatte. Er war so süß, so warm und so liebevoll. Er machte es mir wirklich schwer, ihm zu widerstehen, und ich war mir nicht sicher, wie lange ich es noch langsam angehen lassen konnte. Hayden löste irgendwie den Wunsch in mir aus, keine Zeit zu verlieren.

Ich konzentrierte mich wieder auf meinen Job und zwang den Blick zurück auf den Schreibtisch. Mir war vorher nie aufgefallen, wie viel Papierkram zum Job meines Vaters gehörte. Jetzt verstand ich, warum er abends immer so lange im Büro geblieben war. Doch wenn ich diese Arbeit länger machen wollte, musste ich ein gesundes Maß finden. Und das bedeutete, dass ich das hier bis morgen liegen lassen, Feierabend machen und nach Hause fahren sollte. Natürlich, nachdem ich mich von Hayden zu meinem Truck hatte bringen lassen.

Ich stand auf und räumte den Schreibtisch auf, damit ich morgen früh keinen Schock bekam. Als ich gerade den letzten To-do-Stapel zusammenschob, kam mein Vater herein. Irritiert blickte ich zu ihm hoch. »Dad? Ich dachte, du wärst schon seit Stunden weg.«

Auf seinen Lippen erschien ein kleines Lächeln. »Ich bin es gewohnt, als Letzter zu gehen. Es ist schwer, mit dieser Gewohnheit zu brechen.«

Ich setzte meinen Stapel ab und trat lächelnd zu ihm. »Tja, das brauchst du jetzt nicht mehr. Geh nach Hause und ruh dich aus.«

Er nickte, dann verblasste sein Lächeln. »Die Mädchen und ich ... nun ja ... wir würden dich gern dieses Wochenende zum Abendessen einladen. Dich und ... Hayden.«

Kaum merklich verzog er das Gesicht zu einer Grimasse, doch es war so schnell wieder vorbei, dass ich es mir auch hätte eingebildet haben können. »Du willst mit mir und mit meinem Freund zusammen essen?« Schon mit mir allein zu Abend zu essen wäre ein großer Schritt, aber mit Hayden – sie gaben sich wirklich Mühe.

Ich sah Dad an, dass er sich schwertat mit dem, was er sagen wollte, doch dann wich seine angespannte Miene einem aufrichtigen Lächeln. »Schon möglich, dass ich mich in ihm ... getäuscht habe. Wenn du ihm noch eine Chance gibst, dann ist er es wohl wert. Ich muss ihn mir noch mal genauer ansehen.« An seiner Stimme hörte ich, dass er davon im Grunde nicht ganz überzeugt war. Dennoch war ich gerührt. »Danke, Dad. Ich spreche mit Hayden. Wir sehen uns am Wochenende.«

Dads Lächeln wuchs, und er wandte sich zum Gehen. Dann blieb er noch einmal stehen und fragte: »Brauchst du bei irgendetwas Hilfe?« Er deutete auf den Papierstapel, der auf meinem Schreibtisch wartete. Wenn ich Ja sagte, würde er die ganze Nacht über hierbleiben, bis alles erledigt war. Aber ich wollte nicht, dass er sein Leben weiterhin dem Geschäft opferte oder meinen Job für mich übernahm. Wenn ich es nicht selbst machte, würde ich nie alles begreifen.

»Nein, alles okay. Danke.«

Dad blickte wehmütig zum Schreibtisch, als hätte ich ihm etwas weggenommen, doch dann nickte er. Ich folgte ihm aus der Tür und schloss hinter mir ab. Hayden wartete in der Garage auf mich, wo er Myles und Nikki Gesellschaft leistete. Nikki räumte zum Feierabend ihr Werkzeug weg, Myles hörte Hayden mit neutraler Miene zu. Myles war mit Hayden zwar noch nicht ganz warm geworden war, gab sich aber mehr Mühe, sich mit ihm anzufreunden. Ein bisschen mehr.

Ich verabschiedete mich von Dad, dann ging ich zu meinen Freunden und zu meinem Freund. Nikki warf mir einen schuldbewussten Blick zu. Daraufhin stieß ich einen leisen Fluch aus. Sie sollte Myles heute von ihrer Schwangerschaft erzählen, ganz offensichtlich hatte sie das noch nicht getan. Verdammt. Wenn ich es Nikki überließ, würde sie es Myles womöglich erst sagen, wenn das Baby schon auf der Welt war.

Myles drehte sich um und grinste mich an, darum fasste ich mich rasch. »Hey, Kenzie. Wir haben überlegt, was trinken zu gehen. Kommst du mit?«

Ich richtete den Blick auf Nikki. »Was trinken? Im Ernst?«

Sie wirkte verlegen. Bislang hatte sie erfolgreich vor Myles verheimlicht, dass sie keinen Alkohol mehr trank – sie bestellte sich ihre antialkoholischen Getränke selbst an der Bar oder winkte die Kellnerin heran und änderte die Bestellung heimlich –, aber das würde sie nicht ewig so weitermachen können. Sie musste es ihm sagen.

Natürlich verstand Myles nicht, wie meine Bemerkung gemeint war. Er sah mich vorwurfsvoll an. »Na komm schon, Kenzie. Ich weiß, du bist wieder voll im Trainingsmodus, aber ich bin der lebende Beweis dafür, dass es einen nicht umbringt oder die Karriere ruiniert, sich ab und an zu amüsieren. Ich bin die Nummer eins, Baby. Schon vergessen?«

Nikki schnaubte. »Die Nummer eins … Du sorgst schon dafür, dass wir das nicht vergessen.«

Grinsend schüttelte Myles den Kopf. »Stimmt. Ich habe es mir auf alle meine Sachen sticken lassen. Vor allem auf die Unterhosen.«

Nikki stöhnte und warf einen Lappen nach ihm. Hayden lachte über die beiden, dann sah er lässig zu mir. »Was meinst du, Zweiundzwanzig? Willst du ein bisschen abschalten?«

Ich konnte die Hoffnung in seinen Augen lesen, er wollte, dass ich Ja sagte. Ich wollte es auch, also nickte ich. »Ja … klingt gut.«

Myles sagte, wohin er uns ausführen wollte. Ich rückte näher zu Nikki, beugte mich zu ihr und sagte: »Dir ist schon klar, dass du es ihm genauso gut heute Abend sagen kannst.«

Nikki zog die Brauen zusammen, eine deutliche Warnung, dass ich mich da raushalten sollte, dann sagte sie zu Myles: »Hey, Kelley, wir sollten Reiher, Kevin und Eli fragen, ob sie mitkommen wollen.«

Alle Cox-Mitglieder waren am Ende der Saison fröhlich zurückgekehrt. Es hörte sich zwar toll an, mit allen zusammen auszugehen, aber Nikki lud sie nur ein, damit sie eine Entschuldigung hatte, nicht mit Myles zu sprechen. *Kluger Schachzug.*

Myles' Augen leuchteten, und er holte sein Telefon heraus. Ich schüttelte den Kopf über Nikki, die ihrerseits triumphierend grinste. *Angsthase.*

Hayden hielt auf dem Weg meine Hand, und ich empfand eine Mischung aus Zufriedenheit und Aufregung. Es war fast wie beim Rennen in New Jersey – als wäre die Welt in Ordnung. Hayden küsste zum Abschied meine Finger, als wir den Truck erreichten, und meine Haut kribbelte, wo seine Lippen mich berührt hatten. Ziemlich scharf. Diesem Typen zu widerstehen erforderte meine gesamte Willenskraft. Aber wenn wir schließlich nachgaben, würde sich die ganze Warterei gelohnt haben.

Zwanzig Minuten später trafen wir alle unten am Pier im Oysters ein, einem malerischen kleinen Fischrestaurant, in das wir öfters gingen. Tatsächlich waren Nikki und Myles in der Rennpause so oft hier gewesen, dass der Geschäftsführer Glenn Drinks nach ihnen benannt hatte. Ich war auch gelegentlich mitgekommen, aber damals war ich noch deutlich strenger mit mir gewesen. Oder rigide, wie Myles es nannte.

Unsere Gruppe wurde wie Kriegsheimkehrer empfangen, mit großem Hallo, Umarmungen und Gratulationen – offensichtlich lag unser letzter Besuch eine Weile zurück. Als wir zu einem Tisch im hinteren Bereich geschoben wurden, der groß genug für uns alle war, hielten die Kellnerinnen bereits die Getränke in der Hand – entweder einen fruchtigen rosa Drink mit Gummibärchen dekoriert, der den liebevollen Namen Nik-o-Rita trug, oder einen blau-grünen, der schlicht The Myles hieß.

»Für meine liebsten Gäste«, sagte Glenn. Dann warf er Myles einen bösen Blick zu. »Die mir versprechen müssen, öfter zu kommen, wo die Saison jetzt vorbei ist.«

Myles grinste, als er seinen Drink sah, und versicherte Glenn, oft zu kommen. Nikkis Augen weiteten sich vor Schreck. Sie wurde blass unter ihrem dunklen Teint und sagte keinen Mucks. Wenn das Getränk schon vor ihr wartete, konnte sie nicht verheimlichen, dass sie keinen Alkohol trank. Als sie sich von ihrem Schock erholt hatte, schob sie den Drink über den Tisch zu mir. »Hier, Kenzie. Ich glaube, den kannst du nach einem Tag wie heute besser brauchen. Du scheinst ja da oben in deinem Büro in Papieren geradezu zu ertrinken.«

Diesmal sollte sie sich nicht so leicht aus der Affäre ziehen können. Ich schob den Drink zu ihr zurück. »Mir reicht einer. Und außerdem ist er nach dir benannt … den musst du trinken.«

Ich grinste von einem Ohr zum anderen, und Nikkis Miene verdüsterte sich. Ich konnte geradezu fühlen, wie sie mich mit ihren Blicken verbrannte. Während die meisten am Tisch ihren Drink genossen und nicht auf Nikki achteten, hatte Myles zu ihr hinübergesehen und zufällig ihre angespannte Miene bemerkt. »Oh mein Gott«, sagte er. »Erzähl mir nicht, dass du die Nik-o-Rita nicht mehr magst. Weißt du, wie hart ich darum gekämpft habe, dass Glenn sie so nennt? Es ist ja noch nicht mal eine richtige Margarita.«

Ich sah, wie sich Wut auf Nikkis Gesicht abzeichnete, doch darunter lag ein panischer, flehender Ausdruck. Sie würde alles tun, um dieses Gespräch zu vermeiden. Ich wusste, dass ich ihr einen Rettungsring zuwerfen und sie leicht aus diesem Dilemma befreien konnte, aber zu ihrem eigenen Besten würde ich das nicht tun.

Nikki setzte ein lockeres Lächeln auf und wandte sich zu Myles um. »Nein, ich will heute Abend nur Wasser trinken. Ich mag die Nik-o-Rita noch. Die ist super.«

Myles hob skeptisch eine Braue. »Wasser? Du trinkst doch sonst noch nicht einmal Wasser, wenn du Durst hast.«

»Danke«, brummte sie. »Das klingt ja beinahe, als wäre ich eine Trinkerin.«

Myles zuckte mit den Schultern. »Ich weise nur auf Tatsachen hin. Also, was ist los mit dir? Ist dir noch schlecht?«

Nikki nahm sofort den Fluchtweg, den Myles ihr bot. Zur Bekräftigung fasste sie sich an den Bauch. »Ja ... er spielt wieder verrückt.«

Am liebsten hätte ich mit einem Gummibärchen nach ihr geworfen, aber ich riss mich zusammen und schwieg. Sie musste es ihm selbst erzählen. Myles stöhnte über ihre Bemerkung. »Warum bist du heute Abend mitgekommen, wenn es dir nicht gut geht? Wir hätten das doch auch auf morgen verschieben können.«

Nikki kaute auf ihrer Lippe, während sie nach einer Antwort suchte. »Vorhin war noch alles okay ... es kam ganz plötzlich.«

Ganz offensichtlich enttäuscht sagte Myles: »Willst du lieber nach Hause?« Es war nicht zu übersehen, dass er sich wünschte, sie bliebe. Ich hoffte, Nikki würde ihn nicht vor den Kopf stoßen.

Nikki starrte ihn einige Sekunden lang an, dann nickte sie schließlich. »Ja ... doch ... tut mir leid.«

»Oh Mann, Nikki, jetzt sag es ihm schon.« Ich schlug mir die Hand vor den Mund, doch es war zu spät. Ich hatte zu viel gesagt. Viel zu viel. Bislang war Hayden hier und dort den Unterhaltungen am Tisch gefolgt, doch jetzt lag seine ganze Aufmerksamkeit bei uns. Ebenso die von Myles.

Er saß uns gegenüber und richtete den Blick von mir auf Nikki neben mir. »Mir was sagen?«

Ich schloss die Augen und zuckte zusammen, als ein schleimiges, klebriges Gummibärchen meine Wange traf. Sie hatte mich beworfen? Im Ernst? Ich riss die Augen auf, doch die Wut in meinen Augen war kein Vergleich zu der in ihren. »Ich hatte dich nur um diese *eine* Sache gebeten«, zischte sie.

»Und du bist albern«, schnappte ich zurück. »Früher oder später wird er es sowieso herausfinden, also sag es ihm und bring es hinter dich.«

Nikki richtete ihre dunklen Augen auf Myles, jetzt kamen ihr die Tränen. Und Myles wirkte ernsthaft besorgt. Hayden ebenfalls. Er sah fragend zu mir. Ich hatte ihm nicht erzählt, was mit Nikki los war.

»Was ist mit dir, Nikki?«, fragte Myles.

Er klang so ernst, dass der gesamte Tisch verstummte und alle Blicke sich auf Nikki richteten. Sie schluckte ein paarmal, und ich dachte, dass ihr jetzt vermutlich tatsächlich schlecht war. »Ich ... also ... ich bin ... ich bin irgendwie ...«

»Du bist irgendwie *was*?«, fragte Myles, der allmählich panisch klang. »Gott ... bist du ernsthaft krank? Also so richtig krank?«

Jetzt wirkte Myles verängstigt. Sofort schüttelte Nikki den Kopf. »Nein, nein, ich bin nur schwanger. Alles okay.«

Dann riss sie die Augen auf, als könne sie nicht fassen, dass sie das gerade gesagt hatte. Myles wirkte genauso fassungslos wie sie. »Du bist ...?« Sein Blick glitt zu ihrem Bauch, dann wieder zu ihrem Gesicht. »Du bist schwanger? Wow ... ich bin ... wow ... Glückwunsch.«

So, wie er das sagte, war mir klar, dass er es nicht begriff. »Myles«, flüsterte ich. »Es ist dein Baby.«

Myles verzog die Lippen zu einem ungläubigen Grinsen, als wollte ich ihn hochnehmen. »Klar ...« Sein Blick wurde leer und zuckte zu Nikki. »Es ist von mir?«

Nikki verzog das Gesicht und nickte. »Ja ... es ist deins.«

Myles schoss nach oben, als hätte er einen Stromschlag erhalten. »Du bist schwanger? Ich bin schwanger? Wir sind schwanger?« Er strich sich mit den Händen durchs Haar, die Verzweiflung stand ihm deutlich im Gesicht geschrieben. »Wie zum Teufel ist das passiert?«

Schweigend richteten alle ihre Blicke auf ihn. Myles wurde knallrot. »Ich meine, ich weiß schon, *wie* es passiert ist ... aber wie ist es passiert? Hast du nicht ...?«, fragte er Nikki und setzte sich wieder.

Nikkis Augen wurden schmal, und sie warf einen kurzen Blick in die Runde, bevor sie antwortete. »Ich war damals nicht in einer Beziehung, und ich hatte nicht geplant, mit meinem besten Freund zu schlafen. Also, nein, ich habe nicht verhütet.« Myles öffnete den Mund, und Nikki stieß ihm den Finger in die Brust. »Und versuch ja nicht, mir die Schuld zuzuschieben. Du hast auch nicht verhütet.« Seufzend zog sie ihren Finger zurück. »Tatsache ist, dass wir beide Mist gebaut haben, aber das ist jetzt egal. Es ist passiert, und wir müssen damit klarkommen. Und ehrlich gesagt habe ich keine Ahnung, wie ich das machen soll.« Eine Träne lief über ihre Wange. »Ich habe gerade eine Mieterhöhung erhalten und komme so schon kaum mit dem Geld aus. Ich weiß nicht, wie das werden soll, wenn das Baby da ist.«

Myles schluckte dreimal, bevor er antwortete. »Ich helfe dir. Das ist doch klar. Du bist nicht allein, Nik.«

Nikki lächelte schwach. »Das weiß ich, Myles. Ich wollte nicht, dass es so klingt, als wäre ich allein. Ich mach mir nur vor Angst fast in die Hose.«

»Verständlich«, murmelte er. »Ich irgendwie auch.«

Nikki streckte ihm die Hand hin, und er nahm sie. Sie wirkten beide so verloren. Ich wünschte, in meinem kleinen Haus wäre mehr Platz, damit sie bei mir einziehen könnte, aber ich bezweifelte, dass sie auf dem Sofa wohnen wollte. Dass Myles zu ihr zog, war auch keine ernsthafte Option. Eli, Kevin und Myles waren alle zusammen in ein protziges Haus gezogen, nachdem sie aus San Francisco zurückgekommen waren. Es war eine richtige Junggesellenhütte, die sie sich jeder allein nie hätten leisten können. Dort war er vorerst gebunden, zumindest solange der Mietvertrag lief.

Während Myles verzweifelt nach einer Lösung suchte, verzog er das Gesicht auf fast komische Weise. Er warf einen Blick den Tisch hinunter, wo mit verlegenen Gesichtern Eli, Reiher und Kevin saßen, und sagte: »Könntest du nicht zu mir ziehen?«

Nikki lächelte ihn dankbar an, lehnte jedoch ab. Es war klar, dass sie über diese Option auch schon nachgedacht hatte. »Obwohl es sicher lustig wäre, in den Partypalast zu ziehen, ist es kein guter Ort für ein Baby.« Ihr Blick glitt zu Eli und Kevin. »Und ich würde euch Jungs nie bitten, das Haus babyfreundlich zu gestalten.« Sie wandte sich wieder an Myles und fügte hinzu: »Und außerdem gibt es nur drei Schlafzimmer. Wir müssten zusammenziehen ... und das wäre schräg.«

Myles verzog reichlich gequält die Lippen. »Ich bekomme

ein Baby mit meiner besten Freundin. Das ist alles ziemlich schräg.«

Nikki lachte trocken und nickte. »Wohl wahr.«

Hayden räusperte sich. »Ich habe gerade heute Morgen erfahren, dass ich mir bald eine neue Bleibe suchen muss. Vielleicht könnte ich ja bei dir einziehen. Ich habe jetzt einen sicheren Job, und ich kann sehr gut mit Kindern umgehen«, erklärte er mit einem charmanten Megawattlächeln.

Nikki grinste, aber ich war überrascht. »Hat Aufreißer das Haus schon verkauft? Das ging ja schnell.« Hayden hatte mir erst vor ein paar Wochen von Aufreißers Plan, ein verantwortungsvoller Mensch zu werden, erzählt und dass er ein Haus in einer netten Gegend für Izzy, Antonia und sich suchte. Ich konnte es noch immer nicht glauben.

Hayden sah mich an und nickte. »Ja, in drei Wochen muss ich raus sein.«

Es fühlte sich an, als hätte er mir gerade Eiswasser über den Rücken gegossen. »Oh ... wow ...« Hayden und ich hatten darüber gesprochen, was er tun würde, wenn Aufreißer sein Haus verkaufte, aber wir waren noch nicht zu einem Schluss gekommen. Ich dachte, uns bliebe mehr Zeit, es herauszufinden. Vielleicht sogar Monate.

Hayden sah mich mit ernster Miene an. »Ich stehe zu dem, was ich dir bei unserem letzten Gespräch gesagt habe, Kenzie. Ich will dich nicht unter Druck setzen oder dir das Gefühl geben, wir *müssten* zusammenziehen. Wir lassen es langsam angehen, das finde ich gut. Und ich will dich nicht bedrängen.« Er blickte zu Nikki. »Darum denke ich, wenn wir zwei zusammenziehen, wäre das die beste Lösung für alle Beteiligten. Was sagst du, Nikki?«

Nikki wirkte sowohl erfreut als auch verunsichert. »Ich

könnte die Hilfe wirklich brauchen, aber ...« Ihr Blick glitt zu mir. »Wärst du damit einverstanden, dass wir zusammenwohnen?«

Ein Teil von mir hätte gerne Nein gesagt, aber es war ein sehr leiser Teil, den man leicht ignorieren konnte. Darum lächelte ich strahlend und nickte. »Ich glaube, das ist eine Superlösung. Aber ich muss dich warnen ... er ist ein bisschen schlampig.«

Nikki schnaubte. »Er ist bestimmt ordentlicher als Myles.«

Myles schmollte im Spaß über ihre Bemerkung, dann grinste er. »Also, gut ... das wäre also gelöst. Du und Hayden wohnt zusammen.« Er klang ein bisschen seltsam, ich konnte es nicht ganz deuten. War er gereizt, enttäuscht ... eifersüchtig? Wahrscheinlich wollte er derjenige sein, der sich um sein Kind kümmerte. Nun ja, dazu würde er noch reichlich Gelegenheit bekommen.

Meine Gefühle in der Sache waren ... kompliziert. Ich war dankbar, dass Nikki die Hilfe erhielt, die sie brauchte, und hatte ein schlechtes Gewissen, dass ich ihr nicht selbst half. Ich freute mich, dass Hayden dann näher bei mir war – sein jetziges Pendeln nervte –, aber ich war nicht begeistert, dass er mit einer anderen Frau zusammenwohnen würde, auch wenn sie meine beste Freundin war. Es fühlte sich zudem merkwürdig an, dass Hayden nicht bei *mir* wohnte. Wir ließen es zwar langsam angehen, aber das war nicht immer so gewesen. Bis wir gezwungenermaßen von diesem Plan Abstand genommen hatten, wollten wir eigentlich zusammenziehen. Das unangenehme Gefühl, dass wir uns zurück anstatt nach vorn bewegten, waberte unter der Oberfläche.

Ich schob all das beiseite und entschied mich, zufrieden zu sein und den Abend mit Hayden und unseren Freunden und Kollegen zu genießen. Ich fuhr wieder Rennen. Ich war wieder mit Hayden zusammen. Meine zwei besten Freunde waren sich endlich einig, und die Welt war in Ordnung.

Hayden grinste mich an, und ich sah in seinem Gesicht dieselbe Zufriedenheit, die ich empfand. Er beugte sich vor und flüsterte mir ins Ohr: »Ich kann es kaum erwarten, bis wir mit unserer neuen Beziehung so weit sind, dass ich dir sagen kann, dass ich dich liebe. Denn das tue ich. Du bist mein Herz, meine Seele, mein Ein und Alles.«

Ich hatte das Gefühl, vor Glück zu platzen. Ein aufreizendes Lachen entfuhr mir, als ich mich bemühte, meine Freude zu beherrschen. »Tja, vielleicht kommst du eines Tages dazu, mir das zu sagen. Und dann komme ich dazu, dir zu sagen, dass ich dich auch liebe. Von ganzem Herzen.«

»Ich kann es kaum erwarten, bis es so weit ist«, murmelte er bewegt.

Er beugte sich vor, um mich zu küssen, und ich wich im Spaß zurück. »Ich für meinen Teil kann es kaum erwarten, bis wir wieder Sex haben können.«

Hayden blinzelte überrascht, dann stieß er ein gequältes Stöhnen aus. »Gott ... ich auch nicht, Süße.«

Über seine Reaktion musste ich unwillkürlich lachen. Während ich noch kicherte, berührten seine Lippen meine, und mein Lachen verebbte, als ich die köstliche, sinnliche Berührung genoss. Ich wusste nicht, was die Zukunft für uns bereithielt, aber ich wusste, dass wir uns ihr gemeinsam stellen konnten. Solange wir ehrlich blieben. Indem man sich Dinge verheimlichte, gab man diesen Dingen Macht. Sie ans Licht zu bringen war die beste Art, sie zu zerstreuen, bevor sie explodierten. Ehrlichkeit war unsere Geheimwaffe, und diesmal würde sie funktionieren. Hoffentlich.

Dank

Als Erstes möchte ich allen danken, die das erste Buch, *Furious Rush*, gelesen und nach mehr gerufen haben! Ich hatte so viel Spaß am Schreiben dieser Fortsetzung und hoffe, ihr habt ebenso viel Spaß daran, sie zu lesen! Und jetzt auf zu Buch Nummer drei!

Mein ganz großer Dank gilt meiner Agentin Kristyn Keene von ICM Partners, die mir eine enorme Hilfe beim Verfassen dieses Buches war. Alles Liebe allen bei Forever/Grand Central Publishing, die die Reihe so wunderbar beworben haben. Und Holly und Katie, meinen Probeleserinnen, ich danke euch für eure großartigen Anregungen und dafür, dass ihr immer irgendwie Zeit für mich hattet!

Ich danke meiner Lektorin, Madison Seidler, meiner Herstellerin Julie Titus von JT Formatting, meiner Coverdesignerin Hang Le und meiner Webdesignerin Lysa Lessieur von Pegasus Designs. Ohne eure Hilfe wäre ich verloren! Und den zahlreichen Blogs, Lesern und Autoren, die mich im Laufe der Jahre unterstützt haben – von ganzem Herzen vielen Dank! Ohne eure freundlichen Worte und eure (manchmal täglichen) Ermutigungen könnte ich in diesem Geschäft nicht bestehen.

Autorin

S. C. Stephens lebt mit ihren zwei Kindern im wunderschönen Pazifischen Nordwesten in Amerika. Mit ihrer Debüt-Serie »Thoughtless« feierte sie einen sensationellen Bestsellererfolg und erobert auch mit der »Rush«-Reihe die Leserherzen im Sturm.

Die Rush-Trilogie
Furious Rush. Verbotene Liebe. Roman. (Band 1)
Dangerous Rush. Gefährliche Liebe. Roman (Band 2)
Perfect Rush. Wahre Liebe. Roman (Band 3 erscheint 2019)

Die Thoughtless-Reihe
Thoughtless. Erstmals verführt. Roman (Band 1)
Effortless. Einfach verliebt. Roman (Band 2)
Careless. Ewig verbunden. Roman (Band 3)

Thoughtful. Du gehörst zu mir. Roman
Untamed. Anna & Griffin. Roman

 Alle auch als E-Book erhältlich)

GOLDMANN
Lesen erleben

S.C. Stephens
Thoughtless – Effortless – Careless

640 Seiten
auch als E-Book erhältlich

ca. 650 Seiten
auch als E-Book erhältlich
erscheint im Juli 2015

ca. 650 Seiten
auch als E-Book erhältlich
erscheint im September 2015

Seit zwei Jahren ist die schüchterne Kiera in einer glücklichen Beziehung mit Denny. So überlegt sie nicht lange, als er ein Jobangebot in Seattle bekommt, und zieht mit ihm in die neue Stadt, um ihr Studium dort zu beenden. Bei Dennys Freund aus Kindertagen, Kellan Kyle, mieten sie ein Zimmer. Er ist der lokale Rockstar, Herzensbrecher und sieht verboten gut aus. Als Dennys Job ihn länger aus Seattle wegführt, kommt die einsame Kiera, die sich inzwischen in der Stammkneipe von Kellans Band etwas dazuverdient, ihrem neuen Mitbewohner näher. Was freundschaftlich beginnt, entwickelt sich bald zu etwas Intensiverem, Verbotenem – zu einem Spiel mit dem Feuer ...

www.goldmann-verlag.de
www.facebook.com/goldmannverlag

GOLDMANN
Lesen erleben

Unsere Leseempfehlung

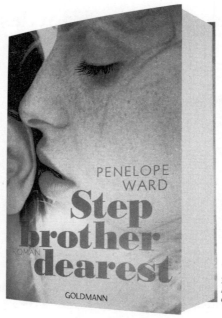

352 Seiten
Auch als E-Book
erhältlich

Greta freut sich auf das letzte Jahr an der Highschool, vor allem da ihr Stiefbruder Elec, dem sie noch nie begegnet ist, für das Abschlussjahr zu ihnen ziehen soll. Doch Elec stellt sich als rebellischer Macho heraus, der jeden Abend ein anderes Mädchen mit nach Hause bringt – am meisten aber hasst Greta die Art, wie ihr Körper auf ihn reagiert. Und als eine gemeinsame Nacht alles verändert, ist es auch um ihr Herz geschehen. Doch so schnell wie Elec in Gretas Leben getreten ist, so schnell verschwindet er auch daraus. Jahre später begegnet sie ihm wieder und muss feststellen, dass er immer noch die Macht besitzt, ihr Herz in tausend Teile zu zerbrechen ...

www.goldmann-verlag.de
www.facebook.com/goldmannverlag

GOLDMANN
Lesen erleben